中华国学文库

韩愈诗集编年笺注

〔唐〕韩 愈 撰

〔清〕方世举 笺注

郝润华 丁俊丽 整理

中华书局

图书在版编目(CIP)数据

韩愈诗集编年笺注/(唐)韩愈撰;(清)方世举笺注;郝润华,
丁俊丽整理. —北京:中华书局,2019.5
(中华国学文库)
ISBN 978-7-101-13849-8

Ⅰ.韩… Ⅱ.①韩…②方…③郝…④丁… Ⅲ.唐诗-注释
Ⅳ.I222.742

中国版本图书馆 CIP 数据核字(2019)第 067003 号

书　　名	韩愈诗集编年笺注	
撰　　者	〔唐〕韩　愈	
笺 注 者	〔清〕方世举	
整 理 者	郝润华　丁俊丽	
丛 书 名	中华国学文库	
责任编辑	许庆江	
出版发行	中华书局	
	(北京市丰台区太平桥西里 38 号　100073)	
	http://www.zhbc.com.cn	
	E-mail:zhbc@zhbc.com.cn	
印　　刷	北京瑞古冠中印刷厂	
版　　次	2019 年 5 月北京第 1 版	
	2019 年 5 月北京第 1 次印刷	
规　　格	开本/880×1230 毫米　1/32	
	印张 20⅛　插页 2　字数 450 千字	
印　　数	1-5000 册	
国际书号	ISBN 978-7-101-13849-8	
定　　价	58.00 元	

中华国学文库出版缘起

《中华国学文库》的出版缘起，要从九十年前说起。

1920 年，中华书局在创办人陆费伯鸿先生的主持下，开始编纂《四部备要》。这套汇集三百三十六种典籍的大型丛书，精选经史子集的"最要之书"，校订成"通行善本"，以精雅的仿宋体铅字排印。一经推出，即以其选目实用、文字准确、品相精美、价格低廉的鲜明特点，最大限度地满足了国人研治学问、阅读典籍的需要，广受欢迎。丛书中的许多品种，至今仍为常用之书。

新中国成立之后，党和国家倡导系统整理中国传统文献典籍。六十余年来，在新的学术理念和新的整理方法的指导下，数千种古籍得到了系统整理，并涌现出许多精校精注整理本，已成为超越前代的新善本，为学界所必备。

同时，随着中华民族以前所未有的自信快速发展，全社会对中国固有的学术文化——国学，也表现出前所未有的关注和重视。让中华文化的优秀成果得到继承和创新，并在世界范围内进行传播和弘扬，普惠全人类，已经成为中华民族的历史使命。当此之时，符合当代国民阅读需要的权威的国学经典读本的出现，实为当务之急。于是，《中华国学文库》应运而生。

《中华国学文库》是我们追慕前贤、服务当代的产物，因此，它自当具备以下三个基本特点：

一、《文库》所选均为中国学术文化的"最要之书"。举凡哲学、历史、文学、宗教、科学、艺术等各类基本典籍，只要是公认的国学经典，皆在此列。

二、《文库》所选均为代表当代最新学术水平的"最善之本"，即经过精校精注的最有品质的整理本。其中既有传统旧注本的点校整理本，如朱熹《四书章句集注》，也有获得学界定评的新校新注本，如余嘉锡《世说新语笺疏》。总之，不以新旧为别，惟以善本是求。

三、《文库》所选均以新式标点、简体横排刊印。中国古籍向以繁体竖排为标准样式。时至当代，繁体竖排的标准古籍整理方式仍通行于学术界，但绝大多数国人早已习惯于现代通行的简体横排的图书样式。《文库》作为服务当代公众的国学读本，标准简体字横排本自当是恰当的选择。

《中华国学文库》将逐年分辑出版，每辑十种，一次推出；期以十年，以毕其功。在此，我们诚挚希望得到学术界、出版界同仁的襄助和广大读者的支持。

中华书局自 1912 年成立，至今已近百岁。我们将《中华国学文库》当作向中华书局百年诞辰敬献的一份贺礼，更是向致力于中华民族和平崛起、实现复兴大业的全国人民敬献的一份厚礼。我们自当努力，让《中华国学文库》当得起这份重任，这份荣誉。

中华书局编辑部
2010 年 12 月

目　录

韩昌黎诗集编年笺注卷二

韩昌黎诗集编年笺注卷三

韩昌黎诗集编年笺注卷四

韩昌黎诗集编年笺注卷五

韩昌黎诗集编年笺注卷六

韩昌黎诗集编年笺注卷八

韩昌黎诗集编年笺注卷十二

早春与张十八博士籍游杨尚书林亭寄第三阁老兼呈

附录

前　言

　　清方世举韩昌黎诗集编年笺注十二卷，是在总结前人注本基础上完成的一部集大成的韩诗注本，是韩集注本中质量最好者。该书不仅开创了韩诗编年编排的体例，笺注方法也具有清人注释的时代特色，具有很高学术价值。后世注本，如钱仲联韩昌黎诗系年集释、童第德韩集校注、屈守元韩愈全集校注等均对其笺注成果有大量借鉴引用。正如章学诚韩昌黎诗集编年笺注书后云："……是亦攻韩集者不可不备之书也。"以下即对方世举及其韩昌黎诗集编年笺注试做出综合论述。

一

　　方世举（1675—1759），字扶南，晚自号息翁，桐城（今安徽桐城市）人，康熙监生，居室号水木清华，方世举兰丛诗话云："水木清华，余寓居也。"①方氏为桐城华族，冠盖相望，文化传

1

---

①方世举兰丛诗话，载清诗话续编，上海古籍出版社1983年版。

统深厚。方世举与从弟贞观(1679—1747,世称南堂先生)皆以诗闻名于当时。方世举天性高旷,一生不求仕达,未曾有过一官半职,不汲汲于名利,毕生致力于读书治学,博学多闻,于书无所不读,尤工于诗,宗杜、韩。陈诗尊瓠室诗话云:"先生为朱竹垞门人,博学笃行,诗宗杜、韩。近时选家多称其近体,余独爱其古诗,如长江大河,波澜不穷,是真得杜、韩之法乳者。"①方世举"读书均有评论于书本上下、左右,本行已满则加别纸条记"②,又善作文,"年八十馀犹于广座灯红酒绿中,伸纸濡墨,顷刻数十百言,而精采曾不少减"③。方世举"性好佛,又不喜赴人饮。华亭王司农题其寓居为独坐斋。巢寄斋司寇初访,坚以病辞。司寇重之,为致粟焉"④。

康熙年间,方世举北游京师达十年之久,与贤豪长者多有唱和,且常在一起质疑辨难。"临川李绂督部尤推重焉,尝以先生所赋长篇险韵张诸广座,夸耀同人"⑤。此后方世举名誉日起。康熙五十年(1711),发生了轰动朝野的"戴名世南山集案"。此案因书中多采方孝标滇黔纪闻中所载南明桂王时事而牵连原作者方孝标,方孝标是方世举从祖父,人已死,却被掘墓戮尸。方氏后代因之多人坐死,牵连至数百人。方世举

---

①陈诗尊瓠室诗话,载清诗纪事乾隆卷,江苏古籍出版社1989年版。
②清萧穆跋息翁汉书辩注,载敬孚类稿卷五,续修四库全书本,上海古籍出版社2002年版。
③符葆森国朝正雅集,载钱仲联清诗纪事乾隆卷,江苏古籍出版社1989年版。
④杨锺羲雪桥诗话馀集卷三,北京古籍出版社1992年版。
⑤清萧穆方息翁先生传,载敬孚类稿卷十二,续修四库全书本,上海古籍出版社2002年版。

亦是其中之一,被累隶旗籍,远戍塞外。雍正元年(1723)恩诏放归田里。乾隆元年(1736)朝廷方开博学宏词科,某侍郎欲荐方世举,世举婉谢不就。方世举晚寓扬州,卒于乾隆二十四年(1759),享年八十四。

方世举生平事迹在正史中无记载,因此有关交游情况只能从其诗歌作品、杂史及书序中找出零星痕迹。

与方世举交游的学者中对他最有影响的是朱彝尊。方世举年轻时师从朱彝尊,多见古书秘本,这对他日后注释韩诗帮助很大。兰丛诗话云:"初从朱竹垞先生游,值友人顾侠君笺注昌黎诗集注新出,凡宋人有说皆收之……少年率尔,遂贸贸指摘于先生前,先生不责而喜之,且怂恿通考,以为异日成书。"①方世举客居京城十年,时人将其与大学者李绂并称。李绂为理学名家,宗主陆、王。其诗词采丰腴,自见风标。方世举与李绂交往密切,曾写有寄李穆堂四十韵,收入春及草堂诗集中。方世举在京师十年,李绂非常推重其诗歌,常以方世举长篇诗赋夸耀于同时之人。方世举与何焯、顾嗣立、陈鹏年、徐昂发、张大受、卢见曾、马曰琯、马曰璐、程梦星等人也多有交往。这些人或是大学者,或是藏书家,对其笺注韩诗帮助很大。

方世举学识渊博,治学勤奋,一生著述甚丰,除韩昌黎诗集编年笺注外,另有春及草堂诗集四卷、江关集一卷、汉书辩注四卷、世说考义、家塾恒言、兰丛诗话等,可惜大多已散佚。上述著作之外,尚有李义山诗集笺注,目前作者有方世举、程

---

① 方世举兰丛诗话,载清诗话续编,上海古籍出版社1983年版。

梦星之争议。此处不赘。由于以上条件，**方世举**才得以顺利完成韩诗注释这样的艰巨任务。

二

方世举韩昌黎诗集编年笺注是韩愈诗集的一个单行注本，是在宋朱熹韩昌黎先生集考异、魏仲举五百家注音辩昌黎先生文集、世綵堂昌黎先生集、明蒋之翘辑注韩昌黎集、清顾嗣立昌黎先生诗集注诸书基础上编撰而成。**方世举**合并唐代李汉所编正集四十卷中的十卷诗和外集、补遗的诗，然后编年排次为 12 卷，总收诗 411 首，包括后附辨赝诗 2 首。其中略去前注本中年谱，列入自序、卢见曾序、凡例；每卷先列目录，目录后系年，注明这是某年至某年的作品，接着是此卷收诗数，并略述几年中韩愈的仕履事迹，然后按时次列诗，诗题下或有题解，诗后摘字为注，注中引书及前人注，皆一一注明出处或"某云"，**方世举**自己的考辨分析，则加一"按"字区别。其中引东雅堂本因其删去注者姓氏，便空一格，书中凡出现"□云"者即引东雅堂本文字。诗后间附前人的多种诗话评论，较为丰富。①

方世举充分吸收前人注释成果，据笔者统计，注中引用旧注约 708 条，其中东雅堂注本约 167 条，方崧卿约 123 条，洪兴祖约 29 条，樊汝霖约 36 条，韩醇约 26 条，祝充约 6 条，魏仲举约 5 条，孙汝听约 70 条，程俱约 1 条，王伯大本约 116 条，朱熹

---

① 魏本在注文引"蔡曰"，但卷首有蔡梦弼、蔡元定、蔡居厚三人，究竟指谁，较难分辨。

4

约 59 条,蒋之翘注本约 38 条,顾嗣立注本约 28 条,蔡约 5 条。在引用前人注释时,方世举不仅标明注家和书名,还作了进一步考证,纠正了旧注中的一些错误,最后择善而从,从而形成一部笺注严谨细密,并体现自己诗学观的集大成的韩诗注本,在韩集注本中具有承前启后的作用。概括言之,本书有以下几个方面的价值:

首先是对韩诗的编年考证。

在此注本之前,虽然宋人有韩诗系年,但历代韩集注本基本按体裁编排,对诗歌创作年代的考证也显粗疏。"唐人诗集宜编年者莫若杜、韩,杜之编年多矣,韩则仅见于此。是固论世知人之学,实亦可见。诗文之集,因为一人之史,学者不可不知此意。为诗文者篇题苟皆自注岁月,则后人一隅三反,藉以考正时事,当不止于不补而已"①。为此,方世举对韩诗作出比较细致的编年,用力颇深。后来钱仲联的韩昌黎诗系年集释就受到方世举编年的启发,多参照方注本编排韩诗。清人杨伦说:"诗以编年为善,可以考年力之老壮,交游之聚散,世道之兴衰。"②冯应榴亦说:"编年胜于分类。"③方世举为韩诗编年,对后世解读、研究韩诗具有重要作用。

方世举在编年过程中,"大抵援新、旧两书以正诸家,援行状、墓志以正两史之误"④,或用文集相发明的方法,对韩诗创

5

①章学诚韩昌黎诗集编年笺注书后,章学诚遗书,文物出版社 1985 年版。
②杨伦杜诗镜铨,上海古籍出版社 1980 年版。
③冯应榴苏文忠公诗合注凡例,载苏文忠公诗合注卷首,上海古籍出版社,2001 年版。
④卢见曾韩昌黎诗集编年笺注序,载韩昌黎诗集编年笺注卷首,续修四库全书本,上海古籍出版社 2002 年版。

作年代作了深入扎实的考证。如卷三答张十一功曹,洪兴祖所作韩愈年谱系此诗于贞元末。韩愈因被谗言所中,外放南方做县令,直至永贞元年后,才徙江陵掾。而诗署名为"张十一功曹",则必然在张署徙江陵掾之后所作。方世举依据韩愈张署墓志和祭文纠正了洪兴祖观点,确定此诗创作时间在贞元元年之后,就较为合理。卷十一送侯喜,韩醇考证此诗与雨中寄张博士籍侯主簿喜同时期作,即长庆元年。方世举在韩醇考证基础上,又依据诗中"直到新年衙日来"断定为元和十五年冬作,非长庆元年作,更适合诗意。屈注本从方世举,列在元和十五年。山石、题张十一旅舍三咏、海水、马厌谷、醉赠张秘书等诗,方世举都对宋人注本做了纠正,考证出了韩诗的准确创作时间,并得到后世注本的认可。

除上述注本外,选本方面如陈迩冬韩愈诗选也充分吸取了方本编年考证成果,如在条山苍一诗下,陈注曰:"方世举韩昌黎诗集编年笺注编入长庆二年。余初疑为韩愈早年之作,然细玩诗意,苍凉老劲,似非新手所能。末句'松柏在山冈'有自况之意。李宪乔批云:'寻常写景,十六字中见一生之概。'(程学恂韩诗臆说亦袭其语)可知非其少作。故从方世举说。"又如青青水中蒲三首,陈注曰:"方成珪韩集笺正列在无可考内,方世举韩昌黎诗集编年笺注列为元和二年分司东都时作,姑从后者。"可见方注本在韩诗编年方面的价值得到了后人的充分肯定。

正如章学诚所说:"桐城方世举扶南氏,撰韩昌黎诗集编年笺注十二卷,每卷之首标列篇目,篇目之下标明出处、时世,观者但考十二篇目,而<u>洪氏</u>年谱辨证、<u>程氏</u>历官之记,皆可列眉而指数焉。<u>德州卢氏</u>见曾为之订正复舛而刻以行世,是亦攻韩集者不可不备之书也。"[1]为<u>韩</u>诗编年不仅便于读者阅读<u>韩</u>诗,而且有利于读者更好地"知人论世",了解<u>韩愈</u>所处时代,挖掘<u>韩</u>诗诗旨,研究<u>韩愈</u>文学思想。

其次是对字词典故的训释。

由于<u>方世举</u>生活之年代正是<u>清代</u>考据学兴盛之时期,不仅文字、音韵、训诂等专门学问异常发达,就连地理、职官之学的研究也随之兴旺。<u>方世举</u>依据自己深厚的小学及天文、地理、职官知识,对<u>韩</u>诗中词语详细注解,包括文字、典故、天文、地理、名物、风俗、职官等,凡史事之来源,缀文诂训,奇辞奥旨,远溯其源,务斯昭晰,无有所隐。引书繁富,考证细密严谨。如卷六崔十六少府摄伊阳以诗及书见投因酬三十韵中"彪""戲"二字,注曰:

> 说文:彪,虎文也。尔雅释兽:虎窃毛谓之戲猫。注:窃,浅也。按:<u>说文</u>、<u>玉篇</u>皆以"彪"为虎文,不云兽名。考<u>新唐书张旭传</u>:北平多虎,<u>裴旻</u>善射。一日得虎三十一,休山下。有老父曰:此彪也,稍北有真虎,使将军遇之且败。<u>旻</u>不信,怒马趋之。有虎出丛薄中,小而猛,据地大吼。<u>旻</u>马辟易。弓矢皆坠。则乃大于虎而力稍弱也。

<u>方世举</u>对"彪""戲"二字的解释广搜博取典籍,追根溯源。引用说文、玉篇考证"彪"本义为"虎文",又引新唐书考释

---

[1]章学诚韩昌黎诗集编年笺注书后,章学诚遗书,文物出版社1985年版。

"彪"字演变出的其他意义,即指兽名,补充了字书记载之缺。据此注释,读者可推知此字在当下诗文中的取义,同时也掌握了此字原本之义。此种注释不限于就诗注字,还连带考证字义的演变及多义性。这正是方世举具有深厚小学功底的表现,也是乾嘉朴学精神的展现。

又如卷十泷吏中"侬幸无负犯"一句注曰:

> 按:"侬"字不止称我,如子夜歌"郎来就侬嬉"、"负侬非一事"、"许侬红粉妆",皆所谓我侬也。如寻阳乐"鸡亭故侬去,九里新侬还",读曲歌"冥就他侬宿",皆所谓渠侬也。此诗"侬幸无负犯"、"侬尝使往罢",皆自称也。"亦有生还侬",则指他人也。

此诗中,"侬"字出现三次,方世举考证了"侬"字在古代诗歌中出现的不同指代含义,即指第一人称"我"或第三人称"他"。并对此诗中三处"侬"字进行归类,确定各自的意思,较为细致全面。而魏本中引韩醇注曰:"吴人称我曰侬,音农。"文谠注曰:"侬,我也。音奴冬切。今作侧声,读从南音。"这种注释显然含糊不清,又缺乏考证。通过方世举的注解,则可对此字字义有全面的掌握,也有助于理解诗意。钱注本、屈注本都吸纳了方注本成果。

再如卷五城南联句中"蹙绳"、"斗草"两词注曰:

> 荆楚岁时记:寒食:打球秋千之戏。古今艺术图云:秋千,此北方山戎之戏,以习轻趫者。五月五日四民并蹋百草,又有斗百草之戏。按:申培诗说:荩莒,童儿斗草、嬉戏、歌谣之辞。则斗草其来甚古。

通过方世举注，我们可以掌握古代娱乐文化形式及民间风俗习惯，熟知各种文化史知识。

再次，诗意笺释，深入独到。

方世举认为创作诗歌要有理，兰丛诗话曰："诗要有理，……一事一物皆有理，只看左传臧孙达之言'先王昭德塞违者'，'如昭其文也'之类，皆是说理，可以省悟于诗。"方世举持此诗学观对韩诗探幽抉微，在注释典故及语句出处时，往往能从中探知作者的心绪，如卷十一琴操十首之将归操：

> 狄之水兮，其色幽幽。我将济兮，不得其由。涉其浅兮，石啮我足。乘其深兮，龙入我舟。我济而悔兮，将安归尤？归兮归兮！无与石斗兮，无应龙求。

诗后笺曰：

> 按：涉浅、乘深四句，从屈原九章"令薜荔而为理兮，惮举趾而缘木，因芙蓉而为媒兮，惮褰裳而濡足，登高吾不说兮，入下吾不能"化出。"无与石斗"、"无应龙求"，即危邦不入，乱邦不居之义也。

方世举指明韩愈该诗对九章句子的化用，旨在说明此时的韩愈与屈原有同样的遭际与情绪。

韩诗与杜诗一样具有善陈史事的特点，有时所描述的史实比较隐晦，就需要笺注者去用心挖掘。方世举熟读史书，对唐代历史比较熟悉，所以，他能够勾深探隐，挖掘出韩诗所蕴含的深刻主旨。如韩愈南山有高树行赠李宗闵、咏雪赠张籍等诗，方世举即作了详笺，指出其中的讥刺成分。再如，卷二杂诗四首其二：

鹊鸣声楂楂，乌噪声揆揆。争斗庭宇间，持身博弹射。

黄鹄能忍饥，两翅久不擘。苍苍云海路，岁晚将无获。

方笺曰：

按：乌鹊争斗，谓韦执谊本为王叔文所引用，初不敢相负，既而迫公议，时有异同，叔文大恶之，遂成仇怨。是自开嫌衅之端也。黄鹄指贾耽，以先朝重望，称疾归第，犹冀其桑榆之收也。

此诗看似写鸟类之间的争斗，实则暗射中唐韦执谊与王叔文之间矛盾斗争这一史实。此类诗歌，读者如果不了解诗歌背景就很难正确理解诗意。方世举运用历史史事笺注诗歌，使史实与诗歌互释，能使读者深入理解作者创作时的"今典"与诗歌的真正旨意。又如卷二题炭谷湫祠堂，诗后笺曰：

按：胡渭曰：公咏南山云："拘官计日月，欲进不可又。因缘窥其湫，凝湛闷阴兽。"此为四门博士时事也。"时天晦大雪，泪目苦矇瞀"，此赴阳山过蓝田时事也。题炭谷湫诗盖贞元十九年京师旱，祈雨湫祠，而往观焉，故曰"因缘窥其湫"。"因缘"谓以事行，非特游也。篇中饶有讽刺。时德宗幸臣李齐运、李实、韦执谊等与王叔文交通，乱政滋甚，故公因所见以起兴。湫龙澄源喻幸臣，鱼鳖禽鸟及群怪喻党人也。此说是。又云：秋怀欲罾寒蛟，而是诗恨不血此牛蹄，刚肠疾恶，情见乎词。刘、柳泄言，群小侧目，阳山之谪，所自来矣，上疏云乎哉！此说则非。秋怀之蛟，乃喻王承宗。

胡渭认为此诗是为王叔文、韦执谊党人所作，方世举对此观点示以肯定，后世注本也承此论。但胡渭认为秋怀诗其四与此诗是影射同一事实，这一观点则被方世举所否定。方氏认为秋怀诗其四是为王承宗蓄谋叛逆而作，且引旧唐书宪宗纪详加考证，厘清了韩诗的创作主题取向。

当然，方氏的笺释有时也不免有穿凿附会之处，如遣疟鬼诗，方世举曰：

> 按：此为宰相李逢吉出为剑南东川节度而作也。旧唐书李逢吉本传，为贞观中学士李立道之曾孙。新唐书宗室世系表载其出姑臧房，为兴圣皇帝之后，盖其人名家子也。然本传言其天性奸回，妒贤伤善，则名家败类矣，故诗借疟鬼为颛顼不肖子，以刺之。

方世举引用新、旧唐书人物传考证此诗为李逢吉所作。看似此诗盖有所指，符合史实，但郑珍跋韩诗却指出："此诗公实因病疟而作……方氏又以移之李逢吉，究是臆度。要之名门子孙，不修操行，以忝厥祖父者，比比而是。公自嬉骂疟鬼，而使不肖子读之，自知汗背，此即有关世道也，何必定指斥某人耶？"[1]方世举注本中类似问题也都被后世研韩集者所发现并加以纠正，所幸无多。

最后是征引文献问题。

由于求新求变，韩愈诗歌中出现大量典故、舆地、职官、名

---

[1]郑珍跋韩诗，巢经巢文集卷五，民国遵义郑征君遗著本。

物制度等,因而要求笺注者具备深厚广博的古代文化史知识,广征博引。方世举博学多才,喜好读书,每一个注释都能引经据典。据笔者统计,方世举韩昌黎诗集编年笺注中引用文献约四百四十种,遍涉经、史、子、集及佛、道典籍等,所征引文献不仅数量多,而且内容丰富,具有很高价值。

韩愈一生恪守儒家思想,提倡重新建立儒家道统,越过汉以后的经学而复归孔、孟,故韩诗中时常有经学内容。正如魏源所说:"当知昌黎不特约六经以为文,亦直约风骚以成诗。"①因而在韩昌黎诗集编年笺注中,方世举相应引用大量经部文献对韩诗进行阐释。因此在其注本中经部书籍出现频率极高,尤其是周礼、礼记、诗经。如卷六元和圣德诗,共征引文献26种,引用总次数约为114次。其中经部五种共约39次,以礼记、诗经为最频繁;史部九种共约40次,新唐书、旧唐书引用次数最多;子部二种共约5次;集部十种共约30次,多是唐以前诗赋。例如对其中"百礼"一词,方世举注曰:"诗经宾筵:'烝衎烈祖,以洽百礼。'"又如"驾龙十二"一词,注曰:"周礼夏官校人:尊王马之政,天子十有二闲。又廋人:掌十有二闲之政教,马八尺以上为龙。"文中诸如此类,不胜枚举。

由于方世举注重以史实笺释韩愈诗意,或考证韩诗中职官、地理、名物、典章制度,因此,书中引用了大量的史部文献,包括唐及唐以前的史学著作。如,卷十晋公破贼回重拜台司以诗示幕中宾客愈奉和中"三司"一词,注曰:

①陈沆(应为魏源)诗比兴笺,上海古籍出版社1981年版。

　　按：汉书百官公卿表：以司马主天，司徒主人，司空主土，为三公。司马初名太尉，武帝元狩四年，初置大司马，冠以将军之号，位在司徒上。后汉书百官志云：以卫青数征伐有功，以为大将军，置大司马官号以尊宠之。其后霍光、王凤等皆然。是大将军之贵压三司也。至车骑将军，则仪同三司。此始自邓骘，见骘传。

　　方世举注解"三司"这一制度的来历，并将其与大将军、车骑将军职位作比较，使读者了解不同朝代职官制度的演变，同时在比较中更清晰地把握"三司"这一职官制度。又如次潼关上都统相公中"堂印"一词：

　　按：新唐书百官志：初，三省长官议事于门下省之政事堂。其后裴炎徙政事堂于中书省。张说为相，又改政事堂为中书门下。程异传：异为宰相，自以非人望，久不敢当印秉笔。是宰相之印为堂印也。韩弘以宣武节度使，累授检校司徒、同中书门下平章事，拜淮西行营都统，故曰"暂辞堂印执兵权"也。

　　引用新唐书百官志及程异传，考证"堂印"即宰相之印。又结合当时韩弘所担任职务作出阐释，既解释"堂印"这一词语在诗中的特殊意思，又暗示"暂辞堂印执兵权"这句诗的意义。方世举对唐代及唐以前历史十分熟悉，对韩诗中职官、典章制度等注解得极为透彻。

　　方世举也引用一些子部书籍，包括法家、道家、农家、医家、艺术、小说家、释家等各类古代文献。当然，引用最多的还是集部。方世举在为诗句找出处及注释典故时，引了大量先秦至魏晋南北朝时期到初盛唐的诗赋作品，这些作品有些源于文选，有些源自文人、诗人的别集、总集。方注本中还引用了大量诗话文献，也是其一大价值。对于宋代诗话也多有引用，如李颀古今诗话（已佚，有郭绍虞宋诗话辑佚本）、蔡絛西清诗话（已佚）等。此外，方世举性好佛，对佛经著作较熟悉，因而对韩诗中涉及到佛、道方面的词语进行了详细注解。如卷一谢自然诗中"吹螺"一词，注曰：南史婆利国传："其导从吹螺击鼓。"法显佛国记："那竭国有精舍，每日出则登高楼击大鼓，吹螺敲铜钹。"卷九听颖师弹琴注后所附的西清诗话、许彦周诗话，记载了宋代关于此诗描写音乐的一些争论，按语中又引了嵇康琴赋、李肇国史补，不仅溯源古代描写琴声较早的作品，还使读者对古诗中描写音乐的手法有较多的了解。再如调张籍中"李杜文章在，光焰万丈长，不知群儿愚，那用故谤伤"句下，注引临汉隐居诗话、后山诗话、竹坡诗话等，记载宋人评价李杜的言论，便于读者对唐以降关于李杜优劣的争论情况有一定的把握。

　　总之，方世举注本按年代顺序编排韩诗，考证过程严谨细密，并汇集了相当丰富的资料，具有较高的价值，在当时就受到学者的高度评价。王鸣盛曰："余家藏朱文公校昌黎先生集四十卷，盖仿宋间所刻，合晦庵先生考异、留畊王先生音释为一书……魏仲举五百家注音辨昌黎先生文集四十卷，前有诸儒名氏五百家者，约略云尔，非其实也。东雅堂昌黎先生集四十卷，每卷有'东吴徐氏刻梓家塾'篆字印，后有遗文一卷，宋版无。惟传叙、书后、庙碑及外集与宋版同。顾嗣立昌黎先生诗集注十一卷。以上四种,诗皆李汉所编,颠倒错乱,全无次序。最后方世举笺注十二卷,编年为次,最有条理。"①连鹤寿评:"其诗集,自李汉编次以下,考证详明,则以方扶南为最。"②这些评论充分肯定了方注本的价值。

三

方世举在兰丛诗话中叙述了注韩的缘由。不满意顾嗣立昌黎诗集笺注,而欲加以补证,是其注韩诗的主要原因。

韩昌黎诗集编年笺注完成具体年代不详,只知刻成于乾隆二十三年(1758),属方世举晚年著述。

方世举一生不求仕进,潜心于学问,中年又遭"南山集案"牵连,晚年寓于扬州田园,故一生贫寒,他的著作多为他人刊刻后方才流传于世。如春及草堂诗集、兰丛诗话,皆是其殁后从侄方观承取而刊刻。韩昌黎诗集编年笺注成书后方世举无力刊刻,其友人卢见曾为之刊行。卢见曾说:"扶南老矣,将售是书以为买山计,余既归其赀,且付剞劂。"③卢见曾,字抱孙,号雅雨,山东德州人,康熙六十年(1721)进士,雍正三年(1725)为四川洪雅知县,故以"雅雨"自号。卢见曾是乾嘉时代著名学者,尝受学于王士禛、田雯,名声早著。乾隆十九年(1754),任两淮盐运使,其间曾与惠栋等名流交往甚密,卒年

①王鸣盛蛾术编,商务印书馆1958年版。
②王鸣盛蛾术编,商务印书馆1958年版。
③卢见曾韩昌黎诗集编年笺注序,载韩昌黎诗集编年笺注卷首,续修四库全书本,上海古籍出版社2002年版。

七十九。卢见曾善接纳文人，爱才好士。方世举"早年交游为顾嗣立、何焯、陈鹏年……中年以后为赵执信、张大受、卢见曾、马曰琯、马曰璐"①。可知，方世举中年以后与卢见曾有过交游。卢见曾在刊刻此书过程中，对其进行了订正校勘，且在书前加入旧唐书韩愈传。卢见曾序云："扶南学问浩博，然未免有贪多之病，其注之重复者、习见者、以诗注复以赋注者、不须注者，尽删之；讹舛者，更正之。不知扶南以为何如也。"方世举亦称："卢雅雨使君为刻韩诗笺注垂成，零星样本寄来正讹，未遑答也。"②卢见曾用钱买下这部书稿，订正校勘后加以刊刻，此书刻成后，书牌上署："德州卢雅雨商定，桐城方扶南通考韩昌黎诗集编年笺注，春及堂藏版。"实质上仍是雅雨堂刻本，而非春及堂刊刻，春及堂是方世举的书室名。

此书经卢见曾刊刻后，只此一种版本。清代一些公私书目著录此书基本一致。赵尔巽清史稿艺文志著录编年昌黎诗注十二卷，张之洞书目答问著录编年昌黎诗注十二卷，云："方世举撰，乾隆戊寅雅雨堂本，此即春及堂本。"近代孙殿起贩书偶记著录韩昌黎诗集编年笺注十二卷，云："桐城方世举考订，乾隆戊寅雅雨堂刊。"范希曾书目答问补正亦著录编年昌黎诗集注十二卷，上海扫叶山房据雅雨堂本影印。施廷镛中国丛书综录续编著录雅雨堂丛书别行本韩昌黎诗集编年笺注十二卷，续修四库全书据浙江图书馆藏乾隆二十三年（1758）卢见

---

① 袁行云春及草堂集叙录，载清人诗集叙录，文化艺术出版社 1994 年版。
② 方世举兰丛诗话，载清诗话续编，上海古籍出版社 1983 年版。

曾雅雨堂刻本影印。

鉴于韩昌黎诗集编年笺注一书至今尚无整理本，我们对此进行了整理，交由中华书局付梓。我们以续修四库全书影印乾隆二十三年（1758）卢见曾雅雨堂刻本为底本，在基本保留原书原貌的基础上，作标点、校勘整理，并在校改之后撰写校勘记。其中参考的书目有：周易集解，中华书局1991年版；诗三家义集疏，中华书局1974年版；尔雅，北京大学出版社2005年版；尔雅注疏，北京大学出版社2000年版；释名疏证补，中华书局2008年版；汉书，中华书局1962年版；北史，中华书局1974年版；旧唐书，中华书局1975年版；新唐书，中华书局1975年版；淮南鸿烈解，明万历刊本；世说新语，中华书局1984年版；楚辞章句补注，吉林人民出版社2005年版；王粲集，中华书局1981年版；鲍参军集注，上海古籍出版社1980年版；嵇康集校注，人民文学出版社1962年版；李太白全集，中华书局1997年版；杜诗详注，中华书局1979年版；苏轼文集，中华书局1986年版；文选，上海古籍出版社1986年版；艺文类聚，上海古籍出版社1982年版；先秦汉魏晋南北朝诗，中华书局1983年版。为了使读者能清晰阅读注释，我们特意在原注释前增补了序号，并在人名、地名等语词下加标专名号，对书中明显的文字错误作了校改。注者避清人讳而改前代人名、地名、官名、书名之类，一律回改。为了统一全书体例及方便阅读，我们将原书组诗中分散在每首诗后的注释全部集中在一起，又收集了一些关于韩昌黎诗集编年笺注的评论资料，附入书后。书前撰写前言，对方世举生平及其韩昌黎诗集编年笺注作较深入系统的探讨,便于读者了解该书价值。希望此书出版能为更多的韩愈研究者阅读利用。由于时间仓促,书中错误在所难免,祈请同行方家批评指正!

整理者

韩愈诗集编年笺注

序

　　唐李汉编昌黎先生集，得古诗二百一十，联句十一，律诗一百六十，不以年次。宋计有功唐诗纪事于昌黎虽有编年，而诗或从略。嗣是注韩诗者辈出，而吕大防、程俱、洪兴祖、方崧卿各撰年谱，樊汝霖又作年谱注。国朝顾氏嗣立参考新、旧两书，取诸家之谱，增订讹略，阅者便之。然以诗系年与诸家不无小异，舛讹亦时有，而转注故实，尤多所未备。夫知人论世，当细核其回翔中外仕路升沉，与夫藩镇宦竖朋党纷乘之故，乃可句栉字梳、年经月纬而无忒。朱子于韩集用功最深，考异一书，学者尚有疑窦，后世可率臆而为之说欤？吾友方扶南先生撰昌黎编年诗注，博极群书，详考事实，大抵援新、旧两书以正诸家之误，援行状、墓志以正两史之误，俾读者显显然如与籍、湜辈亲登其堂，斯真昌黎之功臣也已。扶南老矣，将售是书以为买山计。余既归其赀，且付剞劂。扶南学问浩博，然未免有贪多之病。其注之重复者〔一〕、习见者〔二〕、以诗注复以赋注者〔三〕、不须注者〔四〕，尽删之；讹舛者〔五〕，更正之。不知扶南以

1

为何如也？乾隆二十三年戊寅六月德州卢见曾序。

〔一〕如"汤汤"字，首卷古风既注尧典，二卷龙宫滩诗复注之类。

〔二〕如"淄磷"，以论语注，不能以孟子注之类。

〔三〕如"丝竹"字，既以苏武诗注，复以任昉赋注之类。

〔四〕如"浩浩"、"悠悠"、"开卷"、"低头"之类。

〔五〕如魏都赋"肃肃阶闼"作"萧萧阶闼"，后汉书"辒辌柴毂"作"辒辌紫毂"之类。

序

唐诗之有可笺注者，莫如杜、韩二家。杜有千家注，韩有五百家注，皆宋人所裒集，广收博采，用力勤矣。然其说多有不当，辞而辟之者，已历有之，杜千家注姑不论，韩五百家注自朱子考异出而遂废。考异之后，又有不著姓名者，宗朱子而广之。明季东吴徐氏刊以行世，世所称东雅堂本。其书甚当，顾辨注者多，而笺事者少。凡朱子指为有为而作，未及细笺者，亦遂无所发明。嗟乎！朱子之意，安知其不望后人耶？观于尚书不自注而属西山，可类推也。明人蒋处士之翘、近时顾庶常嗣立，继有增注，其于笺亦皆未详。注而不笺，则非子夏三百篇小序之旨，又不得孟子"以意逆志"、"知人论世"之义。夫"以意逆志"，须精思；"知人论世"，必详考。善哉！司马迁之言曰"好学深思，心知其意"，此精思之谓也。班固之言曰"笃学好古，实事求是"，此详考之谓也。深思始可笺注，求是则必编年。不得其时，而漫为笺注，知其意、求其是也难。韩诗本有年月可寻，编者婿李汉又公门人，必得公次第本意。其中间有小舛，亦或公随手所录。如杜过张隐居二首，一七律，一五律,语气分明两时。杜汇之,而宗武仍之。李汉编韩亦或此例耶。然有诗在后而编在前,读之易知者,如元和圣德诗,事在元和二年,而今以压卷。此非舛误,盖题目重大,非前不可。时事又著明,诗中无庸笺,而年可考。今非韩之时,变而移置元和二年,以顺编年之例易易耳。其有年未明编,遂误笺说者,如南山有高树行赠李宗闵,乃悯其谪出远州,以规讽挤之者,事在穆宗长庆之初。时宗闵有令名,无败行。韩公素与交好,又尝同为裴度幕官,故有此诗,诗之结语不平可见。今笺者以为刺之,盖因文宗三年,宗闵为相,党局始兴。七年复相,秽迹大著,君子不党,诗必刺之。而不考韩公殁于长庆四年,其时相去甚远。且隔敬宗一朝,何由而预知其非,早为讥刺之诗乎?此大谬也。又有年已明编,犹误笺注者,如效玉川子月蚀诗。卢开手便书元和庚寅,韩诗亦书新天子即位五年,是为王承宗不庭之时。时从裴度言用兵,诏四面行营讨之,诸将畏怯,逗遛不前,以故诗中以东西南北星文比而刺之。笺者不审明书之五年为承宗时,乃以元和十二①年暴崩于中官之手当之,又大谬也。大者如此,细者必多。年不重编,诗终多晦。今一一考诸史,证诸集,参诸旁见侧出之书,以详其时,以笺其事,以辨诸家之说。敢自谓知其意、得其是乎?聊出而就正于世之好学深思、笃志好古,以上通孟子之说诗者。或有取于一知半解,而论去其大谬,斯余之厚望也夫!桐城方世举谨序。

【校记】

①二,疑作"五"。

凡　例

一、李汉原编十卷，今合诸本以及外集、拾遗，编十二卷。

二、目录汇次，从来在前，简帙徒多，无关寻检，杜、白之集可见。今既编年，以每年之目领每年之诗，分别每卷，乃易检阅。

三、注为前人已有者，悉依考异及东雅本，仍著"某云"。其东雅堂不著名者，于"云"字上空一字，如顾本例。其为愚见则书曰"按"。

四、凡注引古，只当取最古、最前之书。然亦有后世承用而小异者，义无戾于古书，字有关于本文，今辄增之，备参考也。

五、笺凡说一诗之旨者，系于题后。凡辨一句一字之是非者，系于句下，皆有"按"字。

六、奇奇怪怪不主故常，公自道也。旧本收遗诗中有嘲鼾睡二首，宋人以公不信佛，诗中用内典必非，此见非也。嘲者为僧，有何不可？公虽不宗佛教，安见不泛阅佛书？朱子集中亦有晨起诵佛经小五古一首。古人凡书不遗也。二诗奇崛古奥，三唐中无此一手。同时孟郊、卢仝亦最好奇，孟有其凝练而不能舒长，卢有其舒长而不能凝练。周紫芝指为伪作，此寡见多怪之论也。今订为真。

七、有载在李汉原编而实非公作者，凡二排律，一和李逢吉摄事南郊，一和杜元颖太清宫纪事陈诚上李逢吉。其称老子道过禹稷，其颂逢吉不啻杜、房，诬累韩公甚矣。今特辨之，笺有长言，例不多及。

八、有自来诸本未经订正之字句，而必不可不辨者，如答张彻诗"结友子让抗，请师我惭丁"，旧注相因，皆以"抗"为陆丁，为公孙丁，殊不思上下文气何取乎？对垒之羊祜、陆抗，交绥之尹公、公孙丁也。师友故事多矣，用此了无关涉。今订为虚字，"抗"乃抗礼之抗，"丁"乃当也。言我以子为友，子谦让不敢抗礼，子以我为师，我又惭愧不敢当也。此一定之文理也。

九、旧本韩集前皆未列年谱，近日顾本有之，以为增订洪氏、方氏年谱，而不知元丰间之吕大防、崇宁间之程俱皆有之，皆宋人，皆可取，纷纷收入甚苦繁冗。今约而编年，则每年之时事出处，皆系于每卷目录之下，逐卷了然。年谱可以不用，并新、旧二史本传，亦不必列前矣。凡读书者，宁不知之？

旧唐书　韩愈传

　　韩愈字退之,昌黎人[一]。父仲卿,无名位[二]。愈生三岁而孤,养于从父兄[三]。愈自以孤子,幼刻苦学儒,不俟奖励[四]。大历、贞元之间,文士多尚古学,效扬雄、董仲舒之述作,而独孤及、梁肃最称渊奥,儒林推重。愈从其徒游,锐意钻仰,欲自振于一代。洎举进士,投文于公卿间,故相郑馀庆颇为之延誉,由是知名于时。

　　寻登进士第,宰相董晋出镇大梁,辟为巡官。府除,徐州张建封又请为其宾佐[五]。愈发言真率,无所畏避,操行坚正,拙于世务。调授四门博士,转监察御史。德宗晚年,政出多门,宰相不专机务。宫市之弊,谏官论之不听。愈尝上章数千言极论之,不听,怒贬为连州阳山令。量移江陵府掾曹[六]。元和初,召为国子博士,迁都官员外郎[七]。时华州刺史阎济美以公事停华阴令柳涧县务,俾摄掾曹。居数月,济美罢郡,出居公馆,涧遂讽百姓遮道索前年军顿役直。后刺史赵昌按得涧罪以闻,贬房州司马。愈因使过华,知其事,以为刺史相党,上疏理涧，留中不下。诏监察御史李宗奭按验，得涧赃状，再贬涧封溪尉。以愈妄论，复为国子博士。愈自以才高，累被摈黜，作进学解以自喻曰：

国子先生晨入太学，召诸生立馆下，诲之曰："业精于勤荒于嬉，行成于思毁于随。方今圣贤相逢，治具毕张，拔去凶邪，登崇俊良。占小善者率以录，名一艺者无不庸。爬罗剔抉，刮垢磨光。盖有幸而获选，孰云多而不扬？诸生业患不能精，无患有司之不明；行患不能成，无患有司之不公。"

言未既，有笑于列者曰："先生欺予哉！弟子事先生，于兹有年矣。先生口不绝吟于六艺之文，手不停披于百家之编。记事者必提其要，纂言者必钩其玄。贪多务得，细大不捐。烧膏油以继晷，恒兀兀以穷年。先生之业，可谓勤矣。觝排异端，攘斥佛、老，补苴罅漏，张皇幽眇。寻坠绪之茫茫，独旁搜而远绍；障百川而东之，回狂澜于既倒。先生之于儒，可谓有劳矣。沈浸醲郁，含英咀华，作为文章，其书满家。上规姚、姒，浑浑无涯。周诰、殷盘，佶屈聱牙。春秋谨严，左氏浮夸。易奇而法，诗正而葩。下迨庄、骚，太史所录，子云、相如，同工异曲。先生之于文，可谓闳其中而肆其外矣。少始知学，勇于敢为；长通于方，左右具宜。先生之于为人，可谓成矣。然而公不见信于人，私不见助于友，跋前踬后，动辄得咎。暂为御史，遂窜南夷。三为博士，冗不见治。命与仇谋，其败几时。冬暖而儿号寒，年丰而妻啼饥。头童齿豁，竟死何裨？不知虑此，而反教人为？"

先生曰："吁！子来前。夫大木为宋，细木为桷，欂栌

侏儒、椳闑扂楔、各得其宜，施以成室者，匠氏之工也。玉

札丹砂、赤箭青芝、牛溲马勃、败鼓之皮，俱收并蓄，待用

无遗者，医师之良也。登明选公，杂进巧拙，纤馀为妍，卓

荦为杰，校短量长，唯器是适者，宰相之方也。昔者孟轲

好辩，孔道以明，辙环天下，卒老于行。荀卿守正，大论是

宏。逃谗于楚，废死兰陵。是二儒者，吐辞为经，举足为

法。绝类离伦，优入圣域，其遇于世何如也？今先生学虽

勤，不繇其统；言虽多，不要其中；文虽奇，不济其用；行虽

修，不显于众。犹且月费俸钱，岁靡廪粟。子不知耕，妇

不知织。乘马从徒，安坐而食。踵常涂之促促，窥陈编以

盗窃。然而圣主不加诛，宰臣不见斥，此非其利哉！动而

得谤，名亦随之。投闲置散，乃分之宜。若夫商财贿之有

无，计班资之崇庳。忘量己之所称，指前人之瑕疵。是所

谓诘匠氏之不以杙为楹，而訾医师以昌阳引年，欲进其猪

苓也。"

执政览其文而怜之，以其有史才，改比部郎中、史馆修撰。逾

岁，转考功郎中、知制诰，拜中书舍人。

俄有不悦愈者，摭其旧事，言愈前左降为江陵掾曹，荆南

节度使裴均馆之颇厚。均子锷凡鄙，近者锷还省父，愈为序饯

锷，仍呼其字。此论喧于朝列，坐是改太子右庶子[八]。元和十

二年八月，宰臣裴度为淮西宣慰处置使，兼彰义军节度使，请

愈为行军司马，仍赐金紫。淮蔡平[九]，十二月，随度还朝，以功

授刑部侍郎,仍诏愈撰平淮西碑,其辞多叙裴度事。时先入蔡州擒吴元济,李愬功第一,愬不平之。愬妻出入禁中,因诉碑辞不实,诏令磨愈文。宪宗命翰林学士段文昌重撰文勒石。

凤翔法门寺有护国真身塔,塔内有释迦文佛指骨一节,其书本传法,三十年一开,开则岁丰人泰。十四年正月,上令中使杜英奇押宫人三十人,持香花,赴临皋驿迎佛骨,自光顺门入大内,留禁中三日,乃送诸寺。王公士庶,奔走舍施,唯恐在后。百姓有废业破产、烧顶灼臂而求供养者。愈素不喜佛,上疏谏曰:

伏以佛者,夷狄之一法耳。自后汉时始流入中国,上古未尝有也。昔黄帝在位百年,年百一十岁;少昊在位八十年,年百岁;颛顼在位七十九年,年九十八岁;帝喾在位七十年,年百五岁;帝尧在位九十八年,年百一十八岁;帝舜及禹年皆百岁。此时天下太平,百姓安乐寿考,时中国未有佛也。其后殷汤亦年百岁。汤孙太戊在位七十五年,武丁在位五十年,书史不言其寿,推其年数,盖不减百岁。周文王年九十七岁,武王年九十三岁,穆王在位百年。此时佛法亦未至中国,非因事佛而致此也。

汉明帝时始有佛法,明帝在位才十八年耳。其后乱亡相继,运祚不长。宋、齐、梁、陈、元魏已下,事佛渐谨,年代尤促。唯梁武帝在位四十八年,前后三度舍身施佛,宗庙之祭,不用牲牢,昼日一食,止于菜果,其后竟为侯景所逼,饿死台城,国亦寻灭。事佛求福,乃更得祸。由此观之,佛不足信,亦可知矣。

高祖始受隋禅，则议除之。当时群臣识见不远，不能深究先王之道、古今之宜，推阐圣明，以究斯弊，其事遂止。臣尝恨焉！伏惟皇帝陛下，神圣英武，数千百年以来未有伦比。即位之初，即不许度人为僧尼、道士，又不许别立寺观。臣当时以为高祖之志，必行于陛下之手，今纵未能即行，岂可恣之转令盛也！

今闻陛下令群僧迎佛骨于凤翔，御楼以观，舁入大内，令诸寺递迎供养。臣虽至愚，必知陛下不惑于佛，作此崇奉以祈福祥也。直以丰年之乐，徇人之心，为京都士庶设诡异之观、戏玩之具耳。安有圣明若此而肯信此等事哉？然百姓愚冥，易惑难晓，苟见陛下如此，将谓真心信佛。皆云天子大圣，犹一心敬信，百姓微贱，于佛岂合惜身命。所以灼顶燔指，百十为群，解衣散钱，自朝至暮，转相仿效，唯恐后时。老幼奔波，弃其生业。若不即加禁遏，更历诸寺，必有断臂脔身以为供养者。伤风败俗，传笑四方，非细事也。

佛本夷狄之人，与中国言语不通，衣服殊制。口不道先王之法言，身不服先王之法行，不知君臣之义、父子之情。假如其身尚在，奉其国命，来朝京师，陛下容而接之，不过宣政一见，礼宾一设，赐衣一袭，卫而出之于境，不令惑于众也。况其身死已久，枯朽之骨，凶秽之馀，岂宜以入宫禁！孔子曰："敬鬼神而远之。"古之诸侯，行吊于国，尚令巫祝先以桃茢，祓除不祥，然后进吊。今无故取朽秽之物，观视之，巫祝不先，桃茢不用，群臣不言其非，御史不举其失,臣实耻之。乞以此骨付之水火,永绝根本,断天下之疑,绝后代之惑。使天下之人,知大圣人之所作为出于寻常万万也,岂不盛哉!岂不快哉!佛如有灵,能作祸祟,凡有殃咎,宜加臣身。上天鉴临,臣不怨悔。

疏奏,宪宗怒甚。间一日,出疏以示宰臣,将加极法。裴度、崔群奏曰:"韩愈上忤尊听,诚宜得罪,然而非内怀忠恳,不避黜责,岂能至此?伏乞稍赐宽容,以来谏者。"上曰:"愈言我奉佛太过,我犹为容之。至谓东汉奉佛之后,帝王咸致夭促,何言之乖刺也?愈为人臣,敢尔狂妄,固不可赦。"于是人情惊惋,乃至国戚诸贵,亦以罪愈太重,因事言之,乃贬为潮州刺史。

愈至潮阳,上表曰:

臣今年正月十四日,蒙恩授潮州刺史,即日驰驿就路。经涉岭海,水陆万里。臣所领州,在广府极东,去广府虽云二千里,然来往动皆逾月。过海口,下恶水,涛泷壮猛,难计期程,飓风鳄鱼,患祸不测。州南近界,涨海连天,毒雾瘴氛,日夕发作。臣少多病,年才五十,发白齿落,理不久长。加以罪犯至重,所处又极远恶,忧惶惭悸,死亡无日。单立一身,朝无亲党,居蛮夷之地,与魑魅同群。苟非陛下哀而念之,谁肯为臣言者?

臣受性愚陋,人事多所不通,唯酷好学问文章,未尝一日暂废,实为时辈推许。臣于当时之文,亦未有过人者,至于论述陛下功德,与诗、书相表里,作为歌诗,荐之郊庙,纪太山之封,镂白玉之牒,铺张对天之宏休,扬厉无前之伟迹，编于诗、书之策而无愧，措于天地之间而无亏。虽使古人复生，臣未肯多让。伏以大唐受命有天下，四海之内，莫不臣妾，南北东西，地各万里。自天宝之后，政治少懈，文致未复，武克不纲。孽臣奸隶，外顺内悖，父死子代，以祖以孙，如故诸侯，自擅其地，不朝不贡，六十七年。四圣传序，以至陛下，躬亲听断，干戈所麾，无不从顺。宜定乐章，以告神明，东巡泰山，奏功皇天，使永永万年，服我成烈。当此之际，所谓千载一时不可逢之嘉会，而臣负罪婴衅，自拘海岛，戚戚嗟嗟，日与死迫，曾不得奏薄伎于从官之内、隶御之间，穷思毕精，以赎前过。怀痛穷天，死不闭目！瞻望宸极，魂神飞去。伏惟陛下，天地父母，哀而怜之。

宪宗谓宰臣曰："昨得韩愈到潮州表，因思其所谏佛骨事，大是爱我，我岂不知？然愈为人臣，不当言人主事佛乃年促也。我以是恶其容易。"上欲复用愈，故先语及，观宰臣之奏对。而皇甫镈恶愈狷直，恐其复用，率先对曰："愈终大狂疏，且可量移一郡。"乃授袁州刺史。

初，愈至潮阳，既视事，询吏民疾苦，皆曰："郡西湫水有鳄鱼，卵而化，长数丈，食民畜产将尽，以是民贫。"居数日，愈往视之，令判官秦济炮一豚一羊，投之湫水，咒之曰：

前代德薄之君，弃楚、越之地，则鳄鱼涵泳于此可也。今天子神圣，四海之外，抚而有之。况扬州之境，刺史县令之所治，出贡赋以共天地宗庙之祀，鳄鱼岂可与刺史杂处此土哉？刺史受天子命，令守此土，而鳄鱼睊然不安溪潭，食民畜熊鹿麞豕，以肥其身，以繁其卵，与刺史争为长。刺史虽驽弱，安肯为鳄鱼低首而下哉？今潮州大海在其南，鲸鹏之大，虾蟹之细，无不容，鳄鱼朝发而夕至。今与鳄鱼约，三日乃至七日，如顽而不从，须为物害，则刺史选材伎壮夫，操劲弓毒矢，与鳄鱼从事矣！

咒之夕，有暴风雷起于湫中。数日，湫水尽涸，徙于旧湫西六十里。自是潮人无鳄患。

袁州之俗，男女隶于人者，逾约则没入出钱之家。愈至，设法赎其所没男女，归其父母。仍削其俗法，不许隶人。

十五年，征为国子祭酒，转兵部侍郎。会镇州杀田弘正，立王庭凑，令愈往镇州宣谕。愈既至，集军民，谕以逆顺，辞情切至，庭凑畏重之。改吏部侍郎[一〇]。转京兆尹，兼御史大夫。以不台参，为御史中丞李绅所劾。愈不伏，言准勒仍不台参。绅、愈性皆褊僻，移剌往来，纷然不止。乃出绅为浙西观察使，愈亦罢尹，为兵部侍郎。及绅面辞赴镇，泣涕陈叙，穆宗怜之，乃追制以绅为兵部侍郎，愈复为吏部侍郎。

长庆四年十二月卒，时年五十七[一一]，赠礼部尚书，谥曰文。

愈性宏通，与人交，荣悴不易。少时与洛阳人孟郊、东郡人张籍友善。二人名位未振，愈不避寒暑，称荐于公卿间，而籍终成科第，荣于禄仕。后虽通贵，每退公之隙，则相与谈谑，论文赋诗，如平昔焉。而观诸权门豪士，如仆隶焉，瞪然不顾。而颇能诱厉后进，馆之者十六七[一二]，虽晨炊不给，怡然不介意。大抵以兴起名教宏奖仁义为事。凡嫁内外及友朋孤女仅十人〔一三〕。

　　常以为自魏、晋已还，为文者多拘偶对，而经诰之指归，迁、雄之气格，不复振起矣。故愈所为文，务反近体，抒意立言，自成一家新语。后学之士，取为师法。当时作者甚众，无以过之，故世称"韩文"焉〔一四〕。然时有恃才肆意，亦有蹈孔、孟之旨。若南人妄以柳宗元为罗池神，而愈撰碑以实之；李贺父名晋，不应进士，而愈为贺作讳辨，令举进士；又为毛颖传，讥戏不近人情：此文章之甚纰缪者。时谓愈有史笔，及撰顺宗实录，繁简不当，叙事拙于取舍，颇为当代所非。穆宗、文宗尝诏史臣添改，时愈婿李汉、蒋係在显位，诸公难之。而韦处厚竟别撰顺宗实录三卷。有文集四十卷〔一五〕，李汉为之序。

　　子昶，亦登进士第。

〔一〕新唐书：邓州南阳人。朱子考异云：李白作韩文公父仲卿去思碑云"南阳人"。而公尝自称昌黎。李翱作公行状亦云"昌黎某人"。皇甫湜作墓志不言乡里，又作神道碑乃云：上世尝居南阳，又隶延州之武阳。而旧书亦但云"昌黎某"。今按：新书盖因李碑而加"邓州"二字也。然考汉书地理志有两南阳，其一河内修武，即左传所谓晋启南阳也；其一南阳堵阳，即荆州之南阳郡，字与赭同，在唐属邓州者也。方崧卿增考年谱云：今孟、怀州皆春秋南阳之地。自汉至隋，二州皆属河内郡。唐显庆中，始以孟州隶河南府。建中中，乃以河南之四县入河阳三城，使其后又改为孟州。今河内有河阳县，韩氏世居之。故公每自言归河阳省坟墓。而女挐之铭亦曰"归骨于河南之河阳韩氏墓"。张籍祭公诗亦云"旧茔盟津北"。则知公为河内之南阳人。详此,南阳之为河内修武无可疑,而新书邓州之误断可识矣。

〔二〕新书:七世祖茂有功于后魏,封安定王。父仲卿为武昌令,有美政,即去,县人刻石颂德。终秘书郎。

〔三〕新书:愈生三岁而孤,随伯兄会贬官岭表。会卒,嫂郑鞠之。

〔四〕新书:愈自知读书,日记数千百言。比长,尽能通六经百家学。

〔五〕新书:会董晋为宣武节度使,表署观察推官。晋卒,愈从丧出,不四日汴军乱,乃去。依武宁节度使张建封辟府推官。

〔六〕新书:改江陵法曹参军。

〔七〕新书:元和初,权知国子博士分司东都,三岁为真,改都官员外郎。公神道碑除尚书都官郎中,分司判祠部。

〔八〕新书:初,宪宗将平蔡,命御史中丞裴度使诸军按视,及还,具言贼可灭,与宰相议不合。愈亦奏言淮西连年侵掠,得不偿费,其败可立而待。然未可知者,在陛下断与不断耳。执政不喜,会有人诋愈在江陵云云。

〔九〕新书:度宣慰淮西,奏愈行军司马。愈请乘遽先入汴说韩弘,使协力。公墓志云:公以右庶子兼御史中丞、行军司马,宰相军出潼关,请先乘遽至汴,感说都统,师乘遂和,卒擒元济。公行状云:公为行军司马,从丞相居于郾城,公知蔡州精卒聚界上,以拒官军,守城者率老弱,且不过千人,亟白丞相,请以兵三千人间道以入,必擒元济。丞相未及行,而李愬自唐州文城垒提其卒以夜入蔡州,果得元济。又云:蔡州既平,布衣柏耆以计谒公,公与语,奇之,遂白丞相曰:淮西灭,王承宗胆破,可不劳用众,宜使辩士奉相公书,明祸福以招之,彼必服。丞相然之。公口占为书,使柏耆袖之以至镇州。承宗果大恐,上表请割德、棣二州以献。

〔一〇〕新书：诏愈宣抚，既行，众皆危之。元稹言：韩愈可惜。穆宗亦悔，诏愈度事从宜，无必入。愈曰：安有受君命而滞留自顾。遂疾驱入。庭凑严兵迓之，甲士陈庭，既坐，庭凑曰：所以纷纷者，乃此士卒也。愈大声曰：天子以公为有将帅材，故赐以节，岂意同贼反邪？语未终，士前奋曰：先太师为国击朱滔，血衣犹在，此军何负朝廷，乃以为贼乎？愈曰：以为尔不记先太师也。若犹记之，固善，且为逆与顺，利害不能远引古事，但以天宝来祸福为尔等明之。安禄山、史思明、李希烈、梁崇义、朱滔、朱泚、吴元济、李师道，有若子若孙在乎？亦有居官者乎？众曰：无。愈曰：田公以魏博六州归朝廷，官中书令，父子受旗节。刘悟、李祐皆大镇，此尔军所共闻也。众曰：弘正刻，故此军不安。愈曰：然尔曹害田公，又残其家矣，复何道？众乃谨曰：侍郎语是。庭凑恐众心动，遽麾使去。因泣谓愈曰：今欲庭凑何所为？愈曰：神策六军之将，如牛元翼比者不少，但朝廷顾大体不可弃之，公久围之何也？庭凑曰：即出之。愈曰：若尔则无事矣。会元翼亦溃围出，庭凑不追。愈归奏其语，帝大悦。转吏部侍郎。

〔一一〕墓志云：长庆四年十二月丙子薨，明年三月癸酉葬河南河阳。

〔一二〕新书：愈成就后进士，往往知名，经愈指授，皆称韩门弟子。

〔一三〕新书：凡内外亲若交友无后者，为嫁遣孤女而恤其家，嫂郑丧，为服期以报。

〔一四〕新书：愈每言文章，自汉司马相如、太史公、刘向、扬雄后，作者不世出，故愈深探本元，卓然树立，成一家言。其原道、原性、师说等数十篇，皆奥衍闳深，与孟轲、扬雄相表里，而佐佑六经

云。至它文,造端置辞,要为不袭蹈前人者。然惟愈为之沛然
若有馀,至其徒李翱、李汉、皇甫湜从而效之,遽不及远甚。

〔一五〕行状云:有集四十卷,小集十卷。

韩昌黎诗集编年笺注卷一

卷一凡三十五首,起少时作,迄登第后佐董晋于汴、佐张建封于徐诸诗。其贞元八年登第试帖为明水赋、御沟新柳诗、不贰过论。集中今惟载论,其赋尚见外集。惟御沟新柳诗无所见,今不入目。

芍药歌〔一〕

丈人庭中开好花,更无凡木争春华。翠茎红蕊天力与,此恩不属黄钟家〔二〕。温馨熟美鲜香起,似笑无言习君子〔三〕。霜刀翦汝天女劳〔四〕,何事低头学桃李?娇痴婢子无灵性〔五〕,竞挽春衫来比并。欲将双颊一晞红,绿窗磨遍青铜镜〔六〕。一樽春酒甘若饴,丈人此乐无人知。花前醉倒歌者谁?楚狂小子韩退之〔七〕。

〔 一 〕一本作"王司马红芍药歌"。

〔 二 〕不属黄钟家:月令:仲冬之月,律中黄钟。按:黄钟,宫音,宫

者,君也。句言"不属",当谓王司马本为朝士,以不得于君,出
为司马。其用之芍药者,埤雅释草"芍药荣于仲冬,华于
孟夏"。

〔三〕习:晋书:王恭语王忱:丈人不习恭。温峤论陶侃:傒狗我所
习。皆谓深知熟习也。君子:谓王司马。

〔四〕霜刀:杜甫诗:"饔子左右挥霜刀。" 天女:史记天官书:织女,
天女孙也。

〔五〕婢子:左传:僖公二十二年,寡君使婢子侍执巾栉。

〔六〕青铜镜:辛延年诗:"遗我青铜镜。"

〔七〕楚狂小子:建中、贞元间,公避地江濆,在古为楚地,故用接舆
歌凤语意,以为王司马叹其德衰也。结意与"不属黄钟"语
相应。

按:王伯大云:"此诗恐是公少作。"此说是也。又云:"据公
与邢尚书书,自称七岁而读书,十二而能文,此篇才情纵逸,瑰奇
溢目。"此语亦是。又云:"见夫天之所以与我者,非凡木之匹俦,
可比德于君子,而非儿女所能仿佛,其自命固已不凡。"是则误
解。按:"何事低头学桃李"以上,皆指王司马,其"婢子"以下语,
乃刺软美逢时者,以为王司马泻愤,与自命何与哉?"一樽"以下
结赏花耳。

出门〔一〕

长安百万家〔二〕,出门无所之。岂敢尚幽独?与世实参差。古
人虽已死,书上有遗辞。开卷读且想,千载若相期。出门各有
道,我道方未夷〔三〕。且于此中息,天命不我欺。

〔一〕易同人卦：出门同人。又随卦：出门交有功。按：公年十九始
　　　来京师，此诗语气系未第时作。

〔二〕长安：三辅黄图：汉高祖有天下，始都长安，欲其子孙长安都于
　　　此也。注：长安本秦之乡名，高祖作都于此。

〔三〕未夷：北史刘炫传："世故未夷。"夷，平也。

北极一首赠李观〔一〕

北极有羁羽，南溟有沈鳞〔二〕。川原浩浩隔，影响两无因。风云
一朝会〔三〕，变化成一身〔四〕。谁言道里远，感激疾如神〔五〕。我
年二十五，求友昧其人。哀歌西京市〔六〕，乃与夫子亲。所尚苟
同趋，贤愚岂异伦。方为金石姿〔七〕，万世无缁磷。无为儿女
态〔八〕，憔悴悲贱贫〔九〕。

〔一〕列子汤问篇：岱舆、员峤二山流于北极，沉于大海。按：新唐书
　　　李观传："观，字元宾，贞元中举进士、宏辞，连中，授太子校书
　　　郎。卒年二十九。观属文不旁沿前人，时谓与韩愈相上下。"
　　　又按：科名记："是年陆贽主司，愈与观同登进士。"诗正其时。
　　　上邢君牙书云"二十有五而擢第"，与诗语合。又按：新唐书欧
　　　阳詹传：詹与韩愈、李观、李绛、崔群、王涯、冯宿、庾承宣联第，
　　　皆天下选，时称"龙虎榜"。

〔二〕南溟：庄子逍遥游：南溟者，天池也。沈鳞：抱朴子勖学篇：沈
　　　鳞可动之以声音。

〔三〕风云会：班固答宾戏："彼皆蹑风云之会。"

〔四〕一身：苏武诗："况我连枝树，与子同一身。"

〔五〕疾如神：易系辞：惟神也，故不疾而速，不行而至。

〔 六 〕西京：三辅黄图：汉高祖始都长安，实曰西京。新唐书地理志：
　　　　上都初曰京城，天宝元年曰西京。

〔 七 〕金石：阮籍诗："如何金石交，一旦更离伤。"

〔 八 〕儿女态：后汉书来歙传：呼巨卿，欲相属以军事，而反效儿女子
　　　　涕泣耶。

〔 九 〕憔悴：屈原渔父篇："颜色憔悴，形容枯槁。"

落叶一首送陈羽〔一〕

落叶不更息，断蓬无复归〔二〕。飘飘终自异，邂逅暂相依〔三〕。
悄悄深夜语，悠悠寒月辉。谁云少年别〔四〕？流泪各沾衣。

〔 一 〕陈羽，江东人，登贞元进士第，历官东宫尉佐。汉武帝落叶哀
　　　　蝉曲："落叶依于重扃。"以起句"落叶"二字命题，仿三百篇，与
　　　　前北极同。

〔 二 〕断蓬：司马彪诗："秋蓬独何辜，飘飘随风转。"

〔 三 〕邂逅：诗蔓草："邂逅相遇，适我愿兮。"

〔 四 〕少年别：沈约诗："平生少年日，分手易前期。"此诗盖翻其语。

　　　　按：蒋云：晚唐人律诗如此，入古体觉别自有致。此误因旧
编云然。此即五律，孟郊集亦有五律，而后人误同古诗，殊不辨
音节。

岐山下一首〔一〕

谁谓我有耳，不闻凤凰鸣？竭来岐山下〔二〕，日暮边鸿惊。丹穴
五色羽〔三〕，其名曰凤凰。昔周有盛德，此鸟鸣高冈〔四〕。和声

随祥风〔五〕,窅窱相飘扬〔六〕。闻者亦何事? 但知时俗康。自从公旦死,千载闷其光。吾君亦勤理,迟尔一来翔〔七〕。

〔一〕按:此篇亦有分二首者,非。

〔二〕揭来:揭,丘揭切,又去谒切。说文:揭,去也。曾子归耕操:揭来归耕,历山盘兮。岐山下:诗緜:"率西水浒,至于岐下。"水经注云:岐山在扶风美阳县西北。新唐书地理志:凤翔府扶风郡岐山县,有岐山,属关内道。

〔三〕丹穴:尔雅释地:距齐州以南,戴日为丹穴。南山经:丹穴之山有鸟焉,其状如鸡,五采而文,名曰凤皇。

〔四〕鸣高冈:诗卷阿:"凤皇鸣矣,于彼高冈。"

〔五〕和声:左传:凤皇于飞,和鸣锵锵。又:和声入于耳,而藏于心。祥风:王褒圣主得贤臣颂:恩从祥风翔,德与和气游。

〔六〕窅窱:窅,鸟皎切,一作"窈"。说文:窅,深目也。窈,深远也。窱,深肆极也。按:窅、窱亦相近可通,然与"窱"字相连,宜作"窈窱",以诗经为正。

〔七〕迟尔:迟,去声。后汉书章帝纪:朕思迟直士。注:迟,犹希望也。来翔:魏志管宁传:振翼遐裔,翻然来翔。

按:宋人程俱编年谱:公游凤翔,以书抵邢君牙,不得意,去。此诗题"岐山下",正其时也,非泛泛作。朱子亦订为至凤翔时。

谢自然诗〔一〕

果州南充县〔二〕,寒女谢自然。童骏无所识〔三〕,但闻有神仙。轻身学其术,乃在金泉山。繁华荣慕绝,父母慈爱捐〔四〕。凝心感魑魅〔五〕，慌惚难具言。一朝坐空室，云雾生其间〔六〕。如聆笙竽韵，来自冥冥天。白日变幽晦，萧萧风景寒。檐楹暂明灭，五色光属联〔七〕。观者徒倾骇，踯躅讵敢前〔八〕。须臾自轻举〔九〕，飘若风中烟。茫茫八纮大〔一〇〕，影响无由缘〔一一〕。里胥上其事，郡守惊且叹〔一二〕。驱车领官吏，氓俗争相先〔一三〕。入门无所见，冠屦同蜕蝉〔一四〕。皆云神仙事，灼灼信可传。余闻古夏后，象物知神奸〔一五〕。山林民可入，魍魉莫逢旃〔一六〕。逶迤不复振，后世恣欺谩〔一七〕。幽明纷杂乱，人鬼更相残。<u>秦皇</u>虽笃好，<u>汉武</u>洪其源〔一八〕。自从二主来，此祸竟连连〔一九〕。木石生怪变，狐狸骋妖患〔二〇〕。莫能尽性命〔二一〕，安得更长延？人生处万类，知识最为贤。奈何不自信，反欲从物迁〔二二〕？往者不可悔，孤魂抱深冤。来者犹可诫，余言岂空文〔二三〕。人生有常理，男女各有伦。寒衣及饥食，在纺绩耕耘。下以保子孙，上以奉君亲。苟异于此道，皆为弃其身〔二四〕。噫乎彼寒女，永托异物群。感伤遂成诗，昧者宜书绅。

〔一〕<u>太平广记</u>：谢自然，孝廉谢寰女。集仙录：谢自然居<u>果州 南充县</u>，年十四，修道不食，筑室于<u>金泉山</u>。贞元十年十二月十二日辰时，白日升天，士女数千人咸共瞻仰。须臾，五色云遮亘一川，天乐异香散漫。刺史<u>李坚</u>表闻，诏褒美之。<u>白帖</u>：<u>谢自然</u>，女道士也，<u>果州</u>人。居<u>大方山</u>顶，常诵道德经、黄庭内编，于开元亲授紫虚宝经于<u>金泉山</u>。一十三年，昼夜不寐，两膝上忽有印，四墙若朱，有古篆六字，粲如白玉。忽于<u>金泉道场</u>有云气，遮匝一山，散漫弥久，仙去。

〔二〕<u>果州南充县</u>：旧唐书地理志：<u>果州</u>，隋巴西郡之<u>南充县</u>。<u>武德</u>

四年,割隆州之南充、相如二县置。因果山为名。天宝元年,
为南充郡。乾元元年,复为果州,领南充县,属剑南道。

〔三〕童騃:騃,音呆。广雅释诂:僮騃,痴也。

〔四〕慈爱捐:谢灵运昙隆法师诔:母氏惊其心,姊弟申其操。遂相
许诺,出家求道。终古恩爱,于今仳别矣。

〔五〕凝心:齐书刘虬传:退不凝心出累,非冢间树下之节。魑魅:
魑,丑知切。魅,音媚。

〔六〕云雾生:郭璞游仙诗:"云生梁栋间,风出窗户里。"齐书刘虬
传:正昼有白云徘回檐户之内,又有香气磬声。

〔七〕属:之欲切。

〔八〕倾骇:史记大宛传:令外国客遍观各仓库、府藏之积,见汉之广
大,倾骇之。踯躅:音掷蜀。

〔九〕轻举:屈原远游:"悲时俗之迫阨兮,愿轻举而远游。"

〔一〇〕八纮:纮,音宏。淮南子墬形训:九州之外有八寅,八寅之外有
八纮。

〔一一〕无由缘:曹植与吴质书:天路高邈,良无由缘。

〔一二〕叹:平声。

〔一三〕甿俗:甿,同氓。南史王训传:训作诗云:"旦奭匡世功,萧曹佐
甿俗。"又虞玩之传:自顷甿俗巧伪。

〔一四〕蜕蝉:蜕,音脱。王褒九怀:"济江海兮蜕蝉。"神仙传:王方平
过吴,教蔡经尸解。经入室以被自覆,忽然失之,视其被内,惟
有皮、头、足具,如蝉蜕也。

〔一五〕象物:左传:铸鼎象物,使民知神奸。

〔一六〕魍魉:音罔两。

〔一七〕谩:音蛮。

〔一八〕秦皇、汉武：沈约游道士馆诗：“秦皇御宇宙，汉帝恢武功。宁为心好道，直由意无穷。”

〔一九〕连连：庄子骈拇篇：又奚连连如胶漆缠索？

〔二○〕木石：鲁语：孔子曰：木石之怪曰夔魍魉。狐狸：晋书郭璞传：暨阳人任谷，因耕息于树下，忽有一人著羽衣就淫之，谷遂有娠。将产，羽衣人复来，以刀穿其阴下，出一蛇子，便去。遂成宦者，诣阙上书，自云有道术。帝留谷于宫中。璞上疏曰：任谷所言妖异，无有因由。臣愚以为阴阳陶蒸，变化万端，亦是狐狸魍魉，凭陵作慝。愿采臣言，即特遣谷出。

〔二一〕尽性命：嵇康养生论：导养得理，以尽性命。

〔二二〕物迁：书君陈：因物有迁。齐语：其心安焉，不见异物而迁焉。

〔二三〕空文：盐铁论：贤者处实而效功，亦非徒陈空文而已。

〔二四〕弃身：阮籍诗：“轻荡易恍忽，飘飘弃其身。”

华山女〔一〕

街东街西讲佛经〔二〕，撞钟吹螺闹宫庭〔三〕。广张罪福资诱胁〔四〕，听众狎恰排浮萍〔五〕。黄衣道士亦讲说〔六〕，座下寥落如明星。华山女儿家奉道，欲驱异教归仙灵〔七〕。洗妆拭面著冠帔〔八〕，白咽红颊长眉青〔九〕。遂来升座演真诀〔一○〕，观门不许人开扃〔一一〕。不知谁人暗相报，訇然振动如雷霆〔一二〕。扫除众寺人迹绝，骅骝塞路连辎軿〔一三〕。观中人满坐观外，后至无地无由听。抽钗脱钏解环佩〔一四〕，堆金叠玉光青荧〔一五〕。天门贵人传诏召〔一六〕，六宫愿识师颜形〔一七〕。玉皇颔首许归去〔一八〕，乘龙驾鹤来青冥〔一九〕。豪家少年岂知道〔二○〕，来绕百币脚不停〔二一〕。

云窗雾阁事慌惚〔二二〕，重重翠幔深金屏〔二三〕。仙梯难扳俗缘
重，浪凭青鸟通丁宁〔二四〕。

〔　一　〕此诗事无可考，姑以类附。

〔　二　〕佛经：魏书释老志：刘歆著七略，班固志艺文，释氏之学，所未
曾纪。哀帝元寿元年，博士弟子秦景宪受大月氏王使伊存口
授浮屠经，中土闻之，未之信了也。后汉明帝遣郎中蔡愔、博
士弟子秦景等使于天竺，写浮屠遗范。愔仍与沙门摄摩腾、竺
法兰东还洛阳，得佛经四十二章。隋书经籍志：佛经者，西域
天竺迦维卫国净饭王太子释迦牟尼所说。

〔　三　〕撞钟：左传：撞钟舞女。吹螺：南史婆利国传：其导从吹螺击
鼓。法显佛国记：那竭国有精舍，每日出，则登高楼，击大鼓，
吹螺敲铜钹。

〔　四　〕罪福：何承天答宗居士书：有道含沙门，相为说罪福起灭之验。
洛阳伽蓝记：人死有罪福。李邕普光寺碑：构之者罪花雕落，
信之者福种萌生。

〔　五　〕狎恰：方云：狎恰，唐人语，白乐天樱桃诗：“洽恰举头千万颗。”
或作“恰似”，非是。

〔　六　〕黄衣道士：唐六典：凡道士、女道士衣服，皆以木兰青碧皂荆黄
缁之色。

〔　七　〕仙灵：鲍照诗：“结友事仙灵。”

〔　八　〕帔：坡义切。刘熙释名：帔，披也，披之肩背，不及下也。程大
昌演繁露：唐睿宗召司马承祯问道，遂赐绛霞红帔。

〔　九　〕白咽：咽，音烟。易林：青牛白咽，呼我俱田。长眉：司马相如
上林赋：“长眉连娟。”

〔一○〕升座：梁书武帝纪：高祖升法座，为四部众说大涅盘经义。北

史刘焯传：每升座，论难锋起，皆不能屈。真诀：隋书经籍志：陶弘景撰登真隐诀，以证古有神仙之事。

〔一一〕观：音贯。楼观本记：周穆王尚神仙，因尹真人草制楼观，遂召幽逸之人，置为道士。唐六典：凡天下观，总一千六百八十七所。一千一百三十七所道士，五百五十所女道士。每观观主一人，上座一人，监斋一人。扃：蔡琰诗：“夜悠长兮禁门扃。”左思魏都赋：“肃肃阶闼，重门再扃。”

〔一二〕訇：音轰。张衡东京赋：“旁震八鄙，砰磕隐訇。”如雷霆：诗常武：“如雷如霆，徐方震惊。”

〔一三〕骅骝：穆天子传：天子命驾八骏之乘，右服骅骝而左绿耳。辎軿：辎，楚持切。軿，音瓶。刘熙释名：有邸曰辎，无邸曰軿。后汉书袁绍传：辎軿柴毂，填接街陌。神仙传：采女少得道。殷王奉事之于掖庭，为立华屋紫阁，饰以金石。乃令采女乘辎軿往问道于彭祖。

〔一四〕抽钗脱钏：钏，穿，去声。释宝月诗：“拔侬头上钗。”梁简文帝诗：“开函脱宝钏。”南史扶南国传：简文帝设无碍大会，王后妃主百姓富室所舍金银环钏等珠宝充积。解环佩：列女传：卫姬脱簪珥，解环佩。

〔一五〕青荧：扬雄羽猎赋：“玉石嶜崟，眩曜青荧。”善注：青荧，光明貌。

〔一六〕天门：屈原九歌：“广开兮天门。”六宫：礼记昏义：古者天子后立六宫。

〔一七〕颜形：蔡琰诗：“顿复起兮毁颜形。”

〔一八〕颔首：颔，胡感切。左传：逆于门者，颔之而已。

〔一九〕乘龙驾鹤：庄子逍遥游：藐姑射之山，有神人居焉。乘云气，驭

飞龙。何劭游仙诗:"连翮御飞鹤。"青冥:屈原九章:"据青冥
而摅虹。"

〔二○〕豪家:梁简文帝七励:"五陵金穴,六郡豪家。"

〔二一〕帀:子答切。

〔二二〕云窗雾阁:后汉书梁冀传:窗牖皆有绮疏青琐,图以云气仙灵。
扬雄甘泉赋:"乘云阁而上下。"

〔二三〕金屏:傅綘诗:"翠帐金屏玳瑁床。"

〔二四〕青鸟:西山经:三危之山,三青鸟居之。郭璞曰:三青鸟主为西
王母取食者。

按:扪虱新话:"退之尝有诗云:'我能屈曲自世间,安能从汝
巢神山?'故作谢自然、谁氏子等诗,尤为切齿。然于华山女诗乃
独假借,末句云:'仙梯难攀俗缘重,浪凭青鸟通丁宁。'与记梦诗
语便不同,不知何以得此也?"此说甚非,所谓以词害意也。朱子
曰:"或怪公排斥佛老不遗余力,而于华山女独假借如此,非也。
此正讥其衒姿色、假仙灵以惑众,又讥时君不察,使失行妇人得
入宫禁耳。观其卒章,'豪家少年'、'云窗雾阁'、'翠幔'、'金
屏'、'青鸟'、'丁宁'等语,亵慢甚矣。岂真以神仙处之哉?"是为
得之。

马厌谷〔一〕

马厌谷兮,士不厌糠籺〔二〕;土被文绣兮〔三〕,士无裋褐〔四〕。彼其
得志兮不我虞,一朝失志兮其何如〔五〕?已焉哉,嗟嗟乎鄙夫!

〔一〕刘向新序:燕相得罪将出,召门下诸大夫曰:有能从我出者乎?

三问莫对,燕相曰:嘻!亦士之不足养也。大夫有进者曰:凶年饥岁,士糟粕不厌,而君之犬马有馀谷粟;隆冬烈寒,士裋褐不完,而君之台观帏幪锦绣,飘飘而弊。财者君之所轻,死者士之所重,君不能施君之所轻,而求得士之所重,不亦难乎?

〔二〕糠籺:史记陈丞相世家:人或谓陈平曰:贫何食,而肥若是?其嫂嫉平之不视家生产,曰:亦食糠籺耳。徐广曰:籺,音核。孟康曰:麦糠中不破者也。

〔三〕土被文绣:前汉书贾谊传:庶民墙屋被文绣。三辅黄图:木衣绨绣,土被朱紫。

〔四〕裋褐:列子力命篇:衣则裋褐,食则粢粝。前汉书贾谊传:贫者裋褐不完。师古注:裋,布长襦也。褐,编枲衣也。

〔五〕失志:扬雄逐贫赋:"惆怅失志。"

按:此三上宰相书不报时作。全用燕相语事。左传:季文子相君三世,妾不衣帛,马不食粟。皆命意所在。下苦寒歌同。

苦寒歌

黄昏苦寒歌〔一〕,夜半不能休〔二〕。岂不有阳春〔三〕?节岁聿其周。君何爱,重裘兼味养大贤〔四〕,冰食葛制神所怜〔五〕。填窗塞户慎勿出,暄风暖景明年日〔六〕。

〔一〕黄昏:屈原九章:"昔君与我成言兮,曰黄昏以为期。"淮南天文训:薄于虞渊,是谓黄昏。

〔二〕夜半:宁戚饭牛歌:"从昏饭牛薄夜半。"

〔三〕阳春:宋玉九辩:"无衣裘以御冬兮,恐溘死而不得见乎阳春。"

12

〔四〕重裘:魏志王昶传:救寒无若重裘。兼味:穀梁传:君食不兼

味。大贤:易鼎卦:大烹以养圣贤。

〔五〕冰食:魏武帝苦寒行:"斧冰持作糜。"葛制:南史任昉传:昉子

西华,冬月著葛帔练裙。

〔六〕暄风:王融诗:"暄风多有趣。"

长安交游者一首赠孟郊〔一〕

长安交游者,贫富各有徒。亲朋相过时,亦各有以娱。陋室有

文史〔二〕,高门有笙竽〔三〕。何能辨荣悴〔四〕?且欲分贤愚。

〔一〕新唐书孟郊传:郊,字东野,湖州武康人。少隐嵩山,性介少谐

合。韩愈一见为忘形交。按:公撰贞曜先生墓志云:"年几五

十始以尊夫人之命来集京师,从进士试。"此盖相遇于长安而

作也。

〔二〕文史:晋书张华传:家无馀财,惟有文史。

〔三〕高门:史记驺奭传:齐王为开第康庄之衢,高门大屋,尊宠之。

笙竽:左思诗:"南邻击钟磬,北里吹笙竽。"

〔四〕荣悴:潘岳闲居赋:"虽末士之荣悴兮,伊人情之美恶。"

按:郊集有长安羁旅行云:"十日一理发,每梳飞旅尘。三旬

九过饮,每食惟旧贫。失名谁肯访?得意争相亲。"又长安道云:

"家家朱门开,得见不可入。高阁何人家?笙簧正喧吸。"此诗云

"贫富各有徒",盖以郊有怨诽之言,故以此广其意。

孟生诗〔一〕

孟生江海士〔二〕,古貌又古心〔三〕。尝读古人书,谓言古犹今〔四〕。

作诗三百首,宫默咸池音〔五〕。骑驴到京国〔六〕,欲和薰风琴〔七〕。
岂识天子居?九重郁沉沉〔八〕。一门百夫守〔九〕,无籍不可
寻〔一〇〕。晶光荡相射〔一一〕,旗戟翩以森。迁延乍却走,惊怪靡
自任〔一二〕。举头看白日,泣涕下沾襟。谒来游公卿,莫肯低华
簪〔一三〕。谅非轩冕族〔一四〕,应对多差参〔一五〕。萍蓬风波急〔一六〕,
桑榆日月侵〔一七〕。奈何从进士〔一八〕?此路转崎嵚〔一九〕。异质忌
处群,孤芳难寄林〔二〇〕。谁怜松桂性?竞爱桃李阴。朝悲辞树
叶,夕感归巢禽。顾我多慷慨,穷檐时见临〔二一〕。清宵静相对,
发白聆苦吟。采兰起幽念〔二二〕,眇然望东南。秦吴修且
阻〔二三〕,两地无数金。我论徐方牧〔二四〕,好古天下钦。竹实凤
所食〔二五〕,德馨神所歆。求观众丘小,必上泰山岑。求观众流
细,必泛沧溟深〔二六〕。子其听我言,可以当所箴。既获则思返,
无为久滞淫〔二七〕。卞和试三献〔二八〕,期子在秋碪〔二九〕。

〔 一 〕□云:登科记,东野及第在贞元十二年,此诗以其下第,送之谒
　　张建封于徐也。贞元四年,建封镇徐州,李习之尝以书荐东
　　野,有曰:郊将为他人所得,而大有立于世。与其短命而死,皆
　　不可知。二者将有一于郊,他日为执事惜之。

〔 二 〕江海士:庄子刻意篇:就薮泽,处闲旷。此江海之士,避世之
　　人,闲暇者之所好也。

〔 三 〕古心:按:郊诗有云"诗老失古心,至今寒皑皑",即用其字也。

〔 四 〕古犹今:列子杨朱篇:五情好恶,古犹今也。四体安危,古犹今
　　也。世事苦乐,古犹今也。变易治乱,古犹今也。韩诗外传:
　　圣人以己度人者也,以情度情,以类度类,古今一也。

〔 五 〕宫:音杳。咸池:记乐记:大章章之也,咸池备矣。屈原远游:

"张乐咸池,奏承云兮。"注:咸池,尧乐。

〔六〕骑驴:后汉书向栩传:少为诸生,卓诡不伦,或骑驴入市。京国:江淹诗:"辨诗测京国,履籍鉴都鄘。"

〔七〕和:去声。薰风琴:家语:舜弹五弦之琴曰:南风之薰兮,可以解吾民之愠兮。

〔八〕沉沉:史记陈涉世家:涉之为王沉沉者。应劭曰:沉沉,宫室深邃之貌。

〔九〕百夫:书牧誓:千夫长百夫长。

〔一〇〕无籍:古今注:籍者,尺二竹牒,记人之年名字物色,悬之宫门。案省相应,乃得入焉。三辅黄图:宫之门阁有禁,非侍卫通籍之臣不得妄入。新唐书百官志:司门郎中、员外郎,掌门关出入之籍。凡有召者,降墨敕,勘铜鱼木契,然后入。

〔一一〕晶光:玉篇:晶,精光也。广韵:晶,光也。

〔一二〕自任:蔡邕九惟文:居处浮湑,无以自任。

〔一三〕华簪:陶潜诗:"聊用忘华簪。"

〔一四〕轩冕:庄子缮性篇:不为轩冕肆志。

〔一五〕差参:艺苑雌黄:古诗押韵,或有语颠倒而理无害者,如退之以"参差"为"差参",以"珑璁"为"璁珑"是也。汉皋诗话:韩愈、孟郊辈才豪,故有"湖江"、"白红"、"慷慨"之句,后人亦难仿效。顾嗣立引胡渭云:汉书扬雄传"和氏珑璁"与清、倾、嘤、婴、成为韵。文选左思杂诗"岁莫常慷慨"与霜、明、光、翔、堂为韵。是"珑璁"、"慷慨",前古已有颠倒押韵者,非创自公也。按:地天、坤乾古已然矣。元和诗人皆好颠倒,如卢仝有"揄揶",白居易有"摩揣"。大抵两字两义者可,两字一义者不可。

〔一六〕萍蓬:潘岳西征赋:"飘萍浮而蓬转。"

〔一七〕桑榆：淮南天文训：日西垂，景在树端，谓之桑榆。曹植诗："年在桑榆间，影响不能追。"侵：范蔚宗诗："年力互颓侵。"

〔一八〕进士：李肇国史补：进士为时所尚久矣，俊乂实集其中。由此出者，终身为闻人。故争名常切，而为俗亦弊。

〔一九〕岖嵚：嵚，音区钦。王褒洞箫赋："岖嵚岿崎。"善注：山险峻之貌。

〔二〇〕孤芳：颜延之吊屈原文：物忌孤芳，人讳明洁。

〔二一〕穷檐：按：方云："'檐'或作'阎'，考荀子、史记子贡传，作'阎'字为正。"此说非，其所引皆闾阎之穷檐，此但谓穷居之屋檐耳。

〔二二〕采兰：束晳补亡诗："循彼南陔，言采其兰。"

〔二三〕秦吴：梁昭明太子启：暂乖语默，顿隔秦吴。江淹别赋："况秦吴兮绝国。"王云：秦，长安；吴，东野所居。修阻：蔡琰胡笳十八拍：关山阻修兮行路难。

〔二四〕徐方牧：诗常武："震惊徐方。"□云：谓张建封也。

〔二五〕竹实：诗卷阿笺：凤凰非梧桐不栖，非竹实不食。

〔二六〕泰山、沧溟：李斯谏逐客书："泰山不让黄壤，故能成其大。河海不择细流，故能就其深。王者不却众庶，故能明其德。"此为建封喻，言容纳贤豪也。

〔二七〕滞淫：晋语：文公在翟十二年，狐偃曰：戾久将底，底箸滞淫。

〔二八〕卞和三献：韩子和氏篇：楚人和氏得玉璞楚山中，献之厉王，王使玉人相之，曰：石也。王以和为诳，刖左足。及武王即位，又献之，玉人又曰：石也。刖其右足。及文王即位，和乃抱其璞而哭于楚山三日三夜，王使玉人理其璞而得宝焉，遂命曰和氏之璧。

〔二九〕秋礩：按：李贺诗"他日还辕及秋律"，谓秋为试期也。"律"字
　　　　与此"礩"字皆便文。

利剑〔一〕

利剑光耿耿〔二〕，佩之使我无邪心〔三〕。故人念我无徒侣〔四〕，持
用赠我比知音〔五〕。我心如冰剑如雪〔六〕，不能刺谗夫〔七〕，使我
心腐剑锋折〔八〕。决云中断开青天〔九〕，噫！剑与我俱变化归
黄泉〔一〇〕。

〔一〕利剑：曹植诗："利剑不在掌，结友何须多。"

〔二〕耿耿：宋玉大言赋："长剑耿耿倚天外。"

〔三〕无邪心：越绝书宝剑篇：一曰湛卢，二曰纯钩，三曰胜邪，四曰
　　　鱼肠，五曰巨阙。古今注：吴大帝有宝剑六，三曰辟邪。

〔四〕无徒侣：前汉书东方朔传：今世之处士，魁然无徒，廓然独居。
　　　何逊诗："合岸喧徒侣。"

〔五〕知音：古诗十九首："不惜歌者苦，但伤知音稀。"

〔六〕剑如雪：魏文帝诗："欧氏宝剑，何为低昂？白如积雪，利若
　　　秋霜。"

〔七〕谗夫：荀卿成相篇：谗夫弃之。

〔八〕心腐：史记荆轲传：樊于期曰：此臣之日夜切齿腐心也。扬雄
　　　太玄：其心腐且败。剑锋折：赵国策：马服君曰：吴干之剑，薄
　　　之柱上而击之，则折为三。

〔九〕决云：庄子说剑篇：上决浮云。

〔一〇〕变化：吴越春秋：莫耶曰：神化之物，须人而成。干将曰：昔吾
　　　　师铸剑，夫妻俱入冶炉中。今吾作剑，不变化者，其若斯耶？

黄泉：左传：不及黄泉，无相见也。

重云一首李观疾赠之〔一〕

天行失其度〔二〕，阴气来干阳〔三〕。重云闭白日，炎燠成寒凉。
小人但咨怨〔四〕，君子惟忧伤。饮食为减少，身体岂宁康〔五〕？
此志诚足贵，惧非职所当〔六〕。藜羹尚如此〔七〕，肉食安可尝〔八〕。
穷冬百草死，幽桂乃芬芳〔九〕。且况天地间，大运自有常〔一〇〕。
劝君善饮食，鸾凤本高翔〔一一〕。

〔一〕陶潜诗："重云闭白日。"

〔二〕天行：易乾卦：天行健。记月令：司天日月星辰之行，宿离不
　　　贷，无失经纪。失度：班彪北征赋："夫何阴曀之不阳兮，嗟久
　　　失其平度。"

〔三〕阴气：贾谊旱云赋："阴气辟而留滞。"

〔四〕咨怨：书囧命：夏暑雨，小民惟曰怨咨。

〔五〕宁康：前汉书叙传：民用宁康。

〔六〕职所当：张衡同声歌："贱妾职所当。"

〔七〕藜羹：庄子让王篇：藜羹不糁。

〔八〕肉食：左传：曹刿曰：肉食者鄙，未能远谋。说苑：晋献公之时，
　　　东郭民有祖朝者，上书献公。献公曰：肉食者已虑之矣，藿食
　　　者尚何与焉？对曰：设使肉食者一旦失计于庙堂之上，若臣等
　　　之藿食者，宁得无肝脑堕地于中原之野乎？

〔九〕幽桂：淮南小山招隐士："桂树丛生兮山之幽。"

〔一〇〕大运：史记天官书：其发见固有大运。

〔一一〕鸾凤：广雅释鸟：鸾鸟，凤皇属也。埤雅释鸟：说文云：鸾，赤神

韩愈诗集编年笺注

灵之精也。鸣中五音,一曰青凤为鸾。高翔:<u>贾谊惜誓</u>:"独不见夫鸾凤之高翔。"

送汴州监军俱文珍^{〔一〕}

奉使羌池静,临戎汴水安^{〔二〕}。冲天鹏翅阔^{〔三〕},报国剑铓寒^{〔四〕}。晓日驱征骑,春风咏采兰。谁言臣子道?忠孝两全难^{〔五〕}。

〔 一 〕<u>韩</u>云:<u>董晋</u>为宣武军节度使,<u>俱文珍</u>为监军,公为观察推官。<u>文珍</u>将如京师,作序并诗以送之。序云:"今天下之镇,<u>陈留</u>为大。其监统中贵,必材雄德茂,然后为之。监军<u>俱公</u>,辍侍从之荣,受腹心之寄,遇变出奇,先事独运,偃息谈笑,危疑以平。十三年春,将如京师,相国<u>陇西公</u>饮饯于<u>青门</u>之外,命其属咸作诗,以铺绎之。"

〔 二 〕<u>羌池、汴水</u>:<u>新唐书宦者传</u>:"<u>刘贞亮</u>本名<u>俱文珍</u>,性忠强,识义理。<u>平凉</u>之盟,在<u>浑瑊</u>军中会变被执,且西。俄而得归,出监宣武军。"羌池谓在<u>瑊</u>军,汴水谓在<u>晋</u>军。

〔 三 〕冲天:<u>屈原九歌</u>:"高驰兮冲天。"鹏翅阔:<u>庄子逍遥游</u>:鹏之大,不知其几千里也。怒而飞,其翼若垂天之云。

〔 四 〕剑铓寒:<u>魏文帝诗</u>:"<u>越</u>氏铸宝剑,出匣吐寒芒。"

〔 五 〕忠孝:<u>汉书王尊传</u>:<u>尊</u>迁<u>益州</u>刺史,行部至<u>邛郲九折坂</u>,问吏曰:此非<u>王阳</u>所畏道耶?叱其驭曰:驱之,<u>王阳</u>为孝子,<u>王尊</u>为忠臣。<u>晋书潘京传</u>:<u>京</u>为州所辟,谒见问策,探得"不孝"字。刺史戏<u>京</u>曰:辟士为不孝耶?<u>京</u>举版答曰:今为忠臣,不得复为孝子。<u>世说</u>:<u>桓公</u>入峡,叹曰:既为忠臣,不得复为孝子,如何?

按:此诗不入正集,李汉以文珍故为公讳也,樊汝霖曾有此说。然公奉董晋之命而作,序文甚明,非出己意。况唐书本传称其"性忠强,识义理",则其人或不必拒。

答孟郊〔一〕

规模背时利,文字觑天巧〔二〕。人皆馀酒肉〔三〕,子独不得饱。才春思已乱〔四〕,始秋悲又搅〔五〕。朝餐动及午,夜讽恒至卯〔六〕。名声暂膻腥〔七〕,肠肚镇煎爆〔八〕。古心虽自鞭〔九〕,世路终难拗〔一〇〕。弱拒喜张臂,猛拏间缩爪〔一一〕。见倒谁肯扶〔一二〕?从嗔我须皲〔一三〕。

〔一〕王云:东野集有汴州别韩愈诗,此诗未见赠答之旨,但"名声暂膻腥"句,似指郊得第以后。按:郊擢第即东归,此在汴所答也。

〔二〕觑:七虑切。广雅释诂:觑,视也。

〔三〕馀酒肉:史记霍去病传:重车馀弃粱肉,而士有饥者。

〔四〕春思乱:鲍照诗:"秋心不可荡,春思乱如麻。"

〔五〕搅:诗何人斯:"祇搅我心。"

〔六〕夜讽:吴越春秋:越王朝书不倦,晦诵竟夜。

〔七〕膻腥:庄子徐无鬼篇:蚁慕羊肉,羊肉膻也。舜有膻行,百姓悦之。

〔八〕肠肚:释名:肠,畅也,通畅胃气,去滓秽也。广韵:肚,腹肚。煎爆:广雅释诂:煎爆,曝也。尔雅释草郭璞注:豨首可以爆蚕蛹。

〔九〕鞭:□云:"鞭"字盖用庄子"从其后而鞭之"。

〔一〇〕拗：于绞切。<u>张衡浑天仪</u>：拗去其半。

〔一一〕挐：女加切。缩爪：古谚："将奋者足踢，将噬者爪缩。"

〔一二〕谁扶：<u>论语</u>：颠而不扶。

〔一三〕齩：五巧切。<u>贾谊论积贮疏</u>：易子而齩其骨。<u>说文</u>：齩，啮骨也。

古风〔一〕

今日曷不乐？幸时不用兵。无曰既靡矣〔二〕，乃尚可以生。彼州之赋，去汝不顾〔三〕。此州之役，去我奚适？一邑之水，可走而违〔四〕。天下汤汤〔五〕，曷其而归〔六〕？好我衣服，甘我饮食。无念百年，聊乐一日〔七〕。

〔一〕<u>樊</u>云：安史乱后，方镇相望于内地，大者连州十馀，小者不下三四，兵骄则逐帅，帅强则叛上，不廷不贡，往往而是。故托古风以寓意。观诗意当在德宗之世，与烽火诗意相表里云。<u>顾嗣立</u>曰：胡渭云："幸时不用兵。"此必贞元十四年以前作。十五年则<u>吴少诚</u>反，而大发诸道兵以讨之矣。

〔二〕靡：诗节南山："我瞻四方，蹙蹙靡所骋。"

〔三〕去汝：诗硕鼠："逝将去汝，适彼乐土。"

〔四〕违：<u>论语</u>：弃而违之。违，避去也。

〔五〕汤汤：汤，音商。书尧典：汤汤洪水方割。

〔六〕曷其而归：书五子之歌："呜呼曷归？予怀之悲。"

〔七〕聊乐一日：诗山枢："且以喜乐，且以永日。"

天星送杨凝郎中贺正〔一〕

天星牢落鸡喔咿〔二〕，仆夫起餐车载脂〔三〕。正当穷冬寒未已，借问君子行安之？会朝元正无不至〔四〕，受命上宰须及期〔五〕。侍从近臣有虚位〔六〕，公今此去归何时？

〔 一 〕新唐书杨凝传：凝，字懋功，弘农人。迁右司郎中，宣武董晋表为判官。晋卒，乱作。凝走还京师。阖门三年，拜兵部郎中。以痼疾卒。□云：公时与同佐董晋幕，凝自汴朝正于京，以诗送，时贞元十四年十二月。

〔 二 〕牢落：司马相如上林赋："牢落陆离，烂熳远迁。"喔咿：音握伊。屈原卜居："喔咿嚅唲。"李白雉子班曲："喔咿振迅欲飞鸣。"

〔 三 〕仆夫：诗出车："召彼仆夫，谓之载矣。"载脂：诗泉水："载脂载牵，还车言迈。"

〔 四 〕会朝元正：傅休奕朝会赋："采秦汉之旧仪，肇元正之嘉会。"新唐书礼乐志：皇帝元正受群臣朝贺而会，前一日，有司设群官客使等，次于东西朝堂，又设诸州朝集使位。

〔 五 〕上宰：谢灵运诗："上宰奉皇灵。"

〔 六 〕虚位：任昉为萧扬州进士表：养素丘园，台阶虚位。

忽忽〔一〕

忽忽乎余未知生之为乐也，愿脱去而无因！安得长翮大翼如云生我身〔二〕，乘风振奋出六合〔三〕，绝浮尘！死生哀乐两相弃，是非得失付闲人〔四〕！

〔 一 〕前汉书司马迁传：居则忽忽，若有所亡。王褒传：苦忽忽善忘不乐。按：旧唐书董晋传："行军司马陆长源好更张云为，务从刻削。判官孟叔度轻佻，好慢易军人，皆恶之。晋卒后未十日，汴州大乱，杀长源、叔度等。"此诗作于晋未死之前，盖逆知乱本之已成，而义不可去，故其自忧如此。以下诸诗，皆贞元十五年作。

〔二〕长翮、大翼：翮，音覈。晋书陶侃传：侃梦生八翼飞而上天。述异记：王次仲变苍颉书为隶书，秦始皇遣使征之，不至。始皇怒，槛车囚之，路次，化为大鸟，出车飞去，至西山乃落。二翮一大一小，遂名其落处为大、小翮山。如云：庄子逍遥游：怒而飞，其翼若垂天之云。

〔三〕乘风：南史宗悫传：叔父少文问其所志，答曰：愿乘长风破万里浪。振奋：司马相如上林赋："振鳞奋翼。"六合：庄子齐物论：六合之外，圣人存而不论。史记司马相如传：六合之内，八方之外。

〔四〕是非得失：阮籍诗："是非得失间，焉足相讥理。"

汴州乱二首〔一〕

汴州城门朝不开，天狗堕地声如雷〔二〕。健儿争夸杀留后〔三〕，连屋累栋烧成灰。诸侯咫尺不能救，孤士何者自兴哀？
母从子走者为谁？大夫夫人留后儿。昨日乘车骑大马〔四〕，坐者起趋乘者下〔五〕。庙堂不肯用干戈，呜呼奈汝母子何！

〔一〕王云：汴州自大历后多兵，董晋卒，行军司马陆长源总留后事。八日而军乱，杀长源等。监军俱文珍密召宋州刺史刘逸准使总后务，朝廷从之，赐名全谅。公是时已从晋丧出汴四日，实贞元十五年。二诗盖讥德宗姑息之政云。

〔二〕天狗：史记天官书：天狗状如大奔星，有声。其下止地，类狗。

卷一　汴州乱二首

所堕其地方千里，破军杀将。又：吴楚七国叛逆。彗星数丈，天狗过梁野。声如雷：后汉书天文志：大流星如缶，有声隐隐如雷者，兵将怒之征也。

〔三〕健儿：古乐府折杨柳歌辞："健儿须快马，快马须健儿。"唐六典兵部郎中条下云：天下诸军有健儿。注：旧健儿在军皆有年限，更来往。开元二十五年敕：自今以后，诸军镇置兵防，健儿于诸色征行人内及客户中召募，取丁壮情愿健儿，长住边军者，每年加常例给赐。

〔四〕大马：庄子让王篇：子贡乘大马，轩车不容巷。盐铁论：当路于世者，高堂邃宇，安车大马。

〔五〕坐者起、乘者下：古今注：两汉京兆河南尹及执金吾司隶校尉，皆使人导引传呼，使行者止，坐者起。

赠河阳李大夫〔一〕

四海失巢穴〔二〕，两都困尘埃〔三〕。感恩犹未报〔四〕，惆怅空一来。裘破气不暖，马羸鸣且哀〔五〕。主人情更重，空使剑锋摧。

〔一〕按：旧注谓李大夫是李芃，此诗乃大历十四年随嫂归河阳时作，时年十二。引公自言十三能文为证，穿凿附会，其说难通。据此日足可惜诗"假道经盟津"、"主人愿少留"云云，与诗语无不吻合。旧唐书德宗纪："贞元十五年三月，以河阳三城节度使李芃为昭义节度使。"则汴州乱时，芃正为河阳。此诗乃赠芃之作无疑。

〔二〕巢穴：后汉书庞公传：鸿鹄巢于高林之上，暮而得所栖。鼋鼍穴于深渊之下，夕而得所宿。夫取舍行止，亦人之巢穴也。

〔三〕两都：按：班固有两都赋，鲍照诗："备闻十帝事，委曲两都情。"新唐书地理志：上都初曰京城，天宝元年曰西京，至德三载曰中京，上元二年复曰西京，肃宗元年曰上都。显庆二年曰东都，光宅元年曰神都，神龙元年复曰东都。天宝元年曰东京，上元二年罢京，肃宗元年复为东都。尘埃：屈原渔父篇："安能以皓皓之白而蒙世俗之尘埃乎？"

〔四〕犹：作由。未报：前汉书刘向传：况重以骨肉之亲，又加以旧恩未报乎？

〔五〕马赢：古乐府幽州马客吟歌辞："黄禾起赢马。"

此日足可惜一首赠张籍〔一〕

此日足可惜，此酒不足尝。舍酒去相语，共分一日光。念昔未知子，孟君自南方〔二〕。自矜有所得，言子有文章。我名属相府〔三〕，欲往不得行。思之不可见，百端在中肠。维时月魄死〔四〕，冬日朝在房〔五〕。驱驰公事退，闻子适及城。命车载之至，引坐于中堂。开怀听其说，往往副所望。孔丘殁已远，仁义路久荒。纷纷百家起〔六〕，诡怪相披猖〔七〕。长老守所闻〔八〕，后生习为常。少知诚难得〔九〕，纯粹古已亡〔一〇〕。譬彼植园木，有根易为长。留之不遣去，馆置城西旁。岁时未云几，浩浩观湖江。众夫指之笑〔一一〕，谓我知不明。儿童畏雷电，鱼鳖惊夜光〔一二〕。州家举进士〔一三〕，选试谬所当〔一四〕。驰辞对我策〔一五〕，章句何炜煌〔一六〕。相公朝服立〔一七〕，工席歌鹿鸣〔一八〕。礼终乐亦阕〔一九〕，相拜送于庭〔二〇〕。之子去须臾，赫赫流盛名〔二一〕。窃喜复窃叹，谅知有所成。人事安可恒，奄忽令我伤。闻子高第日〔二二〕，正从相公丧。哀情逢吉语〔二三〕，惝恍难为双〔二四〕。暮宿偃师西〔二五〕，徒展转在床。夜闻汴州乱，绕壁行徬徨。我时留妻子〔二六〕，仓卒不及将。相见不复期，零落甘所丁〔二七〕。娇女未绝乳〔二八〕，念之不能忘。忽如在我所，耳若闻啼声。中途安得返，一日不可更。俄有东来说，我家免罹殃。乘船下汴水，东去趋彭城〔二九〕。从丧朝至洛，还走不及停。假道经盟津〔三〇〕，出入行涧冈〔三一〕。日西入军门〔三二〕，羸马颠且僵〔三三〕。主人愿少留〔三四〕，延入陈壶觞。卑贱不敢辞，忽忽心如狂。饮食岂知味？丝竹徒轰轰〔三五〕。平明脱身去，决若惊凫翔〔三六〕。黄昏次汜水〔三七〕，欲过无舟航。号呼久乃至，夜济十里黄〔三八〕。中流上滩潬〔三九〕，沙水不可详。惊波暗合沓〔四〇〕，星宿争翻芒。辕马蹢躅鸣〔四一〕，左右泣仆童。甲午憩时门〔四二〕，临泉窥斗龙。东南出陈许，陂泽平茫茫〔四三〕。道边草木花，红紫相低昂。百里不逢人，角角雄雉鸣〔四四〕。行行二月暮，乃及徐南疆。下马步堤岸，上船拜吾兄〔四五〕。谁云经艰难？百口无夭殇〔四六〕。仆射南阳公〔四七〕，宅我睢水阳〔四八〕。箧中有馀衣，盎中有馀粮。闭门读书史，窗户忽已凉。日念子来游，子岂知我情？别离未为久，辛苦多所经。对食每不饱，共言无倦听。连延三十日〔四九〕，晨坐达五更。我友二三子，宦游在西京〔五〇〕。东野窥禹穴〔五一〕，李翱观涛江〔五二〕。萧条千万里，会合安可逢？淮之水舒舒，楚山直丛丛。子又舍我去，我怀焉所穷。男儿不再壮，百岁如风狂〔五三〕。高爵尚可求，无为守一乡。

〔一〕按：旧唐书张籍传："贞元中登进士第。性诡激，能为古体诗，有警策之句传于时。调补太常寺太祝,转国子助教,秘书郎,以诗名。当代公卿如裴度、令狐楚,才名如白居易、元微之,皆与之游,而韩愈尤重之。累授国子博士,水部员外郎,转水部郎中,卒,世谓之张水部云。"又按:新唐书张籍传:"籍,字文昌,和州乌江人,仕终国子司业。"旧书云"卒于水部",非也。又按:唐中书舍人张洎编次司业集云:"苏州吴人,贞元十五年渤海公下及第。"与韩集中吴郡张籍之说合,则又非和州人也。□云:"籍尝为公所荐送。贞元十五年,公时在徐,籍往谒公。未几,辞去,公惜别,故作是诗以送之。"以下皆在徐州作。

〔二〕孟君:指东野。

〔三〕相府:董晋罢相后为宣武军节度,表公为观察推官,故曰"名属相府"。

〔四〕月魄死:书武成:惟一月壬辰,旁死魄。前汉书律历志:死魄,朔也。

〔五〕在房:记月令:孟冬之月,日在房。

〔六〕百家:荀卿成相篇:慎墨季惠,百家之说诚不详。庄子天下篇:百家往而不返,道术将为天下裂。

〔七〕诡怪:何逊诗:"诡怪终不测。"披猖:屈原离骚:"何桀纣之昌披。"南史褚照传:彦回少立名行,不意披猖至此!

〔八〕长老:史记五帝本纪赞:长老皆各往往称黄帝、尧、舜之处,风教固殊焉。

〔九〕少知:贾谊治安策:因使少知治体者,得佐下风。

〔一〇〕纯粹:易:纯粹,精也。

〔一一〕众夫:后汉书边让传:众夫寂然。

〔一二〕夜光:蔡邕汉津赋:"明珠胎于灵蚌兮,夜光潜乎玄洲。"述异

27

记：南海有明珠可以鉴,谓之夜光。

〔一三〕州家：吴志太史慈传：慈仕郡奏曹,会郡与州有隙,州章已去。慈晨夜到洛阳,取州章截败之,因通郡章,州家更有章,不复见理,由是为州家所嫉。举进士：新唐书选举志：每岁仲冬,州县馆监举其成者送之尚书省。而举选不由馆学者,谓之乡贡,皆怀牒自列于州县。试已,长吏以乡饮酒礼会属僚,设宾主,陈俎豆,备管弦,牲用少牢,歌鹿鸣之诗。

〔一四〕选试：□云：汴州举进士,公为考官,试反舌无声诗,籍中等。

〔一五〕对策：前汉书萧望之传注：师古曰：对策者,显问以政事经义,令各对之,而观其文辞,定高下也。

〔一六〕章句：前汉书扬雄传：雄少而好学,不为章句。

〔一七〕相公：王云：指董晋。

〔一八〕工席：仪礼乡饮酒礼：设席于堂廉东上。注：工布席也。

〔一九〕乐阕：阕,音缺。记文王世子：有司告以乐阕。

〔二〇〕拜送：记乡饮酒义：宾出,主人拜送。

〔二一〕盛名：李固遗黄琼书：盛名之下,其实难副。

〔二二〕高第曰：史记儒林传：一岁皆辄试,其高第可为郎中者,太常籍奏。孙云：贞元十五年,高郢知举,籍登第。是岁二月,晋卒,公护其丧行。

〔二三〕吉语：汉书陈汤传：不出五日,当有吉语闻。

〔二四〕惝恍：屈原远游："怊惝恍而永怀。"

〔二五〕偃师：新唐书地理志：偃师,畿县,属河南道。按：董晋本卢乡人。公送丧归至河中,故宿偃师西也。

〔二六〕留妻子：按：陈俟云："晋薨,随晋丧出。四日而汴州乱,公家在围中,寻得脱,下汴东趋彭城。"

〔二七〕丁:诗云汉:"耗斁下土,宁丁我躬。"尔雅释诂:丁,当也。

〔二八〕娇女:左思有娇女诗。绝乳:古乐府前溪歌:"宁断娇儿乳。"

〔二九〕彭城:新唐书地理志:徐州彭城郡,属河南道。孙云:公妻子先往徐州。

〔三〇〕假道:周语:定王使单襄公聘于宋,遂假道于陈,以聘于楚。左传:华元曰:过我而不假道,鄙我也。盟津:史记索隐曰:盟,古孟字。

〔三一〕洞冈:鲍照诗:"冈洞近难分。"

〔三二〕军门:左传:胥甲赵穿当军门呼。

〔三三〕颠且僵:左传:杜回踬而颠。汉书:行触宝瑟僵。

〔三四〕主人:□云:时李芃为河阳节度,主人谓芃也。

〔三五〕丝竹:苏武诗:"丝竹厉清声。"轰轰:北史李元忠传:轰轰大乐。

〔三六〕决:庄子逍遥游:我决起而飞,抢榆枋。

〔三七〕汜:说文:详里切。左传注:音凡。

〔三八〕十里黄:汉书地理志:陈留郡外黄县有黄沟。

〔三九〕滩潬:潬,音但。尔雅释水:河有滩。又:潬沙出。注:今河中呼水中沙堆为潬。旧唐书李光弼传:河阳有中潬城。地理通释:河阳三城,其中城曰中潬,黄河两派贯于三城之间。秋水泛溢时,南北二城皆有濡足之患,唯中潬屹然如故。

〔四〇〕惊波:王粲浮淮赋:"飞惊波以高骛。"合沓:鲍照诗:"澜漫潭洞波,合沓嶝嶂云。"

〔四一〕辕马:李陵录别诗:"辕马顾悲鸣。"踢躅:易垢卦:嬴豕孚踢躅。

〔四二〕甲午:按:甲午为是年二月乙亥朔,甲午,二十日也。时门:左传:郑大水,龙斗于时门之外洧渊。注:时门,郑城门也。

〔四三〕陂泽:诗陈风:"彼泽之陂。"传:陂,泽障也。

〔四四〕角：音古，见集韵。

〔四五〕吾兄：洪云：公有三兄，皆早世。见于集中者，云卿之子俞，绅卿之子岌，皆公从兄。

〔四六〕百口：列子说符篇：利供百口。晋书周颉传：王导呼颉曰：伯仁，以百口累卿。

〔四七〕南阳公：谓张建封也，详见后诗。

〔四八〕睢水阳：祝云：公与孟东野书云："主人与余有故，居余于符离睢上。"即此也。

〔四九〕连延：枚乘七发："蒲伏连延。"善注：连延，相续貌。

〔五〇〕宦游：汉书司马相如传：王吉曰：长卿久宦游不遂。

〔五一〕禹穴：史记太史公自序：上会稽探禹穴。

〔五二〕涛江：即浙江。越绝书：银涛白马。言潮也。

〔五三〕风狂：方作"狂风"。朱子曰：方亦强用古韵之过，不如只作"风狂"，语势犹健。

六一诗话：退之工于用韵，得韵宽则波澜横溢，泛入旁韵，乍还乍离，出入回合，殆不可拘以常格，如此日足可惜之类是也。得韵窄则不复旁出，而因难见巧，愈险愈奇，如病中赠张十八之类是也。譬如善驭马者，通衢广陌，纵横驰逐，惟意所之。至于水曲蚁封，疾徐中节，而不少蹉跌，乃天下之至工也。

洪云：此诗杂用韵，又叠用韵。□云：此诗与元和圣德诗多从古韵，读者当始终以协声求之，非所谓杂用韵也。押二"光"字，二"城"字，二"鸣"字，二"更"字，二"狂"字。胡仔谓退之好重叠用韵，以尽己之意，盖不恤其为病也。

顾嗣立曰：俞场云：古庚、阳二韵原自通，观鹿鸣、采芑之诗自见，却非俗说通用转用之例也。其入东韵者，桑中之诗亦然。少陵饮中八仙歌，尝叠用韵。

按：此篇用韵，全以三百篇为法。如楚茨"济济跄跄"一章，跄、羊、尝、亨、将、祊、明、皇、飨、庆、疆，是庚、阳二韵也。瞻彼洛矣末章，洸、同、邦，是阳、东、江三韵也。凫鹥首章，泾、宁、清、馨、成，是庚、青二韵旁及侵韵也。四章潀、宗、降、崇是东、冬、江三韵也。诸如此类，不可枚举。此诗用东、冬、江、阳、庚、青六韵，盖古韵本然耳。至于叠韵，亦非始于老杜。自老杜以前，焦仲卿诗叠用甚多，而亦本于三百篇。如七月第五章，"九月在户"、"塞向墐户"，皆韵也。伐木首章用两"声"字，正月第三章用两"禄"字，十月之交第六章用两"向"字，卷阿末章用两"多"字，彼皆短篇，犹用叠韵。至商颂那一章二十二句，而连用三"声"字为韵。烈祖一章二十二句，自"既载清酤"以下，亦用庚、阳为韵。凡押二"疆"字，二"将"字，论者读韩诗则震而惊之，读诗经则习焉弗察，何也？又按：史记龟筴传"乃刑白雉及与骊羊"一段，凡二十六韵，杂用东、江、阳、庚、元、寒、先、真诸部，间见错出，如欧阳子所谓"乍离乍合"者，是此用韵之祖也。洪景伯隶续谓本汉平兴令薛君碑铭亦是，但碑为延熹间文，又未必不因史记。至叠用韵，焦仲卿诗后，又有陈思王弃妇词等篇。顾宁人日知录言之，然未言三百篇，亦疏。

赠张徐州莫辞酒[一]

莫辞酒，此会固难同。请看工女机上帛，半作军人旗上红。莫辞酒，谁为君王之爪牙[二]？春雷三月不作响，战士岂得来还家？

〔一〕旧唐书张建封传：建封，字本立，兖州人。慷慨负气，以功名为
己任。贞元四年，为徐州刺史、徐泗濠节度使。十二年，加检
校右仆射。在彭城十年，军州称理。又礼贤下士，文人如许孟
容、韩愈皆为之从事。

〔二〕爪牙：诗祈父："予王之爪牙。"诸葛亮心书：勇悍善敌者为
爪牙。

按：公以二月暮至徐，此云"春雷三月不作响"。旧唐书德宗
纪：贞元十五年三月甲寅，吴少诚寇唐州，杀监军，掠居民千馀而
去。未闻建封有请讨之举，故以大义动之。

龊龊〔一〕

龊龊当世士〔二〕，所忧在饥寒。但见贱者悲，不闻贵者叹〔三〕。
大贤事业异，远抱非俗观。报国心皎洁，念时涕汍澜〔四〕。妖姬
坐左右，柔指发哀弹〔五〕。酒肴虽日陈，感激宁为欢〔六〕。秋阴
欺白日，泥潦不少干〔七〕。河隄决东郡〔八〕，老弱随惊湍〔九〕。天
意固有属，谁能诘其端？愿辱太守荐，得充谏诤官〔一〇〕。排云
叫阊阖〔一一〕，披腹呈琅玕〔一二〕。致君岂无术？自进诚独难。

〔一〕按：旧唐书德宗纪：贞元十五年秋七月，郑、滑大水。公时
在徐。

〔二〕龊龊：龊，初六切。史记货殖传：其民龊龊。当世士：汉书司马
迁传：羞当世之士。

〔三〕叹：平声。

〔四〕汍澜：汍，音丸。冯衍显志赋："泪汍澜而雨集。"

〔五〕柔指：诗硕人："手如柔荑。"刘琨诗："化为绕指柔。"哀弹：潘岳
　　　笙赋："辍张女之哀弹。"

〔六〕感激：阮籍诗："感激生忧思。"

〔七〕不少干：宋玉九辩："皇天淫溢而秋霖①兮，后土何时而得干？"

〔八〕河隄决东郡：史记河渠书：孝文时，河决酸枣，东溃金隄，于是
　　　东郡大兴卒塞之。旧唐书地理志：滑州随东郡，武德元年改为
　　　滑州。

〔九〕惊湍：潘岳诗："惊湍激岩阿。"

〔一〇〕谏诤官：汉书鲍宣传：何武荐宣为谏大夫，常上书谏争曰："臣
　　　官以谏争为职。"

〔一一〕叫阊阖：屈原离骚："吾令帝阍开关兮，倚阊阖而望予。"注：阊
　　　阖，天门也。

〔一二〕琅玕：书禹贡：厥贡惟球琳琅玕。

【校　记】
　　①"霖"，原作"霁"，据楚辞章句补注改。

汴泗交流赠张仆射〔一〕

汴泗交流郡城角，筑场千步平如削〔二〕。短垣三面缭逶迤〔三〕，
击鼓腾腾树赤旗〔四〕。新秋朝凉未见日，公早结束来何为〔五〕？
分曹决胜约前定〔六〕，百马攒蹄近相映。球惊杖奋合且离，红牛
缨绂黄金羁〔七〕。侧身转臂著马腹〔八〕，霹雳应手神珠驰〔九〕。超
遥散漫两闲暇〔一〇〕，挥霍纷纭争变化〔一一〕。发难得巧意气
粗〔一二〕，谨声四合壮士呼。此诚习战非为剧，岂若安坐行良图？

当今忠臣不可得,公马莫走须杀贼。

〔一〕王注:贞元十五年,公在徐州张建封幕。汴水,徐之西,泗水,徐之南。故以名篇。□云:公集有谏张仆射击球书,此诗云"此诚习战非为剧,岂若安坐行良图",盖讽之也。按:张有酬韩校书愈打球歌,即酬此诗。

〔二〕筑场:诗七月:"九月筑场圃。"此但筑驰场也。

〔三〕短垣:吴语:君有短垣而自逾之。

〔四〕树赤旗:新唐书礼乐志:凡讲武,击鼓举赤旗为锐阵。

〔五〕结束:古诗十九首:"何为自结束?"

〔六〕分曹:宋玉招魂:"分曹并进,遒相迫些。"

〔七〕绂:音弗。黄金羁:吴筠诗:"白马黄金羁。"

〔八〕侧身转臂:顾嗣立曰:按:曹子建白马篇:"仰手接飞猱,俯身散马蹄。"杜诗:"走马脱辔头,手中挑青丝。捷下万仞冈,俯身试搴旗。"诗意本此。马腹:左传:伯宗曰:虽鞭之长,不及马腹。

〔九〕霹雳:南史曹景宗传:昔在乡里,骑快马如龙,拓弓弦作霹雳声,箭如饿鸱叫。神珠:王邑内人蹋球赋:"球体兮似珠。"

〔一○〕超遥:宋玉九辩:"超逍遥兮今焉薄?"广雅释诂:超遥,远也。散漫:谢惠连雪赋:"其为状也,散漫交错。"

〔一一〕挥霍:张衡西京赋:"跳丸剑之挥霍。"曹植七启:"凌跃超骧,婉蝉挥霍。"

〔一二〕发难得巧:顾嗣立曰:"发难得巧"即雄带箭所谓"将军欲以巧伏人,盘马弯弓惜不发"是也。旧注"难"作去声,引张良发八难解,大谬。谨:呼官切。

按:击球亦武事之一,刘向别录:"蹴鞠,兵势,所以陈武事也。"唐时有球场，宪宗尝问赵宗儒：人言卿在荆州，球场草生，何也？此盖问其军政不修。宗儒不知，对曰：死罪有之。虽然，草生不妨球子往来。上为之启齿。此唐时武场击球之明证也。此诗规之，似失事宜。但此时吴少诚已阻朝命，则讲武者不止于此，故末有杀贼之语。若后来裴度平蔡，则赠诗劝其"钟鼓乐清时"矣。

雉带箭[一]

原头火烧静兀兀[二]，野雉畏鹰出复没[三]。将军欲以巧伏人，盘马弯弓惜不发[四]。地形渐窄观者多，雉惊弓满劲箭加[五]。冲索人决起百余尺[六]，红翎白镞随倾斜。将军仰笑军吏贺[七]，五色离披马前堕[八]。

〔一〕王云：此诗公佐张仆射于徐从猎而作。

〔二〕火烧：世说：顾恺之曰：火烧平原无遗燎。

〔三〕出复没：梁武帝诗："出没看飞翼。"方本作"伏欲没"。朱子曰：雉出复没，而射者弯弓不肯轻发，正是形容持满命中之巧，毫厘不差处，改作"伏欲"，神采索然矣。

〔四〕盘马：邓粲晋记：王湛就蚁封盘马。世说：杜预之荆州，朝士悉祖，杨济不坐而去。和长舆曰：必大夏门下盘马。往大夏门，果大阅骑。弯弓：阮籍诗："弯弓挂扶桑，长剑倚天外。"劲箭：司马相如子虚赋："左乌号之雕弓，右夏服之劲箭。"

〔五〕加：诗："弋言加之。"子虚赋："双鸧下，玄鹤加。"

〔六〕决起：庄子逍遥游：蜩与鷽鸠笑之曰："吾决起而飞，抢榆枋。"

〔七〕仰笑：楚国策：楚王游于云梦，有狂兕群车依轮而至，王亲引弓

而射，一发而毙。王抽矢筶抑兕首，仰天而笑曰：乐矣，今日之
游也！

〔八〕五色：尔雅释鸟：雉五采皆备成章曰翚。离披：宋玉九辩："奄
离披此梧楸。"注：离披，分散也。

嗟哉董生行〔一〕

淮水出桐柏山〔二〕，东驰遥遥千里不能休〔三〕。淝水出其侧〔四〕，
不能千里，百里入淮流。寿州属县有安丰〔五〕，唐贞元时，县人
董生召南隐居行义于其中。刺史不能荐〔六〕，天子不闻名声。
爵禄不及门，门外惟有吏，日来征租更索钱。嗟哉董生朝出
耕，夜归读古人书，尽日不得息。或山而樵，或水而渔。入厨
具甘旨〔七〕，上堂问起居〔八〕。父母不戚戚〔九〕，妻子不咨咨。嗟
哉董生孝且慈。人不识，惟有天翁知，生祥下瑞无休期。家有
狗乳出求食〔一〇〕，鸡来哺其儿〔一一〕。啄啄庭中拾虫蚁〔一二〕，哺之
不食鸣声悲。傍徨踯躅久不去〔一三〕，以翼来覆待狗归〔一四〕。嗟
哉董生，谁将与俦？时之人，夫妻相虐，兄弟为雠。食君之禄，
而令父母愁。亦独何心？嗟哉董生无与俦〔一五〕。

〔一〕王云：董召南，寿州安丰人。公尝有送董生游河北序，且曰：
"董生举进士，连不得志于有司。"而此诗叙其孝且慈如此。
按：送董召南序当在宪宗之世，故云"明天子在上，凡昔时屠狗
者，皆可出而仕矣"。此诗云："刺史不能荐，天子不闻名声。"
在董生未应举之时，大抵徐州所作。徐与寿相近，故稔闻其行
义如此。"狗乳"一段，即公文中记北平王家猫相乳之意。

〔二〕桐柏山：书禹贡：导淮自桐柏。注：桐柏山在淮扬之东。水经：

淮水出淮阳平氏县胎簪山，东北过桐柏山。

〔三〕遥遥：左传：童谣曰："远哉遥遥。"

〔四〕沘水：水经：沘水出九江成德县广阳乡，西北入于淮。

〔五〕寿州：新唐书地理志：寿州寿春郡，本淮南郡，天宝元年更名。

领县五：寿春、安丰、盛唐、霍丘、霍山，属淮南道。安丰：新唐
书地理志：安丰县，武德七年省小黄、肥陵二县入焉。

〔六〕刺史：后汉书百官志：外十有二州，每州刺史一人，六百石。

〔七〕甘旨：记内则：慈以旨甘。

〔八〕问起居：按：此三字虽出后汉书岑彭传，而问父母者，则自文王
世子"鸡初鸣，至寝门外，问内竖，今日安否？何如"云云，与晨
昏定省者同。其时无"起居"字，而起居之义具在。

〔九〕不戚戚：汉书扬雄传：不戚戚于贫贱。

〔一〇〕狗乳：乳，去声。北史孝义传：郭世隽家门雍睦，七世同居。犬
豕同乳，乌鹊同巢，时人以为义感之应。

〔一一〕哺：薄故切。汉书东方朔传：声謷謷者，乌哺鷇也。

〔一二〕虫蚁：史记五帝本纪：淳化鸟兽虫蛾。正义曰：蛾，鱼起反，蚍
蜉也。

〔一三〕傍徨：李陵录别诗："寒裳路踟蹰，傍徨不能归。"

〔一四〕翼覆：诗生民："鸟覆翼之。"

〔一五〕无与俦：朱子曰：上句"谁将与俦"，疑而问之之词也。此句云
"无与俦"，答而决之之词也。

按："鸡狗"一段，形容物类相感，其说理本易中孚"信及豚
鱼"。其行文设色，又用史记李广射虎、苏武牧羝，细碎事极为铺
张。此所谓人所应有，我不必有，人所应无，我不必无也。然其

实总在三百篇,如"我徂东山",叹恤士卒三年未归者,正言不过一二,而瓜敦、熠耀、鹳垤、鹿场,娓娓言之。汉乐府犹得此法,如上留田之"瓜蒂"是也。

鸣雁[一]

嗷嗷鸣雁鸣且飞[二],穷秋南去春北归[三]。去寒就暖识所依,天长地阔栖息稀。风霜酸苦稻粱微[四],毛羽摧落身不肥[五]。徘徊反顾群侣违[六],哀鸣欲下舟渚非[七]。江南水阔朝云多,草长沙软无网罗[八]。闲飞静集鸣相和,违忧怀惠性匪他,凌风一举君谓何[九]?

〔 一 〕王云:公在徐州,与孟东野书有曰:"去年脱汴州之乱,遂来于此。主人与余有故,居余符离睢上。及秋,将辞去"云云。主人谓建封,公在徐不得志,见于书与诗者如此。按:十五年秋,欲去而被留以职事。然去志已决,明年夏即去徐居洛,不待秋矣。

〔 二 〕嗷嗷:诗鸿雁章:"鸿雁于飞,哀鸣嗷嗷。"鸣雁:诗:"雝雝鸣雁。"

〔 三 〕穷秋:鲍照诗:"穷秋九月荷叶黄,北风驱雁天雨霜。"秋南、春北:管子:桓公曰:鸿雁春北而秋南,不失其时。

〔 四 〕风霜:鲍照代鸣雁行:"辛苦风霜亦何为?"稻粱:韩诗外传:田饶谓鲁哀公曰:"黄鹄止君园池,啄君稻粱。"刘峻广绝交论:分雁鹜之稻粱。

〔 五 〕毛羽摧落:古乐府艳歌何尝行:"吾欲负汝去,毛羽何摧颓?"

〔 六 〕徘徊:苏武诗:"黄鹄一远别,千里顾徘徊。"反顾:屈原远游:

"乘间维以反顾。"群侣:艳歌何尝行:"踟蹰顾群侣。"

〔七〕洲渚:屈原九章:"望大河之洲渚。"

〔八〕网罗:鲍照空城雀诗:"下飞畏网罗。"

〔九〕凌风:楚国策:奋其六翮而凌清风。一举:史记留侯世家:上歌曰:"鸿鹄高飞,一举千里。"

驽骥〔一〕

驽骀诚龌龊〔二〕,市者何其稠?力小苦易制,价微良易酬。渴饮一斗水〔三〕,饥食一束刍〔四〕。嘶鸣当大路,志气若有馀。骐骥生绝域〔五〕,自矜无匹俦〔六〕。牵驱入市门〔七〕,行者不为留。借问价几何?黄金比嵩丘〔八〕。借问行几何?咫尺视九州。饥食玉山禾〔九〕,渴饮醴泉流〔一〇〕。问谁能为御?旷世不可求。惟昔穆天子〔一一〕,乘之极遨游。王良执其辔〔一二〕,造父挟其辀〔一三〕。因言天外事〔一四〕,茫惚使人愁〔一五〕。驽骀谓骐骥,饿死余尔羞。有能必见用,有德必见收。孰云时与命?通塞皆自由〔一六〕。骐骥不敢言,低徊但垂头〔一七〕。人皆劣骐骥,共以驽骀优。喟余独兴叹,才命不同谋。寄诗同心子〔一八〕,为我商声讴〔一九〕。

〔一〕唐本有"赠欧阳詹"字,或作"驽骥吟示欧阳詹"。洪云:詹集有答韩十八驽骥吟。新唐书欧阳詹传:詹,字行周,泉州晋江人。举进士,与韩愈、李观、李绛、崔群、王涯、冯宿、庾承宣联第,皆天下选。与愈友善,詹先为国子监四门助教,率其徒伏阙下,举愈博士。卒年四十馀。按:公为欧阳生哀辞云:十五年冬,余以徐州从事朝正于京师,詹将举余为博士,不果上。

〔二〕驽骀:骀,音臺。宋玉九辩:"却骐骥而不乘兮,策驽骀而取
路。"相马经:凡相马之法,先除三羸五驽。龌龊:音渥促。司
马相如难蜀父老:岂特委琐龌龊。

〔三〕一斗水:庄子外物篇:君岂有升斗之水而活我哉?

〔四〕一束刍:诗白驹:"生刍一束。"

〔五〕骐骥:屈原卜居:"宁与骐骥亢轭乎?将随驽马之迹乎?"绝域:
李陵答苏武书:出征绝域。

〔六〕匹俦:古乐府伤歌行:"悲声命俦匹。"

〔七〕市门:齐国策:苏代说淳于髡曰:人有骏马欲卖之,见伯乐曰:
比三旦立于市,人莫与言。古今注:阛,市垣也。阓,市门也。

〔八〕嵩丘:潘岳怀旧赋:"前瞻太室,傍眺嵩丘。"

〔九〕玉山禾:西山经:玉山,是西王母所居也。又海内西经:昆仑之
墟,高万仞,上有木禾,长五寻,大五围。注:木禾,谷类也。

〔一〇〕醴泉:记礼运:天降膏露,地出醴泉。白虎通:醴泉者美泉,状
如醴。

〔一一〕穆天子:史记秦本纪:周穆王得骥、温骊、骅骝、绿耳之驷,西巡
狩,乐而忘归。裴骃曰:郭璞纪年:穆王十七年,西征于昆仑
丘,见西王母。

〔一二〕王良:韩子:王良佐辔,则身不劳而易及轻兽。张晏曰:王良,
邮无恤也。

〔一三〕造父:屈原九章:"勒骐骥而更驾兮,造父为我操之。"史记秦本
纪:造父以善御幸于周缪王,缪王以赵城封造父。挟辀:左传:
颍考叔挟辀以走。杜预曰:辀,车辕也。

〔一四〕天外事:扬雄羽猎赋:"木仆山还,漫若天外。"拾遗记:始皇好

神仙之事,有宛渠之民,乘螺舟而至曰:臣少时蹑虚却行,日游万里。及其老也,坐见天地之外事。

〔一五〕茫惚:茫,一作"怳",或作"荒"。方云:詹集作"慌",古慌与茫通。司马相如上林赋:"茫茫恍忽。"淮南原道训:昔者冯夷大丙之御也,乘云车入云蜺,游微雾,惊怳忽。朱子曰:古书如"荒忽"、"茫忽"之类,皆一字也,意义多相近。

〔一六〕通塞:易节卦:不出户庭,知通塞也。

〔一七〕垂头:盐铁论:骐骥负盐车,垂头于太行之坂。

〔一八〕同心:易系辞:二人同心,其利断金。

〔一九〕商声讴:庄子让王篇:曾子曳縰而歌商颂,声满天地,若出金石。

赠族侄[一]

我年十八九,壮气起胸中。作书献云阙,辞家逐秋蓬。岁时易迁次,身命多厄穷。一名虽云就,片禄不足充。今者复何事?卑栖寄徐戎。萧条资用尽,濩落门巷空。朝眠未能起,远怀方郁陶。击门者谁子? 问言乃吾宗。自云有奇术,探妙知天工。既往怅何及,将来喜还通。期我语非佞,当为佐时雍。

〔一〕上或有"徐州"字。

按:某注蓝关诗谬引此诗以作证佐,于第十卷中既尝辨之矣。此诗更与蓝关之事无涉。"探妙知天工"者,不过如星士之言,故云"既往怅何及,将来喜还通"也。词浅意陋,或非公作。

河之水二首寄子侄老成[一]

河之水，去悠悠。我不如，水东流[二]。我有孤侄在海陬[三]，三年不见兮，使我生忧。日复日，夜复夜。三年不见汝，使我鬓发未老而先化。

河之水，悠悠去。我不如，水东注[四]。我有孤侄在海浦[五]，三年不见兮，使我心苦。采蕨于山[六]，缗鱼于渊[七]。我徂京师[八]，不远其还。

〔一〕韩滂墓志云：滂祖讳介，一命率府军佐以卒。二子百川、老成。老成为伯父起居舍人会后，未仕而死。有二子，曰湘、滂。按：祭十二郎文云："吾佐董丞相于汴州，汝来省吾。止一岁，请归取其孥。明年，丞相薨，吾去汴州，汝不果来。是年，吾佐戎徐州，使取汝始行，吾又罢去，汝又不果来。"十二郎，即老成也。取孥之行在十四年至十六年春，则三年不见矣。"我徂京师，不远其还"，谓朝正毕即归也。此乃自京寄怀之作。

〔二〕东流：蔡琰胡笳十八拍："河水东流兮心是思。"十六国春秋：陇上壮士歌："西流之水东流河，一去不还奈子何。"

〔三〕陬：音邹。说文：陬，阪隅也。

〔四〕东注：诗有声："丰水东注。"

〔五〕浦：广韵：风土记：大水有小口别通曰浦。

〔六〕采蕨：诗草虫："陟彼南山，言采其蕨。"

〔七〕缗鱼：音民。诗何彼秾矣："其钓维何？维丝伊缗。"六韬：缗隆饵重，则嘉鱼食之。缗绸饵芳，则庸鱼食之。

〔八〕我徂京师：公羊传：京师者何？天子之居也。京者何？大也。

韩愈诗集编年笺注

42

师者何？众也。天子之居，必以众大之辞言之。

归彭城[一]

天下兵又动[二]，太平竟何时？吁谟者谁子[三]？无乃失所宜。
前年关中旱[四]，闾井多死饥[五]。去岁东郡水，生民为流尸。
上天不虚应[六]，祸福各有随。我欲进短策，无由至肜墀[七]。
刳肝以为纸，沥血以书辞[八]。上言陈尧舜，下言引龙夔。言词
多感激，文字少葳蕤[九]。一读已自怪，再寻良自疑。食芹虽云
美[一〇]，献御固已痴。缄封在骨髓[一一]，耿耿空自奇。昨者到
京师，屡陪高车驰[一二]。周行多俊异[一三]，议论无瑕疵[一四]。见
待颇异礼，未能去毛皮[一五]。到口不敢吐，徐徐俟其巇[一六]。
归来戎马间[一七]，惊顾似羁雌[一八]。连日或不语，终朝见相欺。
乘闲辄骑马，茫茫诣空陂。遇酒即酩酊[一九]，君知我为谁？

〔一〕王云：公作欧阳詹哀词云：贞元十五年冬，余为徐州从事，朝正
于京师。而此诗曰"归彭城"，则明年自京归徐也。

〔二〕兵动：新唐书德宗纪：贞元十五年三月，彰义军节度使吴少诚
反。九月，宣武、河阳、郑滑、东都汝、成德、幽州、淄青、魏博、
易定、泽潞、河东、淮南、徐泗、山南东西、鄂岳军讨吴少诚。十
二月，诸道兵溃于小溵河。

〔三〕吁谟者谁子：诗抑："吁谟定命。"新唐书宰相表：贞元十四年七
月壬申，赵宗儒罢，工部侍郎郑馀庆为中书侍郎、同中书门下
平章事，崔损为门下侍郎。

〔四〕关中旱：新唐书德宗纪：贞元十四年冬，无雪，京师饥。

〔五〕闾井：左传：子产使都鄙有章，闾井有伍。

〔 六 〕不虚应：后汉书顺帝纪：咎征不虚，必有所应。

〔 七 〕彤墀：班婕妤自悼赋："俯视兮丹墀。"

〔 八 〕刳肝、沥血：拾遗记：浮提国献神通、善书二人，出肘间金壶，壶
中有黑汁如浮漆，洒地及石，皆成篆隶科斗之字。及金壶汁
尽，二人刳心沥血，以代墨焉。

〔 九 〕葳蕤：音威绥。陆机文赋："纷葳蕤以馺遝。"善注：葳蕤，盛貌。

〔一〇〕食芹：列子杨朱篇：宋有田父曰："负日之暄，以献吾君。"里之
富室告之曰："昔有甘芹萍子者，对乡豪称之。豪取而尝之，蜇
于口，惨于腹。众哂而怨之，其人大惭。"嵇康与山涛绝交书：
野人有快炙背而美芹子者，欲献之至尊，虽有区区之意，亦以
疏矣。

〔一一〕缄封：班婕妤捣素赋："书既封而重题，笥已缄而更结。"骨髓：
董仲舒贤良策：臧于骨髓。

〔一二〕高车：古谚："高车驷马带倾覆。"

〔一三〕周行：左传：君子谓楚于是乎能官人。诗："嗟我怀人，置彼周
行。"能官人也。俊异：任昉求荐士诏：思求俊异，协赞雍熙。

〔一四〕瑕疵：左传：楚文王谓郑申侯曰："惟吾知汝，余取余求，不汝瑕
疵也。"

〔一五〕去毛皮：左传：虢射曰：皮之不存，毛将安傅？

〔一六〕螱：音羲。法言：螱可抵乎。注：螱，罅隙也。

〔一七〕戎马：左传：范文子立于戎马之前。

〔一八〕羁雌：枚乘七发："暮则羁雌迷鸟宿焉。"善注：羁，无偶也。

〔一九〕酩酊：晋书山简传：山简出为征南将军，镇襄阳，时有童子歌
曰："山公出何许？往至高阳池。日夕倒载归，酩酊无所知。"

幽怀〔一〕

幽怀不能写,行此春江浔〔二〕。适与佳节会,士女竞光阴〔三〕。
凝妆耀洲渚,繁吹荡人心〔四〕。间关林中鸟〔五〕,亦知和为音。
岂无一樽酒?自酌还自吟〔六〕。但悲时易失〔七〕,四序迭相侵。
我歌君子行〔八〕,视古犹视今〔九〕。

〔一〕按:此诗编年无可明据,但以"我歌君子行"揣之,或朝正归徐
春间所作。观其上张仆射书,辨晨入夜归之不可,则于其幕僚
有不相合者。故感春鸟和鸣而自酌自吟,叹人之不如鸟也。
题曰"幽怀",盖有不可明言者欤?

〔二〕江浔:淮南原道训:江浔海裔。枚乘七发:"弭节乎江浔。"

〔三〕士女:诗溱洧:"维士与女。"宋玉招魂:"士女杂坐。"

〔四〕吹:尺伪切。荡人心:枚乘七发:"陶阳气,荡春心。"

〔五〕间关:诗车牵:"间关车之牵兮。"水经注:时禽异羽,翔集间关。

〔六〕自吟:颜氏家训文章篇:自吟自赏,不觉更有旁人。

〔七〕时易失:汉书蒯通传:时者难值而易失。

〔八〕君子行:按:古乐府有君子行。

〔九〕古犹视今:庄子知北游篇:冉求问于仲尼曰:未有天地可知耶?
仲尼曰:古犹今也。

赠郑兵曹〔一〕

樽酒相逢十载前,君为壮夫我少年〔二〕。樽酒相逢十载后,我为
壮夫君白首。我材与世不相当,戢鳞委翅无复望〔三〕。当今贤

俊皆周行〔四〕,君何为乎亦遑遑〔五〕?杯行到君莫停手〔六〕,破除
万事无过酒。

〔 一 〕□云:郑,或以为郑通诚。张建封节度武宁时,通诚为副使,公
　　　为其军从事。樽酒相逢,在其时欤?白乐天哀二良云"祠部员
　　　外郎郑通诚",此云兵曹,所未详也。按:旧唐书张建封传:"十
　　　六年五月建封卒,判官郑通诚权知留后事,军乱杀通诚。"此诗
　　　作于将去之时,故有"戢鳞委翅"之语,见机可谓早矣。凡人历
　　　官不一,兵曹、祠部互见,未足为疑也。
〔 二 〕壮夫:曲礼:三十曰壮。法言:壮夫不为也。按:公去徐时年三
　　　十三,前十年在京师,盖尝与郑往还也。
〔 三 〕戢鳞:屈原九章:"鱼戢鳞以自别兮,蛟龙隐其文章。"
〔 四 〕贤俊:颜氏家训勉学篇:汉时贤俊皆以一经宏圣人之道。
〔 五 〕遑遑:列子杨朱篇:遑遑尔竞一时之虚誉,规死后之馀荣。
〔 六 〕杯行:王粲诗:"合坐同所乐,但愬杯行迟。"

韩昌黎诗集编年笺注卷二

卷二凡三十八首，起<u>贞元</u>十六年，去<u>徐</u>居<u>洛</u>，十七年从调京师，十八年为四门博士，十九年拜监察御史，迄二十一年春，为<u>阳山</u>令时作。

海水〔一〕

海水非不广，<u>邓林</u>岂无枝〔二〕？风波一荡薄〔三〕，鱼鸟不可依。海水饶大波〔四〕，<u>邓林</u>多惊风。岂无鱼与鸟，巨细各不同〔五〕。海有吞舟鲸〔六〕，<u>邓</u>有垂天鹏〔七〕。苟非鳞羽大〔八〕，荡薄不可能。我鳞不盈寸，我羽不盈尺〔九〕。一木有馀阴〔一〇〕，一泉有馀泽。我将辞海水，濯鳞清泠池〔一一〕。我将辞<u>邓林</u>，刷羽蒙茏枝〔一二〕。海水非爱广，<u>邓林</u>非爱枝。风波亦常事，鳞羽自不宜。我鳞日已大，我羽日已修。风波无所苦，还作鲸鹏游。

〔一〕<u>鹖冠子</u>道端篇：海水广大，非独仰一川之流也。按：此篇盖辞去<u>徐州</u>之时，海水、<u>邓林</u>以比<u>建封</u>，鱼鸟自喻也。

〔二〕邓林:列子汤问篇:夸父追日影于隅谷之际,未至,道渴而死。弃其杖,尸膏肉所浸,生邓林。邓林弥广数千里焉。

〔三〕风波:李陵诗:"风波一失所,各在天一隅。"

〔四〕大波:尔雅:大波之神曰阳侯。

〔五〕巨细:列子汤问篇:汤问:物有巨细乎?

〔六〕吞舟鲸:贾谊吊屈原文:彼寻常之污渎兮,岂容吞舟之鱼?吴都赋:"长鲸吞航,修鲵吐浪。"

〔七〕垂天鹏:庄子逍遥游:怒而飞,其翼若垂天之云。

〔八〕鳞羽:锺嵘诗品:鳞羽之有龙凤。

〔九〕盈尺:庄子山木篇:异鹊自南方来,翼广七尺。

〔一〇〕一木:慎子:廊庙之材,非一木之枝。世说:和峤曰:元裒如北夏门,拉捞自欲坏,非一木所能支。

〔一一〕濯鳞:北史司马休之传:唐盛言于姚兴曰:使休之擅兵于外,得濯鳞南翔,恐非复池中物也。清泠池:庄子让王篇:北人无择,自投清泠之渊。

〔一二〕刷羽:沈约诗:"刷羽同摇漾,一举还故乡。"蒙茏:张华鹪鹩赋:"翳荟蒙茏,是焉游集。"

烽火〔一〕

登高望烽火,谁谓塞尘飞?王城富且乐〔二〕,曷不事光辉?勿言日已暮,相见恐行稀。愿君熟念此,秉烛夜中归〔三〕。我歌宁自感,乃独泪沾衣。

〔一〕史记周本纪:有寇至则举烽火。正义曰:昼日燃烽以望火烟,夜举燧以望火光也。□云:时吴少诚败韩全义,两都甚扰扰,公诗以此作。<u>顾嗣立</u>曰:<u>胡渭</u>云:按<u>全义</u>之败在<u>贞元</u>十六年五月,败于<u>广利城</u>。七月又败于<u>五楼</u>。时公去<u>徐</u>居<u>洛</u>,故以王城为言。

〔 二 〕王城:<u>后汉书</u><u>地理志</u>:<u>河南</u>,<u>周公</u>所城<u>洛邑</u>也,<u>春秋</u>时谓之<u>王城</u>。

〔 三 〕秉烛:<u>古诗十九首</u>:"昼短苦夜长,何不秉烛游?"

暮行河隄上

暮行河隄上,四顾不见人。衰草际黄云[一],感叹愁我神。夜归孤舟卧,展转空及晨。谋计竟何就,嗟嗟世与身。

〔 一 〕黄云:<u>谢灵运</u>诗:"河洲多沙尘,风悲黄云起。"

荐士[一]

<u>周</u>诗三百篇,雅丽理训诰[二]。曾经圣人手,议论安敢到?五言出<u>汉</u>时[三],<u>苏</u><u>李</u>首更号。<u>东都</u>渐弥漫[四],派别百川导[五]。<u>建安</u>能者七[六],卓荦变风操[七]。逶迤抵<u>晋</u><u>宋</u>[八],气象日凋耗。中间数<u>鲍</u><u>谢</u>[九],比近最清奥。<u>齐</u><u>梁</u>及<u>陈</u><u>隋</u>,众作等蝉噪[一〇]。搜春摘花卉,沿袭伤剽盗。国朝盛文章,<u>子昂</u>始高蹈[一一]。勃兴得<u>李</u><u>杜</u>[一二],万类困陵暴[一三]。后来相继生,亦各臻阃奥[一四]。有穷者<u>孟郊</u>,受材实雄骜[一五]。冥观洞古今,象外逐幽好。横空盘硬语,妥帖力排奡[一六]。敷柔肆纡馀[一七],奋猛卷海潦。荣华肖天秀,捷疾逾响报[一八]。行身践规矩,甘辱耻媚灶。<u>孟轲</u>分邪正,眸子看瞭眊。杳然粹而清,可以镇浮躁。

酸寒溧阳尉〔一九〕，五十几何耄〔二〇〕？孜孜营甘旨，辛苦久所冒。俗流知者谁？指注竞嘲慠。圣王索遗逸，髦士日登造〔二一〕。庙堂有贤相〔二二〕，爱遇均覆焘〔二三〕。况承归与张〔二四〕，二公迭嗟悼。青冥送吹嘘〔二五〕，强箭射鲁缟〔二六〕。胡为久无成，使以归期告。霜风破佳菊，嘉节迫吹帽。念将决焉去，感物增恋嫪〔二七〕。彼微水中荇，尚烦左右芼〔二八〕。鲁侯国至小，庙鼎犹纳郜〔二九〕。幸当择珉玉〔三〇〕，宁有弃珪瑁〔三一〕。悠悠我之思，扰扰风中纛〔三二〕。上言愧无路，日夜惟心祷。鹤翎不天生，变化在啄菢〔三三〕。通波非难图〔三四〕，尺地易可漕〔三五〕。善善不汲汲〔三六〕，后时徒悔懊〔三七〕。救死具八珍〔三八〕，不如一箪犒〔三九〕。微诗公勿诮〔四〇〕，恺悌神所劳〔四一〕。

〔 一 〕王云：荐东野于郑馀庆也。东野贞元十一年为溧阳尉，时郑馀庆尹河南，公作是诗以荐之。顾嗣立曰：馀庆以元和元年拜河南尹，东野为溧阳尉，馀庆尚未尹河南也。公诗云"庙堂有贤相"，其荐于馀庆为中书侍郎时乎？按：旧唐书德宗纪："贞元十四年七月，以工部侍郎郑馀庆为中书侍郎、同平章事。十六年九月，贬郴州司马。"又按：孟郊墓志："年几五十始以尊夫人之命来集京师，从进士试，既得即去。间四年，又命来，选为溧阳尉，迎侍溧上。去尉二年，而故相郑公尹河南，奏为水陆运从事。"郊以贞元十二年登第，"间四年"当贞元十六年。此诗盖作于郊既选溧阳之后，即馀庆贬郴州之月也。又郊以元和九年卒，年六十四，逆溯至贞元十六年，正诗中"五十"时也。

〔 二 〕雅丽：或作"丽雅"。班固楚辞序：宏博丽雅为辞赋宗。理：或作"理"。朱子曰：二字皆未安，恐必有失误。

〔三〕五言:<u>锺嵘诗品序</u>:夏歌曰"郁陶乎余心",楚骚曰"名余曰正则",虽诗体未全,然是五言之滥觞也。迨后<u>李陵</u>始著五言之目矣。

〔四〕东都弥漫:谓<u>韦孟</u>父子四言长篇,后有<u>焦仲卿</u>五言,<u>蔡文姬</u>七言,皆大作也。前所未有,故曰弥漫。

〔五〕派别百川:<u>左思吴都赋</u>:"百川派别,归海而会。"

〔六〕建安:<u>孙云</u>:建安,汉献帝年号也。<u>魏文帝典论</u>:今之文人,<u>鲁国孔融文举</u>、<u>广陵陈琳孔璋</u>、<u>山阳王粲仲宣</u>、<u>北海徐幹伟长</u>、<u>陈留阮瑀元瑜</u>、<u>汝南应场德琏</u>、<u>东平刘桢公幹</u>,斯七子者,于学无所遗,于辞无所假,后世称建安七子。

〔七〕卓荦:荦,吕角切。<u>左思诗</u>:"卓荦观群书。"<u>善注</u>:犹超绝也。

〔八〕晋宋:<u>诗品</u>:晋宋之际,殆无诗乎。义熙中,以<u>谢益寿</u>、<u>殷仲文</u>为华绮之冠,<u>殷</u>不竞矣。<u>文心雕龙</u>:晋世群才,稍入轻绮,采缛于正始,力柔于建安。或析文以为妙,或流靡以自妍,此其大略也。<u>江左</u>篇制,溺乎玄风,嗤笑殉务之志,崇盛无稽之谈。宋初文咏,体有因革。<u>庄老</u>告退,而山水方滋。俪采百字之偶,争价一句之奇,情必极貌以写物,词必穷力而追新,此近世之所竞也。

〔九〕中间:<u>江表传</u>:<u>蒋幹</u>曰:中间别隔,遥闻芳烈。<u>鲍谢</u>:<u>诗品</u>:轻薄之徒谓<u>曹</u>、<u>刘</u>为古拙,谓<u>鲍照</u>羲皇上人,<u>谢朓</u>古今独步。<u>孙云</u>:<u>鲍照</u>、<u>谢朓</u>也,或曰<u>谢灵运</u>,盖二谢通称。

〔一〇〕蝉噪:<u>杨泉物理论</u>:虚无之谈,尚其华藻。此犹春蛙秋蝉,聒耳而已。

〔一一〕子昂:<u>新唐书陈子昂传</u>:<u>子昂</u>,字伯玉,梓州射洪人。唐兴,文章承徐庾馀风,<u>子昂</u>始变雅正,为海内文宗。

〔一二〕李杜:新唐书杜甫传:少与李白齐名,时号李杜。昌黎韩愈于文章慎许可,至歌诗独推李杜。

〔一三〕陵暴:尔雅释言:强,暴也。注:强梁陵暴。史记仲尼弟子传:子路冠雄鸡,佩猳豚,陵暴孔子。

〔一四〕阃奥:汉书班固叙传:究先圣之壶奥。

〔一五〕骜,音傲。

〔一六〕妥帖:陆机文赋:"或妥帖而易施。"许彦周诗话:退之云"横空盘硬语,妥帖力排奡",盖能杀缚事实,与意义合,最难能之。知其难则可与论诗矣,此所以称东野也。力排奡:按:诸葛亮梁甫吟:"力能排南山,文能绝地纪。"此句以力能排奡为义。

〔一七〕纡馀:司马相如上林赋:"纡馀透迤。"

〔一八〕捷疾:诗品:张思光纵有乖文体,然亦捷疾丰饶。

〔一九〕溧阳尉:新唐书地理志:昇州溧阳县,属江南道。又孟郊传:郊为溧阳尉,县有投金濑、平陵城,林薄蒙翳,下有积水。郊间往坐水旁,裴回赋诗,曹务多废。令白府以假尉代之,分其半俸。

〔二〇〕耄:记曲礼:八十九十曰耄。

〔二一〕耄士:诗甫田:"烝我耄士。"又思齐:"誉髦斯士。"登造:记王制:命乡论秀士,升之司徒,曰选士。司徒论选士之秀者而升之学,曰俊士。升于司徒者,不征于乡;升于学者,不征于司徒,曰造士。大乐正论造士之秀者,以告于王而升诸司马,曰进士。

〔二二〕贤相:王云:谓郑馀庆也。

〔二三〕覆燾:燾,徒到切。广韵:燾,覆也,同帱。

〔二四〕归张:王云:郊尝为归登、张建封所知。按:王说未允,冠归于张之上,必其名位在建封之前,疑是登父崇敬也。旧唐书德宗纪:"贞元十五年,特进、兵部尚书归崇敬卒。十六年,右仆射张建封卒。"追而溯之,称曰二公,固其宜也。登虽尝与韩、孟周旋,然按登传,德宗时,才至兵部员外郎,充皇子侍读,史馆修撰,不应并称二公,又在张上也。崇敬,字正礼,苏州吴郡人。新、旧史皆有传。

〔二五〕吹嘘:后汉书郑泰传:清言高论,嘘枯吹生。

〔二六〕鲁缟:汉书韩安国传:强弩之末,力不能入鲁缟。师古曰:缟,素也。曲阜之地,俗善作之,尤为轻细。

〔二七〕恋嫪:嫪,郎到切。广韵:嫪,恡物也。声韵:姻嫪,恋惜也。

〔二八〕左右芼:诗关雎:"左右芼之。"尔雅释言:芼,搴也。

〔二九〕纳郜:左传:取郜大鼎于宋,纳太庙。

〔三〇〕珉玉:记聘义:子贡问于孔子曰:敢问君子贵玉而贱珉者,何也? 为玉之寡,而珉之多欤?

〔三一〕珪瑁:书顾命:太保承介珪,上宗奉同瑁。周礼考工记:天子执瑁四寸以朝诸侯。

〔三二〕风中蠹:蠹,音导。尔雅释言:翿,蠹也。注:今之羽葆幢。又:蠹,翳也。注:舞者所以自蔽。

〔三三〕啄菢:菢,音暴。方言:北燕、朝鲜、洌水之间,谓伏鸡曰菢。广韵:菢,鸟伏卵也。

〔三四〕通波:班固西都赋:"与海通波。"

〔三五〕易可漕:漕,在到切。史记河渠书:径易漕。

〔三六〕善善:公羊传:君子之善善也长。霍光传:善善及后世。

〔三七〕懊:懊,音奥。尔雅释言:懊,忱也。

〔三八〕八珍:周礼天官:膳夫珍用八物。又:食医掌和八珍之齐。

〔三九〕一箪:三略:昔者良将用兵,人有馈一箪醪者,使投之于河,令将士迎流而饮之。

〔四○〕勿诮:书金縢:王亦未敢诮公。

〔四一〕恺悌:诗旱麓:"岂弟君子,遐不作人。"又:"岂弟君子,神所劳矣。"劳:去声。

按:孟子之论道统,至孔子而止,言外自任。昌黎之论诗,至李、杜而止,言外亦自任。李、杜论诗,却有不同。杜有诸绝句不废六朝、四杰。李古风开章则专汉魏风骚。昌黎此诗与夺主李,故其自为,恒有奇气,欲令千载下凛凛如生,不肯淹淹如九泉下人。刘贡父议其本无所解,但以才高。此释家见山是山,见水是水,见地未到"见山不是山、见水不是水"地位。仰面唾天,自污其面,甚为贡父惜之。欧阳子以唐人多僻固狭陋,无复李、杜豪放之格,所以能好昌黎之不袭李、杜而深合李、杜者。王半山选唐百家诗,后又特尊李、杜、韩、白四家。白之与韩,迥乎不同,韩亦易白,往来者少。白寄韩诗,有"户大嫌甜酒,才高笑小诗",颇得韩傲兀之情。然白实学杜铺陈,时取李之俊逸。学韩者当以半山兼罗并收为准。东坡比山谷诗美如江瑶柱,多食却发头风,韩固亦异味也。

送僧澄观〔一〕

浮屠西来何施为〔二〕,扰扰四海争奔驰。构楼架阁切星汉,夸雄斗丽止者谁?僧伽后出淮泗上〔三〕,势到众佛尤恢奇〔四〕。越商胡贾脱身罪〔五〕,珪璧满船宁计资。清淮无波平如席〔六〕,栏柱倾扶半天赤〔七〕。火烧水转扫地空〔八〕,突兀便高三百尺。影沈潭底龙惊遁,当昼无云跨虚碧。借问经营本何人,道人澄观名籍籍[九]。愈昔从军大梁下，往来满屋贤豪者。皆言澄观虽僧徒，公才吏用当今无[一〇]。后从徐州辟书至，纷纷过客何由记？人言澄观乃诗人，一座竞吟诗句新[一一]。向风长叹不可见，我欲收敛加冠巾[一二]。洛阳穷秋厌穷独，丁丁啄门疑啄木[一三]。有僧来访呼使前，伏犀插脑高颊权[一四]。惜哉已老无所及，坐睨神骨空潜然[一五]。临淮太守初到郡，远遣州民送音问。好奇赏俊直难逢，去去为致思从容[一六]。

（一）□云：澄观建僧伽塔于泗州，以诗语详之，公贞元十六年秋在洛阳作。

（二）浮屠：隋书经籍志：释迦舍太子位出家学道，勤行精进，觉悟一切种智而谓之佛，亦曰佛陀，亦曰浮屠，皆胡言也。华言译之为净觉。

（三）僧伽：伽，音笳。李邕泗州普光王寺碑：僧伽者龙朔中西来，尝纵观临淮，发念置寺。既成，中宗赐名普光王，以景龙四年三月二日示灭于京。洪云：李太白僧伽歌云："此僧本是南天竺，为法头陀来此国。"又云："嗟余落魄江淮久，罕遇真心[①]说空有。"盖相遇于江淮也。顾嗣立曰：按纪闻录："僧伽大师，西域人，姓何氏。唐龙朔初，隶名于楚州龙兴寺。后于泗州临淮县信义坊乞地施标，掘得金像一躯，上有'普照王佛'字，遂建寺。中宗闻名，遣使迎入荐福寺。景龙四年，端坐而终。中宗令于寺建塔，俄而大风飘起，臭气满长安。近臣奏僧伽化缘在临淮，恐欲归。中宗心许，其臭顿息，奇香馥烈。五日送至临淮，起塔供养。"即今塔也。

（四）众佛：隋书经籍志：天地一成一败，谓之一劫。自此天地以前，

卷二　送僧澄观

55

则有无量劫矣。每劫必有诸佛得道,出世教化,其数不同。今此劫中,当有千佛。自初至于释迦,已七佛矣。恢奇:史记公孙弘传:弘为人恢奇多闻。

〔五〕脱身罪:王筠诗:"习恶归礼忏,有过称能改。""翘②心荡十恶,邀诚销五罪。"

〔六〕无波:屈原九歌:"令沅湘兮无波。"

〔七〕倾扶:汉书扬雄传:炕浮柱之飞榱兮,神莫莫而扶倾。师古曰:言举立浮柱而驾飞榱,其形危竦,有神于冥冥之中扶持,故不倾也。

〔八〕火烧水转:按:李翱泗州开元寺钟铭序云:维泗州开元寺,遭罹水火漂焚之馀,僧澄观与其徒僧若干,复旧室居,作大钟。贞元十五年,厥功成。于是陇西李翱书辞以纪之。刘贡父诗话:泗州塔,人传下藏真身,后阁上碑,道兴国中塑僧迦像事甚详。退之诗曰"火烧水转扫地空",则真身焚矣。扫地:汉书扬雄传:刮野扫地。师古曰:言无遗馀也。

〔九〕籍籍:说文:籍籍,语声。

〔一〇〕公才:晋书虞騄传:王导常谓騄曰:孔愉有公才而无公望,丁潭有公望而无公才,兼之者,其在卿乎!吏用:按:顾注引汉书酷吏传"为纵爪牙之吏任用",非也。"吏用"言有为吏之用耳。

〔一一〕一座:史记司马相如传:相如不得已,强往,一座尽倾。

〔一二〕收敛加冠巾:顾嗣立曰:公送灵师诗:"方将敛之道,且欲冠其颠。"语与此同。

〔一三〕丁丁:诗兔罝:"椓之丁丁。"啄木:尔雅翼:斫木口如锥,长数寸,常啄枯木,取其蠹。头上有红毛,如鹤顶红。人呼为山啄木。

〔一四〕伏犀：后汉书李固传：貌状有奇表，顶角匡犀。注：伏犀也，谓骨当额上入发际隐起也。高颊权：中山国策：司马喜曰：若其眉目，准颊权衡，犀角偃月。曹植洛神赋："靥辅承权。"善曰：权，两颊。

〔一五〕潸然：诗大东："睊焉顾之，潸焉出涕。"

〔一六〕去去：陶潜诗："去去欲何之？"从容：楚辞惜誓："乐穷极而不厌兮，愿从容乎明神。"

【校　记】

①"心"，李太白全集作"僧"。

②"翘"，原作"热"，据先秦汉魏晋南北朝诗改。

从仕〔一〕

居闲食不足，从仕力难任〔二〕。两事皆害性〔三〕，一生恒苦心〔四〕。黄昏归私室，惆怅起叹音。弃置人间世〔五〕，古来非独今。

〔一〕□云：贞元十七年，公始从调京师。

〔二〕难任：晋书王沈传：人薄位尊，积罚难任。

〔三〕害性：庄子骈拇篇：其于残生伤性均也。

〔四〕苦心：陆机诗："志士多苦心。"

〔五〕人间世：庄子有人间世篇。

57

将归赠孟东野房蜀客 原注：蜀客名次卿。〔一〕

君门不可入，势利互相推〔二〕。借问读书客，胡为在京师。举头未能对，闭眼聊自思〔三〕。倏忽十六年，终朝苦寒饥。宦途竟寥落，鬓发坐差池〔四〕。<u>颍水</u>清且寂，<u>箕山</u>坦而夷〔五〕。如今便当去，咄咄无自疑〔六〕。

〔一〕<u>顾嗣立</u>曰：<u>胡渭</u>云：贞元二年丙寅，公年十九，始至京师。此诗云"倏忽十六年"，则是岁为十七年辛巳，公在京师调选，三月将东还。故赋此诗以赠也。按：<u>蜀客</u>，<u>房武</u>之子。公为<u>房武墓志</u>云："生男六人，其长曰<u>次卿</u>。<u>次卿</u>有大才，不能俯仰顺时。年四十馀，尚守京兆兴平尉。然其友皆曰：'<u>房氏</u>有子也。'"<u>外集</u>又有祭房蜀客文，但是年<u>东野</u>为<u>溧阳</u>尉，不当在京师，此又不可解也。

〔二〕势利：<u>汉书刑法志</u>：上势利而贵变诈。

〔三〕闭眼：<u>水经注</u>：<u>吴猛</u>手牵弟子，令闭眼相引而过。

〔四〕坐：□云：<u>晋陶侃</u>曰：老子婆娑，正坐君辈。"坐"字原此也。差：音雌。

〔五〕颍水、箕山：<u>高士传</u>：<u>尧</u>让天下于<u>许由</u>，不受而逃去，遁耕于<u>中岳颍水</u>之阳，<u>箕山</u>之下。

〔六〕咄咄：<u>后汉书严光传</u>：帝曰：咄咄<u>子陵</u>，不能相助为理耶！

赠侯喜〔一〕

吾党<u>侯生</u>字叔记〔二〕，呼我持竿钓<u>温水</u>〔三〕。平明鞭马出都门〔四〕，尽日行行荆棘里〔五〕。<u>温水</u>微茫绝又流，深如车辙阔容辀〔六〕。虾蟆跳过雀儿浴〔七〕，此纵有鱼何足求。我为<u>侯生</u>不能已，盘针擘粒投泥滓〔八〕。晡时坚坐到黄昏〔九〕，手倦目劳方一起。暂动还休未可期，虾行蛭渡似皆疑〔一〇〕。举竿引线忽有得，一寸才分鳞与鬐〔一一〕。是日<u>侯生</u>与<u>韩子</u>，良久叹息相看悲。

我今行事尽如此，此事正好为吾规。半世遑遑就举选，一名始得红颜衰。人间事势岂不见，徒自辛苦终何为？便当提携妻与子，南入箕颖无还时。叔起君今气方锐，我言至切君勿嗤。君欲钓鱼须远去，大鱼岂肯居沮洳〔一二〕？

〔 一 〕按：公与祠部陆员外书云："有侯喜者，其家在开元中衣冠而朝者兄弟五六人，及喜之父仕不达，弃官而归。喜率兄弟耕于野，以其耕之暇，读书为文。文章学西京，举进士十五六年矣。"是书作于贞元十八年，而喜以十九年中进士第，仕终国子主簿，亦韩门弟子中一人也。又按：与卢郎中论荐侯喜状云"进士侯喜，其为文甚古，立志甚坚。家贫亲老，无援于朝，在举场十馀年，竟无知遇。愈与之还往，岁月已多。去年愈从调选，本欲携持同行，适遇其人自有家事，迤遭坎坷，又废一年。及春末自京还，怪其久绝消息。五月初至此，自言为阁下所知"云云。是书正十七年作，温水之游在其年七月，有题名可考。

〔 二 〕起：古文"起"字。

〔 三 〕持竿：宋玉钩赋："今察元洲之钩，未可谓能持竿也。"温水：王云：洛水，在河南县北。易乾凿度曰：王者有盛德之应，则洛水先温。故号温洛。

〔 四 〕平明：任昉诗："长泛沧浪水，平明至曛黑。"

〔 五 〕荆棘：东方朔七谏："荆棘聚而成林。"

〔 六 〕辋：考工记：辋人为辋。

〔 七 〕虾蟆跳：跳，音条。艺文类聚：风俗通云：虾蟆一跳八尺，再丈六。

〔八〕盘针擘粒:擘,博厄切。列子汤问篇:詹何以独茧丝为纶,芒针为钩,荆条为竿,剖粒为饵,引盈车之鱼于百仞之渊。宋玉钓赋:"钩如细针。"广雅释言:擘,剖也。泥滓:史记屈原传:皭然泥而不滓者也。

〔九〕晡时:晡,音逋。淮南天文训:日至于悲谷,是谓晡时。回于女纪,是谓大迁。经于泉隅,是谓高舂。顿于连石,是谓下舂。爰止羲和,爰息六螭,是谓悬车。薄于虞渊,是谓黄昏。

〔一〇〕虾蛭:蛭,之日切。贾谊吊屈原文:"偭蟂獭以隐处兮,夫岂从虾与蛭蟥"。

〔一一〕一寸:庾信小园赋:"一寸二寸之鱼,三竿两竿之竹。"鳞鬐:鬐,音耆。一作"鳍鬐",通。司马相如上林赋:"掉鬐掉尾,振鳞奋翼。"郭璞曰:鳍,背上鬣也。

〔一二〕大鱼:齐国策:君不闻大鱼乎,网不能止,钩不能牵,荡而失水,则蝼蚁得意焉。沮洳:诗魏风:"彼汾沮洳。"笺:沮洳,水浸处。□云:苏东坡记儋耳上元:"放杖而笑,过问:'何笑?'曰:'自笑也。'然亦笑韩退之钓鱼无所得,更欲远去,不知走海者未必得大鱼也。"盖公作此诗时年三十四,去徐居洛,方有"求官来东洛"之语。而东坡则晚岁儋耳,发于忧患之馀。览者无以为异。

60

山石〔一〕

山石荦确行径微〔二〕,黄昏到寺蝙蝠飞〔三〕。升堂坐阶新雨足,芭蕉叶大支子肥〔四〕。僧言古壁佛画好,以火来照所见稀。铺床拂席置羹饭〔五〕,疏粝亦足饱我饥〔六〕。夜深静卧百虫绝〔七〕,

清月出岭光入扉。天明独去无道路，出入高下穷烟霏。山红
涧碧纷烂漫〔八〕，时见松枥皆十围〔九〕。当流赤足蹋涧石〔一〇〕，水
声激激风吹衣〔一一〕。人生如此自可乐，岂必局束为人靮〔一二〕？
嗟哉吾党二三子，安得至老不更归！

〔一〕按：外集洛北惠林寺题名云："韩愈、李景兴、侯喜、尉迟汾、贞
　　　元十七年七月二十二日，鱼于温洛，宿此而归。"前诗云"晡时
　　　坚坐到黄昏"，此诗云"黄昏到寺蝙蝠飞"，正一时事景物。

〔二〕荦确：确，音确。按：广雅释山："岳，确也。"玉篇："硗，确，亦作
　　　埆。"郭璞江赋："幽硐积阻，礜硞砳礐。"善曰："皆水激石，嵁峻
　　　不平之貌。"又按：广雅："礐硞，石相扣声。"想与此通用。后
　　　"巴山荦礐"、"热石荦硞"音义亦相近。

〔三〕蝙蝠：音边福。尔雅释鸟：蝙蝠服翼。注：或谓之仙鼠。

〔四〕芭蕉：南方草木状：甘蕉望之如树，株大者一围馀，叶长一丈，
　　　或七八尺，广尺馀二尺许，花大如酒杯形，色如芙蓉，著茎末甜
　　　美，一名芭蕉，或曰芭苴。支子肥：酉阳杂俎：诸花少六出者，
　　　惟栀子花六出，即西域蕾葡花也。栀与支同。

〔五〕羹饭：汉古诗："羹饭一时熟，不知贻阿谁。"

〔六〕疏粝：粝，音励，又洛带切。列子力命篇：食则粢粝。史记太史
　　　公自序：粝粱之食。张晏曰：一斛粟、七斗米为粝。瓒曰：五斗
　　　粟、三斗米为粝。服虔曰：粝，粗米也。

〔七〕静卧：陶弘景授陆敬游十赉文：可以安身静卧。

〔八〕山红涧碧：王融诗："日汩山照红，松暎水华碧。"梁简文帝诗：
　　　"垂花临碧涧，结翠依丹巘。"□云：东坡诗云："荦确何人似退
　　　之，意行无路欲从谁？宿云解驳晨光漏，独见山红涧碧时。"皆

采公此篇诗中语也。烂熳：沈约诗：“烂熳蜃云舒，嵚崟山
海出。”

〔九〕松枥：枥，音历。张衡南都赋：“其木则柽松楔樱。”“枫柙栌
枥。”善曰：枥与枥同。

〔一〇〕赤足蹋：蹋，徒盍切。释名：蹋，榻也。榻，著地也。

〔一一〕激激：古乐府战城南：“水声激激，蒲苇冥冥。”风吹衣：蔡琰诗：
“翩翩吹我衣，肃肃入我耳。”

〔一二〕局束：汉书灌夫传：廷论局趣效辕下驹。靮：古羁字。离骚：
“余虽好修姱以靮羁兮。”注：靷在口曰靮，革络头曰羁。

归田诗话：元遗山论诗三十首，内一首云：“有情芍药含春
泪，无力蔷薇卧晚枝。拈出退之山石句，始知渠是女郎诗。”初不
晓所谓，后见诗文自警一编，亦遗山所著，谓“有情芍药含春泪，
无力蔷薇卧晚枝”，此秦少游春雨诗也。非不工巧，然以退之山
石句观之，渠乃女郎诗也。

送陆歙州诗〔一〕

我衣之华兮，我佩之光〔二〕。陆君之去兮，谁与翱翔〔三〕？敛此
大惠兮，施于一州。今其去矣，胡不为留？我作此诗，歌于逵
道〔四〕。无疾其驱，天子有诏〔五〕。

〔一〕方云：陆傪也。公序云：贞元十八年二月十八日，祠部员外郎
陆君出刺歙州。朝廷夙夜之贤，都邑游居之良，赍咨涕洟，咸
以为不当去。歙，大州也。刺史，尊官也。由郎官而往者，前
后相望也。当今赋出于天下，江南居十九，宣使之所察，歙为

富州。宰臣之所荐闻，天子之所选用，其不轻而重也较然矣。如是而赏咨涕洟，以为不当去者，<u>陆君</u>之道行乎朝廷，则天下望其赐。刺一州，则专而不能。咸谓先一州而后天下，岂吾君与吾相之心哉？于是<u>昌黎韩愈</u>道愿留者之心而泄其思，作诗曰。

〔二〕佩光：<u>张衡思玄赋</u>："佩夜光与琼枝。"

〔三〕翱翔：诗<u>同车</u>："将翱将翔，佩玉琼琚。"

〔四〕逵道：诗<u>兔罝</u>："肃肃兔罝，施于中逵。"<u>释名</u>：一达曰道，九达曰逵。

〔五〕有诏：言将有诏还之也。

按：<u>顾嗣立</u>本于集中诗，既无不收，不当独遗此首，故增入之。

夜歌^{〔一〕}

静夜有清光，闲堂仍独息^{〔二〕}。念身幸无恨，志气方自得^{〔三〕}。乐哉何所忧？所忧非我力。

〔一〕按："闲堂独息"当是十八年为四门博士之时，不以家累自随也。参调无成，始获一官，何遽自得？然以一身较之天下，则一身为可乐，而天下为可忧。其时<u>伾</u>、<u>文</u>渐得宠，殷忧方大。而身居卑末，又非力之所能为，故托于<u>夜歌</u>以见意。夜歌者，阴幽之义，言不敢明言也。

〔二〕独息：诗<u>葛生</u>："谁与独息？"

〔三〕自得：<u>屈原远游</u>："漠虚静以恬愉兮，澹无为而自得。"

苦寒[一]

四时各平分[二]，一气不可兼。隆寒夺春序，颛顼固不廉[三]。
太昊弛维纲[四]，畏避但守谦。遂令黄泉下[五]，萌牙夭勾尖[六]。
草木不复抽，百味失苦甜[七]。凶飙搅宇宙[八]，芒刃甚割砭[九]。
日月虽云尊，不能活乌蟾[一〇]。羲和送日出[一一]，恇怯频窥
觇[一二]。炎帝持祝融[一三]，呵嘘不相炎。而我当此时，恩光何
由沾[一四]？肌肤生鳞甲[一五]，衣被如刀镰[一六]。气寒鼻莫
齅[一七]，血冻指不拈[一八]。浊醪沸入喉[一九]，口角如衔箝[二〇]。
将持匕箸食[二一]，触指如排签。侵鑪不觉暖，炽炭屡已添[二二]。
探汤无所益[二三]，何况纩与缣[二四]？虎豹僵穴中[二五]，蛟螭死幽
潜[二六]。荧惑丧躔次[二七]，六龙冰脱髯[二八]。芒砀大包内[二九]，
生类恐尽歼[三〇]。啾啾窗间雀[三一]，不知已微纤。举头仰天
鸣[三二]，所愿晷刻淹。不如弹射死[三三]，却得亲炰燖[三四]。鸾皇
苟不存[三五]，尔固不在占[三六]。其馀蠢动俦[三七]，俱死谁恩嫌。
伊我称最灵[三八]，不能女覆苫[三九]。悲哀激愤叹，五藏难安
恬[四〇]。中宵倚墙立，淫泪何渐渐[四一]。天王哀无辜！惠我下
顾瞻[四二]。褰旒去耳纩[四三]，调和进梅盐[四四]。贤能日登御，黜
彼傲与憸[四五]。生风吹死气，豁达如褰帘[四六]。悬乳零落
堕[四七]，晨光入前檐[四八]。雪霜顿销释[四九]，土脉膏且黏[五〇]。
岂徒兰蕙荣？施及艾与蒹[五一]。日萼行铄铄[五二]，风条坐襜
襜[五三]。天乎苟其能，吾死意亦厌[五四]。

〔一〕王云：此诗意盖有所讽。贞元十九年春，公为四门博士作。□

云：诗谓隆寒夺春序而肆其寒，犹权臣之用事，太昊之畏避，犹当国者畏权臣，取充位而已。其下反覆所言，无易此意。末谓"天王哀无辜"，则望人主进贤退不肖，使恩泽下流，施及草木。其爱君忧民之意，具见于此。按：旧唐书韦渠牟传："自陆贽免，德宗不复委权于下，宰相充位，行文书而已。所倚信者，裴延龄、李齐运、王绍、李实、韦执谊与渠牟等，其权侔人主。"此诗所以讽也。顾嗣立曰：胡渭云：唐书五行志："贞元十九年三月，大雪。"岂即所谓苦寒耶？

〔二〕平分：宋玉九辩："皇天平分四时兮。"

〔三〕颛顼：记月令：孟冬仲冬季冬之月，其帝颛顼。不廉：梁书朱异传：沈约戏异曰：卿年少，何乃不廉？

〔四〕太昊：记月令：孟春仲春季春之月，其帝太昊。维纲：班固十八侯铭：御国维纲，秉统万机。

〔五〕黄泉：淮南天文训：阴气极则北至北极，下至黄泉，万物闭藏。

〔六〕萌牙：记月令：安萌牙。方云：或作"芽"。按：汉书如"朱草萌牙事"，有"萌牙"，无用"芽"字。勾尖：记月令：勾者毕出，萌者尽达。广韵：尖，锐也。

〔七〕苦甜：张衡南都赋："酸甜滋味，百种千名。"

〔八〕凶飙：飙，甫遥切。记月令：孟春行秋令，则飙风暴雨总至。

〔九〕芒刃：汉书贾谊传：释斧斤之用，而欲婴以芒刃。割矺：矺，悲廉切。扬雄太玄：达于矺割。

〔一〇〕乌蟾：淮南精神训：日中有踆乌，而月中有蟾蜍。

〔一一〕羲和：书尧典：乃命羲和钦若昊天，历象日月星辰。

〔一二〕恇怯：恇，音匡。北史虞世基传：卿是书生，定犹恇怯。窥觎：觎，尹廉切。南史江谧传论：令和窥觎成性，终取颠于险涂。

〔一三〕炎帝祝融：记月令：孟夏之月，其帝炎帝，其神祝融。

〔一四〕恩光：江淹诗："宵人重恩光。"

〔一五〕肌肤：汉书贾谊传：饥寒切于民之肌肤。黄帝素问：肌肤甲错。

　　　　鳞甲：孔明与蒋琬董允书：孝起为吾说正方腹中有鳞甲。

〔一六〕刀镰：镰，音廉。释名：镰，廉也。体廉薄也。

〔一七〕齅：音臭。汉书叙传：不齅骄君之饵。说文：齅，以鼻就臭也。

〔一八〕拈：释名：拈，黏也。两指翕之，黏著不放也。

〔一九〕浊醪：左思魏都赋："浊醪如河。"

〔二〇〕衔箝：公羊传：围者箝马而秣之。

〔二一〕匕箸：蜀志刘先主传：先主方食，失匕箸。

〔二二〕炽炭：左传：寺人柳炽炭于位。韩非内储说：奉炽炉，炭火尽，赤红而炙熟。

〔二三〕探汤：列子汤问篇："日初出，沧沧凉凉。及其日中，如探汤。此不为近者热，而远者凉乎？"

〔二四〕纩缣：纩，音旷。缣，音兼。南史齐陈皇后传：冬月犹无缣纩。北史邢峙传：文宣赐以被褥缣纩。

〔二五〕虎豹：西京杂记：元封二年，大寒。雪深五尺，野鸟兽皆死。

〔二六〕蛟螭：扬雄羽猎赋："薄索蛟螭。"

〔二七〕荧惑：史记天官书：荧惑曰南方火，主夏日丙丁。丧：去声。

〔二八〕六龙：易乾卦：时乘六龙以御天。脱髯：史记封禅书：黄帝铸鼎于荆山，龙垂胡髯下迎，黄帝上骑。馀小臣，悉持龙髯，龙髯拔堕。

〔二九〕砀：音荡。大包：淮南原道训：大包群生。

〔三〇〕歼：诗黄鸟："彼苍者天，歼我良人。"

〔三一〕啾啾：啾，即由切。秦嘉诗："啾啾鸡雀，群飞赴楹。"

〔三二〕仰天鸣:陶潜诗:"马为仰天鸣,风为自萧条。"

〔三三〕弹射:汉书宣帝纪:元康三年,令三辅毋得以春夏摘巢探卵,弹射飞鸟。

〔三四〕炰烰:烰,徐盐切。诗閟宫:"毛炰胾羹。"广韵:炰,含毛炙物也。说文:烰,汤中瀹肉也。

〔三五〕鸾皇:屈原离骚:"鸾皇为余先戒兮。"注:鸾,俊鸟也。皇,凤雌也。以喻仁智之士也。

〔三六〕不在占:按:左传:"懿氏卜妻敬仲。其妻占之曰:吉。是谓凤皇于飞,和鸣锵锵。"今雀之么么,岂在占也。合上句自明。

〔三七〕蠢动:十洲记:其仁也,爱护蠢动。傅休奕阳春赋:"幽蛰蠢动,万物乐生。"

〔三八〕最灵:书泰誓:惟人万物之灵。

〔三九〕覆苫:苫,失廉切。左传:披苫盖,蒙荆棘。晋书郭文传:倚木于树,苫覆其上而居焉。

〔四〇〕五藏:藏,去声。史记扁鹊传:漱涤五藏,练精易形。

〔四一〕淫泪:屈原九章:"涕淫淫其若霰。"渐渐:渐,音尖。刘向九叹:"留思北顾,涕渐渐兮。"

〔四二〕惠我:诗烈文:"惠我无疆。"顾瞻:诗匪风:"顾瞻周道。"

〔四三〕旒纩:记玉藻:天子玉藻,十有二旒。

〔四四〕梅盐:书说命:若作和羹,尔惟盐梅。

〔四五〕傲慆:慆,音金。书益稷:无若丹朱傲。

〔四六〕豁达:史记:高祖豁达大度。刘桢诗:"豁达来风凉。"

〔四七〕悬乳:谓檐下垂冰也。

〔四八〕晨光:景福殿赋:"晨光内照,流景外炟。"

〔四九〕销释:记月令:时雪不降,冰冻销释。

〔五〇〕土脉:周语:土乃脉发,太史告稷曰:阳气俱蒸,土膏其动,弗震弗渝,脉其满眚。

〔五一〕艾蒹:尔雅释草:艾,冰台。注:今蒿艾。又释草:蒹薕。注:似萑而细,江东谓之芦。

〔五二〕日蕚:谢朓诗:"朝光映红蕚。"铄铄:南方草木状:朱槿花日光所铄,疑若焰生。

〔五三〕风条:盐铁论:太平之时,风不鸣条。襜襜:司马相如长门赋:"飘风回而赴闺兮,举帷幄之襜襜。"刘向九叹:"裳襜襜而含风。"注:摇貌。

〔五四〕厌:汉书刑法志:虽文致于法而人心未厌者,辄谳之。广韵:恹,安也。

题炭谷湫祠堂〔一〕

万生都阳明,幽暗鬼所寰。嗟龙独何智〔二〕,出入人鬼间〔三〕。不知谁为助?若执造化关。厌处平地水,巢居插天山〔四〕。列峰若攒指,石盂仰环环〔五〕。巨灵高其捧〔六〕,保此一掬悭〔七〕。森沈固含蓄〔八〕,本以储阴奸〔九〕。鱼鳖蒙拥护,群嬉傲天顽〔一〇〕。翾翾栖托禽〔一一〕,飞飞一何闲。祠堂像俦真,擢玉纤烟鬟〔一二〕。群怪俨伺候,恩威在其颜。我来日正中,悚惕思先还。寄立尺寸地,敢言来涂艰。吁无吹毛刃〔一三〕,血此牛蹄殷〔一四〕。至今乘水旱,鼓舞寡与鳏。林丛镇冥冥,穷年无由删。妍英杂艳实,星琐黄朱班。石级皆险滑〔一五〕,颠跻莫牵攀〔一六〕。龙区雏众碎〔一七〕,付与宿已颁。弃去可奈何?吾其死茅菅〔一八〕。

〔一〕说文：湫，隘下也。一曰有湫水，在周地。安定朝那有湫泉。原注："时公在京师。"欧云：湫在京兆之南，终南之下，祈雨之所也。南山、秋怀诗皆见之。□云：按陆长源辨疑志："长安城南四十里有灵母谷，俗呼为炭谷"。宋敏求长安志则云："炭谷在万年县南六十里。"又云："澄源夫人湫庙，在终南山炭谷。"公南山诗有云"因缘窥其湫"，即此湫，龙所居也。

〔二〕龙智：左传：龙见于绛郊，魏献子问于蔡墨曰：虫莫智于龙，信乎？对曰：人实不智，非龙实智。

〔三〕出入：晋书鸠摩罗什传：龙者阴类，出入有时。

〔四〕巢居：水经注：民井汲巢居。

〔五〕环环：列子汤问篇：滨北海之北，其国曰终北。有山，名壶岭，状若甀甀，顶有口，状若员环。有水涌出。古乐府石城乐："环环在江津。"

〔六〕巨灵：张衡西京赋："巨灵赑屃，高掌远蹠。"郭缘生述征记：华山对河东首阳山，黄河流于二山之间。古语云：此本一山，当河，河水过之而曲行。河神巨灵以手擘开其上，以足蹋其下，中分为两，以通河流。

〔七〕一掬：诗采绿："终朝采绿，不盈一掬。"鞚：若闲切。

〔八〕森沈：水经注：寒水被潭，森沈骇观。

〔九〕阴奸：王云：谓龙也，犹南山诗所谓"凝湛闭阴兽"也。

〔一〇〕群嬉：王褒洞箫赋："春禽群嬉，翱翔乎其颠。"

〔一一〕翾翾：翾，许缘切。法言：朱鸟翾翾。广韵：小飞貌。

〔一二〕擢：直角切。

〔一三〕吹毛刃：杜甫诗："匣里雌雄剑，吹毛任选将。"□云：鲁季钦引吴越春秋"干将之剑，能决吹毛游尘"。今吴越春秋无此语。

〔一四〕牛蹄殷：殷，乌闲切。淮南俶真训：牛蹄之涔，无尺之鲤。左

传：左轮朱殷。杜预曰：今人谓赤黑为殷色。孙云：言我岂无

吹毛之剑，血此牛蹄之涔之水令殷乎？言欲杀此龙也。

〔一五〕石级：水经注：层松饰岩，列柏绮望。西侧一处，得历级升陟。

险滑：孙绰天台山赋："践莓苔之滑石，搏壁立之翠屏。""必契

诚于幽昧，履重险而逾平。"

〔一六〕颠跻：书微子：今尔无指告予颠跻，若之何其？

〔一七〕龙：莫江切。

〔一八〕茅菅：菅，音奸。诗白华："白华菅兮，白茅束兮。"

按：顾嗣立注本胡渭云："公咏南山云'拘官计日月，欲进

不可又。因缘窥其湫，凝湛闷阴兽'，此为四门博士时事也。'时天

晦大雪，泪目苦矇瞀'，此赴阳山过蓝田时事也。题炭谷湫诗，盖

贞元十九年京师旱，祈雨湫祠，而往观焉，故曰'因缘窥其湫'。

'因缘'谓以事行，非特游也。篇中饶有讽刺。时德宗幸臣李齐

运、李实、韦执谊等与王叔文交通，乱政滋甚，故公因所见以起

兴。湫龙澄源喻幸臣，鱼鳖禽鸟及群怪喻党人。"此说是。又云：

"秋怀欲矕寒蛟，而是诗恨不血此牛蹄，刚肠疾恶，情见乎词。

刘、柳泄言，群小侧目，阳山之谪，所自来矣，上疏云乎哉！"此说

则非。秋怀之蛟，乃喻王承宗。余有笺，与此迥别。

龙移〔一〕

天昏地黑蛟龙移，雷惊电激雄雌随〔二〕。清泉百丈化为土〔三〕，
鱼鳖枯死吁可悲〔四〕！

〔一〕王云：此诗谓南山湫也。湫初在平地，一日风雷，移居山上。其山下湫，遂化为土。公题炭谷诗云："厌处平地水，巢居插天山。"

〔二〕雷惊电激：班固西都赋："雷奔电激。"雄雌：或作"雌雄"。左传：蔡墨曰：有夏孔甲，帝赐之乘龙，河汉各二，各有雌雄。拾遗记：虞舜时，南浔之国献毛龙，一雌一雄。

〔三〕百丈：鲍照诗："凿井北陵隈，百丈不及泉。"

〔四〕枯死：神仙传：宅旁有泉水，水自竭，中有一蛟枯死。

按：王伯大以此诗为南山移湫之事，而引公炭谷诗"厌处平地水，巢居插天山"为证，此见非也。凡诗叙怪异事，旁带以为点染则有之，如杜汤东"青白二小蛇"，如白悟真寺"化作龙蜿蜒"，皆游戏及之，未尝实赋。炭谷实赋，则必有诋斥之语，所以云"吁无吹毛刃，血此牛蹄殷"。盖欲如荆、佽、蜚诸人斩蛟以绝语怪，焉得此篇信其事而实赋之？诚如王说，则此诗了无意味矣。以愚推之，此是寓言，乃为顺宗传位而作。"天昏地黑"谓永贞时朝事，"蛟龙移"谓内禅，"鱼鳖枯死"谓伾、文以及党人皆斥逐也。

哭杨兵部凝陆歙州参〔一〕

人皆期七十，才半岂蹉跎〔二〕。并出知己泪〔三〕，自然白发多。晨兴为谁恸？还坐久滂沱〔四〕。论文与晤语〔五〕，已矣可如何！

〔一〕杨凝、陆参俱见前。"参"，一作"傪"。李翱陆歙州述：吴郡陆傪，字公佐，生五十有七年，由侍御史入为祠部员外。二年出刺歙州，卒于道，贞元十八年四月也。□云：柳子厚杨凝墓碣云"贞元十九年正月卒"。参先凝一年而卒，公乃同时哭之。
盖参佐主司时，公尝以书荐侯喜等，及出刺歙州亦有序送之，
又尝有行路难一篇，为参设也。凝则与公尝佐董晋汴州，皆知
己者。去年参死，今年凝又死，此公所以因凝而并哭之。

〔二〕才半：□云：公生大历戊申，至是贞元十九年癸未，则年三十有
六矣。岂非七十之半乎？

〔三〕知己：汉书司马迁传：盖钟子期死，伯牙终身不复鼓琴，何则？
士为知己者用。

〔四〕滂沱：诗彼泽之陂："涕泗滂沱。"

〔五〕晤语：诗东门之池："可与晤语。"

落齿〔一〕

去年落一牙，今年落一齿〔二〕。俄然落六七，落势殊未已。馀存
皆动摇，尽落应始止。忆初落一时，但念豁可耻。及至落二
三，始忧衰即死。每一将落时，懔懔恒在己〔三〕。又牙妨食物，
颠倒怯漱水〔四〕。终焉舍我落，意与崩山比〔五〕。今来落既熟，
见落空相似。馀存二十馀，次第知落矣。傥常岁落一，自足支
两纪〔六〕。如其落并空，与渐亦同指。人言齿之落，寿命理难
恃〔七〕。我言生有涯〔八〕，长短俱死尔。人言齿之豁，左右惊谛
视〔九〕。我言庄周云，木雁各有喜〔一〇〕。语讹默固好〔一一〕，嚼废
软还美。因歌遂成诗，持用诧妻子〔一二〕。

〔一〕按：公与崔群书云："仆无以自全活者，从一官于此，转因穷甚，
思自放于伊颍之上，当亦终得之。近者尤衰惫，左车第二牙无
故动摇脱去，目视昏花，寻常间便不分人颜色，两鬓半白，头发

72

五分亦白其一，须亦有一茎两茎白者。仆家不幸，诸父诸兄皆康强早世，如仆者又可以图于久长哉？"是书作于十八年为四门博士未谒告归洛之时，而此诗云："去年落一牙，今年落一齿。"则为十九年作矣。

〔二〕牙齿：<u>释名</u>：牙，揸牙也，随形言之也。齿，始也，少长之别，始乎此也。<u>六书故</u>：齿当唇，牙当车。

〔三〕懔懔：<u>书泰誓</u>：百姓懔懔。

〔四〕漱水：<u>记内则</u>：鸡初鸣，咸盥漱。

〔五〕崩山：<u>列子汤问篇</u>：初为霖雨之操，更造崩山之音。

〔六〕两纪：<u>书毕命</u>：既历三纪，世变风移。<u>孔注</u>：十二年曰纪。

〔七〕寿命：古乐府<u>西门行</u>："自非仙人王子乔，计会寿命难与期。"

〔八〕生有涯：<u>庄子养生主篇</u>：吾生也有涯，而知也无涯。

〔九〕谛：<u>列子汤问篇</u>：王谛料之。<u>说文</u>：谛，审也。

〔一〇〕木雁：见<u>庄子山木篇</u>。又按"木雁"二字，亦非创用。<u>南史王彧传</u>：张单双灾，木雁两失。<u>梁元帝玄览赋</u>："混木雁而兼陈。"古人用字必有所本。

〔一一〕语讹：<u>诗沔水</u>："民之讹言。"

〔一二〕诧：丑亚切。<u>庄子达生篇</u>：有<u>孙休</u>者，踵门而诧<u>子扁庆子</u>。<u>司马相如子虚赋</u>："<u>子虚</u>过诧<u>乌有先生</u>。"张揖曰：诧，夸也。

早春雪中闻莺〔一〕

朝莺雪里新〔二〕，雪树眼前春。带涩先迎气〔三〕，侵寒已报人。共矜初听早，谁贵后闻频？暂啭那成曲，孤鸣岂及辰〔四〕。风霜徒自保，桃李讵相亲。寄谢幽栖友，辛勤不为身〔五〕。

〔一〕蒋云:北地春晚方闻莺,此诗盖南迁时作也。

〔二〕朝莺:何逊咏春雪寄族人诗:"朝莺日弄响,暮条行可结。"

〔三〕涩:江总诗:"新人未语言如涩。"

〔四〕孤鸣:刘孝绰诗:"孤鸣若无对,百啭似群吟。"

〔五〕不为身:汉书扬雄传:动不为身。

按:明人蒋之翘以此为南迁时作,谓北地无早莺,此似是实非。诗词暇豫,绝无悲伤。诗体是排律,诗格是试帖,必应试之作也。若以非时之物而言,则当如丙吉问牛之论气候,邵康节天津闻杜鹃之惊风移,公立言仅尔尔耶!惟其试题不敢高论,且安见当时不偶有此事耶!岭南无雁,而徐浩尝以雁至广州为奏,杜子美又有五律诗可以类推。

湘中〔一〕

猿愁鱼踊水翻波〔二〕,自古流传是汨罗〔三〕。苹藻满盘无处奠〔四〕,空闻渔父叩舷歌〔五〕。

〔一〕按:公祭张署文叙迁谪阳山时事云:"南上湘水,屈氏所沈,二妃行迷,泪踪染林,山哀浦思,鸟兽叫音,余唱君和,百篇在吟。"今此诗语气自是初过湘中而作。所谓唱和百篇,或一时兴至之谈,未必有之,亦或率尔不存,不可见矣。

〔二〕鱼踊:马融长笛赋:"鱼鳖禽兽闻之者,莫不张耳鹿骇,扰噪踊跃。"

〔三〕汨罗:水经注:汨水又西为屈潭,即罗渊也。屈原怀沙自沈于此。

〔四〕苹藻:诗采苹:"于以采苹?""于以采藻?"

〔五〕渔父:屈原渔父篇:"渔父莞尔而笑,鼓枻而去。"王逸注:鼓枻,
　　　叩船舷也。

贞女峡^{〔一〕}

江盘峡束春湍豪^{〔二〕},雷风战斗鱼龙逃^{〔三〕}。悬流轰轰射水
府^{〔四〕},一泻百里翻云涛^{〔五〕}。漂船摆石万瓦裂^{〔六〕},咫尺性命轻
鸿毛^{〔七〕}。

〔一〕水经注:汇水出桂阳,南至四会,溪水下流,历峡南出,是峡谓
　　　之贞女峡。峡西岸高岩名贞女山,山下际有石如人形,高七
　　　尺,状如女子,故名贞女峡。古来相传,有数女取螺于此,遇风
　　　雨昼晦,忽化为石。溪水又合汇水,汇水又东南入阳山县。

〔二〕峡束:杜甫诗:"峡束沧江起。"春湍:李白诗:"青春流惊湍。"

〔三〕雷风:易系辞:雷风相薄。

〔四〕悬流:水经注:崩浪万寻,悬流千尺。水府:木华海赋:"尔其水
　　　府之内,极深之庭。"任昉述异记:阖闾构水精宫,尤极珍怪,皆
　　　出自水府。陶弘景水仙赋:"漳渠水府,包山洞台。"

〔五〕一泻百里:郭璞江赋:"倏忽数百,千里俄顷。"

〔六〕漂船摆石:水经注:激石云洄,澴波怒溢,水流迅急,破害舟船。

〔七〕轻鸿毛:汉书司马迁传:死或重于太山,或轻于鸿毛。

次同冠峡^{〔一〕}

今日是何朝,天晴物色饶。落英千尺堕^{〔二〕},游丝百丈飘^{〔三〕}。

泄乳交岩脉[四]，悬流揭浪摽[五]。无心思岭北，猿鸟莫相撩[六]。

〔一〕顾嗣立曰：按胡渭云：今广州府阳山县西北七十里，有同冠峡，
接连州界。疑即此同冠峡也。

〔二〕落英：离骚："餐秋菊之落英。"

〔三〕游丝百丈：庾信诗："洛阳游丝百丈连。"

〔四〕泄乳：水经注：孔山下有钟乳穴，穴出佳乳。岩脉：水经注：枝
经脉散。

〔五〕揭摽：摽，音飘。说文：揭，高举也。摽，击也。

〔六〕猿鸟：陶弘景答谢中书书：晓雾将歇，猿鸟乱啼。

同冠峡

南方二月半，春物亦已少[一]。维舟山水间，晨坐听百鸟。宿云
尚含姿[二]，朝日忽升晓[三]。羁旅感和鸣，囚拘念轻矫[四]。潺
湲泪久进[五]，诘曲思增绕。行矣且无然，盖棺事乃了[六]。

〔一〕春物：谢朓诗："春物方骀荡。"

〔二〕宿云：张正见诗："滥滥宿云浮。"

〔三〕升晓：康孟咏日诗："金乌升晓气。"

〔四〕囚拘：贾谊鹏鸟赋："愚士系俗兮，㩅如囚拘。"

〔五〕潺湲：屈原九歌："横流涕兮潺湲。"

〔六〕盖棺：鲍照诗："阖棺世业埋。"了：广雅释诂：了，讫也。

宿龙宫滩[一]

浩浩复汤汤[二]，滩声抑更扬。奔流疑激电，惊浪似浮霜。梦觉

灯生晕〔三〕，宵残雨送凉。如何连晓语，一半是思乡〔四〕。

〔一〕阳山县志：龙宫滩在县西十五里。

〔二〕浩浩、汤汤：汤，音伤。书尧典：汤汤怀山襄陵，浩浩滔天。

〔三〕生晕：晕，音运。王褒诗："灰寒色转白，风多晕欲生。"

〔四〕思乡：世说：陆平原在洛，夏月忽思斋东头竹筤中饮，语刘宝曰：吾思乡转深矣。

　　黄庭坚云：退之裁听水句尤见工，所谓"浩浩"、"汤汤"、"抑更扬"者，非谙客里夜卧饱闻此声，安能周旋妙处如此耶？

县斋读书〔一〕

出宰山水县，读书松桂林。萧条捐末事〔二〕，邂逅得初心。哀狖醒俗耳〔三〕，清泉洁尘襟。诗成有共赋，酒熟无孤斟〔四〕。青竹时默钓〔五〕，白云日幽寻。南方本多毒，北客恒惧侵。谪遣甘自守〔六〕，滞留愧难任。投章类缟带〔七〕，仁答逾兼金〔八〕。

〔一〕旧唐书地理志：阳山汉县，汉属桂阳郡，神龙元年移于洭水之北，今县理是也。按：下皆阳山作。

〔二〕末事：潘岳秋兴赋："虽末事之荣悴兮。"

〔三〕哀狖：狖，音右。屈原九歌："猿啾啾兮，狖夜鸣。"谢灵运诗："乘月听哀狖。"异物志：狖，猿类，露鼻，尾长四五尺，居树上，雨则以尾塞鼻。建安临海北有之。俗耳：晋书：戴仲若春日携双柑斗酒，人问何之，往听黄鹂声。此俗耳针砭，诗肠鼓吹。

〔四〕孤斟：陶潜诗："春秫作美酒，酒熟吾自斟。"

〔五〕默钓：顾嗣立曰：胡渭云：阳山县志："钓鱼台，在县东半里塔溪之右。"<u>韩愈送区册序</u>云:"与之荫嘉林,坐石溪,投竿而渔,陶然以乐。"<u>宋嘉定</u>初,簿尉<u>丘熹</u>始作台矶上。

〔 六 〕自守:<u>汉书扬雄传</u>:有以自守泊如也。

〔 七 〕投章:<u>鲍照</u>诗:"投章心蕴结。"缟带:<u>左传</u>:<u>吴公子札</u>聘于<u>郑</u>,见<u>子产</u>,如旧相识,与之缟带,<u>子产</u>献纻衣焉。

〔 八 〕兼金:<u>陆机</u>诗:"愧无杂佩赠,良讯代兼金。"

<u>蒋</u>云:<u>翘</u>尝闻先正云:公尝言:"<u>阳山</u>,天下之穷处,城郭无居民,官无丞尉,小吏十馀家。"审此则有"共赋"、"无孤斟",其谁与乎?盖是时远方来从游,如<u>区弘</u>、<u>刘师命</u>辈,户外屡常满矣。又云:此诗当是赠人望报章也。一结可见。

送惠师^{〔一〕}

<u>惠师</u>浮屠者,乃是不羁人^{〔二〕}。十五爱山水,超然谢朋亲。脱冠翦头发^{〔三〕},飞步遗踪尘。发迹入<u>四明</u>^{〔四〕},梯空上秋旻^{〔五〕}。遂登<u>天台</u>望^{〔六〕},众壑皆嶙峋^{〔七〕}。夜宿最高顶^{〔八〕},举头看星辰。光芒相照烛^{〔九〕},南北争罗陈。兹地绝翔走,自然严且神。微风吹木石,澎湃闻韶钧^{〔一〇〕}。夜半起下视,溟波衔日轮^{〔一一〕}。鱼龙惊踊跃,叫啸成悲辛^{〔一二〕}。怪气或紫赤,敲磨共轮囷^{〔一三〕}。金鸦既腾翥^{〔一四〕},六合俄清新。常闻<u>禹穴</u>奇,东去窥<u>瓯闽</u>^{〔一五〕}。<u>越</u>俗不好古^{〔一六〕},流传失其真。幽踪邈难得,圣路嗟长堙^{〔一七〕}。回临<u>湔江</u>涛^{〔一八〕},屹起高峨岷^{〔一九〕}。壮志死不息,千年如隔晨。是非竟何有,弃去非吾伦。凌<u>江</u>诣<u>庐岳</u>^{〔二〇〕},浩荡极游巡^{〔二一〕}。崔崒没云表^{〔二二〕},陂陀浸湖沦^{〔二三〕}。是时雨初霁,悬瀑垂天

绅〔二四〕。前年往罗浮〔二五〕，步夏南海漘〔二六〕。大哉阳德盛〔二七〕，荣茂恒留春。鹏骞堕长翮〔二八〕，鲸戏侧修鳞。自来连州寺〔二九〕，曾未造城闉〔三〇〕。日携青云客〔三一〕，探胜穷崖滨。太守邀不去，群官请徒频。囊无一金资〔三二〕，翻谓富者贫。昨日忽不见，我令访其邻。奔波自追及〔三三〕，把手问所因。顾我却兴叹，君宁异于民〔三四〕。合离自古然，辞别安足珍。吾闻九疑好〔三五〕，夙志今欲伸。斑竹啼舜妇〔三六〕，清湘沉楚臣〔三七〕。衡山与洞庭〔三八〕，此固道所循。寻嵩方抵洛〔三九〕，历华遂之秦〔四〇〕。浮游靡定处〔四一〕，偶往即通津。吾言子当去，子道非吾遵。江鱼不池活，野鸟难笼驯〔四二〕。吾非西方教〔四三〕，怜子狂且醇。吾嫉惰游者〔四四〕，怜子愚且谆。去矣各异趣，何为浪沾巾？

〔 一 〕□云：诗云"自来连州寺"，当在阳山时作。阳山，连属邑也。惠名元惠。公为王弘中作宴喜亭记，谓其在连州与学佛之人景常、元惠者游，即惠师也。

〔 二 〕不羁：汉书邹阳传：使不羁之士与牛马同皂。师古曰：不羁，言才识高远，不可羁系也。

〔 三 〕脱冠：谢灵运诗："归客遂海隅，脱冠谢朝列。"翦头发：魏书释老志：服其教者，则剃落须发，释累辞家。隋书经籍志：魏黄初中，中国人始依佛戒，剃发为僧。

〔 四 〕四明：谢灵运山居赋自注：天台、四明相接连，四明、方石，四面自然开窗。王云：四明，山名，在明州。

〔 五 〕秋旻：旻，音珉。尔雅释天：秋为旻天。

〔 六 〕天台：孙绰游天台山赋序：天台山者，盖山岳之神秀也。涉海则有方丈、蓬莱，登陆则有四明、天台，皆元圣之所游化，灵仙

之所窟宅。<u>支遁天台山铭序</u>:余览<u>内经山记</u>云:<u>剡县</u>东南有<u>天</u>
台山。<u>韩</u>云:<u>天台山</u>在<u>台州</u>。

〔七〕嶙峋:音邻荀。<u>扬雄甘泉赋</u>:"岭嶙嶙峋,洞无厓兮。"

〔八〕最高顶:<u>谢灵运</u>有<u>登石门最高顶</u>诗。

〔九〕光芒:<u>史记天官书</u>:填星,其色黄,光芒。

〔一〇〕澎湃:澎,音烹,又音彭。湃,普拜切。<u>司马相如上林赋</u>:"沸乎
暴怒,汹涌澎湃。"<u>司马彪</u>曰:澎湃,波相戾也。韶钧:<u>书益稷</u>:
箫韶九成。<u>史记赵世家</u>:<u>简子</u>曰:我之帝所甚乐,与百神游于
钧天,广乐九奏万舞,不类三代之乐。

〔一一〕日轮:<u>梁简文帝大爱敬寺铭</u>:日轮下盖,承露上擎。

〔一二〕叫啸:<u>木华海赋</u>:"更相叫啸,诡色殊音。"

〔一三〕轮囷:囷,去伦切。<u>史记天官书</u>:若烟非烟,若云非云,郁郁纷
纷,萧索轮囷,是谓卿云。

〔一四〕金鸦:<u>康孟咏日</u>诗:"金乌升晓气,玉槛漾晨曦。"

〔一五〕瓯闽:<u>史记东越列传</u>:<u>闽越王无诸</u>及<u>越东海王摇</u>者,皆越王勾
践之后也。秦并天下,以其地为<u>闽中郡</u>。<u>汉五年</u>,复立<u>无诸</u>为
<u>闽越王</u>。<u>孝惠三年</u>,立摇为东海王,都东瓯。

〔一六〕越俗:<u>庄子逍遥游篇</u>:宋人资章甫而适诸越,越人断发文身,无
所用之。

〔一七〕圣路:<u>蒋</u>云:"圣路"谓<u>舜</u>、<u>禹</u>南巡之路。

〔一八〕淛江涛:淛,同浙。<u>越绝书</u>:<u>子胥</u>死,王使人捐于大江口,发愤
驰腾,气若奔马。威凌万物,归神大海。仿佛之间,音兆常在。
后世称述,盖<u>子胥</u>水仙也。<u>水经注</u>:<u>浙江</u>水流于两山之间,江
水急潏,兼涛水昼夜再来,来应时刻,常以月晦及望尤大,至于
二月八月最高,峨峨二丈有馀。

〔一九〕峨岷：按：峨嵋、岷山至高。水经注："当抗峰岷、峨，偕岭衡、
巕。"言水势也。

〔二〇〕庐岳：水经注：王彪之庐山赋序曰：庐山，彭泽之山也。虽非五
岳之数，穹窿嵯峨，实峻极之名山也。山图曰：山四方，周四百
馀里，叠阜之岩万仞，怀灵抱异，苞诸仙迹。王云：庐山在
江州。

〔二一〕浩荡：屈原九歌："登昆仑兮四望，心飞扬兮浩荡。"

〔二二〕崔崒：扬雄蜀都赋："崔崒崛崎。"云表：三辅黄图：铜仙人捧铜
盘玉杯，以承云表之露。

〔二三〕陂陀：尔雅释地：陂者曰阪。注：陂陀，不平。沦：诗伐檀："置
之河之漘兮，河水清且沦猗。"尔雅释水：大波为澜，小波为沦。

〔二四〕悬瀑：水经注：庐山之北，有石门水，水出岭端，悬流飞瀑，近三
百许步，下散漫千数步，上望之连天，若曳飞练于霄中矣。天
绅：方云：宋之问诗："雨岩天作带，云壑树披衣。"孟东野诗亦
尝用"天绅"字。

〔二五〕罗浮：后汉书地理志：南海郡博罗有罗浮山，自会稽浮往博罗
山，故置博罗县。

〔二六〕海漘：班固东都赋："西荡河源，东澹海漘。"善曰：漘，厓也。

〔二七〕阳德：傅休奕诗："阳德虽普济，非阴亦不成。"

〔二八〕骞：虚言切。

〔二九〕连州：旧唐书地理志：连州，隋熙平郡。武德四年，平萧铣，置
连州。

〔三〇〕城闉：诗出其东门："出其闉阇。"传：闉，曲城也。

〔三一〕青云客：郭璞诗："寻我青云友，永与时人绝。"

〔三二〕一金：汉书东方朔传：其贾宜一金。班彪王命论：夫饿馑流隶，

饥寒道路,所愿不过一金。韦昭曰:一斤为一金。

〔三三〕奔波:<u>仲长统昌言</u>:救患赴难,跋涉奔波者,忧乐之尽也。

〔三四〕民:按:民,惠师自称也。晋人自称民者甚多。如<u>世说</u>:"<u>陆太</u>
<u>尉与王丞相</u>笺云:'民虽吴人,几为伧鬼。'"又:"<u>罗友</u>曰:'民已
有前期。'"<u>王右军官奴帖</u>:"不令民知。"皆可证也。惟<u>齐书庾</u>
<u>易传</u>:"<u>临川王暎临州</u>,独重<u>易</u>,上表荐之,饷麦百斛。<u>易</u>谓使
人曰:'民樵采麋鹿之伍,终岁鲜毛之衣;驰骋日月之车,得保
自耕之禄。于大王之恩,亦已深矣。'"辞不受此,乃以部民而
自称。较前此诸条稍别。

〔三五〕九疑:<u>屈原离骚</u>:"<u>九嶷</u>缤其并迎。"<u>史记太史公自序</u>:窥<u>九嶷</u>。
<u>水经注</u>:<u>营水</u>出<u>营阳泠道县</u>,流迳<u>九疑山</u>下,磐基<u>苍梧</u>之野,峰
秀数郡之间,罗岩九举,各导一溪,岫壑负阻,异岭同势,游者
疑焉,故曰<u>九疑山</u>。<u>王幼学纲鉴集览</u>:<u>九疑山</u>有九峰,一朱明,
二石城,三石楼,四娥皇,五舜源,六女英,七萧韵,八桂林,九
梓林。

〔三六〕斑竹:<u>博物志</u>:<u>尧</u>之二女,<u>舜</u>之二妃,曰<u>湘</u>夫人。<u>舜</u>崩,二妃啼,
以涕挥竹,竹尽斑。

〔三七〕清湘:<u>水经注</u>:<u>湘中记</u>曰:<u>湘川</u>清照五六丈,下见底,石如摴蒱。
<u>湘水</u>又北,<u>汨水</u>注之。<u>汨水</u>又西,为<u>屈潭</u>,即<u>罗渊</u>也。<u>屈原</u>怀
沙自沉于此。

〔三八〕衡山:<u>书禹贡</u>:<u>岷山</u>之阳,至于<u>衡山</u>。<u>周礼夏官职方氏</u>:正南曰
<u>荆州</u>,其山镇曰<u>衡山</u>。注:<u>衡山</u>在<u>湘</u>南。<u>水经注</u>:<u>衡山</u>东、西二
面,临映<u>湘川</u>。自<u>长沙</u>至此<u>江湘</u>七百里,有九背,故渔者歌曰:
"帆随<u>湘</u>转,望<u>衡</u>九面。"<u>罗含湘中记</u>:<u>衡山九疑</u>,皆有<u>舜</u>庙。遥
望<u>衡山</u>如阵云,沿<u>湘</u>千里,九面九背,乃不复见。<u>洞庭</u>:<u>中山</u>

经:洞庭之山,帝之二女居之,是常游于<u>江渊</u>,<u>澧</u>、<u>沅</u>之交,<u>潇</u>、<u>湘</u>之渊,是在<u>九江</u>之间,出入必以飘风暴雨。注:今<u>长沙巴陵县</u>西,有<u>洞庭</u>陂潜伏通江。<u>离骚</u>曰:"遵吾道兮<u>洞庭</u>。""<u>洞庭</u>波兮木叶下。"皆谓此也。<u>史记苏秦传</u>:楚南有<u>洞庭</u>、<u>苍梧</u>。<u>索隐</u>曰:<u>洞庭</u>,今<u>青草湖</u>是也,在<u>岳州</u>界。<u>水经注</u>:<u>洞庭湖</u>水广圆五百馀里,日月若出没于其中。

〔三九〕嵩:<u>尔雅释山</u>:<u>嵩</u>高为<u>中岳</u>。注:<u>太室山</u>也。<u>白虎通</u>:中央之岳,独加高字者何?中央居四方之中,故曰<u>嵩</u>高山。洛:<u>书禹贡</u>:导<u>洛</u>自<u>熊耳</u>,东北会于<u>涧瀍</u>,又东会于<u>伊</u>,又东北入于<u>河</u>。□云:<u>嵩山</u>在<u>洛</u>。

〔四〇〕华:<u>西山经</u>:<u>太华</u>之山削成而四方,其高五千仞,其广十里。<u>尔雅释山</u>:<u>华山</u>为<u>西岳</u>。<u>周礼夏官职方氏</u>:<u>河南</u>曰<u>豫州</u>,其山镇曰<u>华山</u>。□云:<u>太华山</u>在<u>华州</u>。秦:<u>张衡西京赋</u>:"秦里其朔,实为<u>咸阳</u>。左有<u>肴</u>函重险、<u>桃林</u>之塞,缀以二<u>华</u>。"

〔四一〕浮游:<u>屈原离骚</u>:"欲远集而无所止兮,聊浮游以逍遥。"<u>枚乘七发</u>:"浮游览观。"靡定处:<u>诗桑柔</u>:"自西徂东,靡所定处。"

〔四二〕池鱼笼鸟:<u>潘岳秋兴赋序</u>:譬犹池鱼笼鸟,有江湖山薮之思。

〔四三〕西方:<u>白帖</u>:教起西方,化流中夏。

〔四四〕惰游:<u>记玉藻</u>:垂绥五寸,惰游之士也。

送灵师

佛法入中国^{〔一〕},尔来六百年。齐民逃赋役^{〔二〕},高士著幽禅^{〔三〕}。官吏不之制,纷纷听其然。耕夫日失隶,朝署时遗贤^{〔四〕}。<u>灵师</u>皇甫姓,胤胄本蝉联^{〔五〕}。少小涉书史,早能缀文篇^{〔六〕}。中间不得意，失迹成迁延〔七〕。逸志不拘教〔八〕，轩腾断牵挛。围棋斗白黑〔九〕，生死随机权。六博在一掷〔一〇〕，枭卢叱回旋〔一一〕。战诗谁与敌〔一二〕？浩汗横戈铤〔一三〕。饮酒尽百觞〔一四〕，嘲谐思逾鲜。有时醉花月，高唱清且绵〔一五〕。四座咸寂默，杳如奏湘弦〔一六〕。寻胜不惮险，黔江屡洄沿〔一七〕。瞿塘五六月〔一八〕，惊电让归船。怒水忽中裂〔一九〕，千寻堕幽泉。环回势益急，仰见团团天〔二〇〕。投身岂得计〔二一〕，性命甘徒捐。浪沫蹙翻涌，漂浮再生全。同行二十人，魂骨俱坑填。灵师不挂怀，冒涉道转延。开忠二州牧〔二二〕，诗赋时多传。失职不把笔〔二三〕，珠玑为君编。强留费日月〔二四〕，密席罗婵娟〔二五〕。昨者至林邑〔二六〕，使君数开筵〔二七〕。逐客三四公，盈怀赠兰荃。湖游泛潺湲〔二八〕，溪宴驻潺湲〔二九〕。别语不许出，行裾动遭牵。邻州竞招请，书札何翩翩〔三〇〕。十月下桂岭〔三一〕，乘寒恣窥缘。落落王员外〔三二〕，争迎获其先。自从入宾馆，占怪久能专〔三三〕。吾徒颇携被，接宿穷欢妍。听说两京事，分明皆眼前。纵横杂谣俗〔三四〕，琐屑咸罗穿。材调真可惜，朱丹在磨研〔三五〕。方将敛之道，且欲冠其颠。韶阳李太守〔三六〕，高步凌云烟〔三七〕。得客辄忘食，开囊乞缯钱〔三八〕。手持南曹叙〔三九〕，字重青瑶镌〔四〇〕。古气参象系〔四一〕，高标摧太玄〔四二〕。维舟事干谒，披读头风痊〔四三〕。还如旧相识〔四四〕，倾壶畅幽悁〔四五〕。以此复留滞〔四六〕，归骖几时鞭？

〔一〕入中国：□云：按：后汉明帝梦见金人，问群臣，或曰：西方有
　　神，名曰佛，其形长丈六尺而金色。于是遣使天竺问佛道法，

图画形像以归。其教因流入中国。此诗据汉明帝时言之耳，故其佛骨表云"自后汉时流入中国"，又云"汉明帝时，始有佛法"也。汉武故事：昆邪王杀休屠王来降，得其金人之神，置之甘泉宫。则是佛入中国，始自汉武，至成、哀间，已有经矣。杜致行守编亦曰：汉武作昆仑池，掘地得黑灰。东方朔云：可问西域道人。西域道人，佛之徒也。又开皇历代三宝记云：刘向称：予览典籍，已见有经。将知周时九流释典，秦虽爇除，汉兴复出。则先汉之前，逆至于周，有佛有经，其来也远。范蔚宗胡为以谓明帝之时，佛始入中国耶！退之一世大儒，非承袭谬误者，将由心恶其教，不复详考其源流所自耳。愚按：南史天竺迦毗黎国传："佛道自后汉明帝法始东流，自此以来，其教稍广，别为一家之学。"又按：陶弘景难沈约均圣论云："汉初，长安乃有浮屠，而经像眇昧。张骞虽将命大夏，甘英远居安息，犹不能宣译风教，阐扬斯法，必其发梦帝庭，乃稍就兴显。"弘景生梁武之世，佛教源流是其所悉，乃著论如此，则佛法入中国，断自明帝。而某乃引杂说以訾之，殊无深识。顾嗣立以为出于朱门弟子之手，未必然也。

〔二〕齐民：庄子渔父篇：上以忠于世主，下以化于齐民。逃赋役：魏书释老志：愚民侥倖，假称入道，以避轮课。

〔三〕著：音着。

〔四〕遗贤：书大禹谟：野无遗贤。

〔五〕蝉联：南史王筠传：七叶之中，名德重光，爵位相继，人人有集。沈约语人曰：自开辟以来，未有爵位蝉联、文才相继如王氏之盛也。

〔六〕缀文：汉书刘向传赞：自孔子后，缀文之士众矣。杜甫诗："汝更小年能缀文。"

〔七〕迁延：左传：晋人谓之迁延之役。注：迁延，却退。

〔八〕不拘教：淮南原道训：曲士不可与语至道，拘于俗、束于教也。

〔九〕围棋：邯郸淳艺经：棋局，纵横各十七道，合二百八十九道。白黑棋子，各一百五十枚。桓谭新论：俗有围棋，是兵法之类。马融围棋赋："略观围棋兮，法于用兵。三尺之局兮，为战斗场。白黑纷乱兮，于约如葛。自陷死地兮，设见权谲。"白黑：班固弈旨：棋有白黑、阴阳分也。

〔一〇〕六博：宋玉招魂："箟蔽象棋，有六博些。""成枭而牟，呼五白些。"注：投六著，行六棋，故为六博也。一掷：晋书何无忌传：刘毅家无甔石之储，摴蒱一掷百万。

〔一一〕枭卢：按：晋书张重华传："谢艾曰：六博得枭者胜。"而李翱五木经："王采四，卢白雉牛。畎采六，开塞塔秃撅枭。全为王，驳为畎。皆玄曰卢，白二玄三曰枭。"元革注曰："王采，贵采也。畎采，贱采也。"则又以卢为最胜，枭为最下，大抵古今不同。然按刘毅传亦以卢为贵，则谢艾未足据也。枭二子白，使转为黑，即成卢矣。叱回旋：晋书刘毅传：东府聚摴蒱大掷，毅次掷得雉，大喜，褰衣绕床叫，谓同座曰：非不能卢，不事此耳。刘裕恶之，因援五木，久之，曰：老兄试为卿答。既而四子俱黑，其一子转跃未定，裕厉声喝之，即成卢焉，毅意殊不快。

〔一二〕战诗：方云：战诗战文，唐人语也。白居易诗："战文重掉鞅。"刘禹锡诗："战文矛戟深谁与？"

〔一三〕浩汗：世说：殷陈势浩汗，众源未可得测。戈铤：铤，音延，又音禅。班固东都赋："戈铤彗云。"说文：铤，小矛也。

〔一四〕醆：同盏。

〔一五〕高唱:<u>李陵录别诗</u>:"乃命丝竹音,列席无高唱。"

〔一六〕湘弦:<u>屈原远游</u>:"使<u>湘</u>灵鼓瑟兮。"

〔一七〕黔江:<u>史记苏秦传</u>:<u>楚</u>西有<u>黔中</u>、<u>巫郡</u>。<u>新唐书地理志</u>:<u>黔州</u>有<u>黔江县</u>。洄沿:<u>尔雅释水</u>:逆流而上曰溯洄。<u>书禹贡</u>:沿于江海。注:顺流而下曰沿。

〔一八〕瞿塘:<u>水经注</u>:峡中有<u>瞿塘</u>、<u>黄龙</u>二滩,夏水回复,沿溯所忌。古乐府<u>淫预歌</u>:"<u>滟滪</u>大如襆,<u>瞿塘</u>不可下;<u>滟滪</u>大如牛,<u>瞿塘</u>不可流;<u>滟滪</u>大如襆,<u>瞿塘</u>不可触。"

〔一九〕中裂:<u>水经注</u>:同源分派,裂为二水。

〔二〇〕见天:<u>水经注</u>:三峡七百里中,两岸连山,略无阙处。重岩叠嶂,隐天蔽日。自非停午夜分,不见曦月。

〔二一〕投身:<u>潘岳西征赋</u>:"矧匹夫之安土,邈投身于镐京。"

〔二二〕开忠二州:<u>新唐书地理志</u>:<u>开州盛山郡</u>,<u>忠州南宾郡</u>,皆属<u>山南道</u>。

〔二三〕失职:<u>宋玉九辩</u>:"坎廪兮贫士失职而志不平。"

〔二四〕费日月:<u>宋玉招魂</u>:"费白日些。"

〔二五〕密席:<u>陆机诗</u>:"密席接同志。"

〔二六〕林邑:<u>新唐书地理志</u>:<u>驩州日南郡越裳县</u>。注:<u>贞观</u>二年,绥怀<u>林邑</u>,乃侨治<u>驩州</u>之南境。九年置<u>林州</u>,领<u>林邑</u>、<u>金龙</u>、<u>海界</u>三县,<u>贞元</u>末废。

〔二七〕开筵:<u>梁简文帝诗</u>:"饯行临上节,开筵命羽觞。"

〔二八〕潒汯:音荞航。<u>张衡西京赋</u>:"沧池潒汯。"<u>善</u>曰:潒汯,宽大也。

〔二九〕潺湲:<u>屈原九歌</u>:"观流水兮潺湲。"

〔三〇〕翩翩:<u>陆厥诗</u>:"书记既翩翩,赋歌能妙绝。"

〔三一〕桂岭:<u>新唐书地理志</u>:<u>贺州临贺郡</u>,<u>武德</u>四年,以<u>始安郡</u>之富

川、熙平郡之桂岭、零陵郡之冯乘、苍梧郡之封阳,置属岭
南道。

〔三二〕落落:世说:太尉答王平子曰:"诚不如卿落落穆穆。"王员外:
新唐书王仲舒传:迁吏部考功员外郎,坐累为连州司户。

〔三三〕愡:同齐。

〔三四〕谣俗:按:魏武帝有谣俗词。郭璞尔雅序:考方国之语,采谣俗
之心。

〔三五〕朱丹:梁简文帝答湘东王书:朱丹既定,雌黄有别。

〔三六〕韶阳:新唐书地理志:韶州始兴郡,属岭南道。

〔三七〕高步:左思诗:"高步追许由。"凌云烟:汉书司马相如传:飘飘
有凌云气。

〔三八〕乞:音气。世说:郗公大聚敛,嘉宾意甚不同,乞与亲友周旋略
尽。又:王右军为会稽内史,谢公就乞笺纸。右军检校库中,
有九万,悉以乞谢公。晋书谢安传:与玄围棋赌别墅,玄不胜,
安顾谓其甥羊昙曰:以墅乞汝。广韵:气,与人物也,今作乞。
缯钱:缯,疾陵切。汉书东方朔传:馆陶公主请赐从官,金钱杂
缯各有数。

〔三九〕南曹叙:王云:唐制吏部员外郎一人,掌判南曹。方云:公王仲
舒墓志云:所为文章无世俗气。

〔四〇〕青瑶锼:北史文苑传论:于时,陈郡袁翻等,雕琢琼瑶刻削
杞梓。

〔四一〕彖系:史记孔子世家:孔子晚而喜易,序彖、系、象、说卦、文言。
汉书艺文志:孔氏为之彖、象、系辞。

〔四二〕太玄:汉书扬雄传:钜鹿侯芭常从雄居,受其太玄。

〔四三〕头风痊:鱼豢典略:魏太祖以陈琳管记室,作诸书。及橄草成,

呈<u>太祖</u>。<u>太祖</u>先苦头风，是日疾发，读<u>琳</u>所作，翕然起曰："此愈我病。"

〔四四〕如旧相识：<u>左传</u>：<u>吴公子札</u>聘于郑，见<u>子产</u>如旧相识。

〔四五〕倾壶：<u>任昉</u>诗："倾壶已等乐。"

〔四六〕留滞：<u>史记太史公自序</u>：<u>太史公</u>留滞<u>周南</u>。

<u>扪虱新话</u>：<u>退之</u>送<u>惠师</u>、<u>灵师</u>、<u>文畅</u>、<u>澄</u>等诗，语皆排斥。独于<u>灵</u>，似乎褒惜，而意实微显。如围棋、六博、醉花月、罗婵娟之句，此岂道人所宜为者。其卒章云："方将敛之道，且欲冠其颠。"于<u>澄观</u>诗亦云："我欲收敛加冠巾。"此便是劝令还俗也。

按：公骶排异端，攘斥佛老，不遗馀力，而顾与缁黄来往，且为作序赋诗，何也？岂徇<u>王仲舒</u>、<u>柳宗元</u>、<u>归登</u>辈之请，不得已耶？抑亦迁谪无聊，如所云"逃空虚者，闻人足音跫然而喜"，故姑与之周旋耶？然其所为诗文，皆不举浮屠老子之说，而惟以人事言之。如<u>澄观</u>之有公才吏用也，<u>张道士</u>之有胆气也，固国家可用之才，而惜其弃于无用矣。至如<u>文畅</u>喜文章，<u>惠师</u>爱山水，<u>大颠</u>颇聪明识道理，则乐其近于人情。<u>颖师</u>善琴，<u>高闲</u>善书。<u>廖师</u>善知人，则举其闲于技艺。<u>灵师</u>为人纵逸，全非彼教所宜，然学于佛而不从其教，其心正有可转者，故往往欲收敛加冠巾。而<u>无本</u>遂弃浮屠，终为名士，则不峻绝之，乃所以开其自新之路也。若<u>盈上人</u>爱山无出期，则不可化矣。<u>僧约</u>、<u>广宣</u>出家而犹扰扰，盖不足与言，而方且厌之矣。

闻梨花发赠刘师命〔一〕

桃蹊惆怅不能过〔二〕，红艳纷纷落地多。闻道郭西千树雪，欲将君去醉如何？

〔一〕按：以下乃贞元二十一年在阳山作。

〔二〕桃蹊：<u>史记李广传赞</u>：桃李不言，下自成蹊。<u>师古</u>曰：蹊，谓径
　　　道也。

梨花下赠刘师命

洛阳城外清明节〔一〕，百花寥落梨花发。今日相逢瘴海头，共惊
烂熳开正月。

〔一〕清明：<u>逸周书时训解</u>：清明之日桐始华。

刘生〔一〕

生名师命其姓刘，自少轩轾非常俦〔二〕。弃家如遗来远游〔三〕，
东走<u>梁宋</u>暨<u>扬州</u>〔四〕。遂凌<u>大江</u>极东陬〔五〕，洪涛春天<u>禹穴</u>
幽〔六〕。<u>越</u>女一笑三年留〔七〕，南逾横岭入<u>炎州</u>〔八〕。青鲸高磨波
山浮〔九〕，怪魅炫曜堆蛟虬。山狖谨噪猩猩游〔一〇〕，毒气烁体黄
膏流。问胡不归良有由，美酒倾水炙肥牛〔一一〕。妖歌慢舞烂不
收，倒心回肠为青眸〔一二〕。千金邀顾不可酬〔一三〕，乃独遇之尽
绸缪〔一四〕。瞥然一饷成十秋〔一五〕，昔须未生今白头。五管历遍
无贤侯〔一六〕，回望万里还家羞。<u>阳山</u>穷邑惟猿猴，手持钓竿远
相投。我为罗列陈前修〔一七〕，芟蒿斩蓬利锄耰〔一八〕。天星回环
数才周〔一九〕，文学穰穰困仓稠〔二〇〕。车轻御良马力优，咄哉识
路行勿休〔二一〕，往取将相酬恩雠〔二二〕。

〔 一 〕按:刘生本乐府旧题,方本作刘生诗,而注云"或无诗字"。无
"诗"字者是也。古乐府解题云:"刘生不知何代人,观齐、梁以
来所为刘生诗者,皆称其任侠豪放,周游于五陵、三秦之地,大
抵五言四韵,意亦相类。"公以师命姓刘,其行事颇豪放,故用
旧题赠之,而更为七言长篇。集中有用乐府旧题而效其体者,
如青青水中蒲及有所思联句是也。有用乐府旧题而变其体
者,如猛虎行及此诗是也。

〔 二 〕轩轾:轾,音至。诗六月:"戎车既安,如轾如轩。"

〔 三 〕如遗:诗谷风:"弃予如遗。"

〔 四 〕梁宋:新唐书地理志:宋州睢阳郡,本梁郡。扬州:书禹贡:淮、
海维扬州。孔注:北据淮,南距海。

〔 五 〕东瓯:王云:东瓯谓越也。

〔 六 〕洪涛:蔡邕汉津赋:"洪涛涌而沸腾。"

〔 七 〕越女:越绝书:越乃饰美女西施、郑旦,使大夫种献之于吴王。
枚乘七发:"越女侍前,齐姬奉后。"一笑:宋玉登徒子好色赋:
"嫣然一笑,惑阳城,迷下蔡。"

〔 八 〕横岭:按:公送廖道士序:衡之南八九百里,地益高,山益峻,其
最高而横绝南北诸岭。炎州:屈原远游:"嘉南州之炎德兮。"
谢灵运孝感赋:"眇投迹于炎州。"

〔 九 〕青鲸:朱子曰:"青"字未详,疑"长"字之误。波山浮:庄子外物
篇:鹜扬而奋鬐,白波若山,海水震荡。木华海赋:"波如
连山。"

〔一○〕山獠:獠,苏遭切。神异经:西方深山有人,长尺馀,袒身捕鰕
蟹以食,名曰山獠。 猩猩:记曲礼:猩猩能言,不离禽兽。海
内南经:狌狌知人名,如豕而人面。

〔一一〕炙肥牛:魏文帝乐府:"但当饮醇酒,炙肥牛。"

〔一二〕倒心回肠:按:倒心犹云倾倒其心。司马迁报任安书:肠一日而九回。青眸:傅毅舞赋:"眄般鼓则腾清眸,吐哇咬则发皓齿。"

〔一三〕千金:鲍照诗:"千金顾笑买芳年。"王僧孺诗:"再顾连城易,一笑千金买。"

〔一四〕绸缪:李陵诗:"独有盈觞酒,与子结绸缪。"

〔一五〕瞥然:瞥,普蔑切。王逸九思:"目瞥瞥兮西没。"说文:瞥,过目也。又曰:财见也。十秋:诗采葛:"一日不见,如三秋兮。"江淹倡妇自悲赋:"度九冬而廓处,遥十秋以分居。"

〔一六〕五管:旧唐书地理志:岭南道五管:广州中都督府,桂州下都督府,邕州下都督府,容州下都督府,安南都督府。□云:唐永徽后,以广、桂、容、邕、安南皆隶广府,谓之五府节度使,名岭南五管。

〔一七〕前修:屈原离骚:"謇吾法夫前修兮,非世俗之所服。"注:前修,言仿前贤以自修洁。

〔一八〕锄耰:贾谊过秦论:锄耰棘矜,非铦于钩戟长铩也。

〔一九〕天星回环:按:记月令:星回于天,数将几终,岁且更始。淮南时则训:星周于天。注:谓二十八舍更见南方,至是月周匝也。此一年十二月,则星一周也。又按:左传:晋侯曰:十二年矣,是谓一终,一星终也。庾信哀江南赋:"天道周星,物极必反。"此谓星皆十二年一周也。今此诗若承阳山来,则谓师服至此已一年。若以"瞥然一饷成十秋"计之,则前此十年,今又二年,亦为一纪矣。言其当归也。

〔二〇〕穰穰:诗烈祖:"丰年穰穰。"囷仓:记月令:修囷仓。拾遗记:曹曾积石为仓以藏书，故谓曹氏为书仓。

〔二一〕咄哉：汉书东方朔传：朔笑之曰：咄。师古曰：咄，叱咄之声也。
　　识路：按：魏国策："魏王欲攻邯郸，季良曰：今者臣来，见人于
　　太行，方北面而持其驾，告臣曰：我欲之楚。臣曰：君之楚将奚
　　为？曰：吾马良。臣曰：马虽良，非楚之路也。曰：吾用多。臣
　　曰：用虽多，此非楚路也。曰：吾御者善。此数者愈善，而离楚
　　远耳。今王欲成霸王而攻邯郸，犹至楚而北行也。"公以师命
　　负才浪游，久荒其业，故曰"车轻御良马力优，咄哉识路行勿
　　休"，盖深警之。

〔二二〕酬恩雠：史记范雎传：雎既相，散家财物，尽以报所尝困厄者。
　　一饭之德必偿，睚眦之怨必报。

县斋有怀〔一〕

少小尚奇伟，平生足悲咤〔二〕。犹嫌子夏儒，肯学樊迟稼。事业
窥皋稷，文章蔑曹谢〔三〕。濯缨起江湖，缀佩杂兰麝〔四〕。悠悠
指长道，去去策高驾。谁为倾国媒？自许连城价〔五〕。初随计
吏贡〔六〕，屡入泽宫射〔七〕。虽免十上劳〔八〕，何能一战霸〔九〕？人
情忌殊异，世路多权诈。蹉跎颜遂低，摧折气愈下〔一〇〕。冶长
信非罪〔一一〕，侯生或遭骂〔一二〕。怀书出皇都〔一三〕，衔泪渡清灞。
身将老寂寞，志欲死闲暇。朝食不盈肠，冬衣才掩骼〔一四〕。军
书既频召，戎马乃连跨。大梁从相公，彭城赴仆射〔一五〕。弓箭
围狐兔〔一六〕，丝竹罗酒灸〔一七〕。两府变荒凉〔一八〕，三年就休
假〔一九〕。求官去东洛，犯雪过西华〔二〇〕。尘埃紫陌春〔二一〕，风雨
灵台夜〔二二〕。名声荷朋友，援引乏姻娅〔二三〕。虽陪彤庭臣〔二四〕，

讵纵青冥靶〔二五〕。寒空耸危阙，晓色曜修架。捐躯辰在丁〔二六〕，铩翮时方褫〔二七〕。投荒诚职分，领邑幸宽赦。湖波翻日车〔二八〕，岭石坼天罅〔二九〕。毒雾恒熏昼，炎风每烧夏〔三〇〕。雷威固已加〔三一〕，飓势仍相借〔三二〕。气象杳难测，声音吘可怕。夷言听未惯，越俗循犹乍。指摘两憎嫌，睢盱互猜讶〔三三〕。只缘恩未报，岂谓生足藉？嗣皇新继明〔三四〕，率土日流化〔三五〕。惟思涤瑕垢，长去事桑柘〔三六〕。劚嵩开云扃〔三七〕，压颍抗风榭〔三八〕。禾麦种满地，梨枣栽绕舍〔三九〕。儿童稍长成，雀鼠得驱吓〔四〇〕。官租日输纳，村酒时邀迓。闲爱老农愚，归弄小女姹〔四一〕。如今便可尔，何用毕婚嫁〔四二〕？

〔一〕□云：此阳山县斋作。贞元十九年，公以言事出。至是二十一年，顺宗即位，而作此诗，云"嗣皇新继明"，谓顺宗也。

〔二〕悲咤：郭璞诗："抚心独悲咤。"

〔三〕蔑曹谢：南史文学传：吴迈远好自夸，每作诗得称意语，辄掷地呼曰："曹子建何足数哉！"

〔四〕缀佩：张衡思玄赋："旍性行以制佩兮，佩夜光与琼枝。纕幽兰之秋华兮，又缀之以江蓠。"

〔五〕连城价：史记蔺相如传：赵惠文王时，得楚和氏璧。秦昭王闻之，愿以十五城请易璧。魏略：致连城之价，为命世之宝。北史彭城王勰传：帝改勰诗一字，勰曰："陛下赐刊一字，足以价等连城。"

〔六〕计吏：汉书武帝纪：元光五年，征吏民有明当世之务，习先圣之术者，令与计偕。师古曰：计者，上计簿使也。按："初随计吏贡"，贞元二年，公始来京师也。

〔七〕泽宫：记射义：诸侯岁献贡士于天子，天子试之于射宫。又：天子将祭，必先习射于泽。泽者，所以择士也。注：泽，宫名。

〔八〕十上：秦国策：苏秦说秦王，书十上而说不行。

〔九〕一战霸：左传：一战而霸，文之教也。□云：公自贞元八年中进士第，贡于京师。至贞元十年，屡试博学宏词不中。

〔一○〕摧折：贾山至言：震之以威，压之以重，岂有不摧折者哉！

〔一一〕冶长：史记仲尼弟子传：公冶长，齐人，字子长。孔子曰：虽在累绁之中，非其罪也。

〔一二〕侯生：史记信陵君传：魏有隐士曰侯嬴，家贫，为夷门监者。公子从车骑，虚左，自迎侯生。侯生下，见其客朱亥，故久立与其客语。从骑皆窃骂侯生。

〔一三〕怀书：秦国策：苏秦去秦而归，负书担囊。出都：按：贞元十一年五月，公如东京。

〔一四〕朝食、冬衣：左传：余姑翦灭此而后朝食。淮南齐俗训：贫人冬则短褐不掩形。掩髂：髂，枯架切。汉书扬雄传：折胁拉髂。师古曰：髂，骨也。垶苍：腰骨也。

〔一五〕相公、仆射：□云：贞元十二年，公从汴州董晋幕。十五年，从徐州张建封幕。

〔一六〕狐兔：贾山至言：系兔伐狐。东方朔谏起上林苑疏：广狐兔之囿，大虎狼之墟。

〔一七〕炰：同炙。

〔一八〕两府、荒凉：方云：此言董、张相继殂谢也。

〔一九〕三年、休假：□云：公自贞元十六年张建封薨归洛阳，至十九年始除监察御史。按：自十六年冬至十九年春，才二年馀，曰三年，特举其成数耳。且十八年春已有四门博士之授。但是年尝谒告归洛,因游华山,故亦在休假中也。

〔二〇〕犯雪:北史薛端传:隆冬极寒,徒跣冒犯霜雪,自京及乡五百
余里。

〔二一〕紫陌:王粲羽猎赋:"济漳浦而横阵,倚紫陌而并征。"

〔二二〕灵台:诗灵台:"经始灵台。"三辅黄图:文王灵台在长安西北四
十里,汉灵台在长安西北八里。按:后汉书:"第五颉在洛无主
人,寄止灵台中。"此三雍之一也,又一灵台。

〔二三〕姻娅:诗节南山:"琐琐姻娅,则无膴仕。"尔雅释亲:婿之父母
相谓为婚姻,两婿相谓为亚。

〔二四〕彤庭臣:班固西都赋:"玉阶彤庭。"按:公此诗谓为监察御史
时也。

〔二五〕青冥靶:靶,音霸。屈原九章:"据青冥而撼虹兮,遂倏忽而扪
天。"王褒圣主得贤臣颂:王良执靶。晋灼曰:靶,辔也。

〔二六〕捐躯:曹植诗:"谁言捐躯易,杀身诚独难。"辰在丁:□云:贞元
十九年十二月,公以监察御史上天旱人饥疏,贬阳山令。"辰
在丁"谓上疏之日也。

〔二七〕铩翮:铩,所拜切。颜延之诗:"鸾翮有时铩,龙性谁能驯?"时
方襘:广雅释天:夏曰清祀,商曰嘉平,周曰大襘,秦曰腊。王
云:公之贬阳山,其出以十二月,故"时方襘"也。

〔二八〕日车:庄子徐无鬼篇:若乘日之车,游于襄城之野。

〔二九〕𬸚,呼讶切。

〔三〇〕炎风:淮南时则训:南方之极,自北户之外,南至委火炎风
之野。

〔三一〕雷威:贾山至言:雷霆之所击,无不摧折者。今人主之威,非直
雷霆也。

〔三二〕飓势:飓,音具。国史补:南海人言海风四面而至,名曰飓风。飓风将至,则多虹蜺,名曰飓母。岭表录异:岭峤夏秋雄风曰飓,发日午,至夜半止。

〔三三〕睢盱:音隳吁。庄子寓言篇:而睢睢盱盱,而谁与居?

〔三四〕继明:易离卦:大人以继明照于四方。

〔三五〕率土:诗北山:"率土之滨。"流化:三略:三皇无言,而化流四海。南史刘怀慰传:胶东流化,颍川致美。

〔三六〕桑柘:王褒僮约:种植桃李,梨柿柘桑,三丈一树,八尺为行。鲍照诗:"桑柘盈平畴。"

〔三七〕劂:陟玉切。云扃:鲍照诗:"罗景蔼云扃。"

〔三八〕榭:尔雅释宫:阇者谓之台,有木者谓之榭。注:台上起屋。

〔三九〕梨枣:潘岳闲居赋:"张公大谷之梨,周文弱枝之枣。"

〔四〇〕雀鼠:萧广济孝子传:王祥后母庭中有李结子,使祥昼视鸟雀,夜则趋鼠。南史顾欢传:欢年六七岁,家贫,父使田中驱鸟雀。吓:呼讶切。庄子秋水篇:鸱得腐鼠,鹓雏过之,仰而视之曰"吓"。注:以口拒人也。

〔四一〕弄:后汉书明德马皇后纪:"吾但当含饴弄孙。"小女姹:姹,陟驾切。后汉书五行志:桓帝初,京都童谣曰:"河间姹女工数钱。"说文:姹,少女也。

〔四二〕毕婚嫁:后汉书向长传:长,字子平,隐居不仕。建武中,男女娶嫁既毕,敕断家事,与北海禽庆俱游五岳名山,竟不知所终。沈约诗:"早欲寻名山,须待婚嫁毕。"碧溪诗话:萧思话先于曲阿起宅,有闲旷之致。子惠基尝谓所亲曰:须婚嫁毕,当归老旧庐。故元次山招陶别驾云:"无惑毕婚嫁,竟为俗务牵。"退之云:"如今便可尔,何用毕婚嫁?"按:萧惠基事见齐书本传及

卷二 县斋有怀

南史。

顾嗣立曰:公诗句句有来历,而能务去陈言者,全在于反用。如醉赠张秘书诗本用嵇绍"鹤立鸡群"语,偏云"张籍学古淡,轩鹤避鸡群"。送文畅师本用老杜"每愁夜中自足蝎"句,偏云"照壁喜见蝎"。荐士诗本用汉书"强弩之末,力不能入鲁缟"语,偏云"强箭射鲁缟"。岳庙诗本用谢灵运"猿鸣诚知曙"句,偏云"猿鸣钟动不知曙"。此诗结语本用向平婚嫁事,偏云"如今便可尔,何用毕婚嫁",真令旧事翻新。解得此祕,则臭腐皆化为神奇矣。

新竹[一]

笋添南阶竹,日日成清閟[二]。缥节已储霜,黄苞犹掩翠[三]。出栏抽五六,当户罗三四。高标陵秋严[四],贞色夺春媚。稀生巧补林,并出疑争地。纵横乍依行,烂漫忽无次[五]。风枝未飘吹[六],露粉先涵泪[七]。何人可携玩?清景空瞪视[八]。

〔一〕□云:此诗同下晚菊意皆在阳山作。按:其说亦无明据,但旧编在县斋读书之后,姑从之。

〔二〕清閟:閟,音祕。按:此用"閟宫有侐"之閟。注:清閟也。

〔三〕缥节、黄苞:广雅释器:缥,青也。左思吴都赋:"苞笋抽节,往往萦结。绿叶翠茎,冒霜停雪。"

〔四〕高标:左思蜀都赋:"阳乌回翼乎高标。"

〔五〕烂漫:王延寿鲁灵光殿赋:"流离烂漫。"善曰:分散远貌。无次:左传:及鄢,乱次,以济,遂无次。

〔六〕风枝:盛弘之荆州记:临贺谢休县东山有竹,未至数十里,闻风吹楚竹,如箫管之音。

〔七〕　露粉：按：王维诗："绿竹含新粉。"今沾露珠于上，如涵泪也。
"泪"字于竹尤切。

〔八〕　清景：曹植诗："明月澄清景。"瞪视：瞪，澄应切，又宅耕切。鲁
灵光殿赋："齐首目以瞪眄。"广韵：瞪，直视貌。

晚菊

少年饮酒时，踊跃见菊花〔一〕。今来不复饮，每见恒咨嗟。伫立
摘满手〔二〕，行行把归家。此时无与语〔三〕，弃置奈悲何？

〔一〕　踊跃：徐淑诗："瞻望兮踊跃，伫立兮徘徊。"

〔二〕　伫立：诗燕燕笺：伫立，久立也。

〔三〕　无与语：司马迁报任安书：独悒郁而谁与语？

君子法天运〔一〕

君子法天运，四时可前知。小人惟所遇，寒暑不可期〔二〕。利害
有常势，取舍无定姿。焉能使我心，皎皎远忧疑〔三〕。

〔一〕　按：此诗为刘禹锡、柳宗元昵比佞、文而作。君子居易以俟命，
四时可前知也。小人行险以徼幸，寒暑不可期也。利害判然，
惟人自择耳。彼二子者，慕熏灼之势，而忘冰霜之惧，可忧哉，
可疑哉！

〔二〕　寒暑：庄子让王篇：道德于此，则穷通为寒暑风雨之序矣。

〔三〕　皎皎：屈原远游："精皎皎以往来。"

东方半明〔一〕

东方半明大星没〔二〕，独有太白配残月〔三〕。嗟尔残月勿相疑，

同光共影须臾期。残月晖晖[四]，**太白睒睒**[五]。鸡三号[六]，更五点[七]。

〔一〕**韩云**：此诗盖指**顺宗**即位不能亲政，而**宪宗**在东宫之时也。□云：时**贾耽**、**郑珣瑜**二相，皆天下重望，**王叔文**用事，相继引去，此诗所以喻"东方半明大星没"也。**韦执谊**为**叔文**汲引，此诗所以喻"独有**太白**配残月"也。**顺宗**已厌机政，**执谊**、**叔文**尚以私意更相猜忌，此诗所以有"嗟尔残月勿相疑，同光共影须臾期"也。及**宪宗**立而**叔文**、**执谊**窜，犹东方明而残月**太白**灭，此诗所以喻"残月晖晖，**太白**睒睒。鸡三号，更五点"也。意微而显，诚得诗人之旨。

〔二〕东方半明：**诗齐风**："东方未明。"

〔三〕太白：□云：**太白**，**长庚**，西方星，故云配月。又**太白**主大臣，其号为上公，故公有取焉。

〔四〕晖晖：**虞骞视月诗**："晖晖光稍没。"

〔五〕睒睒：睒，音闪。**扬雄太玄**：明复睒天，中独烂也。**说文**：睒，暂视貌。**广韵**：暂见也。

〔六〕鸡三号：**大戴礼四代篇**：东有开明，于时鸡三号以兴。**史记天宜书**：鸡三号卒明。

〔七〕更五点：**杜佑通典**：一夜分五更者，以五夜更易为名也。**颜之推**曰：五夜，谓甲乙丙丁戊也。点者，以下漏滴水为名，每一更又分为五点。每夜二十五点，每点又击点以记。

杂诗四首[一]

朝蝇不可驱，暮蚊不可拍。蝇蚊满八区[二]，可尽与相格[三]。

得时能几时，与汝恣唊咋〔四〕。凉风九月到，扫不见踪迹〔五〕。
鹊鸣声楂楂，乌噪声攫攫〔六〕。争斗庭宇间，持身博弹射。黄鹄
能忍饥〔七〕，两翅久不擘〔八〕。苍苍云海路，岁晚将无获。
截辕为樽栌〔九〕，斫楹以为椽〔一〇〕。束蒿以代之，小大不相权。
虽无风雨灾〔一一〕，得不覆且颠。解辔弃骐骥，蹇驴鞭使前〔一二〕。
昆仑高万里〔一三〕，岁尽道苦遭。停车卧轮下〔一四〕，绝意于神仙。
雀鸣朝营食，鸠鸣暮觅群。独有知时鹤〔一五〕，虽鸣不缘身。喑
蝉终不鸣〔一六〕，有抱不列陈。蛙黾鸣无谓〔一七〕，阁阁祇
乱人〔一八〕。

〔一〕按：此诗永贞元年夏秋之间为当时朝士而作。谓之"杂诗"者，
　　　所指非一事，所刺非一人，所托非一物也。

〔二〕八区：扬雄长杨赋："洋溢八区。"善曰：八方之区也。

〔三〕相格：广韵：格，击也，斗也。

〔四〕恣唊咋：咋，锄陌切，又侧革切。晋书吴猛传：少有孝行，夏月
　　　手不驱蚊，惧其去己而噬亲也。玉篇：唊，食也。咋，声大也。

〔五〕碧溪诗话：退之云："凉风九月到，扫不见踪迹。"梦得云："清商
　　　一来秋日晓，羞尔微形饲丹鸟。"圣俞云："薨薨勿久恃，会有东
　　　方白。"王逢原云："蚊虫交纷始谁造，一一口吻如针锥。嘬人
　　　肌肤得腹饱，不解默去犹鸣飞。虽然今尚尔无奈，当有猎猎秋
　　　风时。"小人稔恶岂漏天网，但可侥倖目前耳。左氏云：天之假
　　　助不善，非佑之也，将厚之恶而降之罚也。其是之谓乎？

　　按：蝇蚊自古以喻小人，此则指伾、文辈也。内而牛昭容、李
　　忠言，外而韦执谊、二韩、刘、柳、陆质、吕温、李景俭、陈谏、房启、
　　凌准、程异等，莫非其党。诸人汲汲如狂，所谓"蝇蚊满八区"者

也。然小人得志，其与能几何？旋即贬斥，无能免者，固已早见其必然矣。

〔六〕噪：同譟。楂楂、攇攇：楂，音查。攇，一虢切。广韵：查，大口貌。攇，手取也。"查"字本无"木"旁，系后人所加。又或作"喳"，亦俗字也。此种本无取义，特状其声耳。

〔七〕黄鹄：屈原卜居："宁与黄鹄比翼乎？"

〔八〕擘：广韵：分擘也。

按：乌鹊争斗，谓韦执谊本为王叔文所引用，初不敢相负，既而迫公议，时有异同。叔文大恶之，遂成仇怨。是自开嫌衅之端也。黄鹄盖指贾耽，以先朝重望，称疾归第，犹冀其桑榆之收也。

〔九〕橑：音老。屈原九歌："桂栋兮兰橑。"说文：橑，椽也。槫栌：音薄卢。柏梁诗："柱枅槫栌相枝持。"说文：槫栌，柱上枅也。

〔一〇〕楹椽：说文：楹，柱也。椽，榱也。庞德公诗："椽栌桷榱之累重，顾柱小之奈何？"

〔一一〕风雨：诗鸱鸮："风雨所漂摇。"

〔一二〕蹇驴：贾谊吊屈原文："腾驾罢牛，骖蹇驴兮。骥垂两耳，服盐车兮。"

〔一三〕昆仑：西山经：昆仑之丘，是实惟帝之下都。淮南墬形训：昆仑虚中有增城九重，其高万一千里百一十四步二尺六寸。或上倍之，是谓凉风之山，登之而不死。或上倍之，是谓悬圃，登之乃灵。或上倍之，乃维上天，登之乃神，是谓太帝之居。

〔一四〕卧轮下：诗东山："敦彼独宿，亦在车下。"鬼神志：周犨与行旅同宿,逢夫妻寄车下宿。

按:易系辞曰:"德薄而位尊,知小而谋大,力小而任重,鲜不及矣。故曰:鼎折足,覆公𫗧,其形渥,凶。言不胜其任也。"执谊以轻材而窃高位,当平时且不可,况危疑之际,能无颠覆乎? 然此乃用之者过也。世岂无骐骥,顾舍之而不用。君门万里,日暮途远,何由自致乎?

〔一五〕知时鹤:淮南说山训:鸡知将旦,鹤知夜半。风土记:白鹤性警,八月白露降流于草叶上,滴滴有声,即鸣。

〔一六〕喑蝉:喑,于今切。方云:本草:陶隐居曰:哑蝉不能鸣者,雌蝉也。

〔一七〕蛙黾:说文:蛙,黾也。埤雅释鱼:似虾蟆而长踦,瞋目如怒,谓之蛙。盖其声哇淫,故曰蛙。汉书王莽传曰:紫色蛙声,馀分闰位。字说云:黾善怒,故音猛,而谓怒力为黾。

〔一八〕阁:古沓切。

按:此评诸朝士或默或语,无救于事。唯韦皋笺表,为知时而言也。郑珣瑜以会食中书,叔文索饭与执谊同餐,因叹息去位,所争甚细。至高郢、杜佑,则心知不可而畏避不言,非鸣雀喑蝉乎? 补阙张正买因论他事召见,其友王仲舒、刘伯刍等相与贺之,王、韦疑其论己,因坐朋谤聚游,皆致谴斥,非觅群之鸠乎? 羊士谔性本倾躁,以宣州巡官至京,公言朋党之非,徒触凶焰。至如中官刘光奇、俱文珍、薛盈珍、尚解玉等,同心怨猜,屡以启上,则又以势逼而言,非出于公,皆无谓也。此四诗当与顺宗实录参看。

卷二 杂诗四首

103

射训狐[一]

有鸟夜飞名训狐[二]，矜凶挟狡夸自呼[三]。乘时阴黑止我屋，声势慷慨非常粗。安然大唤谁畏忌[四]，造作百怪非无须。聚鬼征妖自朋扇[五]，摆掉栱桷颓墍涂[六]。慈母抱儿怕入席[七]，那暇更护鸡窠雏[八]。我念乾坤德泰大，卵此恶物常勤劬。纵之岂即遽有害，斗柄行拄西南隅。谁谓停奸计尤剧，意欲唐突羲和乌[九]。侵更历漏气弥厉，何由侥倖休须臾。咨余往射岂得已，候女两眼张睢盱[一〇]。枭惊堕梁蛇走窦[一一]，一夫斩颈群雏枯[一二]。

〔一〕新唐书五行志：绛州翼城县有鸺鹠鸟，群飞集县署，众鸟噪而逐之。鸺鹠，一名训狐。按：狐比伾、文。"聚鬼征妖"，言其朋党相扇，熸烋中国也。"纵之岂即遽有害"，言其本无能为。"斗柄行拄西南隅"，即东方半明之意也。"意欲唐突羲和乌"，则诛之不可复缓，故欲往而射之。身在江湖，而乃心王室，见无礼于其君者，去之义不容已也。

〔二〕夜飞：庄子秋水篇：鸱鸺夜撮蚤，察毫末，昼出瞋目而不见丘山。博物志：鸺鹠一名鵋鸺，昼目无所见，夜则目至明。人截爪甲弃路地，此鸟夜至人家，拾取爪视之，则知吉凶，辄便鸣，其家有殃。

〔三〕夸自呼：王云：或曰训狐，其声也，因以名之。按：顺宗实录，叔文自言读书知理道，即夸自呼也。

〔四〕大唤：曹植鹞雀赋："不早首服，捩颈大唤。"畏忌：诗桑柔："匪言不能，胡斯畏忌。"

〔五〕聚鬼征妖：<u>管辂别传</u>：多聚凶奸，以类相求，魍魉成群。朋扇：<u>广雅释诂</u>：扇，助也。

〔六〕栱桷：栱，音拱。<u>尔雅释宫</u>：臬大者谓之栱。又：桷谓之榱。墍涂：墍，音泊。<u>书梓材</u>：惟其涂墍茨。

〔七〕抱儿：<u>曹植鹞雀赋</u>："欺恐舍长，令儿大怖。"

〔八〕鸡窠：<u>小尔雅广兽</u>：鸟之所乳，谓之巢。鸡雉所乳，谓之窠。

〔九〕唐突：<u>广雅释诂</u>：触冒，搪揆也。<u>世说</u>：何乃刻画<u>无盐</u>，唐突<u>西子</u>。

〔一〇〕两眼：<u>搜神记</u>：<u>董元范</u>母染患，范见<u>李楚宾</u>持弓箭游猎，乃屈楚宾于东房宿。此夜月明如昼，宾至三更以来，忽见大鸟，浑身朱色，两眼如金，飞向堂中，将嘴便啄。忽闻堂中楚痛难忍，宾思此鸟莫是妖魅，乃取弓箭射之，痛声即止。睢盱：<u>张衡西京赋</u>："睢盱跋扈。"说文：睢，仰目也。盱，张目也。

〔一一〕枭、蛇：<u>尔雅释鸟</u>：怪鸱，枭鸱。注：即鸱鸺，今<u>江东</u>通呼此属为怪鸟。按：蛇虺阴物，穴处而怀毒螫，即谓其党。

〔一二〕一夫：馆本作"一矢"。方云：或问：矢何以能斩颈也？曰：<u>鲍明远诗</u>："黄间潜毂卢矢直，刜绣颈，碎锦翼。"诗人之语，顾随所用耳。<u>朱子曰</u>：方说虽有理，然以诗考之，似只是公往亲射而枭惊堕梁。故佐之者得以刃斩其颈耳。不必改字强说也。群雏枯：按：言其党与既散，身死而类尽歼，直一夫之力耳。时<u>侁</u>、文气焰方盛，必有谓其难去者，故遂决言之。是年<u>侁</u>、文之党果败。

韩昌黎诗集编年笺注卷三

卷三凡三十七首，永贞元年自阳山俟命郴州，授江陵府法曹，及元和元年春在江陵作。

李员外寄纸笔[一]

题是临池后[二]，分从起草馀[三]。兔尖针莫并[四]，茧净雪难如[五]。莫怪殷勤谢，虞卿正著书[六]。

〔一〕方云：李伯康也。伯康以贞元十九年为郴州刺史。权德舆有墓志。按：公贞元十九年冬，出为阳山令，过郴州，识李使君。朱子曰：公祭李郴州文"获纸笔之双贶"，即谓此事。"投叉鱼之短韵"，亦指前篇也。按：叉鱼诗旧编在此诗前。今按祭文，宜在此后。

〔二〕临池：晋书卫恒传："弘农张伯英临池学书，池水尽黑。"按：祭李郴州文云："接雄词于章句，窥逸迹于篆籀。"盖伯康本善书也。

〔三〕起草：续汉志：尚书郎主作文书起草。

107

〔四〕兔尖：西京杂记：天子笔管，以错宝为跗，毛皆以秋兔之毫。

〔五〕茧净：韩云：净，泽；茧，纸也。王羲之制兰亭序，乘兴而书，用蚕茧纸。蔡云：建中初，日本使者兴能献方物。兴能善书，其纸似茧而泽，人莫能识。国史补：宋亳间有茧纸。

〔六〕虞卿：史记虞卿传：虞卿不得意，乃著书曰虞氏春秋。太史公曰：虞卿非穷愁，亦不能著书。

　　按：元和以来，好为小律五言者多。杜牧之又有七言小律，其五言又或放而十句。元、白、孟郊又有通首不对五律，皆趣，人谓孟无律诗，非也。

叉鱼招张功曹〔一〕

叉鱼春岸阔，此兴在中宵。大炬然如昼〔二〕，长船缚似桥。深窥沙可数，静搒水无摇〔三〕。刃下那能脱，波间或自跳〔四〕。中鳞怜锦碎〔五〕，当目讶珠销〔六〕。迷火逃翻近，惊人去暂遥。竞多心转细，得隽语时嚣〔七〕。潭罄知存寡，舷平觉获饶〔八〕。交头疑凑饵，骈首类同条〔九〕。濡沫情虽密〔一〇〕，登门事已辽〔一一〕。盈车欺故事〔一二〕，饲犬验今朝〔一三〕。血浪凝犹沸〔一四〕，腥风远更飘。盖江烟幂幂〔一五〕，拂棹影寥寥。獭去愁无食〔一六〕，龙移惧见烧〔一七〕。如棠名既误〔一八〕，钓渭日徒消〔一九〕。文客惊先赋，篙工喜尽谣〔二〇〕。脍成思我友〔二一〕，观乐忆吾僚〔二二〕。自可捐忧累，何须强问鸮〔二三〕。

〔一〕周礼天官鳖人：以时籍鱼。郑注：以扠刺泥中取之。张衡西京赋："叉簇之所櫕枨。"潘岳西征赋："垂饵出入，挺叉来往。"善曰：叉，取鱼叉也。公撰张署墓志：署，河间人，举进士。拜监察御史，为幸臣所谗，与同辈韩愈、李方叔三人俱为县令南方。二年逢恩，俱徙掾江陵。半岁，邕管奏为判官。按：公祭张员外文云："避风太湖，七日鹿角，钩登大鲇，怒类豕狗，脔盘炙酒，群奴馋啄。"此叉鱼之一证，合观祭李郴州文"投叉鱼之短韵"，则俟新命于郴州之诗。

〔二〕大炬：晋书符坚载记：人持十炬火，系炬于树枝，光焰数十里。

〔三〕搒：比孟切。屈原九章："齐吴搒而击汰。"注：搒，进船也。

〔四〕自跳：跳，音条。刘孝威诗："游鱼或自跳。"

〔五〕中：去声。锦碎：郭璞江赋："鳞甲镶错，焕烂锦斑。"潘岳射雉赋："霍如碎锦。"

〔六〕珠销：北史倭国传：有如意宝珠，其色青，大如鸡卵，夜则有光，云鱼眼睛也。裴氏广州记：鲸鲵目即明月珠，故死不见有目精。

〔七〕得隽：左传：得隽曰克。

〔八〕舷：音弦。

〔九〕同条：汉书扬雄传：奚必同条而共贯。

〔一〇〕濡沫：庄子大宗师篇：泉涸，鱼相与处于陆，相呴以湿，相濡以沫，不如相忘于江湖。

〔一一〕登门：辛氏三秦记：龙门水险不通，鱼莫能上。江海大鱼，薄集龙门下数千不得上，上即为龙。故云曝腮龙门。水经注：尔雅曰：鳣，鲔也。出巩穴，三月则上渡龙门，得渡则为龙矣，否则点额而还。

〔一二〕盈车：列子汤问篇：詹何引盈车之鱼于百仞之渊。孔丛子：卫人钓于河，得鳏鱼焉，其大盈车。

〔一三〕饲犬:盐铁论:江陵之人以鱼饲犬。

〔一四〕血浪:三齐记:始皇祭青城山,入海三十里,射鱼,水变色如血者数里。

〔一五〕羃:莫狄切。

〔一六〕獭:记月令:獭祭鱼。

〔一七〕龙移:张正见诗:"飓水似龙移。"

〔一八〕如棠:左传:公将如棠观鱼者。

〔一九〕钓渭:史记齐太公世家:吕尚年老渔钓,周西伯出猎,遇于渭之阳。

〔二〇〕篙工:左思吴都赋:"篙工楫师,选自闽禺。"

〔二一〕脍成:世说:张玄使至江陵,见一人持半笼生鱼,径来造船,云:有鱼欲寄作脍。张乃维舟而纳之,问其姓氏。自称刘遗民。张素闻其名,大相欣待。既进脍,便去。

〔二二〕观乐:庄子秋水篇:庄子与惠子游于濠梁之上。庄子曰:鲦鱼出游从容,是鱼乐也。吾僚:左传:荀伯曰:同官为僚,吾尝同僚。

〔二三〕问鹏:贾谊鹏鸟赋序:鹏似鸮,不祥鸟也。赋曰:"野鸟入室,主人将去,请问于鹏,余去何之?"

碧溪诗话:老杜观打鱼云:"设网提纲万①鱼急。"盖指聚敛之臣,苛法侵渔,使民不聊生,乃万鱼急也。又云:"能者操舟疾若风,撑突波涛挺叉入。"小人舞智趋时,巧宦数迁,所谓"疾若风"也。残民以逞,不顾倾覆,所谓"挺叉入"也。"日暮蛟龙改窟穴,山根鳣鲔随云雷",鱼不得其所,龙岂能安居? 君与民犹是也。此与六义比兴何异? "吾徒何②为纵此乐,暴殄天物圣所

110

哀",此乐而能戒,又有仁厚意。亦如"前王作网罟,设法害生成",不专为取鱼也。退之叉鱼曰:"观乐忆吾僚。"异此意矣。亦如蕲簟云:"但愿天日恒炎曦。"

按:论人当观其大节,论诗当观其大段,不可摘其一事一句而议优劣也。且杜作于前,韩继于后,固自不肯相袭。诗甚工细,有何可议?至于蕲簟之愿天炎,乃反衬簟之凉也。

【校　记】

①"万",杜诗详注作"取"。

②"何",杜诗详注作"胡"。

郴州祈雨〔一〕

乞雨女郎魂〔二〕,炮羞洁且繁。庙开鼮鼠叫〔三〕,神降越巫言〔四〕。旱气期销荡〔五〕,阴官想骏奔〔六〕。行看五马入〔七〕,萧飒已随轩〔八〕。

〔一〕新唐书地理志:郴州桂阳郡,属江南道。自叉鱼以下皆俟命郴
　　　州时作。

〔二〕女郎:水经注:汉水南有女郎山,山上有女郎冢,直路下出,世
　　　人谓之女郎道。下有女郎庙及捣衣石,言张鲁女也。有小水
　　　北流入汉,谓之女郎水。

〔三〕鼮鼠:鼮,音吾。尔雅释鸟:鼮鼠,夷由。注:状如小狐,似蝙
　　　蝠,肉翅,翅尾项胁毛紫赤色,背上苍艾色,腹下黄,喙额杂白,
　　　脚短爪长,尾三尺许,飞且乳,亦谓之飞生。声如人呼,食火
　　　烟,能从高赴下,不能从下上高。

〔四〕神降:左传:秋七月,有神降于莘。越巫:史记封禅书:汉武帝

令越巫立越祝。

〔五〕销荡：梁简文帝诗："万累若销荡。"

〔六〕骏奔：书武成：骏奔走，执豆笾。

〔七〕五马：诗干旄："良马五之。"潘子真诗话：礼：天子六马，左右
骖。三公、九卿驷马，左骖。汉制，九卿则二千石，以右骖。太
守驷马而已。其加秩中二千石，乃右骖，故以五马为太守美
称。遁斋闲览：汉时朝臣出使为太守，增一马，故为五马。

〔八〕飒：苏合切。随轩：谢承后汉书：郑弘为淮阴太守，政不烦苛，
行春大旱，随车致雨。又：百里嵩，字景山，为徐州刺史，境遭
旱，嵩出巡处，甘雨辄澍。东海祝其、合乡等二县父老诉曰：人
等是公百姓，独不迁降。乃回赴之，雨随车而下。

八月十五夜赠张功曹〔一〕

纤云四卷天无河〔二〕，清风吹空月舒波〔三〕。沙平水息声影绝，
一杯相属君当歌〔四〕。君歌声酸辞且苦，不能听终泪如雨。洞
庭连天九疑高，蛟龙出没猩鼯号。十生九死到官所，幽居默默
如藏逃。下床畏蛇食畏药〔五〕，海气湿蛰熏腥臊〔六〕。昨者州前
槌大鼓〔七〕，嗣皇继圣登夔皋。赦书一日行万里〔八〕，罪从大辟
皆除死。迁者追回流者还，涤瑕荡垢朝清班〔九〕。州家申名使
家抑〔一〇〕，坎轲只得移荆蛮〔一一〕。判司卑官不堪说〔一二〕，未免捶
楚尘埃间〔一三〕。同时辈流多上道，天路幽险难追攀〔一四〕。君歌
且休听我歌〔一五〕，我歌今与君殊科。一年明月今宵多，人生由
命非由他〔一六〕，有酒不饮奈明何！

〔一〕□云：是时徙掾江陵侯命于郴州而作。公祭郴州李使君文云：

"俟新命于衡阳,费薪刍于馆候,辍行谋于俄顷,见秋月之三毂。"正谓此也。

〔二〕天无河:谢惠连月赋:"列宿掩缛,长河韬暎。"

〔三〕月舒波:汉郊祀歌:"月穆穆以金波。"虞羲咏秋月诗:"泛滥浮阴来,金波时不见。"王云:波,月光。

〔四〕相属:史记田窦灌夫传:及饮酒酣,灌夫起舞,属丞相。注:若今人舞讫相劝也。当歌:魏武帝短歌行:"对酒当歌,人生几何?"

〔五〕畏蛇、畏药:按:南方多蛇,又多畜蛊,以毒药杀人,详见后江陵途中寄三学士诗。

〔六〕腥臊:晋语:偃之肉腥臊。

〔七〕槌大鼓:新唐书百官志:中尚署令,赦日,击朹鼓千声,集百官父老囚徒。

〔八〕赦书:按:旧唐书顺宗纪:"贞元二十一年正月丙申,顺宗即位。二月甲子大赦。"此公所以离阳山而俟命于郴也。及八月,宪宗即位,改贞元二十一年为永贞元年。自八月五日以前,天下死罪降从流,流以下递减一等。诗所云"昨者赦书",正指此。旧注但引前条,犹为疏漏。

〔九〕涤瑕荡垢:班固东都赋:"于是百姓涤瑕荡秽,而镜至清。"

〔一〇〕使家:□云:使家谓湖南观察使。

〔一一〕坎轲:东方朔七谏:"年既已过大半兮,然埳轲而留滞。"移荆蛮:史记吴太伯世家:太伯之奔荆蛮,自号勾吴。索隐曰:荆者,楚之旧号,以州而言之,地在楚、越之界,故称荆蛮。

〔一二〕判司:按:永贞元年,公为江陵府法曹参军,署为功曹参军,此时虽未之任,而官已定矣。

〔一三〕捶楚:汉书路温舒传:捶楚之下,何求而不得? □云:按唐制,参军簿尉有过,即受笞杖之刑。杜甫送高书记诗:"脱身簿尉中,始与捶楚辞。"杜牧赠小侄阿宜诗:"参军与簿尉,尘土惊劻勷。一语不中治,鞭笞身满疮。"

〔一四〕天路:汉古诗:"美人在云端,天路隔无期。"幽险:张华鹪鹩赋:"鹘鸡窜于幽险。"

〔一五〕君歌、我歌:朱子曰:此言张之歌辞酸苦,而己直归之于命。盖反骚之意,而其词气抑扬顿挫,正一篇转换用力处也。

〔一六〕他:音拖。

答张十一功曹〔一〕

山静江空水见沙〔二〕,哀猿啼处两三家。筼筜竞长纤纤笋〔三〕,踯躅闲开艳艳花〔四〕。未报恩波知死所〔五〕,莫令炎瘴送生涯〔六〕。吟君诗罢看双鬓,斗觉霜毛一半加〔七〕。

〔一〕按:洪谱此诗系之二十年,未审何意。题云"张功曹",自在徙掾江陵之后,二十年尚为县令,何得便称"功曹"也?

〔二〕水见沙:水经注:湘中记曰:湘川清照五六丈,下见底石如樗蒲,五色鲜明,白沙如霜雪,赤岩若朝霞,是纳潇湘之名矣。

〔三〕筼筜:音云当。郭璞江赋:"桃枝筼筜,实繁有丛。"异物志:筼筜生水边,长数丈,围二尺五六寸,庐陵界有之。

〔四〕踯躅:古今注:羊踯躅,花黄,羊见之则踯躅分散,故名羊踯躅。本草注:踯躅树生高三四尺,花似山石榴。

〔五〕恩波:谢朓诗:"恩波不可越。"死所:左传:狼瞫曰:吾未获死所。

〔六〕生涯:庄子养生主篇:吾生也有涯。

〔七〕斗觉:任子渊云:"斗觉",诗中健语也,前辈多使,退之诗有此。东坡诗:"黄昏斗觉罗裳薄。"后山诗:"斗觉文字生清新。"

湘中酬张十一功曹〔一〕

休垂绝徼千行泪〔二〕,共泛清湘一叶舟〔三〕。今日岭猿兼越鸟〔四〕,可怜同听不知愁〔五〕。

〔一〕按:以下乃由郴州之江陵作。

〔二〕徼:汉书邓通传:颜师古注:徼,犹塞也。东北谓之塞,西南谓之徼。古今注:丹徼,南方徼,色赤,故称丹徼,为南方之极也。

〔三〕一叶舟:轩后本纪:见浮叶乃为舟。黄冈武陵沅记:武陵鼎口望沅川中,舟如树一叶。

〔四〕越鸟:古诗十九首:"胡马依北风,越鸟巢南枝。"

〔五〕不知愁:蒋云:此谓同听不同情也。须如此结,首二句方振得起。

郴口又赠二首

山作剑攒江写镜,扁舟斗转疾如飞。回头笑向张公子〔一〕,终日思归此日归。

雪飓霜翻看不分,雷惊电激语难闻。沿涯宛转到深处,何限青天无片云?

〔一〕张公子:汉书五行志:张公子,时相见。

合江亭[一]

红亭枕湘江，蒸水会其左[二]。瞰临眇空阔，绿净不可唾[三]。维昔经营初，邦君实王佐[四]。翦林迁神祠，买地费家货。梁栋宏可爱，结构丽匪过[五]。伊人去轩腾，兹宇遂颓挫。老郎来何暮[六]？高唱久乃和。树兰盈九畹[七]，栽竹逾万个[八]。长绠汲沧浪[九]，幽蹊下坎坷[一〇]。波涛夜俯听，云树朝对卧。初如遗宦情[一一]，终乃最郡课[一二]。人生诚无几，事往悲岂奈[一三]。萧条绵岁时，契阔继庸懦[一四]。胜事谁复论，丑声日已播。中丞黜凶邪[一五]，天子闵穷饿。君侯至之初，闾里自相贺。淹滞乐闲旷，勤苦劝慵惰。为余拂尘阶，命乐醉众座。穷秋感平分，新月怜半破。愿书岩上石，勿使泥尘涴[一六]。

〔一〕诸本作"题合江亭寄刺史邹君"。孙云：亭在衡州负郭，今之石鼓头即其地也。地形特异，崛起于二水之间。旁有朱陵仙府，唐人题刻散满岩上。公自阳山量移江陵，因过衡州作。

〔二〕蒸水：汉书地理志：长沙国承阳。应劭曰：承水之阳。师古曰：承水源出零陵永昌县界，东流注湘。承，音蒸。后汉书地理志：烝阳侯国，故属长沙。注：罗含湘中记曰：烝水注湘。水经：湘水出零陵始安县阳海山。又东北过酃县西，承水从东南来注之。注：承水出衡阳重安县西邵陵县界邪姜山。

〔三〕绿净：水经注：清潭远涨，绿波凝净。

〔四〕邦君：洪云：亭，故相齐暎所作。旧唐书齐暎传：贞元二年同平章事。三年贬夔州刺史转衡州。七年授御史中丞，改江西观察使。

〔五〕结构：王延寿鲁灵光殿赋："详察其栋宇，观其结构。"

〔六〕老郎：汉武故事：颜驷，汉文帝时为郎，至武帝辇过郎署，见驷庞眉皓发，上问曰："叟何时为郎，何其老也?"来何暮：后汉书廉范传：廉叔度，来何暮。

〔七〕九畹：畹，音宛。屈原离骚："余滋兰之九畹。"注：十二亩为畹。

〔八〕万个：一作"箇"。方云：史记货殖传：竹竿万个。古书皆用"个"字，至汉功臣传表始出"箇"字。

〔九〕长绠：绠，音梗。庄子至乐篇：绠短者不可以汲深。广韵：绠，井索。沧浪：屈原渔父篇："沧浪之水清兮。"蒋云：此只泛言其水为沧浪耳。禹贡"沧浪之水"，今在均州。

〔一○〕坎坷：广韵：不平也。

〔一一〕遗宦情：南史刘善明传：我本无宦情。

〔一二〕最郡课：汉书百官志注：秋冬岁尽，丞尉以下诣郡课校其功。卢谌诗："倪宽以殿黜，终乃最众赋。"

〔一三〕奈：奴个切，一作"那"。

〔一四〕契阔：诗："与子契阔。"

〔一五〕中丞黜凶邪：□云：前刺史元澄无政，廉使中丞杨公凭奏黜之，遂用邹君，邹君逸其名。

〔一六〕泥尘：一作"尘泥"。涴：乌卧切。广韵：涴，泥着物也，亦作污。

题木居士二首〔一〕

火透波穿不计春，根如头面干如身〔二〕。偶然题作木居士，便有无穷求福人。

为神讵比沟中断〔三〕，遇赏还同爨下馀〔四〕。朽蠹不胜刀锯力〔五〕，匠人虽巧欲何如？

〔一〕张芸叟木居士诗序：耒阳县北沿流二三十里鳌口寺，退之所题木居士在焉。元丰初，以祷旱不应，为邑令析而薪之。今存者乃僧道符更刻。新唐书地理志：衡州耒阳县，属江南西道。

〔二〕头面：汉书五行志：建平三年，遂阳乡柱仆地，生支如人形，身青黄色，面白，头有髭须。南方草木状：五岭之间多枫木，岁久则生瘤瘿，一夕遇暴雷骤雨，其树赘暗长三五尺，谓之枫人。越巫取之作术，有通神之验。

〔三〕沟中断：庄子天地篇：百年之木，破为牺樽，青黄而文之，其断在沟中，比牺樽于沟中之断，则美恶有间矣。

〔四〕爨下馀：后汉书蔡邕传：人有烧桐以爨者，邕闻火烈之声，知其良木，因请裁而为琴，果有美音，而其尾犹焦，时人名曰“焦尾琴”焉。

〔五〕不胜刀锯：南方草木状：抱香履生水松之旁，极柔弱不胜刀锯。

谒衡岳庙遂宿岳寺题门楼〔一〕

五岳祭秩皆三公〔二〕，四方环镇嵩当中〔三〕。火维地荒足妖怪〔四〕，天假神柄专其雄〔五〕。喷云泄雾藏半腹，虽有绝顶谁能穷？我来正逢秋雨节，阴气晦昧无清风。潜心默祷若有应，岂非正直能感通〔六〕。须臾静扫众峰出〔七〕，仰见突兀撑青空〔八〕。紫盖连延接天柱，石廪腾掷堆祝融〔九〕。森然魄动下马拜，松柏一径趋灵宫。粉墙丹柱动光彩，鬼物图画填青红〔一〇〕。升阶伛偻荐脯酒〔一一〕，欲以菲薄明其衷〔一二〕。庙令老人识神意〔一三〕，睢盱侦伺能鞠躬〔一四〕。手持杯珓导我掷〔一五〕，云此最吉馀难同。

窜逐蛮荒幸不死，衣食才足甘长终[一六]。侯王将相望久绝，神纵欲福难为功。夜投佛寺上高阁，星月掩映云瞳胧[一七]。猿鸣钟动不知曙[一八]，杲杲寒日生于东[一九]。

〔一〕按：公自郴至衡，因谒南岳，故祭张署文云："委舟湘流，往观南岳，云壁潭潭，穿林攸擢。"此明证也。东坡以为自潮而归，误矣。"须臾静扫众峰出"，即坡所谓"公之精诚，能开衡山之云"者也。

〔二〕祭秩：书舜典：望秩于山川①。注：如其秩次望祭之。三公：记王制：天子祭天下名山大川，五岳视三公，四渎视诸侯。

〔三〕四方环镇：周礼夏官职方氏：东南曰扬州，其山镇曰会稽；正南曰荆州，其山镇曰衡山；河南曰豫州，其山镇曰华山；正东曰青州，其山镇曰沂山；河东曰兖州，其山镇曰岱山；正西曰雍州，其山镇曰岳山；东北曰幽州，其山镇曰医无闾；河内曰冀州，其山镇曰霍山；正北曰并州，其山镇曰恒山。嵩当中：史记封禅书：昔三代之君，皆在河、洛之间，故嵩高为中岳，而四岳各如其方。水经：嵩高为中岳，在颍川阳城县西北。

〔四〕火维：徐灵期南岳记：衡山者，朱陵之灵台，太灵之宝洞，上承翼轸，钤总万物，故名衡山。下距离宫，统摄火师，故号南岳。赤帝馆其巅，祝融宅其阳。

〔五〕天假②神：葛洪枕中书：祝融氏为赤帝，治衡霍山。五岳真形图：南岳姓崇，名堥。河图：南岳，衡山君神，姓丹名灵峙。

〔六〕正直：诗小明："靖共尔位，好是正直。"

〔七〕众峰出：水经注：衡山有三峰，自远望之，苍苍隐天。故罗含云：望若阵云，非清霁素朝，不见其峰。

〔 八 〕突兀:<u>杜甫青阳峡诗</u>:"突兀犹趁人。"

〔 九 〕紫盖、天柱、石廪、祝融:<u>长沙记</u>:<u>衡山</u>七十二峰,最大者五,<u>芙蓉</u>、<u>紫盖</u>、<u>石廪</u>、<u>天柱</u>、<u>祝融</u>为最高。

〔一〇〕鬼物:<u>列子黄帝篇</u>:随烟上下,众谓鬼物。

〔一一〕伛偻:<u>左传</u>:<u>正考父鼎铭</u>云:一命而偻,再命而伛。脯酒:<u>史记封禅书</u>:名山大川祠二,春以脯酒为岁祠。

〔一二〕菲薄:<u>屈原远游</u>:"质菲薄而无因兮,焉托乘而上浮?"

〔一三〕庙令:<u>新唐书百官志</u>:五岳四渎令各一人,正九品上,掌祭祀。

〔一四〕侦:音桢,又丑郑切。

〔一五〕杯珓:珓,音教。<u>广韵</u>:珓,杯珓也,古者以玉为之。<u>程大昌演繁露</u>:问卜于神,有器名杯珓,以两蚌壳投空掷地,观其俯仰,以断休咎。后人或用竹,或用木,斫如蛤形,而中分为二,亦名杯珓。野庙之巫,未必力能用玉,当是择蚌壳莹白者为之,因附玉为名。凡今珠玑玬玥,字虽从玉,其质皆蚌属也。其掷法则以半俯半仰者为吉。<u>方</u>云:"珓"一作"校"。<u>朝野佥载</u>作"角",与"校"音、义皆相近。<u>魏野</u>有咏竹校子诗,只作"校"。<u>荆楚岁时记</u>又作"教"。

〔一六〕衣食才足:<u>后汉书马援传</u>:<u>援</u>从弟少游曰:人生在世,但取衣食才足。长终:<u>史记扁鹊传</u>:长终而不得返。

〔一七〕星月:<u>管辂别传</u>:到鼓一中,星月皆没,风云并兴。朣胧:<u>潘岳秋兴赋</u>:"月朣胧而含光。"埤苍:朣胧,欲明也。

〔一八〕猿鸣:<u>谢灵运诗</u>:"猿鸣诚知曙,谷幽光未显。"

〔一九〕杲杲:<u>诗伯兮</u>:"其雨其雨,杲杲出日。"

【校 记】

①"望"上原衍"柴",据尚书正义改。

韩愈诗集编年笺注

②"天假",原作"衡山",据诗改。

岣嵝山 [一]

岣嵝山尖神禹碑[二],字青石赤形摹奇。科斗拳身薤倒披[三],
鸾飘凤泊拏龙螭[四]。事严迹秘鬼莫窥,道人独上偶见之,我来
咨嗟涕涟洏[五]。千搜万索何处有?森森绿树猿猱悲。

〔 一 〕水经注:衡山,山经谓之岣嵝山,为南岳也。禹治洪水,血马祭
　　　　山,得金简玉字之书。

〔 二 〕岣嵝:音矩缕。神禹碑:徐灵期南岳记:夏禹导水通渎,刻石书
　　　　名山之高,皆科斗文字。

〔 三 〕科斗:王愔文字志:科斗,古篆也。以其头粗尾细,类水虫之科
　　　　斗焉。晋书卫恒传:汉武时,鲁恭王坏孔子宅,得尚书、春秋、
　　　　论语、孝经。时人以不复知有古文,谓之科斗书。汉世秘藏,
　　　　希得见之。薤倒披:文字志:倒薤书者,小篆体也。垂支浓直,
　　　　若薤叶也。左思魏都赋:"华莲重葩而倒披。"

〔 四 〕鸾飘凤泊:杜甫诗:"笔飞鸾耸立,章罢凤骞腾。"拏龙螭:杜甫
　　　　八分小篆歌:"蛟龙盘拏肉屈强。"

〔 五 〕涟洏:王粲诗:"涕泪涟洏。"

　　朱子曰:岣嵝者,衡山南麓别峰之名,今衡山实无此碑。此
诗所记,盖当时传闻之误,故其卒章自为疑辞,以见微意。刘禹
锡寄吕衡州诗盖亦得于传闻也。

　　按:丹铅馀录云:"古今文士称述禹碑者不一,然刘禹锡盖徒
闻其名矣,未至其地也。韩退之至其地矣,未见其碑也。崔融所

云则似见之,盖所谓螺书匾刻,非目睹之不能道耳。宋朱晦翁、
张南轩游南岳,寻访不获,其后晦翁作韩文考异,遂谓退之诗为
传闻之误,盖以耳目所限为断也。王象之舆地纪胜云:'禹碑在
岣嵝峰,又传在衡山县云密峰。昔樵人曾见之,自后无有见者。
宋嘉定中,蜀士因樵夫引至其所,以纸打其碑七十二字,刻于夔
门观中,后俱亡。'近张季文金宪自长沙得之,云是宋嘉定中摹刻
于岳麓书院者。斯文显晦,信有神物护持哉!碑凡七十七字。
舆地纪胜云'七十二字',误也。"

别盈上人〔一〕

山僧爱山出无期〔二〕,俗士牵俗来何时〔三〕?祝融峰下一回首,
即是此生长别离。

〔一〕方云:柳子厚集有诚盈住衡山中院。

〔二〕爱山:沈佺期诗:"支遁爱山情漫切。"

〔三〕俗士:孔稚圭北山移文:请回俗士驾,为君谢逋客。牵俗:宋玉
招魂:"牵于俗而芜秽。"

潭州泊船呈诸公〔一〕

夜寒眠半觉,鼓笛闹嘈嘈〔二〕。暗浪春楼堞,惊风破竹篙。主人
看使范,客子读离骚〔三〕。闻道松醪贱,何须吝错刀〔四〕。

〔一〕旧唐书地理志:潭州中都督府,隋长沙郡。武德四年平萧铣,
置潭州总管府,管潭、衡、永、郴、连、南梁、南云、南营八州。潭
州领长沙、衡山、醴陵、湘乡、益阳、新康六县。天宝七年,改为

长沙郡。乾元元年，复为潭州。

〔 二 〕嘈嘈：王延寿鲁灵光殿赋："耳嘈嘈以失听。"善注：埤苍曰：嘈嘈，声众也。

〔 三 〕客子：史记范雎传：穰侯谓王稽曰：谒君得无与诸侯客子俱来乎？读离骚：世说：王孝伯言：痛饮酒，熟读离骚，便可称名士。

〔 四 〕错刀：张衡四愁诗："美人赠我金错刀。"汉书食货志：错刀，以黄金错其文曰：一刀直五千。

陪杜侍御游湘西两寺独宿有题一首因献杨常侍原注：杨常侍，凭也，时观察湖南。〔一〕

长沙千里平，胜地犹在险。况当江阔处，斗起势匪渐〔二〕。深林高玲珑〔三〕，青山上琬琰〔四〕。路穷台殿辟，佛事焕且俨。剖竹走泉源，开廊架崖广〔五〕。是时秋之残，暑气尚未敛。群行忘后先，朋息弃拘检。客堂喜空凉，华榻有清簟〔六〕。涧蔬煮蒿芹〔七〕，水果剥菱芡〔八〕。伊余夙所慕，陪赏亦云忝。幸逢车马归，独宿门不掩。山楼黑无月，渔火灿星点。夜风一何喧，杉桧屡磨飐〔九〕。犹疑在波涛，怵惕梦成魇〔一〇〕。静思屈原沈〔一一〕，远忆贾谊贬〔一二〕。椒兰争妒忌〔一三〕，绛灌共谗谄〔一四〕。谁令悲生肠？坐使泪盈脸〔一五〕。翻飞乏羽翼〔一六〕，指摘困瑕玷。珚貂藩维重〔一七〕，政化类分陕〔一八〕。礼贤道何优〔一九〕，奉己事苦俭〔二〇〕。大厦栋方隆〔二一〕，巨川楫行剡〔二二〕。经营诚少暇，游宴固已歉〔二三〕。旅程愧淹留，徂岁嗟荏苒〔二四〕。平生每多感，柔翰遇频染〔二五〕。展转岭猿鸣，曙灯青睒睒。

〔一〕旧唐书杨凭传：凭，字虚受，弘农人。举进士，累迁湖南、江西
观察使。入为左散骑常侍、刑部侍郎、京兆尹。凭工文辞，少
负气节，与母弟凝、凌相友爱，皆有时名。杜侍御无考。

〔二〕斗起：史记封禅书：成山斗入海。索隐曰：谓斗绝曲入海也。
水经注：峻坂斗上斗下。

〔三〕玲珑：扬雄蜀都赋："其中则有玉石嶜岑，丹青玲珑。"

〔四〕琬琰：书顾命：琬琰在东序。说文：琰，石上起美色也。王云：
琬琰，青玉也。

〔五〕崖广：广，音俨。说文：广，因广为屋，象对刺高屋之形。读若
俨然之俨。

〔六〕清簟：杜甫诗："清簟疏帘看弈棋。"

〔七〕涧蔬：左传：涧溪沼沚之毛。蒿芹：诗鹿鸣："食野之蒿。"注：蒌
也，即青蒿。诗泮水："薄采其芹。"注：水菜也。

〔八〕菱芡：张衡东京赋："供蜗蠃与菱芡。"善曰：菱，芰也；芡，鸡
头也。

〔九〕杉桧：尔雅释木：柀，樵。注：似松，生江南，可以为船。又：桧，
柏叶松身。南方草木状：杉，一名柀䊸。合浦东二百里有杉一
树。汉安帝永初五年春，叶落随风飘入洛阳城。磨飐：玉篇：
㨻，木相摩也。刘歆遂初赋："回风育其飘忽兮，回飐飐之泠
泠。"说文：飐，风吹浪动也。

〔一〇〕魇：音厌。说文：魇，梦惊也。

〔一一〕屈原沈：史记屈原传：于是怀石，遂自投汨罗以死。

〔一二〕贾谊贬：史记贾谊传：天子议以为贾生任公卿之位。绛、灌、东
阳侯之属尽害之。乃以贾生为长沙王太傅。

〔一三〕椒兰：屈原离骚："览椒兰其若兹兮，又况揭车与江离？"注：兰，

怀王弟司马子兰也。椒，楚大夫子椒也。

〔一四〕绛灌：史记正义曰：绛灌，周勃、灌婴也。

〔一五〕盈脸：梁简文帝与广信侯书：暌违既积，兴言盈脸。

〔一六〕翻飞：曹植临观赋："俯无鳞以游遁，仰无翼以翻飞。"

〔一七〕珥貂：左思咏史诗："七叶珥汉貂。"善曰：珥，插也。董巴舆服
志：侍中、中常侍冠武弁，貂尾为饰。藩维：诗板："价人维藩。"

〔一八〕分陕：公羊传：自陕而东者，周公主之。自陕而西者，召公主
之。何休学：陕者，今弘农陕县是也。韩云："珥貂分陕"谓凭
以常侍镇长沙也。

〔一九〕礼贤优：按：旧书凭传称其："重交游，尚然诺，与穆质、许孟容、
李廊、王仲舒为友，时称杨、穆、许、李之交，而性尚简傲不能接
下。"然则礼贤亦未必然，大抵待韩则优。

〔二〇〕奉己俭：左传：芳吕臣实为令尹，奉己而已。按：史称凭历二
镇，尤事奢侈，后为李夷简所劾，以赃罪贬。公岂反言以讽之
耶？抑交善盖之也。

〔二一〕大厦：扬雄长杨赋："大厦不居，木器无文。"栋隆：易大过卦：栋
隆吉。

〔二二〕巨川：书说命：若济巨川，用汝作舟楫。楫剡：易系辞：剡木
为楫。

〔二三〕歘：欧云："歘"，俗字当作"慊"，古书欢欣之类，或以心，或以
欠，多通用。

〔二四〕徂岁：谢灵运伤己赋："眺徂岁之骤经。"荏苒：潘岳诗："荏苒冬
春谢，寒暑忽流易。"

〔二五〕柔翰：左思诗："弱冠弄柔翰。"

晚泊江口〔一〕

郡城朝解缆〔二〕,江岸暮依村。二女竹上泪,孤臣水底魂。双双归蛰燕〔三〕,一一叫群猿。回首那闻语,空看别袖翻。

〔一〕按:此去长沙而泊湘江之口,故感湘妃、屈原之事。

〔二〕解缆:谢灵运诗:"解缆及流潮,怀旧不能发。"

〔三〕蛰燕:晋书郗鉴传:或掘野鼠蛰燕而食之。尔雅翼:燕之去也,
　　　或藏深山大空木中,无毛羽,或蛰藏坻岸中。

洞庭湖阻风赠张十一署〔一〕

十月阴气盛,北风无时休。苍茫洞庭岸,与子维双舟。雾雨晦争泄〔二〕,波涛怒相投。犬鸡断四听,粮绝谁与谋?相去不容步,险如碍山丘。清谈可以饱〔三〕,梦想接无由。男女喧左右,饥啼但啾啾。非怀北归兴,何用胜羁愁?云外有白日,寒光自悠悠。能令暂开霁,过是吾无求。

〔一〕按:祭张署文云:"避风太湖,七日鹿角。"在往观南岳之后。

〔二〕雾雨:汉书邹阳传:浮云出流,雾雨咸集。泄:左思魏都赋:"穷
　　　岫泄云,日月恒翳。"善曰:泄,犹出也。

〔三〕清谈:刘桢诗:"清谈同日夕,情盼叙忧勤。"可以饱:诗苕华:
　　　"人可以食,鲜可以饱。"

岳阳楼别窦司直 原注:窦庠时以武昌幕权岳州。〔一〕

洞庭九州间〔二〕,厥大谁与让。南汇群崖水〔三〕,北注何奔放。

潴为七百里〔四〕，吞纳各殊状〔五〕。自古澄不清〔六〕，环混无归向。炎风日搜搅，幽怪多冗长〔七〕。轩然大波起，宇宙隘而妨〔八〕。巍峨拔嵩华，腾踔较健壮〔九〕。声音一何宏，轰輵车万两〔一〇〕。犹疑帝轩辕，张乐就空旷〔一一〕。蛟螭露笋簴〔一二〕，缟练吹组帐〔一三〕。鬼神非人世〔一四〕，节奏颇跌踼〔一五〕。阳施见夸丽，阴闭感凄怆〔一六〕。朝过宜春口〔一七〕，极北缺隄障。夜缆巴陵州〔一八〕，丛芮才可傍〔一九〕。星河尽涵泳〔二〇〕，俯仰迷下上。馀澜怒不已，喧聒鸣瓮盎〔二一〕。明登岳阳楼，辉焕朝日亮〔二二〕。飞廉戢其威〔二三〕，清晏息纤纩〔二四〕。泓澄湛凝绿，物影巧相况。江豚时出戏〔二五〕，惊波忽荡瀁。时当冬之孟，隙窍缩寒涨。前临指近岸，侧坐眇难望。涤濯神魂醒，幽怀舒以畅。主人孩童旧〔二六〕，握手乍忻怅。怜我窜逐归，相见得无恙〔二七〕。开筵交履舄〔二八〕，烂熳倒家酿〔二九〕。杯行无留停，高柱送清唱。中盘进橙栗，投掷倾脯酱博〔三〇〕。欢穷悲心生〔三一〕，婉娈不能忘〔三二〕。念昔始读书，志欲干霸王。屠龙破千金〔三三〕，为艺亦云亢〔三四〕。爱才不择行，触事得谗谤。前年出官由，此祸最无妄〔三五〕。公卿采虚名，擢拜识天仗〔三六〕。奸猜畏弹射〔三七〕，斥逐恣欺诳。新恩移府庭，逼侧厕诸将〔三八〕。于嗟苦驽缓，但惧失宜当。追思南渡时，鱼腹甘所葬〔三九〕。严程迫风帆，劈箭入高浪〔四〇〕。颠沈在须臾，忠鲠谁复谅？生还真可喜，克己自惩创。庶从今日后，粗识得与丧。事多改前好，趣有获新尚。誓耕十亩田〔四一〕，不取万乘相。细君知蚕织〔四二〕，稚子已能饷。行当挂其冠〔四三〕，生死君一访〔四四〕。

〔一 〕旧唐书窦庠传:庠,字胄卿。韩皋镇武昌,辟为推官。周处风
土记:岳阳楼,城西门门楼也,下瞰洞庭,景物宽阔。

〔二 〕九州:书禹贡:九州攸同。

〔三 〕南汇:汇,胡罪切。书禹贡:东汇泽为彭蠡。

〔四 〕潴:音诸。书禹贡:彭蠡既潴。说文:潴,水所停也。

〔五 〕吞纳:郭璞江赋:"并吞沅澧,汲引沮漳,呼吸万里,吐纳灵潮。"
水经注:吐纳川流,以成巨沼。

〔六 〕澄不清:后汉书黄宪传:郭林宗曰:叔度汪汪若千顷之陂,澄之
不清,淆之不浊。

〔七 〕冗长:音仗。陆机文赋:"故无取乎冗长。"

〔八 〕妨:音访。

〔九 〕腾踔:踔,知教切。汉书扬雄传:腾空虚,距连卷,踔夭矫,嬉涧
门。师古曰:踔,走也。

〔一〇〕轰輵:輵,丘葛切,一作"輵",或作"揭"。说文:轰,群车声。扬
雄羽猎赋:"皇车幽輵。"师古曰:幽輵,车声也。

〔一一〕轩辕、张乐:庄子天运篇:黄帝张咸池之乐于洞庭之野。

〔一二〕笋簴:簴,音巨。周礼考工记梓人:为笋簴。注:乐器所悬,横
曰笋,植曰簴。记明堂位:夏后氏之龙簨簴。

〔一三〕组帐:鲍照诗:"组帐扬春风。"

〔一四〕鬼神:庄子外物篇:海水震荡,声侔鬼神。

〔一五〕跌踢:踢,音荡。说文:跌踢,越也。王云:放逸也。

〔一六〕阳施、阴闭:淮南天文训:吐气者施,含气者化,是故阳施阴化。
又原道训:与阴俱闭,与阳俱开。

〔一七〕宜春:新唐书地理志:袁州宜春郡,属江南西道。

〔一八〕夜缆:西京杂记:昔人有游东海者,既而风恶,船深不能制。得

一孤洲,共侣欢然,下石植缆。巴陵州:<u>新唐书地理志</u>:<u>岳州巴</u>
<u>陵郡</u>,本<u>巴州</u>,<u>武德</u>六年更名。有<u>巴陵县</u>,有<u>洞庭山</u>在<u>洞庭湖</u>
中,属<u>江南西道</u>。

〔一九〕丛芮:<u>说文</u>:芮芮,草木貌。

〔二〇〕涵泳:<u>左思吴都赋</u>:"涵泳乎其中。"

〔二一〕喧豗:<u>郭璞江赋</u>:"千类万声,自相喧豗。"瓮盎:<u>广雅释器</u>:瓮,
瓶也,盎谓之盆。<u>庄子德充符</u>:瓮盎大瘿。

〔二二〕辉焕:<u>夏侯湛长夜谣</u>:"望阊阖之昭晰兮,丽紫微之辉焕。"

〔二三〕飞廉:<u>屈原离骚</u>:"后飞廉使奔属。"注:飞廉,风伯也。

〔二四〕清晏:<u>扬雄羽猎赋</u>:"天清日晏。"师古曰:晏,无云也。息纤纩:
<u>书禹贡</u>:厥篚纤纩。

〔二五〕江豚:<u>郭璞江赋</u>:"鱼则江豚海狶。"<u>南越志</u>:江豚似猪。<u>玉篇</u>:
鱄鰒,一名江豚。<u>王</u>云:江豚欲风则踊。

〔二六〕孩童旧:按:<u>窦庠墓志</u>云:愈少公十九岁,以童子得见,始以师
亲公,而终以兄事焉。

〔二七〕无恙:<u>赵国策</u>:岁亦无恙耶?民亦无恙耶?王亦无恙耶?<u>风俗</u>
<u>通</u>:恙,毒虫也,喜伤人。古人草居露宿,故相劳问,必曰无恙。

〔二八〕交履舄:<u>史记滑稽传</u>:履舄交错,杯盘狼藉。

〔二九〕倒家酿:<u>世说</u>:<u>刘惔</u>曰:见何次道饮,令人欲倾家酿。

〔三〇〕脯酱:记内则:脯羹,兔醢,鱼脍,芥酱,麋腥,醢酱。

〔三一〕欢穷悲生:<u>史记滑稽传</u>:<u>淳于髡</u>曰:酒极则乱,乐极则悲。

〔三二〕婉娈:<u>陆机诗</u>:"婉娈居人思。"善曰:<u>方言</u>:婉,欢也。㛫与婉
同。<u>说文</u>曰:娈,慕也。忘:音望。

〔三三〕屠龙:<u>庄子列御寇篇</u>:朱萍漫学屠龙于支离益,殚千金之家,三
年技成而无所用其巧。

〔三四〕亢：战国策：亢义益国。广韵：亢，高也。

〔三五〕无妄：易无妄卦：无妄，其匪正，有眚，不利有攸往；六三，无妄
之灾。

〔三六〕擢拜：按：贞元十九年，自博士拜监察御史。

〔三七〕弹射：张衡西京赋："弹射臧否。"

〔三八〕逼侧：上林赋："逼侧泌瀄。"司马彪曰：相迫也。潘岳西征赋：
"华夷士女，骈田偪侧。"厕诸将：潘岳秋兴赋序：摄官承乏，猥
厕朝列。

〔三九〕鱼腹葬：屈原渔父篇："宁赴湘流，葬于江鱼之腹中。"

〔四〇〕劈箭：鲍照诗："箭迅楚江急。"高浪：鲍照登大雷岸与妹书：腾
波触天，高浪灌目。

〔四一〕十亩：诗魏风："十亩之间兮，桑者闲闲兮，行与子还兮。"

〔四二〕细君：汉书东方朔传：归遗细君。师古曰：细君，朔妻之名，一
说细小也。朔自比于诸侯，谓其妻曰小君。蚕织：诗瞻印："妇
无公事，休其蚕织。"

〔四三〕挂冠：后汉书逢萌传：解冠挂东都门，因遂潜藏。南史陶弘景
传：挂冠神武门，上表辞禄。

〔四四〕生死一访：王僧孺诗："傥有还书便，一言访死生。"

赴江陵途中寄赠王二十补阙李十一
拾遗李二十六员外翰林三学士〔一〕

孤臣昔放逐，血泣追愆尤。汗漫不省识〔二〕，悦如乘桴浮。或自
疑上疏，上疏岂其由？是年京师旱，田亩少所收〔三〕。上怜民无
食，征赋半已休。有司恤经费，未免烦征求。富者既云急，贫

者固已流〔四〕。传闻闾里间〔五〕，赤子弃渠沟。持男易斗粟〔六〕，掉臂莫肯酬〔七〕。我时出衢路〔八〕，饿者何其稠。亲逢道边死〔九〕，伫立久咿嚘〔一〇〕。归舍不能食，有如鱼中钩〔一一〕。适会除御史，诚当得言秋。拜疏移阁门〔一二〕，为忠宁自谋。上陈人疾苦，无令绝其喉。下陈畿甸内，根本理宜优〔一三〕。积雪验丰熟〔一四〕，幸宽待蚕麰。天子恻然感，司空叹绸缪〔一五〕。谓言即施设，乃反迁炎州。同官尽才俊，偏善柳与刘〔一六〕。或虑语言泄〔一七〕，传之落冤雠。二子不宜尔，将疑断还不〔一八〕。中使临门遣，顷刻不能留。病妹卧床褥，分知隔明幽〔一九〕。悲啼乞就别，百请不颔头〔二〇〕。弱妻抱稚子，出拜忘惭羞。俛勉不回顾〔二一〕，行行诣连州。朝为青云士〔二二〕，暮作白首囚。商山季冬月〔二三〕，冰冻绝行辀。春风洞庭浪，出没惊孤舟。逾岭到所任，低颜奉君侯。酸寒何足道，随事生疮疣〔二四〕。远触途异，吏民似猿猴。生狞多忿狠〔二五〕，辞舌纷嘲啁〔二六〕。白日屋檐下，双鸣斗鹍鹠〔二七〕。有蛇类两首，有蛊群飞游〔二八〕。穷冬或摇扇，盛夏或重裘〔二九〕。飓起最可畏，訇哮簸陵丘〔三〇〕。雷霆助光怪，气象难比侔。疠疫忽潜遘〔三一〕，十家无一瘳。猜嫌动置毒，对案辄怀愁〔三二〕。前日遇恩赦〔三三〕，私心喜还忧〔三四〕。果然又羁縶，不得归锄耰。此府雄且大，腾凌尽戈矛〔三五〕。栖栖法曹掾〔三六〕，何处事卑陬〔三七〕。生平企仁义，所学皆孔周。早知大理官〔三八〕，不列三后俦〔三九〕。何况亲犴狱〔四〇〕，敲搒发奸偷〔四一〕。悬知失事势，恐自罹置罦〔四二〕。湘水清且急，凉风日修修〔四三〕。胡为首归路〔四四〕，旅泊尚夷犹〔四五〕。昨者京使至，嗣皇传冕旒〔四六〕。赫然下明诏，首罪诛共吺〔四七〕。复闻颠夭辈〔四八〕，峨冠进鸿畴〔四九〕。班行再肃穆，璜珮鸣琅璆〔五〇〕。仁继贞观烈，边封脱兜鍪〔五一〕。三贤推侍从〔五二〕，卓荦倾枚邹〔五三〕。高议参造化，清文焕皇猷。协心辅齐圣〔五四〕，政理同毛辀〔五五〕。小雅咏鸣鹿，食苹贵呦呦。遗风邈不嗣，岂忆尝同裯〔五六〕？失志早衰换，前期拟蜉蝣〔五七〕。自从齿牙缺，始慕舌为柔〔五八〕。因疾鼻又塞〔五九〕，渐能等薰莸〔六〇〕。深思罢官去，毕命依松楸〔六一〕。空怀焉能果〔六二〕，但见岁已遒〔六三〕。殷汤闵禽兽，解网祝蛛蝥〔六四〕。雷焕掘宝剑〔六五〕，冤氛销斗牛〔六六〕。兹道诚可尚，谁能借前筹〔六七〕？殷勤谢吾友，明月非暗投〔六八〕。

〔一〕方云：三学士，王涯、李建、李程也。旧唐书王涯传：涯，字广泮，太原人。贞元八年进士，蓝田尉，召充翰林学士，拜右拾遗、左补阙。李建传：建，字杓直，举进士，选授秘书省校书郎，德宗闻其名，用为右拾遗、翰林学士。李程传：程，字表臣，陇西人。进士擢第，贞元二十年为监察御史，秋，召充翰林学士。顺宗即位，为王叔文所排，罢学士，三迁为员外郎。

〔二〕汗漫：淮南俶真训：徙倚于汗漫之宇。注：汗漫，无生形。

〔三〕田亩：书盘庚：不服田亩，越其罔有黍稷。

〔四〕流：诗召旻："瘨我饥馑，民卒流亡。"

〔五〕闾里：周礼：小宰之职，听闾里以版图。

〔六〕斗粟：史记淮南王传：民有作歌曰："一斗粟，尚可舂。"

〔七〕掉臂：史记孟尝君传：冯驩曰：朝趋市者，侧肩争门而入。日暮之后，掉臂不顾，何者？所期物忘其中。

〔八〕衢路：班昭东征赋："遵通衢之大道兮。"

〔九〕饿者：记檀弓：有饿者，蒙袂辑屦，贸贸然来。道边死：杭、蜀本作"道死者"。朱子曰：古人谓尸为死。左传："生拘石乞而问白公之死。"汉书："安所求子死。"且古语又有"直如弦，死道边"之说，韩公盖兼用之。

〔一○〕咿嚘：汉书东方朔传：咿嚘亚者，辞未定也。

〔一一〕鱼中钩：陆机文赋："若游鱼衔钩而出重渊之深。"

〔一二〕阁门：阁，古沓切。说文：阁，门旁户也。新唐书百官志：监察御史入自侧门，非奏事不至殿庭。开元七年，诏随仗入阁，弹奏先通状中书门下，然后得奏。

〔一三〕根本：公集御史台上论天旱人饥状：今年以来，京畿诸县夏逢亢旱，秋又早霜，田亩所收，十不存一。京师者，国家之根本，其百姓宜倍加忧恤，今年税钱等并且停征。

〔一四〕验丰熟：谢惠连雪赋："盈尺则呈瑞于丰年，袤丈则表沴于阴德。"

〔一五〕司空：新唐书德宗纪：贞元十九年三月，杜佑检校司空、同中书门下平章事。

〔一六〕柳与刘：旧唐书柳宗元传：宗元，字子厚，河东人。刘禹锡传：禹锡，字梦得，彭城人。王叔文用事，引禹锡及宗元入禁中，与之图议。颇怙威权，中伤端士。既任，喜怒凌人，道路以目。

〔一七〕语言洩：左传：范宣子亲数戎子驹支于朝曰：盖言语漏洩，则职汝之由。

〔一八〕不：方鸠切。祝云：不者，未定之辞。汉书霍光传：知捕儿不？

〔一九〕分：音问。

〔二○〕额头：额，户感切。左传：逆于门者，额之而已。

〔二一〕偄偄：潘岳诗："偄偄恭朝命，回心返初役。"

〔二二〕青云士：史记范雎传：须贾曰：不意君能自致于青云之上。

〔二三〕商山:按:新唐书地理志:"商州上洛郡,属关内道,盖以商山得
　　　　名也。"公谪阳山,由蓝田入商洛也。

〔二四〕疮痏:张衡西京赋:"所好生毛羽,所恶成疮痏。"广韵:疣,结
　　　　病也。

〔二五〕生狞:狞,音宁。广韵:狞,恶也。李贺猛虎行:"乳孙哺子,教
　　　　得生狞。"狠:下垦切。

〔二六〕啁啁:啁,音周。记三年问:小者至于燕雀,犹有啁噍之顷焉。
　　　　按:说文啁通作周,陟交切。啁啁盖状鸟声。送区册序所谓
　　　　"小吏十馀家,皆鸟言夷面"者也。

〔二七〕鸺鹠:音休留。

〔二八〕飞蛊:隋书地理志:畜蛊之法,以五月五日聚百种虫,大者至
　　　　蛇,小者至虫,合置器中,令自相啖,馀一种存者,留之。蛇则
　　　　曰蛇蛊,虱则曰虱蛊,行以杀人。因食入人腹内,食其五脏死,
　　　　则其产移入蛊主之家。自侯景乱后,蛊家多绝。既无主人,故
　　　　飞游道路之中则殒焉。鲍照诗:"吹蛊病行晖。"善曰:吹蛊,飞
　　　　蛊也。

〔二九〕摇扇、重裘:晋书周颛传:王敦素惮颛,每见颛面热,虽复冬月,
　　　　扇面。世说:胡毋彦国至湘州,坐正衙,摇扇视事。按:岭南气
　　　　候偏于热,遇雨则凉。摇扇重裘,寒暑互异,记风土也。

〔三○〕訇哮:哮,许交切。广韵:訇,大声。说文:哮,豕惊声。簸:音
　　　　播。陵丘:左思吴都赋:"蝉联陵丘。"

〔三一〕疠疫:左思魏都赋:"宅土熇暑,封疆瘴疠。"隋书地理志:自岭
　　　　以南二十馀郡,大率土地下湿,皆多瘴疠,人尤夭折。"说文:
　　　　疫,民皆疾也。

〔三二〕对案:史记万石君传:对案不食。

〔三三〕恩赦：□云：贞元二十一年正月乙巳，顺宗即位。二月甲子，大
　　　　赦天下，公量移江陵掾。

〔三四〕喜还忧：□云：公忆昨行云："伾文未揃崖州炽，虽得赦宥常愁
　　　　猜。"即此意。

〔三五〕腾凌：尉缭子：人人无不腾陵张胆，绝乎疑虑。

〔三六〕法曹：新唐书百官志：州司法参军事二人。

〔三七〕卑陬：庄子：子贡卑陬失色。

〔三八〕大理：汉书东方朔传：皋陶为大理。

〔三九〕不列三后：后汉书杨赐传：赐拜尚书令，数日出为廷尉。自以
　　　　代非法家，言曰：三后成功，惟殷于民，皋陶不与焉，盖吝之也。

〔四〇〕犴狱：诗小宛："宜岸宜狱。"

〔四一〕敲搒：搒，音彭。汉书项籍传：执敲扑以鞭笞天下。

〔四二〕罝罘：音嗟浮。记月令：田猎罝罘罗网毕。

〔四三〕修修：魏甄后诗："树木何修修。"

〔四四〕首归路：首，音狩。鲍照诗："首路或参差，投驾均远托。"

〔四五〕夷犹：屈原九歌："君不行兮夷犹。"注：夷犹，犹豫也。

〔四六〕嗣皇：孙云：贞元二十一年八月，宪宗即位。

〔四七〕共吺：吺，古文兜字。书舜典：流共工于幽州，放驩兜于崇山。
　　　　□云：谓宪宗贬王伾开州司马，王叔文渝州司户也。

〔四八〕颠夭：书君奭：时则有若闳夭，有若泰颠。韩云：谓当时杜黄
　　　　裳、郑馀庆之徒为相。

〔四九〕鸿畴：按：后汉书蔡邕传，洪范作鸿范，则鸿畴盖谓鸿范九
　　　　畴也。

〔五〇〕璜珮：三礼图：凡玉珮有双璜，璜中横冲牙，以苍珠为之。琅
　　　　璆：琅璆，音郎求。书禹贡：厥贡惟璆琳琅玕。

〔五一〕兜鍪：鍪，音牟。扬雄长杨赋："鞮鍪生蚍虱。"善注：说文曰：鞮鍪，首铠也。汉书刑法志：冠胄带剑。师古曰：胄，兜鍪也。

〔五二〕三贤：□云：三贤即湜、建、程也。

〔五三〕卓荦：世说：陈元龙曰：奇逸卓荦，吾敬孔文举。枚邹：邹阳、枚乘。

〔五四〕协心：书毕命：三后协心。齐圣：书冏命：昔在文、武，聪明齐圣。

〔五五〕理：□云：理，治也。唐人避高宗讳，故"治"字皆作"理"。毛辅：诗烝民："德辅如毛。"

〔五六〕食苹同裯：诗："呦呦鹿鸣，食野之苹。"又："与子同袍。"谓三君同举者也。

〔五七〕蜉蝣：诗曹风："蜉蝣之羽，衣裳楚楚。"埤雅释虫：蜉蝣朝生暮殒。

〔五八〕齿、舌：孔丛子抗志篇：老莱子谓子思曰：子不见夫齿乎？齿坚刚，卒尽相磨，舌柔顺，终以不敝。子思曰：吾不能为舌，故不能事君。

〔五九〕鼻塞：释名：鼻塞曰鼽，涕久不通，遂至窒塞也。

〔六〇〕薰莸：左传：一薰一莸，十年尚犹有臭。

〔六一〕松楸：孙云：松楸，旧垅也。

〔六二〕果：曹植与杨修书：若吾志未果，吾道不行。

〔六三〕岁已遒：宋玉九辩："岁忽忽而遒尽。"

〔六四〕解网：贾谊新书：汤见祝设网者四面，乃去其三面。祝曰：蛛蝥作网，欲左，左，欲右，右，吾受其犯令者。士民闻之曰：德乃禽兽，而况我乎？蛛蝥：音朱牟。左思魏都赋："蛛蝥之网，螳螂之卫。"

〔六五〕雷焕：晋书张华传：斗生之间，常有紫气。华闻豫章人雷焕妙达象纬，乃要焕登楼仰观。华曰：是何祥也？焕曰：宝剑之精上彻于天耳！因问：在何郡？焕曰：在豫章丰城。即补焕为丰城令。到县，得双剑刻题，一曰龙泉，一曰太阿。

〔六六〕氛：一作"气"。

〔六七〕借前筹：史记留侯世家：臣请借前箸以筹之。

〔六八〕暗投：邹阳上吴王书：明月之珠，夜光之璧，以暗投人于道，众无不按剑相眄者。何则？无因而至前也。

容斋随笔：韩文公自御史贬阳山，新、旧二唐史皆以为坐论宫市事。按：公赴江陵途中诗自叙此事甚详。皇甫湜作公神道碑云：关中旱饥，人死相枕藉，吏刻取怨，先生列言天下根本，民急如是，请宽民徭，而免田租。专政者恶之，遂贬。然则不因论宫市明甚。

方云：公阳山之贬，行状但云为幸臣所恶，神道碑亦只云因疏关中旱饥，专政者恶之，则其非为论宫市明矣。而诗云："或自疑上疏，上疏岂其由？"则是又未必皆上疏之罪也。又曰："同官尽才俊，偏善柳与刘。或虑语言泄，传之落冤雠。"又岳阳楼诗云："前年出官由，此祸最无妄。奸猜畏弹射，斥逐恣欺诳。"是盖为王叔文、韦执谊等所排矣。忆昨行云："伾文未揃崖州炽，虽得赦宥常愁猜。"是其为叔文等所排，岂不明甚。特无所归咎，驾其罪于上疏耳。

按：方说此贬由伾、文得之，然由于刘、柳泄言伾、文，始知诗谓"岂其由不忍"，实指友朋而作疑词也，不然则不必有"刘柳"、"岂其"二语。

永贞行[一]

君不见太皇亮阴未出令[二]，小人乘时偷国柄[三]。北军百万虎与貔[四]，天子自将非他师。一朝夺印付私党，懔懔朝士何能为[五]？狐鸣枭噪争署置[六]，睒睗跳踉相妩媚[七]。夜作诏书朝拜官，超资越序曾无难[八]。公然白日受贿赂[九]，火齐磊落堆金盘[一〇]。元臣故老不敢语[一一]，昼卧涕泣何汍澜！董贤三公谁复惜[一二]？侯景九锡行可叹[一三]。国家功高德且厚，天位未许庸夫干[一四]。嗣皇卓荦信英主，文如太宗武高祖。膺图受禅登明堂[一五]，共流幽州鲧死羽。四门肃穆贤俊登[一六]，数君匪亲岂其朋[一七]？郎官清要为世称，荒郡迫野嗟可矜[一八]。湖波连天日相腾，蛮俗生梗瘴疠烝。江氛岭祲昏若凝[一九]，一蛇两头见未曾[二〇]。怪鸟鸣唤令人憎[二一]，蛊虫群飞夜扑灯。雄虺毒螫堕股肱[二二]，食中置药肝心崩。左右使令诈难凭，慎勿浪信常兢兢[二三]。吾尝同僚情可胜[二四]，具书目见非妄征[二五]，嗟尔既往宜为惩。

〔一〕旧唐书顺宗纪：贞元二十一年正月丙申即位，风病不能听政，以王伾为右散骑常侍，王叔文为户部侍郎、度支盐铁转运使，事无巨细，皆决于二人。物论喧杂。四月册皇太子。八月册为皇帝，改贞元二十一年为永贞元年，贬王伾为开州司马，王叔文为渝州司户。

〔二〕太皇：新唐书顺宗纪：永贞元年八月庚子，自称曰太上皇。

〔三〕乘时偷柄：顺宗实录：上学书于王伾，颇有宠，王叔文以棋进，俱待诏翰林，出入东宫。德宗大渐，上疾不能言。伾即入，以诏召叔文入，坐翰林中使决事。伾以叔文意入言于宦者李忠言，称诏行下，外初无知者。新唐书王叔文传：顺宗立，不能听政，深居施幄坐，以牛昭容、宦人李忠言侍侧，群臣奏事，从帷中可其奏，大抵叔文因伾，伾因忠言，忠言因昭容，更相倚仗。伾主传受，叔文主裁可，乃授之中书，韦执谊作诏文施行焉。叔文每言：钱谷者，国大本，操其柄，可因以市士。乃白用杜佑领度支、盐铁使，己副之，实专其政。

〔四〕北军：史记吕后纪：乃令吕禄为上将军，军北军。新唐书兵志：天子禁军者，南北衙兵也。南衙诸卫兵，北衙禁军。上元中，以北衙军使卫伯玉为神策军节度使，鱼朝恩为监军。后朝恩以军归禁中，分为左右厢，势居北军右，遂为天子禁军，非它军比。自肃宗以后，北军增置不一，京畿之西，多以神策镇之，塞上往往称神策行营，皆内统于中人矣。王叔文用事，欲取神策兵柄，乃用故将范希朝为左右神策、京西诸城镇行营兵马节度使，以夺宦者权而不克。虎貔：貔，音毗。书牧誓：尚桓桓如虎如貔。

〔五〕懔懔：书泰誓：百姓懔懔。

〔六〕狐鸣枭噪：史记陈涉世家：夜火狐鸣。屈原离骚："鸱枭群而制之。"旧唐书王叔文传：叔文司两使利柄，齿于外朝。愚智同曰：城狐山鬼，必夜号窟居以祸福人，人亦神而畏之；一旦昼出路驰，无能必矣。　署置：董仲舒诣丞相公孙弘记室书：留心署置，以明消灭邪枉之迹。

〔七〕睗睒：睗，式亦切。说文：睗，目疾视也。睒，暂视貌。左思吴都赋："忘其所以睒睗。"跳踉：音迢梁。庄子逍遥游：子独不见夫狸狌乎？东西跳梁，不避高下。晋书诸葛长民传：长民富贵之后，常眠中惊起跳踉，如与人相打。妩媚：司马相如上林赋："妩媚纤弱。"埤苍：妩媚，悦也。广雅释诂：妩媚，好也。

〔八〕超资越序：顺宗实录：叔文既得志，首用韦执谊为相，其常所交结相次拔擢，至一日除数人。

〔九〕公然：汉书胡建传：今监察御史公穿军垣，以求贾利。师古曰：公谓显然为之。受贿赂：新唐书王伾传：当其党盛，门皆若沸羹，而伾尤通天下赇谢，日月不阕。为巨楼，栈窍以受珍，使不可出。

〔一○〕火齐：齐，音剂。班固西都赋："翡翠火齐，流耀含英。"南史中天竺国传：火齐状如云母，色如紫金，有光耀，别之则如蝉翼，积之则如纱縠之重沓。

〔一一〕元臣故老：顺宗实录：二月丁酉，吏部尚书平章事郑珣瑜去位。其日，珣瑜方与诸相会食于中书，故事，百寮无敢谒见者。叔文欲与执谊计事，直省入白，执谊逡巡竟起迎叔文，就其阁语良久，宰相杜佑、高郢、珣瑜皆停箸以待。有报者云：叔文索饭，韦相已与之同餐阁中矣。佑、郢心知其不可，畏惧莫敢出言。珣瑜独叹曰："吾岂可复居此位。"顾左右取马径归，遂不起。前是，左仆射贾耽以疾归第，未起，珣瑜又继去。二相皆天下重望，相次归卧。叔文等益无所顾忌，远近大惧。

〔一二〕董贤三公：汉书董贤传：上寖重贤，欲极其位，遂以贤为大司马卫将军。是时，贤年二十二，为三公。

〔一三〕侯景九锡：韩诗外传：诸侯之有德，天子锡之。一锡车马，再锡衣服，三锡虎贲，四锡乐器，五锡纳陛，六锡朱户，七锡弓矢，八锡铁钺，九锡秬鬯。南史侯景传：景矫萧栋诏，自加九锡。

〔一四〕天位:班彪王命论:又况幺麽,不及数子,而欲暗姦天位者乎?师古曰:姦,音干。

〔一五〕膺图:洛阳伽蓝记:膺箓受图,定鼎嵩、洛。明堂:逸周书明堂解:明堂者,明诸侯之尊卑也,故周公建焉。制礼作乐,颁度量,而天下大服。

〔一六〕四门:书舜典:宾于四门,四门穆穆。

〔一七〕数君:顺宗实录:叔文密结韦执谊,并有当时名欲侥倖而速进者陆质、吕温、李景俭、韩晔、韩泰、陈谏、刘禹锡、柳宗元等十数人,定为死交。

〔一八〕郎官荒郡:旧唐书宪宗纪:永贞元年九月,京西行营节度行军司马韩泰贬抚州刺史,司封郎中韩晔贬池州刺史,礼部员外郎柳宗元贬邵州刺史,屯田员外郎刘禹锡贬连州刺史,坐交王叔文也。十月再贬韩泰虔州,陈谏台州,柳宗元永州,刘禹锡朗州,韩晔饶州,凌准连州,程异郴州,皆为州司马。□云:"郎官荒郡",意指刘禹锡坐叔文党贬连州也。公方量移江陵,而梦得出为连州,邂逅荆蛮,故作是诗,观终篇之意可见。禹锡至荆南,改武陵司马,此诗未改武陵前作也。愚按:诗曰"数君",盖概言之。诸人皆自郎官迁谪,又皆窜南方,非独禹锡也。然公于二韩辈未闻相好,终篇"同僚"一语,有以知其兼为刘、柳而作,柳贬邵州,亦当过江陵也。

〔一九〕江氛岭祲:按:新唐书地理志:抚州、池州、邵州皆属江南西道,惟连州属岭南道。

〔二○〕两头蛇:尔雅释地:中央有枳首蛇焉。注:岐头蛇也。今东南呼两头蛇为越王约发,亦名弩弦。尔雅翼:岭表录异曰:两头蛇,岭外多此类。时有如小指大者,长尺馀,腹下鳞红,背锦文。一头有口眼，一头似蛇而无口眼。云两头俱能进退，谬也。南人见之为常，其祸安在哉？　见未曾：碧溪诗话：庄子文多奇变，如"技经肯綮之未尝"，乃"未尝经肯綮"也。诗句中时有此法，昌黎"一蛇两头见未曾"，是也。

〔二一〕怪鸟：尔雅释鸟：狂，茅鸱。注：今鸺①鸱也。又：怪鸱。注：即鸱鸺也，今江东通呼此属为怪鸟。鸣唤：尔雅释鸟：鵁，泽虞。注：常在泽中，见人辄鸣唤不去。

〔二二〕雄虺：尔雅释鱼：蝮虺，博三寸，首大如臂②。宋玉招魂："南方不可以止些。""雄虺九首。""吞人以益其心些。"毒螫：淮南说山训：贞虫之动以毒螫。堕股肱：汉书田儋传：蝮蠚手则斩手，蠚足则斩足。尔雅翼：蝮蛇之最毒者，著手断手，著足断足。不尔，合身糜溃。

〔二三〕兢兢：诗小旻："战战兢兢。"

〔二四〕同僚：诗板："我虽异事，及尔同僚。"左传：荀伯曰：同官为僚，吾尝同僚，敢不尽心乎？蔡宽夫诗话：子厚、禹锡于退之最厚善，然退之贬阳山，不能无疑。及其为永贞行，愤嫉至云："数君非亲岂其朋。"又云："吾尝同僚情可胜。"则亦见坦夷尚义，待朋友始终也。

〔二五〕目见：韩云：公先以言事出为阳山令，故书所目见告之。

【校　记】

① "鸺"，尔雅注疏作"鶹"。
② "臂"，尔雅注疏作"擘"。

和归工部送僧约原注：工部，归登也。〔一〕

早知皆是自拘囚，不学因循到白头〔二〕。汝既出家还扰扰〔三〕，何人更得死前休〔四〕？

〔一〕旧唐书归登传：登，字冲之，崇敬之子。顺宗初，以东朝旧恩超拜给事中，迁工部侍郎，与孟简、刘伯刍、萧俛受诏，同翻译大乘本生心地观经。方云：约，荆州人，详见刘梦得集。

〔二〕因循：南史张融传：丈夫当删诗、书，制礼乐，何至因循寄人篱下？

〔三〕扰扰：庄子天道篇：胶胶扰扰乎？

〔四〕死前休：荀子大略篇：子贡曰：大哉死乎！君子息焉，小人休焉。

木芙蓉〔一〕

新开寒露丛，远比水间红。艳色宁相妒，嘉名偶自同〔二〕。采江官渡晚〔三〕，搴木古祠空〔四〕。愿得勤来看，无令便逐风。

〔一〕按：此诗旧编在前诗之后，大抵江陵所作。

〔二〕嘉名：屈原离骚："肇锡余以嘉名。"

〔三〕采江：古诗十九首："涉江采芙蓉。"

〔四〕搴木：屈原九歌："搴芙蓉兮木末。"

朱子曰：此诗言荷花与木芙蓉生不同处，而色皆美，名又同，故以采江、搴木二事相对，言其生处。而九歌者，祭神之词，故曰古祠也。

读皇甫湜公安园池诗书其后一首〔一〕

晋人目二子，其犹吹一吷〔二〕。区区自其下，顾肯挂牙舌。春秋书王法，不诛其人身。尔雅注虫鱼〔三〕，定非磊落人。湜也困公安，不自闲穷年。枉智思掎摭，粪壤污秽岂有臧〔四〕？诚不如两忘〔五〕，但以一概量〔六〕。我有一池水，蒲苇生其间。虫鱼沸相嚼〔七〕，日夜不得闲。我初往观之，其后益不观。观之乱我意，不如不观完〔八〕。用将济诸人，舍得业孔颜。百年讵几时？君子不可闲。

〔一〕新唐书皇甫湜传：湜，字持正，睦州新安人。擢进士第，为陆浑尉，仕至工部郎中。又地理志：江陵府江陵郡公安县，属山南东道。按：胡元任曰："我有一池水"以下，当为别篇。此说未确，但中有阙文，不可强解。

〔二〕晋人一唉：唉，许劣切。庄子则阳篇：惠子曰：吹剑首者，唉而已矣。尧舜，人之所誉也。道尧舜于戴晋人之前，譬犹一唉也。

〔三〕尔雅注：按：尔雅有释虫、释鱼。郭璞尔雅序：尔雅者，所以通训诂之指归，可以博物不惑，多识于鸟兽草木之名。

〔四〕王云：一本作"不自闲其闲，穷年枉智思，掎摭粪壤间，污秽岂有臧"。方云：蜀本作"粪壤多污秽，岂必有否臧"，又一本作"岂有臧不臧"。朱子曰：此诗多不可晓，当阙。穷年：荀子解蔽篇：知物之理，没世穷年，不能遍也。智思：尔雅释训：条条秩秩，智也。注：皆智思深长。后汉书东平王苍传：少好经书，雅有智思。掎摭：音几炙。曹植与杨修书：刘季绪才不能逮于作者，而好诋诃文章，掎摭利病。粪壤：屈原离骚："苏粪壤而充帏兮，谓申椒其不芳。"

〔五〕两忘：庄子大宗师篇：不如两忘而化其道。

〔六〕一概量：**屈原怀沙赋**："同糅玉石兮，一概而相量。"

〔七〕沸：**诗荡**："如蜩如螗，如沸如羹。"

〔八〕完：**秦国策**：此臣所谓危，不如伐蜀之完也。

□云：公集有和湜陆浑山火及书公安园池诗后，今考持正集，二诗皆亡，其他亦未尝有一传世者，偶然逸耶，抑皆不足以传世也？**刘贡父云**：持正不能诗，"掎摭粪壤间"，公所以讥之，岂或然欤？

石林诗话：人之才力信自有限，李翱、皇甫湜皆韩退之高弟，而二人独不传其诗，不应散亡无一篇存者，计是非其所长，故不多作耳。退之集中有题湜公安园池诗后云："尔雅注虫鱼，定非磊落人。"又有"用将施诸人，舍得业孔颜"，意若讥其徒为无益而劝之使不作者。翱见远游联句，惟"前之讵灼灼，此去信悠悠"，一出之后，遂不复见，亦可知矣。然二人以非所工而不作，愈于不能而强为之，亦可谓善用其短矣。

喜雪献裴尚书[一]

宿云寒不卷，春雪堕如筵[二]。骋巧先投隙[三]，潜光半入池[四]。喜深将策试[五]，惊密仰檐窥。自下何曾污[六]，增高未觉危[七]。比心明可烛[八]，拂面爱还吹。妒舞时飘袖[九]，欺梅并压枝。地空迷界限，砌满接高卑。浩荡乾坤合，霏微物象移。为祥矜大熟[一〇]，布泽荷平施[一一]。已分年华晚，犹怜曙色随。气严当酒换，洒急听窗知[一二]。照曜临初日[一三]，玲珑滴晚澌[一四]。聚庭看岳耸，扫路见云披。阵势鱼丽远[一五]，书文鸟篆奇[一六]。

纵欢罗艳黠，列贺拥熊螭^[一七]。履弊行偏冷^[一八]，门扃卧更赢^[一九]。悲嘶闻病马，浪走信矫儿。灶静愁烟绝^[二〇]，丝繁念鬓衰。拟盐吟旧句^[二一]，授简慕前规^[二二]。捧赠同燕石^[二三]，多惭失所宜。

〔 一 〕新唐书裴均传：均，字君齐，光庭之曾孙，拜荆南节度使。刘闢
　　　叛，先骚黔、巫，胁荆、楚，均逆击之，贼望风奔却，加检校吏部
　　　尚书。按：以下元和元年春夏在江陵作。

〔 二 〕筵：所宜切，一作"筛"。卓文君白头吟："鱼尾何筵筵。"释名：
　　　缌，筵也，粗可以筵物也。

〔 三 〕投隙：谢惠连雪赋："终开帘而入隙。"

〔 四 〕入池：梁简文帝春雪诗："入池消不积，因风坠复来。"

〔 五 〕策：说文：策，马箠也。

〔 六 〕自下：书太甲：若升高，必自下。

〔 七 〕增高：记月令：继长增高，无有坏隳。

〔 八 〕比心：江总诗："净心抱冰雪。"

〔 九 〕妒舞：曹植洛神赋："飘飘兮若流风之舞回雪。"

〔一〇〕为祥：诗信南山："雨雪雰雰。"传：丰年之冬，必有积雪。

〔一一〕平施：易谦卦：君子以衰多益寡，称物平施。

〔一二〕听窗知：邵氏闻见录：荆公尝以"力去陈言夸末俗，可怜无补费
　　　精神"薄退之，然其咏雪则云："借问火城将策试，何如雪屋听
　　　窗知。"皆用退之句也。去古人陈言为非，用古人陈言乃为
　　　是耶！

〔一三〕临初日：谢惠连雪赋："若乃积素未亏，白日朝鲜。烂兮若烛
　　　龙，衔耀照昆山。"

〔一四〕滴晚渐：谢惠连雪赋："尔其流滴垂冰，缘霤承隅。灿兮若冯夷，剖蚌列明珠。"风俗通：积冰曰凌，冰流曰渐。

〔一五〕鱼丽：丽，平声。左传：郑人为鱼丽之阵。

〔一六〕鸟篆：晋书卫恒传：黄帝之史，沮诵、苍颉，眺彼鸟迹，始作书契。

〔一七〕艳黠、熊螭：黠，胡八切。蒋云：艳黠指美女，熊螭指卫士。

〔一八〕履弊：史记滑稽传：东郭先生行雪中，履有上无下，足尽履地。

〔一九〕门扃：汝南先贤传：时大雪积地丈馀，洛阳令至袁安门，无有行路，谓安已死，令人除雪入户，见安僵卧。

〔二〇〕灶静：陶潜诗："窥灶不见烟。"

〔二一〕拟盐：世说：谢太傅寒雪日内集，公曰："白雪纷纷何所似？"兄子胡儿曰："撒盐空中差可拟。"

〔二二〕授简：谢惠连雪赋："王乃歌北风于卫诗，咏南山于周雅。授简于司马大夫。"

〔二三〕燕石：阙子：宋之愚人得燕石，藏之，以为大宝。周客闻而观焉，笑曰：此特燕石也，其与瓦甓不殊。

春雪间早梅〔一〕

梅将雪共春，彩艳不相因。逐吹能争密，排枝巧妒新〔二〕。谁令香满座，独使净无尘。芳意饶呈瑞，寒光助照人。玲珑开已遍，点缀坐来频〔三〕。那是俱疑似，须知两逼真〔四〕。荧煌初乱眼〔五〕，浩荡忽迷神。未许琼华比〔六〕，从将玉树亲〔七〕。先期迎献岁〔八〕，更伴占兹辰〔九〕。愿得长辉映〔一〇〕，轻微敢自珍〔一一〕。

〔一〕按：春雪诸首，谅非一时所作，无可编年，皆附此此。

〔二〕排枝：梁简文帝诗："排枝度叶鸟争归。"妒新：陈子良咏春雪
　　诗："欲妒梅将柳，故落早春中。"

〔三〕点缀：世说：司马太傅斋中夜坐，于时天月明净，太傅叹以为
　　佳。谢景重答曰：意谓乃不如微云点缀。

〔四〕逼真：水经注：山石似马，望之逼真。

〔五〕乱眼：司马相如上林赋："芒芒恍忽。"郭璞曰：言眼乱也。

〔六〕琼华：诗著："尚之以琼华乎而。"裴子野雪诗："若赠离居者，折
　　以代瑶华。"

〔七〕玉树：扬雄甘泉赋："翠玉树之青葱。"张正见雪诗："睢阳生
　　玉树。"

〔八〕献岁：宋玉招魂："献岁发春兮。"注：献岁，言岁始来进也。

〔九〕兹辰：鲍照诗："兹辰自为美，当避艳阳年。"

〔一〇〕辉映：傅亮芙蓉赋："既辉映于丹墀。"

〔一一〕轻微：董仲舒雨雹对：寒月则雨疑于上，体尚轻微，而因风相
　　袭，故成雪焉。

春雪

看雪乘清旦，无人坐独谣〔一〕。拂花轻尚起，落地暖初销。已讶
陵歌扇，还来伴舞腰〔二〕。洒篁留密节，著柳送长条。入镜鸾窥
沼，行天马度桥〔三〕。遍阶怜可掬〔四〕，满树戏成摇。江浪迎涛
日，风毛纵猎朝〔五〕。弄闲时细转，争急忽惊飘。城险疑悬
布〔六〕，砧寒未捣绡〔七〕。莫愁阴景促，夜色自相饶。

〔一〕谣：诗园有桃："心之忧矣，我歌且谣。"尔雅释乐：徒歌谓之谣。

〔二〕歌扇、舞腰：陈子良咏春雪诗："花承歌扇风。"

〔三〕窥沼、度桥：梁简文帝诗："望檐悲双翼，窥沼泣前鱼。"魏志锺
　　　繇传：行未十里度桥，马惊。沈括云：杜甫诗："香稻啄馀鹦鹉
　　　粒，碧梧栖老凤皇枝。"意相反而语新，退之此联盖仿其体。

〔四〕可掬：左传：舟中之指可掬也。

〔五〕风毛：班固西都赋："风毛雨血，洒野蔽天。"

〔六〕悬布：左传：晋荀偃、士匄伐偪阳，主人县布，秦堇父登之。

〔七〕捣绡：班婕妤捣素赋："投香杵，扣玫砧。"

春雪

新年都未有芳华，二月初惊见草芽。白雪却嫌春色晚，故穿庭
树作飞花〔一〕。

〔一〕飞花：韩诗外传：凡草木花多五出，雪花独六出。裴子野咏雪
　　　诗："落树似飞花。"

春雪

片片驱鸿急，纷纷逐吹斜。到江还作水，著树渐成花。越喜飞
排瘴，胡愁厚盖沙。兼云封洞口，助月照天涯。暝见迷巢鸟，
朝逢失辙车。呈丰尽相贺，宁止力耕家。

杏花

居邻北郭古寺空，杏花两株能白红〔一〕。曲江满园不可到〔二〕，
看此宁避雨与风。二年流窜出岭外〔三〕，所见草木多异同。冬
寒不严地恒泄〔四〕，阳气发乱无全功〔五〕。浮花浪蕊镇长有，才

开还落瘴雾中。山榴踯躅少意思，照耀黄紫徒为丛。鹧鸪钩辀猿叫歇〔六〕，杳杳深谷攒青枫〔七〕。岂如此树一来瞰，若在京国情何穷？今旦胡为忽惆怅，万片飘泊随西东。明年更发应更好，道人莫忘邻家翁〔八〕。

〔一〕能白红：李白诗："桃花能红李能白。"愚按：杏花初放，红后渐白。

〔二〕曲江：史记司马相如传：临曲江之洲。索隐曰：曲江在杜陵西北。太平寰宇记：曲江池，汉武帝所造，其水曲折，有似广陵之江，故名。康骈剧谈录：曲江，开元中疏凿为胜境。其南有紫云楼、芙蓉苑，其西有杏园、慈恩寺，花卉环周，烟水明媚。

〔三〕二年流窜：□云：公出为阳山凡二年，至是始为掾江陵。

〔四〕冬寒不严：鲍照诗："江南多暖谷，杂树茂寒峰。"地恒泄：记月令：孟冬行春令，则冻闭不密，地气上泄。又：地气沮泄，是谓发天地之房。

〔五〕无全功：列子天瑞篇：天地无全功。

〔六〕鹧鸪钩辀：左思吴都赋："鹧鸪南翥而中留。"善曰：鹧鸪如鸡，黑色，其鸣自呼。常南飞不北。豫章以南诸郡，处处有之。岭表记：鹧鸪自呼云钩辀。

〔七〕攒青枫：宋玉招魂："湛湛江水兮上有枫。"南方草木状：五岭之间多枫木。

〔八〕道人：按：南史顾欢传："道之与佛，遥绝无二。吾见道士与道人战儒、墨，道人与道士辨是非。"又世说称"林道人"、"道一道人"，皆系沙门，此盖谓寺僧也。忘：音望。

李花赠张十一署

江陵城西二月尾,花不见桃惟见李。风揉雨练雪羞比[一],波涛翻空杳无涘[二]。君知此处花何似?白花倒烛天夜明,群鸡惊鸣官吏起。金乌海底初飞来,朱辉散射青霞开[三]。迷魂乱眼看不得[四],照耀万树繁如堆。念昔少年著游燕,对花岂省曾辞杯。自从流落忧感集[五],欲去未到先思回。祗今四十已如此[六],后日更老谁论哉!力携一樽独就醉,不忍虚掷委黄埃[七]。

〔一〕揉:音柔。

〔二〕涘:诗葛藟:"在河之涘。"尔雅释丘:涘,为厓。

〔三〕青霞:江淹恨赋:"郁青霞之阴①意。"

〔四〕迷魂:颜氏家训:未尝不心醉魂迷。

〔五〕流落:按史记霍去病传:"诸宿将常坐留落不遇。"索隐曰:"谓迟留零落也。"杨慎曰:"今作流落,非。"然阮瑀诗"流落恒苦心",其来久矣。

〔六〕四十:按是年三十九,四十盖举成数而言。

〔七〕黄埃:淮南墬形训:黄埃五百岁生黄泶。谢尚诗:"青阳二三月,柳青桃复红。车马不相识,皆落黄埃中。"

【校 记】

①"阴",文选作"奇"。

寒食日出游 自注:张十一院长见示病中忆花九篇。

寒食日出游,夜归,因以投赠。[一]

李花初发君始病,我往看君花转盛。走马城西惆怅归[二],不忍千株雪相映〔三〕。迤来又见桃与梨，交开红白如争竞。可怜物色阻携手〔四〕，空展霜缣吟九咏。纷纷落尽泥与尘，不共新妆比端正。桐华最晚今已繁〔五〕，君不强起时难更〔六〕。关山远别固其理，寸步难见始知命〔七〕。忆昔与君同贬官，夜渡洞庭看斗柄〔八〕。岂料生还得一处，引袖拭泪悲且庆。各言生死两追随，直置心亲无貌敬〔九〕。念君又署南荒吏〔一〇〕，路指鬼门幽且夐〔一一〕。三公尽是知音人〔一二〕，曷不荐贤陛下圣〔一三〕？囊空甑倒谁救之〔一四〕？我今一食日还并〔一五〕。自然忧气损天和，安得康强保天性。断鹤两翅鸣何哀〔一六〕，絷骥四足气空横〔一七〕。今朝寒食行野外，绿杨币岸蒲生迸〔一八〕。宋玉庭边不见人〔一九〕，轻浪参差鱼动镜〔二〇〕。自嗟孤贱足瑕疵，特见放纵荷宽政〔二一〕。饮酒宁嫌儳底深〔二二〕，题诗尚倚笔锋劲〔二三〕。明宵故欲相就醉〔二四〕，有月莫愁当火令〔二五〕。

〔一〕荆楚岁时记：去冬节一百五日，即有疾风甚雨，谓之寒食，禁火三日。

〔二〕走马　汉书张敞传：走马章台街。

〔三〕千株　梁简文帝南郊颂：百果千株。

〔四〕携手　诗北风："惠而好我，携手同行。"

〔五〕桐华　记月令：季春之月，桐始华。

〔六〕强起　史记白起传：武安君称病，秦王闻之，强起武安君。时难更：书牧誓：时哉弗可失。按："君不强起时难更"及"拘官计日月，欲进不可又"，以虚字押韵，皆为奇崛。要亦本于诗经"天命不又"，"矧敢多又"，非创也。

〔七〕寸步　神仙传：蓟子训曰："吾千里不倦，岂惜寸步乎？"

〔 八 〕看斗柄：淮南齐俗训：夫乘舟而惑者，不知东西，见斗极则晓然寤矣。

〔 九 〕直置：江淹诗："直置忘所宰，萧散得遗虑。"心亲貌敬：记表记：君子不以色亲人。情疏而貌亲，在小人则穿窬之盗也与？

〔一○〕南荒吏：张署墓志：逢恩俱徙江陵掾，半岁，邕管奏为判官。

〔一一〕鬼门：旧唐书地理志：容州北流县南三十里有两石相对，其间阔三十步，俗号鬼门关。谚曰：鬼门关，十人九不还。属岭南道。

〔一二〕三公：书周官：立太师、太傅、太保，兹惟三公。新唐书百官志：太尉、司徒、司空，各一人，是为三公。

〔一三〕陛下：蔡邕独断：谓陛下者，群臣不敢指斥天子，故呼在陛下者，因卑达尊之义也。

〔一四〕囊空瓶倒：杜甫诗："囊空恐羞涩，留得一钱看。"后汉书郭泰传：孟敏客太原，荷瓶堕地，不顾而去。

〔一五〕并日：记儒行：儒有易衣而出，并日而食。

〔一六〕断鹤两翅：世说：支公好鹤，有人遗其双鹤，少时翅长欲飞，乃铩其翮。鹤轩翥不复能飞，乃反顾翅，如有懊丧意。林曰：既有陵霄之姿，何肯为人作耳目近玩。养令翮成，置使飞去。

〔一七〕絷骥四足：淮南俶真训：身蹈于浊世之中，而责道之不行也，是犹两绊骥骥而求其致千里也。

〔一八〕生：一作"芽"。

〔一九〕宋玉庭边：水经注：宜城南有宋玉宅。玉，邑人。余知古渚宫故事：庾信归江陵，居宋玉故宅。哀江南赋云"诛茅宋玉之宅，穿径临江之府"，老杜云"曾闻宋玉宅，每欲到荆州"是也。

〔二○〕鱼动镜：潘岳诗："游鱼动圆波。"虞世南孔子庙堂碑：皎洁璧池,圆流若镜。

〔二一〕宽政:<u>左传</u>:羁旅之臣,幸若获宥,及于宽政。

〔二二〕觞底深:<u>李鹰罚爵典故</u>:<u>桑义</u>在<u>江总</u>席上曰:"虽深觞百罚,吾
亦不辞也。"

〔二三〕笔锋:<u>鲍照</u>诗:"两说穷舌端,五车摧笔锋。"

〔二四〕故欲:<u>李陵答苏武书</u>:故欲如前书之言。按:古人多用"故"字,
与"固"同义。

〔二五〕火令:<u>周礼夏官司爟</u>:掌行火之政令,季春出火,季秋内火,时
则施火令。<u>魏武帝禁绝火令</u>:闻太原、<u>西河</u>、<u>上党</u>、<u>雁门</u>,冬至
后百五日,皆绝火寒食。云为<u>介子推</u>。<u>朱子</u>曰:此言夜行有
月,故不忧当寒食禁火之令耳。

感春四首

我所思兮在何所^(一),情多地遐兮遍处处。东西南北皆欲
往^(二),千林隔兮万山阻。春风吹园杂花开^(三),朝日照屋百鸟
语。三杯取醉不复论,一生长恨奈何许^(四)!

皇天平分成四时,春风漫诞最可悲。杂花妆林草盖地,白日座
上倾天维^(五)。蜂喧鸟咽留不得,红萼万片从风吹。岂如秋霜
虽惨洌^(六),摧落老物谁惜之^(七)?为此径须沽酒饮,自外天地
弃不疑。近怜<u>李杜</u>无检束,烂熳长醉多文辞。<u>屈原离骚</u>二十
五^(八),不肯铺啜糟与醨^(九)。惜哉此子巧言语,不到圣处宁非
痴^(一〇)。幸逢<u>尧舜</u>明四目^(一一),调理品汇皆得宜。平明出门暮
归舍,酩酊马上知为谁?

朝骑一马出,暝就一床卧。诗书渐欲抛,节行久已惰。冠歆感

发秃，语误悲齿堕。孤负平生心，已矣知何奈〔一二〕？

我恨不如江头人，长网横江遮紫鳞〔一三〕。独宿荒陂射凫雁〔一四〕，卖纳租赋官不嗔。归来欢笑对妻子，衣食自给宁羞贫。今者无端读书史，智慧只足劳精神。画蛇著足无处用〔一五〕，两鬓雪白趋埃尘〔一六〕。干愁漫解坐自累，与众异趣谁相亲？数杯浇肠虽暂醉，皎皎万虑醒还新。百年未满不得死，且可勤买抛青春〔一七〕。

〔一〕我所思兮：张衡四愁诗一章曰："我所思兮在泰山。"

〔二〕东西南北：记檀弓：今丘也，东西南北之人也。

〔三〕杂花：丘迟与陈伯之书：暮春三月，江南草长，杂花生树，群莺乱飞。

〔四〕奈何许：古乐府读曲歌："奈何许！石阙生口中，衔悲不得语。"

〔五〕倾天维：傅休奕诗："辍耕综时网，解褐倾①天维。"王云：一本注云："天维"谓春光照灼，如帷帟之张举也。

〔六〕惨洌：司马相如美人赋："流风惨洌，素雪飘零。"

〔七〕老物：周礼春官籥章：国祭蜡则龡豳颂，击土鼓以息老物。晋书宣穆张皇后传：宣帝常卧疾，后往省病，帝曰："老物可憎。"后惭恚不食，诸子亦不食，帝惊谢。退而谓人曰："老物不足惜，虑困我好儿耳。"

〔八〕离骚二十五：王逸楚辞叙：屈原作离骚，复作九歌以下，凡二十五篇。

〔九〕铺糟啜醨：屈原渔父篇：圣人不凝滞于物，而能与世推移。众人皆醉，何不铺其糟而啜其醨？

〔一〇〕圣处：韩云："圣处"谓酒清者为圣人先儒云。公以原介于庄周、司马迁之间，其感春诗云云，盖与原之惩于讽谏，而伤其违圣之达节也。按：清者为圣，始于邹阳酒赋，又见魏志徐邈传，与此无涉。此只言不肯铺糟啜醨，非圣人推移之义耳，是用屈原本文。

〔一一〕明四目：书舜典：明四目。

〔一二〕奈：一本作“那”。

〔一三〕紫鳞：左思蜀都赋：“鲜以紫鳞。”

〔一四〕射凫雁：诗鸡鸣：“将翱将翔，弋凫与雁。”

〔一五〕画蛇著足：齐国策：昭阳为楚攻齐，陈轸谓昭阳曰：楚有祠者，赐其舍人卮酒。舍人相谓曰：请画地为蛇，先成者饮酒。一人蛇先成，举酒且饮，曰：“吾能为之足。”未成，一人之蛇成，夺其卮，曰：“蛇固无足，子安能为之足？”遂饮其酒，为蛇足者终亡其酒。

〔一六〕两鬓雪白：左思白发赋：“星星白发，生于鬓垂。”

〔一七〕抛青春：苏轼云：退之诗：“百年未满不得死，且可勤买抛青春。”国史补云：酒有郢州之富水，乌程之若下，荥阳之土窟春，富平之石冻春，剑南之烧春。杜子美亦云：“闻道云安曲米春，才倾一盏便醺人。”近世裴铏作传奇记裴航事，亦有“酒名松醪春”。乃知唐人名酒多以春，则抛青春亦必酒名也。

156 【校　记】

①“倾”，乐府诗集作“衿”。

忆昨行和张十一

忆昨夹钟之吕初吹灰〔一〕，上公礼罢元侯回〔二〕。车载牲牢瓮舁

酒〔三〕,并召宾客延邹枚〔四〕。腰金首翠光照耀〔五〕,丝竹迥发清
以哀。青天白日花草丽,玉斝屡举倾金罍〔六〕。张君名声座所
属,起舞先醉长松摧〔七〕。宿醒未解旧痁作〔八〕,深室静卧闻风
雷。自期殒命在春序,屈指数日怜婴孩〔九〕。危辞苦语感我耳,
泪落不掩何漼漼〔一〇〕。念昔从君渡<u>湘水</u>,大帆夜劃穷高
桅〔一一〕。<u>阳山鸟路出临武</u>〔一二〕,驿马拒地驱频隤〔一三〕。践蛇茹
蛊不择死〔一四〕,忽有飞诏从天来。<u>伾文未揃崖州炽</u>〔一五〕,虽得
赦宥恒愁猜〔一六〕。近者三奸悉破碎〔一七〕,羽窟无底幽黄能〔一八〕。
眼中了了见乡国〔一九〕,知有归日眉方开。今君纵署天涯吏,投
檄北去何难哉? 无妄之忧勿药喜〔二〇〕,一善自足禳千灾。头轻
目朗肌骨健,古剑新劚磨尘埃〔二一〕。殃销祸散百福并〔二二〕,从
此直至耇与鲐〔二三〕。<u>嵩山东头伊洛岸</u>〔二四〕,胜事不假须穿
栽〔二五〕。君当先行我待满〔二六〕,<u>沮溺</u>可继穷年推〔二七〕。

〔 一 〕夹钟:<u>史记律书</u>:二月也,律中夹钟,言阴阳相夹厕也,其于十
　　　二支为卯。吹灰:<u>后汉书律历志</u>:候气之法,为室三重,布缇
　　　幔。以木为案,每律各一,内庳外高,从其方位,加律其上。以
　　　葭莩灰抑其内端,按历而候之,气至者灰去。

〔 二 〕上公:<u>洪</u>云:上作社,谓杜佑自淮南入朝也。<u>方</u>云:上作社,谓
　　　荆帅裴均罢社享客也。<u>朱子</u>曰:<u>方</u>说是也,但以“上”为“社”,
　　　则未然。<u>左传</u>:“五行之官封为上公,祀为贵神。”其木正曰后
　　　土,在家则祀中霤,在野则为社。故<u>杜</u>注“用币于社”云“以请
　　　于上公”,则上公即社神也。况此句内又自以元侯为对耶! 元
　　　侯:<u>左传</u>:<u>肆夏</u>,天子所以享元侯也。按:元侯谓裴均。

〔 三 〕舁:音舆。<u>说文</u>:共举也。<u>玉篇</u>:二人对举也。

〔 四 〕延邹枚：<u>谢惠连雪赋</u>："召邹<u>生</u>，延枚叟。"

〔 五 〕腰金：按：<u>旧唐书舆服志</u>：文武三品以上金玉带，四品五品并金
带。首翠：<u>新唐书车服志</u>：远游冠，三梁加金博山，附蝉首，施
珠翠。

〔 六 〕玉斝：斝，音嫁。诗行苇："洗爵奠斝。"记<u>明堂位</u>：殷以斝，周以
爵。礼：玉斝不挥。

〔 七 〕长松摧：<u>世说</u>：<u>山公</u>曰：<u>嵇叔夜</u>之为人也，岩岩若孤松之独立。
其醉也，傀俄若玉山之将崩。

〔 八 〕宿醒：诗节南山："忧心如醒。"注：酒病曰醒。痁作：痁，失廉
切。<u>左传</u>：<u>齐侯疥遂痁</u>。<u>杜预</u>曰：痁，疟疾也。又：痁作而伏。

〔 九 〕数：上声。

〔一〇〕灌灌：<u>陆机祭魏武帝文</u>："指季豹而灌焉。"<u>善</u>曰："灌，涕泣
垂貌。"

〔一一〕大帆：<u>释名</u>：帆，泛也，随风张幔曰帆，使舟疾泛泛然也。高桅：
桅，五灰切。<u>广韵</u>：桅，小船上樯竿也。

〔一二〕鸟路：<u>南中八志</u>：鸟道四百里，以其险绝，兽犹无蹊，特上有飞
鸟之道耳。阳山、临武：□云：公责<u>连</u>之阳山令，张为<u>郴</u>之<u>临</u>
<u>武</u>，郴在<u>江南</u>，连则<u>广南</u>也。

〔一三〕隤：音颓。诗卷耳："陟彼崔嵬，我马虺隤。"

〔一四〕践蛇：<u>海内西经</u>：开明西有凤凰鸾鸟，皆戴蛇践蛇。

〔一五〕伾、崖州：按：<u>新</u>、<u>旧唐书王伾</u>、<u>王叔文</u>、<u>韦执谊传</u>，永贞元年八
月，叔文贬渝州司户，明年诛之。<u>伾</u>贬开州司马，死其所。十
月，执谊贬崖州司户，以宰相杜黄裳之婿，故最后贬，是气焰未
衰也，亦死于贬所。揃：子践切，一作"翦"。说文：揃，灭也。
史记西南夷传赞：揃，剽分二方。索隐曰：揃，谓被分剖也。

〔一六〕赦宥：易解卦：君子以赦过宥罪。

〔一七〕破碎：史记酷吏传：义纵为南阳太守，案宁成，尽破碎其家。

〔一八〕黄能：能，奴来切。左传：子产曰：昔尧殛鲧于羽山，其神化为黄熊（奴来反），以入于羽渊。晋语作"能"。注：能似熊。魏云：能有两音，奴来切者，三足鳖也。奴登切者，熊属，足似鹿者也。东海人祭禹庙，不用熊白及鳖为馔。疑鲧化为二物，则两音亦可通用也。

〔一九〕了了：罗含湘中记：湘水至清，虽深五六丈，见底了了然。神仙传：王烈入抱犊山中，见一石室，架上有素书，乃与嵇康共往读之。至其道径，了了分明，比反又失所在。又：涉正说秦始皇时事，了了似及见者。

〔二〇〕勿药：易无妄卦：无妄之疾，勿药有喜。

〔二一〕勮：陟玉切。

〔二二〕百福：诗闷宫："降之百福。"

〔二三〕耇、鲐：鲐，音台。诗行苇："黄耇台背。"笺：台之言鲐也，大老则背有鲐文。

〔二四〕伊洛：书禹贡：伊、洛、瀍、涧，既入于河。

〔二五〕胜事：梁武帝答陶隐居书：宜微以著赏，此既胜事，虽风训非嫌。穿栽：按："穿栽"难解，大抵"穿"如穿渠，"栽"如栽花之类。

〔二六〕待满：任昉诗："田荒我有役，秩满余谢病。"

〔二七〕穷年推：推，他回切。韩云：礼记月令：天子三推，三公五推，卿诸侯九推。"推"字取此。□云：公家河南，而嵩山、伊水、洛水并隶焉。诗意欲与张耦耕于嵩山下也。

韩昌黎诗集编年笺注卷四

　　卷四凡一十七首，前四首，元和元年夏在江陵作。以下十三首，六月后自江陵召还为国子博士作。

题张十一旅舍三咏〔一〕

榴花〔二〕

五月榴花照眼明，枝间时见子初成。可怜此地无车马，颠倒青苔落绛英〔三〕。

〔一〕□云：公自阳山与张十一徒掾江陵，道潭州而作，以其咏井云"贾谊宅中今始见"知之。愚按：永贞元年夏，公与署俟命郴州，其过潭在八九月，非五月也。此诗大抵在江陵作。以署迁谪南方，而宅中亦有井，故比贾谊云尔。且在潭不过旅泊，安得种蒲萄耶？

〔二〕西京杂记：初修上林苑，群臣远方各献名果异树，有安石榴十株。尔雅翼：石榴，或云本生西域，张骞使外国得之。

〔 三 〕青苔:潘岳安石榴赋:"壁衣苍苔,瓦破①驳薜。"

【校 记】

①破,艺文类聚作"被"。

井

贾谊宅中今始见〔一〕,葛洪山下昔曾窥〔二〕。寒泉百尺空看影〔三〕,正是行人渴死时〔四〕。

〔 一 〕贾谊宅中:水经注:湘州郡廨西陶侃庙,云旧是贾谊宅,中有一井,是谊所凿,极小而深,上敛下大,其状似壶。旁有一脚石状,才容一人坐形,流俗相承,云谊宿所坐床。

〔 二 〕葛洪山下:水经注云:兰风山,山有三岭,下临大川,丹阳葛洪遁世居之,基井存焉。蒋云:葛洪丹井,所在有之,公所指者,疑在郴州。

〔 三 〕寒泉:易井卦:井洌寒泉食。

〔 四 〕行人:孙楚井赋:"渴人来翔,行旅是赖。"渴死:列子汤问篇:夸父逐日影,道渴而死。

蒲萄〔一〕

新茎未遍半犹枯〔二〕,高架支离倒复扶〔三〕。若欲满盘堆马乳〔四〕,莫辞添竹引龙须〔五〕。

〔 一 〕史记大宛传:左右以蒲萄为酒,马嗜苜蓿。汉使取其马来,于是天子始种苜蓿、蒲萄。离宫别观傍,蒲萄、苜蓿极望。

〔 二 〕新茎:潘岳安石榴赋:"新茎擢润,膏叶垂腴。"

〔　三　〕高架:齐民要术:葡萄蔓延,性缘不能自举,作架以成之,叶密
　　　　阴厚,可以避热。

〔　四　〕马乳:本草:蒲萄子有紫、白二色,又有似马乳者。太平御览:
　　　　唐平高昌,得马乳蒲萄造酒。

〔　五　〕龙须:按:蒲萄藤蔓颇似龙须。龙须,亦草名也。郭璞尔雅释
　　　　草注:薦纤细似龙须。古今注:孙兴公曰:世称黄帝骑龙上天,
　　　　群臣援龙须,须坠而生草,曰龙须。

　　按:三咏虽写物,颇有寄托。首章即潘岳赋河阳庭前安石榴
之意,所谓"岂伊仄陋,用渝厥贞"者也。次章即史记屈原传"井
渫不食"之意,言可汲而不汲,未足以济人也。末章以新茎半枯、
高架复扶喻谪而复起,若欲大食其报,尚须加意栽培也。

郑群赠簟〔一〕

蕲州笛竹天下知〔二〕,郑君所宝尤瑰奇〔三〕。携来当昼不得卧,
一府传看黄琉璃〔四〕。体坚色净又藏节〔五〕,尽眼凝滑无瑕
疵〔六〕。法曹贫贱众所易〔七〕,腰腹空大何能为〔八〕?自从五月困
暑湿〔九〕,如坐深甑遭炰炊〔一〇〕。手磨袖拂心语口,慢肤多汗真
相宜〔一一〕。日暮归来独惆怅,有卖直欲倾家资。谁谓故人知我
意?卷送八尺含风漪〔一二〕。呼奴扫地铺未了,光彩照耀惊童
儿。青蝇侧翅蚤虱避〔一三〕,肃肃疑有清飙吹。倒身甘寝百疾
愈〔一四〕,却愿天日恒炎曦〔一五〕。明珠青玉不足报〔一六〕,赠子相好
无时衰。

〔　一　〕按:公为郑群墓志云:"群,字弘之,荥阳人。"裴均为江陵,以殿

163

中侍御史佐其军。

〔二〕蕲州：新唐书地理志：蕲州蕲春郡，属淮南道。唐六典：蕲州土
贡白绽簟。笛竹：笛，一作“箪”。初学记：沈怀远南越志云：博
罗县东苍州足簟竹，铭曰：簟竹既大，薄且空中，节长一丈，其
长如松。

〔三〕瑰奇：梁简文帝启：西国浮灵之碗，非谓瑰奇。

〔四〕黄琉璃：汉书西域传：罽宾国出流离。师古曰：魏略云：大秦国
出赤、白、黑、黄、青、绿、缥、绀、红、紫十种流离。此盖自然之
物，采泽光润，逾于众玉。北史大月氏国传：其国人商贩京师，
能铸石为五色琉璃，光色映彻，观者莫不惊骇。

〔五〕体坚色净：戴凯之竹谱：篁任篙笛，体特坚圆，肌理匀净，筠色
润贞。藏节：竹谱：桃枝皮赤，可以为席竹。节短者不兼寸，长
者或逾尺。南方草木状：簟竹叶疏而大，一节相去五六尺。

〔六〕尽：一作“满”。

〔七〕法曹：按：公为江陵法曹参军在永贞元年秋，至明年六月召拜
国子博士，还朝。赠簟之时去还朝不远矣。众所易：汉书陆贾
传：绛侯与我戏，易吾言。

〔八〕腰腹大：后汉书东平王苍传：明帝赐王诏曰：其言甚大，副是腰
腹矣。樊云：唐孔戣私记云：“退之丰肥善睡，每来吾家，必命
枕簟。”而沈存中笔谈亦云：“世画韩退之小面而美髯，著纱帽，
此乃江南韩熙载耳。退之肥而少髯，此诗有‘腰腹空大’及‘慢
肤多汗’之语。”二说信然。按：熙载亦谥文公，易相混。

〔九〕暑湿：淮南坠形训：南方，阳气之所积，暑湿居之。

〔一〇〕烝炊：淮南时则训：湛熺必洁。注：熺，烝炊也。

〔一一〕慢肤：屈原天问：“平胁曼肤，何以肥之？”

韩愈诗集编年笺注

〔一二〕含风漪：阴铿诗：“夹篠澄深绿，含风作细漪。”

〔一三〕青蝇：诗青蝇：“营营青蝇。”蚤虱：抱朴子：蚤虱攻君，卧不
　　　获安。

〔一四〕甘寝：庄子徐无鬼篇：孙叔敖甘寝秉羽，而郢人投兵。

〔一五〕炎曦：潘岳诗：“隆暑方赫曦。”

〔一六〕明珠青玉：张衡四愁诗：“美人赠我貂襜褕，何以报之明月珠。”
　　　“美人赠我锦绣段，何以报之青玉案。”

　　按：“笛竹”一作“篥竹”，此未知“笛”字来历耳。扬雄方言：
宋、魏之间谓篥为笙，或谓之篴笛。“篴”① 即古笛字也，作“笛”
无可疑。

【校　记】

　　①两“篴”字，原误作“簦”。

入关咏马〔一〕

岁老岂能充上驷〔二〕，力微当自慎前程。不知何故翻骧首〔三〕，
牵过关门妄一鸣？

〔一　〕□云：元和元年夏，自江陵召拜国子博士入蓝关作。

〔二　〕岁老：颜延之赭白马赋：“岁老力殚。”上驷：史记孙武传：孙子
　　　谓田忌曰：“今以君之下驷与彼上驷，取君上驷与彼中驷。”

〔三　〕骧首：赭白马赋：“眷西极而骧首。”

南山诗 原注：凡百有二韵。〔一〕

吾闻京城南，兹维群山围。东西两际海〔二〕，巨细难悉究。山经

及地志〔三〕，茫昧非受授〔四〕。团辞试提挈〔五〕，挂一念万漏。欲休谅不能，粗叙所经觏。尝升崇丘望〔六〕，戢戢见相凑〔七〕。晴明出稜角，缕脉碎分绣。蒸岚相颒洞〔八〕，表里忽通透〔九〕。无风自飘簸〔一〇〕，融液煦柔茂。横云时平凝，点点露数岫。天空浮修眉〔一一〕，浓绿画新就。孤撑有巉绝〔一二〕，海浴褰鹏嗉〔一三〕。春阳潜沮洳〔一四〕，濯濯吐深秀。岩峦虽崒崒〔一五〕，软弱类含酎〔一六〕。夏炎百木盛，荫郁增埋覆。神灵日歆歂〔一七〕，云气争结构。秋霜喜刻轹〔一八〕，磔卓立癯瘦〔一九〕。参差相叠重〔二〇〕，刚耿陵宇宙。冬行虽幽墨，冰雪工琢镂。新曦照危峨，亿丈恒高袤〔二一〕。明昏无停态，顷刻异状候。西南雄<u>太白</u>〔二二〕，突起莫间篸〔二三〕。藩都配德运〔二四〕，分宅占丁戊〔二五〕。逍遥越坤位，诋讦陷乾窦〔二六〕。空虚寒兢兢〔二七〕，风气较搜漱〔二八〕。朱维方烧日，阴霿纵腾糅〔二九〕。<u>昆明</u>大池北〔三〇〕，去觑偶晴昼。绵联穷俯视〔三一〕，倒侧困清沤〔三二〕。微澜动水面〔三三〕，踊跃躁猱狖〔三四〕。惊呼惜破碎〔三五〕，仰喜呀不仆。前寻径<u>杜墅</u>〔三六〕，坌蔽毕原陋〔三七〕。崎岖上轩昂，始得观览富。行行将遂穷，岭陆烦互走〔三八〕。勃然思坼裂，拥掩难恕宥。<u>巨灵与夸蛾</u>〔三九〕，远贾期必售〔四〇〕。还疑造物意，固护蓄精祐。力虽能排斡〔四一〕，雷电怯呵诟。攀缘脱手足，蹭蹬抵积甃〔四二〕。茫如试矫首〔四三〕，堛塞生怐愗〔四四〕。威容丧萧爽〔四五〕，近新迷远旧。拘官计日月，欲进不可又〔四六〕。因缘窥其湫〔四七〕，凝湛阒阴嵝〔四八〕。鱼虾可俯掇〔四九〕，神物安敢寇〔五〇〕。林柯有脱叶，欲堕鸟惊救〔五一〕。争衔弯环飞〔五二〕，投弃急哺鷇〔五三〕。旋归道回睇，达枿壮复奏〔五四〕。吁嗟信奇怪，峙质能化贸〔五五〕。前年遭谴谪〔五六〕，探历得邂逅〔五七〕。初从蓝田入〔五八〕，顾盼劳颈脰〔五九〕。时天晦大雪〔六〇〕，泪目苦矇瞀〔六一〕。峻涂拖长冰，直上若悬溜〔六二〕。褰衣步推马〔六三〕，颠蹶退且复〔六四〕。苍黄忘遐晒〔六五〕，所瞩才左右〔六六〕。杉篁咤蒲苏〔六七〕，杲耀攒介胄〔六八〕。专心忆平道，脱险逾避臭〔六九〕。昨来逢清霁，宿愿忻始副。峥嵘跻冢顶〔七〇〕，倏闪杂鼯鼬〔七一〕。前低划开阔，烂漫堆众皱〔七二〕。或连若相从，或蹙若相斗。或妥若弭伏〔七三〕，或竦若惊雊〔七四〕。或散若瓦解〔七五〕，或赴若辐凑〔七六〕。或翩若船游，或决若马骤。或背若相恶，或向若相佑。或乱若抽笋〔七七〕，或嵲若炷灸。或错若绘画〔七八〕，或缭若篆籀〔七九〕。或罗若星离，或蓊若云逗〔八〇〕。或浮若波涛，或碎若锄耨〔八一〕。或如贲育伦〔八二〕，赌勇胜前购。先强势已出，后钝嗔诇譳〔八三〕。或如帝王尊，丛集朝贱幼〔八四〕。虽亲不亵狎，虽远不悖谬〔八五〕。或如临食案〔八六〕，肴核纷饤饾〔八七〕。又如游九原〔八八〕，坟墓包椁柩。或累若盆罂〔八九〕，或揭若瓴甋〔九〇〕。或覆若曝鳖，或颓若寝兽。或蜿若藏龙〔九一〕，或翼若抟鹫〔九二〕。或齐若友朋，或随若先后。或迸若流落，或顾若宿留〔九三〕。或戾若仇雠〔九四〕，或密若婚媾。或俨若峨冠〔九五〕，或翻若舞袖。或屹若战阵，或围若蒐狩〔九六〕。或靡然东注〔九七〕，或偃然北首〔九八〕。或如火熺焰〔九九〕，或若气饙馏〔一〇〇〕。或行而不辍，或遗而不收〔一〇一〕。或斜而不倚，或弛而不彀。或赤若秃鬝〔一〇二〕，或熏若柴槱〔一〇三〕。或如龟坼兆，或若卦分繇〔一〇四〕。或前横若剥，或后断若姤〔一〇五〕。延延离又属〔一〇六〕，夬夬叛还遘〔一〇七〕。喁喁鱼闯萍〔一〇八〕，落落月经宿〔一〇九〕。闿闿树墙垣〔一一〇〕，巘巘驾库厩〔一一一〕。参参削剑戟〔一一二〕，焕焕衔莹琇〔一三〕。敷敷花披荂,阗阗屋摧雷〔一四〕。悠悠舒而安,兀兀狂以狃。超超出犹奔〔一五〕,蠢蠢骇不懋〔一六〕。大哉立天地,经纪肖营腠〔一七〕。厥初孰开张〔一八〕?俿俛谁劝侑?创兹朴而巧,戮力忍劳疚〔一九〕。得非施斧斤〔二〇〕?无乃假诇咒〔二一〕?鸿荒竟无传,功大莫酬僦〔二二〕。尝闻于祠官,芬苾降歆嗅〔二三〕。斐然作歌诗,惟用赞报酺〔二四〕。

〔 一 〕一无“诗”字。诗斯干:“幽幽南山。”笺:<u>终南</u>山也。水经:<u>终南</u>山在扶风武功县西南也。元和郡县志:终南山在京兆府万年县南五十里。按:诗中云“前年遭谴谪”,又云“昨来逢清霁”,则此诗作于<u>阳山</u>召还之后。

〔 二 〕两际海:秦国策:王之地一经两海,要截天下。

〔 三 〕山经、地志:<u>汉书</u>艺文志:山海经十三篇。隋书经籍志:汉初萧何得秦图书,故知天下要害。后又得山海经,相传以为夏禹所记。武帝时,计书既上太史,郡国地志,故亦在焉。班固因之作地理志。

〔 四 〕茫昧:南史顾宪之传:虽复茫昧难征,要若非妄。

〔 五 〕团辞:蒋云:团,集也。提挈:淮南俶真训:提挈天地而委万物。

〔 六 〕崇丘:诗小序:崇丘,万物得极其高大也。

〔 七 〕凑:广雅释诂:凑,聚也。

〔 八 〕颎洞:颎,胡孔切,一作“鸿”。方云:淮南子:颎濛鸿洞。王褒萧赋、扬雄羽猎赋,所用皆同,唐人始兼用之。杜诗“鸿洞半炎方”、“颎洞不可掇”是也。按:贾谊旱云赋:“运清浊之颎洞兮,正重沓而并起。”则西汉已有此语,非自唐人也。

〔 九 〕表里:左传:表里山河。

〔一〇〕飘籭：张衡西京赋："荡川渎，籭林薄。"

〔一一〕修眉：曹植洛神赋："修眉联娟。"

〔一二〕巉绝：刘峻广绝交论：太行孟门，岂云巉绝。

〔一三〕鹏喝：喝，音昼。史记赵世家：中衍人面鸟喝。广雅释诂：喝，口也。

〔一四〕春阳：诗七月："春日载阳。"沮洳：诗魏风："彼汾沮洳。"广韵释诂：沮洳，湿也。

〔一五〕崒崒：崒，音律。司马相如子虚赋："隆崇崒崒。"

〔一六〕软弱：汉书尹赏传：一坐软弱，不胜任免。含酎：酎，音宙。记月令：孟冬之月，天子饮酎。西京杂记：以正月旦作酒，八月成，名曰酎。说文：酎，三重醇酒也。

〔一七〕歆歊：音枵虚。说文：歆歊，气出貌。

〔一八〕刻轹：轹，音历。史记酷吏传：刻轹宗室。

〔一九〕磔卓：蒋云："磔卓"言草木皆落，山卓然独立也。

〔二〇〕叠重：马融长笛赋："密柝叠重。"

〔二一〕恒：一作"亘"。高袤：袤，莫候切。汉书西域传：广袤三百里。说文：东西曰广，南北曰袤。

〔二二〕太白：三秦记：太白山在武功县南，去长安三百里，俗云：武功太白，去天三百。水经注：武功县有太乙山，古文以为终南。杜预以为中南也，亦云太白山。

〔二三〕间篞：篞，初救切。左传：僖子使助薳氏之篞。杜预曰：篞，副倅也。

〔二四〕藩都：王云：太白山为帝都藩垣，唐土德，太白在西南坤位，故云"配德运"。

〔二五〕丁戊：按：丁戊亦谓西南。

〔二六〕逍遥、诋诇：蒋云：逍遥、诋诇，或云谷名。按：逍遥谓谷，诚为
　　有之，韦夐之所居也。诋诇，无此谷名。此四字不过形容"越"
　　字、"陷"字耳。墨子："虽有诋诇之人，无所依矣。"诋诇，犹凌
　　犯也。坤位、乾窦：扬雄蜀都赋："下按地纪，则坤宫奠位。"班
　　固西都赋："据坤灵之正位。"后汉书地理志注：耆旧记曰：国当
　　乾位，地列艮墟。管辂别传：古之圣人，处乾位于西北，坤位于
　　西南。

〔二七〕空虚：庄子徐无鬼篇：逃空虚者，闻人足音，跫然而喜矣。

〔二八〕风气：陶潜诗："山中晓霜露，风气亦先寒。"

〔二九〕阴霰：诗颊弁："如彼雨雪，先集维霰。"释名：霰，水雪相搏如星
　　而散也。糅：如救切。

〔三〇〕昆明：孙云：昆明池在长安西南，周回四十里。

〔三一〕绵联：广雅释诂：绵联，牵连也。

〔三二〕沤：乌候切。诗："可以沤麻。"广雅释诂：沤，渍也。

〔三三〕微澜：释名：风吹水波成文曰澜。澜，连也，波体转流相及
　　连也。

〔三四〕猱：奴刀切。

〔三五〕破碎：贾谊旱云赋："正云动而雷布兮，相击冲而破碎。"

〔三六〕径：史记高帝纪：夜径泽中。杜墅：孙云：即杜陵也。本周之杜
　　伯国，在长安万年县东南。

〔三七〕坌蔽：坌，蒲闷切。广雅释诂：坌，尘也。蔽，隐也。毕原：括地
　　志：文王、武王墓在雍州万年县西南二十八里毕原上。

〔三八〕互走：走，去声。释名：疾趋曰走。走，奏也，促有所奏至也。
　　述异记：樊时太山山走。

〔三九〕巨灵：水经注：华岳本一山当河，河水过而曲行，河神巨灵，手

荡脚踏,开而为两。开山图曰:有巨灵胡者,偏得神元之道,能造山川,出河,所谓"巨灵赑屃"、"首冠灵山"者也。夸娥:列子汤问篇:北山愚公欲平太行、王屋二山,帝感其诚,命夸娥氏二子负二山,一厝朔东,一厝雍南。自冀之南,汉之东,无陇断焉。

〔四〇〕贾:音古。

〔四一〕排斡:斡,乌括切。屈原天问:"斡维焉系。"广雅释诂:排,推也。

〔四二〕蹭蹬:蹭,七邓切,蹬,音邓。木华海赋:"蹭蹬穷波。"积甃:甃,树救切。易井卦:井甃无咎。

〔四三〕矫首:张衡思玄赋:"仰矫首以遥望兮,魂懔惘而无畴。"

〔四四〕堛塞:堛,音幅。尔雅释言:块,堛也。注:土块也。外传:曰枕之以堛。恂愗:音寇茂。宋玉九辩:"直恂愗而自苦。"广雅释诂:恂愗,愚也。

〔四五〕威容:张衡西京赋:"浸盛威容。"后汉书承宫传:臣貌丑,宜选有威容者。

〔四六〕不可又:诗小雅:"天命不又。"

〔四七〕湫:王云:南山有炭谷湫。

〔四八〕阴罶:罶,音嗅。说文:罶,槬也。古文罶下从㕚,读若嗅。樊云:礼运:龙以为罶。注:养之曰罶,谓湫中蛟也。秋怀诗云:"其下澄湫水,有蛟寒可罶。"即此也。

〔四九〕俯掇:诗芣苢:"薄言掇之。"

〔五〇〕神物:易系辞:天生神物,圣人则之。枚乘七发:"神物怪疑,不可胜言。"任昉诗:"神物徒有造,终然莫能状。"寇:广雅释言:寇,钞也。按:公祭李郴州文:洞往古而高观,固邪正之相寇。

〔五一〕鸟惊救：樊云：其湫如镜面，叶落恐其污，即鸟衔去，盖其神物
之灵如此。公题炭谷湫祠堂所谓"鱼鳖蒙拥护"者，此也。按：
水经注："燕京山之天池在山原之上，方里馀，其水澄渟镜净而
不流，若安定朝那之湫渊也。池中尝无斥草，及其风篁有沦，
辄有小鸟，翠色，投渊衔出。"南山之湫，盖亦若是乎？

〔五二〕弯环飞：按：顾嗣立注引刘石龄云："杜子美诗：'黑如湾澴底。'
玉篇：'澴，聚流也。'"此说未当，弯环盖状鸟之回翔，非指
水也。

〔五三〕哺觳：觳，音寇。尔雅释鸟：生哺觳。注：鸟子须母食之。汉书
东方朔传：声謷謷者，鸟哺觳也。韦昭曰：凡鸟哺子而活者为
觳，生而自啄曰雏。

〔五四〕达枑：枑，牙葛切，亦作"蘖"。按：达枑，高貌。卢仝诗："头戴
弁冠高达枑。"

〔五五〕化贸：书益稷：贸迁有无化居。小尔雅广诂：贸，易也。

〔五六〕遭谴谪：王云：谓贞元十九年十二月，自监察御史谪连州阳
山令。

〔五七〕邂逅：诗蔓草："邂逅相遇，适我愿兮。"

〔五八〕蓝田：汉书地理志：京兆尹蓝田县。注：山出美玉。

〔五九〕颈脰：脰，音豆。广雅释貌：颈脰，项也。

〔六〇〕大雪：□云：公两谪南方，皆由蓝关，又皆遇冰雪。其谪阳山以
十二月，江陵途中寄三学士诗云："商山季冬月，冰冻绝行辀。"
其谪潮州时虽以正月，然亦遇雪。蓝关诗云"雪拥蓝关马不
前"，是也。愚按：诗云："前年遭谴谪，探历得邂逅。"则是初见
南山，宜属谪阳山时也。

〔六一〕矇眛：眛，音茂。庄子徐无鬼篇："予适有眛病。"释名：矇，有眸

韩愈诗集编年笺注

子而失明，矇矇无所分别也。说文：瞽，低目谨视也。

〔六二〕悬溜：尔雅释水：沃泉县出。县出，下出也。注：从上溜下。

〔六三〕推：音蓷。

〔六四〕颠蹶：齐国策：颠蹶之请，望拜之谒。

〔六五〕苍黄：孔稚圭北山移文：苍黄反覆。按：犹言苍皇也。遐晞：广
雅释诂：晞，视也，望也。

〔六六〕瞩：水经注：行旅过瞩，亦有慰于羁望矣。

〔六七〕蒲苏：广雅释器：蒲苏，鈹也。

〔六八〕杲耀：广雅释诂：杲、耀，明也。

〔六九〕避臭：吕氏春秋：人有大臭者，其兄弟妻子皆莫能与居。

〔七〇〕峥嵘：屈原远游："下峥嵘而无地兮，上寥廓而无天。"

〔七一〕鼬：音又。尔雅释兽：鼬鼠。注：鼬似鼬，赤黄色，大尾，啖鼠，
江东呼为鼪。

〔七二〕众皱：朱子曰：方云："蜀人韩仲韶本作'皱'，云石磹也。二韵
皆取喻，谓高而群峰飞驰如鼯鼬之奔，低而堆阜分布如众皱之
列，于义为近。"今按：此蜀本之误。此但言登山之时，丛薄蔽
翳，方与虫兽群行，而忽至上顶，则豁然见前山之低，虽有高陵
深谷，但如皱物微有壁褶之文耳。此最为形容者。非登高山
临旷野，不知此语之为工也。况此句"众皱"为下文诸"或"之
纲领，而诸"或"乃"众皱"之条目，其语意接连，文势开阖，有不
以毫厘差者。若如方说，则不惟失其统纪，乱其行列，而鼯鼬
动物，山体常静，绝无相似之理。石磹之与堆阜，虽略相似，然
自高顶下视，犹若成堆，则亦不为甚小，而未足见南山之极高
矣。其与下文诸"或"疏密工拙，又有迥然不侔者。未论古人，
但使今时举子稍能布置者已不为此，又况韩子文气笔力之盛，

关键纪律之严乎？大抵今人于公之文，知其力去陈言之为工，
而不知文从字顺之为贵，故其好怪失常类多如此。今既定从
诸本，而复备论其说，以晓观者云。

〔七三〕妥：诗楚茨："以妥以侑。"尔雅释诂：妥，安坐也。

〔七四〕惊雊：书高宗肜日：越有雊雉。

〔七五〕瓦解：后汉书孔融传：桑落瓦解，其势可见。

〔七六〕辐凑：史记货殖传：四方辐凑，并至而会。

〔七七〕抽笋：左思蜀都赋："苞笋抽节，往往丛结。"

〔七八〕绘画：水经注：峰次青松，岩悬赪石，丹青绮分，望若图绣。

〔七九〕篆籀：籀，音胄。水经注：大篆出于周宣王之时史籀创著。秦
之李斯、胡毋敬又改籀书谓之小篆。

〔八〇〕星离云逗：郭璞江赋："星离沙镜。"广韵：逗，遛。又：住也，
止也。

〔八一〕耡耰：燕国策：鄙夫不敏，窃释耡耰而干大王。

〔八二〕贲育：羽猎赋："贲育之伦，杖镆铘而罗者以万计。"师古曰：孟
贲、夏育，皆古之力士也。

〔八三〕詻䛙：音斗耨。玉篇：詻䛙，诋諆也。诋諆，言不正也。

〔八四〕丛集：何晏景福殿赋："丛集委积，焉可殚筹。"

〔八五〕不褒狃、不悖谬：晁说之语录：韩文公诗号状体，谓铺叙而无含
蓄也。若"虽亲不褒狃，虽远不悖谬"，该于理多矣。

〔八六〕食案：后汉书梁鸿传：妻为其食，举案齐眉。

〔八七〕肴核：诗抑："肴核维旅。"饤饾：音订豆。广韵：饤饾，贮食也。

〔八八〕九原：记檀弓：赵文子与叔誉观乎九原。

〔八九〕絫：尔雅释山：重甗，隒。注：谓山形如絫两甗。盆罂：尔雅释
器：瓯瓿谓之瓵。注：瓵瓯，小罂。广雅释器：盆，谓之盎；罂，

瓶也。

〔九〇〕揭：诗大东："维北有斗，西柄之揭。"瓹桓：一作"登豆"。诗生
民："印盛于豆，于豆于登。"尔雅释器：木豆谓之豆，瓦豆谓之
登。按：瓹桓，字见玉篇，其偏旁盖后人所加也。

〔九一〕蜿：屈原离骚："驾八龙之蜿蜿兮。"藏龙：沈约注竹书纪年：蟠
龙旧迅于其藏。

〔九二〕抟鹫：抟，音团。鹫，音就。庄子逍遥游：抟扶摇羊角而上者九
万里。水经注：耆阇崛山，山是青石，头似鹫鸟。阿育王使人
凿石，假安两翼两脚，凿治其身。今见存，远望是鹫鸟形，故曰
灵鹫山也。

〔九三〕宿留：封禅书：宿留海上。索隐曰：宿留，音秀溜，依字并通。

〔九四〕戾：水经注：山川暴戾。

〔九五〕峨冠：水经注：峨峨冠众山之表。

〔九六〕蒐狩：尔雅释天：春猎为蒐，冬猎为狩。

〔九七〕东注：三齐略记：始皇作石桥欲过海，于时有神人能驱石下海，
城阳一山，石尽起立，巍巍东倾，状似相随。又众山之石皆倾
注，今犹岌岌东趣。

〔九八〕北首：刘向九叹：登昆仑而北首兮。注：首，向也。

〔九九〕火熺焰：熺，音熙。木华海赋：阳冰不冶，阴火潜燃。熺炭重
燔。朱燄绿烟。

〔一〇〇〕气餴馏：餴馏，音分溜。尔雅释言：餴，馏，稔也。广雅释器：
馏，餄，鬻也；餴，谓之餐。

〔一〇一〕收：音狩。易井卦：井收勿幕。

〔一〇二〕秃鬝：鬝，可闲切。广雅释诂：鬝，秃也。

〔一〇三〕柴樗：诗棫朴："芃芃棫朴，薪之樗之。"

〔一〇四〕坼兆、分繇：繇，音宙。公文“卜兆灼龟坼”也。左传：卜之以守

龟，龟兆告吉。潘岳西征赋：“遂钻龟而启繇。”善曰：繇，卜兆

辞也。

〔一〇五〕剥、姤：易剥卦：☶，坤下艮上。又姤卦：☰，巽下乾上。

〔一〇六〕延延：广雅释训：延延，长也。

〔一〇七〕夬夬：易夬卦：君子夬夬。又：苋陆夬夬。

〔一〇八〕喁喁：喁，音颙。韩诗外传：水浊则鱼喁。史记日者列传：公之

等喁喁者也。鱼闯萍：闯，丑禁切。公羊传：开之则闯然，公子

阳生也。何休学：闯，出头貌。

〔一〇九〕月经宿：说苑：宿，日月五星所宿舍也。

〔一一〇〕阊阖：司马相如长门赋：“桂树交而相纷兮，芳酷烈之阊阖。”

〔一一一〕巘巘：音谳，当作“蠍”，音孽。西溪丛话：恐当作“蠍蠍”。张衡

西京赋：“飞檐蠍蠍。”善注：高貌。库厩：记曲礼：君子将营宫

室，宗庙为先，厩库为次。

〔一一二〕参参：参，所今切。后汉书张衡传：长余佩之参参。注：参参，

长貌。削剑戟：水经注：立石崭岩，亦如剑杪。

〔一一三〕莹琇：音营秀。诗淇澳：“充耳琇莹。”

〔一一四〕闟闟：闟，音翕，一作“阘”。按：广韵：“闟，戟名。”无他义，故一

本作“阘”。说文：“阘，楼上户也。”于义差近。然按韩诗外传：

巫马期仰天而叹，闟然投镰于地。则“闟”字固形容之辞，字书

略之也。屋摧靁：记月令：其祀中霤。释名：中央曰中霤，室中

霤下之处。

〔一一五〕超超：世说：王夷甫云：我与王安丰说延陵、子房，亦超超玄箸。

出犹奔：水经注：灵石一名逃石，石本桂阳，因夜迅雷之变，忽

然迁此。

〔一一六〕蠢蠢:左传:今王室实蠢蠢焉。不懋:书康诰:惠不惠,懋不懋。

〔一一七〕经纪:淮南原道训:经纪山川,蹈腾昆仑。又精神训:经天营地,各有经纪。天有四时五行九解,人亦有四支五藏九窍。营膝:膝,音辏。黄帝素问:炅则膝理开,营卫通。

〔一一八〕开张:释名:启,开也,诸枢机皆开张也。

〔一一九〕戮力:书汤诰:聿求元圣,与之戮力。

〔一二〇〕施斧斤:水经注:昔禹治洪水,山陵当水者,凿之。鲍照石帆铭:在昔鸿荒,刊起原陆。乃剡乃铲,既刿既斫。

〔一二一〕假诅咀:诗荡:"侯诅①侯祝。"

〔一二二〕酬佣:佣,即就切。汉书食货志:或不偿其佣贷。师古曰:佣,顾也,言所轮货物不足偿其顾庸之费也。

〔一二三〕芬苾:诗楚茨:"苾芬孝祀。"歆嗅:嗅,当作"齅"。诗生民:"上帝居歆。"注:鬼神食气曰歆。

〔一二四〕报酬:酬,音又。广韵:酬,报也。

潜溪诗眼:孙莘老尝谓老杜北征胜退之南山诗,王平甫以谓南山胜北征,终不能相服。时山谷尚少,乃曰:若论工巧,则北征不及南山,若书一代之事,以与国风、雅、颂相为表里,则北征不可无,而南山虽不作,未害也。二公之论遂定。

洪兴祖云:此诗似上林、子虚赋,才力少者不可到也。

按:古人五古长篇,各得文之一体。焦仲卿妻诗传体,杜北征序体,八哀状体,白悟贞寺记体,张籍祭退之诔体,退之南山赋体。赋本六义之一,而此则子虚、上林赋派。长短句任华寄李白、杜甫二篇书体,卢仝月蚀议体,退之寄崔立之亦书体,谢自然又论体。触类而成,不得不然也。又按南山、北征各为巨制,题义不同,诗体自别,固不当并较优劣也。此篇乃登临纪胜之作,穷极状态,雄奇纵恣,为诗家独辟蚕丛,无公之才,则不能为,有公之才,亦不敢复作。固不可无一,不可有二者也。近代有妄人讥其曼冗,且谓连用"或"字为非法,不知"或"字本小雅北山,连用叠字本屈原悲回风、古诗十九首,款启寡闻,而轻有掎摭,多见其不知量也。

【校 记】

①"诅",诗三家义集疏作"作"。

醉赠张秘书〔一〕

人皆劝我酒,我若耳不闻。今日到君家,呼酒持劝君。为此座上客〔二〕,及余各能文〔三〕。君诗多态度,蔼蔼春空云〔四〕。东野动惊俗,天葩吐奇芬。张籍学古淡〔五〕,轩鹤避鸡群〔六〕。阿买不识字〔七〕,颇知书八分〔八〕。诗成使之写,亦足张吾军〔九〕。所以欲得酒,为文俟其醺。酒味既泠冽,酒气又氛氲〔一〇〕。性情渐浩浩,谐笑方云云〔一一〕。此诚得酒意,馀外徒缤纷〔一二〕。长安众富儿,盘馔罗羶荤。不解文字饮,惟能醉红裙。虽得一饷乐,有如聚飞蚊〔一三〕。今我及数子,固无莸与薰。险语破鬼胆〔一四〕,高词媲皇坟〔一五〕。至宝不雕琢〔一六〕,神功谢锄耘〔一七〕。方今向泰平,元凯承华勋〔一八〕。吾徒幸无事〔一九〕,庶以穷朝曛〔二〇〕。

〔一〕方云:今本下或注"彻"字。彻,元和四年进士。此诗元和初作,彻犹未第,公五六年皆在东都。此诗盖在长安日作,非彻

也。按：彻当作署。署为御史，谪临武，徙掾江陵。半岁，邕管
奏为判官，不行，拜京兆府司录。元和元年，还京。是年六月，
公亦召还拜国子博士。故诗中同在长安。张署时官司录，诗
题乃称"秘书"，张初本校书郎也，唐人率重内职如是。

〔二〕座上客：后汉书孔融传：融好士，喜诱益后进。客日盈其门，常
叹曰："座上客常满，尊中酒不空，吾无忧矣。"

〔三〕能文：世说：孙兴公、庾公共游白山，卫君常在座，孙曰："此子
神情都不关山水，而能作文。"

〔四〕蔼蔼：陶潜诗："蔼蔼停云。"石林诗话：古今论诗者多矣，余独
爱汤惠休称谢灵运为"初日芙蓉"，沈约称王筠为"弹丸脱手"，
两语最当人意。退之赠张秘书云："君诗多态度，蔼蔼春空
云。"亦是形似之微妙。

〔五〕古淡：苕溪诗话：孟郊诗最淡且古，坡谓"有如食彭越，竟日嚼
空螯"。退之论数子，乃以"张籍学古淡"，东野为"天葩吐奇
芬"，岂勉所长而讳所短耶？抑亦东野古淡自足，不待学耶！
按：此说可谓固哉！高叟之为诗也。东野固古淡，而与韩往来
又复奇绝，何作侏儒仅窥一节之见？

〔六〕轩鹤：左传：卫懿公好鹤，鹤有乘轩者。朱子曰：言"张籍学古
淡"，而不骛于绮靡，如以乘轩之鹤，而反避鸡群也。鸡群：世
说：有人语王戎曰：嵇延祖卓卓，如野鹤之在鸡群。

〔七〕阿买：赵尧夫曰：或问鲁直：阿买是退之何人？答云：退之侄。
必有所据而云。

〔八〕八分：周越书苑：八分者，秦羽人上谷王次仲饰隶书为之，锺繇
谓之章程书。蔡文姬别传：臣父邕言划程邈隶字八分取二分，
划李斯小篆二分取八分，故名八分。

〔九〕张吾军:左传:斗伯比曰:我张吾三军。

〔一〇〕酒气:鲍照诗:"好酒多芳气。"氛氲:水经注:刘堕宿擅工酿,香醑之色,清白若滫浆,别调氛氲,不与他同。

〔一一〕云云:家语三恕篇:孔子进众议者而问之,皆曰云云。汉书汲黯传:上曰:我欲云云。

〔一二〕缤纷:屈原离骚:"时缤纷其变易兮。"

〔一三〕聚飞蚊:汉书中山王胜传:聚蚊成雷。

〔一四〕破鬼胆:开元天宝遗事:李果为洛阳令,有刘兼者过其境。夜闻户外语声曰:古今正人李令是也,见其行事,令人破胆。开户视之,无物,乃鬼神也。

〔一五〕媲皇坟:尔雅释诂:妃,媲也。注:相偶媲也。孔安国尚书序:伏羲、神农、黄帝之书,谓之三坟。释名:坟,分也。论三才之分天地人之治,其体有三也。

〔一六〕不雕琢:诗棫朴:"追琢其章,金玉其相。"传:追,雕也,金曰雕,玉曰琢。

〔一七〕神功:南史谢惠连传:惠连年十岁能属文,族兄灵运嘉赏之。尝于永嘉西堂思诗,竟日不就,忽梦见惠连,即得"池塘生春草",大以为工,尝云:此语有神功,非吾语也。

〔一八〕元凯:左传:高阳氏有才子八人,谓之八恺。高辛氏有才子八人,谓之八元。按:新唐书宰相表:元和元年,杜黄裳、郑馀庆为相。华勋:书尧典:曰若稽古帝尧,曰放勋。舜典:曰若稽古帝舜,曰重华。梁简文帝七励:"德合天地,道方华勋。"

〔一九〕无事:史记:陈轸过梁,见犀首,曰:"公何好饮也?"犀首曰:"无事也。"

〔二〇〕穷朝曛:谢灵运诗:"夜听极星烂,朝游穷曛黑。"

醉后[一]

煌煌东方星[二]，奈此众客醉[三]。初喧或忿争[四]，中静杂嘲戏[五]。淋漓身上衣，颠倒笔下字。人生如此少，酒贱且勤置。

〔一〕按：旧编在前首之前，今移于后。

〔二〕煌煌：诗东门之杨："昏以为期，明星煌煌。"东方星：诗大东："东有启明。"

〔三〕众客醉：屈原渔父篇："众人皆醉我独醒。"

〔四〕忿争：淮南览冥训：无忿争之心。

〔五〕嘲戏：魏文帝典论：鸡以嘲戏。

答张彻[一]

辱赠不知报，我歌尔其聆。首叙始识面[二]，次言后分形[三]。道途绵万里，日月垂十龄[四]。浚郊避兵乱[五]，睢岸连门停[六]。肝胆一古剑[七]，波涛两浮萍。渍墨窜旧史[八]，磨丹注前经[九]。义苑手秘宝[一〇]，文堂耳惊霆。暗晨蹑露鸟，暑夕眠风楹。结友子让抗，请师我惭丁[一一]。初味犹啖蔗[一二]，遂通斯建瓴[一三]。搜奇日有富，嗜善心无宁。石梁平侹侹[一四]，沙水光泠泠[一五]。乘枯摘野艳，沈细抽潜腥。游寺去陟巘[一六]，寻径返穿汀。缘云竹辣辣[一七]，失路麻冥冥。淫潦忽翻野[一八]，平芜眇开溟。防泄堇夜塞，惧冲城昼扃。及去事戎辔[一九]，相逢宴军伶[二〇]。觥秋纵兀兀，猎旦驰骍骍[二一]。从赋始分手[二二]，朝京忽同舲[二三]。急时促暗棹，恋月留虚亭。毕事驱传马〔二四〕，安居守窗萤〔二五〕。梅花灞水别，宫烛骊山醒〔二六〕。省选逮投足〔二七〕，乡宾尚摧翎〔二八〕。尘祛又一掺〔二九〕，泪眥还双荧〔三〇〕。洛邑得休告〔三一〕，华山穷绝陉〔三二〕。倚岩睨海浪，引袖拂天星。日驾此回辖〔三三〕，金神所司刑〔三四〕。泉绅拖修白，石剑攒高青〔三五〕。磴藓垯拳跼〔三六〕，梯飙颮伶俜〔三七〕。悔狂已咋指，垂诫仍镌铭〔三八〕。峨豸乔备列〔三九〕，伏蒲贵分泾〔四〇〕。微诚慕横草〔四一〕，琐力摧撞莛〔四二〕。叠雪走商岭，飞波航洞庭。下险疑堕井〔四三〕，守官类拘图〔四四〕。荒餐茹獠蛊〔四五〕，幽梦感湘灵〔四六〕。刺史肃葺蔡〔四七〕，吏人沸蝗螟〔四八〕。点缀簿上字〔四九〕，趋跄阁前铃〔五〇〕。赖其饱山水，得以娱瞻听。紫树雕斐亹〔五一〕，碧流滴珑瓁〔五二〕。映波铺远锦〔五三〕，插地列长屏。愁狖酸骨死，怪花醉魂馨。潜苞绛实坼，幽乳翠毛零。赦行五百里，月变三十蓂〔五四〕。渐阶群振鹭〔五五〕，入学海螵蛉〔五六〕。苹甘谢鸣鹿，罍满惭馨瓶〔五七〕。囷囷抱瑚琏〔五八〕，飞飞联鹡鸰〔五九〕。鱼鬣欲脱背〔六〇〕，虬光先照硎〔六一〕。岂独出丑类？方当动朝廷。勤来得晤语〔六二〕，勿惮宿寒厅。

〔一〕□云：张彻，公门下士，又公之从子婿。

〔二〕识面：北史宋游传：齐神武帝见宋游，曰：尝闻其名，今日始识其面。

〔三〕分形：按：鲍照赠故人马子乔诗："烟雨交将夕，从此遂分形。"旧注引曹植求自试表"分形同气"之语，谓公借用以叙离别，真可哂也。

〔四〕十龄：记文王世子："梦帝与吾九龄。"古者谓年为龄。鲍照诗："舍耒将十龄。"□云：谓自贞元十二年丙子，至是元和元年丙戌,十年也。

〔五〕浚郊:诗干旄:"在浚之郊。"新唐书地理志:汴州陈留郡,武德
四年,以郑州之浚仪、开封,滑州之封丘置。

〔六〕连门停:按:洛阳伽蓝记:"隔墙并门,连檐接响。"即诗所谓"连
门停"也。公居睢上,盖与彻比屋而居停也。

〔七〕肝胆:董仲舒士不遇赋:"苟肝胆之可同兮,奚须发之足辨也?"

〔八〕窜:后汉书张衡传:河洛、六艺,篇录已定,无所容窜。注:谓不
容妄有加增也。旧史:张衡西京赋:"学乎旧史氏。"

〔九〕磨丹:吕氏春秋:丹可磨而不夺其赤。

〔一〇〕秘宝:后汉书班固传:御东序之秘宝。注:秘宝,谓河图之属。

〔一一〕让抗、惭丁:按:旧注:"晋书羊祜传:'祜出征南夏,与陆抗相
对,使命交通。'左传:'尹公佗学射于庾公差,庾公差学射于公
孙丁。'"此说甚非,全无关涉。细思"抗"乃抗礼之抗,"丁"乃
当也,承上"义苑"、"文堂"来,语意乃合。

〔一二〕啖蔗:晋书顾恺之传:每食甘蔗,恒自尾至本,曰渐入佳境。

〔一三〕建瓴:瓴,音零。汉书高帝纪:譬犹居高屋之上建瓴水也。如
淳曰:瓴,盛水瓶也。

〔一四〕石梁:诗鸳鸯:"鸳鸯在梁。"笺:梁,石绝水之梁。侹侹:侹,音
挺。说文:侹,长貌。广雅释诂:侹,直也。

〔一五〕泠泠:文子:"泠泠之水清,可以濯吾缨乎。"

〔一六〕陟巘:巘,语偃切。诗公刘:"陟则在巘。"

〔一七〕竦竦:鲍照诗:"瑟瑟凉海风,竦竦寒山木。"

〔一八〕淫潦:宋玉九辩:"淫潦①何时而得溁?"按:贞元十五年郑滑
大水。

〔一九〕事戎昝:□云:建封以公为节度判官。

〔二〇〕军伶：蒋云：军伶，军中乐。

〔二一〕驷驷：诗鲁颂："驷驷牡马。"

〔二二〕从赋：汉书晁错传：诏有司举贤良文学士，错在选中。对曰："今臣窋等，乃以臣充赋。"如淳曰：犹言备数也。孙云：谓彻赴举试也。分手：谢瞻诗："分手东城闉。"

〔二三〕朝京：樊云：是年冬，公以徐州从事朝于京师，又与彻同行。舲：音零。屈原九章："乘舲船余上沅兮，齐吴榜以击汰。"注：舲船，船有窗牖者。

〔二四〕毕事：□云：谓十六年春，公朝正事毕归彭城也。驱传马：传，去声。汉书贾谊传：乘传而行郡国。盐铁论：乘传诣公车。师古曰：传者，若今之驿。新唐书百官志：主客郎中掌朝见之事。蕃州都督、刺史朝集日，视品级，乘传者日四驿，乘驿者六驿。

〔二五〕窗萤：晋书车胤传：胤博学多通，家贫不常得油，夏月则练囊盛数十萤火以照书，以夜继日焉。按：言彻留居京都读书也。

〔二六〕灞水、骊山：三辅黄图：霸水出蓝田谷，西北入渭。又：阿房宫阁道通骊山八十馀里。水经注：霸城西十里则霸水，西二十里则长安城。史记周本纪索隐曰：骊山在雍州新丰县南，故骊戎国也。太平寰宇记：骊山在昭应县东南二里，即蓝田山也。笔墨闲录：此对极有风味。

〔二七〕投足：陆机诗："矩步岂逮人？投足事已尔。"

〔二八〕摧翮：樊云：谓彻下第也。

〔二九〕掺祛：掺，所减切。诗遵大路："掺执子之祛兮。"传：掺，擥；祛，袂也。

〔三〇〕泪眥、荧：说文：眥，目匡也。蔡琰诗："常流涕②兮眥不干。"庄子人间世篇：而目将荧之。

〔三一〕休告:汉书魏相传:休告从家还至府。按:十八年,公为四门博士,谒告归洛,因游华山。

〔三二〕穷绝陉:陉,音形。尔雅释山:山绝,陉。注:连山中断绝。国史补:韩愈好奇,与客登华山绝峰,度不可返,乃作遗书,发狂恸哭。华阴令百计取之,乃下。

〔三三〕回辖:刘孝威乐府:"鲁日尚回轮。"按:华山西岳,言日至西而落也。

〔三四〕金神:广雅释天:金神谓之清明。淮南时则训:西方之极,少皞、蓐收之所司者万二千里。其令曰:审用法,诛必辜。注:蓐收,金神,应金断也。

〔三五〕泉绅、石剑:水经注:山上有飞泉,直至山下,望之若幅练在山矣。按:"泉绅"即送惠师"悬瀑垂天绅"。"石剑"即南山诗"参参削剑戟"也。

〔三六〕磴:都邓切。汏:音闼。广韵:汏,泥滑。拳踦:屈原离骚:"蜷局顾而不行。"注:诘屈不行貌。

〔三七〕伶俜:潘岳寡妇赋:"少伶俜而偏孤兮。"

〔三八〕咋指、镂铭:史记张耳传:张敖啮其指,出血。家语观周篇:金人三缄其口而铭其背曰:"戒之哉!"

〔三九〕峨豸:后汉书舆服志:法冠或谓之獬豸冠。獬豸,神羊,能别曲直,故以为冠,执法近臣御史服之。注:异物志曰:东北荒中,有兽名獬豸,一角,性忠,见人斗则触人不直者,闻人论则咋不正者,楚执法者所服也。今冠两角,非豸也。□云:十九年公为御史。

〔四○〕伏蒲:汉书史丹传:丹直入卧内,顿首伏青蒲上。应劭曰:以青规地曰青蒲。分泾:诗谷风:"泾以渭浊。"梁简文帝答湘东王书:辨兹清浊,使如泾渭。

〔四一〕横草:汉书终军传:军无横草之功,得列宿卫。师古曰:言行草
中,使草偃卧,故云横草也。

〔四二〕撞莛:莛,音廷。说苑:赵襄子问仲尼,仲尼不对。异日,襄子
见子路曰:"尝问先生以道,先生不对。"子路曰:"见天下之鸣
钟而撞之以莛,岂能发其声乎哉? 君问先生,无乃犹以莛
撞乎!"

〔四三〕堕井:北史薛端传:端弟裕后庭有井,裕落井,同坐共出之。

〔四四〕拘图:释名:狱谓之图圉。图,领也;圉,御也,领录囚徒禁御
之也。

〔四五〕獠:音老。北史蛮獠传:獠者,南蛮之别种,自汉中达于邛、笮,
川洞之间,所在皆有。

〔四六〕湘灵:屈原远游:"二女御九韶歌。使湘灵鼓瑟兮。"

〔四七〕菁蔡:袁宏三国名臣赞:思同菁蔡,运用无方。

〔四八〕吏人:后汉书周纡传:到官晓吏人,吏人大震。螟螣:诗大田:
"去其螟螣,及其蟊贼。"尔雅释虫:食苗心曰螟。广雅释虫:
蟊,螟也。

〔四九〕点缀:锺嵘诗品:终朝点缀,分夜呻吟。

〔五〇〕阁前铃:周纡传:又问铃下。注:汉官仪曰:铃下侍阁辟车。

〔五一〕斐亹:亹,音尾。孙绰天台山赋:"彤云斐亹以翼棂。"

〔五二〕珑璁:扬雄甘泉赋:"和氏珑璁。"法言:珑璁其声者,其质玉乎?

〔五三〕铺远锦:班固西都赋:"若摛锦与布绣,烛耀乎其陂。"南史颜延
之传:君诗若铺锦列绣。

〔五四〕三十蓂:宋书符瑞志:尧时夹阶而生,一日生一叶,从朔而生,
望而止,十六日落一叶,月小则不落,名曰蓂荚。按:公于贞元

十九年癸未十二月贬阳山令，历二十年、二十一年。元和元年
丙戌六月，自江陵③召拜国子博士还朝，凡阅三十月矣。

〔五五〕渐阶：陶弘景答朝士书：修道进业，渐阶无穷。振鹭：诗周颂：
"振鹭于飞，于彼西雝。"

〔五六〕入学：记学记：入学鼓箧，孙其业也。海螟蛉：诗小宛："螟蛉有
子，蜾蠃负之。"陆机诗疏：螟蛉，桑上小青虫也。蜾蠃，土蜂
也，似蜂而小腰，取桑虫负之于木空中，七日而化为其子。法
言：螟蠕之子，殪而逢蜾蠃，祝之曰：类我类我。久则肖之矣。
速哉，七十子之肖仲尼也。

〔五七〕罄瓶：诗蓼莪："瓶之罄矣，维罍之耻。"笺：瓶小而尽，罍大而
盈。罍耻者，刺王不能使富分贫，众恤寡也。

〔五八〕囧囧：江淹诗："囧囧秋月明，凭轩咏尧老。"瑚琏：记明堂位：夏
后氏之四琏，殷之六瑚。

〔五九〕鹡鸰：诗棠棣："脊令在原，兄弟急难。"传：脊令，雝渠也，飞则
鸣，行则摇。顾嗣立曰：按墓志，彻弟复亦举进士，故云。

〔六〇〕鱼鬣：司马相如上林赋："捷垂掉尾。"郭璞曰：鬣，背上鬣也。
脱背：孙云："脱背"言将化为龙也。

〔六一〕照硎：庄子养生主篇："今臣之刀十九年矣，而刀刃若新发于
硎。"司马彪注：硎，磨石也。

〔六二〕晤语：诗东门之池："彼美淑姬，可与晤语。"

顾嗣立曰：此诗通首用对句，而以生峭之笔行之，便与律诗
大别。

按："结友子让抗，请师我惭丁"二语，旧注以"丁"为公孙丁。
近日顾嗣立补注又以"抗"为陆抗，殊不合。古来师友多矣，何取
乎对垒之羊祜、陆抗，交绥之尹公、公孙丁也？今订为虚字，言以

子为友，子谦让不敢抗礼，以我为师，我又惭谢不敢当也。如此解，乃文从字顺，一无牵强。又按：公叙事长篇如此日足可惜、县斋有怀、赴江陵途中寄三学士及此篇，所叙之事，大约相同，而笔法变化。此与县斋有怀皆用对句，尤遒劲。

【校　记】

①"淫潦"，楚辞章句补注作"后土"。

②"涕"，原作"离"，据楚辞集注改。

③"陵"，原作"陆"，据诗后按语改。

丰陵行[一]

羽卫煌煌一百里[二]，晓出都门葬天子。群臣杂沓驰后先[三]，宫官穰穰来不已。是时新秋七月初，金神按节炎气除。清风飘飘轻雨洒[四]，偃蹇旆旗卷以舒[五]。逾梁下坂箫鼓咽[六]，嵝嵝遂走玄宫间[七]。哭声訇天百鸟噪[八]，幽坎昼闭空灵舆。皇帝孝心深且远，资送礼备无赢馀[九]。设官置卫锁嫔妓[一〇]，供养朝夕象平居。臣闻神道尚清净，三代旧制存诸书。墓藏庙祭不可乱，欲言非职知何如。

〔一〕顺宗实录：元和元年七月壬寅，葬丰陵，谥曰至德大圣大安孝皇帝，庙曰顺宗。

〔二〕羽卫：江淹诗："羽卫蔼流景。"善曰：羽卫，负羽侍卫也。

〔三〕杂沓：后汉书张衡传：杂沓丛顇，飒以方骧。

〔四〕风飘、雨洒：班固东都赋："雨师泛洒，风伯清尘。"国史补：京辅故老言：每营山陵封辄雨，至少霖淫亦十馀日矣。

〔五〕偃蹇：屈原远游："服偃蹇以低昂兮。"广雅释训：偃蹇，夭挢也。

〔六〕箫鼓：南史曹景宗传：去时儿女悲，归来箫鼓竞。

〔七〕嶻嶭：张衡西京赋："托乔基于山冈，直嶻嶭以高居。"善曰：嶻嶭，高貌也。玄宫：方云：文选注：天子后妃所葬墓曰玄宫。玄宫间，谓玄宫前之寓间也。

〔八〕百鸟噪：曹植登台赋："听百鸟之悲鸣。"

〔九〕赢馀：后汉书马援传：致求赢馀，但自苦耳。

〔一○〕锁嫔妓：孙云：唐制，诸陵皆置宫殿，列官曹，设嫔妓、侍卫如平生。

游青龙寺赠崔大补阙 原注云：寺在京城南门之东。〔一〕

秋灰初吹季月管，日出卯南晖景短〔二〕。友生招我佛寺行〔三〕，正值万枝红叶满〔四〕。光华闪壁见神鬼〔五〕，赫赫炎官张火伞〔六〕。然云烧树火实骈，金乌下啄赪虬卵〔七〕。魂翻眼倒忘处所，赤气冲融无间断〔八〕。有如流传上古时，九轮照烛乾坤旱〔九〕。二三道士集其间，灵液累进颇黎盌〔一○〕。忽惊颜色变韶稚〔一一〕，却信灵仙非怪诞。桃源迷路竟茫茫，枣下悲歌徒纂纂〔一二〕。前年岭隅乡思发，踯躅成山开不算。去岁羁帆湘水明，霜枫千里随归伴〔一三〕。猿呼鼯啸鹧鸪啼，恻耳酸肠难濯澣〔一四〕。思君携手安能得？今者相从敢辞懒。由来钝骎寡参寻〔一五〕，况是儒官饱闲散。惟君与我同怀抱，锄去陵谷置平坦〔一六〕。年少得途未要忙，时清谏疏尤宜罕。何人有酒身无事，谁家多竹门可款〔一七〕？须知节后即风寒，幸及亭午犹妍暖〔一八〕。南山逼冬转清瘦，刻画圭角出崖嶮〔一九〕。当忧复被冰雪埋，汲汲来窥诚迟缓。

〔一〕旧唐书崔群传：群，字敦诗，清河武城人。十九年登进士第，累迁右补阙。新唐书百官志：左补阙六人，从七品上，掌供奉讽谏，大事廷议，小则上封事。武后置左右各二员。

〔二〕日出：记月令：季秋之月，日在房。晖景短：周礼地官司徒：正日景以求地中，日南则景短。后汉书律历志：夏至阴气应，则乐均浊，景短。按：诗语但言日短，非测景义。

〔三〕友生：诗伐木："矧伊人矣，不求友生。"

〔四〕红叶满：苏轼曰：予读此句，初不晓其故。及观小说，郑虔寓青龙寺，贫无纸，取柿叶学书，九月柿叶赤而实红，故知退之诗谓此。

〔五〕光华：古乐府卿云歌："日月光华，旦复旦兮。"

〔六〕张火伞：南史曹景宗传：旱甚，求雨不降。帝命焚蒋帝庙，欲起火当神，上忽有云如伞。

〔七〕赪虬卵：赪，音桯。诗汝坟："鲂鱼赪尾。"传：赪，赤也。说文：虬，龙子有角者。鲁语：鸟翼鷇卵。韦昭曰：未乳曰卵。韩云：上联咏柿叶之红，而光华之粲然。下联咏柿实之赤，而日光之交映。火伞赪虬，皆状其红，而取喻之工如此。

〔八〕赤气：史记天官书：嵩高三河之交，气正赤。冲融：木华海赋："冲融沆瀁，渺弥溃漫。"

〔九〕九轮：屈原天问："羿焉弹日？乌焉解羽？"注：淮南言：尧时，十日并出，草木焦枯。尧命羿仰射十日，中其九，日中九乌皆死，堕其羽翼。按：轮即日重光、月重轮，比象之语。

〔一〇〕灵液：潘岳笙赋："浸润灵液之滋。"颇黎盌：北史波斯国传：多大真珠颇黎，瑠璃水精瑟瑟。说文：盌，小盂也。祝云：此谓食柿也。

〔一一〕变韶稚：**神仙传**：八公诣淮南王门，皆须眉皓白。门吏白王。
王使阍人难问之曰："我王欲求延年，今先生年已耆矣，似无驻
衰之术。"言未竟，八公皆变为童子，年可十四五，角髻青丝，色
如桃花。

〔一二〕枣下：古乐府啁噍歌："枣下何攒攒（攒、纂古通），荣华各有时。
枣初欲赤时，人从四边来。"

〔一三〕霜枫：**尔雅释木**：枫，欇欇，似白杨，叶员而岐。

〔一四〕恻耳酸肠：**水经注**：晓禽暮兽，寒鸣相和。羁宦游子，聆之者莫
不伤思矣。难濯瀚：**诗柏舟**："心之忧矣，如匪瀚衣。"

〔一五〕钝騃：**汉书息夫躬传**：内实騃，不晓政事。

〔一六〕陵谷：**诗十月之交**："高岸为谷，深谷为陵。"

〔一七〕门可款：**吕氏春秋**：款门请谒。**高诱注**：款，叩也。

〔一八〕亭午：**梁元帝纂要**：日在午，曰亭午。

〔一九〕圭角：**鲍照飞白书势铭**：圭角星芒，明丽烂逸。崖窾：**庄子养生
主**：导大窾。**司马彪曰**：窾，空也。

赠崔立之评事〔一〕

崔侯文章苦捷敏〔二〕，高浪驾天输不尽。曾从关外来上都，随身
卷轴车连轸。朝为百赋犹郁怒，暮作千诗转道紧〔三〕。摇毫掷
简自不供，顷刻青红浮海蜃〔四〕。才豪气猛易语言，往往蛟螭杂
蝼蚓〔五〕。知音自古称难遇，世俗乍见那妨哂。勿嫌法官未登
朝〔六〕，犹胜赤尉长趋尹〔七〕。时命虽乖心转壮〔八〕，技能虚富家
逾窘。念昔尘埃两相逢，争名龃龉持矛楯〔九〕。子时专场夸觜

距〔一〇〕,余始张军严鞿鞚〔一一〕。尔来但欲保封疆,莫学庞涓怯孙膑〔一二〕。窜逐新归厌闻闹〔一三〕,齿发早衰嗟可闵。频蒙怨句刺弃遗〔一四〕,岂有闲官敢推引?深藏箧笥时一发〔一五〕,戢戢已多如束笋。可怜无益费精神,有似黄金掷虚牝〔一六〕。当今圣人求侍从,拔擢杞梓收楛箘〔一七〕。东马严徐已奋飞〔一八〕,枚皋即召穷且忍〔一九〕。复闻王师西讨蜀,霜风冽冽摧朝菌〔二〇〕。走章驰檄在得贤〔二一〕,燕雀飞挈要鹰隼〔二二〕。窃料二涂必处一〔二三〕,岂比恒人长蠢蠢?劝君韬养待征招,不用雕琢愁肝肾。墙根菊花好沽酒,钱帛纵空衣可准。晖晖檐日暖且鲜,摵摵井梧疏更殒〔二四〕。高士例须怜曲蘖〔二五〕,丈夫终莫生畦畛〔二六〕。能来取醉任喧呼〔二七〕,死后贤愚俱泯泯。

〔 一 〕□云:崔斯立,字立之,博陵人。贞元四年,侍郎刘太真知举,
放进士三十六人,立之中第。新唐书百官志:大理寺评事八
人,从八品下,掌出使推按。

〔 二 〕捷敏:广雅释言:捷、敏,亟也。

〔 三 〕百赋、千诗:梁书武帝纪:下笔成章,千赋百诗,直疏便就。

〔 四 〕海蜃:蜃,音肾。史记天官书:海旁蜃气象楼台。

〔 五 〕蛟螭蝼蚓:记月令:蝼蝈鸣,蚯蚓出。苕溪丛语:立之诗有不工
处,故退之以此讥之。

〔 六 〕法官:北史许善心传:初付法官,推千馀人,皆称被役①。□
云:谓大理评事。

〔 七 〕赤尉:元和郡县志:大唐县有赤、畿、望、上、中、下六等之差。
京师所治为赤县,京之旁邑为畿县。按:□云:斯立初为伊阳
尉。非也。斯立摄伊阳在元和三年冬,公酬诗云云,见后卷。

此盖斯立登第后,曾为赤尉,乃转评事耳。

〔 八 〕时命:庄子缮性篇:时命大谬也,当时命而大行乎天下,则反一
　　　　无迹;不当时命而大穷乎天下,则深根宁极而待。

〔 九 〕龃龉:龃,床吕切。龉,音语。宋玉九辩:"圜凿而方枘兮,吾固
　　　　知其龃龉而难入。"注:龃龉,相拒貌。矛楯:尸子:楚人有鬻矛
　　　　与楯者,誉之曰:"吾楯之坚,莫能陷也。"又誉之曰:"吾矛之
　　　　利,于物无不陷也。"或曰:"以子之矛,陷子之楯,何如?"其人
　　　　弗能应。

〔一〇〕觜距:张衡东京赋:"秦政利觜长距,终得擅场。"

〔一一〕鞦鞅:音显引。左传:晋车七百乘,鞦鞅靷靽。杜预曰:在背曰
　　　　鞦,在胸曰鞅,在腹曰靷,在后曰靽。释名:鞦,经也,横经其腹
　　　　下也。鞅,所以引车也。

〔一二〕庞涓、孙膑:史记孙武传:魏攻韩,韩告急于齐。齐使田忌将而
　　　　往。庞涓去韩而归,孙子谓田忌使齐军入魏地减灶,涓大喜
　　　　曰:"吾固知齐军怯入吾地。"三日,士卒亡者过半矣。

〔一三〕窜逐新归:□云:公时方自江陵法曹召为国子博士。

〔一四〕刺弃遗:诗谷风:"将安将乐,弃予如遗。"

〔一五〕箧笥:魏文帝诗:"缄藏箧笥里,当复何时披?"

〔一六〕虚牝:淮南墬形训:丘陵为牡,溪谷为牝。

〔一七〕拔擢:汉书扬雄传:所荐无不拔擢。杞梓:左传:晋卿不如楚,
　　　　其大夫则贤,如杞梓皮革,自楚往也。楛簵:音户窭。书禹贡:
　　　　惟箘簵楛。孔注:箘、簵,美竹;楛,中矢干。

〔一八〕东马严徐:汉书严助传:严助、朱买臣、吾丘寿王、司马相如、主
　　　　父偃、徐乐、严安、东方朔、枚皋、胶仓、终军、严葱奇等并在
　　　　左右。

〔一九〕枚皋：汉书枚乘传：乘孽子皋，字少孺，年十七，上书梁共王，得召为郎。见谗恶遇罪，亡至长安，上书北阙。上得之大喜，召入见，待诏。

〔二○〕朝菌：庄子逍遥游：朝菌不知晦朔。司马彪曰：菌，大芝也。

〔二一〕走章驰檄：西京杂记：枚皋文章敏疾，长卿制作淹迟。扬子云曰：军旅之际，戎马之间，飞书驰檄用枚皋；庙廊之中，高文典册用相如。

〔二二〕燕雀：史记陈涉世家：燕雀安知鸿鹄之志哉？纷拏：王逸九思："殽乱兮纷拏。"鹰隼：记月令：鹰隼早鸷。

〔二三〕二涂：□云：谓非列侍从，即从讨蜀。

〔二四〕摵摵：摵，音索。潘岳秋兴赋："庭树摵以洒落。"善曰：摵，枝空之貌。井梧：庾肩吾诗："井梧生未合。"

〔二五〕怜曲蘖：晋书孔群传：尝与亲友书云：今年田得七百石秫米，不足了曲蘖事。

〔二六〕畦畛：庄子人间世篇：彼且为无町畦，亦与之为无町畦。又齐物论：为是而有畛也，请言其畛。有分有辨，有竞有争。说文：田五十亩曰畦。畛，井田间陌也。

〔二七〕喧呼：南史张镜传：少与颜延之邻居，颜谈义饮酒，喧呼不绝，镜静默无言。后与客谈，延之取胡床坐听，客曰："彼有人焉。"由是不复酣叫。

容斋续笔：崔立之在唐不登显仕，他亦无传，而韩文公推奖之备至。登科记：立之以贞元三年第进士，七年中宏词科。观韩公所言，崔作诗之多可知矣，而无一篇传于今。岂非蝼蚓之杂，惟敏速而不能工耶？

【校　记】

①"役",原作"后",据北史改。

送区弘南归^{〔一〕}

穆昔南征军不归,虫沙猿鹤伏以飞^{〔二〕}。汹汹洞庭莽翠微^{〔三〕},
九疑镵天荒是非^{〔四〕}。野有象犀水贝玑^{〔五〕},分散百宝人士
稀^{〔六〕}。我迁于南日周围^{〔七〕},来见者众莫依稀。爰有区子荧荧
晖^{〔八〕},观以彝训或从违^{〔九〕}。我念前人臂鞲菲^{〔一○〕},落以斧引以
縲徽^{〔一一〕}。虽有不逮驱騑騑^{〔一二〕},或采于薄渔于矶^{〔一三〕}。服役
不辱言不讥,从我荆州来京畿^{〔一四〕}。离其母妻绝因依,嗟我道
不能自肥^{〔一五〕}。子虽勤苦终何希,王都观阙双巍巍^{〔一六〕}。腾踏
众骏事鞍靰,佩服上色紫与绯^{〔一七〕}。独子之节可嗟唏,母附书
至妻寄衣。开书拆衣泪痕晞,虽不勑还情庶几。朝暮盘羞侧
庭闱^{〔一八〕},幽房无人感伊威^{〔一九〕}。人生此难馀可祈,子去矣时
若发机^{〔二○〕}！蜃沈海底气升霏,彩雉野伏朝扇翚^{〔二一〕}。处子窈
窕王所妃^{〔二二〕},苟有令德隐不腓^{〔二三〕}。况今天子铺德威^{〔二四〕},蔽
能者诛荐受礼^{〔二五〕}。出送抚背我涕挥^{〔二六〕},行行正直慎脂
韦^{〔二七〕}。业成志树来颀颀^{〔二八〕},我当为子言天扉。

195

〔一〕方云:区,乌侯切。唐韵:区冶子之后。王莽传有中郎将区博。

〔二〕虫沙猿鹤:王云:抱朴子:"周穆王南征,三军之众,一朝尽化,
　　　君子为猿为鹤,小人为虫为沙。"造化权舆作"周昭王南征"。
　　　皆未详本何据也。

〔三〕翠微:尔雅释山:山未及上,翠微。注:近上旁坡。疏:谓未及

顶上,在旁陂陀之处,一说山气青缥色。

〔四〕镵:锄咸切。荒是非:王云:湘中记:"九山相似,行者疑惑,故名九疑。"曰"荒是非",岂由此耶?

〔五〕象犀贝玑:汉书地理志:粤近海,多犀象毒冒珠玑银铜果布之凑。尔雅释鱼:贝居陆。说文:玑,珠不圜也。

〔六〕人士稀:按:公送廖道士序:"水土之所生,神气之所感,白金,水银,丹砂,石英,锺乳,橘柚之包,竹箭之美,千寻之名材,不能独当也。意必有魁奇忠信才德之民生其间,而吾又未见也。"柳宗元送廖有方序亦云:"交州其产多奇怪,而罕锺于人。"与此同意。

〔七〕日周围:王云:贞元十九年冬,公谪阳山。明年冬,弘来,故云"日周围"。

〔八〕荧荧晖:释名:荧荧,照明貌也。

〔九〕彝训:书酒诰:聪听祖考之彝训。

〔一〇〕葑菲:诗谷风:"采葑采菲,无以下体。"

〔一一〕缲徽:汉书扬雄传:徽以纠墨。师古曰:徽、纠、墨,皆绳也。朱子曰:此言缲徽,谓木工所用之绳墨也。然周易作"徽缲",乃为墨索,所以拘罪人者。恐公所用别有据也。张耒云:古人作七言诗,其句脉多上四字而下以三字成之。退之乃变句脉以上三下四,如"落以斧引以缲徽"、"虽欲悔舌不可扪"是也。

〔一二〕骓骓:诗小雅:"四牡骓骓。"传:行不止之貌。

〔一三〕薄:屈原九章:"露申辛夷,死林薄兮。"注:草木交错曰薄。

〔一四〕荆州:□云:元和元年六月,公自江陵召为国子博士。弘与公俱至京师。京畿:诗玄鸟:"邦畿千里。"

〔一五〕道肥:淮南精神训:先王之道胜,故肥。

〔一六〕观阙：尔雅释宫：观谓之阙。注：宫门双阙。古今注：阙，观也。古每门树两观于其前，所以标表宫门也。登之则可远观，故谓之观。人臣将至此，则思其所阙，故谓之阙。

〔一七〕紫绯：新唐书舆服志：文武三品以上服紫，四品服深绯，五品服浅绯。

〔一八〕朝暮盘羞：束皙补南陔诗："馨尔夕膳，絜尔晨羞。"庭闱：补南陔诗："眷恋庭闱，心不遑安。"

〔一九〕幽房：潘岳诗："抚灵榇兮诀幽房。"伊威：诗东山："伊威在室。"尔雅释虫注：旧说鼠妇别名。

〔二〇〕若发机：庄子齐物论篇：其发若机括。

〔二一〕雉扇：尔雅释鸟：雉素质，五采皆备成章曰翚。王云：宫扇以雉尾为之，言雉伏于野，而其羽可用为朝廷之仪也。

〔二二〕处子：庄子逍遥游篇：绰约若处子。按：古来以守不字、隐居不嫁喻处士者多矣，至公答杨子书则曰"崔大敦诗以足下为处子之秀"，是竟称处士为处子矣。此诗尚是喻意。窈窕：诗关雎："窈窕淑女。"方言：美状为窕，美心曰窈。王所妃：晋语：镇抚国家为王妃兮。左传：嘉耦曰妃。

〔二三〕腓：诗七月："百卉具腓。"传：腓，病也。

〔二四〕铺德威：班固东都赋："铺鸿藻。"广雅释诂：铺，陈也，布也。书吕刑：德威惟畏。

〔二五〕受机：机，音机。史记孟荀列传：因载其机祥度制。又天官书：其文图籍机祥不法。顾野王云：机祥，吉凶之先见也。

〔二六〕抚背：吴志吕蒙传：蒙为鲁肃画五策，肃越席就之，拊其背曰："吕子明，吾不知卿才略，乃至于此。"结友而别。

〔二七〕脂韦：屈原卜居："如脂如韦。"注：柔弱曲也。

〔二八〕颀颀:诗卫风:“硕人其颀。”笺:言仪表长丽俊好,颀颀然。

送文畅师北游〔一〕

昔在四门馆〔二〕,晨有僧来谒〔三〕。自言本吴人,少小学城阙〔四〕。已穷佛根源,粗识事輗軏〔五〕。挛拘屈吾真〔六〕,戒辖思远发〔七〕。荐绅秉笔徒〔八〕,声誉耀前阀。从求送行诗,屡造忍颠蹶〔九〕。今成十馀卷,浩汗罗斧钺。先生闷穷巷〔一〇〕,未得窥剞劂〔一一〕。又闻识大道〔一二〕,何路补剠刖〔一三〕?出其囊中文,满听实清越〔一四〕。谓僧当少安〔一五〕,草序颇排讦〔一六〕。上论古之初,所以施赏罚。下开迷惑胸,窙豁劚株橛〔一七〕。僧时不听荧〔一八〕,若饮水救暍〔一九〕。风尘一出门,时日多如发〔二〇〕。三年窜荒岭,守县坐深樾〔二一〕。征租聚异物,诡制怛巾袜〔二二〕。幽穷共谁语〔二三〕?思想甚含哕〔二四〕。昨来得京官,照壁喜见蝎〔二五〕。况逢旧亲识,无不比鹣蟨〔二六〕。长安多门户,吊庆少休歇〔二七〕。而能勤来过,重惠安可揭〔二八〕。当今圣政初〔二九〕,恩泽完玁狁〔三〇〕。胡为不自暇,飘戾逐鹖鹛〔三一〕。仆射领北门〔三二〕,威德压胡羯〔三三〕。相公镇幽都〔三四〕,竹帛烂勋伐〔三五〕。酒场舞闺姝〔三六〕,猎骑围边月〔三七〕。开张箧中宝,自可得津筏〔三八〕。从兹富裘马,宁复茹藜蕨。余期报恩后,谢病老耕垡〔三九〕。庇身指蓬茅,逞志纵猃猲〔四〇〕。僧还相访来,山药煮可掘〔四一〕。

〔一〕公送文畅师序:浮屠师文畅喜文章,其周游天下,凡有行,必请于搢绅先生,以求咏歌其所志。贞元十九年春,将行东南,柳君宗元为之请,解其装,得所叙诗累百馀篇。柳宗元集有送文畅上人登五台遂游河朔序。□云：送文畅序，公为四门博士时作，此诗国子博士时所作也。

〔二〕四门馆：旧唐书职官志：国子监有六学：一国子学，二太学，三四门学，四律学，五书学，六算学。四门博士三人，正七品上。□云：后魏太和中，立学于四门，因以为名。隋始隶国子。公尝为四门博士。

〔三〕僧来谒：闻见录：欧阳公于诗主退之，不主子美，刘仲原父每然之，公曰：子美"老夫清晨梳白头，玄都道士来相访"，有俗气，退之决不道也。仲原父曰：亦退之"昔在四门馆，晨有僧来谒"之句之类耳。公赏其辨。

〔四〕城阙：诗小序：子矜刺学校废也。其卒章曰："挑兮达兮，在城阙兮。"

〔五〕輗轨：李尤小车铭：輗轨之用，信义所同。

〔六〕挛拘：汉书邹阳传：以其能越挛拘之语，驰域外之议。

〔七〕戒辖：辖，胡葛切。诗泉水："载脂载舝，还车言迈。"注：舝，车轴头金也。舝与辖同。

〔八〕荐绅：史记五帝本纪赞：荐绅先生难言之。

〔九〕颠蹶：齐国策：颠蹶之请，望拜之谒，虽得则薄矣。

〔一〇〕先生：文畅称公。穷巷：秦国策：穷巷掘门桑户棬枢之士。

〔一一〕剞劂：音掎厥。庄忌哀时命：掘剞劂而不用兮。注：剞劂，刻镂刀也。应劭曰：剞，曲刀也；劂，曲凿也。

〔一二〕大道：张衡东京赋："客既醉于大道，饱于文义。"

〔一三〕补剞劓：剞，与黥同。庄子大宗师篇：庸讵知造物者之不息我黥而补我劓？韩云：公诗意谓文畅既祝发为僧，欲补其剞劓，而反之初，庸可得乎？按：从"自言"至此，皆述文畅之语，此两句乃设为其自悔之词也。

〔一四〕清越：记聘义："叩之，其声清越以长。"

〔一五〕少安：左传：孙文子来聘，公登亦登。叔孙穆子曰："吾子其
少安。"

〔一六〕草序：按：谓前送文畅序深诋浮屠，又讥缙绅先生"无以圣人之
道告之"，所谓排诋也。

〔一七〕㟄豁：㟄，音哮，一作"嵺"。何逊诗："㟄豁下崞呀。"朱子曰：一
本作"嵺豁"。注云：开达貌。劅株橛：橛，音掘。列子黄帝篇：
"吾处也若橛株驹。"崔撰曰：橛株驹，断树也。秦国策：削株掘
根。王云：言序所以排诋释氏而告以圣人之道者，如以刀而劅
株橛也。

〔一八〕听荧：庄子齐物论：是黄帝之所听荧也。司马彪注：听荧，疑
惑貌。

〔一九〕救暍：暍，音谒，一作"渴"。字林：暍，伤暑也。淮南子说林训：
救暍而饮之寒泉。

〔二〇〕如发：马融围棋赋："胜负之策兮，于言如发。"

〔二一〕深樾：樾，音越。鲍照诗："飞潮隐修樾。"广韵：樾，树阴。王
云：楚谓两木交阴之下曰樾。按淮南精神训："繇者盐汗交流，
得茠越下，则脱然而喜矣。"盖古"越"字不必木旁。又人间训：
"武王荫暍人于樾下。"则汉已加木。

〔二二〕异物、诡制：鲍照登大雷岸与妹书："繁化殊育，诡质怪章。"束
皙近游赋："衣裳之制，名号诡异。设系襦以御冬，资汗衫以当
暑。"怛巾袜：怛，音但，又当割切。按：诗："中心怛兮。"说文：
"怛，得案切，憯也。"广韵："当割切，悲惨也。"庄子"毋怛化"又
有惊惧之意。世说："庾亮大儿有雅重之质，温太真尝隐幔怛

之。"是则与此诗用字正同。又按：隋书地理志："长沙郡杂有夷蜒，其男子但著白布裈，更无巾袴。其女子青布衫斑布裙，通无鞋屧。桂阳、熙平皆同。"阳山隋时属熙平，则其巾袜之制，固宜有可骇者矣。与诗语合。

〔二三〕共谁语：司马迁报任安书："是以独郁悒而谁与语？"

〔二四〕含哕：哕，乙劣切。记内则：不敢哕噫嚏咳。说文：哕，气牾也。

〔二五〕喜见蝎：蝎，音歇。酉阳杂俎：江南旧无蝎，开元初有一主簿，以竹筒盛过江，今江南往往有之，俗呼为主簿虫。樊云：苏内翰闻骡驮试笔云："余谪居黄州五年，今日①离泗州北行，岸上骡驮声空龙，意亦欣然。盖不闻此声久矣。退之'照壁喜见蝎'，不虚语也。"又岭南归云："已脱问鹏之变，行有见蝎之喜。"皆取诸此。

〔二六〕鹣蟨：音兼厥。尔雅释地：南方有比翼鸟焉，不比不飞，其名谓之鹣鹣。注：似凫，青色，一目一翼，相得乃飞。又：西方有比肩兽焉，与邛邛岠虚比，为邛邛岠虚啮甘草，即有难，邛邛岠虚负而走，其名谓之蟨。注：吕氏春秋曰：北方有兽，其名为蟨，鼠前而兔后，趋则顿，走则颠。然则邛邛岠虚，亦宜鼠后而兔前，前高不得取甘草，故须蟨食之。

〔二七〕吊庆：燕国策：齐王按戈而却曰："此一何庆吊相随之速也！"

〔二八〕揭：孙云：揭，举也。方云：毌丘俭诗："忧责重山岳，谁能为我担？"与此义同。

〔二九〕圣政初：□云：谓宪宗初即位也。

〔三〇〕觥犹：觥，许出切。犹，许月切。记礼运：凤以为畜，故鸟不觢。麟以为畜，故兽不狘。郭璞江赋："濯翮疏风，鼓翅翻翩。"广韵：觢，飞貌；狘，走貌。

201

〔三一〕鹯鹰：音饘樧。尔雅释鸟：晨风，鹯。注：鹞属。又：杨鸟，鹰。注：似鹰，尾上白。

〔三二〕仆射：□云：谓田季安为魏博节度使。北门：左传：杞子自郑使告于秦曰："郑人使我掌其北门之管。"

〔三三〕威德：吴志周瑜传：扬国威德，华夏是震。

〔三四〕相公：□云：谓刘济为幽州节度。幽都：书尧典：宅朔方曰幽都。

〔三五〕竹帛：汉书苏武传：李陵贺武曰："足下功显于汉室，虽古竹帛所载，丹青所画，何以过子？" 勋伐：史记高祖功臣侯年表：以德立宗庙定社稷曰勋，明其等曰伐。

〔三六〕闺姝：诗邶风："静女其姝。"

〔三七〕边月：韩云：李恢秋月词："边月破镜飞。"

〔三八〕津筏：世说："此子疲于津梁。"广韵：大曰筏，小曰桴。

〔三九〕耕垡：垡，音伐。祝云：与墢同。周语：王耕一墢。广韵：垡，耕土。

〔四〇〕猃猲：音险歇。诗驷驖："载猃猲獢。"传：田犬也。尔雅释兽：长喙猃，短喙猲獢。

〔四一〕山药：北山经：景山其草多薯蕷。注：根似羊蹄，可食。尔雅翼：薯蓣味甘温。唐代宗讳预，故呼"薯药"。今人呼为"山药"，一名山芋。秦、楚名玉延，郑、越名土薯。人多掘食之以充粮。

【校　记】

①"日"，原作"年"，据苏轼文集改。

短灯檠歌〔一〕

长檠八尺空自长，短檠二尺便且光〔二〕。黄帘绿幕朱户闭，风露气入秋堂凉〔三〕。裁衣寄远泪眼暗〔四〕，搔头频挑移近床〔五〕。太学儒生东鲁客〔六〕，二十辞家来射策〔七〕。夜书细字缀语言〔八〕，两目眵昏头雪白〔九〕。此时提携当案前，看书到晓那能眠？一朝富贵还自恣，长檠高张照珠翠〔一〇〕。吁嗟世事无不然，墙角君看短檠弃。

〔一〕西溪丛话：古云"灯檠昏鱼目"，读"檠"为去声。集韵：檠，渠映切，有足所以几物。又：檠，音平声，榜也。非灯檠字。韩退之云"墙角君看短檠弃"，亦误也。按：王筠有灯檠诗。庾信对烛赋："还却灯檠下烛盘。"又："莲帐寒檠窗拂曙。"皆宜作平声读，未可云误也。此诗意在结句，所云东鲁客，未知何人。因其为太学儒生作，知为官国子博士时。

〔二〕二尺：张敞东宫旧事：太子纳妃，有银涂二尺连盘灯。

〔三〕风露：江淹灯赋："露冷帷幔，风结罗纨。萤光别桂，蛾命辞兰。"秋堂：鲍照诗："寒机思孀妇，秋堂泣征客。"

〔四〕裁衣寄远：谢惠连诗："裁用笥中刀，缝为万里衣。"

〔五〕搔头：西京杂记：武帝过李夫人，就取玉簪搔头，自此后宫人搔头皆用玉。

〔六〕太学：三辅黄图：汉太学在长安西北七里。董仲舒策：太学，贤士之关，教化之本原也。儒生：汉书霍光传：诸儒生多窭人子，远客饥寒。傅咸皇太子释奠颂：济济儒生，侁侁胄子。

〔七〕射策：汉书萧望之传：望之以射策甲科为郎。师古曰：射策者，谓为问难疑义，书之于策，量其大小，署为甲乙之科。

〔八〕细字：颜氏家训养生篇：庾肩吾年七十馀，目看细字。

〔九〕眵昏：眵，音蚩。说文：眵，目伤眥也。一曰蕾兜。高张：司马相如美人赋："芳香芬烈，黼帐高张。"

〔一〇〕珠翠：傅毅舞赋："珠翠灼烁而照曜兮。"

碧溪诗话：杜夜宴左氏庄云"检书烧烛短"，烛正不宜观书，检阅时暂可也。退之"短檠二尺便且光"，可谓灯窗中人语，然犹有未便，灯不笼则损目，不宜勤且久。山谷"夜堂朱墨小灯笼"，可谓善矣。而处堂非夜久所宜。子瞻云："推门入室书纵横，蜡纸灯笼晃云母。"惯亲灯火，儒生酸态尽矣。

□云：苏子瞻诗有云："免使韩公悲世事，白头还对短灯檠。"苏时谪于黄，其侄安节下第远来，故云。

杂诗〔一〕

古史散左右〔二〕，诗书置后前。岂殊蠹书虫〔三〕？生死文字间。古道自愚蠢〔四〕，古言已包缠。当今固殊古，谁与为欣欢〔五〕？独携无言子，共升昆仑颠。长风飘襟裾，遂起飞高圆〔六〕。下视禹九州〔七〕，一尘集毫端。邀嬉未云几〔八〕，下已亿万年。向者夸夺子，万坟厌其巅〔九〕。惜哉抱所见，白黑未及分〔一〇〕。慷慨为悲咤，泪如九河翻〔一一〕。指摘相告语，虽还今谁亲？翩然下大荒〔一二〕，被发骑骐骥〔一三〕。

204

〔一〕□云：文选王粲、曹植皆有杂诗，李善谓"遇物即言，不拘流例"是也。或作杂言，非。此诗乃离骚所谓离心远逝道夫昆仑，已而临睨旧乡曰"国无人莫我知兮，又何怀乎故都"。盖此意云。按：此诗为李实、伾、文辈而作，"古史散左右"云云，时方为博士也。

〔 二 〕散左右：<u>梁元帝玄览赋</u>："聊右书而左琴。"

〔 三 〕蠹书虫：<u>穆天子传</u>：暴蠹书于<u>羽陵</u>。<u>郭璞</u>注：谓暴书中蠹虫。

〔 四 〕愚蠢：蠢，丑江切，一作"戆"，或作"蠢"。记哀公问："寡人惷愚
冥顽。"<u>说文</u>：惷，愚也。

〔 五 〕欣欢：<u>庄子盗跖篇</u>：怵惕之恐，欣欢之意，不监于心。

〔 六 〕高圆：<u>诗正月</u>："谓天盖高。"<u>大戴礼天圆篇</u>：天道曰圆，地道
曰方。

〔 七 〕禹九州：<u>史记驺衍传</u>：衍以为儒者所谓中国者，乃天下八十一
分居其一分耳。中国名曰<u>赤县神州</u>，内自有九州，<u>禹</u>之序九州
是也。

〔 八 〕遨嬉：<u>神仙传</u>：<u>阴长生</u>著诗三篇，以示将来，曰："遨戏仙都，顾
愍群愚。年命之逝，如彼川流。奄忽未几，泥土为俦。奔驰索
死，不肯暂休。"

〔 九 〕厌：作压。

〔一〇〕白黑：<u>韩诗外传</u>：有王之法，若别黑白。

〔一一〕九河翻：<u>晋书顾恺之传</u>：恺之拜<u>桓温</u>墓，或问之曰："卿凭重<u>桓
公</u>，哭状其可见乎？"答曰："声如震雷破山，泪如倾河注海。"

〔一二〕大荒：<u>大荒西经</u>：海外大荒之中，有山名曰<u>大荒之山</u>，日月所
入，是谓大荒之野。

〔一三〕被发：<u>记王制</u>：被发文身，被发衣皮。<u>神仙传</u>：<u>孙登</u>被发自覆
身，发长丈馀。　骑骐骥：<u>神仙传</u>：<u>王远</u>过吴蔡经家，经父母问
曰："<u>王君</u>是何神人？居何处？"经曰："常在<u>昆仑山</u>。"<u>王君</u>出
城，唯乘一黄麟，去地常数百丈。□云："骐骥"或作"麒麟"，古
书如<u>战国策</u>多用"骐骥"字，其义一也。

樊云：<u>东坡</u>为公<u>潮州庙碑</u>，终篇实取此意。

按：或疑公不好神仙，而此诗多作神仙之语。不知其寄托，盖有深意也。当李实、伾、文用事之时，所为夸夺，贤奸倒置，公被挤而出，未及三年，而世故纷纭，大非前时景象。向者诸人，复安在哉！故欲超然于尘埃之外。俯仰人世，夸夺者何如也？

喜侯喜至赠张籍张彻〔一〕

昔我在南时，数君长在念〔二〕。摇摇不可止〔三〕，讽咏日喁喻〔四〕。如以膏濯衣〔五〕，每渍垢逾染。又如心中疾，箴石非所砭〔六〕。常思得游处，至死无倦厌。地遐物奇怪，水镜涵石剑〔七〕。荒花穷漫乱，幽兽工腾闪。碍目不忍窥，忽忽坐昏垫〔八〕。逢神多所祝，岂忘灵即验？依依梦归路，历历想行店〔九〕。今者诚自幸，所怀无一欠。孟生去虽索〔一〇〕，侯氏来还歉。欹眠听新诗，屋角月艳艳。杂作承间骋〔一一〕，交惊舌互礤〔一二〕。缤纷指瑕疵，拒捍阻城堑。以余经摧挫，固请发铅椠〔一三〕。居然妄推让〔一四〕，见谓蓺天焰〔一五〕。比疏语徒妍〔一六〕，悚息不敢占。呼奴具盘飧〔一七〕，饤饾鱼菜赡。人生但如此，朱紫安足僭〔一八〕。

〔一〕 韩云：公初谪阳山令，元和改元。六月①，自江陵掾召为国子博士。其从游如喜，如籍，如彻，皆会于都下。诗以是作。按：会合联句乃初至京师与孟郊、张籍、张彻相遇而作。至是而孟郊已去，而侯喜始来，盖其至最晚，诗中语甚明也。

〔二〕 在念：释文：念，黏也，意相亲爱，心黏著不能忘也。

〔三〕 摇摇：楚国策：心摇摇如县旌而无所终薄。

〔四〕 喁喻：喻，音验。淮南主术训：水浊则鱼喁。注：鱼短气出口于

水,喘息之喻也。左思吴都赋:"噞喁沈浮。"善曰:噞喁,鱼在
水中群出动口貌。

〔五〕膏澣衣:按:柏舟诗云:"心之忧矣,如匪澣衣。"言烦冤愦眊如
衣不澣之衣也。今膏非澣衣之物,而以澣衣,则非但不澣,而
返增垢矣。比风人更深一层。

〔六〕箴石:箴,同针。史记扁鹊传:疾之居腠理也,汤熨之所及也。
在血脉,针石之所及也。 砭:方验切。南史王僧孺传:侍郎
金元起欲注素问,访以砭石。僧孺答曰:古人当以石为针。说
文有此"砭"字。许慎云:以石刺病也。东山经:高氏之山多针
石。郭璞云:可以为砭针。左传:美疢不如恶石。服子慎云:
石,砭石也。季世无复佳石,故以铁代之耳。

〔七〕水镜:孙云:水镜一名蜮。陆玑毛诗草木虫鱼疏:蜮,一名射
影,江淮水滨皆有之。人在岸上,影在水中。投人影则杀之。

〔八〕昏垫:书益稷:下民昏垫。

〔九〕行店:古今注:店,置也,所以置货鬻之物也。广韵:店,舍。

〔一〇〕孟生去:□云:东野其年十一月,河南尹郑馀庆奏为水陆运从
事。索:记檀弓:"吾离群而索居,亦已久矣。"注:索,犹散也。

〔一一〕承间:屈原九章:"愿承间而自察兮。"

〔一二〕舌牙龉:牙,俗互字。龉,他念切。玉篇:龉龆,吐舌貌。

〔一三〕铅椠:论衡:断木为椠。西京杂记:扬子云好事,常怀铅提椠,
从诸计吏访殊方绝域四方之语。

〔一四〕居然:诗生民:"居然生子。"

〔一五〕爇天焰:爇,如劣切。释名:热,爇也,如火所烧爇也。按:犹所
云"李杜文章在,光焰万丈长"也。

〔一六〕比疏:按:言语虽美,而拟不于伦,非已所敢当也。

〔一七〕具盘殽：<u>左传</u>：乃馈盘殽，置璧焉。

〔一八〕僭：<u>申培诗说</u>：芄兰刺<u>霍叔</u>也，以童子僭成人之服，比其不度德量力。<u>广雅释诂</u>：僭，拟也。

【校　记】

①"月"，原作"年"，据卷五纳凉联句题注改。

韩昌黎诗集编年笺注卷五

卷五凡十一首，前八首元和元年六月，自江陵召还为国子博士作，后三首从孟郊集采入，附卷末。

会合联句〔一〕

离别言无期，会合意弥重。籍 病添儿女恋，老丧丈夫勇。愈 剑心知未死〔二〕，诗思犹孤耸。郊 愁去剧箭飞〔三〕，欢来若泉涌〔四〕。彻 析言多新贯〔五〕，摅抱无昔壅〔六〕。籍 念难须勤追〔七〕，悔易勿轻踵。愈 吟巴山荦峃〔八〕，说楚波堆垄〔九〕。郊 马辞虎豹怒，舟出蛟鼍恐。彻 狂鲸时孤轩，幽狖杂百种。愈 瘴衣常腥腻，蛮器多疏冗〔一〇〕。籍 剥苔吊斑林〔一一〕，角饭饵沈冢〔一二〕。愈 忽尔衔远命，归欤舞新宠。郊 鬼窟脱幽妖〔一三〕，天居觌清栱〔一四〕。愈 京游步方振，谪梦意犹恟。籍 诗书夸旧知，酒食接新奉。愈 嘉言写清越，瘉病失肬肿〔一五〕。郊 夏阴偶高庇，宵魄接虚拥〔一六〕。愈 雪弦寂寂听〔一七〕，茗盌纤纤捧〔一八〕。郊 驰辉烛浮萤，幽响泄潜蛩〔一九〕。愈 诗老独何心〔二〇〕？江疾有馀尰〔二一〕。郊 我家本瀍穀〔二二〕，有地介皋巩〔二三〕。休迹忆沈冥〔二四〕，峨冠惭阔醽〔二五〕。愈 升朝高骞逸，振物群听悚〔二六〕。徒言濯幽泌，谁与薙荒茸〔二七〕？籍 朝绅郁青绿〔二八〕，马饰曜珪珙〔二九〕。国雠未销铄，我志荡邛陇〔三〇〕。郊 君才诚倜傥〔三一〕，时论方汹溶〔三二〕。格言多彪蔚〔三三〕，悬解无桔拲〔三四〕。张生得渊源〔三五〕，寒色拔山冢〔三六〕，坚如撞群金，眇若抽独蛹〔三七〕。愈 伊余何所拟？跛鳖讵能踊〔三八〕。块然堕岳石，飘尔冐巢□〔三九〕。郊 龙旆垂天卫，云韶凝禁甬〔四〇〕。君胡眠安然？朝鼓声汹汹〔四一〕。愈

〔一〕樊云：公召为国子博士，与张籍、张彻、孟郊会京师而有此诗，故籍有"京游步方振，谪梦意犹恟"等语，彻有"马辞虎豹怒，舟出蛟鼍恐"之句，皆叙公南还意。而公则云"念难须勤追，悔易勿轻踵"，其义一也。韩曰：黄鲁直尝云：退之会合联句，四君子皆佳士，意气相入，杂之成文。世之文章之士少联句，盖笔力不能相追，或成四公子棋耳。按：方云"联句多元和初作"，其说良然。李汉取城南联句冠于首，以其大篇耳。论其次序，此篇在前，应编前卷入关、咏马之后，因联句别为一体，故取元和初作，卒为一卷。而远游、莎栅、石鼎、郾城，仍各编年。按：王伯大以为联句古无，此体自退之始，殊为孟浪。沈括谓虞廷赓歌、汉武柏梁是唱和联句之所起，可谓究其源流矣。自晋贾充与妻李氏始为联句，其后陶、谢诸人亦偶一为之。何逊集中最多，然文义断续，笔力悬殊，仍为各人之制，又皆寥寥短篇，不及数韵。唐时如颜真卿等，亦有联句，而无足采，故皆不甚传于世，要其体创之久矣。唯韩、孟天才杰出，旗鼓相当，联句之诗固当独有千古。此诗四人所作，二张固韩门弟子，鲜有败

句,亦奇观也。至如石鼎联句语指时事,因托之**弥明**,大抵**弥明**在坐,而诗句出公也。

〔二〕剑心:**王**云:猛气也。按:**孟郊**诗有云"壮士心是剑,为君射斗牛",与此同意。

〔三〕箭飞:**释名**:矢谓之箭,其旁曰羽,鸟须羽而飞,矢须羽而前也。

〔四〕泉涌:**刘孝仪**诗:"谈空匹泉涌。"

〔五〕析言:按:**记王制**:"析言破律。"此句盖断章取义,谓诸人各言其意,如分析而言耳。新贯:按:贯,事也。从**论语**"仍旧贯"化出。

〔六〕摅抱:**班固西都赋**:"摅怀旧之蓄念。"**广雅释诂**:摅,舒也。

〔七〕念难:**王粲柳赋**:"悟先正①之话言,信思难而存惧。"

〔八〕巴山:**水经**:**江水**左则巴水注之。注:水出**大别山**,亦或曰巴山,南历蛮中。崋嵣:嵣,音确。**释名**:山多大石曰嵣。嵣,学也。大石之形礨嵣②也。**广韵**:礨嵣同。

〔九〕堆垄:**广韵**:堆,聚土;垄,丘垅也。按:**楚波**堆垄,犹云"屹起高峨岷"也。

〔一〇〕疏冗:**记月令**:其器疏以达。

〔一一〕斑林:**临汉隐居诗话**:竹有黑点,谓之斑竹,非也。**湘中**斑竹,方生时,每点上苔钱,封之甚固,土人斫竹浸水中,用草穰洗去苔钱,则紫晕斓斑可爱,此真斑竹也。**退之**曰"剥苔吊斑林"是也。

〔一二〕角饭:**续齐谐记**:**屈原**五月五日投**汨罗水**,楚人哀之,至此日,以竹筒子贮米投水以祭之。今五月五日作粽,并带楝叶、五色丝,其遗风也。

〔一三〕鬼窟:**张天复皇舆考**:香柏城其山曰鬼窟,极险隘。

〔一四〕天居：蔡邕述行赋："皇家赫赫而天居。"

〔一五〕瘉病：诗正月："胡俾我瘉。"肬肿：释名：肬，丘也，出皮上聚，高如地之有丘也。肿，锺也，寒热气所锺聚也。

〔一六〕宵魄：书武城："既生魄。"虚拥：按：犹陆机诗所云"照之有馀辉，揽之不盈手"也。

〔一七〕雪弦：宋玉讽赋："中有鸣琴焉，臣援而鼓之，为幽兰白雪之曲。"

〔一八〕茗盌：尔雅释木：槚，苦荼。注：早采者为荼，晚采者为茗。洛阳伽蓝记：王肃初入国，常饭鲫鱼羹，渴饮茗汁。京师士子见肃一饮一斗，号为"漏卮"。纤纤：诗国风："纤纤女手。"

〔一九〕浮萤潜蛬：蛬，音拱。尔雅释虫：萤火，即炤。又：蟋蟀，蛬。幽响：江淹诗："石室有幽响。"

〔二〇〕诗老：按：郊诗中屡用"诗老"字，如"惟应待诗老，日夕殷勤开"，又"诗老强相呼"是也。

〔二一〕尰：时冗切。诗巧言："既微且尰。"

〔二二〕瀍穀：书禹贡：导洛自熊耳，东北会于涧瀍。水经：瀍水出河南穀城县北山，东入于洛。穀水出弘农黾池县南穀阳谷，东南入于洛。

〔二三〕皋巩：史记秦本纪：庄襄王元年，韩献成皋、巩。正义曰：括地志云：洛州汜水县，古之虢国，亦郑之制邑，又名虎牢，汉之成皋。巩，今洛州巩县。洪云：退之家在洛阳。

〔二四〕沈冥：扬雄法言：蜀庄沈冥。

〔二五〕阘䢇：䢇，音踢冗。贾谊吊屈原赋："阘茸尊显兮，谗谀得志。"玉篇：阘䢇，不肖也。

〔二六〕群听悚："悚"一作"竦"。嵇康琴赋："竦众听而骇神。"

〔二七〕薙荒茸:薙,音替。记月令:烧薙行水。周礼秋官:薙氏掌杀草。说文:茸,草茸茸皃。

〔二八〕朝绅:记玉藻:绅长制,士三尺,大夫二尺有五寸。说文:绅,大带也。青绿:按:新唐书车服志:"深绿为六品之服,浅绿为七品之服,深青为八品之服,浅青为九品之服。又职事官服绿青碧。"公时为国子博士,正五品,而犹服青绿,不可解,意者上可兼下,下不可兼上也。

〔二九〕马饰:西京杂记:武帝时身毒国献连环羁,皆以白玉作之,玛瑙石为勒。自是长安始盛饰鞍马,或一马之饰直百金。按:新唐书车服志:"五品以上有珂伞。"珂,即马饰也。时公始得有珂,故东野夸美之。珪珙:说文:古文圭从玉;珙,玉也。

〔三〇〕荡邛陇:王云:时刘辟乱蜀,王师出征,故云。

〔三一〕偬傥:司马迁报任安书:唯倜傥非常之人称焉。广雅释训:偬傥,卓异也。

〔三二〕汹溶:王粲浮淮赋:"滂沛汹溶。""递相竞轶。"

〔三三〕格言:夏侯湛昆弟诰:乃惟以听我之格言。彪蔚:说文:彪,虎文。易革卦:君子豹变,其文蔚也。

〔三四〕悬解:庄子养生主篇:安时而处顺,哀乐不能入也,此古之谓是帝之悬解。梏拲:拲,音拱。周礼秋官掌囚:上罪梏拲而桎。广韵:拲,两手共械。

〔三五〕渊源:汉书董仲舒传赞:考其师友渊源所渐。

〔三六〕山冢:诗十月之交:"山冢崒崩。"释名:山顶曰冢。冢,肿也,言肿起也。

〔三七〕独蛹:蛹,音甬。尔雅释虫:蚬,蛹。注:蚕蛹。列子汤问篇:詹何以独茧丝为纶。

〔三八〕跋鳖:跋,音贲。庄忌哀时命:"驷跋鳖而上山兮,吾固知其不能陛。"

〔三九〕罟:音狷。氄:音冗。书尧典:鸟兽氄毛。

〔四〇〕云韶:广雅释乐:云门箫韶。禁甬:周礼考工记凫氏:为钟,舞上谓之甬。长甬则震。广韵:甬,钟柄也。

〔四一〕朝鼓:梁元帝诗:"金门练朝鼓。"汹汹:扬雄羽猎赋:"汹汹旭旭。"善曰:鼓动之声也。

容斋四笔:韵略上声二"肿"字险窄。予向作汪庄敏铭诗八十句,唯萧敏中读之,曰:押尽一韵。今考之,犹有十字越用一董内韵。若会合联句三十四韵,除"豕"、"蛹"二字韵略不收外,馀皆不出二"肿"中。雄奇激越,如大川洪河,不见涯涘,非锁锁潢污行潦之水所可同语也。

按:"豕"、"蛹"二字唐韵所收,此诗未尝出韵,洪亦失考。

【校　记】

①"先正",王粲集作"元子"。

②"礜礜",释名疏证补作"学学"。

同宿联句〔一〕

214　自从别君来,远出遭巧潛。愈 斑斑落春泪,浩浩浮秋浸〔二〕。郊 毛奇睹象犀,羽怪见鹏鸼〔三〕。郊 朝行多危栈〔四〕,夜卧饶惊枕。郊 生荣今分逾,死弃昔情任〔五〕。愈 鸦行参绮陌,鸡唱闻清禁〔六〕。郊 山晴指高标,槐密鸷长荫。愈 直辞一以荐,巧舌千皆狲〔七〕。郊 匡鼎惟说诗〔八〕,桓谭不读谶〔九〕。愈 逸韵何嘈嗷〔一〇〕,高名侔沾赁〔一〕。郊 纷葩欢屡填〔一二〕,旷朗忧早渗〔一三〕。愈 为君开酒肠,颠倒舞相饮。郊 曦光霁曙物,景曜铄宵祾〔一四〕。愈 儒门虽大启〔一五〕,奸首不敢闯。义泉虽至近,盗索不敢沁〔一六〕。清琴试一挥,白鹤叫相喑〔一七〕。欲知心同乐,双茧抽作纴〔一八〕。郊

〔 一 〕韩云:此诗召为博士后与东野同宿而作。

〔 二 〕秋浸:庄子逍遥游篇:大浸稽天而不溺。按:公徙江陵过洞庭湘水,时当秋也。

〔 三 〕鹏鸩:鹏,音服。史记贾谊传:有鹏飞入舍。鹏似鸮,不祥鸟也。屈原离骚:"吾令鸩为媒兮,鸩告余以不好。"注:鸩,运日也,毒可杀人。

〔 四 〕危栈:谢灵运诗:"过涧既厉急,登栈亦陵缅。"

〔 五 〕死弃:诗陟岵:"上慎旃哉!由来无死。"又:"上慎旃哉!由来无弃。"

〔 六 〕鹓行、鸡唱:北齐燕射歌辞:"怀黄绾白,鹓鹭成行。"周礼春官鸡人:夜嘑旦以嘂百官。

〔 七 〕舚:音忝。玉篇:舚,牛舌病。

〔 八 〕匡鼎:汉书匡衡传:诸儒语曰:无说诗,匡鼎来。匡说诗,解人颐。张晏曰:匡衡少时字鼎,长乃易字稚圭,世所传衡与贡禹书,上言衡敬报,下言匡鼎白,知是字也。

〔 九 〕桓谭:后汉书桓谭传:帝方信谶,多以决定嫌疑。谭上疏谏。其后有诏会议灵台所处,帝谓谭曰:"吾欲谶决之,何如?"谭默然良久,曰:"臣不读谶。"

〔一〇〕嘈嗷:中山王胜文木赋:"嘈嗷鸣啼。"

〔一一〕沽赁:赁,乃禁切。淮南俶真训:缘饰诗书,以买名誉于天下。

广雅释诂:赁,借也。

〔一二〕纷葩:裴秀诗:"纷葩相追。"

〔一三〕旷朗:张协七命:"野旷朗而无尘。"渗:所阴切。史记封禅书:滋液渗漉。广雅释诂:渗,尽也。孙云:言忘其忧,如物渗漏也。

〔一四〕宵祲:祲,音寖。周礼春官眡祲:掌十煇之法,以观妖祥,一曰祲。郑注:祲谓阴阳气相侵渐以成灾也。释名:祲,侵也,赤黑之气相侵也。

〔一五〕儒门:颜延之诗:"国尚师位,家崇儒门。"大启:诗閟宫:"大启尔宇。"

〔一六〕沁:七鸩切。蒋云:按诸字书皆曰水名,出上党,与此"沁"字无涉。沁,犹汲也。北人以物探水曰沁,又小饮也。

〔一七〕琴、挥、鹤叫:史记乐书:师旷援琴而鼓之,一奏之,有玄鹤二八,集乎廊门。再奏之,延颈而鸣,舒翼而舞。喑:音荫。说文:宋、齐谓儿泣不止曰喑。王云:鸣相应也。

〔一八〕抽作纴:释名:纴,抽也。抽引丝端出细绪也。记内则:织纴组紃。

纳凉联句〔一〕

递啸取遥风〔二〕,微微近秋朔〔三〕。郊 金柔气尚低,火老候愈浊〔四〕。熙熙炎光流〔五〕,竦竦高云擢〔六〕。愈 闪红惊蚴蚪,凝赤耸山岳〔七〕。目林恐焚烧,耳井忆瀺灂〔八〕。仰惧失交泰〔九〕,非时结冰雹〔一〇〕。化邓渴且多,奔河诚已愨〔一一〕。喝道者谁子〔一二〕?叩商者何乐〔一三〕?洗矣得滂沱〔一四〕,感然鸣鷟鷟〔一五〕。嘉愿苟未从，前心空缅邈〔一六〕。清砌千回坐，冷环再三握。烦怀却星星〔一七〕，高意还卓卓。<u>郊</u>龙沈剧煮鳞，牛喘甚焚角〔一八〕。蝉烦鸣转喝〔一九〕，乌噪饥不啄。昼蝇食案繁，宵蚋肌血渥。单绤厌已褫〔二〇〕，长簟倦还捉〔二一〕。幸兹得佳朋，于此荫华桷〔二二〕。青荧文簟施，淡潋甘瓜濯〔二三〕。大壁旷凝净，古画奇驳荦〔二四〕。凄如飐寒门〔二五〕，皓若攒玉璞。扫宽延鲜飙，汲冷渍香稉〔二六〕。筐实摘林珍，盘肴馈禽毂〔二七〕。空堂喜淹留〔二八〕，贫馔羞龌龊。<u>愈</u>殷勤相劝勉〔二九〕，左右加砻斫〔三〇〕。贾勇发霜硎〔三一〕，争前跃冰檃〔三二〕。微然草根响，先被诗情觉。感衰悲旧改，工异逞新兜〔三三〕。谁言摈朋老〔三四〕？犹自将心学。危檐不敢凭，朽机惧倾扑〔三五〕。青云路难近，黄鹤足仍鋜〔三六〕。未能饮渊泉，立滞叫芳药〔三七〕。<u>郊</u>与子昔暌离，嗟余苦屯剥。直道败邪径〔三八〕，拙谋伤巧诼〔三九〕。炎湖度氛氲，热石行荦硞〔四〇〕。瘠肌夏尤甚，疟渴秋更数〔四一〕。君颜不可觌，君手无由搦〔四二〕。今来沐新恩，庶见返鸿朴。儒庠恣游息〔四三〕，圣籍饱商榷〔四四〕。危行无低徊，正言免咿喔〔四五〕。车马获同驱，酒醴欣共歠〔四六〕。惟忧弃菅蒯〔四七〕，敢望侍帷幄〔四八〕。此志且何如？希君为追琢〔四九〕。<u>愈</u>

〔一〕<u>韩</u>云：公元和改元六月，自<u>江陵</u>掾召入为国子博士，与<u>东野</u>会京师联句，此诗序久谪新召还为学官，本末甚详。

〔二〕递啸：<u>刘桢大暑赋</u>："披襟领而长啸，冀微风之来思。"

〔三〕微微：<u>宋孝武帝</u>诗："微微风始发，暧暧月初明。"近秋朔：<u>蒋</u>云：按此句意，联句当在季夏。□云：在七月则秋朔已过，不必"微微近"矣。按：<u>蒋</u>之辨当矣，但公六月离<u>江陵</u>赴京，安得即与<u>孟</u>

郊联句？恐蒋无以辨也。考<u>旧唐书宪宗纪</u>,元年盖闰六月,则此疑尽释矣。

〔四〕金柔、火老:<u>记月令</u>:某日立秋,盛德在金。<u>史记天官书</u>:察日行以处位太白,其库近日曰柔,高远日曰刚。<u>正义曰</u>:<u>天官占</u>云:<u>太白者</u>,西方金之精。<u>左传</u>:譬如火焉,火中,寒暑乃退。<u>淮南墬形训</u>:火老金生。

〔五〕熙熙:<u>老子异俗章</u>:众人熙熙。

〔六〕擢:<u>广韵</u>:拔也,抽也,出也。

〔七〕蚴蚪、山岳:蚴,音幽。<u>楚辞惜誓</u>:"苍龙蚴蚪于左骖兮。"<u>孙云</u>:言电光之闪,有如蚴蚪;赤气之聚,有如山岳也。

〔八〕目林、耳井:按:公送陈秀才序亦有"目其貌,耳其言"之句。瀺灂:灂,音巉浞。<u>上林赋</u>:"临坻注壑,瀺灂霣坠。"<u>索隐曰</u>:<u>说文</u>:瀺灂,水之小声也。

〔九〕交泰:<u>易泰卦</u>:天地交泰。

〔一〇〕冰雹:<u>左传</u>:大雨雹,<u>季武子</u>问于<u>申丰</u>曰:雹可御乎？对曰:古者无灾霜雹。

〔一一〕化邓、奔河:<u>列子汤问篇</u>:夸父欲追日影,逐之于隅谷之际,将北走饮大泽。未至,道渴而死。弃其杖,尸膏肉所浸,生邓林。邓林弥广数千里焉。已慤:<u>记礼器</u>:不然则已慤。

〔一二〕暍道:<u>庄子则阳篇</u>:暍者反冬乎冷风。

〔一三〕叩商:<u>列子汤问篇</u>:郑师文从师襄游,襄曰:"子之琴何如？"师文曰:"请尝试之。"于是当春而叩商弦,以召南吕,凉风忽至,草木成实。

〔一四〕洗矣:洗,与洒通。<u>史记范雎传</u>:观范雎之见者,群臣莫不洗然变色易容者。滂沱:<u>诗渐渐之石</u>:"月离于毕,俾滂沱矣。"

〔一五〕鸣鷟鸑：鷟鸑，音岳渑。周语：周之兴也，鷟鸑鸣于岐山。按：
孙云：得滂沱则瑞应至，虽语焉不详，然亦暗合。据韩诗外传：
"天老对黄帝曰：凤皇举动八风，气应时雨。"则感滂沱而鸣，其
说实有所本。

〔一六〕缅邈：邈，莫角切。潘岳寡妇赋："缅邈兮长乖。"

〔一七〕星星：一作"醒"。方云：刘梦得诗"自羞不是高阳侣，一夜星星
骑马回"，唐人"星"、"醒"通用。

〔一八〕牛喘：汉书丙吉传：吉前行，逢人逐牛，牛喘吐舌。焚角：史记
田单传：单收城中得千馀牛，束兵刃于其角，而灌脂束苇于尾，
牛尾热，怒而奔燕军。

〔一九〕喝：于迈切。司马相如子虚赋："声流喝。"郭璞曰：言悲嘶也。

〔二〇〕褫：敕里切。易讼卦：终朝三褫之。说文：褫，夺衣也。

〔二一〕长箑：箑，音接。方言：扇：自关而东谓之箑，自关而西谓之扇。
捉：世说：康法畅造庾公，捉麈尾甚佳。

〔二二〕荫华楠：左传：秋丹桓公之楹，春刻其桷。

〔二三〕淡瀓：瀓，音敢。枚乘七发："淡瀓手足。"善曰：犹洗涤也。甘
瓜：魏文帝与吴质书：浮甘瓜于清泉。

〔二四〕驳荦：司马相如上林赋："赤瑕驳荦，杂毇其间。"郭璞曰：驳荦，
采点也。

〔二五〕矼寒门：矼，音贡。扬雄甘泉赋："登椓栾而矼天门兮。"苏林
曰：矼，至也。屈原远游："逴绝垠乎寒门。"淮南墬形训：北极
之山曰寒门。蒋云：史记武帝纪："所谓寒门者，谷口也。"颜
注："今冶谷去甘泉八十里，盛夏凛然。"其说正与纳凉意合。
而朱子云：谷口既非绝境，又未为极寒之地，当从前说。今姑
且录之，以俟考者。按：此不过极言其寒，不必实指其处。

〔二六〕香穚:穚,音斯。宋玉招魂:稻粢穚麦。注:穚,择也,择麦中先
　　　　熟者。

〔二七〕禽㲉:㲉,音确。广韵:㲉,鸟卵。

〔二八〕淹留:左传:无淹留敝邑。

〔二九〕相劝勉:李陵答苏武书:不入耳之欢,来相劝勉。

〔三〇〕砉砌:晋语:砌其首而砉之。

〔三一〕霜硎:庄子养生主:"今臣之刀十九年矣,而刀刃若新发于硎。"

〔三二〕冰槊:槊,音朔。风俗通:矛长丈八者谓之槊。世说:桓宣武与
　　　　殷、刘谈不如甚,上马舞稍数回,意气始得雄。按:"霜硎"、"水
　　　　槊"非有其事,特赋诗相敌耳。"冰霜"字用于纳凉诗中,亦
　　　　有意。

〔三三〕兒:莫角切。

〔三四〕摈朋老:孙云:谓摈弃于朋友,而又加之以老也。

〔三五〕机:易涣卦:涣奔其机。扑:音雹。

〔三六〕鋜:士角切。玉篇:鋜,锁足也。

〔三七〕芳药:药,于角切。屈原九歌:"辛夷楣兮药房。"

〔三八〕邪径:汉书五行志:成帝时歌谣曰:"邪径败良田,谗口乱
　　　　善人。"

〔三九〕拙谋:孙万寿诗:"粤余非巧宦,少小拙谋身。"巧诼:诼,音琢。
　　　　屈原离骚:"谣诼谓余以善淫。"注:诼,犹谮也。

〔四〇〕硞:音确。说文:硞,石声。

〔四一〕瘠肌、疟渴:瘠,音消。周礼天官疾医:掌养万民之疾病,春时
　　　　有瘠首疾,秋时有疟寒疾。

〔四二〕搦:女角切。汉书班固叙传:搦朽摩钝。

〔四三〕游息:学记:君子之于学也,藏焉修焉息焉游焉。

〔四四〕圣籍:束皙玄居赋:"薙圣籍之荒芜,总群言之一至。"商搉:搉,音角。左思吴都赋:"商搉万俗。"

〔四五〕低佪、咿喔:屈原九歌:"心低佪兮顾怀。"又卜居:"将喔咿嚅唲以事妇人乎?"

〔四六〕欶:音朔。西京杂记:枚乘柳赋:"空衔鲜而欶醪。"说文:欶,吮也。

〔四七〕菅蒯:左传:虽有丝麻,无弃菅蒯。

〔四八〕帷幄:汉书高帝纪:运筹帷幄之中。

〔四九〕追琢:追,音堆。诗棫朴:"追琢其章。"

秋雨联句

万木声号呼〔一〕,百川气交会〔二〕。郊 庭翻树离合,牖变景明蔼〔三〕。愈 潦泻殊未终〔四〕,飞浮亦云泰〔五〕。郊 牵怀到空山,属听迒惊濑〔六〕。愈 檐垂白练直,渠涨清湘大。郊 甘津泽祥禾〔七〕,伏润肥荒艾〔八〕。愈 主人吟有欢,客子歌无奈。郊 侵阳日沈玄,剥节风搜兑〔九〕。愈 块圠游峡喧〔一〇〕,飓飔卧江汰〔一一〕。郊 微飘来枕前,高洒自天外。愈 蚤穴何迫迮〔一二〕,蝉枝扫鸣哕〔一三〕。郊 楥菊茂新芳〔一四〕,径兰销晚馤〔一五〕。愈 地镜时昏晓〔一六〕,池星竞漂沛。郊 谨呿寻一声〔一七〕,灌注咽群籁〔一八〕。愈 儒宫烟火湿〔一九〕,市舍煎熬忕〔二〇〕。郊 卧冷空避门,衣寒屡循带〔二一〕。愈 水怒已倒流〔二二〕,阴繁恐凝害。郊 忧鱼思舟楫〔二三〕,感禹勤畎浍〔二四〕。愈 怀襄信可畏〔二五〕,疏决须有赖〔二六〕。郊 筮命或冯蓍,卜晴将问蔡。愈 庭商忽惊舞〔二七〕,墉祭亦亲酹〔二八〕。郊 氛醨稍疏映,雾乱还拥荟〔二九〕。阴旌时摎流〔三〇〕,帝鼓镇訇磕〔三一〕。愈 枣圃落青玑,瓜畦烂文贝〔三二〕。贫薪不烛灶〔三三〕，富粟空填廥〔三四〕。愈 秦俗动言利〔三五〕，鲁儒欲何丐〔三六〕。深路倒羸骖，弱途拥行轪〔三七〕。毛羽皆遭冻，离鸷不能翔〔三八〕。翻浪洗虚空，倾涛败藏盖〔三九〕。郊 吾人犹在陈〔四〇〕，僮仆诚自郐〔四一〕。因思征蜀士，未免湿戎斾。安得发商飙？廓然吹宿霭。白日悬大野〔四二〕，幽泥化轻壒〔四三〕。战场暂一干，贼肉行可脍〔四四〕。愈 搜心思有效，抽策期称最。岂惟虑收获？亦已救颠沛。郊 禽情初嘯俦〔四五〕，础色微收霈〔四六〕。庶几谐我愿，遂止无已太〔四七〕。愈

〔 一 〕号呼：庄子齐物论：大块噫气，其名为风，作则万窍怒呺。

〔 二 〕百川：庄子：秋水时至，百川贯河。交会：左思蜀都赋："兼六合而交会。"

〔 三 〕明蔼：鲍照诗："江郊蔼微明。"

〔 四 〕潀泻：潀，徂红、在冬二切。诗大雅："凫鹥在潀。"说文：小水入大水曰潀。

〔 五 〕飞浮：颜延之诗："千翼泛飞浮。"

〔 六 〕属听：诗小弁："耳属于垣。"

〔 七 〕祥禾：尚书序：唐叔得禾，异亩同颖。

〔 八 〕伏润：易说卦传：雨以润之。

〔 九 〕风搜兑：按：易说卦传：兑为泽，为少女。管辂别传：辂与倪清河相见，既刻雨期，言树上已有少女微风，其应至矣。

〔一〇〕块圠：音益轧。贾谊鵩赋："块圠无垠。"应劭曰：其气块圠，非有齐限也。

〔一一〕飗飗：左思吴都赋："与风飘飏，飚浏飗飗。"汰：屈原九章："齐吴榜以击汰。"注：汰，水波也。

〔一二〕迫迮：迮，一作"窄"。诗鸨羽郑笺：积者，根相迫迮稠致也。释
　　　名：笮，迮也，编竹相连。迫，迮也。

〔一三〕鸣哕：哕，呼会切。诗泮水："鸾声哕哕。"

〔一四〕楥：一作"园"。

〔一五〕蔼：音蔼。玉篇：蔼，香也。

〔一六〕地镜：庾信诗："地镜阶基远，天窗影迹深。"

〔一七〕谨咻：诗抑："载号载咻。"

〔一八〕灌注：左思吴都赋："灌注乎天下之半。"群籁：庄子齐物论："汝
　　　闻人籁而未闻地籁，汝闻地籁而未闻天籁夫。"

〔一九〕儒宫：□云：时公为国子博士。烟火：史记律书：烟火万里。

〔二〇〕煎熬忕：魏国策：易牙乃煎熬燔炙，和调五味而进之。张衡西
　　　京赋："心奓体忕。"广韵：奢，忕也。按：以市舍煎熬之奢，形儒
　　　宫烟火之冷，犹下文云"贫薪不烛灶，富粟空填廥"也。

〔二一〕循带：梁范静妻诗："循带易缓愁^①难却，心之忧矣叵销铄。"

〔二二〕水怒：郭璞江赋："激逸势以前驱，乃鼓怒而作涛。"倒流：木华
　　　海赋："吹涝则百川倒流。"

〔二三〕忧鱼：左传：刘子曰："微禹，吾其鱼乎？"舟楫：书说命："若济巨
　　　川，用汝作舟楫。"

〔二四〕畎浍：书益稷：禹决九川，距四海，浚畎浍距川。孔注：一亩之
　　　间广尺深尺曰畎，百里之间广二寻深二仞曰浍。

〔二五〕怀襄：书尧典：荡荡怀山襄陵。注：怀，包也。襄，上也。

〔二六〕疏决：司马相如难蜀父老：堙洪塞源，决江疏河。

〔二七〕庭商舞：家语辨政篇：齐有一足之鸟止于殿前，舒翅而跳，问孔
　　　子。孔子曰：此名商羊。昔童儿有屈一脚，振臂而跳，且谣曰：
　　　"天将大雨，商羊鼓舞。"今齐有之，将有水灾。

卷五　秋雨联句

〔二八〕墉禜：墉，音咏。左传：子产曰：山川之神，则水旱疠疫之灾于
是乎禜之。周礼春官太祝：掌六祈以同鬼神示，四曰禜。三礼
义宗：禜，止雨之祭。每禜于城门，故蜡祭七曰水墉。 酹：郎
外切。广韵：酹，以酒沃地也。

〔二九〕氛醨、雺乱：醨，音离。雺，音茂，又同雾。释名：氛，粉也。润
气著草木，因寒冻凝，色白若粉也。雺，冒也，气蒙乱覆冒物
也。说文：雺，地气发天不应，籀文作雺。又：醨，薄酒也。孙
云：氛醨，谓云气稍薄也。雺乱，谓云气拥塞也。按：公讼风伯
文"云屏屏兮，吹使醨之"，正与此同义。荟：乌外切。

〔三〇〕阴旌：孙云：亦谓云气如旌旗之状。摎流：摎，居由切。汉书扬
雄传：乘云蜺之旖旎兮，望昆仑以摎流。师古曰：摎流，犹周
流也。

〔三一〕帝鼓：孙云：天帝之鼓谓雷霆也。訇磕：苦盖切。司马相如上
林赋："砰磅訇磕。"

〔三二〕青玑、文贝：孙云：枣未熟而落，如青玑。按：文贝喻瓜实也。

〔三三〕薪、粟：张协苦雨诗："尺烬重寻桂，红粒贵瑶琼。"卢照邻秋霖
赋："玉为粒兮桂为薪。"不烬灶：淮南齐俗训：贫人短褐，不掩
形而炀灶口。

〔三四〕填庾：庾，古外切。管子度地篇：正权衡，实庾仓。史记天官
书：胃为天仓，其南众星曰庾积。

〔三五〕秦俗：贾谊过秦论：行之二岁，秦俗日败。

〔三六〕鲁儒：庄子田子方篇：鲁多儒士。

〔三七〕行轪：轪，音大。屈原离骚："齐玉轪而并驰。"注：轪，锢也，车
辖也。

〔三八〕离篠：按：古乐府白头吟："竹竿何嫋嫋？鱼尾何篠篠？"晋时乐

曲作"离筵"。

〔三九〕藏盖：记月令：命百官谨盖藏。

〔四〇〕在陈：卢照邻秋霖赋："昔如尼父去鲁，围陈畏匡，将饥不爨，欲济无粱。"

〔四一〕自郐：郐，古外切。左传：季札观周乐，自郐以下无讥焉。洪云：言吾人犹绝粮，僮仆无足言者。容斋四笔：韩公作诗，或用歇后语，如"僮仆诚自郐"而已。

〔四二〕大野：尔雅释地：大野曰平。

〔四三〕轻壒：壒，音蔼。班固西都赋："轶埃壒之混浊。"说文：壒，尘也。

〔四四〕贼肉、脍：南史侯景传：景死，暴之于市，百姓争取屠脍羹食皆尽。

〔四五〕啸俦：曹植洛神赋："命俦啸侣。"

〔四六〕础色：淮南说林训：山云蒸，柱础润。

〔四七〕无已太：诗蟋蟀："无已太康。"

【校　记】

①"愁"，原误作"悉"，据文选改。

雨中寄孟刑部几道联句〔一〕

秋潦淹辙迹〔二〕，高居限参拜〔三〕。愈 耿耿蓄良思，遥遥仰嘉话〔四〕。郊 一晨长隔岁，百步远殊界。愈 商听饶清耸〔五〕，闷怀空抑噫〔六〕。郊 美君知道腴〔七〕，逸步谢天械〔八〕。愈 吟馨铄纷杂，抱照莹疑怪〔九〕。郊 撞宏声不掉，输邀澜逾杀。愈 檐泻碎江喧〔一〇〕，街流浅溪迈。郊 念初相遭逢，幸免因媒介〔一一〕。祛烦类决痈，惬兴剧爬疥〔一二〕。研文较幽玄，呼博骋雄快。今君轺方驰〔一三〕，伊我羽已铩。温存感深惠，琢切奉明诫〔一四〕。愈 迨兹更凝情，暂阻若婴瘵〔一五〕。欲知相从尽，灵珀拾纤芥〔一六〕。欲知相益多，神药销宿痗〔一七〕。德符仙山岸，永立难欹坏。气涵秋天河，有朗无惊湃。郊 祥凤遗蒿鶗〔一八〕，云韶掩夷靺〔一九〕。争名求鹄徒〔二〇〕，腾口甚蝉喝〔二一〕。未来声已吓，始鼓敌前败。斗场再鸣先〔二二〕，遰路一飞届。东野继奇蹠，修绠悬众辖〔二三〕。穿空细丘垤〔二四〕，照日陋营蠚。愈 小生何足道〔二五〕？积慎如触虿〔二六〕。惛惛抱所诺〔二七〕，翼翼自申戒〔二八〕。圣书空勘读，盗食敢求嘬〔二九〕。惟当骑款段〔三〇〕，岂望觇珪玠〔三一〕。弱操愧筼筜，微芳比萧薤。何以验高明〔三二〕？柔中有刚夬〔三三〕。郊

〔一二〕旧唐书孟简传：简，字几道，平昌人，累官至仓部员外郎。王叔文恶之，寻迁司封郎中。元和四年，超拜谏议大夫。魏云：以简新、旧传考之，未尝为刑部，史岂逸之耶？新传言其为仓部员外，以不附王叔文徙他曹。或者他曹即刑部也。按：简为刑部无所考，但以"圣书空勘读"推之，是元年为博士时作。孟郊有寄从叔先辈简诗，郊与简同族也。

〔一三〕淹辙迹：曹植秋霖赋："车结辙以盘桓兮，马蹢躅以悲鸣。"

〔一三〕高居：曹植七启："眇天际而高居。"参拜：秦国策：秦王欲见顿弱，顿弱曰："臣之义不参拜，王能使臣无拜可矣。"

〔一四〕嘉话：曹植七启："虽在不敏，敬听嘉话。"

〔一五〕商听：王云：谓听秋声也。

〔一六〕抑噎：噎，乌界切。司马相如长门赋："心凭噎而不舒。"噎，乌介切，噎气也。

韩愈诗集编年笺注

〔七〕道腴：汉书叙传：味道之腴。师古曰：腴，肥也。

〔八〕天械：王云：谓爵位冠冕之属。按：此二字用庄子"天刑之，安可解"语意。

〔九〕疑怪：江淹诗："开衮莹所疑。"

〔一〇〕檐泻：魏收诗："泻溜高斋响。"

〔一一〕媒介：孔丛子杂训篇：士无介不见，女无媒不嫁。

〔一二〕决痈、爬疥：爬，蒲巴切。庄子大宗师篇：彼以生为附赘悬疣，以死为决疣溃痈。嵇康与山涛绝交书：性复多虱，把搔无已。"把"与"爬"同。

〔一三〕轺：音韶，又音遥。史记儒林传：申公弟子二人乘轺传从。徐广曰：马车。

〔一四〕明诫：汉书谷永传：犹严父之明诫。

〔一五〕婴瘵：瘵，侧界切。诗菀柳："无自瘵焉。"传：病也。

〔一六〕珀、拾芥：吴志虞翻传注：吴书曰：翻年十二，客有候其兄者，不过翻。翻追与书曰："仆闻虎珀不取腐芥，磁石不受曲针，过而不存，不亦宜乎？"客得书，奇之。

〔一七〕神药：古乐府董逃行："服尔神药，莫不欢喜。"宿瘳：瘳，蒲拜切。易遁卦：系遁之厉，有疾瘳也。

〔一八〕蒿鷃：庄子逍遥游篇：斥鷃翱翔蓬蒿之间。

〔一九〕夷靺：靺，音迈。记明堂位：昧，东夷之乐也。独断：东方曰靺，南方曰任，西方曰株离，北方曰禁。

〔二〇〕争名：秦国策：臣闻争名者于朝，争利者于市。求鹄：记射义：射者各射己之鹄。王云：如射之志鹄。按：淮南原道训："先者则后者之弓矢质的也，是故圣人常后而不先。"此言争名者以己为射的而争欲中之也。

〔二一〕腾口：易咸卦：咸其辅颊舌，腾口说也。按：公作释言云："元和元年六月，愈自江陵法曹诏拜国子博士，始进见今相国郑公，索其文，愈献之。数月，有为谮于相国之座者。"诗所谓"争名求鹄"，正指此也。喝：于戒切。

〔二二〕鸣先：左传：齐庄公指殖绰、郭最曰："是寡人之雄也。"殖绰曰："臣不敏，平阴之役，先二子鸣。"杜预曰：自比于鸡斗胜而先鸣。

〔二三〕悬众牺：牺，音戒。庄子外物篇：任公子为大钩巨缁，五十牺以为饵，投竿东海。司马彪曰：牺，牺牛也。

〔二四〕丘垤：尔雅释丘：非人谓之丘。注：地自然生。诗东山："鹳鸣于垤。"

〔二五〕小生：汉书朱云传：薛宣谓云曰："在田野无事，且留我东阁，可以观四方奇士。"云曰："小生乃欲相吏耶！"师古曰：小生谓其新学后进。

〔二六〕触蛮：诗都人士："卷发如蛮。"笺：蛮，螫虫也。

〔二七〕愔愔：左传：祈招之愔愔，式昭德音。杜预曰：安和貌。

〔二八〕翼翼：诗大雅："维此文王，小心翼翼。"

〔二九〕嚃：楚夬切。记曲礼：毋嚃炙。郑注：谓一举尽脔。

〔三〇〕款段：后汉书马援传：从弟少游曰：士生一世，但取衣食裁足，乘下泽车，御款段马，乡里称善人足矣。注：款，犹缓也，言形段迟缓也。

〔三一〕珪珩：尔雅释器：珪大尺二寸，谓之珩。注：诗曰："锡尔介圭。"

〔三二〕高明：书洪范：高明柔克。

〔三三〕刚夬：易夬卦：夬，决也。刚决柔也。

征蜀联句〔一〕

日王忿违慢〔二〕，有命事诛拔。蜀险豁关防〔三〕，秦师纵横猾。愈
风旗帀地扬〔四〕，雷鼓轰天杀〔五〕。竹兵彼皴脆〔六〕，铁刃我枪
劖〔七〕。郊 刑神吒藂旆〔八〕，阴焰飐犀札〔九〕。翻霓纷偃蹇〔一〇〕，塞
野颎块圠〔一一〕。愈 生狞竞掣跌〔一二〕，痴突争填轧〔一三〕。渴斗信豗
㕙〔一四〕，唊奸何噢咻〔一五〕？郊 更呼相簸荡，交矴双缺齾〔一六〕。火
发激铓腥〔一七〕，血漂腾足滑〔一八〕。愈 飞猱无整阵，翩鹘有邪戛
〔一九〕。江倒沸鲸鲲，山摇溃猳玃〔二〇〕。郊 中离分二三，外变迷
七八。逆颈尽徽索〔二一〕，仇头恣髡劂〔二二〕。怒须犹挚鬣〔二三〕，断
臂仍瓶㼝〔二四〕。愈 石潜设奇伏，穴觑骋精察。中矢类妖狻，跳锋
状惊豽〔二五〕。蹋翻聚林岭，斗起成埃圿〔二六〕。郊 箛亡多空杠，轴
折鲜联辖〔二七〕。刐肤浃疮痍〔二八〕，败面碎剥劀〔二九〕。浑奔肆狂
勷〔三〇〕，捷窜脱趫黠〔三一〕。岩钩踔狙猿〔三二〕，水漉杂鳣蝎〔三三〕。
投奅闹硠礚〔三四〕，填隍俨偬僒〔三五〕。愈 狌睛死不闭，犷眼困逾
眤〔三六〕。爇堞熇歊熺〔三七〕，抉门呀拗闼〔三八〕。天刀封未坼，卣胆
慴前搹〔三九〕。跧梁排郁缩〔四〇〕，闯窦揳窟窡〔四一〕。迫胁闻杂驱，
咿呦叫冤扢〔四二〕。郊 穷区指清夷，凶部坐雕铩〔四三〕。邛文裁斐
亹〔四四〕，巴艳收婠妠〔四五〕。椎肥牛呼牟〔四六〕，载实驼鸣圔〔四七〕。
圣灵闵顽嚚〔四八〕，煮养均草蘖〔四九〕。下书遏雄虓〔五〇〕，解罪吊孪
瞎〔五一〕。愈 战血时销洗，剑霜夜清刮。汉栈罢器阆〔五二〕，潦江息
澎汃〔五三〕。戍寒绝朝乘，刀暗歇宵詧〔五四〕。始去杏飞蜂，及归
柳嘶蚻〔五五〕。庙献繁馘级〔五六〕，乐声洞栙栿〔五七〕。郊 台图焕丹

玄〔五八〕,郊告俨匏稭〔五九〕。念齿慰徽繶〔六〇〕,视伤悼瘢疻〔六一〕。休输任诇寑〔六二〕,报力厚麩秸〔六三〕。公欢钟晨撞,室宴丝晓挒〔六四〕。杯盂酬酒醪,箱箧馈巾帓〔六五〕。小臣昧戎经〔六六〕,维用赞劻劼〔六七〕。愈

〔一〕按:旧唐书宪宗纪:"元和元年正月戊子,诏征刘辟。令兴元严砺、东川李康犄角应接,神策行营节度使高崇文,兵马使李元奕率师进讨。九月辛亥,崇文奏收成都,擒刘辟。"诗在王师屡捷、蜀寇将平时作。

〔二〕日:左传文公七年:日卫不睦,故取其地。杜预曰:日,往日也。

〔三〕蜀险:秦国策:今夫蜀,险僻之国也。　关防:水经注:峡左有城,盖古关防也。

〔四〕风旗:梁简文帝诗:"风旗争曳影。"

〔五〕雷鼓:扬雄甘泉赋:"登长平兮雷鼓磕,天声起兮勇士厉。"

〔六〕竹兵:戴凯之竹谱:筋竹长三丈许,至坚利,南土以为矛,其笋未成时,堪为弩弦。皴脆:皴,音逡。说文:皴,皮细起也。又:脆,小耎易断也。

〔七〕枪蠡:蠡,初八切。玉篇:蠡,齿利。

〔八〕刑神:周语:虢公梦神人立于西阿,觉,召史嚚占之。对曰:蓐收也,天之刑神也。犛旄:犛,音厘。独断:纛以犛牛尾为之,如斗,或在骖头,或在衡。

〔九〕犀札:越语:夫差衣水犀之甲者,亿有三千。左传:蹲甲而射之,彻七札焉。洪云:说者谓此联尽雕刻之工,而语仍壮。

〔一〇〕翻霓:傅毅东巡颂:升九龙之华旗,建扫霓之旌旄。

〔一一〕潝:左思吴都赋:"潝溶沇濊。"注:大水貌。

〔一二〕掣跌：掣，昌列切。广韵：掣，挽也。跌，跌踢，又差跌。生狞、痴突：孙云：言生而恶者竞相牵掣，跌堕痴弱，而突出者争相填轧也。

〔一三〕填轧：轧，于黠切。广韵：轧，车辗。

〔一四〕豗：音灰。木华海赋："磊匒匒而相豗。"善曰：相击也。

〔一五〕噢唈：噢，音郁。唈，乌八切。王云：噢唈，唉喑声。

〔一六〕缺齾：齾，五辖切。说文：齾，缺齿也。

〔一七〕火发：王粲羽猎赋："扬辉吐火，曜野蔽泽。"

〔一八〕血漂：书武成：血流漂杵。腾足：曹植七启："足不及腾。"

〔一九〕飞猱、翩鹘：鹘，音滑。孙云：猱鹘以喻军士。"无整阵"，言敌不得自整其阵。"邪戛"，邪击也。戛：古黠切。

〔二〇〕江倒、山摇：王粲羽猎赋："山川于是乎摇荡。"孙云：江倒山摇，喻蜀兵之败。猰貐：猰，敕俱切，与犳同。貐，于黠切，与貐同。尔雅释兽：猰貐似狸。又：貐貐类。犳虎爪，食人迅走。

〔二一〕徽索：汉书扬雄传：亡命免于徽索。

〔二二〕仇头：史记信陵君传：公子使客斩其仇头，敬进如姬。髡髷：髡，恪八切。说文：髡，鬎发也。髷，鬃秃也。

〔二三〕挲鬌：音峥狞。广韵：挲鬌，发乱也。

〔二四〕断臂：晋书王谅传：梁硕断谅右臂，谅正色曰：死且不畏，臂断何有？瓟舭：瓟，蒲八切。舭，格八切。"瓟"，方作"毃"，云"苦果切，击也"，又云"字书无毃字"。朱子曰：今按诸本瓟音皆蒲八切，舭，格八切，与"挲鬌"皆叠韵。

〔二五〕跳锋：释名：跳务上行也。张协七命："足拨飞锋。"惊貀：貀，女滑切，同貀。尔雅释兽：貀无前足。注：晋太康七年，召陵扶夷县槛得一兽，似狗豹文，有角，两脚，即此种类也。或说貀似虎而黑，无前两足。

〔二六〕埃垽：垽，音慁。西山经：钱来之山多洗石。注：可以砥体去
垢垽。

〔二七〕斾亡、轴折：左传：晋中军风于泽，亡大斾之左旃。史记张仪
传：群轻折轴。空杠：杠，音江。尔雅释天：素锦绸杠。注：以
白地锦韬旗之竿。

〔二八〕剟肤：剟，音辍。史记张敖传：贯高刺剟身无可击者。索隐曰：
剟，亦刺也。疮痍：后汉书王郎传：元元疮痍，已过半矣。

〔二九〕败面：世说：卿奇人，殆坏我面。剥刮：刮，恪八切。广韵：
剥刮。

〔三〇〕狂勷：音匡襄。宋玉九辩："逢此世之俇攘。"注：遽也，一作"怔
勷"。

〔三一〕趬黠：趬，起嚣切。张衡西京赋："轻锐僄狡趬捷之徒。"说文：
趬，善缘木走。

〔三二〕踔：知教切。狙猿：庄子应帝王篇：猨狙之便。

〔三三〕水瀄：记月令：毋漉陂池。鳣蜎：蜎，户八切。尔雅释鱼：鳣。
注：鳣，大鱼。又：蜎，蠉，小者蝾。注：螺属。

〔三四〕投奅：奅，音砲，同礮。广韵：礮，军战石也。　硠礚：音穹隆。
元包经：屵硠礚。注：山崩声。玉篇：礚硠，石声。

〔三五〕填隍：易泰卦：城复于隍。古今注：隍者，城池之无水者也。傶
偬偭：傶，乌乖切，当作"崴"。偬，莫八切。偭，呼八切。方云：
"傶"当作"崴"，"傶"字不见字书。埤苍："崴裹，不平也。"吴都
赋："隐赈崴裹。"五臣注："排积也。"于"填隍"之义亦合。广
韵："偬偭，健貌。"

〔三六〕狂趋狴猣：左思吴都赋："狂趋狴猣，鹰瞵鹗视。" 眽：莫八切。广

雅释诂:眐,视也。

〔三七〕熇歊熺:熇,音鄈。王云:熇,热也。歊熺,炽也。

〔三八〕抉门:抉,于决切。左传:晋伐偪阳,诸侯之士门焉。县门发,
郰人纥抉之以出门者。呀拗闒:拗,于绞切。闒,乙辖切。说
文:闒,门声也。

〔三九〕前揾:方言:东齐海岱之间谓拔为揾。按:言早已丧胆也。

〔四〇〕跧梁:跧,庄缘切。王云:跧伏于梁上。郁缩:王云:恐惧敛
缩貌。

〔四一〕揳:音屑。广韵:撠揳,不方正也。 窋窡:窋,丁滑切。说文:
窋,物在穴中貌。窡,穴中见也。

〔四二〕冤跀:跀,与刖同。说文:刖,断足也,刖或从兀作跀。庄子又
专作"兀"。

〔四三〕铩:贾谊过秦论:非铦于钩戟长铩也。

〔四四〕邛文:书禹贡:厥篚织文。按:华阳国志:"成都锦江织锦濯其
中则鲜明。"故唐六典"剑南道上贡罗绫锦纻",皆所谓邛文也。

〔四五〕巴艳:左思蜀都赋:"巴姬弹弦,汉女击节。"善注:左传:楚共王
有巴姬。媔妠:媔,乌八切。妠,女刮切。广韵:媔妠,小儿
肥貌。

〔四六〕椎肥:后汉书吴汉传:椎牛飨士。古乐府西门行:"饮醇酒,炙
肥牛。"

〔四七〕牟圜:圜,乙辖切。说文:牟,牛鸣也。从牛象其声,气从口出。
广韵:圜,骆驼鸣也。

〔四八〕顽嚚:左传:心不则德义之经为顽,口不道忠信之言为嚚。

〔四九〕焘养:梁简文帝南郊颂:等乾覆之焘养,合坤载之灵长。草蔡:
蔡,初八切。玉篇:蔡草有毒,用杀鱼。

〔五〇〕雄虓：虓，许交切。诗常武："阚如虓虎。"班固答宾戏："七雄虓阚，分裂诸夏。"

〔五一〕挛瞎：按：挛，拘挛，又手病挛曲也。释名："瞎，迄也，肤幕迄迫也。"广韵："瞎，一目盲。"此言闵无告之穷民也。

〔五二〕汉栈：史记高祖纪：汉王之国，去辄烧绝栈道。索隐曰：栈道，阁道也。

〔五三〕獠江：王云：獠江，蜀江也。澎汃：澎，音□，又音烹。汃，普八切。玉篇：澎，水名，又澎浡，滂沛。张衡南都赋："砏汃輣轧。"埤苍：汃，大声也。

〔五四〕朝乘、宵誊：乘，平声。誊，同察。方云：乘，守也，犹乘塞、乘障之乘，"誊"与"察"同。刁：史记李将军列传：不击刁斗以自卫。孟康曰：以铜作鐎，器受一斗。昼炊饭食，夜击持行，名曰刁斗。朱子曰：刁斗之刁与刀剑之刀，古书盖一字，但以音别之耳。

〔五五〕飞蝝、嘶蚅：蚅，音札。尔雅释虫：木蜂。注：似土蜂而小，在木上作房。又：蚅，蜻，蟓。注：如蝉而小。□云：正月出师，故云"杏飞蝝十月"。息师，故云"柳嘶蚅"。洪云：记时之语，工矣。诗云："昔我往矣，杨柳依依。今我来思，雨雪霏霏。"二句盖本此意。

〔五六〕馘级：馘，音国。诗頖水："在頖献馘。"汉书卫青传：三千一十七级。师古曰：本以斩敌一首拜爵一级，故谓一首为一级，因复名生获一人为一级也。

〔五七〕椌楬：椌，音腔。楬，枯辖切。乐记：圣人作为鞉鼓椌楬。注：椌楬，谓柷敔也。

〔五八〕台图：后汉书二十八将论：显宗追感前世功臣，并图画二十八将于南宫云台。

〔五九〕匏稭：稭，音戛，同鞂。记郊特牲：郊之祭也，迎长日之至也。器用陶匏，以象天地之性也。莞簟之安，而蒲越稾鞂之尚，明之也。汉书郊祀志：席用苴稭。说文：稭，禾稾去其皮，祭天以为席。与鞂同。

〔六〇〕黴黧：音眉黎。王褒九怀："菸蕴兮黴黧。"注：面垢黑也。

〔六一〕瘢痆：瘢，音槃。痆，女黠切。扬雄长杨赋："哓鋋瘢耆，金镞淫夷。"释名：瘢，漫也。生漫，故皮也。广韵：痆，疮痛。

〔六二〕讹寝：诗无羊："或寝或讹。"

〔六三〕麸秳：秳，户括切。说文：麸，小麦屑皮也。秳，舂粟不溃也。

〔六四〕扴：音戛。说文：扴，刮也。

〔六五〕巾帓：帓，莫辖切。广韵：帓，带也。

〔六六〕戎经：左传：兼弱攻昧，武之善经也。

〔六七〕勋劼：劼，恪八切。书酒诰：女劼毖殷献臣。孔注：劼，固也。

城南联句〔一〕

竹影金琐碎，郊 泉音玉淙琤〔二〕。琉璃翦木叶〔三〕，愈 翡翠开园英〔四〕。流滑随仄步，郊 搜寻得深行。遥岑出寸碧，愈 远目增双明〔五〕。干穟纷拄地〔六〕，郊 化虫枯挶茎〔七〕。木腐或垂耳，愈 草珠竞骈睛〔八〕。浮虚有新劚〔九〕，郊 摧扤饶孤撑〔一〇〕。囚飞黏网动〔一一〕，愈 盗啅接弹惊〔一二〕。脱实自开坼，郊 牵柔谁绕萦？礼鼠拱而立〔一三〕，愈 骇牛蹋且鸣。蔬甲喜临社〔一四〕，郊 田毛乐宽征〔一五〕。露萤不自暖，愈 冻蝶尚思轻〔一六〕。宿羽有先晓，郊 食鳞时半横〔一七〕。菱翻紫角利，愈 荷折碧圆倾〔一八〕。楚腻鳣鲔乱〔一九〕，<u>郊</u> 獠羞螺蛳并〔二〇〕。桑蠖见虚指〔二一〕，<u>愈</u> 穴貍闻斗狞〔二二〕。逗罻翅相筑，<u>郊</u> 摆幽尾交捞〔二三〕。蔓涎角出缩〔二四〕，<u>愈</u> 树啄头敲铿〔二五〕。修箭橐金饵〔二六〕，<u>郊</u> 群鲜沸池羹。岸壳坼玄兆〔二七〕，<u>愈</u> 野荦渐丰萌〔二八〕。窑烟幂疏岛，<u>郊</u> 沙篆印回平〔二九〕。瘁肌遭虮刺〔三〇〕，<u>愈</u> 揪耳闻鸡生〔三一〕。奇虑恣回转，<u>郊</u> 遐睎纵逢迎〔三二〕。巅林敢远睫〔三三〕，<u>愈</u> 缥气夷空情〔三四〕。归迹归不得，<u>郊</u> 舍心舍还争。灵麻撮狗虱〔三五〕，<u>愈</u> 村稚啼禽猩〔三六〕。红皱晒檐瓦，<u>郊</u> 黄团系门衡〔三七〕。得隽蝇虎健〔三八〕，<u>愈</u> 相残雀豹趟〔三九〕。束枯樵指秃，<u>郊</u> 刈熟担肩赪〔四〇〕。涩旋皮卷窬，<u>愈</u> 苦开腹彭亨〔四一〕。机春潺湲力〔四二〕，<u>郊</u> 吹簸飘飖精〔四三〕。赛馔木盘簇〔四四〕，<u>愈</u> 靯妖藤索绷〔四五〕。荒学五六卷〔四六〕，<u>郊</u> 古藏四三茎〔四七〕。里儒拳足拜，<u>愈</u> 土怪闪眸侦〔四八〕。蹄道补复破〔四九〕，<u>郊</u> 丝窠扫还成〔五〇〕。暮堂蝙蝠沸，<u>愈</u> 破灶伊威盈。追此讯前主，<u>郊</u> 答云皆冢卿〔五一〕。败壁剥寒月，<u>愈</u> 折簧啸遗笙。袿熏霏霏在，<u>郊</u> 綦迹微微呈〔五二〕。剑石犹竦槛，<u>愈</u> 兽材尚挐楹〔五三〕。宝唾拾未尽〔五四〕，<u>郊</u> 玉啼堕犹鎗〔五五〕。窗绡疑闷艳〔五六〕，<u>愈</u> 妆烛已销檠。绿发抽珉甃〔五七〕，<u>郊</u> 青肤耸瑶桢〔五八〕。白蛾飞舞地〔五九〕，<u>愈</u> 幽蠧落书棚〔六〇〕。惟昔集嘉咏，<u>郊</u> 吐芳类鸣嘤〔六一〕。窥奇摘海异，<u>愈</u> 恣韵激天鲸〔六二〕。肠胃绕万象〔六三〕，<u>郊</u> 精神驱五兵〔六四〕。蜀雄李杜拔〔六五〕，<u>愈</u> 岳力雷车轰。大句斡玄造〔六六〕，<u>郊</u> 高言轧霄峥〔六七〕。芒端转寒燠，<u>愈</u> 神助溢杯觥〔六八〕。巨细各乘运〔六九〕，<u>郊</u> 湍润亦腾声〔七〇〕。凌花咀粉蕊〔七一〕，<u>愈</u> 削缕穿珠璎〔七二〕。绮语洗晴雪，<u>郊</u> 娇辞哜雏莺。酣欢杂弁珥〔七三〕，<u>愈</u> 繁价流金琼〔七四〕。菡萏写江调〔七五〕，<u>郊</u> 萋葹缀蓝瑛〔七六〕。庖霜脍玄鲫[七七]，愈 淅玉炊香粳[七八]。朝馔已百态，郊 春醪又千名[七九]。哀匏蹙驶景，愈 冽唱凝馀晶。解魄不自主，郊 痺肌坐空瞠[八〇]。扳援贱蹊绝[八一]，愈 炫曜仙选更[八二]。藂巧竞采笑郊，骈鲜互探婴[八三]。桑变忽芜蔓，愈 樟裁浪登丁[八四]。霞斗讵能极[八五]，郊 风期谁复赓[八六]？皋区扶帝壤[八七]，愈 瓌蕴郁天京。祥色被文彦，郊 良才插杉柽[八八]。隐伏饶气象，愈 兴潜示堆坑。擘华露神物，郊 拥终储地祯。讦谟壮缔始，愈 辅弼登阶清。坌秀恣填塞，郊 呀灵滀渟澄[八九]。益大联汉魏，愈 肇初迈周嬴。积照涵德镜，郊 传经俪金籯[九〇]。食家行鼎鼐[九一]，愈 宠族饫弓旌[九二]。奕制尽从赐[九三]，郊 殊私得逾程[九四]。飞桥上架汉[九五]，愈 缭岸俯规瀛[九六]。潇碧远输委，郊 湖嵌费携擎[九七]。萄苜从大漠[九八]，愈 枫楮至南荆[九九]。嘉植鲜危朽，郊 膏理易滋荣[一〇〇]。悬长巧纽翠，愈 象曲善攒珩[一〇一]。鱼口星浮没[一〇二]，郊 马毛锦斑骍[一〇三]。五方乱风土[一〇四]，愈 百种分锄耕。葩蘖相妒出，郊 菲茸共舒晴。类招臻倜诡，愈 翼萃伏衿缨[一〇五]。危望跨飞动[一〇六]，郊 冥升蹑登闳[一〇七]。春游轹靃靡[一〇八]，愈 彩伴飒嫈嫇[一〇九]。遗灿飘的皪[一一〇]，郊 淑颜洞精诚[一一一]。娇应如在寤，愈 颓意若含酲。鹓毳翔衣带[一一二]，郊 鹅肪截佩璜[一一三]。文升相照灼[一一四]，愈 武胜屠欃抢[一一五]。割锦不酬价[一一六]，郊 构云有高营[一一七]。通波牣鳞介，愈 疏畹富萧蘅[一一八]。买养驯孔翠[一一九]，郊 远苞树蕉栟[一二〇]。鸿头排刺芡[一二一]，愈 鹄鷇攒瓌橙[一二二]。骛广杂良牧，郊 蒙休赖先盟[一二三]。罢旄奉环卫[一二四]，愈 守封践忠贞[一二五]。战服脱明介[一二六]，郊 朝冠飘彩纮[一二七]。爵勋逮僮隶，愈 簪笏自怀绷〔一二八〕。乳下秀巉巉〔一二九〕，郊 椒蕃泣喤喤〔一三〇〕。貌鉴清溢匣，愈 眸光寒发硎〔一三一〕。馆儒养经史，郊 缀戚觞孙甥。考钟馈肴核〔一三二〕，愈 夏鼓侑牢牲〔一三三〕。飞膳自北下，郊 函珍极东烹。如瓜煮大卵〔一三四〕，愈 比线茹芳菁〔一三五〕。海岳错口腹，郊 赵燕锡媌妌〔一三六〕。一笑释仇恨，愈 百金交弟兄。货至貊戎市，郊 呼传鹦鸪令〔一三七〕。顺居无鬼瞰〔一三八〕，愈 抑横免官评。杀候肆凌蒭〔一三九〕，郊 笼原帀置纮〔一四〇〕。羽空颠雉鹦，愈 血路迸狐麖〔一四一〕。折足去踶跱〔一四二〕，郊 蹙髻怒鬤鬙〔一四三〕。跃犬疾搴鸟，愈 呀鹰甚饥虻。算蹄记功赏〔一四四〕，郊 裂脑擒撑揯〔一四五〕。猛毙牛马乐，愈 妖残枭鸫悻〔一四六〕。窟穷尚嗔视〔一四七〕，郊 箭出方惊抨〔一四八〕。连箱载已实，愈 碍辙弃仍赢。喘觑锋刃点，郊 困冲株柸盲〔一四九〕。扫净豁旷旷〔一五〇〕，愈 骋遥略苹苹〔一五一〕。馋扠饱活脔〔一五二〕，郊 恶嚼嚊腥鯖〔一五三〕。岁律及郊至〔一五四〕，愈 古音命韶頀〔一五五〕。旗旆流日月〔一五六〕，郊 帐庐扶栋甍〔一五七〕。磊落奠鸿璧〔一五八〕，愈 参差席香蓂〔一五九〕。玄祇祉兆姓〔一六〇〕，郊 黑秬馫丰盛〔一六一〕。庆流蠲瘥疠，愈 威畅捐鞹鞃〔一六二〕。灵燔望高扃〔一六三〕，郊 龙驾闻敲飉〔一六四〕。是惟礼之盛，愈 永用表其宏。德孕厚生植，郊 恩熙完刖剠。宅土尽华族〔一六五〕，愈 运田间强甿〔一六六〕。荫庚森岭桧，郊 啄场翔祥鹇〔一六七〕。畦肥剪韭薤，愈 陶固收盆罃〔一六八〕。利养积馀健〔一六九〕，郊 孝思事严祊〔一七〇〕。掘云破嵂嵝，愈 采月漉坳泓〔一七一〕。寺砌上明镜，郊 僧盂敲晓钲〔一七二〕。泥像对骋怪〔一七三〕，愈 铁钟孤春锽〔一七四〕。瘿颈闹鸠鸪〔一七五〕，郊 蜿垣乱蚨蝶〔一七六〕。甚黑老蚕蠋〔一七七〕，愈 麦黄韵鹂鹒〔一七八〕。韶曙迟胜赏，郊 贤朋戒先庚〔一七九〕。驰门填偪仄〔一八〇〕，愈 竞墅辗砅砰〔一八一〕。碎缬红满杏〔一八二〕，郊 稠凝碧浮飧〔一八三〕。蹴绳觐娥婺〔一八四〕，愈 斗草撷玑珵〔一八五〕。粉汗泽广额〔一八六〕，郊 金星堕连璎〔一八七〕。鼻偷困淑郁〔一八八〕，愈 眼剽强盯睛〔一八九〕。是节饱颜色，郊 兹疆称都城。书饶罄鱼茧〔一九〇〕，愈 纪盛播琴筝〔一九一〕。奚必事远覜，郊 无端逐羁伧〔一九二〕。将身亲魍魅，愈 浮迹侣鸥鹒〔一九三〕。腥味空莫屈，郊 天年徒羡彭〔一九四〕。惊魂见蛇蚓，愈 触嗅值虾蟛〔一九五〕。幸得履中气〔一九六〕，郊 忝从拂天枨〔一九七〕。归私暂休暇，愈 驱明出庠黉〔一九八〕。鲜意竦轻畅〔一九九〕，郊 连辉照琼莹〔二〇〇〕。陶暄逐风乙，愈 跃视舞晴蜻〔二〇一〕。足胜自多诣，郊 心贪敌无勍〔二〇二〕。始知乐名教〔二〇三〕，愈 何用苦拘儜〔二〇四〕？毕景任诗趣〔二〇五〕，郊 焉能守磏硠〔二〇六〕？愈

〔一　〕按：城南之游，当在九、十月间，木叶始脱，园英犹开，干穟化虫，露萤冻蝶，其时物可想而知也。

〔二　〕竹影、泉音：沈括云"竹影金琐碎"，乃日光，非竹影也。洪云：谓日光在其中，若曰"日影金琐碎"则不可也。樊云：荆公诗云："风泉隔屋撞哀玉，竹月缘阶贴碎金。"语本此。琐碎：鲍照飞白书势铭：虬虎琐碎，又焉能匹？淙：藏宗切，又士江切。琤：楚耕切。

〔三　〕木叶：屈原九歌："洞庭波兮木叶下。"

〔四　〕翡翠：司马相如子虚赋："错翡翠之葳蕤。"张揖曰：翡翠大小一如雀，雄赤曰翡，雌青曰翠。园英：尔雅释草：荣而不实者谓之英。

〔五　〕寸碧、双明：庚溪诗话：韩退之联句云云，固为佳句，后见谢无

逸"忽逢隔水一山碧,不觉举头双眼明",若敷衍退之语,然句意清快,亦自可喜也。

〔六〕干穧:诗生民:"禾役穧穧。"王云:穧,禾秀。干,滞穗也。

〔七〕化虫:孙云:化虫,虫之变化者,如蝉蚁之类。枯捐茎者,言化虫已枯,尚捐持于草木之茎也。按:化虫如今蟷蠰,附木而枯,其子著枝上,至明年复化生。尔雅谓之蜱蛸,本草谓之螵蛸。化虫当指此类。蝉蜕或能捐茎,蚁又穴居,想顺及之耳。捐茎:捐,居玉切。崔瑗草书势:旁点邪附,似螂蟷捐枝。

〔八〕草珠:古今注:苦菽有实,正圆如珠,长安儿童谓为洛神珠,一曰王母珠。

〔九〕浮虚:按:释名:"浮,孚也,孚甲在上称也。"意所谓浮虚者,或指草木之新剧而浮动者钦?剧:尔雅释器:斫剧谓之定。注:锄属。苕溪诗话:旧观临川集"肯顾北山如旧约"与公"西崦剧苍苔常爱",其"剧"字最有力。后读杜集"当为剧青冥"、"药许邻人剧",退之"憔悴剧荒棘"、"宁馨剧株橛",子厚"戒徒剧云根",虽一字法,不无所本。

〔一〇〕摧抚:抚,音兀。按:广雅释诂:摧,折也;抚,动也。古乐府:"不见山颠树,摧抚下为薪。"

〔一一〕黏网:金楼子:龚舍仕楚,见飞虫触蜘蛛网,叹曰:仕宦亦人之网罗也。

〔一二〕盗啅:啅,音卓。尔雅释鸟:桑鳸,窃脂。注:俗谓之青雀,好盗脂膏。杜甫诗:"啾啾黄鸟啅。"又:"啅雀惊枝坠。"

〔一三〕礼鼠:诗相鼠:"相鼠有体,人而无礼。"异苑:拱鼠形如常鼠,行田野中,见人即拱手而立,秦川有之。

〔一四〕蔬甲:易解卦:百果草木皆甲坼。

〔一五〕田毛：周礼地官载师：凡宅不毛者有里布。郑注：谓不树桑麻也。

〔一六〕思轻：孙云：尚欲飞也。

〔一七〕宿羽、食鳞：孙云：言鸟之宿者，有未晓而飞，鱼之食者，时半横水中也。

〔一八〕菱、荷：尔雅释草：菱，蕨攗。注：菱，今水中芰。鲍照诗："荷生渌水①中，碧叶齐如规。"

〔一九〕鳣鲔：诗硕人："鳣鲔发发。"

〔二〇〕螺蠬：易说卦：离为蠬为蠃。

〔二一〕蠖：乌郭切。易系辞：尺蠖之屈，以求信也。尔雅翼：尺蠖，屈伸虫也。如人以指度物，移后指就前指之状，古所谓布指知尺者，故谓之尺蠖。

〔二二〕貍：尔雅释兽：貍子，隶。注：今谓之貊貍。

〔二三〕逗翳、摆幽：后汉书张衡传：逗华阴之湍渚。注：逗，止也。孙云：言鸟止于林阴，其翅相触，如蛇之类，摆于幽僻，其尾相击也。搒：音彭。尔雅释诂：搒，击也。

〔二四〕蔓涎：尔雅翼：蜗牛似蠃，头有两角，行则出，惊则缩，首尾藏于壳中。盛夏日中悬树叶上，涎沫既尽，随即槁死。

〔二五〕树啄：尔雅释鸟：鴷，斫木。注：口如锥，长数寸，常斫树食虫，因名云。尔雅翼：斫木，头上有红毛如鹤顶，土人呼为山啄木。

〔二六〕修箭：尔雅释地：东南之美者，有会稽之竹箭焉。蒋云：钓竿也。枭：奴鸟切。

〔二七〕岸壳：孙云：言岸有虫壳，拆开如玄兆象。

〔二八〕野麰：诗思文："贻我来牟。"广雅释草：大麦麰也，小麦麳也。

〔二九〕窑烟、沙篆:蒋云:窑,烧瓦灶也。按:沙篆,沙上有迹如篆文也。疏岛、回平:释名:海中可居者曰岛,岛,到也,人所奔到也;亦言鸟也,物所赴如鸟之下也。尔雅释地:大野曰平。洪云:华山有青柯平种药。平,因地之平处以为名也。

〔三〇〕瘁肌:瘁,所臻切,又所锦切。方云:瘁,寒病也。皮日休诗:"枕下闻澎湃,肌上生瘁痩。"蚝:七吏切,同蛓。尔雅释虫:蛓,毛蠹。注:即蛓。王逸九思:"蛓缘兮我裳。"玉篇:蚝同蛓。刺:七亦切。

〔三一〕闻鸡生:蒋云:言初生之鸡,其声啾啾然也。

〔三二〕遐睎:班固西都赋:"睎秦岭。"广雅释诂:睎,望视也。

〔三三〕睫:释名:睫,插接也,插于眼眶而相接也。

〔三四〕缥气:释名:缥犹漂,漂,浅青色也。邢昺尔雅疏:翠微,山气青缥色也。孙云:言望巅林观缥气,戢目以夷情。

〔三五〕狗虱:广雅释草:狗虱,胡麻也。孙云:灵麻,今胡麻,状如狗虱。

〔三六〕禽猩:记曲礼:猩猩能言,不离禽兽。尔雅释兽:猩猩小而好啼。孙云:言小儿之啼如猩猩。

〔三七〕红皱、黄圜:孙云:果实皱而红,说者曰干枣。洪云:黄圜,瓜蒌也,一曰天瓜。许彦周诗话:城南联句"红皱"云云,是说干枣与瓜蒌,读之犹想见西北村落间气象。

〔三八〕得隽:左传:得隽曰克。蝇虎:古今注:蝇虎,蝇狐也。形似蜘蛛而色灰白,善捕蝇,一名蛔蟥,一名蝇豹。

〔三九〕雀豹:孙云:雀之鸷者,以其勇健,故曰雀豹。按:此说杜撰难信,篇中造语固有之,必上句亦造。未有蝇虎,自然对以矫强者。按:杜宇一名谢豹,春则飞鸣,秋则不见,大抵如燕子之入处窟穴。相残者，谓方秋鹰击而避之。故韵押"趥"。"趥"者，走之急也。后世又有如鹞而不猛鸷者曰雀松，或一物而古今异名，故设两疑以俟多识鸟兽之名者。趥：竹萌切。<u>玉篇</u>：趥趥，跟觉也。

〔四〇〕束枯、刈熟：<u>鲍照</u>诗："束薪幽篁里，刈黍寒涧阴。"指秃：<u>晋书王沈传</u>：指秃腐骨。

〔四一〕涩旋、苦开：旋，随恋切。<u>方言</u>：环而镜之为旋。<u>孙伯野云</u>：此二语与上二语意属一，曰涩旋，乃旋果实之涩者。苦开，乃破瓜瓠之苦者也。卷脔、彭亨：脔，力兖切。<u>庄子在宥篇</u>：乃始脔卷伦囊。<u>司马彪曰</u>：脔卷，不申舒之貌也。<u>诗荡</u>："女炰烋于中国。"传：炰烋，犹彭亨也。

〔四二〕机舂：<u>洛阳伽蓝记</u>：磏硙舂簸，皆用水功。

〔四三〕吹簸：<u>诗生民</u>："或簸或揉。"

〔四四〕赛馔：<u>汉书郊祀志</u>：冬塞赛通祷祠。<u>师古曰</u>：赛谓报其所祈也。

〔四五〕靸妖：靸，苏合切，当作"扱"，楚合切。<u>朱子曰</u>：扱，收也，取也，获也。妖，谓狐狌之属，能为妖媚者也。藤索绁：绁，北萌切。<u>战国策</u>：身自削甲札，妻自组甲绁。<u>广雅释诂</u>：缰、幽、绍、繁，绁也。<u>朱子曰</u>：绁当从系，狱中以绳索急缚罪人之名也，言捕取妖狐而以藤索缚之也。<u>顾嗣立曰</u>：<u>东京赋</u>："度朔作梗，守以郁垒。神荼副焉，对操索苇。目察区陬，司执遗鬼。"公语意本此。

〔四六〕荒学：<u>蒋云</u>："荒学"，荒诞之学，如道、释二氏书也。按："里儒"句承"荒学"，"土怪"句承"古藏"，则"荒学"当为荒村学舍，不应指二氏书。

〔四七〕古藏：<u>记檀弓</u>：葬也者，藏也。

〔四八〕土怪：鲁语：季桓子穿井获如土缶，其中有羊焉，使问之仲尼。对曰：土之怪曰坟羊。侦：丑贞切。

〔四九〕蹄道：按：此句当用孟子"兽蹄鸟迹之道"。蒋云：蹄道墓域之路，以通人迹者。未审何据。

〔五○〕丝窠：广雅释室：窠，巢也。蒋云：如诗所谓"蟏蛸在户"，户无人出入则结网，当之。

〔五一〕冢卿：左传：先君有冢卿。

〔五二〕袿熏、綦迹：袿，音圭。释名：妇人上服曰袿，其下垂者上广下狭，如刀圭也。记内则：衿缨綦屦。汉书班婕妤传：俯视兮丹墀，思君兮履綦。师古曰：綦，履下饰也。

〔五三〕兽材：蒋云：兽材谓柱上刻为兽形。挐橿：张衡西京赋："熊虎升而挐攫。"

〔五四〕宝唾：庄子秋水篇：子不见夫唾者乎？喷则大者如珠，小者如雾。飞燕外传：后误唾婕妤袖，曰：姊唾染人绀袖，正似石上华。

〔五五〕玉啼：薛道衡诗："恒敛千金笑，长垂双玉啼。"鎗：楚庚切。广雅释诂：鎗，声也。南史陈本纪：陈文帝令鸡人投签于阶石上，鎗然有声。

〔五六〕窗绡：孙云：言窗纱中尚疑闳藏佳人也。

〔五七〕绿发、青肤：韩云：绿发言细草，青肤言苔藓也。按：周处风土记："石发，水苔也，青绿色，生于石。"则绿发不当是草。珉甃：风俗通：甃，聚砖修井也。水经注：疏圃中有古玉井，井悉以珉玉为之。

〔五八〕瑶桢：说文：桢，木也。按：瑶桢，玉树也，言青苔依玉树之上也。

〔五九〕白蛾:尔雅释虫:蛾,罗。注:蚕蛾。三辅黄图:汉书曰:成帝建
始元年,有白蛾群飞蔽日,从东都门至枳道。

〔六〇〕幽蠹:尔雅释虫:蟫,白鱼。注:衣书中虫。书棚:棚,音彭。广
雅释室:棚,阁也。

〔六一〕吐芳:宋玉神女赋:"吐芬芳其若兰。"鸣嘤:诗伐木:"嘤其鸣
矣,求其友声。"

〔六二〕激天鲸:班固东都赋:"发鲸鱼,铿华钟。"尔雅翼:蒲牢大声如
钟,而性畏鲸鱼。鲸鱼跃,蒲牢辄鸣,故铸钟作蒲牢形,斲撞为
鲸形,天子出则击之。

〔六三〕万象:文心雕龙:诗人感物,联类不穷。流连万象之际,沈吟视
听之区。

〔六四〕五兵:周礼夏官司右:凡国之勇力之士,能用五兵者属焉。注:
司马法曰:弓矢围,殳矛守,戈戟助,凡五兵。

〔六五〕蜀雄:按:李白隐居岷山,杜甫流落剑南,故曰蜀雄。

〔六六〕雷车:庄子达生篇:委蛇紫衣而朱冠,恶闻雷车之声,则捧其首
而立。按:蜀雄二句本流水对,王伯大疑"雷车"、"李杜"不可
作对,亦太拘矣。

〔六七〕高言:庄子天地篇:高言不止于众人之心。霄峥:孙云:山之切
云者,为霄峥。轧,轹也。

〔六八〕神助:锺嵘诗品:此语有神助。

〔六九〕巨细:按:言城南题咏甚多,自李杜出,虽才之大小不同,亦各
有佳句也。

〔七〇〕湍潏:潏,音围。说文:湍,疾濑也。潏,不流浊也。

〔七一〕咀粉蕊:魏文帝典论:饥餐琼蕊。

〔七二〕珠樱:左思蜀都赋:"朱樱春熟。"埤雅释木:南人语其小者谓之

樱珠。

〔七三〕弁珥:诗抑:"侧弁之俄。"史记滑稽传:前有堕珥,后有遗簪。

〔七四〕金琼:曹植文帝诔:其刚如金,其贞如琼。范静妻沈氏诗:"宝叶间金琼。"

〔七五〕菡萏:诗泽陂:"有蒲菡萏。"尔雅释草:荷,芙蕖,其华菡萏。江调:方云:刘铄诗:"悲发江南调。"谢灵运诗:"采菱调易急,江南歌不缓。"李善皆引古江南词"江南可采莲"以释之。东野本集有喜用"江调"字。

〔七六〕萎蕤:尔雅释草:荧,委萎。注:药草也,叶似竹。本草:萎蕤一名玉竹。蓝瑛:方云:蓝田之玉也。

〔七七〕庖霜:张协七命:"命支离,飞霜锷。红肌绮散,素肤雪落。"玄鲫:本草:鲫鱼,一名鲋鱼,色黑而体促,所在池泽皆有之。杜甫诗:"网聚黏玄鲫。"

〔七八〕渐玉:魏略:太祖嘲王朗曰:不能效君昔在会稽折秔米饭也。方云:古渐作折。世说:矛头渐米剑头炊。杜甫诗:"玉粒足晨炊。"

〔七九〕千名:张衡南都赋:"酸甜滋味,百种千名。"

〔八〇〕痹肌:痹,音芘。说文:痹,湿病也。嵇康与山巨源绝交书:危坐一时,痹不能摇。瞪:丑庚切。庄子田子方篇:瞪乎若后。字林:瞪,直视也。朱子曰:言坐久而无所见也。

〔八一〕扳援:蒋云:此言贱者不可扳援而至也。

〔八二〕仙选:蒋云:言神仙中人而复选择更易,则其人美之至矣。

〔八三〕采笑、探婴:按:言集众巧于此,又取其善笑者,聚众美于此,又取其最少者。

〔八四〕樟裁:玉篇:樟木名豫章也。王褒僮约:持斧入山,断榬裁辕。

登丁：丁，中茎切。王云：登丁，斫木声也。

〔八五〕霞斗：王云：谓云霞相合也。

〔八六〕风期：晋书习凿齿传：风期超迈。

〔八七〕皋区：张衡西京赋："宝惟地之奥区神皋。"

〔八八〕柽：丑贞切。诗皇矣："其柽其椐。"尔雅释木：柽，河柳。

〔八九〕呀灵：班固西都赋："呀周池而成渊。"善注：呀，大空貌。滀：
　　　　音蓄。

〔九〇〕金籯：汉书韦贤传：父子皆以明经历位至丞相，故邹、鲁谚曰：
　　　　遗子黄金满籯，不如一经。如淳曰：籯，竹器。

〔九一〕食家：易大畜卦：不家食，吉。鼎鼐：诗丝衣："鼐鼎及鼒"。

〔九二〕宠族：司马迁报任安书：以为宗族交游光宠。弓旌：邯郸淳鸿
　　　　胪陈君碑：四府并辟，弓旌交至。

〔九三〕奕制：蒋云：奕，大也。"奕制"指上二句言，此从君所赐也。

〔九四〕逾程：王云：谓过法度也。

〔九五〕飞桥：后汉书西域传：大秦国有飞桥数百里，可度海北。架汉：
　　　　三辅黄图：始皇引渭水灌都，以象天汉，横桥南渡，以法牵牛。

〔九六〕缭岸：班固西都赋："缭以周墙，四百馀里。"规瀛：汉书东方朔
　　　　传：规以为苑。列子汤问篇：渤海之中有大壑，其中有山曰
　　　　瀛洲。

〔九七〕潇碧、湖嵌：嵌，口衔切。方云：潇碧，竹也。湖嵌，石也。输
　　　　委：史记货殖传：中国委输时有奇羡。

〔九八〕苜苜：苜，音目。史记大宛传：宛左右以蒲萄为酒，马嗜苜蓿，
　　　　汉使取其实来，于是天子始种苜蓿、蒲陶。

〔九九〕枫楮：楮，音诸。司马相如上林赋："沙棠栎楮，华枫枰栌。"

〔一〇〇〕膏理：周礼地官司徒：其植物宜膏物。郑注：谓杨柳之属，理致

且白如膏。"滋荣：张衡归田赋："原隰郁茂，百草滋荣。"

〔一〇一〕纽翠、攒珩：按：此联喻草树之状。翠，翠羽也。诗采芑："有玱葱珩。"疏：苍玉之珩。

〔一〇二〕鱼口：按：此纪物产之饶，即于牣鱼跃之意，言其吹沫如星也。

〔一〇三〕马毛：江淹横吹曲："弓刀劲兮马毛寒。"

〔一〇四〕五方：记王制：五方之民，言语不通，嗜欲不同。

〔一〇五〕类招、翼萃：楚国策：以其类为招。司马相如长门赋："翡翠胁翼而来萃兮，鸾凤飞②而北南。"倜诡：倜，他历切。司马相如封禅文：奇物谲诡，俶傥穷变。衿缨：枚乘七发："鹓鶵鸧鹒，翠鬣紫缨。"善注：缨，颈毛也。

〔一〇六〕飞动：文心雕龙：延寿灵光，含飞动之势。

〔一〇七〕冥升：易升卦：上六冥升，利于不息之贞。登闳：闳，音宏。扬雄羽猎赋："涉三皇之登闳。"韦昭曰：登，高也；闳，大也。

〔一〇八〕霏靡：霏，音髓，又音霍。淮南小山招隐士：苹草霏靡。注：随风披敷也。

〔一〇九〕娈嫇：音莺萌。广雅释诂：娈，好也。广韵：娈嫇，新妇貌。

〔一一〇〕的皪：皪，音历。司马相如上林赋："的皪江靡。"善曰：说文云：玓瓅，明珠光也。玓瓅与的皪，音义同。

〔一一一〕精诚：文子：精诚通于形，动气通于天。

〔一一二〕鹓毳：孙云：鸳鸯之羽，以饰其衣带也。

〔一一三〕鹅肪：肪，音方。魏文帝与锺繇书：窃见玉书，称玉白如截肪。

〔一一四〕照灼：鲍照诗："尊贤永照灼，孤贱长隐沦。"

〔一一五〕欃抢：音谗琤。尔雅释天：彗星为欃抢。

〔一一六〕割锦：吴志甘宁传注：宁住止常以缯锦维舟，去或割弃，以示奢也。

〔一一七〕构云：世说：凌云台楼观精巧，先称平众木轻重，然后造构，乃无锱铢相负，台虽高峻，常随风摇动而终无倾倒之理。

〔一一八〕疏：王云：疏，宽也。萧蔷：诗采葛："彼采萧兮。"屈原离骚："杂杜蘅与芳芷。"

〔一一九〕孔翠：左思蜀都赋："孔翠群翔。"

〔一二〇〕远苞：书禹贡：厥包橘柚锡贡。栟：音屏。张衡南都赋："楈枒栟榈。"注：栟榈，椶也，皮可以为索。

〔一二一〕鸿头：方言：北燕谓之茈，青、徐、淮、泗之间谓之芡。南楚、江湘之间谓之鸡头，或谓之雁头。

〔一二二〕鸘：音确。橙：上林赋："黄甘橙楱。"说文：橙，橘属。

〔一二三〕先盟：左传：勋在王室，藏于盟府。

〔一二四〕环卫：按：奉环卫，罢节镇，而入宿卫也。

〔一二五〕忠贞：书君牙：世笃忠贞。

〔一二六〕介：记曲礼：介者不拜。疏：介，甲铠也。

〔一二七〕彩纮：左传：衡紞纮綖。注：纮，缨从下而上者。

〔一二八〕簪笏：梁简文帝马宝颂：簪笏成行，貂缨在席。怀绷：绷，北萌切。苍颉篇：怀，抱也。广韵：绷，束儿衣。王云：绷，小儿绷也，以缯帛为之，亦谓之褯。顾嗣立曰：按汉外戚传："卫青三子，在褓襁中皆为列侯。"语意本此。

〔一二九〕巍巍：诗生民："诞实匍匐，克岐克嶷。"

〔一三〇〕椒蕃：诗椒聊："椒聊之实，蕃衍盈升。"泣喤喤：诗斯干："其泣喤喤。"

〔一三一〕貌鉴、眸光：王云：其貌有光可以鉴也。张敏头责子羽文：眸子摛光，双权隆起。

〔一三二〕考钟：诗山枢："子有钟鼓，弗鼓弗考。"肴核：诗宾筵："殽核维旅。"传：殽，豆实也。核，加笾也。

〔一三三〕戞鼓：书益稷：戞击鸣球。牢牲：周礼地官充人：掌系祭祀之牲牷，祀五帝，则系于牢，刍之三月。注：牢，闲也。

〔一三四〕如瓜：史记封禅书：安期生食巨枣，大如瓜。大卵：汉书西域传：条支国有大鸟，卵如瓮。

〔一三五〕芳菁：张衡南都赋："春卵夏笋，秋韭冬菁。"

〔一三六〕燕赵：古诗十九首："燕赵多佳人，美者颜如玉。"媌娙：媌，音茅。娙，五茎切。列子周穆王篇：处子，娥媌靡曼者。方言：秦、晋之间凡好而轻者谓之娥。自关而东，河、济之间谓之媌。汉书外戚传：娙娥视中二千石，比关内侯。说文：娙，长好也。

〔一三七〕鹦鸲：鸲，音欲。禽经：鹦鹉摩背而喑，鸲鹆剔舌而语。张华注：鹦鹉出陇西，能言鸟也。鸲鹆，今人育其雏，以竹刀剔舌本，教之言语。

〔一三八〕鬼瞰：汉书扬雄传：高明之家，鬼瞰其室。

〔一三九〕杀候：记月令：仲秋之月，杀气浸盛。

〔一四〇〕罝纮：纮，音宏。诗兔罝："肃肃兔罝。"汉书扬雄传：遥嘒乎纮中。师古曰：纮，古纮字。

〔一四一〕羽空、血路：班固西都赋："风毛雨血，洒野蔽天。"雉鷉、狐麚：麚，音京。禽经：鷉雀啁啁。张华注：鷉，篱鷉也，雀属。汉书地理志：山多麈麚。师古曰：麚似鹿而小。进：潘岳射雉赋："倒禽纷以进落。"

〔一四二〕蹢躅：蹢，丑其切。躅，敕角切。庄子秋水篇：夔谓蚿曰："吾以一足蹢躅而行。"说文：蹢躅，行无常貌。

〔一四三〕髼鬙：髼，音彭。鬙，乃庚切。楚辞大招："被发鬙只。"说文：髼，鬅也。

〔一四四〕算蹄：王云：上林赋："射麋脚麟。"师古曰：持引其脚，计其所获也。所谓算蹄者如此。记功赏：枚乘七发："收获掌功，赏赐金帛。"

〔一四五〕擒撑抍：撑抍，音瞠枨。广韵：撑同撑，邪拄也。抍，触也。方云：撑，拒也；抍，捄也。

〔一四六〕枭鹌：鹌，音格。尔雅释鸟：枭，鸱。注：土枭。又：鹌，鸦鹋。注：今江东呼鸺鹠。

〔一四七〕窟穷：左思吴都赋："颠覆巢居，剖破窟宅。"

〔一四八〕抨：普耕切。说文：抨，弹也。

〔一四九〕喘觑、困冲：按：此二句言田猎既倦，喘者因视刀刃而馀血点污，困者偶触株橛而目精矇眯也。株杶：司马相如谏猎书："枯木朽株。"张衡东京赋："山无槎杶。"

〔一五〇〕旷旷：史记日者传：天地旷旷，物之熙熙。

〔一五一〕苹苹：宋玉高唐赋："驰苹苹。"说文：苹苹，草貌。

〔一五二〕馋扠：张衡西京赋："扠簇之所挐捔。"

〔一五三〕嘑腥鲭：嘑，音博。鲭，音征。说文：嘑，嚤貌。西京杂记：娄护传食五侯，竞致奇膳，合以为鲭，世称"五侯鲭"。

〔一五四〕郊至：□云：律谓黄钟、大吕之属。及郊至，谓十一月也。按：三辅黄图："天郊在长安城南。"想至其处而遂咏郊祀之事也。

251

〔一五五〕韶韺：韺，音英。广雅释乐：五韺箫韶。曹宪注：英，帝偮乐，韶，舜乐。

〔一五六〕日月：记郊特牲：旗十有二旒，龙章而设日月，以象天也。

〔一五七〕栋甍：释名：栋，中也，居屋之中也。屋脊曰甍。甍，蒙也，在上覆蒙屋也。

〔一五八〕奠璧：周礼大宗伯：以苍璧礼天，以黄琮礼地。

〔一五九〕香蘁:蘁,音琼。尔雅释草:菖,蘁茅。注:菖,华有赤者为蘁。

〔一六〇〕祇:音岐。

〔一六一〕黑秬:诗生民:"维秬维秠。"尔雅释草:秬,黑黍。馣丰盛:盛,平声。诗大东:有馣簋飧。左传:洁粢丰盛。

〔一六二〕威畅:史记秦始皇纪:武威旁畅,振动四极。曹植颛顼赞:威畅八极,靡不祇虔。輣輣:輣,音冲。輣,步耕反。后汉书光武帝纪:或为地道,冲輣撞城。注:冲,撞车也。诗曰:"临冲闲闲。"许慎曰:輣,楼车也。

〔一六三〕灵燔:王云:燔,柴也。高冏:王云:冏,虚空也。

〔一六四〕龙驾:屈原九歌:"龙驾兮帝服。"敲飉:飉,音横。广韵:飉,飈暴风。王云:飉,车相击声。

〔一六五〕宅土:书禹贡:是降丘宅土。

〔一六六〕强甿:周礼地官遂人:以强予任甿。

〔一六七〕荫庾、啄场:诗楚茨:"我庾维亿。"又小宛:"交交桑扈,率场啄粟。"翔祥鹍:鹍,音明。诗卷阿:"凤皇于飞,翙翙其羽。"上林赋:"捎凤皇。""掩鹔鹍。"张揖曰:焦明似凤,西方之鸟也。

〔一六八〕畦肥、陶固:说文:田五十亩曰畦。记月令:仲冬之月,陶器必良。

〔一六九〕利养:仪礼特牲馈食:祝东面,告利成。注:利,犹养也,供养之礼成。

〔一七〇〕孝思:诗下武:"永言孝思。"祊:甫盲切。诗楚茨:"祝祭于祊。"传:祊,门内也。

〔一七一〕漉坳泓:记月令:无漉陂池。庄子逍遥游:覆杯水于坳堂之上。

〔一七二〕钲:诗采芑:"钲人伐鼓。"

〔一七三〕泥像:洛阳伽蓝记:景乐寺有佛殿一所,像辇在焉,雕刻巧妙,冠绝一时。

〔一七四〕舂锽：锽，音横。释名：舂，撞也。尔雅释训：锽，锽乐也。

〔一七五〕瘿颈：释名：瘿，婴也。在颈婴喉也。晋书杜预传：吴人知预病
瘿，以瓠系狗颈示之。每大树似瘿，辄斫使白题曰：杜预颈。

〔一七六〕蜿蜒：方云：蜿蜒，谓蜿蜓于墙屋之间。蛷蝼：音求荣。王云：
蛷，多足虫。尔雅释鱼：蝾螈，蜥蜴。

〔一七七〕葚黑：诗氓："于嗟鸠兮，无食桑葚。"傅休奕桑葚赋："翠朱三
变，或玄或白。"蚕蠋：蠋，音躅。尔雅释虫：蚅，乌蠋。注：大虫
如指似蚕。

〔一七八〕鹏鹧：尔雅释鸟：鸧黄，楚雀；仓庚，鸧黄也。

〔一七九〕先庚：易巽卦：先庚三日，后庚三日。王弼注：申命令谓之庚。

〔一八〇〕偪仄：张衡西京赋："骈田偪侧。"

〔一八一〕砅砰：砅，披冰切。郭璞江赋："砅厓鼓作。"玉篇：砅，水激石
声。列子汤问篇：砰然闻之若雷霆之声。

〔一八二〕碎缬：缬，音颉。古今注：凤翼花，红者紫点，绿者绀点，一名连
缬花。方云：唐小说，裴晋公午桥有文杏百株，立碎锦坊。少
陵诗"内蕊繁于缬"，或云当作"醉缬"。李长吉诗"醉缬抛红
网"。蒋云：公送无本师诗有"蝉翼碎锦缬"句，其为"碎缬"
无疑。

〔一八三〕饧：徐盈切。方言：饧谓之餹。刘梦得嘉话：沈佺期岭表寒食
诗："马上逢寒食，春来不见饧。"常疑之，因读毛诗"箫管备
举"，郑笺：箫编，小竹管。如今卖饧者所吹，六经唯此中有
"饧"字。按：荆楚岁时记：寒食，造饧大麦粥。玉烛宝典曰：今
人为大麦粥，研杏仁为酪，引饧沃之。

〔一八四〕蹋绳、斗草：蹋，一作"蹴"。荆楚岁时记：寒食：打球、秋千之

戏。古今艺术图云："秋千，北方山戎之戏，以习轻趫者。""五月五日，四民并蹋百草，又有斗百草之戏。"按：申培诗说："茉莒，童儿斗草，嬉戏歌谣之词。"则斗草其来甚古。娥婺：谢庄宣贵妃诔：望月方娥，瞻星比婺。

〔一八五〕玑珵：珵，音呈。史记李斯传：傅玑之珥。说文：玑，珠不圆者。屈原离骚："岂珵美之能当。"注：珵，美玉也。

〔一八六〕粉汗：世说：何平叔面至白，魏明帝疑其傅粉，正夏月，与热汤饼，既啖，大汗出，以朱衣自拭，色转皎然。广额：诗硕人："螓首蛾眉。"疏：螓如蝉而小，此虫额广而方。

〔一八七〕金星：顾野王诗："妆罢金星出。"连璎：王云：璎珞，妇人项饰。

〔一八八〕淑郁：上林赋："芬芳沤郁，酷烈淑郁。"

〔一八九〕盯瞢：瞢，音枨萌。玉篇：盯瞢，视貌。

〔一九〇〕鱼茧：国史补：纸则有鱼子十色笺，又有茧纸。

〔一九一〕琴筝：风俗通：世本，神农作琴。舜弹五弦之琴，歌南风之诗，而天下治。筝，五弦筑声也。今并、凉二州，筝形如瑟，或曰秦蒙恬所造。

〔一九二〕羁伧：伧，助庚切。世说：昨有一伧父来寄亭中。晋阳秋：吴人谓中州人曰伧。祝云：羁伧，谓谪阳山江陵时也。

〔一九三〕鸥鹊：尔雅释鸟：鹪，鸡鹊。注：似凫，脚高毛冠，江东人家养之，以厌火灾。

〔一九四〕天年：庄子山木篇：山木以不材终其天年。羡彭：庄子逍遥游：而彭祖乃今以久特闻。魏文帝诗："彭祖称七百，悠悠安可原。"

〔一九五〕蛇、蚓、虾、蟛：尔雅释虫：蝗蚓，蟹蚕。注：即蝁蟺也，江东呼寒蚓。记月令：孟夏之月蚯蚓出。尔雅释鱼：鳎，大鰕。古今注：

韩愈诗集编年笺注

254

蟛蜞,小蟹,生海边泥中。

〔一九六〕中气:左传:举正于中。注:谓中气:一年二十四节,一半为节气,一半为中气。又刘康公曰:民受天地之中以生。

〔一九七〕拂天枨:记月藻:士介拂枨。孙云:天枨,天门也。枨,门两旁木。言自迁谪得归朝廷也。

〔一九八〕驱明:朱子曰:驱驰迟明而出太学也。盖作此时,公方为博士。

〔一九九〕鲜意:广雅释诂:鲜,好也。王云:鲜,新也。

〔二〇〇〕连辉:世说:潘安仁、夏侯湛并有美容,喜同行,时人谓之连璧。琼莹:诗著:"尚之以琼莹乎而。"

〔二〇一〕风乙、晴蜻:说文:乙,玄鸟也,齐、鲁谓之乙。楚国策:王独不见夫青蛉乎?六足四翼,蜚翔乎天地之间。

〔二〇二〕足胜、心贪:按:王云"言胜游处"非也。此二句收拾全篇,最为著力。世说云:"许掾好游山水,而体便登陟。时人云:许非徒有胜情,实有济胜之具。"兹游因足力不疲,故多所诣,又贪共吟诗,故不畏强敌也。敌无勍:勍,音擎。左传:今之勍者,皆吾敌也。

〔二〇三〕乐名教:晋书乐广传:名教内自有乐地,何必乃尔。

〔二〇四〕拘儜:儜,女耕切。晋书王沈传:不简茸儜。广韵:儜,困也,弱也。王云:拘儜,拘束也。

〔二〇五〕毕景:三辅黄图:昭帝时,命水嬉游燕琳池,随风轻漾,毕景忘归。

〔二〇六〕硻硻:硻,口萌切。盐铁论:器多坚硻。王云:"硻硻"与论语"硁硁"义同,小谨貌。

刘贡父诗话:东野与退之联句,宏壮辨博,似若出一手。王深父云:退之容有润色也。

吕氏童蒙训：徐师川问山谷曰：人言东野联句大非平日所作，恐是退之有所润色。山谷曰：退之安能润色东野？若东野润色退之却有此理。

俞场曰：联句诗如国手对奕，著著相当，又如知音合曲，声声相应，故知非韩、孟相遇，不能得此奇观也。

按：此诗凡一百五十韵，历叙城南景物，巨细兼状，虚实互用。自古联句之盛，无如此者。始从郊行叙起，若无意于游。既而欲归不舍，则纵览郊墟。信足所至，入故宅而询其主人，吟其嘉咏，固昔时公卿之第，名贤游集之所也。今则破瓦颓垣，荒榛蔓草，零落如彼。望皇都而览其山川，纪其民物，固九州之上腴，万国之所辐凑也。其间高门鼎贵，富盛骄侈，烜赫如此。抚今追昔，映射有情，于是入林麓则思纵猎之娱，至郊坛则思严祀之盛，闾阎丰乐，僧舍幽奇，无不尽历，兹游洵足述矣。更念阳春烟景，都人士女，联袂嬉遨，尤有佳于此者。惜乎身逐羁伦，未睹其盛，然归私休暇，得共今日之游。耳目所经，皆供诗料，亦足以畅幽怀矣，何徒自苦为哉？其铺叙之法，仿佛三都、两京，而又丝联绳牵，断而不断，如韩信将兵，多多益善，非其才大，安能如此？诗云："肠胃绕万象，精神驱五兵。"又送灵师云："纵横杂谣俗，琐屑咸罗穿。"可移评此诗也。又按：韩愈、孟郊才力不相上下，而诗趣各不同。观其生平所作，皆与联句小异。惟二人相合，乃争奇至此，则其交济之美，有互相追逐者。王、黄各左祖一家，未为至论也。

【校　记】

①"水"，鲍参军集注作"泉"。

②“飞”，文选作“翔”。

斗鸡联句[一]

大鸡昂然来，小鸡竦而待。愈 峥嵘颠盛气[二]，洗刷凝鲜彩[三]。郊
高行若矜豪，侧睨如伺殆。愈 精光目相射，剑戟心独在。郊 既取
冠为胄，复以距为镞[四]。天时得清寒，地利挟爽垲[五]。愈 磔毛
各噤痒[六]，怒瘿争碨磊[七]。俄膺忽尔低[八]，植立瞥而改。郊 膒
膊战声喧[九]，缤翻落羽皠[一〇]。中休事未决[一一]，小挫势益
倍。愈 妒肠务生敌[一二]，贼性专相醢。裂血失鸣声，啄殷甚饥
馁[一三]。郊 对起何急惊[一四]？随旋诚巧绐[一五]。毒手饱李
阳[一六]，神槌因朱亥[一七]。愈 恻心我以仁，碎首尔何罪[一八]？独
胜事有然，旁惊汗流浼[一九]。郊 知雄欣动颜[二〇]，怯负愁看賄。
争观云填道[二一]，助叫波翻海。愈 事爪深难解[二二]，嗔睛时未
怠。一喷一醒然[二三]，再接再砺乃[二四]。郊 头垂碎丹砂，翼搨拖
锦彩[二五]。连轩尚贾馀[二六]，清厉比归凯[二七]。愈 选俊感收
毛[二八]，受恩惭始隗[二九]。英心甘斗死，义肉耻庖宰。君看斗
鸡篇[三〇]，短韵有可采。郊

〔一〕按：斗鸡见于左传，其来已久。战国时齐俗斗鸡走犬。汉太上
　　皇、鲁共王皆好之，至建安诸子形于篇咏。唐世明皇好之，故
　　杜甫有“斗鸡初赐锦”之句。俗尚相沿，盛行此戏。诗家赋咏
　　亦多。然摹写精工，无逾斯作矣。观“天时得清寒”句，亦似秋
　　冬之交所作。

〔二〕颠盛气：颠，作“阗”。记玉藻：盛气颠实。庄子达生篇：纪渻子

为王养斗鸡，十日而问："鸡已乎？"曰："未也，犹虚憍而恃气。"十日又问，曰："未也，犹疾视而盛气。"

〔三〕洗刷：左思吴都赋："理翮整翰，刷荡漪澜。"

〔四〕冠、距：左传：季郈之鸡斗，季氏介其鸡，郈氏为之金距。镟：徒猥切。诗小戎："厹矛鋈镟。"

〔五〕爽垲：垲，音凯。左传：齐景公欲更晏子之宅，曰：请更诸爽垲者。

〔六〕磔毛：广雅释诂：磔，张也。

〔七〕碨磊：碨，音猥。木华海赋："碨磊山垄。"

〔八〕俄膺：扬雄羽猎赋："俄轩冕。"师古曰：俄俄，陈举之貌。韦昭曰：卬也。按：此处"俄"字亦当作"卬"字解，方与"植立"相对，而又与"忽尔低"相应也。

〔九〕腷膊：音愎粕。古诗："腷腷膊膊鸡初鸣。"战声喧：王褒斗鸡诗："入场疑挑战。"

〔一〇〕缤翻：王粲诗："百鸟何缤翻。"落羽雗：雗，七罪切。曹植诗："嘴落轻毛散。"广韵：雗，霜雪白状。

〔一一〕未决：韦曜博弈论：临局交争，雌雄未决。

〔一二〕妒肠：王褒斗鸡诗："妒敌金芒起。"生敌：小尔雅广诂：生，进也。

〔一三〕啄殷：殷，乌闲切。左传：左轮朱殷，岂敢言病？杜预曰：今人谓赤黑为殷色。

〔一四〕急惊：荀悦申鉴：孺子驱鸡者，急则惊，缓则滞。

〔一五〕巧绐：绐，音待。列子周穆王篇：子昔绐若。张湛注：绐，欺也。

〔一六〕毒手：晋书石勒传：初，勒与李阳邻居，岁尝争麻地，迭相殴击。至是引阳臂曰："孤往日厌卿老拳，卿亦饱孤毒手。"

〔一七〕神槌:史记信陵君传:朱亥与公子俱至邺,矫魏王令,代晋鄙。

　　　　鄙合符,疑之。亥袖四十斤铁椎,杀晋鄙。

〔一八〕碎首:北史魏宗室元谌传:正使今日碎首流肠亦无所惧。

〔一九〕汗流:枚乘七发:"汗流沫坠。"浼:音每。

〔二〇〕知雄:老子返朴章:知其雄,守其雌。

〔二一〕云填道:邯郸淳曹娥碑:观者填道,云集路衢。

〔二二〕事爪:事,馆本作"傅",樊本作"剸",皆侧吏切。樊云:汉书蒯

　　　　通传:"事刃公之腹者。"考工记:"葘蚤不齝,则轮虽敝不匡。"

　　　　郑氏读"葘"为"爪",谓辐入牙中者,"葘"声如"戴"。泰山平原

　　　　人谓树立物为葘孟。盖全用此二字也。

〔二三〕一喷:樊云:鸡用水喷,神气始醒。

〔二四〕砺乃:书费誓:砺乃锋刃。□云:庄子大宗师篇:"自是其所以

　　　　乃。"公用"乃"字出此。樊云:接犹接战也。"争观云填道,助

　　　　叫波翻海",则公诗之豪。"一喷一醒然,再接再砺乃",则东野

　　　　工处。

〔二五〕头垂、翼揢:陈琳为袁绍檄州郡:垂头揢翼,莫所凭恃。

〔二六〕连轩:鲍照舞鹤赋:"始连轩以凤跄,终宛转而龙跃。"贾馀:左

　　　　传:欲勇者贾余馀勇。

〔二七〕清厉:汉书王莽传:清厉而哀。归凯:周礼春官大司乐:王师大

　　　　献,则令奏恺乐。

〔二八〕收毛:史记平原君传:赵使平原君合从于楚,门下有毛遂者,前

　　　　自赞于平原君,平原君竟与毛遂偕,定从而归。

〔二九〕始隗:隗,五罪切。燕国策:郭隗谓燕昭王曰:王诚欲致士,先

　　　　从隗始。隗且见事,况贤于隗者乎?

〔三〇〕斗鸡篇:按:曹植有斗鸡篇。

有所思联句〔一〕

相思绕我心，日夕千万重。年光坐畹晚〔二〕，春泪销颜容。郊 台镜晦旧晖，庭草滋新茸〔三〕。望夫山上石〔四〕，别剑水中龙〔五〕。愈

〔一〕按：有所思，本乐府旧题，古辞长短句，自六朝以来大抵五言八句，此用其体。以下三联句见孟郊集，年月难考，皆附于此。

〔二〕畹晚：宋玉九辩："白日畹晚其将入兮。"

〔三〕台镜、庭草：按：刘铄拟古诗："堂上流尘生，庭中绿草滋。泪容不可饰，幽镜难复治。"又按：江淹拟张司空离情诗云："兰径少行迹，玉台生网丝。庭树发红彩，闺草含碧滋。"此以一联檃括其四句之意。

〔四〕望夫石：水经注：漳水历望夫山，山之南有石人伫于山上，状有怀于云表，因以名焉。

〔五〕别剑：鲍照诗："双剑将离别，先在匣中鸣。"

遣兴联句

我心随月光，写君庭中央。郊 月光有时晦，我心安所忘。愈 常恐金石契，断为相思肠。郊 平生无百岁，岐路有四方〔一〕。愈 四方各异俗〔二〕，适异非所将。郊 驽蹄顾挫秣〔三〕，逸翮遗稻粱〔四〕。愈 时危抱独沈，道泰怀同翔。郊 独居久寂默，相顾聊慨慷〔五〕。愈 慨慷丈夫志〔六〕，可以耀锋铓。郊 蓬宁知卷舒〔七〕，孔颜识行藏〔八〕。愈 朗鉴谅不远，佩兰永芬芳〔九〕。郊 苟无夫子听，谁使知音扬？愈

〔一〕岐路：列子说符篇：岐路之中又有岐焉，吾不知所之。

韩愈诗集编年笺注

260

〔 二 〕异俗：记王制：民生其间者异俗。

〔 三 〕挫秣：诗鸳鸯："乘马在厩，摧之秣之。"

〔 四 〕逸翮：郭璞诗："逸翮思拂霄，迅足羡远游。"

〔 五 〕慨慷：魏武帝诗："慨当以慷。"

〔 六 〕丈夫志：曹植诗："丈夫志四海，万里犹比邻。"

〔 七 〕蓬宁：潘岳闲居赋："犹内愧于宁蓬。"

〔 八 〕卷舒、行藏：潘岳西征赋："孔随时以行藏，蓬与国而舒卷。"

〔 九 〕佩兰：屈原离骚："纫秋兰以为佩。"

赠剑客李园联句

天地有灵术〔一〕，得之者唯君。郊　筑炉地区外〔二〕，积火烧氛氲〔三〕。愈　照海铄幽怪，满空欹异氛。郊　山磨电奕奕〔四〕，水淬龙蝹蝹〔五〕。愈　太乙装以宝，列仙篆其文〔六〕。郊　可用慑百神〔七〕，岂惟壮三军〔八〕。愈　有时幽匣吟〔九〕，忽似深潭闻。郊　风胡久已死〔一〇〕，此剑将谁分？愈　行当献天子〔一一〕，然后致殊勋。郊　岂如丰城下，空有斗间云〔一二〕。愈

〔 一 〕灵术：崔融咏剑诗："五精初献术，千户竟论都。"

〔 二 〕筑炉：潘尼武军赋："炼质于昆吾之灶，定形于薛烛之炉。"抱朴
　　　子：五月丙午日，下铜于神炉中，以桂薪烧之。剑成，带之入
　　　水，则蛟龙不敢近人。

〔 三 〕氛氲：李峤宝剑篇：五彩焰起光氛氲。

〔 四 〕电奕奕：张协七命："光如散电。"傅休奕诗："奕奕金华辉。"

〔 五 〕水淬：淬，七内切。张协泰阿剑铭：淬以清波，砺以越砥。龙蝹
　　　蝹：蝹，音氲。张衡西京赋："海鳞变而成龙，状蜿蜿以蝹蝹。"

〔六〕太乙:越绝书:越王有宝剑五,召薛烛而示之,烛曰:当造此剑之时,赤堇之山破而出锡,若耶之溪涸而出铜,雨师扫洒,雷公击橐,蛟龙捧炉,天帝装炭,太乙下观,天精下之。　装宝、篆文:曹植七启:"步光之剑,华藻繁缛,缀以骊龙之珠,错以荆山之玉。"

〔七〕慑百神:吴越春秋:干将作剑,百神临观。

〔八〕壮三军:越绝书:楚王引太阿之剑,登城而麾之,三军破败。

〔九〕幽匣吟:拾遗记:颛顼有曳影之剑,未用之时,常于匣内如龙虎之吟。

〔一〇〕风胡:吴越春秋:楚昭王得吴王湛卢之剑,召风胡子而问之。风胡子曰:昔越王允常使欧冶子造剑五枚,今欧冶死,吴虽倾城量金,珠玉盈河,犹不能得此宝。

〔一一〕献天子:庄子说剑篇:臣有三剑,惟王所用。有天子剑,诸侯剑,庶人剑。

〔一二〕斗间云:雷次宗豫章记:吴未亡,恒有紫气见斗牛间。张华问,雷孔章曰:"斗牛之间有异气,是宝物之精上彻于天耳。"遂以孔章为丰城令,至县,掘得二剑。

韩昌黎诗集编年笺注卷六

卷六凡二十八首,元和圣德诗以下,二年权知国子博士分司东都作。东都遇春以下,三年改真博士作。送李翱以下,四年改都官员外郎守东都省作。感春五首,五年在东都作。

元和圣德诗并序〔一〕

臣愈顿首再拜言:臣伏见皇帝陛下即位已来,诛流奸臣〔二〕,朝廷清明,无有欺蔽。外斩杨惠琳、刘闢以收夏、蜀〔三〕,东定青、徐积年之叛〔四〕,海内怖骇,不敢违越。郊天告庙〔五〕,神灵欢喜,风雨晦明〔六〕,无不从顺。太平之期,适当今日。臣蒙被恩泽,日与群臣序立紫宸殿阶下〔七〕,亲望穆穆之光。而其职业又在以经籍教导国子,诚宜率先作歌诗以称道盛德,不可以辞语浅薄〔八〕,不足以自效为解〔九〕。辄依古作四言元和圣德诗一篇,凡千有二十四字,指事实录,具载明天子文武神圣,以警动百姓耳目〔一〇〕,传示无极。其诗曰〔一一〕:

263

皇帝即阼〔一二〕，物无违拒。曰旸而旸，曰雨而雨〔一三〕。维是元年，有盗在夏。欲覆其州，以踵近武〔一四〕。皇帝曰嘻，岂不在我。负鄙为艰，纵则不可。出师征之，其众十旅〔一五〕。军其城下，告以福祸。腹败枝披〔一六〕，不敢保聚〔一七〕。掷首陴外〔一八〕，降旛夜竖。疆外之险，莫过蜀土。韦皋去镇，刘辟守后〔一九〕。血人于牙〔二〇〕，不肯吐口。开库啖士〔二一〕，曰随所取。汝张汝弓，汝鼓汝鼓。汝为表书，求我帅汝〔二二〕。事始上闻，在列咸怒。皇帝曰然，嗟远士女。苟附而安，则且付与〔二三〕。读命于庭〔二四〕，出节少府〔二五〕。朝发京师，夕至其部。辟喜谓党，汝振而伍。蜀可全有，此不当受〔二六〕。万牛脔炙〔二七〕，万瓮行酒。以锦缠股，以红帕首〔二八〕。有恇其凶，有饵其诱〔二九〕。其出穰穰，队以万数。遂劫东川〔三〇〕，遂据城阻。皇帝曰嗟，其又可许！爰命崇文〔三一〕，分卒禁御。有安其驱，无暴我野。日行三十〔三二〕，徐壁其右。辟党聚谋，鹿头是守〔三三〕。崇文奉诏，进退规矩〔三四〕。战不贪杀，擒不滥数〔三五〕。四方节度，整兵顿马。上章请讨，俟命起坐〔三六〕。皇帝曰嘻，无汝烦苦。荆并洎梁〔三七〕，在国门户。出师三千，各选尔丑〔三八〕。四军齐作，殷其如阜〔三九〕。或拔其角，或脱其距〔四〇〕。长驱洋洋〔四一〕，无有龃龉。八月壬午，辟弃城走。载妻与妾，包裹稚乳〔四二〕。是日崇文，入处其宇。分散逐捕，搜原剔薮。辟穷见窘，无地自处。俯视大江，不见洲渚。遂自颠倒，若杵投臼。取之江中〔四三〕，枷脰械手〔四四〕。妇女累累，啼哭拜叩。来献阙下，以告庙社。周示城市〔四五〕，咸使观睹。解脱挛索，夹以砧斧〔四六〕。婉婉弱子〔四七〕，赤立伛偻〔四八〕。牵头曳足〔四九〕，先断腰膂。次及其徒^[五〇]，体骸撑拄^[五一]。末乃取辟，骇汗如写。挥刀纷纭，争刌脍脯^[五二]。优赏将吏^[五三]，扶珪缀组^[五四]。帛堆其家，粟塞其庾。哀怜阵殁，廪给孤寡^[五五]。赠官封墓^[五六]，周币宏溥。经战伐地，宽免租簿^[五七]。施令酬功，急疾如火。天地中间，莫不顺序。<u>幽恒青魏</u>，东尽海浦。南至<u>徐蔡</u>^[五八]，区外杂虏^[五九]。恒威赧德^[六〇]，踧踖蹈舞^[六一]。掉弃兵革，私习篝篷^[六二]。来请来觐^[六三]，十百其耦。皇帝曰吁，伯父叔舅^[六四]。各安尔位，训厥甿畮。正月元日^[六五]，初见宗祖。躬执百礼^[六六]，登降拜俯。荐于新宫^[六七]，视瞻梁柏^[六八]。戚见容色，泪落入俎。侍祀之臣，助我恻楚。乃以上辛^[六九]，于郊用牡。除于国南^[七〇]，鳞笋毛簴。庐幕周施^[七一]，开揭磊砢^[七二]。兽盾腾挐^[七三]，圆坛帖妥^[七四]。天兵四罗，旟常婀娜^[七五]。驾龙十二^[七六]，鱼鱼雅雅^[七七]。宵升于丘，奠璧献罞^[七八]。众乐惊作^[七九]，轰豗融冶^[八〇]。紫焰嘘呵^[八一]，高灵下堕^[八二]。群星从坐^[八三]，错落侈哆^[八四]。日君月妃^[八五]，焕赫婐婀^[八六]。渎鬼濛鸿，岳祇巍峨^[八七]。饫沃膻芗^[八八]，产祥降嘏。凤皇应奏^[八九]，舒翼自拊^[九〇]。赤麟黄龙^[九一]，逶陀结纠。卿士庶人，黄童白叟。踊跃欢呀，失喜嚘欧^[九二]。乾清坤夷，境落褰举。帝车回来，日正当午。幸<u>丹凤门</u>，大赦天下。涤濯划碛^[九三]，磨灭瑕垢。续功臣嗣，拔贤任者。孩养无告^[九四]，仁滂施厚。皇帝神圣，通达今古。听聪视明，一似<u>尧禹</u>^[九五]。生知法式，动得理所。天锡皇帝^[九六]，为天下主。并包畜养^[九七]，无异细钜。亿载万年，敢有违者？皇帝勤俭，盥濯陶瓦。斥遣浮华，好此绨纻^[九八]。敕戒四方，侈则有咎^[九九]。天锡皇帝，多麦与黍。无召水旱，耗于雀鼠〔一〇〇〕。亿载万年，有富无窭。皇帝正直，别白善否。擅命而狂，既翦既去。尽逐群奸，靡有遗侣。天锡皇帝，庬臣硕辅〔一〇一〕。博问遐观，以置左右〔一〇二〕。亿载万年，无敢余侮〔一〇三〕。皇帝大孝，慈祥悌友。怡怡愉愉，奉太皇后〔一〇四〕。浃于族亲〔一〇五〕，濡及九有〔一〇六〕。天锡皇帝，与天齐寿。登兹太平，无怠永久。亿载万年，为父为母〔一〇七〕。博士臣愈，职是训诂〔一〇八〕。作为歌诗，以配吉甫〔一〇九〕。

〔一〕新唐书宪宗纪：宪宗，顺宗长子也。永贞元年八月，即皇帝位。元和元年正月改元。

〔二〕诛流：旧唐书顺宗纪：八月壬寅，宪宗受禅，贬右散骑常侍王伾为开州司马，前户部侍郎、度支盐铁转运使王叔文为渝州司户。宪宗纪：贬韩泰等为诸州刺史，十一月贬中书侍郎、平章事韦执谊为崖州司马。

〔三〕收夏蜀：宪宗纪：永贞元年八月癸丑，剑南西川节度使韦皋薨，刘辟据蜀邀节钺。十一月，夏绥银节度留后杨惠琳反。元和元年三月辛巳，夏州兵马使张承金斩惠琳。十月戊子，斩刘辟。

〔四〕定青徐：旧唐书李师道传：师道初遣判官、孔目相继奏事，杜黄裳欲乘其未定分削之，宪宗以蜀川方扰，不能加兵。元和元年，命建王审遥领节度，授师道充淄青节度留后。又张建封传：建封卒，徐军乞授其子愔旄节，朝廷不得已授之。元和元年，愔被疾请代，征为兵部尚书，以王绍代之。

〔五〕郊天告庙：宪宗纪：二年正月己丑朔，亲献太清宫、太庙。辛卯，祀昊天上帝于郊丘。是日还宫，御丹凤楼，大赦天下。

〔六〕风雨晦明：**宪宗纪**：将及大礼，阴晦浃辰，宰臣请改日，上曰：郊庙事重，斋戒有日，不可遽更。享献之辰，景物晴霁，人情忻悦。

〔七〕紫宸殿：**唐六典**：内朝正殿也。

〔八〕浅薄：**董仲舒诣丞相公孙弘记室书**：仲舒愚陋，经术浅薄。

〔九〕为解：**左传**：以曹为解。

〔一〇〕警动：**史记乐毅传**：尊宠乐毅以警动于燕齐。

〔一一〕笔墨闲录：此序乃**司马迁**之文，非相如文也。

〔一二〕即阼：**史记孝文纪**：元年十月，皇帝即阼，谒高庙。**正义**曰：主人阶也。

〔一三〕旸雨：**书洪范**：八庶征：曰雨，曰旸，曰肃时雨若，曰乂时旸若。

〔一四〕踵近武：**司马相如封禅文**：率迩者踵武。□云：先是**德宗建中**间**李希烈**、**朱泚**等反。至是**杨惠琳**、**刘辟**既踵而起焉。

〔一五〕十旅："十"，或作"千"。**方**云：按此专纪**杨惠琳**之乱也。时**严绶**在**河东**，表请讨之。诏与**天德军**合击，未尝他出师也。十旅为正。**朱子**曰：按**周礼**："五人为伍，五伍为两，四两为卒，五卒为旅。"则一旅五百人，而十旅五千人也。**方**说得之。亦见以顺讨逆，师不在众之意。

〔一六〕枝披：**秦国策**：木实繁者披其枝。

〔一七〕保聚：**左传**：我敝邑用不敢保聚。

〔一八〕陴外：陴，音脾。**左传**：授兵登陴。**释名**：城上垣曰睥睨，亦曰陴。陴，裨也，言裨助城之高也，亦曰女墙。

〔一九〕刘辟：**新唐书刘辟传**：辟佐韦皋府，累迁御史中丞、度支副使。皋卒，辟主后务。

〔二〇〕血人：**旧唐书刘辟传**：初，辟尝病，见诸问疾者来，皆以手据地，倒行入辟口，辟因磔裂食之。

〔二一〕啗士：啗，音啖。汉书高帝纪：使郦生食其、陆贾往说秦，将啗以利。

〔二二〕求帅：新唐书辟传：辟讽诸将徼旄节。

〔二三〕且付与：辟传：宪宗以给事中召之，不奉诏。时帝新即位，欲静镇四方，即拜检校工部尚书、剑南西川节度使。

〔二四〕读命：新唐书百官志：册命大臣，则使中书舍人持节读册命。

〔二五〕出节：周礼地官掌节：凡邦国之使节，山国用虎节，土国用人节，泽国用龙节。新唐书百官志：符宝郎掌国之符节，凡命将遣使，皆请旌节。旌以专赏，节以专杀。少府后汉书百官志：符节令一人，凡遣使掌授节，属少府。

〔二六〕不当受：辟传：辟意帝可动，益鸷塞，吐不臣语，求统三川。

〔二七〕脔炙：□云：脔，切也。庄子至乐篇：不敢食一脔。

〔二八〕缠股、帕首：股，音陌。诗采菽："赤芾在股。"实录：禹会涂山之夕，大风雷震，有甲兵卒千馀人，其不被甲者，以红绡帕抹其额。自此遂为军容之服。

〔二九〕惶、凶、饵、诱：朱子曰：言有畏其暴者，有贪其利者，故从之者众耳，非本心乐从也。

〔三○〕劫东川：辟传：辟欲以所善卢文若节度东川，即以兵取梓州。

〔三一〕命崇文：旧唐书辟传：宪宗难于用兵，宰相杜黄裳奏：神策军使高崇文骁果可任。令崇文、李元奕等将神策行营兵相续进发，仍许其自新。

〔三二〕日行三十：诗六月："我服既成，于三十里。"汉书贾捐之传：吉行日五十里，师行日三十里。

〔三三〕鹿头：新唐书高崇文传：鹿头山南距成都百五十里，扼二州之要,壁城之,旁连八屯,以拒东兵。

〔三四〕规矩:淮南修务训:战进如激矢,解如风雨,员之中规,方之
中矩。

〔三五〕滥数:朱子曰:"滥数"盖用左传"数俘"之语。襄公二十五年:
"子美数俘而出。"

〔三六〕起坐:记郊特牲:君亲誓社,以习军旅,左之右之,坐之起之。

〔三七〕荆、梁:孙云:荆谓荆南节度使裴均,并谓河东节度使严绶,梁
谓山南西道节度使严砺也。

〔三八〕选丑:左传:将其类丑。

〔三九〕殷其:按:殷,状军声之盛也,即诗"殷其雷"之义,谓军声如雷
如霆也。上林赋:"车骑雷起,殷天动地。"吴都赋:"殷动宇宙,
胡可胜原。"皆可证。□云"安也",误矣。如阜:诗天保:"如山
如阜。"按:虽用天保诗语,然意实本于常武诗"如山之苞"。

〔四〇〕拔角、脱距:按:左传:"譬如捕鹿,晋人角之,诸戎掎之。"正义
曰:"角之,谓执其角也。掎之,谓戾其足也。"旧注引史记王翦
传"投石拔距",与此无涉。

〔四一〕长驱:史记乐毅传:轻卒锐兵,长驱至国。新唐书高崇文传:崇
文始破贼二万于城下,明日战万胜堆,堆直鹿头左,使骁将高
霞寓鼓之,募死士夺而有之。凡八战皆捷,仇良辅举鹿头城
降,遂趣成都。

〔四二〕包裹:庄子天运篇:包裹六极。

〔四三〕江中:辟传:辟从数十骑走至羊灌,自投水,不能死,骑将郦定
进擒之。

〔四四〕枷胻械手:辟传:槛车送辟京师,尚冀不死。将至都,神策以兵
迎之,系其首,曳而入,惊曰:"何至是耶?"

〔四五〕庙社、城市：左传：帅师者受命于庙，受脤于社。记王制：刑人
于市，与众弃之。辟传：帝御兴安楼，受俘献庙社，徇于市，斩
于城西南独柳树下。

〔四六〕砧斧：砧，当作"枯"，同椹。秦国策：范雎曰："臣之胸不足以当
磇质，要不足以待斧钺。"

〔四七〕婉婉：谢瞻诗："婉婉幕中书。"

〔四八〕伛偻：音姁缕。

〔四九〕弱子、其徒：辟传：子超郎等九人，与部将崔纲，以次诛。与卢
文若皆夷族。

〔五〇〕牵曳：北史许善心传：其党辄牵曳，遂害之。

〔五一〕撑拄：说文：撑，邪拄也；拄，从旁指也。蔡琰诗："尸骸相
撑距。"

〔五二〕刌脍脯：刌，音忖。仪礼特牲馈食：刌肺三。注：今文刌为切。
庄子盗跖篇：脍人肝而脯之。汉书东方朔传：生肉为脍，干肉
为脯。

〔五三〕优赏：旧唐书高崇文传：制授崇文检校司空、剑南西川节度、观
察等使，改封南平郡王，实封三百户，诏刻石纪功于鹿头山下。

〔五四〕扶珪缀组：南史张充传：彯缨天阁，既谢廊庙之华；缀组云台，
终愧衣冠之秀。按：如郦定进以擒刘闢功封王，亦膺珪组也。

〔五五〕廪给：新唐书宪宗纪：元年十月葬阵亡者，廪其家五岁。

〔五六〕赠官封墓：书武成：释箕子之囚，封比干之墓。

〔五七〕宽租：宪宗纪：元年十月甲子，减剑南东西川、山南西道今
岁赋。

〔五八〕幽恒青魏徐蔡：□云：魏则田季安，幽则刘济，恒则王士真，青
则李师道，徐则张愔，蔡则吴少诚，皆一时藩镇之国也。

270

〔五九〕区外：郭璞南郊赋：郊寰之内,区域之外。

〔六〇〕怛威赧德：方云：公上尊号表有"怛威赧德",意与此同。

〔六一〕踧踖：广雅释训：踧踖,畏敬也。

〔六二〕簠簋：记乐记：簠簋俎豆,制度文章,礼之器也。

〔六三〕请觐：周礼大宗伯：秋见曰觐。史记吴王濞传：及后使人为秋
请。孟康曰：律,春曰朝,秋曰请。音净。

〔六四〕伯父叔舅：仪礼觐礼：同姓大国则曰伯父,其异姓则曰伯舅。
同姓小邦则曰叔父,其异姓小邦则曰叔舅。

〔六五〕正月元日：书舜典：正月元日,舜格于文祖。

〔六六〕百礼：诗宾筵："烝衎烈祖,以洽百礼。"

〔六七〕新宫：□云：新宫,顺宗室。

〔六八〕梁栭：栭,音珥。何晏景福殿赋："櫼栭缘边。"

〔六九〕上辛：榖梁传：郊自正月至于三月,郊之时也。我以十二月下
辛卜正月上辛。如不从,则以正月下辛卜二月上辛。如不从,
则以二月下辛卜三月上辛。如不从,则不郊矣。

〔七〇〕除：左传：郊人助祝史除于国北。国南：记郊特牲：兆于南郊,
就阳位也；扫地而祭,于其质也。

〔七一〕庐幕：周礼天官幕人：掌帷幕幄帟绶之事。凡祭祀,共其帷幕
幄帟绶。又掌次：掌王次之法,以待张事王。大旅上帝,则张
毡案,设皇邸。朝日祀五帝,则张大次小次,设重帟重案。凡
祭祀,张其旅幕。

〔七二〕开揭：张衡东京赋："豫章珍观,揭焉中峙。"磊砢：砢,鲁可切。
司马相如上林赋："水玉磊砢。"郭璞曰：磊砢,魁礨貌也。

〔七三〕兽盾：诗小戎："龙盾之合。"按：兽盾,虎盾也,唐讳"虎"为兽。
腾掔：宋玉九辩："枝烦挐而交横。"

271

〔七四〕圆坛：广雅释天：圜丘，太坛，祭天也。后汉书祭祀志：建武二年，初制郊兆，采元始中故事。为圆坛八陛，中又为重坛，天地位其上，其外坛上为五帝位，其外为壝，重营皆紫，以象紫宫。

〔七五〕婀娜：古乐府焦仲卿诗："婀娜随风转。"

〔七六〕驾龙十二：周礼夏官校人：掌王马之政，天子十有二闲。又庾人：掌十有二闲之政教。马八尺以上为龙。

〔七七〕鱼鱼雅雅：晋书刘惔传：洛中雅雅有三嘏。升庵诗话：古乐府："朱鹭，鱼以乌。鹭何食？食茄下。""乌"古与"雅"同叶，盖古字乌也、雅也、鸦也，本一字也。"鱼以雅"者，言朱鹭之威仪，鱼鱼雅雅也。元和圣德诗本此。按："鱼有贯"，"雅有阵"，言扈从之象也。

〔七八〕奠璧献斝：周礼大宗伯：以苍璧礼天，以黄琮礼地。记明堂位：夏后氏以琖，殷以斝，周以爵。

〔七九〕众乐：周礼春官大司乐：凡乐，圜钟为宫，黄钟为角，大簇为徵，姑洗为羽。雷鼓雷鼗，孤竹之管，云和之琴瑟，云门之舞，冬日至，于地上之圜丘奏之。若乐六变，则天神皆降，可得而礼矣。

〔八〇〕轰㔶融治：王云：轰，群车声。木华海赋："磊匒匌而相㔶。"蒋云：融冶，和洽也。

〔八一〕紫焰：卢思道驾出圜丘诗："风中扬紫烟，坛上埋苍玉。"

〔八二〕高灵：□云：天神之有灵者。按：高灵，指昊天上帝也。

〔八三〕群星：记祭法：日月星辰，民所瞻仰也。新唐书礼乐志：五星、十二辰、河汉及内官五十有五于第二等十有二陛之间。二十八宿及中官一百五十有九于第三等。外官一百有五于内壝之内，众星三百六十于内壝之外，各依方次。

〔八四〕侈哆：哆，丁可切。诗巷伯："哆兮侈兮，成是南箕。"

〔八五〕日君月妃:记礼器:大明生于东,月生于西,此阴阳之分,夫妇之位也。新唐书礼仪志:大明于东陛之南,夜明于西陛之北,席皆以稿秸。

〔八六〕焕赫婐姬:姬,乌果切。梁武帝乐府:"珠佩婐姬戏金阙。"广韵:婐姬,身弱好貌。祝云:焕赫谓日君,婐姬谓月妃。渎鬼、岳祇:记王制:天子祭天下名山大川。五岳视三公,四渎视诸侯。

〔八七〕濛鸿、巍峨:巍峨,音业我。淮南精神训:颀濛鸿洞。后汉书班固传:增橥巍峨。

〔八八〕膻芗:记郊特牲:既奠,然后焫萧合膻芗。

〔八九〕凤皇:书益稷:箫韶九成,凤皇来仪。

〔九〇〕拊翼:郑曼季诗:"和音交畅,拊翼双起。"

〔九一〕赤麟黄龙:班固两都赋序:白麟、赤雁、芝房、宝鼎之歌,荐于宗庙。神爵、五凤、甘露、黄龙之瑞,以为年纪。

〔九二〕欧:俗作"呕"。

〔九三〕划碟:碟,初两切。说文:划,削也。木华海赋:"飞涝相碟。"

〔九四〕无告:书大禹谟:不虐无辜,不废困穷。

〔九五〕一似:洪云:盖取礼记"一似重有忧者"。黄鲁直云:退之文、老杜诗,无一字无来处,后人读书少,故谓韩、杜自作此语耳。尧禹:韩诗外传:修身自强,则名配尧禹。

〔九六〕天锡:诗閟宫:"天锡公纯嘏。"

〔九七〕并包:司马相如难蜀父老:驰骛乎兼容并包,而勤思乎参天贰地。

〔九八〕绨:音题。汉书贾谊传:帝之身自衣皂绨。释名:绨,似蝃虫之色,绿而泽也。

〔九九〕侈则有咎：按：新唐书高崇文传："崇文恃功而侈，举蜀帑藏百工之巧者皆自随。"诗云"皇帝俭勤"至"侈则有咎"六语，似为崇文而发也。

〔一〇〇〕雀鼠：南史张率传：率在新安，遣家僮载米三千石还宅，及至，遂耗大半。率问其故，答曰："雀鼠耗。"率笑而言曰："壮哉雀鼠也！"

〔一〇一〕庞臣：尔雅释诂：庞，大也。

〔一〇二〕置左右：书说命：爰立作相，王置诸其左右。

〔一〇三〕无余侮：诗鸱鸮："今此下民，孰敢侮予？"

〔一〇四〕太皇后：新唐书宪宗纪：宪宗母曰庄宪皇太后王氏，元和元年五月，尊母为皇太后。

〔一〇五〕族亲：书尧典：克明俊德，以亲九族。

〔一〇六〕九有：诗玄鸟："奄有九有。"

〔一〇七〕父母：书泰誓：亶聪明作元后，元后作民父母。

〔一〇八〕训诂：孔丛子：乐朔问曰：书以简易为上，而乃故作难知之辞，不亦繁乎？子思曰：书之意兼复深奥，训诂成义，古人所以为典雅也。孙云：尔雅有释诂、释训，"释诂"者，释古今之异辞。"释训"者，辨物之形貌。

〔一〇九〕吉甫：诗烝民："吉甫作颂，穆如清风。"

穆修曰：退之元和圣德诗、淮西碑、子厚雅章之类，皆辞严义伟，制作如经，能崒然耸唐德于盛汉之表。苏辙诗病五事：诗人咏歌文、武征伐之事，其于克密曰"无矢我陵"云云，其于克崇曰"崇墉言言"云云，其于克商曰"维师尚父"云云，其形容征伐之盛极于此矣。韩退之作元和圣德诗，言刘辟之死曰："婉婉弱子，赤立伛偻。牵头曳足，先断腰膂。次及其徒，体骸撑拄。末乃取阘,骇汗如写。挥刀纷纭,争刌脍脯。"此李斯颂秦所不忍言,而退之自谓无愧于雅、颂,何其陋也?

张栻云:诵退之圣德诗至"婉婉弱子"、"处世荣举",子由之说曰:"此李斯颂秦所不忍言。"此说如何?曰:退之笔力高,得斩截处即斩截,他岂不知,此所以为此言者必有说。盖欲使藩镇闻之畏罪惧祸,不敢叛耳。今人读之至此,犹且寒心,况当时藩镇乎?此正是合于风、雅处,只如墙有茨、桑中诸诗,或以为不必载。而龟山乃曰:此卫为狄所灭之由。退之之言亦此意也。退之之意过于子由远矣,大抵前辈不可轻议。

按:苏、张二说皆有理,张更得"成春秋,而乱臣贼子惧"之义。甘誓言不共命者则孥戮之,而况乱臣耶?言虽过之,亦昭法鉴。

记梦

夜梦神官与我言〔一〕,罗缕道妙角与根〔二〕。挈携陬维口澜翻〔三〕,百二十刻须臾间〔四〕。我听其言未云足,舍我先度横山腹〔五〕。我徒三人共追之,一人前度安不危。我亦平行踏鼃黾〔六〕,神完骨蹻脚不掉〔七〕。侧身上视溪谷盲〔八〕,杖撞玉版声彭駍〔九〕。神官见我开颜笑,前对一人壮非少。石坛坡陀可坐卧〔一〇〕,我手承颏肘拄座〔一一〕。隆楼杰阁磊嵬高,天风飘飘吹我过。壮非少者哦七言〔一二〕,六字常语一字难。我以指撮白玉丹〔一三〕,行且咀噍行诘盘〔一四〕。口前截断第二句〔一五〕,绰虐顾我颜不欢。乃知仙人未贤圣,护短凭愚邀我敬。我能屈曲自世间〔一六〕,安能从女巢神山〔一七〕。

〔一〕与我言：黄庭内景经：清静神见与我言。

〔二〕罗缕：束晳贫家赋："且罗缕而自陈。"角根：周语：辰角见而雨毕，天根见而水涸。

〔三〕陬维：朱子曰：上言角根，即辰卯二位二十八宿所起也。此言陬维，通谓寅申巳亥之四隅也。挈此四隅，则周乎十二辰二十八宿之位矣。淮南天文训云：西南为背阳之维，东南为常羊之维，西北为蹄通之维，东北为报德之维。又墬形训云：河水出昆仑东北陬，赤水出其东南陬，洋水出其西北陬。亦边隅之名也。

〔四〕百二十刻：汉书哀帝纪：建平二年诏曰：漏刻以百二十为度。师古曰：旧漏昼夜共百刻，今增其二十，此本齐人甘忠可所造，今夏贺良等重言，遂施行之。顾嗣立曰：长洲金居敬穀似云：上三句意皆本参同契。角根陬维，谓青龙处房六，白虎在昴七，朱雀在张二，皆朝于玄武虚危之位也。迎一阳之气以进火，妙用始于虚危。在一日言正当子半，故曰"须臾间"。又云："百二十刻须臾间"，如参同契以十二卦十二律配十二时。阳火阴符之候，然一日之间有之，一刻之间亦有之也。公盖深得金丹之旨，乃倔强世间耶？按：金丹之旨不可晓，意亦非公平日所讲究者，诗意不过言捷疾尔。

〔五〕横山腹：水经注：水出山腹，挂流三四百丈。

〔六〕觑觝：觑，丘召切。觝，牛召切。玉篇：觑觝，不安也。

〔七〕骨蹻：蹻，居勺切。说文：蹻，举足行高也。诗曰："小子蹻蹻。"
脚不掉：左传：尾大不掉。说文：掉，摇也。

〔八〕溪谷盲：王云：盲，黑暗也。

〔九〕玉版：按：汉书晁错传："刻于玉版，藏于金匮。盖方策之版。"

此诗玉版,即门以两版之版,犹云玉门也。彭觥:觥,旧本作
"觥",字书无此字。王云:彭觥,撞玉钟声。按:彭彭,声也,觥
觥,言声惟此。

〔一〇〕坡陀:王云:坡陀,不平貌。方云:与送惠师诗"陂陀"字同,语
　　　见楚辞招魂。然唐人多通用"坡陀"。又郭璞子虚赋注:"音婆
　　　驼。"故蜀本作"婆陀"。

〔一一〕承颊肘拄:颊,音孩。汉书东方朔传:臣观其舌齿牙,树颊颊。
　　　广韵:颊,颐下。释名:肘,注也,可隐注也。按:以一手支颐,
　　　一手拄地而坐,傲慢箕踞之状,犹庄子渔父篇云:"孔子休坐乎
　　　杏坛之上,弦歌鼓琴。渔父左手据膝,右手持颐以听也。"

〔一二〕哦七言:黄庭内景经:闲居蕊珠作七言。樊云:黄鲁直云:只
　　　"哦"字便是所难,此乃为诗之法也。

〔一三〕白玉丹:西山经:有玉膏。注:河图玉版曰:少石山上有白玉
　　　膏,一服即仙矣。

〔一四〕咀嚼:嚼,音消。司马相如上林赋:"咀嚼芝英兮叽琼华。"诘
　　　盘:孙云:诘盘,反覆也。

〔一五〕第二句:孙云:谓仙人以己盘诘之故,遂不复吟第二句也。

〔一六〕屈曲:朱子曰:此言我若能屈曲从人,则自居世间徇流俗矣,安
　　　能从女居山间,而又不免于屈曲乎?犹柳下惠所云"枉道而事
　　　人,何必去父母之邦"云尔。东坡诗话:太白诗云:"遗我鸟迹
　　　书。""读之了不闲。"太白尚气,乃自招不识字,不如退之倔强
　　　云"我能屈曲自世间,安能从女巢神山"也。按:此语直儿戏
　　　耳,与王半山嘲郑毅夫者一流,王于郑已非,岂坡于太白亦云?
　　　此伪托坡语耳,较量诗文不在于此。

〔一七〕神山:史记封禅书:蓬莱、方丈、瀛洲,此三神山者,共传在渤

海中。

按：此诗谓不服神仙仅得形貌，即谓因忤执政降右庶子有所托讽而作，亦于诗意辽隔。大抵为郑绹耳。公自江陵归，见相国郑绹，绹与之坐语，索其诗书，将以文学职处之。有争先谗愈于绹，又谗之于翰林舍人李吉甫、裴坦。或以告公，公曰："愈非病风而妄骂，不当如谗者之言。"因作释言以自解。终恐及难，遂求分司东都。诗中"神官与言"，谓郑绹也。"三人共追"，谓争先者也。"护短凭愚"，谓其信谗。"安能从女巢神山"，言不媚绹以求文学之职也。诗意显然而悠谬其词，亦忧谗畏讥之心耳。

三星行〔一〕

我生之辰〔二〕，月宿南斗〔三〕。牛奋其角〔四〕，箕张其口〔五〕。牛不见服箱〔六〕，斗不挹酒浆〔七〕。箕独有神灵，无时停簸扬〔八〕。无善名已闻，无恶声已�〔九〕。名声相乘除〔一〇〕，得少失有馀。三星各在天，什伍东西陈〔一一〕。嗟汝牛与斗，汝独不能神。

〔 一 〕诗绸缪："三星在天。"王云：三星斗牛箕。洪云：三星行、剥啄行，皆元和初为国子博士时作。

〔 二 〕生辰：诗："天之生我，我辰安在？"

〔 三 〕南斗：星经：南斗六星，宰相爵禄之位。

〔 四 〕牛奋角：史记天官书：牵牛为牺牲。汉书翟方进传：狼奋角。张晏曰：奋角者，有芒角也。

〔 五 〕箕张口：诗："哆兮侈兮，成是南箕。"史记天官书：箕为敖客，曰口舌。索隐曰：敖，调弄也。箕以簸扬调弄为象。诗纬云："箕

韩愈诗集编年笺注

为天口,主出气。"是箕有舌,象谗言。

〔六〕服箱:诗:"睆彼牵牛,不以服箱。"

〔七〕挹酒浆:诗:"维北有斗,不可以挹酒浆。"

〔八〕簸扬:诗:"维南有箕,不可以簸扬。"

〔九〕谨:或作"攘",非。

〔一〇〕乘除:蔡云:历家有增减率,迟速积故有乘除之法。

〔一一〕什伍:古乐府艳歌何尝行:"什什伍伍,罗列成行。"□云:什伍
犹纵横也。南斗六星,牵牛六星,箕四星。

樊云:苏内翰云:吾平生遭口语无数,盖生时与退之相似。
吾命在斗牛间,而身宫亦在箕。故其诗曰:"我生之辰,月宿南
斗。"且曰:"无善名已闻,无恶声已谨。"今谤吾者,或云死,或云
仙,退之之言良非虚矣。

蔡宽夫诗话:退之三星行与古诗"南箕北有斗,牵牛不负轭。
良无磐石固,虚名复何益"之意颇近,大抵古今兴比所在,适有感
发者,不必尽相回避,要各有所主耳。

按:此与下剥啄行皆一时情事。

剥啄行〔一〕

剥剥啄啄,有客至门。我不出应,客去而嗔。从者语我:子胡
为然〔二〕?我不厌客,困于语言。欲不出纳〔三〕,以堙其源〔四〕。
空堂幽幽〔五〕,有秸有莞〔六〕。门以两版〔七〕,丛书于间。宦宦深
垔〔八〕,其墉甚完。彼宁可隳,此不可干。从者语我:嗟子诚难!
子虽云尔,其口益蕃〔九〕。我为子谋,有万其全。凡今之
人〔一〇〕,急名与官。子不引去,与为波澜〔一一〕。虽不开口,虽不

开关〔一二〕。变化咀嚼〔一三〕，有鬼有神〔一四〕。今去不勇，其如后艰〔一五〕。我谢再拜，汝无复云。往追不及，来不有年〔一六〕。

〔一〕蒋云：剥啄，叩门声。

〔二〕胡然：左传：子旗曰："子胡然？"

〔三〕出纳：书益稷：以出纳五言。

〔四〕堙：书洪范：我闻在昔，鲧堙洪水。

〔五〕幽幽：诗斯干："幽幽南山。"

〔六〕秸、莞：记礼器：莞簟之安，而蒲越槁鞂之尚。鞂、秸同。尔雅释草：莞，苻离，其上蒚。注：今西方人呼蒲为莞蒲，蒲中茎为蒚，用之为席。

〔七〕两版：齐国策：孟尝君因书门版。

〔八〕深堑：汉书高帝纪：汉王高垒深堑。

〔九〕其口：左传：夫其口众我寡。

〔一〇〕凡今：诗棠棣："凡今之人。"

〔一一〕与为：方云：韩文"与"多作"以"，他文见者非一。诗："之子归，不我以。"注："以"，犹"与"也。朱子曰：按陆宣公奏议亦然，如云"未审云云以否"之类是也。

〔一二〕开口、开关：史记信陵君传：公子诚一开口请如姬。离骚："吾令帝阍开关兮。"

〔一三〕咀嚼：释文：咀，藉也，以藉齿牙也。嚼，削也，稍削也。

〔一四〕鬼、神：左传：谗人交斗其间，鬼神而助之。

〔一五〕后艰：诗："无有后艰。"

〔一六〕来不有年：诸本作"来可待焉"。方云：公祭十二兄文："其不有年，以补吾愆。"同此意也。

按：此客即释言所云以谗告公者也。告者即谗者之党，所以怵公使去耳。公淡然以应，则客怫然以愠矣。托从者之言，所以决其请去之志也。

青青水中蒲三首〔一〕

青青水中蒲〔二〕，下有一双鱼〔三〕。君今上陇去〔四〕，我在与谁居？
青青水中蒲，长在水中居。寄语浮萍草〔五〕，相随我不如。
青青水中蒲，叶短不出水。妇人不下堂，行子在万里。

〔一〕诸本作"一首"，方从阁本。朱子曰：按乐府亦作三首。按：此乃拟古之作，仍依旧编次在三星、剥啄之后。

〔二〕青青：乐府古诗："青青河畔草。"

〔三〕一双鱼：水经注：涌泉之中，旦旦常出鲤鱼一双。

〔四〕上陇：古乐府陇头流水歌："西上陇阪，羊肠九回。"

〔五〕浮萍：王褒九怀："窃哀兮浮萍，泛淫兮无根。"

酬裴十六功曹巡府西驿涂中见寄〔一〕

相公罢论道〔二〕，聿至活东人〔三〕。御史坐言事，作吏府中尘。
遂令河南治〔四〕，今古无俦伦。四海日富庶，道涂隘蹄轮。府西
三百里，候馆同鱼鳞〔五〕。相公谓御史，劳子去自巡。是时山水
秋，光景何鲜新〔六〕。哀鸿鸣清耳，宿雾塞高旻。遗我行旅诗，
轩轩有风神〔七〕。譬如黄金盘，照耀荆璞真〔八〕。我来亦已幸，
事贤友其仁〔九〕。持竿洛水侧，孤坐屡穷辰。多才自劳苦，无用
祗因循〔一〇〕。辞免期匪远，行行及山春。

〔一〕方云：裴十六，度也。旧云裴諗，非。旧唐书裴度传：度，字中立，河东闻喜人。擢第，授河阴尉，迁监察御史，密疏论权倖，语切忤旨，出为河南府功曹。按：以下皆分司东都时作。

〔二〕相公：新唐书宰相表：元和元年十一月，郑馀庆罢为河南尹。

　　　论道：书周官：立太师、太傅、太保，兹惟三公，论道经邦。

〔三〕聿至：诗："我征聿至。"

〔四〕河南：新唐书地理志：河南府河南郡，本洛①州，开元元年为府，属河南道。

〔五〕候馆：周礼地官遗人：凡国野之道，十里有庐，庐有饮食。三十里有宿，宿有路室，路室有委。五十里有市，市有候馆，候馆有积。凡委积之事，巡而比之，以时颁之。鱼鳞：汉书刘向传：鱼鳞左右。师古曰：言在帝之左右，相次若鱼鳞也。

〔六〕鲜新：杜甫诗："高秋爽气相鲜新。"

〔七〕轩轩：淮南道应训：轩轩然方迎风而舞。世说：林公道王长史："敛矜作一来，何其轩轩韶举？"

〔八〕荆璞：傅挚玉赋："潜光荆野，抱璞未理。"

〔九〕事贤友仁：王云："事贤"谓馀庆，"友仁"谓度也。

〔一〇〕多才、无用：王云："多才"谓裴度，"无用"公自谓也。

【校　记】

①"洛"，原作"各"，据新唐书改。

东都遇春〔一〕

少年气真狂，有意与春竞。行逢二三月，九州花相映。川原晓服鲜，桃李晨妆靓〔二〕。荒乘不知疲，醉死岂辞病？饮啖惟所便，文章倚豪横。尔来曾几时，白发忽满镜。旧游喜乖张，新辈足嘲评。心肠一变化，羞见时节盛。得间无所作，贵欲辞视听。深居疑避雠，默卧如当暝。朝曦入牖来，鸟唤昏不省。为生鄙计算，盐米告屡罄〔三〕。坐疲都忘起，冠侧懒复正。幸蒙东都官，获离机与阱。乖慵遭傲僻〔四〕，渐染生避性。既去焉能追？有来犹莫聘〔五〕。有船魏王池〔六〕，往往纵孤泳〔七〕。水容与天色，此处皆绿净。岸树共纷披，渚牙相纬经〔八〕。怀归苦不果，即事取幽迸。贪求匪名利，所得亦已并。悠悠度朝昏，落落捐季孟。群公一何贤，上戴天子圣。谋谟收禹绩〔九〕，四面出雄劲。转输非不勤，稽通有军令〔一〇〕。在庭百执事〔一一〕，奉职各祗敬〔一二〕。我独何为哉？坐与亿兆庆。譬如笼中鸟〔一三〕，仰给活性命。为诗告友生，负愧终究竟。

〔一〕新唐书地理志：东都隋置，武德四年废，贞观六年号洛阳宫，显庆二年曰东都，光宅元年曰神都，神龙元年复曰东都，天宝元年曰东京，上元二年罢京，肃宗元年复为东都，属河南道。按：以下诸诗元和三年作，是年改真博士。

〔二〕晨妆靓：司马相如上林赋："靓妆刻饰。"

〔三〕盐米：史记酷吏传：其治米盐，事大小皆关其手。

〔四〕傲僻：记乐记：齐音敖辟乔志。

〔五〕聘：诗采薇："靡使归聘。"

〔六〕魏王池：河南志：洛水南溢为池，深处至数顷，水鸟洋泳，荷芰翻覆，为都城之胜。贞观中，以赐魏王泰，故号魏王池。

〔七〕孤泳：诗汉广："汉之广矣，不可泳思。"

〔八〕渚牙：杜甫诗："渚蒲牙白水荇青。" 纬经：释名：布列众缕为经，以纬横成之。

〔 九 〕禹绩：绩，一作"迹"。左传：复禹之绩，祀夏配天。

〔一〇〕稽逋：广雅释诂：逋，迟也。

〔一一〕在庭：左传：其朝夕在庭，何辱命焉？　百执事：书盘庚：百执
　　　　事之人。

〔一二〕祗敬：书皋陶谟：日严祗敬六德。

〔一三〕笼中鸟：鹖冠子世兵篇：笼中之鸟，空窥不出。

　　　　按："谋谟收禹绩"，用禹征有苗比元和元年讨刘辟，时建议
者为宰相杜黄裳，又举高崇文也。"四面出雄劲"者，时命神策行
营节度使高崇文、兵马使李元奕与严砺、东川李康合兵讨之也。

峡石西泉〔一〕

居然鳞介不能容〔二〕，石眼环环水一锺〔三〕。闻说旱时求得雨，
祗疑科斗是蛟龙〔四〕。

〔 一 〕蒋云：泉今在河南陕州西门外，泉自石眼流出，内有科斗，祷雨
　　　　即应，一名虾蟆泉。按：峡石本县名，属河南道陕州县，有峡石
　　　　坞，因名。

〔 二 〕居然：诗生民："居然生子。"

〔 三 〕环环：古乐府石城乐："环环在江津。"

〔 四 〕科斗：尔雅释鱼：科斗，活东。注：虾蟆子。

赠唐衢〔一〕

虎有爪兮牛有角〔二〕，虎可搏兮牛可触。奈何君独抱奇材？手

把锄犁饿空谷〔三〕。当今天子急贤良，瓯函朝出开明光〔四〕。胡不上书自荐达？坐令四海如虞唐。

〔一〕国史补：唐衢，周郑客也。有文学，老而无成，唯善哭。每一发声，音调哀切，闻者泣下。尝游太原，遇享军，酒酣乃哭，满座不乐，主人为之罢宴。旧唐书唐衢传：衢应进士，久而不第，能为歌诗，意多感发。见人文章有所伤叹者，读讫必哭，涕泗不能已，故世谓唐衢善哭。左拾遗白居易遗之诗曰："贾谊哭时事，阮籍哭路岐。唐生今亦哭，异代同其悲。唐生者何人？五十寒且饥。不悲口无食，不悲身无衣。所悲忠与义，悲甚则哭之。太尉击贼日，尚书叱盗时。大夫死凶寇，谏议谪蛮夷。每见如此事，声发涕辄随。我亦君之徒，郁郁何所为？不能发声哭，转作乐府辞。"其为名流称重若此，竟不登一命而卒。魏云：衢从退之游，旧史附公传末，新史削之。按：诗云"当今天子急贤良"，宜在元和三年春御宣政殿试制科举人贤良方正对策之时，故系之东都诸作间。

〔二〕虎爪牛角：老子贵生章：兕无所投其角，虎无所措其爪。

〔三〕锄犁：王粲诗："相随把锄犁。"　空谷：诗白驹："皎皎白驹，在彼空谷。"

〔四〕瓯函：瓯，音轨。新唐书百官志：武后垂拱二年，有鱼保宗者，上书请置瓯以受四方之书。乃铸铜瓯四，涂以方色，列于朝堂。青瓯曰"延恩"，在东，告养人劝农之事者投之；丹瓯曰"招谏"，在南，论时政得失者投之；白瓯曰"申冤"，在西，陈屈抑者投之；黑瓯曰"通玄"，在北，告天文秘谋者投之，其后同为一瓯。明光：三秦记：未央宫渐台西有桂宫，中有明光殿。

孟东野失子 并序〔一〕

　　东野连产三子，不数日辄失之，几老，念无后以悲，其友人昌黎韩愈惧其伤也，推天假其命以喻之。

失子将何尤，吾将上尤天。女实主下人，与夺一何偏〔二〕？彼于女何有，乃令蕃且延？此独何罪辜〔三〕？生死旬日间？上呼无时闻，滴地泪到泉。地祇为之悲，瑟缩久不安〔四〕。乃呼大灵龟〔五〕，骑云款天门。问天主下人，薄厚胡不均？天曰天地人，由来不相关。吾悬日与月，吾系星与辰。日月相噬啮〔六〕，星辰踏而颠〔七〕。吾不汝之罪，知非汝由因。且物各有分，孰能使之然？有子与无子，祸福未可原。鱼子满母腹，一一欲谁怜？细腰不自乳〔八〕，举族长孤鳏。鸱枭啄母脑〔九〕，母死子始翻。蝮蛇生子时〔一〇〕，坼裂肠与肝。好子虽云好，未还恩与勤〔一一〕。恶子不可说，鸱枭蝮蛇然。有子且勿喜，无子且勿叹。上圣不待教，贤闻语而迁。下愚闻语惑，虽教无由悛〔一二〕。大灵顿头受，即日以命还。地祇谓大灵，女往告其人。东野夜得梦，有夫玄衣巾〔一三〕。闯然入其户〔一四〕，三称天之言。再拜谢玄夫，收悲以欢忻。

〔一〕按：东野为郑馀庆留府宾佐在元和二三年，此诗当是时作，郊集有哀幼子及杏殇诗。

〔二〕举夺偏：庄子列御寇篇：夺彼与此，一何偏也。

〔三〕罪辜：诗巧言："无罪无辜。"

〔四〕地祇：周礼春官大司乐："乐八变则地示皆出。"示，古祇字。

〔五〕灵龟:易颐卦:舍尔灵龟。

〔六〕噬啮:广雅释诂:噬,食也。释名:啮,齧也。

〔七〕踣颠:踣,同仆。说文:踣,僵也。

〔八〕细腰:尔雅释虫:"果蠃,蒲卢。"注:即细腰蜂也。

〔九〕鸱枭:尔雅释鸟:"枭,鸱。"注:土枭。说文:枭,不孝鸟也。日
　　至捕枭磔之,从鸟头在木上。

〔一○〕蝮蛇:宋玉招魂:"蝮蛇蓁蓁。"注:蝮,大蛇也。尔雅翼:蝮,蛇
　　之最毒者,众蛇之中,此独胎产,在母胎时,其毒气发作,母腹
　　裂乃生。

〔一一〕恩勤:诗鸱鸮:"恩斯勤斯,鬻子之闵斯。"

〔一二〕无由悛:书秦誓:惟受罔有悛心。

〔一三〕玄衣:史记龟策传:江使神龟使于河,渔者豫且得而囚之,龟见
　　梦于宋王。王见一大夫延颈而长头,衣玄绣之衣,而乘辎车。

〔一四〕闿然:公羊传:开之则闿然公子阳生也。

远游联句〔一〕

别肠车轮转〔二〕,一日一万周。郊 离思春冰泮〔三〕,澜漫不可
收〔四〕。愈 驰光忽已迫〔五〕,飞辔谁能留〔六〕?郊 取之讵灼灼〔七〕,此
君信悠悠。翺 楚客宿江上,夜魂栖浪头。晓日生远岸,水芳缀
孤舟。村饮泊好木〔八〕,野蔬拾新柔〔九〕。独含凄凄别,中结郁
郁愁。人忆旧行乐,鸟吟新得俦。郊 灵瑟时宵宵〔一○〕,露猿夜啾
啾〔一一〕。愤涛气尚盛,恨竹泪空幽。长怀绝无已,多感良自尤。
即路涉献岁,归期眇凉秋。两欢日牢落〔一二〕,孤悲坐绸缪。愈 观
怪忽荡漾,叩奇独冥搜〔一三〕。海鲸吞明月,浪岛没大沤〔一四〕。

我有一寸钩，欲钓千丈流。良知忽然远〔一五〕，壮志郁无抽〔一六〕。郊 魍魅暂出没，蛟螭互蟠蟉〔一七〕。昌言拜舜禹〔一八〕，举骦凌斗牛〔一九〕。怀糈馈贤屈〔二〇〕，乘桴追圣丘。飘然天外步，岂肯区中囚〔二一〕？愈 楚些待谁吊〔二二〕？贾辞缄恨投〔二三〕。翳明弗可晓，秘魂安所求〔二四〕？气毒放逐域〔二五〕，蓼杂芳菲畴〔二六〕。当春忽凄凉，不枯亦飕飗。貉谣众猥欸〔二七〕，巴语相咿嚘〔二八〕。默誓去外俗，嘉愿还中州〔二九〕。江生行既乐，躬辇自相勠〔三〇〕。饮醇趣明代，味腥谢荒陬〔三二〕。郊 驰深鼓利楫〔三三〕，趋险惊蜚𬴂〔三四〕。系石沈靳尚〔三五〕，开弓射鹏㘐〔三六〕。路暗执屏翳〔三七〕，波惊戮阳侯〔三八〕。广泛信缥眇，高行恣浮游。外患萧萧去，中悒稍稍瘳。振衣造云阙〔三九〕，跪坐陈清猷。德风变谗巧，仁气销戈矛〔四〇〕。名声照四海，淑问无时休〔四一〕。归哉孟夫子，归去无夷犹。愈

〔一〕樊云：送东野之江南也。联句凡四十韵，东野二十，公十九，李习之一。习之之诗见于世者，此而已，大率诗非其所长也。□ 云：元和三年作，远游，名篇，祖屈原也。

〔二〕车轮转：古乐府古歌："心思不能言，肠中车轮转。"

〔三〕冰泮：诗："迨冰未泮。"

〔四〕澜漫：江淹去故乡赋："愁澜漫而方滋。"

〔五〕驰光：鲍照诗："驰光不再中。"

〔六〕飞辔：陆机诗："方驾振飞辔，远游入长安。"

〔七〕取：或作"前"。

〔八〕好木：方云：东野幽居诗："嘉木偶良酌，芳阴庇清弹。"

〔九〕新柔：诗采薇："薇亦柔止。"按：郊诗又有"芳物竞晼晚，绿梢挂

新柔”之句。

〔一〇〕灵瑟：屈原远游："使湘灵鼓瑟兮。"

〔一一〕霴猿：霴，于今切。玉篇：霴，沈云貌。水经注：风泉传响于青林之下，岩猿流声于白云之上。　啾啾：屈原山鬼篇："猿啾啾兮狖夜鸣。"

〔一二〕牢落：蔡邕瞽师赋："时牢落以失次。"

〔一三〕冥搜：孙绰天台山赋："非夫远寄冥搜，笃信通神者，孰肯遥想而存之？"

〔一四〕大沤：广韵：浮沤。

〔一五〕良知：谢灵运诗："赏心惟良知。"

〔一六〕壮志：孙万寿诗："壮志后风云，衰鬓先蒲柳。"

〔一七〕蟠螺：螺，力幽切。司马相如上林赋："青龙蚴螺于东厢。"

〔一八〕昌言：书皋陶谟：禹拜昌言。□云：舜葬苍梧，禹葬会稽，皆在江南。

〔一九〕举舼：舼，同帆。左思吴都赋："楼船举舼而过肆。"斗牛：王云：斗牛，吴、楚分野，在江南。

〔二〇〕怀糈：离骚："怀椒糈而要之。"

〔二一〕区中：史记驺衍传：中国外如赤县神州者九，如一区中者，乃为一州。

〔二二〕楚些：些，苏个切。说文：些，语辞也。见楚辞。笔谈：湖湘人凡禁咒句尾皆称些，乃楚人旧俗。

〔二三〕贾辞：史记屈原传：自屈原沈汨罗后百有馀年，汉有贾生为长沙王太傅，过湘水，投书以吊屈原。

〔二四〕翳明、秘魂：孙云：翳明谓掩翳其明也。按："翳明"句承"楚些"，"秘魂"句承"贾辞"，言宋玉招魂本以讽王，然王既壅蔽其

明,岂可觉悟也？贾谊投书本以吊原,然原已杳冥重泉,岂可
复求也？

〔二五〕放逐域:孙万寿诗:"江南瘴疠地,从来多逐臣。"

〔二六〕蓼:诗良耜:"以薅荼蓼。"埤雅释草:蓼,茎赤味辛。

〔二七〕欸欸:欸,乌来切。屈原九章:"欸秋冬之绪风。"注:欸,叹也。
方云:欸,然也,南楚凡言"然"曰"欸"。

〔二八〕咿喔:喔,与噁切。方云:考字书无"喔"字,公寄三学士诗用
"咿嚘",征蜀联句用"咿呦"字,考之,当以"咿嚘"为正。

〔二九〕中州:苏武诗:"山海隔中州,相去悠且长。"

〔三〇〕江生、躬辇:孙云:"江生",言水微涨也。"躬辇",言自推车也。
樊云:言水行可乐,则躬辇为劳矣。勠:音留。陆机文赋:"非
余力之所勠。"

〔三一〕饮醇:江表传:程普曰:与周公瑾交,若饮醇醪,不觉自醉。

〔三二〕味腥:孙云:腥,楚越之食。

〔三三〕利楫:易:利涉大川。书:用女作舟楫。释名:楫,捷也,拨水使
舟捷疾也。

〔三四〕輶辂:诗駟驖:"輶车鸾镳。"传:輶,轻也。按:"輶"本虚字,今
以"輶辂"对"利楫",则作车用,本说文也。说文:輶,轻车。

〔三五〕靳尚:王逸楚辞序:屈原仕于楚怀王,同列大夫上官、靳尚妒害
其能,共谮毁之。

〔三六〕鹏吺:吺,古讙兜字。古文尚书:放鹏吺于崇山。

〔三七〕屏翳:大人赋:"时若暧暧,将混浊兮。召屏翳,诛风伯,刑雨
师。"应劭曰:屏翳,天神使也。

〔三八〕阳侯:淮南览冥训:武王度孟津,阳侯之波逆流而击。武王瞋
目而执之,于是风济而波罢。

〔三九〕振衣：屈原渔父章："新沐者必弹冠，新浴者必振衣。"

〔四〇〕仁气：记乡饮酒义：此天地之仁气也。

〔四一〕淑问：汉匡衡传：淑问扬乎疆外。按：此淑问，即令闻。非淑
　　　问，如皋陶之问。

祖席^{〔一〕}

前字^{〔二〕}

祖席洛桥边^{〔三〕}，亲交共黯然^{〔四〕}。野晴山簇簇，霜晓菊鲜鲜。
书寄相思处，杯衔欲别前。淮阳知不薄^{〔五〕}，终愿早回船。

〔一〕旧注：以王涯徙袁州刺史而作。方云：按旧纪，涯刺袁州，元和
　　　三年四月也。公时在东都，故曰"祖席洛桥边"。按：旧唐书宪
　　　宗纪："三年四月贬翰林学士王涯虢州司马。"时涯甥皇甫湜与
　　　牛僧孺、李宗闵并登贤良方正科，策语太切，权倖恶之，故涯坐
　　　亲累贬为虢州司马，非袁州刺史也。唯新唐王涯传云："湜以
　　　对策忤宰相，涯坐不避嫌罢学士，再贬虢州司马，徙为袁州刺
　　　史。"此则涯为袁州之明证，方崧卿盖误引旧纪也。诗作于洛
　　　阳秋日，盖贬虢在春，徙袁在秋。公与涯同年进士，虢州又近
　　　东都，故有祖席之作。

〔二〕方云：一本"前"字、"秋"字上皆有"得"字。

〔三〕洛桥：洛阳伽蓝记：崇义里东有七里桥，京师士子送去迎归，常
　　　在此处。又：宣阳门外四里至洛水上作浮桥。

〔四〕黯然：江淹别赋："黯然销魂者，惟别而已矣。"

〔五〕淮阳：史记汲黯传：召拜黯为淮阳太守，黯伏谢不受印。上曰：

"君薄淮阳耶？吾今召君矣。"

秋字

淮南悲木落[一]，而我亦伤秋。况与故人别，那堪羁宦愁。荣华今异路，风雨苦同忧[二]。莫以宜春远，江山多胜游。

〔一〕木落：按：淮南说山训：桑叶落而长年悲。庾信枯树赋引之作"木叶落"。

〔二〕风雨：诗："风雨如晦。"小序："思君子也。"王云：此诗公自题其后云："两诗何处好？就中何处佳？何处恶？"

崔十六少府摄伊阳以诗及书见
投因酬三十韵[一]

崔君初来时，相识颇未惯。但闻赤县尉，不比博士慢。赁屋得连墙[二]，往来欣莫间。我时亦新居，触事苦难办。蔬飧要同喫[三]，破袄请来绽[四]。谓言安堵后[五]，贷借更何患。不知孤遗多，举族仰薄宦。有时未朝餐，得米日已晏。隔墙闻谨呼，众口极鹅雁[六]。前计顿乖张，居然见真赝[七]。娇儿好眉眼[八]，袴脚冻两骭[九]。捧书随诸兄，累累两角丱[一〇]。冬惟茹寒齑[一一]，秋始识瓜瓣[一二]。问之不言饥，饫若厌匕箸。才名三十年，久合居给谏[一三]。白头趋走里，闭口绝谤讪[一四]。府公旧同袍[一五]，拔擢宰山涧。寄诗杂诙俳[一六]，有类说鹏鷃[一七]。上言酒味酸[一八]，冬衣竟未擐[一九]。下言人吏稀，惟足彪与虥[二〇]。又言致猪鹿，此语乃善幻[二一]。三年国子师[二二]，肠肚习藜苋〔二三〕。况住洛之涯，鲂鳟可罩汕〔二四〕。肯效屠门嚼〔二五〕，久嫌弋者篡〔二六〕。谋拙日焦拳，活计似锄刬〔二七〕。男寒涩诗书，妻瘦剩腰襻〔二八〕。为官不事职，厥罪在欺谩〔二九〕。行当自劾去〔三〇〕，渔钓老葭菼〔三一〕。岁穷寒气骄，冰雪滑磴栈。音问难屡通，何由觌青盼〔三二〕？

〔一〕新唐地理志：河南府伊阳，畿，先天元年析陆浑置，属河南道。

〔二〕赁屋：按：后汉书梁鸿传："鸿至吴，依大家皋伯通，居庑下，为人赁舂。"居庑即赁屋也。 连墙：列子仲尼篇：与南郭子连墙二十年，不相谒请。

〔三〕蔬飧：诸本"飧"多作"餐"。方云：此诗用"蔬飧"、"朝餐"，字多相乱，他诗亦然。说文："飧，谓晡时食；餐，吞也。""飧"或作"餐"，或作"湌"。故字多相乱。汉高后纪"赐餐钱"，王莽传"设飧粥"。颜师古曰："古飧，湌字也。"又曰："飧，古湌字。"而皆以千安切读之，则非。诗曰："不素飧兮。"郑康成读如鱼飧之"飧"，音孙。当以此为正。朱子曰：淮西碑"左飧右粥"。或作"餐"。诗："还，予授子之粲兮。"传云："粲，餐也。"史记："餐未及下咽，酒未及濡唇。"汉书："令其裨将传餐。"则"餐"字亦有义。公祭郑夫人云"念寒而衣，念饥而餐"同，以衣对餐也。或当作"餐"。 要：平声。 同喫：说文：喫，食也。

〔四〕破袄：袄，乌皓切。说文：袄，裘属。绽：直苋切。记内则：衣裳绽裂，纫箴请补缀。

〔五〕安堵：汉书高帝纪：吏民皆按堵如故。应劭曰：按，按次第，堵，墙堵也。师古曰：言不迁动也。按：公作"安"，正用不动之义。

〔六〕鹅雁：按：鹅雁之声极谨，众口交谪似之。

〔七〕真赝:赝,五晏切,亦作雁。玉篇:赝,不真。韩非说林篇:齐伐鲁索谗鼎,鲁以其雁往。齐人曰:"雁也。"鲁人曰:"真也。"王云:"赝",伪物字,亦作"雁"。

〔八〕娇儿:陶潜诗:"娇儿索父啼。"眉眼:梁简文帝诗:"眉眼特惊人。"

〔九〕袴:释名:袴,跨也,两股各跨别也。 冻两骭:骭,下晏切。宁戚饭牛歌:"短布单衣适至骭。"

〔一〇〕角丱:诗甫田:"总角丱兮。"

〔一一〕寒齑:周礼天官醯人注:细切为齑。释名:齑,济也,与诸味相济成也。菹,阻也,生酿之,又使阻于寒温之间,不得烂也。

〔一二〕瓜瓣:瓣,薄苋切。尔雅释草:瓟,犀瓣。说文:瓣,瓜中实。

〔一三〕给谏:新唐书百官志:起居郎二人,从六品上。贞观初,以给事中、谏议大夫兼知起居注。

〔一四〕闭口:史记张仪传:楚王曰:"愿陈子闭口,毋复言。"

〔一五〕府公:南史陆慧晓传:慧晓为司徒右长史,谢朓为左长史。府公竟陵王子良谓王融曰:"我府前世谁比?"融曰:"明公二上佐天下英奇,古来少见其比。"□云:谓河南尹郑馀庆擢崔摄伊阳令也。 同袍:诗无衣:"与子同袍。"

〔一六〕诙俳:俳,音排。汉书枚皋传:皋不通经术,诙笑类俳倡。碧溪诗话:子建称孔北海文章多杂以嘲戏,子美亦戏效俳谐体,退之亦云"寄诗杂诙俳",大抵才力豪迈有馀而用之不尽,自然如此。

〔一七〕鹏鷃:沈炯诗:"鹏鷃但逍遥。"

〔一八〕酒味酸:韩非外储说:酒酸而不售。

〔一九〕擐:音患。左传:躬擐甲胄。

〔二〇〕彪戲:戲,音栈。说文:彪,虎文也。尔雅释兽:虎窃毛谓之虦猫。注:窃,浅也。按:说文、玉篇皆以彪为虎文,不云兽名。考新唐书张旭传:"北平多虎,裴旻善射,一日得虎三十一,休山下,有老父曰:'此彪也。稍北有真虎,使将军遇之,且败。'旻不信,怒马趋之。有虎出丛薄中,小而猛,据地大吼。旻马辟易,弓矢皆坠。"则彪乃大于虎,而力稍弱也。

〔二一〕善幻:朱子曰:汉书西域传有"善眩"之语。师古曰:"眩,读与幻同,眩,相诈惑也。即今吞刀吐火植瓜种树屠人截马之术。"韩公盖用此语。按:列子周穆王篇:"西极之国有化人来,变物之形,易人之虑。"张湛注:"化人,幻人也。"又老成子:"学幻于尹文先生。"即其术也。

〔二二〕国子师:□云:公以国子博士分司东都。按:自元和元年至此,盖三年矣。

〔二三〕蒬:易夬卦:蒬陆夬夬。尔雅释草:蒬,赤蒬。

〔二四〕鲂鳟:鲂,音房,鳟,才本切。诗九罭章:"九罭之鱼鳟鲂。" 罩汕:诗:"南有嘉鱼,烝然罩罩。"又:"烝然汕汕。"

〔二五〕屠门嚼:桓谭新论:人闻长安乐,则出门西向而笑。知肉味美,则对屠门而大嚼。

〔二六〕弋者篡:法言:鸿飞冥冥,弋人何篡焉? 宋咸注:篡,取也,或为慕,误。

〔二七〕划:当作"铲"。方云:"划"当作"铲",谓削平之也。木华海赋:"铲临崖之阜陆。"公此诗用今韵,划属上声,疑当从铲为正。

〔二八〕腰襻:襻,普患切。庾信镜赋:"裙斜假襻。"广韵:襻,衣系也。新唐书车服志:五品以上母妻服紫衣腰襻。

〔二九〕欺谩:汉书宣帝纪:务为欺谩,以避其课。

〔三〇〕自劾去：汉书张宝传：张忠辟宝为属，欲令授子经，宝自劾去。

〔三一〕葭薍：薍，五患切。尔雅释草：葭，芦；菼①，薍。注：葭，芦苇也，菼，薍，似苇而小，实中。

〔三二〕清盼：诗硕人："美目盼兮。"李白诗："君子枉清盼。"方云：盻、盼、眄、眄，四字多不分。朱子曰：盼，匹苋切，目黑白分也。眄，莫见切，从省眄。眄睐，顾视也。盻，五礼切，恨视也。此诗当作"盼"，亦通，犹言青眼也。

【校　记】

①"菼"，原作"炎"，据尔雅改。

陆浑山火和皇甫湜用其韵〔一〕

皇甫补官古贲浑〔二〕，时当玄冬泽干源。山狂谷恨相吐吞，风怒不休何轩轩〔三〕！摆磨出火以自燔〔四〕，有声夜中惊莫原〔五〕。天跳地踔颠乾坤〔六〕，赫赫上照穷崖垠〔七〕。截然高周烧四垣，神焦鬼烂无逃门〔八〕。三光弛隳不复暾〔九〕，虎熊麋猪逮猴猿〔一〇〕。水龙鼍龟鱼与鼋〔一一〕，鸦鸱雕鹰雉鹄鹍〔一二〕，燖炰煨爊孰飞奔〔一三〕？祝融告休酌卑尊〔一四〕，错陈齐玫辟华园〔一五〕。芙蓉披猖塞鲜繁〔一六〕，千钟万鼓咽耳喧。攒杂啾嚄沸篪埙〔一七〕，彤幢绛旃紫纛幡〔一八〕。炎官热属朱冠裈〔一九〕，髹其肉皮通胼臀〔二〇〕。颊胸坲腹车掀辕〔二一〕，缇颜韎股豹两鞬〔二二〕。霞车虹靷日毂辌〔二三〕，丹蕤缊盖绯繙帑〔二四〕。红帷赤幕罗脤膰〔二五〕，蓝池波风肉陵屯〔二六〕。谽呀钜壑颇黎盆〔二七〕，豆登五山瀛四樽〔二八〕。熙熙醮醺笑语言〔二九〕，雷公擘山海水翻〔三〇〕。齿牙嚼啮舌腭反〔三一〕，电光礩硈赪目暖〔三二〕。顼冥收威避元根〔三三〕，斥弃舆马背厥孙〔三四〕。缩身潜喘拳肩跟〔三五〕，君臣相怜加爱恩。命黑螭侦焚其元〔三六〕，天阙悠悠不可援〔三七〕。梦通上帝血面论〔三八〕，侧身欲进叱于阍。帝赐九河涤涕痕〔三九〕，又诏巫阳反其魂〔四〇〕。徐命之前问何冤，火行于冬古所存。我如禁之绝其飧，女丁妇壬传世婚〔四一〕。一朝结雠奈后昆，时行当反慎藏蹲。视桃著花可小骞〔四二〕，月及申酉利复怨〔四三〕。助汝五龙从九鲲，溺厥邑囚之昆仑。皇甫作诗止睡昏，辞夸出真遂上焚。要余和增怪又烦，虽欲悔舌不可扪〔四四〕。

〔 一 〕春秋：楚子伐陆浑之戎。杜预曰：在伊川。水经：洛水东北过陆浑县南注。其山介立丰上，单秀孤峙，故世谓之方山。即陆浑山也。新唐书地理志：河南府陆浑，畿县。有鸣皋山，有汉故关。又：伊阙，畿县。有陆浑山，一名方山，属河南道。新唐书皇浦湜传：湜，擢进士第，为陆浑尉。刘攽云：唐诗赓和有次韵，先后无易。有依韵，同在一韵。有用韵，用彼之韵不必次之，韩吏部和皇甫湜陆浑山火是也。

〔 二 〕贲浑：贲，音六，又音奔。公羊传：楚子伐贲浑戎。何休学：贲，音六，或音奔。左传作"陆浑"。

〔 三 〕风怒：春秋元命苞：阴阳怒而为风。

〔 四 〕出火：易家人卦：风自火出。

〔 五 〕惊莫原：左思吴都赋："殷动宇宙，胡可胜原。"

〔 六 〕天跳地踔：王褒洞箫赋："跳然复出。"扬雄羽猎赋："踔夭蟜。"孙云：跳、踔，皆震动之貌。

〔 七 〕崖垠：班固东都赋："北动幽崖，南燿朱垠。"

〔 八 〕焦烂：盐铁论：若救烂扑焦。

〔 九 〕暾:屈原九歌:"暾将出兮东方。"

〔一〇〕麖猪:尔雅释兽:麖,牡麛。豯,子猪。

〔一一〕鼍鼍:续博物志:鼍长一丈,一名土龙。埤雅释鱼:鼋,大鳖也。

〔一二〕鸦鸥雕鹰雉鹄鹍:尔雅释鸟:鷽斯,鹎鸤。注:鸦鸟也。又:鸥
鹋,鹎鸠。注:鸥类。又:鹰,鹎鸠。广雅释鸟:鹫、鸭、鵽、鹭、
雕也。说文:鹄,黄鹄也。尔雅翼:鹍鸡似鹤,黄白色,长颈赤
喙。笔墨闲录:无逸云:此句正柏梁体,后山作七字诗上东坡,
袭此体。蒋云:"虎熊麖猪"四句,其法本之招魂,汉柏梁亦尝
效之。按:宋人以前七律,项联不可。

〔一三〕煨燋:燋,于刀切。广雅释诂:燋、煨、煴也。说文:煨,盆中火。
广韵:燋,埋物灰中,令熟也。

〔一四〕告休:王云:火行于冬,犹祝融告休而归也。酌卑尊:按:卑尊
即孟子所谓长幼卑尊。此形容火德之属,而用饮至之事文也。

〔一五〕玫:音枚。司马相如子虚赋:"其石则赤玉玫瑰。"晋灼曰:玫
瑰,火齐珠也。

〔一六〕塞鲜繁:按:言火色如花之鲜艳繁华,充塞其中也。

〔一七〕啾嘤:嘤,胡伯切。广韵:啾唧,小声。嚄唶,大唤。篪埙:诗何
人斯:"伯氏吹埙,仲氏吹篪。"

〔一八〕彤幢:释名:幢,童也,其貌童童也。绛斿:周礼春官司常:掌九
旗之物,通帛为旜。释名:绛,工也,染之以得色为工也。 紫
纛旛:释名:紫,疵也,非正色,五色之疵瑕,以惑人者也。张衡
东京赋:"方釳左纛。"薛综注:左纛,以旄牛尾大如斗,置骖马
头上,以乱马目,不令相见也。释名:旛,幡也,其貌幡幡也。
按:薛注"纛",但一说也,本蔡邕独断。又军中大旗名。此言
旗也。

〔一九〕裈:音昆。汉书司马相如传:身自著犊鼻裈。

〔二〇〕髤:音休。周礼春官巾车:駹车髤饰。注:髤,漆,赤多黑少也。
胜髀:胜,音陛。胜、脾通。记祭统:殷人贵髀。易夬卦:臀
无肤。

〔二一〕车掀辕:掀,音轩。左传:乃掀公以出于淖。

〔二二〕缇颜靺股:缇,音提。张衡西京赋:“缇衣靺鞈。”左传:有靺韦
之跗。杜预曰:靺,赤色。广雅释亲:颜,额也;股,胫也。两
鞬:鞬,居言切。左传:左执鞭弭,右属橐鞬。魏志董卓传:卓
有武力,双带两鞬。方言:盛弓谓之鞬。

〔二三〕车、靷、毂輽:輽,音翻。诗小戎:“阴靷鋈续。”汉书景帝纪:令
长吏二千石,车朱两輽。

〔二四〕丹蕤繱盖:繱,七绢切。左思吴都赋:“羽旄扬蕤。”尔雅释器:
“一染谓之繱。”注:“今之红也。”按:盖,车盖也。唐马缟古今
注:华盖,黄帝所置。绯缤帴:缤帴,音烦鸳。说文:绯,帛赤色
也。帴,幡也。庄子天道篇:孔子缤十二经。注:缤帴,乱取
之也。

〔二五〕脤膰:左传:祀有执膰,戎有受脤。

〔二六〕峬池波风肉陵屯:峬,音荒。屯,音豚。左传引易:士刲羊,亦
无峬也。杜预曰:峬,血也。樊云:峬若池,波若风,肉若陵屯。
方云:峬如池而波风,肉如陵之屯聚也。朱子曰:按列子:“生
于陵屯。”注:“谓高处。”庄子音义云:“阜也。”樊说峬池肉陵
屯,方说波风,皆得之。而樊说波如风,方说肉如陵之屯聚,则
误矣。合二说而言之,曰:如峬池之波风,肉之陵屯,乃为
善耳。

〔二七〕豁呀:豁,火舍切。呀,许加切,一作“谺”。司马相如上林赋:

"谽呀豁閜。"孙云:谽呀巨壑,状如颇黎盆也。

〔二八〕五山四樽:孙云:豆登五山者,以五岳为豆登。瀛四樽者,以四海为酒樽也。樊云:自"彤幢绛旆"以下,皆言祝融御火,其车御饮食之盛如此。

〔二九〕醹醹:醹,子肖切,醹同酬。记曲礼:长者举未醹,少者不敢饮。诗宾筵:"举醹逸逸。"

〔三〇〕雷公:屈原远游:"左^①雨师使径侍兮,右雷公以为卫。"擘山:述征记:华山、首阳本一山,巨灵擘开,以通河流。

〔三一〕舌腭:腭,音咢。按:玉篇有"齶"字,无"腭"字,说文俱无。广韵:咢,口中断咢,出字统,与"齶"同,亦无"腭"字。　反:平声。

〔三二〕电光:公羊传:电雷之光也。礚碐:礚,先念切。碐,徒念切。十洲记:武帝时,月氏献猛兽,命唤一声,忽如天大雷霹雳,又两目如礚碐之交光,光朗冲天。赪目暖:暖,音喧。说文:赪,赤色。广韵:暖,大目。

〔三三〕顼冥:记月令:季冬之月,其帝颛顼,其神玄冥。

〔三四〕厥孙:洪云:水生木,木生火,水之于火,犹祖视孙也。

〔三五〕肩跟:跟,音根。说文:跟,足踵也。张衡西京赋:"突倒投而跟絓。"

〔三六〕侦:说文:侦,问也。广韵:侦,候。　焚其元:左传:狄人归其元。元,首也。

〔三七〕援:音袁。

〔三八〕血面论:樊云:诗意谓火既用事,则顼冥黑精之君,玄冥水官之神,当缩身潜喘,而君臣乃命黑螭问其事于祝融,而火焚其首,黑螭所以血面而论于帝也。

〔三九〕九河：书禹贡：九河既道。尔雅释水：九河，徒骇、太史、马颊、
覆釜、胡苏、简、洁、钩盘、鬲津。湔：音箭。

〔四〇〕巫阳：宋玉招魂：帝告巫阳曰："有人在下，我欲辅之，魂魄离
散，汝筮予之。"

〔四一〕女丁妇壬：女，杭本作"夫"。左传：裨灶曰：火，水妃也。杜预
曰：火畏水，故谓之妃。又梓慎曰：水，火之牡也。杜预曰：牡，
雄也。洪云：丁，火也；壬，水也；火，女也；水，男也。丁女而为
妇于壬，故曰"女丁妇壬"。一作"夫丁妇壬"，亦通。夫丁者，
壬也，言壬为丁夫也。妇壬者，丁也，言丁为壬妇也。朱子曰：
按丁为阳中之阴，壬为阴中之阳，故言女之丁者，为妇于壬，以
见水火之相配。今术家亦言丁与壬合，洪氏二说皆是。

〔四二〕桃著花：记月令：仲春之月始雨水，桃始华。水衡记：黄河水十
二月各有名，二月三月名为桃花水。　骞：一作"骞"。

〔四三〕申酉：孙云：申七月，酉八月。水生于申，火死于酉，故水至申
而利，火至酉而怨。按：孙说申酉是也。以利怨分属水火，则
非。诗意谓乘火之衰，利于报怨耳。

〔四四〕扪舌：诗抑："莫扪朕舌。"

　　韩云：详此诗始言火势之盛，次则言祝融之御火，其下则水
火相克相济之说也。

　　樊云：从公学文者多矣，惟李习之得公之正，皇甫持正得公
之奇。持正尝语人曰：书之文，不奇；易，可谓奇矣。岂碍理伤圣
乎！如"龙战于野，其血玄黄"，"见豕负涂，载鬼一车"，"突如其
来如、焚如、死如、弃如"。此何等语也。今此诗"黑螭"、"五龙"、
"九鲲"等语，其与易"龙战于野"何异？

刘石龄云:公诗根柢全在经传。如易说卦:离为火;其于人也,为大腹。故于炎官热属,以颏胸垤腹拟诸其形容,非臆说也。又"彤幢"、"紫霩"、"日毂"、"霞车"、"虹鞘"、"豹"、"鞭"、"电光"、"赪目"等字,亦从"为日,为电"、"为甲胄,为戈兵"句化出,造语极奇,必有依据,以理考索,无不可解者。世儒于此篇,每以怪异目之,且以不可解置之。吁! 此亦未深求其故耳,岂真不可解哉?

【校 记】

①"左",原作"前",据楚辞章句补注改。

送李翱〔一〕

广州万里途〔二〕,山重江逶迤。行行何时到,谁能定归期? 揖我出门去〔三〕,颜色异恒时。虽云有追送〔四〕,足迹绝自兹。人生一世间,不自张与弛〔五〕。譬如浮江木,纵横岂自知? 宁怀别时苦,勿作别后思。

〔一〕王云:杨于陵为广州刺史,表翱佐其府。按:李翱来南录:"元和三年十月,翱既受岭南尚书公之命,四年正月己丑,自旌善第以妻子上船于漕。乙未去东都。韩退之、石濬川假舟送予。明日及故洛东,吊孟东野,遂以东野行。濬川自漕口先归。诘朝登上方,南望嵩山,题姓名记别。韩、孟别予西归。"此诗盖别时所作,以下诸诗皆元和四年作,是年六月改都官员外郎,守东都省。

〔二〕广州:新唐书地理志:广州南海郡中都督府,属岭南道。

〔三〕揖我:诗还:"揖我谓我好兮。"

〔　四　〕追送：江表传：刘备之自京还也，孙权乘飞云大船，与张昭等

共追送之。

〔　五　〕张弛：记杂记：张而不弛，文武弗能也；弛而不张，文武弗为

也；一张一弛，文武之道也。

和虞部卢四汀酬翰林钱七徽赤藤杖歌〔一〕

赤藤为杖世未窥，台郎始携自滇池〔二〕。滇王扫宫避使者〔三〕，
跪进再拜语喔咿〔四〕。绳桥柱过免倾堕〔五〕，性命造次蒙扶持。
途经百国皆莫识，君臣聚观逐旌麾。共传滇神出水献〔六〕，赤龙
拔须血淋漓〔七〕。又云羲和操火鞭〔八〕，暝到西极睡所遗。几重
包裹自题署〔九〕，不以珍怪夸荒夷。归来捧赠同舍子〔一〇〕，浮光
照手欲把疑〔一一〕。空堂昼眠倚牖户，飞电著壁搜蛟螭〔一二〕。南
宫清深禁闱密〔一三〕，唱和有类吹埙篪。妍辞丽句不可继，见寄
聊且慰分司〔一四〕。

〔　一　〕□云：卢汀，字云夫，贞元元年进士。新、旧史皆无传，以公集

中唱和诗考之，历虞部司门、库部郎中，迁中书舍人，为给事

中，其后不知其所终矣。旧唐书钱徽传：徽，字蔚章，吴郡人。

父起，大历中与韩翃、李端辈号"十才子"。徽贞元初进士擢

第，从事戎幕。元和初入朝，三迁祠部员外郎，召充翰林学士，

后终吏部尚书。齐民要术：椒藤，生金封山。其色赤，又出

兴古。

〔　二　〕台郎：晋书杜预传："吾往为台郎，尝以公事使过密县之邢山。"

王云：台郎，尚书郎也。　　滇池：滇，音颠。史记西南夷传：庄

蹻至滇池，地方三百里。常璩南中志：滇池县，故滇国也。有

泽水周回二百里,所出深广,下流浅狭如倒流,故曰滇池。

〔三〕滇王:史记西南夷传:滇王与汉使者言曰:"汉孰与我大?" 避使者:朱子曰:上言扫宫,则当为避舍之避。

〔四〕唱咿:唱,乙骨切。王云:夷语也。

〔五〕绳桥:水经注:犍为西北行,上高山,羊肠绳屈,或攀木而升,或绳索相牵而上,故袁休明巴蜀志云:高山嵯峨,岩石磊落。行者攀缘,牵援绳索。南中诸郡,以为至险。梁益记:笮桥,连竹索为之,亦名绳桥。

〔六〕滇神、献:南中志:滇池水神祠祀。

〔七〕赤龙:淮南墬形训:赤金千岁生赤龙,赤龙入藏生赤泉。 拔须:史记封禅书:龙髯拔堕。 血淋漓:神仙传:血出淋漓。

〔八〕羲和:杜甫诗:"羲和鞭白日。"

〔九〕包裹:传:其所包裹而致者。

〔一〇〕同舍子:汉书直不疑传:误将持其同舍郎金去。

〔一一〕浮光:扬雄太玄:五色浮光。照手:方云:蜀本作"照把欲手疑",云檀弓有"手弓",列子有"手剑",史记有"手旗",义同此。朱子曰:方说手义固为有据,然诸本云"照手欲把",则是未把之时光已照手,故欲把而疑之也。今云"照把",则是已把之矣,又欲手之而复疑之,何耶? 况公之诗冲口而出,自然奇伟,岂必崎岖偪仄,假此一字而后为工乎?

〔一二〕飞电:刘孺诗:"飞电远洲明。" 搜蛟螭:孙云:以杖倚户牖,飞电误以为蛟螭而搜索之,言其色赤也。顾嗣立曰:刘敬叔异苑:"陶侃常捕鱼,得一织梭,还挂著壁。有顷雷雨,梭变成赤龙,从屋而跃。"亦见晋书陶侃传。后汉书费长房传:"长房辞老翁归,翁与以竹杖,曰:骑此任所之,则自至矣,既至,可以杖投葛陂中也。<u>长房</u>乘杖，须臾归家，即以杖投陂，顾视则龙也。"公盖暗使此二事。

〔一三〕南宫、禁闱：<u>孙</u>云：南宫谓虞部，禁闱谓翰林。<u>方</u>云：南宫指<u>卢</u>，禁闱指<u>钱</u>也。

〔一四〕分司：<u>王</u>云：公时分司<u>东都</u>。

扪虱新话：<u>韩文公</u>尝作<u>赤藤杖歌</u>，<u>欧公</u>每每效其体，如作<u>凌溪大石</u>云："山经地志不可究，遂令异说争纷纭。皆云<u>女娲</u>初锻炼，融结一气凝精纯。仰观苍苍补其缺，染此绀碧莹且温。或疑古者<u>燧人氏</u>，钻以出火为炮燔。苟非圣人亲手迹，不尔孔穴谁雕剜？"又云："汉使把汉节，西北万里穷昆仑。行经于阗得宝玉，流入中国随河源。沙磨水激自穿穴，所以镌凿无瑕痕。"观其立意，故欲追仿<u>韩</u>作，然颇觉烦冗，不及<u>韩歌</u>为浑成尔。按：作诗各有兴会，<u>宋</u>人诗话往往固执。

同窦牟韦执中寻刘尊师不遇〔一〕

秦客何年驻？仙源此地深。还随蹑凫骑〔二〕，来访驭风襟〔三〕。院闭青霞入，松高老鹤寻。犹疑隐形坐〔四〕，敢起窃桃心。

〔一〕<u>方</u>云：此诗得于<u>五窦联珠集</u>，公时任都官员外郎，同<u>洛阳</u>令<u>窦牟</u>、<u>河南</u>令<u>韦执中</u>以访之，<u>元和</u>五年也。诗以同寻师为韵，人各一首。

〔二〕蹑凫：<u>后汉书方术传</u>：<u>王乔</u>，<u>河东</u>人也，<u>显宗</u>世为<u>叶</u>令。<u>乔</u>有神术，每月朔望，常自县诣台朝，帝怪其来数而不见车骑，密令太史伺望之。言其临至，辄有双凫从东南飞来。于是候凫至举罗张之,但得一只焉。

〔 三 〕驭风:庄子逍遥游:列子御风而行,泠然善也。

〔 四 〕隐形:后汉书方术传:解奴辜、张貂皆能隐沦出入,不由门户。
　　　神仙传:李仲甫能步诀隐形,初隐百日,一年复见形,后遂
　　　长隐。

桃源图〔一〕

神仙有无何眇芒〔二〕,桃源之说诚荒唐〔三〕。流水盘回三百转,
生绡数幅垂中堂。武陵太守好事者〔四〕,题封远寄南宫下〔五〕。
南宫先生欣得之,波涛入笔驱文辞〔六〕。文工画妙各臻极,异境
恍惚移于斯。架岩凿谷开宫室〔七〕,接屋连墙千万日〔八〕。嬴颠
刘蹶了不闻〔九〕,地坼天分非所恤〔一〇〕。种桃处处惟开花,川原
近远烝红霞〔一一〕。初来犹自念乡邑,岁久此地还成家。渔舟之
子来何所? 物色相猜更问语〔一二〕。大蛇中断丧前王〔一三〕,群马
南渡开新主〔一四〕。听终辞绝共凄然,自说经今六百年〔一五〕。当
时万事皆眼见,不知几许犹流传〔一六〕。争持酒食来相馈,礼数
不同樽俎异。月明伴宿玉堂空〔一七〕,骨冷魂清无梦寐。夜半金
鸡啁唽鸣〔一八〕,火轮飞出客心惊〔一九〕。人间有累不可住,依然
离别难为情。船开棹进一回顾,万里苍苍烟水暮。世俗宁知
伪与真,至今传者武陵人。

〔 一 〕陶潜桃花源记:晋太元中,武陵人捕鱼,缘溪行,忘路之远近。
　　　忽逢桃花林,夹岸数百步,芳草鲜美,落英缤纷。前行,便得一
　　　山。山有小口,便舍船,从口入。土地平旷,屋舍俨然,往来种

韩愈诗集编年笺注

306

作,悉如外人,黄发垂髫,并怡然自乐。见渔人,大惊,问所从来,具答之。要还家,设酒杀鸡作食。村中咸来问讯,自云:"先世避秦来此,乃不知汉,无论魏、晋。"停数日,辞去。诣太守,说如此。即遣人随其往,遂迷,不复得路。按:此诗不可考其年月,因前诗有"秦客桃源"之语,故附之。大抵乃题画之作也,且所云南宫先生,或卢汀,亦未可知。

〔 二 〕眇芒:一作"渺茫"。

〔 三 〕荒唐:庄子天下篇:荒唐之言。

〔 四 〕武陵:新唐书地理志:朗州武陵郡,属山南东道。好事:汉书扬雄传:家素贫,嗜酒,时有好事者,载酒肴从学。

〔 五 〕题封:晋书顾恺之传:恺之尝以一厨画糊题其前,寄桓灵宝。桓乃发其厨后,窃取画而缄闭如旧,以还之。恺之见题封如初,但失其画,直云:"妙画通灵,变化而去。"南宫:后汉书郑弘传:弘前后所陈有补益王政者,皆著之南宫,以为故事。

〔 六 〕波涛:江总诗:"飞文绮縠采,落纸波涛流。"

〔 七 〕架岩凿谷:水经注:凿石开山,因崖结构。

〔 八 〕接屋:扬雄逐贫赋:"居非近邻,接屋连家。"

〔 九 〕嬴颠刘蹶:按:此谓记中先世避秦,而秦已亡,不知有汉,而汉亦尽矣。同为颠蹶,时代屡更耳。

〔一〇〕地坼天分:史记天官书:天开县物,地动坼绝。

〔一一〕近远:一作"远近"。 烝红霞:河图:昆仑山有五色水,赤水之气上烝为霞。

〔一二〕物色:列仙传:关令尹喜知真人当过,物色而遮之,果得老子。

〔一三〕大蛇中断:史记高祖本纪:高祖被酒,夜径泽中,前有大蛇当径,乃拔剑击斩蛇,蛇遂分为两。

〔一四〕群马南渡：晋书元帝纪：大安之际，童谣云："五马浮渡江，一马化为龙。"帝与西阳、汝南、南顿、彭城五王获济，而帝竟登大位焉。

〔一五〕六百年：顾嗣立曰：晋书元帝纪：始秦时，望气者云："五百年后，金陵有天子气。"故始皇东游以厌之。及元帝渡江，乃五百二十六年，真人之应在于此矣。按：元帝建武至武帝太元，又已六十年，曰六百者，举成数也。

〔一六〕几许：陶潜诗："前途当几许。"

〔一七〕玉堂：刘向九叹："紫贝阙兮玉堂。"

〔一八〕金鸡：神异经：扶桑山有玉鸡，玉鸡鸣则金鸡鸣，金鸡鸣则石鸡鸣，石鸡鸣则天下之鸡皆鸣。喝唶：喝，音嘲。唶，陟辖切，又陟颊切。宋玉九辩："鹍鸡喝唶而悲鸣。"

〔一九〕火轮：列子汤问篇：日初出，大如车轮。及日中，则如盘盂。

洪云：渊明叙桃源，初无神仙之说，梁任安为武陵记，亦祖述其语耳。后人不深考，因谓秦人至晋犹不死，遂以为地仙。洪驹父云：荆公桃源行、东坡和桃源诗，皆得之王摩诘、退之、刘梦得诸人，以为神仙，皆非是。按：起结四语未尝以为神仙，朱子考异亦未尝议之。称誉苏诗，苏但偶未及耳。若如小孤山神、陈尧叟有七绝，辨非女子，而坡诗方且有"小姑嫁彭郎"语，何尝于桃源有心正论耶？正人心，辟邪说，不在于此，是亦不得不辨。

送湖南李正字归〔一〕

长沙入楚深，洞庭值秋晚。人随鸿雁少〔二〕，江共蒹葭远。历历余所经〔三〕，悠悠子当返。孤游怀耿介〔四〕，旅宿梦婉娩〔五〕。风土稍殊音,鱼虾日异饭。亲交俱在此[六],谁与同息偃[七]?

〔一〕按:公集有送湖南李正字序,其略云:贞元中,愈从太傅陇西公平汴州,李生之尊甫以侍御史管汴之盐铁。李生则尚与其弟学读书,习文辞,以举进士为业,故得交于李生父子间。今愈以都官郎守东都省,侍御自衡州刺史为亲王长史,亦留此掌其府事。李生自湖南从事请告来觐。重李生之还者皆为诗,愈最故,故又为序云。方云:李础,其父仁钧。

〔二〕鸿雁少:埤雅:今衡山之旁有峰,曰回雁。盖南地极燠,故雁望衡山而止。

〔三〕余所经:□云:公贞元十九年出为阳山,已而徙据江陵,入为国子博士,湖南之地盖尝经行矣。

〔四〕耿介:潘岳秋兴赋:"宵耿介而不寐兮。"

〔五〕婉娩:记内则:婉娩听从。注:婉谓言语也,娩之言媚也,谓容貌也。广韵:婉娩,媚也。按:礼记"婉娩"本言女子,而此诗及赠元十八诗往往用之,亦犹"婉娈",本训少好也。陆机诗云"婉娈居人思","婉娈昆山云"亦然。

〔六〕亲交:按:序又云:"于时太傅府之士,惟愈与河南司录周君巢独存,其外则李氏父子,相与为四人。往时侍御有无皆尽于亲友,今又不忍其三族之寒饥,聚而馆之,疏远毕至。"是其亲交俱在河南也。

〔七〕息偃:诗北山:"或息偃在床。"

送侯参谋赴河中幕 原注:侯继时从王锷辟。[一]

忆昔初及第[二],各以少年称。君颐始生须[三],我齿清如冰[四]。

尔时心气壮,百事谓己能。一别讵几何〔五〕?忽如隔晨兴。我
齿豁可鄙,君颜老可憎。相逢风尘中,相视迭嗟矜。幸同学省
官〔六〕,末路再得朋〔七〕。东司绝教授〔八〕,游宴以为恒。秋渔荫
密树,夜博然明灯。雪径抵樵叟〔九〕,风廊折谈僧。陆浑桃花
间,有汤沸如烝〔一〇〕。三月崧少步〔一一〕,踯躅红千层。洲沙厌
晚坐,岭壁穷晨升。沈冥不计日,为乐不可胜。迁满一已异,
乖离坐难凭。行行事结束,人马何蹻腾〔一二〕。感激生胆
勇〔一三〕,从军岂常曾?洸洸司徒公〔一四〕,天子爪与肱。提师十
万馀,四海钦风稜〔一五〕。河北兵未进,蔡州帅新薨〔一六〕。曷不
请扫除,活彼黎与烝〔一七〕?鄙夫诚怯弱,受恩愧徒弘。犹思脱
儒冠〔十八〕,弃死取先登〔一九〕。又欲面言事,上书求诏征。侵官
固非是〔二〇〕,妄作谴可惩。惟当待责免,耕劚归沟塍〔二一〕。今
君得所附,势若脱韝鹰〔二二〕。檄笔无与让,幕谋识其膺。收迹
开史牒,翰飞逐溟鹏。男儿贵立事〔二三〕,流景不可乘。岁老阴
沴作〔二四〕,云颓雪翻崩。别袖拂洛水,征车转崤陵〔二五〕。勤勤
酒不进〔二六〕,勉勉恨已仍〔二七〕。送君出门归,愁肠若牵绳。默
坐念语笑,痴如遇寒蝇〔二八〕。策马谁可适?晤言谁为应〔二九〕?
席尘惜不扫〔三〇〕,残樽对空凝。信知后会时,日月屡环缯〔三一〕。
生期理行役,欢绪绝难承。寄书惟在频,无吝简与缯〔三二〕。

〔一〕新唐书地理志:河中府河东郡,赤,本蒲州,上辅。开元八年,
　　置中都,为府。是年罢都复为州。乾元三年,复为府。属河东
　　道。旧唐书宪宗纪:元和三年九月,以淮南节度使王锷检校司
　　徒、河南尹、河中晋绛慈隰节度使。

〔 二 〕及第:韩云:贞元八年,继与公同登进士第。

〔 三 〕颐生须:释名:颐下曰须。须,秀也,物成乃秀,人成而须生也。亦取须体干长而后生也。

〔 四 〕清如冰:鲍照诗:"直如朱丝绳,清如玉壶冰。"

〔 五 〕讵几何:方云:字林:"讵,未知词也。"潘岳诗:"尔祭讵几时?"

〔 六 〕学省官:□云:公元和四年后三月祭薛助教文云:"朝议郎守国子博士韩愈,太学助教侯继。"

〔 七 〕得朋:易坤卦:西南得朋。

〔 八 〕东司:新唐书韩愈传:元和初,权知国子博士分司东都,三岁为真。

〔 九 〕抵樵叟:王云:"抵"或作"诋","樵"或作"讲",皆非是,此但言偶逢之耳。

〔一〇〕有汤:水经注:陆浑县西有伏流,北与温泉水合。

〔一一〕崧少步:水经注:尔雅:山大而高曰崧。合而言之为崧高,分而名之为二室,西南为少室,东北为太室。公外集嵩山天封宫题名云:"元和四年三月二十六日,与著作佐郎樊宗师、处士卢仝,自洛中至少室,谒李征君渤。明日,遂与李、卢、道士韦濛、僧荣并少室而东,抵众寺,上太室中峰,宿封禅坛下石室,遂自龙泉寺钓潭水,遇雷。明日观启母石,入此观,乃归。闰月三日国子博士韩愈题。"

〔一二〕蹻腾:诗泮水:"其马蹻蹻。"

〔一三〕胆勇:南史宗悫传:义恭举悫有胆勇。

〔一四〕洸洸:音光。诗江汉:"武夫洸洸。"尔雅释训:洸洸,武也。司徒公:□云:谓王锷。

〔一五〕风棱:汉书李广传:"威棱憺乎邻国。"李奇曰:"神灵之威曰稜。"

〔一六〕河北、蔡州：新唐书宪宗纪：元和四年十月，成德军节度使王承
宗反。左神策军护军中尉吐突承璀为镇州行营兵马招讨处置
使，以讨之。十一月，彰义军节度使吴少诚卒，其弟少阳自称
留后。

〔一七〕黎烝：司马相如封禅文：觉悟黎烝。

〔一八〕儒冠：史记郦食其传：沛公不好儒，诸客冠儒冠来者，辄解其
冠，溲溺其中。

〔一九〕先登：左传：颍考叔取郑伯之旗蝥弧，以先登。

〔二〇〕侵官：左传：侵官，冒也；失官，慢也。

〔二一〕沟塍：塍乘，平声。周礼地官遂人："十夫有沟。"说文：塍，稻中
畦也。

〔二二〕脱鞲鹰：鞲，音沟。鲍照乐府："昔如鞲上鹰。"

〔二三〕立事：书立政："继自今，我其立政立事。"

〔二四〕阴沴：沴，音戾，又音珍。庄子大宗师篇：阴阳之气有沴。

〔二五〕崤陵：左传：崤有二陵焉。

〔二六〕勤勤：司马迁报任安书："意气勤勤恳恳。"

〔二七〕勉勉：诗棫朴："勉勉我王。"

〔二八〕遇寒蝇：张鷟朝野佥载：苏味道才高识广，王方庆质卑辞钝，俱
为凤阁舍人，张元一曰："苏九月得霜鹰，王十月被冻蝇。"

〔二九〕晤言：诗东门之池："可与晤言。"笺：晤犹对也。

〔三〇〕席尘：鲍照诗："床席生尘明镜垢。"

〔三一〕环绲：绲，居登切。王云：环，循环。绲，大索，又急也。顾嗣立
曰：屈原九歌："绲瑟兮交鼓。"王逸曰：绲，急张弦也。诗天保：
"如月之恒。"陆德明经典释文："恒"亦作"绲"，同弦也。

感春五首 原注:分司东都作。^[一]

辛夷高花最先开^[二],青天露坐始此回^[三]。已呼孺人戛鸣瑟,
更遣稚子传清杯^[四]。选壮军兴不为用^[五],坐狂朝论无由陪。
如今到死得闲处,还有诗赋歌康哉^[六]。

洛阳东风几时来,川波岸柳春全回。宫门一锁不复启^[七],虽有
九陌无尘埃^[八]。策马上桥朝日出,楼阙赤白正崔嵬。孤吟屡
阕莫与和,寸恨至短谁能裁?

春田可耕时已催,王师北讨何当回^[九]?放车载草农事济^[一〇],
战马苦饥谁念哉?蔡州纳节旧将死^[一一],起居谏议联翩
来^[一二]。朝廷未省有遗策,肯不垂意瓶与罍^[一三]。

前随杜尹拜表回^[一四],笑言溢口何欢哈^[一五]?孔丞别我适临
汝^[一六],风骨峭峻遗尘埃^[一七]。音容不接只隔夜,凶讣讵可相
寻来^[一八]。天公高居鬼神恶^[一九],欲保性命诚难哉!

辛夷花房忽全开^[二〇],将衰正盛须频来。清晨辉辉烛霞日,薄
暮耿耿和烟埃。朝明夕暗已足叹,况乃满地成摧颓。迎繁送
谢别有意,谁肯留念少环回?

〔一〕按:洪谱:公以元和四年六月十日由国子博士改都官员外郎守
　　　东都省,五年授河南县令。此诗作于五年之春。注云:分司东
　　　都,尚未为令也。

〔二〕辛夷:洪云:辛夷树高数丈,江南地暖,正月开,北地寒,二月
　　　开。初发如笔,北人呼为木笔。其花最早,南人呼为迎春。苞

溪诗话:木笔、迎春,自此两种。木笔色紫,丛生,二月方开;迎春,白色,高树,立春已开,然则辛夷乃此花耳。高花:或作"花高"。方云:以末章"辛夷花房忽全开"言之,则此为高处之花先开矣。何逊诗有"岩树落高花"。

〔三〕始此回:汉古八变歌:"故乡不可见,长望始此回。"

〔四〕孺人、稚子:记曲礼:大夫妻曰孺人。江淹恨赋:"左对孺人,右顾稚子。" 戞瑟、传杯:江淹四时赋:"轸琴情动,戞瑟涕落。"杜甫诗:"传杯莫放杯。"

〔五〕不为用:□云:宪宗即位五年,平夏平蜀,军江东,赫然中兴,而公年逾强仕,投闲分司,故有此言。

〔六〕康哉:书益稷:"庶事康哉!"

〔七〕宫门、锁:王云:唐都长安,以洛阳为东都,故有"宫门一锁"之句。宫门不启,故九陌无往来之尘埃也。杜甫诗:"江头宫殿锁千门,细柳新蒲为谁绿?"按:新唐书地理志:"东都,隋置,贞观六年号洛阳宫。皇城象南宫垣,名曰太微城。宫城在皇城北,曰紫微城。武后号太初宫。上阳宫在禁苑之东,上元中置。高宗之季,常居以听政。自天宝以后不幸东都。"白香山、杜牧之、李义山皆有诗言其冷落。

〔八〕九陌:按:三辅黄图:"长安八街九陌。"想东都亦仿其制也。

〔九〕北讨:□云:谓讨王承宗也。

〔一〇〕放车载草:按:新唐书房式传:"式迁陕虢观察使,改河南尹。会讨王承宗镇州,索饷车四十乘,民不能具,式建言岁凶人劳,不任调发。又御史元微之亦言贼未擒而河南民先困。诏可,都鄙安之。"公诗盖指此事,念农事之济,而复念战卒之饥。

〔一一〕蔡州旧将:旧唐书吴少诚传:少诚,幽州人。朝廷授以申光蔡等州节度。贞元十五年，擅出兵围许州，下诏削夺官爵，分遣十六道兵马进讨，王师累挫。少诚寻引兵退归蔡州，遂下诏洗雪，复其官爵。元和四年十一月卒。

〔一二〕起居谏议：孙云：裴度以河南府功曹召为起居舍人，孟简、孔戣皆为谏议大夫。

〔一三〕瓶罍：孙云：公自喻也。

〔一四〕杜尹：旧唐书杜兼传：兼，京兆人。元和初，拜河南尹。

〔一五〕欢咍：咍，呼来切。屈原九章："又众兆之所咍。"

〔一六〕孔丞：公集孔戣墓志：戣，字君胜，除卫尉丞，分司东都。

〔一七〕峭峻：一作"峭峭"。

〔一八〕凶讣：公集杜兼墓志：元和四年十一月二十二日，无疾暴薨。又孔戣墓志：元和五年正月，将浴临汝之汤泉，壬子，至其县食，遂卒。

〔一九〕天公：汉书王莽传："吾天公使也。" 高居：杜甫诗："上帝高居绛节朝。"

〔二〇〕全开：韩云：末篇言辛夷花之盛如此。元微之有问韩员外辛夷花云："韩员外家好辛夷，开时乞取两三枝。折枝为赠君莫惜，纵君不折风亦吹。"岂即此耶！

韩昌黎诗集编年笺注卷七

卷七凡二十七首,起元和五年春守都官员外郎为河南令,迄六年并尚书职方员外郎还京师。辛卯年雪以上五年作,以下六年作。

送郑十校理〔一〕

相公倦台鼎〔二〕,分正新邑洛〔三〕。才子富文华,校雠天禄阁〔四〕。寿觞嘉节过,归骑春衫薄。鸟唴正交加,杨花共纷泊。亲交谁不羡,去去翔寥廓〔五〕。

〔 一 〕旧唐书郑馀庆传:子瀚,本名涵,以文宗藩邸时名同,改名瀚。
　　　　贞元十年举进士,以父谪官,累年不仕。自秘书省校书郎迁洛
　　　　阳尉,充集贤院修撰,改长安尉、集贤校理。按:送郑十校理序
　　　　云:"天子聚书集贤殿,常以宠丞相为大学士,校理则用天下之
　　　　名能文学者。四年郑生涵,始以长安尉选为校理。愈为郎于
　　　　都官,事相公于居守。生始进仕,求告来宁,东都士大夫不得
　　　　见其面,于其行日,分司吏与留守之从事,载酒肴席鼎门外,盛

317

宾客以饯之。各为诗五韵，且属愈为序。"公为都官，元和四年
六月。诗中言为春景，盖五年作。五年改河南令，是在未改
之先。

〔二〕台鼎：北史杨椿传：椿津年过六十，并登台鼎。

〔三〕新邑洛：书多士：周公初于新邑洛，用告商王士。

〔四〕校雠：后汉书蔡伦传：选通儒，诣东观各雠校汉家法。天禄阁：
　　　三辅皇图："天禄阁，藏典籍之所。"

〔五〕翔寥廓：汉书司马相如传："犹焦明已翔乎寥廓。"

河南令舍池台〔一〕

灌池才盈五六丈，筑台不过七八尺。欲将层级压篱落，未许波
澜量斗硕〔二〕。规摹虽巧何足夸，景趣不远真可惜。长令人吏
远趋走〔三〕，已有蛙黾助狼藉〔四〕。

〔一〕新唐书韩愈传：元和初，权知国子博士，分司东都，三岁为真，
　　　改都官员外郎，即拜河南令。按：以下诸诗为河南令作。

〔二〕斗硕：硕，古石字。神异经：西南大荒中有人，知河海水斗斛，
　　　识山石多少。

〔三〕人吏：南史庾于陵传：除东阳遂安令，为人吏所称。

318　〔四〕蛙黾：越语：鼋鼍鱼鳖之与藉，而蛙黾之与同陼。狼藉：史记滑
　　　稽传：杯盘狼藉。方云：藉从艹。说文曰："草不编，狼藉。"今
　　　本从竹。汉书陆贾："声名藉甚。"孟康曰："狼藉甚盛。"盖古字
　　　如"藉田"，皆只作"藉"。而从艹从竹，则沿义以生。此当以
　　　"藉"为正。

池上絮

池上无风有落晖，杨花晴后自飞飞。为将纤质凌清镜，湿却无穷不得归。

盆池五首

老翁真箇似童儿，汲水埋盆作小池。一夜青蛙鸣到晓^{〔一〕}，恰如方口钓鱼时。

莫道盆池作不成，藕梢初种已齐生^{〔二〕}。从今有雨君须记，来听萧萧打叶声。

瓦沼晨朝水自清，小虫无数不知名。忽然分散无踪影，惟有鱼儿作队行^{〔三〕}。

泥盆浅小讵成池，夜半青蛙圣得知^{〔四〕}。一听暗来将伴侣，不烦鸣唤斗雄雌。

池光天影共青青，拍岸才添水数瓶。且待夜深明月去，试看涵泳几多星^{〔五〕}。

（一）蛙鸣：<u>南史孔珪传</u>：门庭之内，草莱不翦，中有蛙鸣。或问之曰："欲为<u>陈蕃</u>乎？"<u>珪</u>笑答曰："我以当两部鼓吹。"

（二）藕梢：<u>尔雅释草</u>：荷，芙渠，其根藕。

（三）鱼儿：<u>岭表录异</u>：丘中贮水，即先买鲩鱼子散于田内，一二年后鱼儿长大。

（四）圣得：<u>说文</u>：圣，通也。按："圣得"难解，或<u>唐</u>方言，大抵如<u>杜</u>"遮莫"、<u>白</u>"格是"之类颇多。<u>新书</u>中又有实录人语，不能改文者，皆方言也。扬雄方言一书甚有功，惜后世无为之者，遂致世说新语中多不可晓。而梁人刘峻之善注者，亦惟有置之不论矣。

〔五〕涵泳：左思吴都赋："涵泳乎其中。"

刘贡父诗话：退之古诗高卓，至律诗虽可称善，要有不工者，"老翁真箇似童儿"，直谐戏语耳。或云：盆池诗有天工，如"拍岸才添水数瓶"、"一夜青蛙鸣到晓"，非意到不能作也。

按：刘与或两说，一言正，一言变也。大历以上皆正宗，元和以下多变调。然变不自元和，杜工部早已开之，至韩、孟好异专宗，如北调曲子，拗峭中见姿制，亦避熟取生之趣也。元、白、刘中山、杜牧之辈，不得其拗峭，而惟取其姿制，又成一格。

送石处士赴河阳幕原注：得起字。〔一〕

长把种树书〔二〕，人云避世士〔三〕。忽骑将军马，自号报恩子。风云入壮怀，泉石别幽耳。钜鹿师欲老，常山险犹恃〔四〕。岂惟彼相忧？固是吾徒耻。去去事方急，酒行可以起。

〔一〕按：石洪墓志："洪，字濬川，能力学行，退处东都洛上十馀年。河阳节度乌重胤以币走庐下，为佐河阳军。"又送石处士序云："河阳节度使大夫乌公为节度之三月，求士于从事之贤者，有荐石先生者。先生告行于常所来往，东都之人士各为歌诗六韵，愈为之序。"□云：元和五年四月，诏用乌公为河阳节度。其曰"节度之三月"，则是岁六七月间也。

〔二〕种树书：史记秦始皇纪：所不去者，医药、卜筮、种树之书。

韩愈诗集编年笺注

〔　三　〕避世士：何承天乐府："古有避世士，抗志青霄岑。"

〔　四　〕钜鹿、常山：新唐书地理志：邢州钜鹿郡，镇州常山郡，皆属河北道。旧唐书宪宗纪：元和四年，王承宗反，诏中人吐突承璀讨之，无功。五年六月，诏洗王承宗，复其官爵。

招杨之罘一首〔一〕

柏生两石间，万岁终不大。野马不识人，难以驾车盖〔二〕。柏移就平地，马羁入厩中。马思自由悲，柏有伤根容〔三〕。伤根柏不死，千丈日以至。马悲罢还乐，振迅矜鞍辔〔四〕。之罘南山来，文字得我惊。馆置使读书，日有求归声。我令之罘归，失得柏与马〔五〕。之罘别我去，计出柏马下。我自之罘归，入门思而悲。之罘别我去，能不思我为？洒扫县中居，引水经竹间。嚣哗所不及，何异山中闲？前陈百家书〔六〕，食有肉与鱼〔七〕。先王遗文章，缀缉实在余〔八〕。礼称独学陋〔九〕，易贵不远复〔一〇〕。作诗招之罘，晨夕抱饥渴。

〔　一　〕方云：之罘元和十一年进士，阁本作"之杲"，或作"录之"，字讹也。□云：公为河南令，之罘自山中来，从公问学。公惜其归，以诗招之。

〔　二　〕车盖：释名：车盖在上，盖覆人也。

〔　三　〕伤根：汉古诗："采葵莫伤根，伤根葵不生。"

〔　四　〕振迅：鲍照舞鹤赋："振迅腾摧。"

〔　五　〕失得：朱子曰：失得之计，观于柏马可见耳。

〔　六　〕百家书：夏侯湛抵疑：颇窥六经之文，览百家之学。

〔　七　〕有肉与鱼：史记孟尝君传：冯驩弹其剑而歌曰："长铗归来乎，

321

食无鱼!"孟尝君迁之幸舍,食有鱼矣。

〔八〕缀缉:任昉王文宪集序:"缀缉遗文,永贻世范。"

〔九〕独学陋:学记:独学而无友,则孤陋而寡闻。

〔一〇〕不远复:易复卦:初九,不远复,无祗悔,元吉,象曰:不远之复,
以修身也。

　　□云:时之罘犹未第,故公以诗招之,有柏马之喻。而后之
工画者,遂作为柏石图。陈季常家藏之。苏内翰作诗为之铭曰:
"柏生两石间,天命本如此。"又云:"韩子俯仰人,但爱平地美。"
又云:"君看此槎牙,岂有可移理?"原公诗意,盖以喻之罘游从问
学以成其才。故其下有"独学陋"、"不远复"之语,非谓以利迁
也。若既槎牙而后移,则所谓时过而后学矣,览者无以为异。

　　按:此说不但失韩诗,并失苏诗,苏非驳韩,别有寄托耳。

燕河南府秀才 自注:得生字。〔一〕

吾皇绍祖烈,天下再太平。诏下诸郡国,岁贡乡曲英。元和五
年冬,房公尹东京〔二〕。功曹上言公,是月当登名。乃选二十
县,试官得鸿生〔三〕。群儒负己材,相贺简择精。怒起簸羽翮,
引吭吐铿轰〔四〕。此都自周公〔五〕,文章继名声。自非绝殊尤,
难使耳目惊。今者遭震薄,不能出声鸣。鄙夫忝县尹,愧慄难
为情。惟求文章写,不敢妒与争。还家劳妻儿,具此煎炰烹。
柿红蒲萄紫,肴果相扶檠〔六〕。芳茶出蜀门〔七〕,好酒浓且清。
何能充欢燕?庶以露厥诚。昨闻诏书下,权公作邦桢〔八〕。文
人得其职,文道当大行。阴风搅短日,冷雨涩不晴。勉哉戒徒

驭,家国迟子荣〔九〕。

〔一〕新唐书地理志:河南府河南郡,本洛州,开元二年为府,领县二十。按:新唐书选举志:"唐制,取士之科,多因隋旧。然其大要有三:由学馆者曰生徒,由州县者曰乡贡,皆升于有司而进退之。其科之目有秀才,有明经,有俊士,有进士,有明法,有明孝,有明算,此岁举之常选也。每岁仲冬,州县馆监举其成者,选之尚书省。而选举不繇馆学者,谓之乡贡,皆怀牒自列于州县。试已,长吏以乡饮酒礼令属僚设宾主,陈俎豆,备管弦,牲用少牢,歌鹿鸣之诗,因与耆艾序长少焉。既至省,由户部集阅,而关于考功员外郎试之。凡秀才,试方略策五道,以文理粗通为上上、上中、上下、中上,凡四等,为及第云。其教人取士著于令者,大略如此。"河南府秀才盖由州县升者,所谓乡贡也。时元和五年仲冬,公为河南令而举燕礼,故作此诗。

〔二〕房公:旧唐书宪宗纪:元和四年十一月,河南尹杜兼卒。十二月,以陕虢观察使房式为河南尹。

〔三〕鸿生:扬雄羽猎赋:"于兹乎鸿生钜儒。"

〔四〕引吭:吭,下浪切,又音刚。尔雅释鸟:亢,鸟咙。 铿轰:广韵:铿锵,金石声;铿鍧,钟鼓声相杂也。轰,群车声。

〔五〕周公:史记鲁世家:周公营成周雒邑,遂国之。

〔六〕檠:一作"擎"。

〔七〕芳荼:荼,音徒,一作"茶"。尔雅释木:槚,苦荼。张载登成都白菟楼诗:"芳荼冠六清。"

〔八〕权公:新唐书宪宗纪:五年九月丙寅,太常卿权德舆为礼部尚书、同中书门下平章事。邦桢:诗文王:"王国克生,维周之桢。"

323

〔九〕迟：直利切。

学诸进士作精卫衔石填海〔一〕

鸟有偿冤者〔二〕，终年抱寸诚。口衔山石细，心望海波平。渺渺功难见，区区命已轻。人皆讥造次，我独赏专精〔三〕。岂计休无日？惟应尽此生。何惭刺客传〔四〕？不著报仇名。

〔一〕北山经：发鸠之山有鸟焉，其状如乌，文首白喙赤足，名曰精
卫，其鸣自詨。是炎帝之少女，名曰女娃。游于东海，溺而不
返，故为精卫。常衔西山之木石以堙于东海。按：诗类载此题
为省试诗，盖河南试士，而公为河南令主燕礼时效之也。

〔二〕偿冤：崔融嵩山碑：精卫衔木而偿冤。

〔三〕专精：淮南览冥训：专精厉意，上通九天。

〔四〕刺客传：太史公自序：曹子匕首，鲁获其田，齐明其信，豫让义
不为二心。作刺客列传。

月蚀诗效玉川子作〔一〕

元和庚寅斗插子〔二〕，月十四日三更中。森森万木夜僵立〔三〕，寒气屭奰顽无风〔四〕。月形如白盘〔五〕，完完上天东。忽然有物来啖之，不知是何虫。如何至神物，遭此狼狈凶〔六〕。星如撒沙出，攒集争强雄。油灯不照席〔七〕，是夕吐焰如长虹。玉川子涕泗，下中庭独行。念此日月者，为天之眼睛。此犹不自保，吾道何由行？尝闻古老言〔八〕，疑是虾蟆精〔九〕。径圆千里纳女腹〔一〇〕，何处养女百丑形？杷沙脚手钝〔一一〕，谁使女解缘青冥？

黄帝有四目〔一二〕，帝舜重其明〔一三〕。今天只两目，何故许食使偏盲〔一四〕？尧呼大水浸十日〔一五〕，不惜万国赤子鱼头生〔一六〕。女于此时若食日，虽食八九无嚄名〔一七〕。赤龙黑乌烧口热〔一八〕，翎鬣倒侧相搪撑〔一九〕。婪酣大肚遭一饱〔二〇〕，饥肠彻死无由鸣。后时食月罪当死，天罗磕帀何处逃女刑〔二一〕？玉川子立于庭而言曰：地行贱臣仝，再拜敢告上天公。臣有一寸刃，可刳凶蟆肠。无梯可上天，天阶无由有臣踪。寄笺东南风，天门西北祈风通〔二二〕。丁宁附耳莫漏泄〔二三〕，薄命正值飞廉㤹。东方青色龙〔二四〕，牙角何呀呀〔二五〕？从官百馀座〔二六〕，嚼啜烦官家〔二七〕。月蚀汝不知，安用为龙窟天河？赤乌司南方〔二八〕，尾秃翅觰沙〔二九〕。月蚀于汝头，汝口开呀呀。虾蟆掠汝两吻过〔三〇〕，忍学省事不以汝觜啄虾蟆。於菟蹲于西〔三一〕，旗旄卫㲚毷〔三二〕。既从白帝祠〔三三〕，又食于褅礿有加〔三四〕。忍令月被恶物食，枉于汝口插齿牙〔三五〕。乌龟怯奸怕寒，缩颈以壳自遮〔三六〕。终令夸蛾抉女出，卜师烧锥钻灼满板如星罗〔三七〕。此外内外官〔三八〕，琐细不足科〔三九〕。臣请悉扫除，慎勿许语令啾哗。并光全耀归我月，盲眼镜净无纤瑕。弊蛙拘送主府官〔四〇〕，帝箸下腹尝其皤〔四一〕。依前使兔操杵臼〔四二〕，玉阶桂树闲婆娑〔四三〕。恒娥还宫室〔四四〕，太阳有室家〔四五〕。天虽高，耳属地〔四六〕。感臣赤心，使臣知意〔四七〕。虽无明言，潜喻厥旨。有气有形，皆吾赤子。虽忿大伤，忍杀孩稚。还女月明，安行于次。尽释众罪，以蛙磔死。

〔一〕新唐书卢仝传：仝居东都，愈为河南令，爱其诗，厚礼之。仝自号<u>玉川子</u>,尝为<u>月蚀</u>诗,以讥切<u>元和</u>逆党,<u>愈</u>称其工。

〔二〕斗插子:<u>淮南时则训</u>:仲冬之月,招摇指子。注:招摇,北斗第
　　　　七星。□云:此<u>元和</u>五年十一月十四日夜也。

〔三〕僵立:<u>汉书五行志</u>:<u>哀帝建平</u>三年,<u>零陵</u>有树僵地。三月,树卒
　　　　自立故处。

〔四〕屃赑:屃,虚器切。赑,平秘切。一作"赑屃",或作"屃赑"。<u>诗
　　　　荡</u>:"内赑于中国。"传:赑,怒也。<u>张衡西京赋</u>:"巨灵赑屃。"

〔五〕白盘:<u>李白</u>诗:"少时不识月,唤作白玉盘。"

〔六〕狼狈:<u>后汉书崔烈传</u>:狼狈而走。<u>酉阳杂俎</u>:狼狈是两物,狈前
　　　　足绝短,每行常驾于狼腿上,狈失狼则不能动,故世言事乖者
　　　　称狼狈。

〔七〕油灯:古乐府<u>读曲歌</u>:"燃灯不下炷,有油那得明?"

〔八〕古老:<u>水经注</u>:古老传言。

〔九〕虾蟆:<u>史记龟策传</u>:日为德而君于天下,辱于三足之乌。月为
　　　　刑而相佐,见食于虾蟆。

〔一〇〕径圆千里:<u>白虎通</u>:日月径千里。<u>徐整长历</u>:月径千里,周围三
　　　　千里。

〔一一〕杷沙:杷,或作"爬",音义同。<u>王</u>云:行貌。

〔一二〕黄帝四目:<u>方</u>云:<u>帝王世纪</u>谓<u>黄帝</u>用<u>力牧</u>、<u>常先</u>等分掌四方,各
　　　　如己视,故号<u>黄帝</u>四目。一曰:<u>李贤后汉书注</u>:汉人书"黄"多
　　　　作"皇","皇"字亦通。按:<u>黄帝</u>四目,盖如<u>虞书舜典</u>所云"明四
　　　　目,达四聪"也。

〔一三〕重明:<u>淮南修务训</u>:<u>舜</u>二瞳子,是谓重明。

〔一四〕偏盲:<u>吕览明理篇</u>:其日有薄蚀,有偏盲。

〔一五〕十日:<u>淮南本经训</u>:<u>尧</u>时十日并出。

〔一六〕鱼头生：李膺益州记云：邛都县有一老姥，每食，辄有小蛇头上
　　　　戴角在床间。姥怜之，饴之，后长丈馀，吸杀县令骏马。令掘
　　　　地求蛇，无所见，迁怒杀姥。此后雷风四十五日，百姓相见，咸
　　　　惊语："汝头那忽戴鱼？"是夜俱陷为河。

〔一七〕食八九：司马相如子虚赋："吞若云梦者八九。"嚂：徂衔切，或
　　　　作"馋"。说文：小啜也，一作"馋"。

〔一八〕赤龙黑鸟：按：赤龙，日驭也。九歌东君章："驾龙辀兮乘雷。"
　　　　李贺诗："啾啾赤帝骑龙来。"王云：黑鸟未详。或谓日中三足
　　　　乌也。鸟，一作"乌"。

〔一九〕搪撑：搪，音唐。□云：搪，突。撑，拄也。

〔二〇〕婪醋：婪，卢含切，与"惏"同。离骚："众皆竞进以贪婪兮。"注：
　　　　爱财曰贪，爱食曰婪。大肚：北史齐文宣帝纪：以杨愔体肥，呼
　　　　为杨大肚。

〔二一〕天罗：陈书高祖纪：回兹地轴，抗此天罗。磕帀：一作"匃帀"，
　　　　又作"圖帀"。王云：磕帀者，周帀也。女：或无"女"字。

〔二二〕西北：易说卦：乾，西北之卦也。

〔二三〕丁宁：汉书谷永传：以丁宁陛下。附耳：汉书韩信传：张良、陈
　　　　平蹑汉王足，因附耳语。漏泄：左传："言语漏泄，职女之由。"

〔二四〕青龙：淮南天文训：东方，木也，其兽苍龙。南方，火也，其兽朱
　　　　鸟。西方，金也，其兽白虎。北方，水也，其兽玄武。

〔二五〕牙角：薛综麒麟颂：德以卫身，不布牙角。呀呀：呀，音牙。说
　　　　文：张口貌。

〔二六〕从官：杨恽报孙会宗书：总领从官，与闻政事。

〔二七〕嚼啜：说文：嚼，啮也。啜，尝也。官家：容斋四笔：汉盖宽饶奏
　　　　封事，引韩氏易传，言五帝官天下，三王家天下。或云：自后称

天子为官家,盖出于此。

〔二八〕赤鸟:**傅休奕伯益篇**:朱雀作南宿,凤皇统羽群,赤鸟衔书至,
天命瑞周文。

〔二九〕觰沙:觰,陟加切,或作觰。说文:觰拏,兽也。一曰:下大者
也。广韵:觰,角上广也。

〔三〇〕两吻:释名:吻,免也,入之则碎,出则免也。

〔三一〕於菟:音乌徒。左传:楚人谓虎"於菟"。

〔三二〕毨毷:毨,苏含切。毷,所加切。广韵:毨,长毛。毷,毛衣。

〔三三〕白帝祠:史记封禅书:秦居西垂,作西畤,祠白帝。汉书郊祀
志:宣帝时南郡获白虎,献其皮牙爪,上为立祠。按:唐六典:
立秋之日祀白帝。其西方三辰七宿从祀。

〔三四〕禚:一作"蜡"。记郊特性:天子大蜡八。蜡也者,岁十二月,合
聚万物而索飨之也。迎虎,为其食田豕也。礼有加:左传:晋
侯见郑伯,有加礼。

〔三五〕插齿牙:汉书东方朔传:"臣观其插齿牙,树颊胲。"

〔三六〕缩颈:史记龟策传:龟望见宋元王,延颈而前,三步而止,缩颈
而却,复其故处。

〔三七〕卜师:周礼春官卜师:掌开龟之四兆。烧锥钻灼:周礼春官菙
氏:掌共燋契。凡卜,以明火爇燋,遂龡其焌契,以授卜师。庄
子外物篇:神龟能知七十二钻而无遗筴。史记龟策传:灼龟观
兆,变化无穷。星罗:班固西都赋:"星罗云布。"

〔三八〕内外官:汉书天文志:经星常宿中外官凡百一十八名,积数七
百八十三星。

〔三九〕不足科:后汉书黄香传:每郡国疑罪,辄务求轻科。

〔四〇〕弊蛙:朱子曰:弊蛙,犹卓茂言敝人也。不然,则当改从"毙"

字。盖此时蛙虽未毙，而其罪已当死矣。按：后汉书卓茂传：“人常有言部亭长受其米肉遗者。茂曰：遗之而受，何故言邪？汝为敝人矣。”盖言其无人道也。主府官：按：后汉书百官志：“少府卿掌中服御诸物衣服宝货珍膳之属，其属有太官令，掌御饮食。”主府官当谓此也。

〔四一〕皤：音婆。左传：皤其腹。杜预曰：皤，大腹也。

〔四二〕兔操杵臼：屈原天问：“夜光何德，死则又育？厥利维何，而顾兔在腹？”古乐府董逃行：“玉兔长跪，捣药虾蟆丸。”傅休奕拟天问：“月中何有？白兔捣药。”

〔四三〕桂树：虞喜安天论：俗传月中仙人桂树，今视其初生，见仙人之足渐已成形，桂树后生焉。婆娑：尔雅释木注：枝叶婆娑。

〔四四〕恒娥：淮南览冥训：羿请不死之药于西王母，恒娥窃以奔月。

〔四五〕室家：记礼器：大明生于东，月生于西，此阴阳之分，夫妇之位也。

〔四六〕耳属地：蜀志秦宓传：张温曰：“天有耳乎？”宓曰：“天高处而听卑。”诗云：“鹤鸣于九皋，声闻于天。若其无耳，何以听之？”

〔四七〕知意：朱子曰：谓天感悟臣心，使臣默知天意。其下所云“有气有形”以下即天意也。

　　按：新书：“卢仝作月蚀诗以讥元和逆党，韩愈称其工。”方崧卿以为稽之岁月不合，盖讥元和初宦官横恣。朱文公以为宦官之说为未必然，而亦以新书为谬。洪容斋则祖崧卿而详说之，谓庚寅去宪宗遇害之时尚十年，卢仝诗当为吐突承璀用事而作。以愚观之，崧卿之驳新书，容斋之祖崧卿，皆误认“元和逆党”四字为庚子陈弘志弑逆之党，而不考庚寅王承宗叛逆之党，故未知新书之是，并朱文公亦未及详考也。韩诗删卢原本甚多，以致其旨隐约。按卢诗"恒州阵斩郾定进"，郾定进者，讨王承宗之神策将。承宗拒命，帝遣中人吐突承璀将左右神策帅讨之。承璀无威略，师不振。神策将郾定进及战，北驰而偾，赵人害之。是则承宗抗师杀将，逆莫大矣。史书郾定进死在元和五年，韩诗"元和庚寅"，卢诗"新天子即位五年"，时事正合。是诗自为承宗叛逆而发，新书以为讥元和逆党，特浑其词耳，未为失也。卢诗又云："岁星主福德，官爵奉董秦。"旧说董秦即李忠臣。洪容斋以为是时秦死二十七年，何为而追刺之。当是用董贤、秦宫嬖倖擅位，以喻吐突承璀。以愚观之，旧说是而洪说又非。董秦者，史思明将，归正封王，赐名李忠臣，后复附朱泚为逆。时承宗上书谢罪，上遂下诏浣雪，尽以故地界之，罢诸道兵。是则今日之承宗，与昔日之董秦，朝廷处分，正自相同。董秦可以复叛，安知承宗不然？反侧之臣，明有前鉴，故以董秦比之。左右参考，是诗确为承宗作。借端于月蚀者，日君象，月臣象。郾定进以天子近臣而为叛逆所杀，犹月被蚀也。又天官家言，日为德，月为刑。月被蚀，是刑政不修也。至东西南北龙虎鸟龟诸天星，无不仿大东之诗刺及者，指征讨诸镇也。当时命恒州四面藩镇各进兵招讨，军久无功。白居易上言，以为"刘济引全军攻围乐寿，久不能下。师道、季安元不可保，察其情状，似相计会，各收一县，遂不进军"，此明证也。卢诗凡一千六百馀字，昌黎芟汰其半，而于郾定进、董秦诸语明涉事迹者，又皆削去，诗语较为浑然。而考核事实，卢诗为据。

按：宋人诗话往往好左右袒，而不知其失言。如山谷较量北征、南山得矣，其于人问韩、孟联句，疑为韩改孟者。山谷言："孟或改韩，韩何能改孟？"是则过论。孟诗云："诗骨耸东野，诗涛涌退之。"其自论盖与相当。学林新录于此诗言卢险怪而不循诗家法度，退之乃摘其句而约之以礼。是则腐谈。题不曰"删"，而曰"效"，韩之重卢甚矣，何必以尺蠖之见绳墨蛟龙哉？

昼　月〔一〕

玉盆不磨著泥土〔二〕，青天孔出白石补〔三〕。兔入臼藏蛙缩肚，桂树枯株女闭户。阴为阳羞固自古〔四〕，嗟汝下民或敢侮，戏嘲盗视汝目瞽。

〔一〕按：新、旧唐书天文志无昼月之事，姑附编于此。

〔二〕玉盆：南史沈炯传：茂陵玉盆，遂出人间。泥土：黄香责髯奴辞：污秽泥土。

〔三〕白石补：列子汤问篇：天地亦物也，物有不足，故昔者女娲氏炼五色石以补其阙。

〔四〕阴阳：谢庄月赋："日以阳德，月以阴灵。"

辛卯年雪〔一〕

元和六年春〔二〕，寒气不肯归〔三〕。河南二月末，雪花一尺围〔四〕。崩腾相排拶〔五〕，龙凤交横飞。波涛何飘扬，天风吹旟旐。白帝盛羽卫，鬖影振裳衣〔六〕。白霓先启涂〔七〕，从以万玉妃〔八〕。翁翁陵厚载，哗哗弄阴机。生平未曾见，何暇议是非。或云丰年祥，饱食可庶几。善祷吾所慕，谁言寸诚微？

〔一〕以下皆元和六年作,是年夏行尚书职方员外郎,自河南至京师。

〔二〕六年:□云:此即白乐天诗所谓"元和岁在卯,六年春二月。月晦寒食天,天阴夜飞雪"。

〔三〕寒气:记月令:季冬之月,命有司大傩,旁磔,出土牛,以送寒气。仲春行秋令,则寒气总至;季春行冬令,则寒气时发。

〔四〕一尺围:顾嗣立曰:左传:"凡平地尺为大雪。"按:此云"雪花一尺围",盖言雪片之大,非谓所积者之厚也。一尺亦极言之耳。

〔五〕排拶:拶,姊末切。广韵:"拶,逼拶。"孙云:排拶,密拶也。

〔六〕鬖髿:音三沙。郭璞江赋:"绿苔鬖髿乎研上。"通俗文:发乱曰鬖髿。

〔七〕白蜺:屈原天问:"白蜺(与霓同)婴茀,胡为此堂?"注:蜺,云之有色似龙者也。

〔八〕玉妃:灵宝赤书经:太真命笔,玉妃拂筵。

谁氏子 原注:吕氏子炅。〔一〕

非痴非狂谁氏子〔二〕,去入王屋称道士〔三〕。白头老母遮门啼,挽断衫袖留不止。翠眉新妇年二十〔四〕,载送还家哭穿市〔五〕。或云欲学吹凤笙〔六〕,所慕灵妃媲萧史〔七〕。又云时俗轻寻常,力行险怪取贵仕〔八〕。神仙虽然有传说〔九〕,知者尽知其妄矣〔一〇〕。圣君贤相安可欺,乾死穷山竟何俟〔一一〕?呜呼余心诚岂弟,愿往教诲究终始。罚一劝百政之经,不从而诛未晚耳。谁其友亲能哀怜,写吾此诗持送似。

〔一〕庄子外物篇:不知其谁氏之子?按:公集河南少尹李素墓志:

"素拜河南少尹,行大尹事。吕氏子炅弃其妻,著道士衣冠,谢母曰:'当学仙王屋山。'去数月复出,间诣公。公立之府门外,使吏卒脱道士冠,给冠带,送付其母。"诗有"愿往教诲"、"不从而诛"之语,盖炅始入山时作。既知其姓名,而题曰"谁氏子"者,犹诗何人斯"贱而恶之",著其无母之罪也。

〔 二 〕痴狂:淮南俶真训:或通于神明,或不免于痴狂。

〔 三 〕王屋:书禹贡:底柱析城至于王屋。

〔 四 〕翠眉:宋玉登徒子好色赋:"眉如翠羽。"

〔 五 〕哭穿市:左传:哀姜将行,哭而过市。

〔 六 〕吹风笙:列仙传:萧史者,秦穆公时人,善吹箫。公女弄玉好之,公以妻焉。日教弄玉吹似凤声,凤皇来止其屋。公为作凤台,夫妻止其上,一旦皆随凤皇飞去。

〔 七 〕灵妃:郭璞游仙诗:"灵妃顾我笑。"

〔 八 〕行险怪:按:终南仕宦捷径,昔人所讥,然往往有售其术者。况宪宗晚喜方士,此时谅有其渐。吕炅入山,旋出诣尹,其意居然可知。诗云"时俗轻寻常",盖诛心之论,而亦可以慨世矣。贵仕:左传:有大功而无贵仕。

〔 九 〕传说:按:传说即如列仙传之类,汉书艺文志"诸子传说,皆充秘府"是也。蒋之翘注乃作"傅说",殊失诗意。"神仙"二句,破学吹风笙之妄,"君相"二句,警力行险怪之非。

〔一〇〕知:去声。

〔一一〕乾死:李白诗:"乾死明月魂,无复玻璨魄。"穷山:华阳国志:初,先主入蜀,严颜拊心叹曰:"此所谓独坐穷山,放虎自卫者也。"

寄卢仝

玉川先生洛城里，破屋数间而已矣。一奴长须不裹头〔一〕，一婢赤脚老无齿〔二〕。辛勤奉养十馀人，上有慈亲下妻子。先生结发憎俗徒〔三〕，闭门不出动一纪〔四〕。至令邻僧乞米送，仆忝县尹能不耻。俸钱供给公私馀，时致薄少助祭祀〔五〕。劝参留守谒大尹〔六〕，言语才及辄掩耳〔七〕。水北山人得名声，去年去作幕下士。水南山人又继往〔八〕，鞍马仆从塞闾里〔九〕。少室山人索价高〔一〇〕，两以谏官征不起〔一一〕。彼皆刺口论世事，有力未免遭驱使〔一二〕。先生事业不可量，惟用法律自绳己。春秋三传束高阁〔一三〕，独抱遗经究终始〔一四〕。往年弄笔嘲同异〔一五〕，怪辞惊众谤不已〔一六〕。近来自说寻坦涂，犹上虚空跨绿骐〔一七〕。去岁生儿名添丁〔一八〕，意令与国充耘耔。国家丁口连四海〔一九〕，岂无农夫亲耒耜？先生抱才终大用，宰相未许终不仕。假如不在陈力列，立言垂范亦足恃〔二〇〕。苗裔当蒙十世宥〔二一〕，岂谓贻厥无基阯〔二二〕？故知忠孝生天性，洁身乱伦安足拟。昨晚长须来下状，隔墙恶少恶难似〔二三〕。每骑屋山下窥阚〔二四〕，浑舍惊怕走折趾。凭依婚媾欺官吏，不信令行能禁止〔二五〕。先生受屈未曾语，忽此来告良有以〔二六〕。嗟我身为赤县令〔二七〕，操权不用欲何俟？立召贼曹呼伍伯〔二八〕，尽取鼠辈尸诸市〔二九〕。先生又遣长须来，如此处置非所喜。况又时当长养节〔三〇〕，都邑未可猛政理。先生固是余所畏，度量不敢窥涯涘。放纵是谁之过欤？效尤戮仆愧前史〔三一〕。买羊沽酒谢不敏〔三二〕，偶逢明月曜桃李。先生有意许降临，更遣长须致双鲤^[三]。

〔一〕长须：<u>黄香责髯奴辞</u>：我观人须，长而复黑。岂若子髯，既乱且
赭。不裹头：<u>北史</u>：萧詧恶见人发白，担舆者冬月必须裹头。

〔二〕赤脚：<u>杜甫诗</u>："安得赤脚蹋层冰？"

〔三〕结发：<u>汉书儒林传</u>：梁丘贺荐施雠结发事师。<u>师古</u>曰：言始
胜冠。

〔四〕一纪：<u>晋记</u>：蓄力一纪。<u>韦昭</u>曰：十二年岁星一周为一纪。

〔五〕薄少：<u>诸葛亮与吴王书</u>：所遗白氉薄少，重见辞谢，益以增惭。

〔六〕留守大尹：<u>韩愈外集河南府同官记</u>：留守之官，居禁省中。岁
时出旌旗，序留守文武百官于宫城门外而衙之。<u>樊</u>云：<u>唐洛城</u>
有东都留守，有河南尹。公志卢登封墓曰："为书告留守与<u>河
南尹</u>。"是时郑馀庆留守东都，李素以少尹行大尹事。

〔七〕掩耳：<u>左传</u>：荀跞掩耳而走。

〔八〕水北水南：公送温处士赴河阳军序：洛之北涯曰<u>石生</u>，其南涯
曰<u>温生</u>。大夫乌公镇河阳之三月，以<u>石生</u>为才，罗而致之幕
下。未数月，以<u>温生</u>为才，又罗而致之幕下。<u>新唐书温造传</u>：
造，字简舆。不喜为吏，隐东都，乌重胤奏置幕府。

〔九〕鞍马：<u>吴质答东阿王书</u>：情踊跃于鞍马。

〔一〇〕少室山人：<u>新唐书李渤传</u>：渤，字濬之。与仲兄涉偕隐庐山，久
之，更徙<u>少室</u>。元和初，户部侍郎李巽、谏议大夫韦况交章荐
之。诏以右拾遗召，于是河南少尹杜兼遣吏持诏、币即山敦
促。渤上书谢，不拜。洛阳令韩愈遗书云云。渤心善其言，始
出家东都，每朝廷有阙政，辄附章列上。按：洛阳令当作河南
令，新史误。高价：<u>鲍照诗</u>："声名振朝邑，高价服乡村^①。"

〔一一〕两以谏官征：按：<u>新唐书宪宗纪</u>："元和元年，以左拾遗征，不

至。"至是又以右拾遗召。

〔一二〕遭驱使:临汉隐居诗话:"李固谓处士纯盗虚声,韩愈虽与石
洪、温造、李渤游,而多侮薄之。所谓未免有力遭驱使。"按:宋
人此等说诗非也。

〔一三〕三传:方作"五",或作"左"。朱子曰:今邹、夹春秋,世已无传,
而当世行见三传。作"五"、"左"皆非。束高阁:晋书庾翼传:
杜乂、殷浩,并才名冠世,翼弗之重,语人曰:"此辈宜束之高
阁,俟天下太平,然后议其任耳。"

〔一四〕抱遗经:后汉书卓茂传:刘宣抱经书隐避林薮。许彦周诗话:
玉川子春秋传,仆家旧有之,今亡矣。辞简而远,得圣人之意
为多。后世有深于经而见卢传者,当知退之之不妄许人也。

〔一五〕嘲同异:仝与马异结交诗:"昨日同不同,异自异,是谓大同而
小异。今日同自同,异不异,是谓同不往兮异不至。"

〔一六〕惊众:颜延之五君咏:"越礼自惊众。"

〔一七〕绿骅:方云:"绿骅",今本二字皆从马。按:穆天子传、荀、列、
史、汉皆作"绿骈"。郭璞注穆天子传云:"绿骅,犹魏时鲜卑献
黄耳马,是以耳色言也。"此诗岂以重韵妄刊耶?

〔一八〕添丁:王云:仝有添丁诗。

〔一九〕丁口:新唐书食货志:唐制,凡民始生为黄,四岁为小,十六为
中,二十一为丁,六十为老。授田之制,丁及男年十八以上者
人一顷。其八十亩为口分,二十亩为永业。

〔二○〕立言:左传:太上有立德,其次有立功,其次有立言。

〔二一〕苗裔:屈原离骚:"帝高阳之苗裔兮。"十世宥:左传:犹将十世
宥之。

〔二二〕贻厥:诗文王有声:"诒厥孙谋。"容斋四笔:杜、韩二公作诗,或

用歇后语。如"凄其望吕葛"、"山鸟山花吾友于"、"友于皆挺拔"、"再接再砺乃"、"僮仆诚自郐"、"为尔惜居诸"、"谁谓贻厥无基阯"之类是也。基阯：汉书疏广传：子孙几及君时颇立产业基阯。颜氏家训：子孙自是天地间一苍生耳，而乃爱护遗其基阯。

〔二三〕恶少：荀子：无廉耻而嗜乎饮食，可谓恶少者也。

〔二四〕骑屋山：史记魏世家：范痤因上屋骑危。阑：一作"瞰"。

〔二五〕令行禁止：淮南主术训：令行禁止，岂是为哉？

〔二六〕良有以：魏文帝与吴质书：古人思秉烛夜游，良有以也。

〔二七〕赤县令：新唐书地理志：河南府河南县，赤，属河南道。

〔二八〕贼曹：后汉书岑晊传：以张牧为中贼曹吏。伍伯：一作"五百"。按：古今注：伍伯，一伍之伯也。五人为伍，伍长为伯，故称伍伯。后汉书曹节传：越骑营五百。注：韦昭辨释名曰：五百字本为"伍伯"。伍，当也；伯，道也。使之导引当道陌中，以驱除也。按：今俗呼行杖人为五百也。

〔二九〕鼠辈：世说：王子敬兄弟见郗公，仪容轻慢。郗公慨然曰："使嘉宾不死，鼠辈敢尔？" 尸诸市：左传：尸崔杼于市。

〔三〇〕长养节：记月令：仲春之月，桃始华，命有司省囹圄，去桎梏，毋肆掠，止狱讼。

〔三一〕效尤：左传：尤而效之，其又甚焉。戮仆：左传：晋侯之弟扬干乱行于曲梁，魏绛戮其仆。前史：傅亮感物赋："考旧闻于前史，访心迹于污隆。"

〔三二〕羊酒：后汉书郑均传：常以八月长吏存问，赐羊酒，显兹异行。谢不敏：左传：使士文伯谢不敏焉。

〔三三〕双鲤：古诗饮马长城窟行："客从远方来，遗我双鲤鱼。"

①"乡村"，原作"卿材"，据<u>鲍参军集</u>注改。

李花二首〔一〕

平旦入西园，梨花数株若矜夸。旁有一株李，颜色惨惨似含
嗟。问之不肯道所以，独绕百币至日斜〔二〕。忽忆前时经此树，
正见芳意初萌牙。奈何趁酒不省录？不见玉枝攒霜葩。泫然
为汝下雨泪，无由反旆羲和车〔三〕。东风来吹不解颜〔四〕，苍茫
夜气生相遮。冰盘夏荐碧实脆〔五〕，斥去不御惭其花〔六〕。
当春天地争奢华，<u>洛阳园苑</u>尤纷挐〔七〕。谁将平地万堆雪？剪
刻作此连天花。日光赤色照未好，明月暂入都交加。夜领<u>张
彻</u>投<u>卢仝</u>，乘云共至<u>玉皇家</u>〔八〕。长姬香御四罗列，缟裙练帨无
等差〔九〕。静濯明妆有所奉，顾我未肯置齿牙〔一〇〕。清寒莹骨
肝胆醒，一生思虑无由邪〔一一〕。

〔一〕<u>临汉隐居诗话</u>：退之<u>李花</u>诗"夜领<u>张彻</u>投<u>卢仝</u>"云云，正寄<u>卢仝</u>
　　诗所谓"买羊沽酒谢不敏，偶逢明月耀桃李"也。

〔二〕绕百币：<u>魏武帝短歌行</u>："绕树三币，何枝可依。"

〔三〕反旆：<u>左传</u>：令尹南辕反旆。

〔四〕解颜：<u>列子黄帝篇</u>：<u>列子</u>师<u>老商氏</u>，五年之后，夫子始一解颜
　　而笑。

〔五〕冰盘：<u>拾遗记</u>：<u>董偃</u>常卧延清之室，以玉精为盘，贮冰于膝前，
　　玉精与冰同其洁澈。碧实：<u>洞冥记</u>：果则有涂阴紫梨、琳国碧
　　李。<u>傅休奕李赋</u>："潜实内结，丰彩外盈；翠质朱变，形随
　　运成。"

〔六〕斥去不御：张衡思玄赋："斥西施而不御。"

〔七〕纷挐：方云：董彦远云：挐从如，今人从奴。唐韵以挐为或体，非也。考相如大人赋"骚扰冲苁其相纷挐"，王逸九思"殽乱兮纷挐"，皆只作"挐"。朱子曰：按说文：挐从奴，牵引也。挐从如，持也。古书作"挐"，盖通用。

〔八〕玉皇家：灵异经：玉皇居于云房，有红云绕之。

〔九〕缟裙练帨：诗出其东门："缟衣綦巾。"说文：缟，鲜色也。练，涑缯也。诗野有死麕："无感我帨兮。"

〔一〇〕齿牙：南史谢朓传：朓好奖人才，会稽孔觊未为时知。孔珪尝令草让表以示朓，朓嗟吟良久，手自折简写之，谓珪曰："士子声名未立，应共奖成，无惜齿牙馀论。"

〔一一〕无邪：诗驷："思无邪。"

樊汝霖云：此诗自"夜领张彻投卢仝"而下，其所以状李花之妙者至矣。苏内翰梅诗举此云："缟裙练帨玉川家，肝胆清新冷不邪。秾李争春犹办此，更教踏雪看梅花。"亦一奇也。

醉留东野

昔年因读李白杜甫诗，长恨二人不相从〔一〕。吾与东野生并世〔二〕，如何复蹑二子踪？东野不得官〔三〕，白首夸龙锺〔四〕。韩子稍奸黠，自惭青蒿倚长松〔五〕。低头拜东野〔六〕，愿得终始如駏蛩〔七〕。东野不回头，有如寸筵撞钜钟。吾愿身为云，东野变为龙〔八〕。四方上下逐东野，虽有离别无由逢。

〔一〕不相从：顾嗣立曰：按杜子美集有送孔巢父诗云："南寻禹穴

见<u>李白</u>，道<u>甫</u>问讯今何如。"又<u>不见</u>诗云："不见<u>李生</u>久，佯狂真可哀。"又<u>春日忆李白</u>诗云："何时一尊酒，重与细论文？"<u>李太白集</u>有<u>送杜二</u>诗云："何时<u>石门</u>路，重有金樽开？"又<u>沙丘城下寄杜甫</u>诗云："思君若<u>汶水</u>，浩荡寄南征。"所谓"二人不相从"也。

〔二〕并世：<u>淮南主术训</u>：施及千岁而文不灭，况于并世化民乎？

〔三〕不得官：□云：<u>东野</u>前一年方罢<u>河南</u>水陆转运从事，故云。

〔四〕龙锺：<u>方</u>云：当作"躘踵"。<u>卢仝</u>诗："<u>卢子</u>躘踵也，贤愚总莫惊。"<u>苏鹗演义</u>：龙锺，谓不昌炽，不翘举之貌。按：<u>新序</u>："<u>孙卿</u>曰：'若盘石然，触之者陇种而退耳。'"字异而音当上声，然义则相近。又<u>古琴操卞和献玉歌</u>："空山歔欷涕龙锺。"则此二字由来久矣。

〔五〕青蒿：<u>诗蓼莪</u>："匪莪伊蒿。"倚长松：按：<u>诗頍弁</u>："茑与女萝，施于松上。"<u>世说</u>："<u>毛曾</u>与<u>夏侯泰初</u>同坐，时人谓蒹葭倚玉树。"此盖师其意而易其词。

〔六〕低头：<u>史记日者传</u>：伏轼低头不能出气。

〔七〕蛩：音巨邛。

〔八〕云龙：<u>易乾卦</u>：同声相应，同气相求，云从龙，风从虎。

知音者诚希[一]

知音者诚希，念子不能别。行行天未晓，携手踏明月。

〔一〕<u>古诗十九首</u>："不惜歌者苦，但伤知音希。"按：公与<u>冯宿论文</u>文云："仆为文久，每自意中以为好，则人必以为恶矣。不知古文直何用于今世也？然以俟知者知耳。文章一道，作者固难，识者正复不易,故深有感于古诗之语。"然尔时从公游者,如<u>李翱</u>、<u>张籍</u>、<u>皇甫湜</u>辈,盖未尝轻相许可。此诗大抵亦为<u>东野</u>而作。

莎栅联句原注:<u>河南</u>谷名。^{〔一〕}

冰溪时咽绝^{〔二〕},风枥方轩举^{〔三〕}。_愈 此处无断肠^{〔四〕},定知无断处。_郊

〔 一 〕□云:按<u>河南</u>志:"<u>莎栅谷</u>水在<u>永宁县</u>西三十里,出<u>莎岭</u>,东流入<u>昌谷</u>。"公与<u>东野</u>作一联,遂及断肠之意,必二公有所深感,然不得而详矣。按:此说深求之,非也,亦如前送别之词耳。

〔 二 〕咽绝:<u>王</u>云:断续声也。

〔 三 〕风枥:<u>孙</u>云:枥,木名,亦作栎。风枥,为风所吹轩举飘扬也。

〔 四 〕断肠:<u>鲍照</u>诗:"野风吹草木,游子心肠断。"

双鸟诗

双鸟海外来,飞飞到中州。一鸟落城市,一鸟集岩幽。不得相伴鸣,尔来三千秋。两鸟各闭口,万象衔口头^{〔一〕}。春风卷地起,百鸟皆飘浮。两鸟忽相逢,百日鸣不休。有耳聒皆聋^{〔二〕},有舌反自羞。百舌旧饶声^{〔三〕},从此恒低头。得病不呻唤^{〔四〕},泯默至死休。雷公告天公,百物须膏油。自从两鸟鸣,聒乱雷声收^{〔五〕}。鬼神怕嘲咏,造化皆停留。草木有微情,挑抉示九州^{〔六〕}。虫鼠诚微物,不堪苦诛求^{〔七〕}。不停两鸟鸣,百物皆生愁。不停两鸟鸣,自此无春秋。不停两鸟鸣,日月难旋辀。不停两鸟鸣,大法失九畴〔八〕。周公不为公,<u>孔丘</u>不为丘。天公怪两鸟,各捉一处囚。百虫与百鸟〔九〕,然后鸣啾啾〔一〇〕。两鸟既别处,闭声省愆尤。朝食千头龙,暮食千头牛〔一一〕。朝饮河生尘,暮饮海绝流〔一二〕。还当三千秋,更起鸣相酬。

〔一〕万象:<u>拾遗记</u>:皇娥歌:"万象回薄化无方。"

〔二〕聒耳:<u>王逸</u>九思:"鸲鹆鸣兮聒余。"注:多声乱耳为聒。

〔三〕百舌:<u>记月令</u>:反舌无声。注:反舌,百舌鸟。<u>淮南说山训</u>:人有多言者,犹百舌之声。

〔四〕呻唤:<u>说文</u>:呻,吟也。唤,評也。

〔五〕雷声收:<u>记月令</u>:雷乃收声。

〔六〕挑抉:<u>左传</u>:聏人纥抉之以出门者。<u>说文</u>:挑,挠也。抉,挑也。

〔七〕诛求:<u>左传</u>:诛求无时。

〔八〕九畴:<u>书洪范</u>:天乃锡<u>禹</u>洪范九畴,彝伦攸叙。

〔九〕百虫、百鸟:<u>方</u>从<u>阁、杭、蜀</u>本,作"七鸟"云,<u>柳、谢、荆公</u>皆作"七鸟"。谓月令七十二候之虫鸟也。<u>朱子</u>曰:"百虫"即上文之虫鼠,"百鸟"即上文所言皆飘浮者耳,与七十二候初不相关也。且使果为七十二候之鸟,而但云"七鸟",则词既有所不备,又鸟既为七,而虫独为百,于例亦有所不通,初不必过为之说也。

〔一〇〕啾啾:古乐府陇西行:"凤凰鸣啾啾。"

〔一一〕食龙、食牛:<u>左传</u>:龙一雌死,潜醢以食<u>夏后</u>,<u>夏后</u>飨之。<u>尸子</u>:虎豹之驹,虽未成文,而已有食牛之气。

〔一二〕生尘、绝流:<u>列子汤问篇</u>:夸父渴,欲得饮,赴饮河、<u>渭</u>,不足。<u>神仙传</u>:<u>麻姑</u>云:"向到蓬莱,又水浅于往日,岂将复为陵陆乎？"王远叹曰："圣人皆言海中行复扬尘也。"

按：方崧卿曰："柳仲涂有此诗解一篇传于世，谓指释、老。然以欧公感二子诗及东坡李太白像赞考之，盖专为李、杜而作。"朱子曰："释老、李杜之说，恐亦未然。此但公为己与孟郊作耳。'落城市'者，己也，'集岩幽'者，孟也。近见葛氏韵语阳秋，已有此说矣。"朱子之说最的。从此推之，则所谓"各捉一处囚"者，谓孟为从事，己为分司，孟已去职，己将还京也。

石鼓歌[一]

张生手持石鼓文[二]，劝我试作石鼓歌。少陵无人谪仙死，才薄将奈石鼓何？周纲陵迟四海沸[三]，宣王愤起挥天戈。大开明堂受朝贺，诸侯剑佩鸣相磨。蒐于岐阳骋雄俊[四]，万里禽兽皆遮罗。镌功勒成告万世[五]，凿石作鼓隳嵯峨[六]。从臣才艺咸第一，拣选撰刻留山阿。雨淋日炙野火燎，鬼物守护烦挐呵[七]。公从何处得纸本？毫发尽备无差讹。辞严义密读难晓，字体不类隶与科[八]。年深岂免有缺画，快剑斫断生蛟鼍。鸾翔凤翥众仙下，珊瑚碧树交枝柯[九]。金绳铁索锁钮壮，古鼎跃水龙腾梭[一〇]。陋儒编诗不收入，二雅褊迫无委蛇[一一]。孔子西行不到秦，掎摭星宿遗羲娥[一二]。嗟余好古生苦晚，对此涕泪双滂沱。忆昔初蒙博士征，其年始改称元和。故人从军在右辅[一三]，为我量度掘臼科[一四]。濯冠沐浴告祭酒[一五]，如此至宝存岂多？毡苞席裹可立致[一六]，十鼓只载数骆驼[一七]。荐诸太庙比郜鼎，光价岂止百倍过？圣恩若许留太学，诸生讲解得切磋。观经鸿都尚填咽〔一八〕，坐见举国来奔波。剜苔剔藓露节角〔一九〕，安置妥贴平不颇。大厦深檐与盖覆，经历久远期无佗。中朝大官老于事〔二〇〕，讵肯感激徒婗婴〔二一〕。牧童敲火牛砺角〔二二〕，谁复著手为摩挲〔二三〕？日销月铄就埋没，六年西顾空吟哦〔二四〕。羲之俗书趁姿媚〔二五〕，数纸尚可博白鹅〔二六〕。继周八代争战罢〔二七〕，无人收拾理则那〔二八〕。方今太平日无事，柄任儒术崇丘轲。安能以此上论列？愿借辩口如悬河〔二九〕。石鼓之歌止于此，呜呼吾意其蹉跎！

〔一〕元和郡县志：石鼓文在天兴县南二十里许。石形似鼓，其数有十，盖纪周宣王畋猎之事，其文即史籀之迹。贞观中，吏部侍郎苏勖纪其事云，虞、褚、欧阳共称古妙。虽岁久讹阙，然遗迹尚有可观。而历代纪地理志者不存纪录，尤可叹惜。欧阳修集古录：石鼓文久在岐阳，初不见称于前世，至唐人始盛称之。而韦应物以为周文王之鼓，至宣王刻诗。韩退之直以为宣王之鼓。在今凤翔孔子庙中。鼓有十，先时散弃于野，郑馀庆始置于庙，而亡其一。皇祐四年，向传师求于民间得之，十鼓乃足。其文可见者四百六十五，磨灭不可识者过半。然其可疑者三。退之好古不妄者，予姑取以为信耳。至于字画，亦非史籀不能作也。按：以下行尚书职方员外郎至京师作。

〔二〕张生：□云：即张籍。

〔三〕周纲陵迟：郑康成诗谱序：后王稍更陵迟，厉也，幽也，政教尤衰，周室大坏。

〔四〕宣王、蒐岐阳：王云：今岐山县旧曰岐阳。韵语阳秋："左传：周成王蒐于岐阳。"昭公四年，椒举言于楚子曰："成有岐阳之

蒐。”而韩退之石鼓歌则曰宣王，所谓“宣王愤起挥天戈”、“蒐
于岐阳骋雄俊”是也。韦应物石鼓歌则曰文王，所谓“周文大
猎岐之阳，刻石表功炜煌煌”是也。欧阳永叔云：前世所载古
远奇怪之事，虚而难信。况传纪不载，不知韦、韩二君何据而
有此说也。按：韵语阳秋谓成王见于左传，文、宣史无明文，故
有此辨。然古书之不传者多矣。周之西都岐阳之蒐，谅亦非
一。以为宣王者，亦就籀体别之，以车攻、吉日诗体例之耳。
但韦诗以为文王，未审果有据否？下文又曰：“乃是宣王之臣
史籀作。”窃意“周文大猎”本宣字之讹。而集古录遂仍其谬，
强而为之说，曰“文鼓宣刻”。其亦不近于理矣。今本韦诗曰：
“周宣大猎岐之阳。”盖后人所改正也。

〔　五　〕勒成：班固东都赋：“宪章稽古，封岱勒成。”

〔　六　〕嵯峨：张衡西京赋：“嵯峨嶵巍。”按：隳嵯峨，谓隳坏高山也。

〔　七　〕扬呵：说文：扐，手指也。呵，大言而怒也。

〔　八　〕隶科：水经注：古文出于黄帝之世，仓颉本鸟迹为字。自秦用
篆书，焚烧先典，古文绝矣。鲁恭王得孔子宅书，不知有古文，
谓之科斗书。盖因科斗之名遂效其形耳。篆，捷也。青州刺
史傅弘仁说临淄人发古冢得铜棺，前和外隐起为隶字，亦齐太
公六世孙胡公之棺也。证知隶自出古，非始于秦。

〔　九　〕珊瑚碧树：班固西都赋：“珊瑚碧树，周阿而生。”

〔一○〕古鼎跃水：史记封禅书：宋太丘社亡，而鼎没于泗水彭城下。
水经注：周显王四十二年，九鼎沦没泗渊。秦始皇时而鼎见于
斯水。始皇自以德合三代，大憙，使数千人没水系而行之，未
出，龙齿啮断其系。

〔一一〕委蛇：蛇，唐何切。诗羔羊：“委蛇委蛇，退食自公。”掎摭：掎，

居绮切。摭,之石切。说文:掎,偏引也。摭,拾也。梁简文帝答湘东王书:我既拙于为文,不敢轻有掎摭。

〔一二〕遗羲娥:孙云:羲娥,谓日月也。

〔一三〕故人:王伯顺曰:退之时为博士,请于祭酒。欲以数橐驼舆石鼓至太学,不从。留守郑馀庆始迁之凤翔孔子庙,故人谓郑也。按:旧唐书宪宗纪及郑馀庆传,元和元年五月,馀庆罢相为太子宾客。九月,改为国子祭酒。十一月,拜河南尹。未尝有从军右辅之事。至三年乃检校兵部尚书、东都留守,至十三年乃为凤翔陇右节度使。今诗言元年之事,而伯顺以郑馀庆当之,颇为未允。恐"故人"别有所指也。右辅:□云:右辅,右扶风,即凤翔府也。

〔一四〕臼科:孙云:谓安石鼓处。

〔一五〕濯冠:记礼器:澣衣濯冠以朝。

〔一六〕氈苞席裹:魏志邓艾传:阴平道山高谷深,至为艰险。艾以氈自裹,推转而下。

〔一七〕骆:一作"駬",当作"橐"。

〔一八〕鸿都:后汉书灵帝纪:光和元年二月,始置鸿都门学士。水经注:蔡邕以嘉平四年,与五官中郎将堂溪典等,奏求正定六经文字,灵帝许之。邕乃自书丹于碑,使工镌刻,立于太学门外。碑始立,其观视及笔写者,车乘日千馀两,填塞街陌矣。

〔一九〕剜苔、剔藓:剜,一丸切。说文:剜,削也。剔,解骨也。

〔二〇〕中朝:汉书龚胜传:下将军中朝者议。后汉书黄琼传:桓帝使中朝二千石以上会议其礼。左思魏都赋:"中朝有艳。"善曰:汉氏,大司马、侍中、散骑、诸吏为中朝。丞相六百石以下为外朝。按:此中朝非汉制,但言中朝。大官:左传:大官大邑,所以身庇也。

〔二一〕嫿嫛：嫿，衣捡切。嫛，音阿。说文：嫿嫛。阴嫛也。

〔二二〕欻火：潘岳诗："欻如敲石火。"

〔二三〕摩挲：后汉书蓟子训传：与一老翁共摩挲铜人。

〔二四〕西顾：诗皇矣："乃眷西顾。"

〔二五〕俗书：樊云：石鼓文，籀书也，秦变古为篆为隶。今又变为楷，世俗书耳，非古书也。王得臣麈史："王右军书多不讲偏傍。"此退之所谓"羲之俗书趁姿媚"者也。

〔二六〕博白鹅：晋书王羲之传：性爱鹅。山阴有一道士，养好鹅。羲之往观焉，意甚悦，固求市之。道士云："为写道德经，当举群相赠耳。"羲之欣然，写毕，笼鹅而归。

〔二七〕八代：□云：代谓汉、魏、晋、宋、齐、梁、陈、隋。自周而下，不啻八代。论其正统，又颇多说。今以石鼓所在言之，其秦、汉、魏、晋、元魏、齐、周、隋八代欤？

〔二八〕则那：那，乃多切。左传：犀兕尚多，弃甲则那！杜预曰：那，犹何也。

〔二九〕悬河：世说：王长史问孙兴公："郭子①玄定何如？"孙曰："吐章陈文，如悬河泻水，注而不竭。"

容斋随笔：文士为文，有矜夸过实，虽韩文公不能免。如石鼓歌极道宣王之事伟矣。至云"孔子西行不到秦，掎摭星宿遗羲娥"，"陋儒编诗不收入，二雅褊迫无委蛇"，是谓三百篇皆如星宿，此诗如日月也。"二雅褊迫"之语，尤非所宜。言今世所传石鼓之词尚在，岂能出车攻、吉日之右？安知非经圣人所删乎？

黄震曰：尝闻长者言，自昔诗文类不免差误，惟昌黎之文、少陵之诗独无之。然陆放翁尝议其咏石鼓不当谓删诗时失编入，此诚不免言语之疵。至若言及经义而是非不谬于圣人，则文人皆无昌黎比者矣。

【校　记】

①“子”，原作“公”，据世说新语改。郭象字子玄。

酬司门卢四兄云夫院长望秋作〔一〕

长安雨洗新秋出，极目寒镜开尘函。终南晓望踜龙尾〔二〕，倚天更觉青巉巉〔三〕。自知短浅无所补，从事久此穿朝衫。归来得便即游览，暂似壮马脱重衔〔四〕。曲江荷花盖十里〔五〕，江湖生目思莫缄。乐游下瞩无远近〔六〕，绿槐萍合不可芟。白首寓居谁借问，平地寸步局云岩。云夫吾兄有狂气，嗜好与俗殊酸醎。日来省我不肯去，论诗说赋相諵諵〔七〕。望秋一章已惊绝，犹言低抑避谤谗。若使乘酣骋雄怪，造化何以当镌劖〔八〕？嗟我小生值强伴，怯胆变勇神明鉴〔九〕。驰坑跨谷终未悔，为利而止真贪馋〔一〇〕。高揖群公谢名誉，远追甫白感至诚〔一一〕。楼头完月不共宿〔一二〕，其奈就缺行攙攙〔一三〕。

〔一〕　新唐书百官志：司门郎中、员外郎各一人，掌门关出入之籍，及阑遗之物。按：周礼地官之属已有司门。卢云夫，名汀，见卷六赤藤杖歌注。

〔二〕　终南：潘岳关中说：终南一名中南，言在天之中，居都之南。龙尾：水经注：龙首山长六十馀里，头于渭，尾达樊川。昔有黑龙从南山出，饮渭水。其行道因山成迹。贾公谈录：唐龙尾道在含元殿侧。

〔三〕倚天：宋玉大言赋："长剑耿耿倚天外。"

〔四〕壮马：易明夷卦：用拯马壮。重衔：杜甫诗："铁马驰突重两衔。"

〔五〕曲江：康骈剧谈录：曲江池入夏则菰蒲葱翠，碧波红蕖，湛然可爱。

〔六〕乐游：汉书宣帝纪：神爵三年春，起乐游苑。师古曰：三辅黄图云："在杜陵西北。"又关中记云："宣帝立庙于曲池之北，号乐游。"按：其处则今之所呼乐游庙者是也。盖本为苑，后因立庙耳。刘石龄曰：两京新记亦名乐游原，基地最高，四望宽敞。

〔七〕謵謵：女咸切，同喃。说文：詽詽，多语也。

〔八〕劋：音巉。

〔九〕怯勇：暗用光武纪语。鉴：音监。

〔一〇〕贪馋：广韵：馋，不廉。孙云：言拘于利禄而不游此山，是为贪馋之人矣。

〔一一〕诚：音咸。

〔一二〕完月：朱子曰：月蚀诗有"完完上天东"之句，言月圆也。

〔一三〕攕攕：同摻，一作"纤"。方云：按诗："掺掺女手。"说文与石经皆作"攕攕"。广韵：攕，所咸切，女貌。按：后世作"纤纤"。鲍照诗："始见西南楼，纤纤如玉钩。"刘孝绰诗："秋月始纤纤。"盖古今递变也。

349

送陆畅归江南〔一〕

举举江南子〔二〕，名以能诗闻〔三〕。一来取高第〔四〕，官佐东宫军〔五〕。迎妇丞相府〔六〕，夸映秀士群〔七〕。鸾鸣桂树间，观者何缤纷。人事喜颠倒[八]，旦夕异所云。萧萧青云干，遂逐荆棘焚。岁晚鸿雁过，乡思见新文。践此秦关雪，家彼吴洲云。悲啼上车女，骨肉不可分。感槩都门别[九]，丈夫酒方醨。我实门下士[一〇]，力薄蚋与蚊[一一]。受恩不即报，永负湘中坟[一二]。

〔一〕新唐书韦皋传：皋侈横，朝廷欲追绳其咎。而不与皋者诋皋所进兵皆镂"定秦"字。有陆畅者上言：臣向在蜀，知"定秦"者，匠名也。繇是议息。畅，字达夫，皋雅所厚礼。始天宝时，李白为蜀道难篇以斥严武，畅更为蜀道易以美皋焉。

〔二〕举举：方云：唐人以举止端丽为举举。

〔三〕能诗：樊云：畅贡举年，对雪落句云："天人宁底巧，翦水作花飞。"山斋玩月云："起来自擘书窗破，恰漏清光落枕前。"经崔谏议林亭云："蝉噪入云树，风开无主花。"及登兰省，遇云阳公主下降。畅为傧相，有咏帘、咏行障、催妆等作。内人以畅吴音，才思敏捷，以诗嘲之。畅酬曰："粉面仙郎选圣朝，偶逢秦女学吹箫。须教翡翠闻王母，不奈乌鸢噪鹊桥。"观此可见其能诗矣。

〔四〕高第：□云：畅，元和元年进士。

〔五〕东宫军：□云：畅为皇太子僚属。按：新唐书百官志："太子左右率府，率各一人，副率各二人，录事参军事、仓曹参军事、兵曹参军事、胄曹参军事、骑曹参军事各一人。"诗云"官佐东宫军"，盖参军之属也。

〔六〕迎妇：按：公撰董溪墓志：溪，字惟深，丞相陇西公第二子，长女嫁吴郡陆畅。古今诗话：陆畅娶董溪女，每旦婢进澡豆，畅辄沃水服之。或曰："君为贵门女婿，几多乐事？"畅曰："贵门苦礼法,婢子食辣荬,殆不可过。"

〔 七 〕秀士:记王制:命乡论秀士,升之司徒曰选士。

〔 八 〕人事颠倒:新唐书董晋传:晋子溪,擢明经,三迁万年令。讨王
　　　　承宗也,擢度支郎中,为东道行营粮科使。坐盗军赀,流封州,
　　　　至长沙,赐死。

〔 九 〕感慨:按:史记季布传赞:"婢妾贱人感慨而自杀者,非能勇
　　　　也。"汉书作"概"。师古曰:"感概,谓感念局狭为小节槩。"又
　　　　郭解传:"少时阴贼感概。"师古曰:"感意气而立节槩也。"

〔一〇〕门下士:新唐书韩愈传:董晋为宣武节度使,表署观察推官。

〔一一〕蚋蚊:庄子天下篇:观惠施之能,其犹一蚊一虻之劳者也。埤
　　　　雅释虫:说文曰:秦、晋谓之蜹,楚谓之蚊。

〔一二〕湘中坟:董溪墓志:溪除名徙封州,元和六年五月,死湘中。明
　　　　年立皇太子,有赦令许归葬,其子居中始奉丧归。□云:此云
　　　　湘中坟,岂公作此诗时尚稿葬湘中耶?

送无本师归范阳_{原注:即贾岛也。}〔一〕

无本于为文,身大不及胆。吾尝示之难,勇往无不敢。蛟龙弄
角牙,造次欲手揽〔二〕。众鬼囚大幽,下觑袭玄窅〔三〕。天阳熙
四海,注视首不颔〔四〕。鲸鹏相摩窣〔五〕,两举快一啖。夫岂能
必然?固已谢黯黮〔六〕。狂词肆滂葩〔七〕,低昂见舒惨〔八〕。奸穷
怪变得,往往造平淡。蜂蝉碎锦缬,绿池披菡萏〔九〕。芝英擢荒
榛〔一〇〕,孤翮起连菼。家住幽都远〔一一〕,未识气先感。来寻我
何能?无殊嗜昌歜〔一二〕。始见洛阳春,桃枝缀红糁〔一三〕。遂来
长安里,时卦转习坎〔一四〕。老懒无斗心,久不事铅椠。欲以金

帛酬,举室常颠颔[一五]。念当委我去,雪霜刻以憯[一六]。狞飙
搅空衢,天地与顿撼[一七]。勉率吐歌诗,尉女别后览[一八]。

〔一〕新唐书贾岛传:岛,字浪仙,范阳人。初为浮屠,名无本。来东
都,时洛阳令禁僧午后不得出。岛为诗自伤,韩愈怜之,因教
其为文,遂去浮屠,举进士。当其苦吟,虽逢值公卿贵人,皆不
之觉也。一日见京兆尹,跨驴不避,呼诘之,久乃得释。樊云:
此诗元和六年冬作。

〔二〕手揽:释名:揽,敛也,敛置手中也。陆机诗:"揽之不盈手。"

〔三〕窞:徒感切。易坎卦:习坎,入于坎窞。虞翻曰:坎中小穴
曰窞。

〔四〕首不颔:李本作"頷"。方云:说文:頷,低头也。列子:巧夫頷
其颐。朱子曰:说文:"頷,五感切。"引卫献公"頷之而已"为
证,则与"颔"字自不同也。然左传今本只作"颔",未详其说。
或疑下有"颠颔"字,此不当重押,则作"頷"为是。然"颠颔"字
见楚词,与"不颔"义不同也。

〔五〕摩窣:窣,苏骨切。司马相如子虚赋:"媻姗勃窣,上乎金隄。"
说文:窣,从穴中卒出。王云:亦摩也。按:曹植诗云:"飞飞摩
苍天。"摩指鹏,穴中卒出者指鲸,王说非也。

〔六〕黭黮:黮,音苔。庄子齐物论:"则人固受其黭黮。"注:暗昧不
明也。

〔七〕滂葩:按:滂沛纷葩也。

〔八〕舒惨:张衡西京赋:"夫人在阳时则舒,在阴时则惨。"

〔九〕菡萏:尔雅释草:荷芙蕖,其花曰菡萏。按:南史颜延之传:"延
之尝问鲍照己诗与灵运优劣,照曰:'谢五言如初发芙蓉,自然
可爱。君诗若铺锦列绣,亦雕缋满眼。'"公盖兼采其语,言贾

或"雕镌出小诗",或"天然去雕饰"也。下二句亦状其诗,言于荒榛连荬一望平芜中,亦时有矫矫者也。

〔一○〕荬:一作"榛"。

〔一一〕幽都:书:分命和叔,宅朔方,曰幽都。新唐书地理志:幽都,本蓟县地,隋置辽西郡。

〔一二〕昌歜:歜,徂感切。左传:享有昌歜。杜预曰:昌蒲菹也。

〔一三〕红糁:糁,桑感切。按:"糁"字见内则。广韵:糁,桑感切,羹糁或作糁。杜甫诗:"糁径杨花铺白毡。"

〔一四〕习坎:易坎卦:习坎有孚。□云:公是年秋迁职方员外郎。遂来长安里,与之别十一月矣。坎,十一月卦也。按:京房易传云:"龙德十一月在子,在坎卦。"又云:"立夏,四月节,在申,坎卦六四,立冬同用。"今诗云"时卦转习坎",自是秋转为冬也。

〔一五〕颣颔:颣,苦感切。颔,胡感切。屈原离骚:"长颣颔亦何伤?"注:颣颔,不饱貌。

〔一六〕刻憯:憯,音惨。宋玉九辩:"中憯恻之凄怆兮。"

〔一七〕顿撼:撼,音颔。广韵:撼,动也。

〔一八〕尉:古慰字。

　俞玚曰:凡昌黎先生论文诸作,极有关系。其中次第,俱从亲历,故能言其甘苦亲切乃尔。如此诗云:"无本于为文,身大不及胆。吾尝示之难,勇往无不敢。"作诗入手须要胆力,全在勇往上,见其造诣之高。又云:"奸穷怪变得,往往造平淡。"平淡得于能变之后,所谓渐近自然也。此境夫岂易到?公之指点来学者,深矣微矣。

　按:集注引刘公嘉话云:"岛初赴举京师,一日于马上得句,云：'鸟宿池边树，僧敲月下门。'初欲作'推'字，练之未定，不觉冲尹。时韩吏部权京尹，左右拥至前，具告所以。韩立马良久，曰：作'敲'字佳矣。遂与为布衣交。有诗曰：'孟郊死葬北邙山，日月风云顿觉间。天恐文章浑断绝，再生贾岛在人间。'"又摭言云："岛尝骑驴天衢，时秋风正厉，黄叶可埽。岛忽吟曰：'落叶满长安。'卒求一联不可得。因唐突京尹刘栖楚，被系一夕而得释。新史与摭言合，而嘉话所云公与岛诗，东坡云'世俗无知者所托，非退之语'。"洪氏亦云："按送无本时，公为河南尹，不应至是方相知。"又樊氏云："按此诗六年冬作，而是年秋东野亦有诗与无本云：'长安秋声干，木叶相号悲。'时东野尚无恙，何以云'死葬北邙山'耶？若以公为京尹始识岛，则为京尹在长庆三年，而是年何以有此作也？"诸家之辨具确，故附载郊诗以证嘉话之谬。且细翫公诗云"家住幽都远，未识气先感。来寻我何能？无殊嗜昌歜"，则岛实携其所业至东都干公，非遇之于涂也。"始见洛阳春，桃枝缀红糁。遂来长安里，时卦转习坎"，则岛以六年春至东都谒公，至冬复告别于京师也。郊诗作于秋末，公诗作于冬初，相去无几耳。因岛出自寒微，又性狷狭，故得以诬之。刘栖楚为京尹事在敬宗之世，即摭言所云，亦安知其不谬也？

韩昌黎诗集编年笺注卷八

卷八凡五十四首，卷首至石鼎联句，元和七年以职方员外郎复为国子博士时作。孔雀诗以下，八年改比部郎中、史馆修撰时作。酬王舍人雪中见寄以下，九年改考功郎中、知制诰时作。

卢郎中云夫寄示送盘谷子诗两章歌以和之〔一〕

昔寻李愿向盘谷，正见高崖巨壁争开张〔二〕。是时新晴天井溢〔三〕，谁把长剑倚太行〔四〕？冲风吹破落天外〔五〕，飞雨白日洒洛阳〔六〕。东蹈燕川入旷野〔七〕，有馈木蕨芽满筐〔八〕。马头溪深不可厉〔九〕，借车载过水入箱。平沙绿浪榜方口〔一〇〕，雁鸭飞起穿垂杨。穷探极览颇恣横，物外日月本不忙〔一一〕。归来辛苦欲谁为，坐令再往之计堕眇芒。闭门长安三日雪，推书扑笔歌慨慷〔一二〕。旁无壮士遣属和〔一三〕，远忆卢老诗颠狂。开缄忽睹送归作，字向纸上皆轩昂。又知李侯竟不顾，方冬独入崔嵬藏。我今进退几时决，十年蠢蠢随朝行。家请官供不报答，何无雀鼠偷太仓〔一四〕？行抽手版付丞相〔一五〕，不待弹劾归耕桑〔一六〕。

〔一〕公送李愿归盘谷序：太行之阳有盘谷，友人李愿居之。朱子曰：盘谷在孟州济源县。□云：贞元十七年，公送李愿归盘谷有序，此诗元和七年冬作，详诗意可见。又云："十年蠢蠢随朝行"，盖自贞元十九年癸未为御史登朝，至元和七年壬辰为十年矣。按：此诗当是七年春作。"方冬"者，盖此乃和诗追述去年冬也。"归来辛苦欲谁为"、"不待弹劾还耕桑"，自是未坐柳涧事下迁时语。以下皆七年作。

〔二〕开张：汉书扬雄传："嵌岩岩其龙鳞。"师古曰：嵌，开张貌。

〔三〕天井：水经注：白水东南流历天井关。故刘歆遂初赋曰："驰太行之险峻，入天井之高关。"白水又东，天井溪水会焉。水出天井关北，流注白水，世谓之北流泉。新唐书地理志：泽州晋城县有天井关，一名太行关。

〔四〕长剑倚：宋玉大言赋："长剑耿耿倚天外。"孙云：水自天井倾泻而下，如长剑之倚山。太行：书禹贡：太行恒山至于碣石。

〔五〕冲风：屈原九歌："与女游兮九河，冲风起①兮水扬波。"落天外：刘石龄云：李白望卢山瀑布诗："飞流直下三千尺，疑是银河落九天。"

〔六〕飞雨：水经注：寒泉涌山顶，似若瀑布，颓波激石，散若雨洒。王云：谓吹此长剑之水，漂散如雨。蒋云：诗言大风吹水，漂散作雨，而洒洛阳也。

〔七〕燕川：朱子曰：燕川、方口皆盘谷旁近之小地名。

〔八〕木蕨：诗草虫："陟彼南山，言采其蕨。"按：尔雅翼云："野人今岁焚山，则来岁蕨菜繁生，其旧生蕨之处，蕨叶老硬敷披，谓之蕨萁。"本草称为"木蕨"，或以此耶。

〔 九 〕马头：王云：溪名。按：水经："榖水出弘农龟池县南榖阳谷。"
注云："今榖水出于崤东马头山榖阳谷。"考新唐书地理志："龟
池属河南府。"则马头溪或即山下溪也。

〔一〇〕方口：□云：公盆池诗"恰如方口钓鱼时"，即其地也。按：方崧
卿盆池诗注云："'方'或作'枋'，唐属卫州，桓温败枋头，乃其
地也。公此诗及盘谷子诗只作'方口'。"朱子曰："按公盘谷诗
因及方口、燕川，则二处皆盘谷旁近之小地名耳。盘谷在孟州
济源县，孟州东过怀州乃至卫州，而济源又在孟州西北四十
里，则游盘谷者安得至卫州之枋头乎？方说非是。"余窃谓朱
子之辨有未核者。按：水经注："沁水南径石门，晋安平献王孚
兴河内水利，因太行以西，王屋以东，众谷走水，小口漂迸，木
门朽败，于去堰五里以外取方石为门，用代木枋。故石门旧有
枋口之称。"又云："于沁水县北，自方口东南流，奉沟水右出
焉。"考之晋书桓温传，温至枋头，使开石门以通运，正与此合，
岂非即其地乎？又按：新唐书地理志："孟州济源县有坊口
堰。"则方口、盘谷同在济源矣。孟郊集有游枋口诗云："一步
复一步，出行千里幽。为取山水意，故作寂寞游。太行青巅
高，枋口碧照浮。明明无底镜，泛泛忘机鸥。"又与王涯游枋口
柳溪诗云："万株古柳根，挐此磷磷溪。野榜多屈曲，仙浔无端
倪。"则非盘谷旁近小地名矣。要之枋、方、坊三字不同，其地
则一，崧卿误以为属卫州，朱子亦未深考耳。

〔一一〕物外：张衡归田赋："苟纵心于物外，安知荣辱之所如。"

〔一二〕扑笔：祝云：扑，掷也。慨慷：魏武帝短歌行："慨当以慷，忧思
难忘。"

〔一三〕属和：宋玉对楚王问："国中属而和者数千人。"

〔一四〕太仓:<u>史记李斯传</u>:斯见厕中鼠,食不洁,近人犬,数惊恐之。
观仓中鼠,食积粟,居大庑之下,不见人犬之忧,乃叹曰:"人之
贤不肖,譬如鼠矣。"

〔一五〕手版:<u>世说</u>:<u>王子猷</u>以手版拄颊云:"西山朝来,致有爽气。"<u>隋
书礼仪志</u>:百官朝,服公服,皆执手版。<u>唐舆服杂事</u>:古者贵贱
皆执笏,有事撝之于腰带中。后代惟八座尚书执笏、白笔,缀
手版头,馀但执手版,不执笔,示非记事官也。

〔一六〕弹劾:<u>后汉周燮传序</u>:闵仲叔投劾而去。注:按罪曰劾,自投其
劾状而去也。

【校　记】

①"起",<u>楚辞章句补注</u>作"至"。

赠刘师服^{〔一〕}

羡君齿牙牢且洁,大肉硬饼如刀截。我今呀豁落者多^{〔二〕},所存
十馀皆兀臲^{〔三〕}。匙抄烂饭稳送之^{〔四〕},合口软嚼如牛呞^{〔五〕}。妻
儿恐我生怅望,盘中不饤栗与梨。只今年才四十五,后日悬知
渐莽卤^{〔六〕}。朱颜皓颈讶莫亲,此外诸馀谁更数?忆昔<u>太公</u>仕
进初,口含两齿无赢馀^{〔七〕}。<u>虞翻</u>十三比岂少^{〔八〕},遂自惋恨形
于书。丈夫命存百无害,谁能检点形骸外^{〔九〕}?巨缗东钓傥可
期,与子共饱鲸鱼脍^{〔一○〕}。

〔一〕旧注:"服"一作"命"。按:<u>师服</u>、<u>师命</u>皆无关轻重之人,其疑为
<u>师命</u>者,以据<u>昌黎</u>有<u>送进士刘师服东归诗</u>,云"不自求腾轩",
则<u>师服</u>为矜慎名节之人。<u>师命</u>放诞不羁,时越行检,如<u>刘生</u>诗

所云"越女一笑三年留",正与"朱颜皓颈"句相映。但旧唐书宪宗纪:"元和十二年,于季友居丧,与进士刘师服欢宴夜饮。季友削官忠州安置,师服配流连州。"亦未能全令名,则此诗或赠师服,亦未可知,不足定一是也。

〔二〕呀豁:司马相如上林赋:"谽呀豁閜。"

〔三〕兀臲:一作"阢臲",或作"杌陧"。

〔四〕匙抄:杜甫诗:"老人他日爱,正想滑流匙。"又:"饭抄云子白。"

〔五〕牛呞:呞,丑之切。玉篇:呞,牛嚼也。楞严经:桥梵钵提,有牛呞病。

〔六〕莽卤:方云:"卤莽"本庄子则阳篇"君为政焉,勿卤莽",然唐人多倒用之。柳子厚"沈昏莽卤",又"食贫甘莽卤",白乐天"养生仍莽卤,始觉琵琶弦",所用同也。

〔七〕太公两齿:韩诗外传:太公七十二,齫然而齿堕矣。方云:太公两齿事见古本荀子。

〔八〕虞翻十三:方云:虞翻,吴志只载其上书谓"臣年耳顺,发白齿落"。岂在当时,犹可考也耶?顾嗣立曰:按三国志:"虞翻少好学,有高气。年十二,客有候其兄者不过翻,翻追与书曰:'仆闻虎魄不拾腐芥,磁石不受曲针,过而不存,不亦宜乎?'客得书奇之,由是见称。"语出吴书。公诗用此,崧卿只引"发白齿落",而不及此,岂未之见耶? 按:此事正与"怅恨形于书"合。但十二,非十三也。传写误耶? 抑韩公别有所据耶?

〔九〕形骸外:庄子德充符篇:申徒嘉谓子产曰:"今子与我游于形骸之内,而子索我于形骸之外,不亦过乎?"

〔一○〕鲸鱼脍:□云:东坡诗"尝讥韩子隘且陋,一饱鲸鱼何足脍",谓此也。

和崔舍人咏月二十韵 原注：崔群。〔一〕

三秋端正月，今夜出东溟〔二〕。对日犹分势〔三〕，腾天渐吐灵。未高凑远气，半上霁孤形。赫奕当躔次〔四〕，虚徐度杳冥〔五〕。长河晴散雾，列宿曙分萤〔六〕。浩荡英华溢，萧疏物象泠。池边临倒照，檐际送横经。花树参差见，皋禽断续聆〔七〕。牖光窥寂寞〔八〕，砧影伴娉婷。幽坐看侵户，闲吟爱满庭。辉斜通壁练〔九〕，彩碎射沙星〔一○〕。清洁云间路，空凉水上亭。净堪分顾兔，细得数飘萍。山翠相凝绿，林烟共幂青。过隅惊桂侧，当午觉轮停。属思摛霞锦，追欢罄缥瓶〔一一〕。郡楼何处望〔一二〕？陇笛此时听〔一三〕。右掖连台座〔一四〕，重门限禁局。风台观滉瀁〔一五〕，冰砌步青荧〔一六〕。独有虞庠客〔一七〕，无由拾落蓂〔一八〕。

〔一〕新唐书群传：累迁右补阙、翰林学士、中书舍人，数陈谠言，宪宗嘉纳。馀见卷四游青龙寺赠崔大补阙诗。□云：公元和七年以职方员外郎下迁国子博士，此诗其年八月所作。故落句云："独有虞庠客，无由拾落蓂。"意谓职在虞庠，去尧阶远矣。

〔二〕出东溟：颜延之诗："元天高北列，日观临东溟。"

〔三〕对日：释名：望，月满之名也，月在东，日在西，遥相望也。

〔四〕躔次：吕氏春秋：月躔二十八宿。

〔五〕虚徐：诗北风："其虚其徐。"

〔六〕长河、列宿：谢庄月赋："列宿掩缛，长河韬映。"

〔七〕皋禽：谢庄月赋："聆皋禽之夕闻。"

〔八〕牖光：陆机诗："明月入我牖。"

〔九〕辉斜：梁简文帝序愁赋："玩飞花之入户，看斜辉之度寮。"通壁

练：沈约诗："秋月明如练。"按：诗意谓壁流光而似练，沙散彩
而如星也，琢句精工，能状难状之景。

〔一〇〕射沙星：碧溪诗话：龙太初自称诗人，谒介甫，坐中赋沙云："鸟
过风平篆，潮回日射星。"成于促迫，而切当如此，固宜诗人不
复措词，然皆有所据。韩公联句云："窑烟幕疏岛，沙篆印回
平。"咏月云："辉斜通壁练，彩碎射沙星。"

〔一一〕缥瓶：曹植七启："春清缥酒，康狄所营。"李善曰：缥，绿色而微
白也。按：此云缥瓶，指瓶色也。邹阳酒赋："清醪既成，绿瓷
既启。"潘岳笙赋："披黄包以授甘，倾缥瓷以酌醽。"

〔一二〕郡楼：世说：庾太尉在武昌，秋夜，气佳景清，使吏殷浩、王胡之
之徒登南楼理咏。庾公俄率左右步来，诸贤欲起避之，公徐
云："诸君少住，老子于此处兴复不浅。"

〔一三〕陇笛：蒋云：笛曲有关山月，故云。

〔一四〕右掖：应劭汉官仪：中书为右曹，又称西掖。洛阳故宫铭：洛阳
宫有东掖门、西掖门。汉书注：掖门在两旁，若人之臂掖。

〔一五〕澒溔：曹植节游赋："望洪池之澒溔。"

〔一六〕冰砌：谢庄月赋："连观霜缟，周除冰净。"说文：砌，阶甃也。

〔一七〕虞庠：记王制：周人养国老于东胶，养庶老于虞庠。虞庠在国
之西郊。

〔一八〕落冀：张协七命："悲冀莫之朝落，悼望舒之夕缺。"

361

秋怀诗十一首〔一〕

窗前两好树，众叶光蕤蕤。秋风一披拂〔二〕，策策鸣不已。微灯
照空床，夜半偏入耳。愁忧无端来，感叹成坐起。天明视颜

色，与故不相似。羲和驱日月，疾急不可恃。浮生虽多涂〔三〕，趋死惟一轨。胡为浪自苦？得酒且欢喜。

白露下百草，萧兰共雕悴〔四〕。青青四墙下〔五〕，已复生满地。寒蝉暂寂寞，蟋蟀鸣自恣。运行无穷期，禀受气苦异。适时各得所，松柏不必贵。

彼时何卒卒〔六〕，我志何曼曼〔七〕？犀首空好饮〔八〕，廉颇尚能饭〔九〕。学堂日无事，驱马适所愿。茫茫出门路，欲去聊自劝。归还阅书史，文字浩千万。陈迹竟谁寻〔一〇〕？贱嗜非贵献。丈夫意有在，女子乃多怨。

秋气日恻恻〔一一〕，秋空日凌凌。上无枝上蜩，下无盘中蝇。岂不感时节？耳目去所憎。清晓卷书坐，南山见高稜。其下澄湫水〔一二〕，有蛟寒可罾〔一三〕。惜哉不得往，岂谓吾无能〔一四〕？

离离挂空悲，戚戚抱虚警〔一五〕。露泫秋树高，虫吊寒夜永〔一六〕。敛退就新懦，趋营悼前猛。归愚识夷涂〔一七〕，汲古得修绠〔一八〕。名浮犹有耻〔一九〕，味薄真自幸。庶几遗悔尤，即此是幽屏〔二〇〕。今晨不成起，端坐尽日景。虫鸣室幽幽，月吐窗冏冏〔二一〕。丧怀若迷方〔二二〕，浮念剧含梗。尘埃慵伺候，文字浪驰骋。尚须勉其顽，王事有朝请〔二三〕。

秋夜不可晨，秋日苦易暗。我无汲汲志〔二四〕，何以有此憾？寒鸡空在栖，缺月烦屡瞰。有琴具徽弦〔二五〕，再鼓听愈淡。古声久埋灭，无由见真滥〔二六〕。低心逐时趋，苦勉只能暂。有如乘风船〔二七〕，一纵不可缆。不如觑文字，丹铅事点勘。岂必求赢馀〔二八〕？所要石与甔〔二九〕。

卷卷落地叶，随风走前轩。鸣声若有意，颠倒相追奔。空堂黄昏暮，我坐默不言。童子自外至，吹灯当我前〔三〇〕。问我我不应，馈我我不餐。退坐西壁下，读诗尽数编。作者非今士，相去时已千。其言有感触，使我复凄酸。顾谓汝童子，置书且安眠。丈夫属有念〔三一〕，事业无穷年。

霜风侵梧桐，众叶著树干〔三二〕。空阶一片下，琤若摧琅玕〔三三〕。谓是夜气灭，望舒霣其团〔三四〕。青冥无依倚，飞辙危难安〔三五〕。惊起出户视，倚楹久汍澜。忧愁费晷景〔三六〕，日月如跳丸〔三七〕。迷复不计远，为君驻尘鞍。

暮暗来客去，群嚣各收声〔三八〕。悠悠偃宵寂，矗矗抱秋明〔三九〕。世累忽进虑，外忧遂侵诚。强怀张不满，弱念缺已盈。诘屈避语阱〔四〇〕，冥茫触心兵〔四一〕。败虞千金弃〔四二〕，得比寸草荣。知耻足为勇，晏然谁汝令？

鲜鲜霜中菊，既晚何用好。扬扬弄芳蝶〔四三〕，尔生还不早〔四四〕。运穷两值遇，婉娈死相保〔四五〕。西风蛰龙蛇〔四六〕，众木日凋槁。由来命分尔，泯灭岂足道？

〔一〕按：自宋玉悲秋而有九辩，六朝因之有秋怀诗，皆以摇落自比也。此诗云"学堂日无事"，乃自员外郎下为国子博士时作。

〔二〕披拂：庄子天运篇：风起北方，一西一东，孰居无事而披拂是？

〔三〕浮生：庄子刻意篇：其生若浮，其死若休。

〔四〕雕：一作"憔"，或作"凋"。

〔五〕四墙：襄阳耆旧传：蔡瑁屋宇甚好，四墙皆以青石结角。

〔六〕卒卒：卒，音猝。司马迁报任安书：卒卒无须臾之间。

〔七〕曼曼：屈原九章："终长夜之曼曼兮，掩此哀而不去。"

〔八〕犀首：史记陈轸传：陈轸过梁，欲见犀首。犀首见之，陈轸曰：

"公何好饮也?"曰:"无事也。"又:犀首者,名衍,姓公孙氏。

〔九〕廉颇:史记廉颇传:赵王使使者视廉颇尚可用否。使者既见廉
颇,颇为之一饭斗米,肉十斤,被甲上马以示尚可用。赵使还
报王曰:"廉将军虽老,尚善饭。"

〔一〇〕陈迹:庄子天运篇:"六经,先王之陈迹也。"

〔一一〕恻恻:潘岳寡妇赋:"情恻恻而弥甚。"

〔一二〕湫水:樊云:此即南山湫也。"蛟"即南山诗所谓"凝湛闷阴兽"
者也。

〔一三〕罾:屈原九歌:"罾何为兮水上。"

〔一四〕按:明人唐汝询曰:"'有蛟寒可罾'四句,为宪宗之世,朝政渐
肃,宜讨不庭,而己无权,故有是叹。"但概云宪宗时,未有以定
其何年所作。以余观之,殆为王承宗也。按:旧唐书宪宗纪:
"元和七年六月,镇州甲仗库灾,王承宗常蓄叛谋,至是始惧天
罚,凶气稍夺。"先是裴度极言淮、蔡可灭,公亦奏其败可立而
待,执政不喜。至是以柳涧事降为国子博士,故曰"惜哉不得
往"也。南湫之蛟特借喻耳,若诚言蛟,不足入秋怀也。

〔一五〕虚警:顾嗣立曰:顾炎武云:陆机叹逝赋:"节循虚而警至。"按:
此说未妥。循虚警至,言时节于空中警动而至,此何可抱耶?
大抵警犹惊也,乃戚戚焉时怀怵惕耳。

〔一六〕露泫、虫吊:方云:谢灵运诗:"花上露犹泫。"谢惠连诗:"泫泫
露盈条。"王僧达诗:"秋还露泫柯。"古诗于露用"泫"字非一。
朱子曰:按檀弓:"孔子泫然流涕。"则泫为流涕之貌,于下句
"虫吊"对偶尤切。

〔一七〕夷涂:陆云诗:"假我夷涂,顿不忘驱。"

〔一八〕绠:音梗。

〔一九〕名浮：记表记：耻名之浮于行。

〔二〇〕幽屏：屏，必郢切。按：旧注引左思吴都赋："杂插幽屏。"李善注：幽屏，生处也。按：诗意岂可谓即此是生处耶？当用曹植出妇赋："遂隳颓而失望，退幽屏于下庭。"盖谓屏居耳。又卷六东都遇春诗："即事取幽迸。"正可与此参看。

〔二一〕囧囧：江淹诗："囧囧秋月明，凭轩咏尧老。"

〔二二〕迷方：列子周穆王篇：秦人逢氏子有迷罔之疾，天地四方无不颠倒者。鲍照诗："南国有儒生，迷方独沦误。"

〔二三〕朝请：汉书刘向传：赐望之爵关内侯、奉朝请。

〔二四〕汲汲：陶潜诗："汲汲鲁中叟，弥缝使其淳。"

〔二五〕徽弦：嵇康琴赋："弦以园客之丝，徽以锺山之玉。"

〔二六〕真滥：乐记：古乐和正以广，新乐奸声以滥。

〔二七〕乘风船：晋书王濬传：濬将至秣陵，王浑遣信要令暂过论事。濬举帆直指，报曰：风利，不得泊也。

〔二八〕赢馀：后汉书马援传：致求赢馀，但自苦耳。

〔二九〕甂：都滥切，一作"儋"，又作"担"。列子汤问篇：状若甂甄。

〔三〇〕吹灯：按：吹有二义。淮南说山训："或吹火而然，或吹火而灭。"所以吹者异也。如王僧孺诗："月出夜灯吹。"此吹灭也。拾遗记："刘向校书天禄阁，夜有老人植青藜杖，登阁而进，见向暗中独坐诵书，乃吹杖端烟燃。"开元天宝遗事："苏颋少好学，每患无灯烛，常于马厩灶中旋吹火光，照书诵焉。"此吹然也，公诗正如此。

〔三一〕属有念：鲍照诗："幽居属有念，含意未连词。"

〔三二〕叶干：蔡琰胡笳十八拍："塞上黄蒿兮枝枯叶干。"

〔三三〕玱：一作"玲"。

〔三四〕望舒霣：屈原离骚："前望舒使先驱兮。"公羊传：夜中星霣如
雨。蔡云：闻叶声琤然，误谓望舒之霣其团也。

〔三五〕飞辙：梁简文帝咏月诗："飞轮了无辙，明镜不安台。"

〔三六〕晷景：释名：晷，规也，如规画也。景，境也，明所照处有境
限也。

〔三七〕跳丸：按：张衡西京赋："跳丸剑之挥霍，走索上而相逢。"盖古
人角觝戏中有跳丸之戏，故以喻日月之迅疾也。某注引庄子
"东西跳梁"，未切。至杜牧诗"日月两跳丸"，则祖此也。

〔三八〕收声：记月令：雷乃收声。

〔三九〕亹亹：宋玉九辩："时亹亹而过中兮，蹇淹留而无成。"

〔四〇〕诘屈：柏梁诗："迫窘诘屈几穷哉？"

〔四一〕心兵：庄子庚桑楚篇：兵莫憯于志，而镆铘为下。按：李义山
"心铁已从干镆厉"，刘叉"磨损胸中万古刀"，皆此义。

〔四二〕千金弃：庄子山木篇：林回弃千金之璧，负赤子而趋。或曰：
"为其布与？赤子之布寡矣。为其累与？赤子之累多矣。弃
千金之璧，负赤子而趋，何也？"林回曰："彼以利合，此以天属
也。夫以利合者，迫穷祸患害相弃也。以天属者，迫穷祸患害
相收也。"

〔四三〕扬扬：史记晏子传：意气扬扬，甚自得也。

〔四四〕生不早：王云：东坡诗云："勿讶昌黎公，恨尔生不早。"谓此
语也。

〔四五〕婉娈：诗甫田："婉兮娈兮。"

〔四六〕蛰龙蛇：易系辞：龙蛇之蛰，以存身也。

樊云：秋怀诗十一首，文选诗体也。唐人最重文选学，公以
六经之文为诸儒倡，文选弗论也。独于李邠墓志曰："能暗记论

语、尚书、毛诗、左氏、文选。"而公诗如"自许连城价"、"傍砌有红药"、"眼穿长讶双鱼断"之句,皆取诸文选,故此诗往往有其体。

刘辰翁曰:秋怀诗终是豪宕,非选体也。

黄震曰:寄兴悠远,多感叹自敛退之意。

按:昌黎短篇以此十一首为最。樊、刘二说皆有可取,盖学选而自有本色者也。文选之学,终唐不废,但名手皆有本色。如李如杜,多取材取法其中,而豪宕不践其迹。韩何必不如是耶?荐士诗之所斥者,但谓齐、梁、陈、隋耳,非谓汉、魏、晋、宋之载在文选者也。吾家不蓄文选,只李德裕放言高论,而德裕会昌一品集之诗文具在也,其与文选何如耶?孟郊秋怀十六首,与此勍敌,且有过而无不及。

石鼎联句并序

元和七年十二月四日,衡山道士轩辕弥明自衡下来。旧与刘师服进士衡湘中相识,将过太白,知师服在京,夜抵其居宿。有校书郎侯喜,新有能诗声,夜与刘说诗。弥明在其侧,貌极丑,白须黑面,长颈而高结[一],喉中又作楚语。喜视之若无人。弥明忽轩衣张眉,指炉中石鼎谓喜曰:"子云能诗,能与我赋此乎?"刘往见衡湘间人说云年九十馀矣,解捕逐鬼神物,拘囚蛟螭虎豹,不知其实能否也,见其老,颇貌敬之,不知其有文也。闻此说,大喜,即援笔题其首两句。次传于喜,喜踊跃,即缀其下云云。道士哑然笑曰:"子诗如是而已乎?"即袖手竦肩,倚北墙坐,谓刘曰:"吾不解世俗书,子为我书。"因高吟曰:"龙头缩菌蠢,豕腹涨彭亨。"初不似经意,诗旨有似讥喜。二子相顾惭骇,欲以多穷之,即又为而传之喜。喜思益苦,务欲压道士,每营度欲出口吻,声鸣益悲,操笔欲书,将下复止,竟亦不能奇也。毕即传道士,道士高踞大唱曰:"刘把笔,吾诗云云。"其不用意而功益奇,不可附说,语皆侵刘、侯。喜益忌之。刘与侯皆已赋十馀韵,弥明应之如响,皆颖脱含讥讽。夜尽三更,二子思竭不能续,因起谢曰:"尊师非世人也,某伏矣,愿为弟子,不敢更论诗。"道士奋曰:"不然,章不可以不成也。"又谓刘曰:"把笔来,吾与汝就之。"即又唱出四十字,为八句。书讫,使读。读毕,谓二子曰:"章不已就乎?"二子齐应曰:"就矣。"道士曰:"此皆不足与语,此宁为文邪?吾就子所能而作耳,非吾之所学于师而能者也。吾所能者,子皆不足以闻也。独文乎哉?吾语亦不当闻也,吾闭口矣。"二子大惧,皆起立床下,拜曰:"不敢他有问也,愿闻一言而已。先生称吾不解人间书,敢问解何书?请闻此而已。"道士寂然若无闻也。累问不应。二子不自得,即退就坐。道士倚墙睡,鼻息如雷鸣。二子怛然失色,不敢喘。斯须,曙鼓动鼕鼕〔二〕,二子亦困,遂坐睡。及觉,日已上。惊顾觅道士,不见,即问童奴。奴曰:"天且明,道士起,出门,若将便旋然。奴怪久不返,即出到门,觅无有也。"二子惊愕自责,若有失者。间遂诣余言,余不能识其何道士也。尝闻有隐君子弥明,岂其人邪?韩愈序

巧匠斫山骨〔三〕,刳中事煎烹。师服 直柄未当权,塞口且吞声〔四〕。喜 龙头缩菌蠢〔五〕,豕腹涨彭亨。弥明 外苞干藓文,中有暗浪惊。师服 在冷足自安,遭焚意弥贞。喜 谬当鼎鼐间,妄使水火争〔六〕。弥明 大似烈士胆,圆如战马缨〔七〕。师服 上比香炉尖,下与镜面平。喜 秋瓜未落蒂〔八〕,冻芋强抽萌〔九〕。弥明 一块元气闭〔一〇〕,

细泉幽窦倾〔一〕。师服 不值输写处〔二〕,焉知怀抱清?喜 方当洪炉然〔三〕,益见小器盈。弥明 皖皖无刃迹〔四〕,团团类天成。师服 遥疑龟负图,出曝晓正晴。喜 旁有双耳穿,上为孤髻撑〔五〕。弥明 或讶短尾铫,又似无足铛〔六〕。师服 可惜寒食球〔七〕,掷此傍路坑。喜 何当出灰地〔八〕?无计离瓶罂。弥明 陋质荷斟酌,狭中愧提擎。师服 岂能煮仙药〔九〕?但未污羊羹〔二○〕。喜 形模妇女笑〔二一〕,度量儿童轻。弥明 徒示坚重性,不过升合盛。师服 傍似废毂仰,侧见折轴横。喜 时于蚯蚓窍,微作苍蝇鸣。弥明 以兹翻溢愆,实负任使诚。师服 常居顾眄地,敢有漏泄情〔二二〕。喜 宁依暖熭弊,不与寒凉并。弥明 区区徒自效,琐琐不足呈。喜 回旋但兀兀,开阖惟铿铿。师服 全胜瑚琏贵,空有口传名。岂比俎豆古?不为手所撜〔二三〕。磨砻去圭角,浸润著光精〔二四〕。愿君莫嘲诮,此物方施行〔二五〕。弥明

〔 一 〕结:古髻字,当句断。

〔 二 〕罃:音彭。 洪云:石鼎联句诗,或云:"皆退之所作,如毛颖传以文滑稽耳。轩辕,寓公姓,弥明,寓公名。侯喜、师服皆其弟子也。"余曰不然。公与诸子嘲戏,见于诗者多矣。皇甫湜不能诗,则曰"掎摭粪壤间"。孟郊思苦,则曰"肠肚镇煎燭"。樊宗师语涩,则曰"辞慳义卓阆",止于是矣,不应讥诮轻薄如是之甚也。且序云:"衡山道士轩辕弥明,貌极丑,白须黑面,长颈而高结,喉中又作楚语,年九十馀。"此岂亦退之自谓耶?予同年李道立云:"尝见唐人所作贾岛碣云:'石鼎联句所称轩辕弥明,即君也。'岛,范阳人。弥明,衡山人。岛本浮屠,而弥明道士。附会之妄,无可信者。独仙传拾遗有弥明传,虽祖述退

之之语,亦必有是人矣。联句若以公作,则若出一口矣。今读其刘侯句不及弥明远甚,何至是耶?盖闻君子损己以成人之美,未闻抑人以取胜也。"朱子曰:此诗句法全类韩公,而或者所谓寓公姓名者,盖轩辕反切近韩字,弥字之义又与愈字相类,即张籍所讥与人为无实驳杂之说者也。故窃意或者之言近是。洪氏所疑容貌声音之陋,乃故为幻语,以资笑谑,又以乱其事实,使读者不之觉耳。若列仙传,则又好事者因此事而附著之,尤不足以为据也。

〔三〕巧匠斫:左思魏都赋:"剞劂罔掇,匠斫积习。"山骨:博物志:地以名山为辅佐,石为之骨。

〔四〕吞声:鲍照诗:"吞声踯躅不敢言。"

〔五〕菌蠢:张衡南都赋:"芝房菌蠢生其隈。"

〔六〕水火争:周礼天官亨人:掌共鼎镬,以给水火之齐。淮南说林训:"水火相争,鐺在其间。"注:鐺,小鼎。鐺受水而火炊之。

〔七〕战马缨:左传:鞶厉游缨。注:缨当马膺前,如索裹。

〔八〕秋瓜蒂:汉古诗:"甘瓜抱苦蒂,美枣生荆棘。"

〔九〕冻芋:史记货殖传:"汶山之下沃野,下有蹲鸱。"正义曰:蹲鸱,芋也。

〔一〇〕一块:说苑:舟之侨曰:为一人施一人,犹为一块土下雨也。

〔一一〕细泉:庾信诗:"涧险无平石,山深足细泉。"

〔一二〕输写:汉书赵广汉传:吏见者,皆输写心腹。

〔一三〕洪炉:魏志陈琳传:鼓洪炉以燎毛发。

〔一四〕睆睆:睆,华绾切,一作"宛"。庄子天地篇:睆睆然在缠缴之中。

〔一五〕弥明:诸本此下无"弥明"字,朱子曰:此似二子讥道士之词。

〔一六〕铫、铛：铫，音遥，又徒吊切。铛，楚庚切。**方言**：盆谓之盌，或
　　　　谓之铫。**说文**：铫，温器也。**广韵**：鎗，楚庚切，鼎
　　　　类。一作"铛"，俗字也。**邵长蘅韵略**：铛，釜属，有耳三足，温酒器也。
　　　　古乐府**三洲歌**："湘东醽醁酒，**广州**龙头铛。"

〔一七〕寒食球：**荆楚岁时记**：寒食为打球之戏。**新唐书百官志**：中尚
　　　　署令寒食献球。按：此戏又曰白打，晚唐**韦庄**诗："内官初赐清
　　　　明火，上相闲分白打钱。"盖纪唐之实事。

〔一八〕灰炪：炪，徐也切。**说文**：炪，烛烬也。

〔一九〕仙药：**曹植**诗："王子奉仙药，羡门进奇方。"

〔二〇〕羊羹：**中山国策**：羊羹不遍，司马子期怒。

〔二一〕形模：**王褒**诗："夫婿好形模。"

〔二二〕漏泄：**新唐书百官志**：中书省，其禁有四：一曰漏泄，二曰稽缓，
　　　　三曰违失，四曰忘误。

〔二三〕撜：徐庚切，一作"振"。按：作"振"为是。**淮南齐俗训**：子路撜
　　　　溺而受牛谢。注：撜、拯同，举也，升出溺人，谢以牛也。**广韵**、
　　　　释诂：撜，捄也。按**说文**：撜即拯字也，无平声。**洪**本作"振"。
　　　　谢惠连祭古冢文：以物振拨之。善曰：南人以物触物为振。今
　　　　按：**广韵**十六蒸虽收"抍"字，而十二庚不收"撜"字，只有"振"
　　　　字。此诗未尝出韵，作"振"为是。

〔二四〕著：直略切。光精：**邯郸淳魏受命述**：天地交和，日月光精。

〔二五〕施行：**蔡邕独断**：古语曰："在车则下，惟此时施行。"后汉书马
　　　　防传：至冬始施行。

　　按：此借石鼎以喻折足覆𫗧之义，刺时相也。篇中点睛是
"鼎𫘤水火"四字。序言元和七年，时**李吉甫**同平章事。史称**吉**
甫与**李绛**数争论于上前，故曰："谬当鼎𫘤间，妄使水火争。"上每

直绛,吉甫至中书,长吁而已,故曰:"直柄未当权,塞口且吞声。"
吉甫又与枢密使梁守谦相结,故曰:"一块元气闭,细泉幽窦倾。"
吉甫自为相,专修旧怨,故曰:"方当洪炉燃,益见小器盈。"又时
劝上为乐,李绛争之,上直绛而薄吉甫。又劝上峻刑,会上以于
顿亦劝峻刑,指为奸臣,吉甫失色,故曰:"以兹翻溢愆,实负任使
诚。"吉甫恶兵部尚书裴垍,以为太子宾客,欲自托于吐突承璀,
以元义方素媚承璀,擢为京兆尹,故曰:"宁依暖热弊,不与寒凉
并。"所奏请者,不过减削官俸,择人尚主,故曰:"区区徒自效,琐
琐不足呈。"篇中言言合于吉甫,的为李吉甫作。朱子云:托言弥
明而丑其形貌,以资笑噱,使人不觉也。

奉和武相公镇蜀时咏使宅韦太尉
所养孔雀〔一〕

穆穆鸾凤友〔二〕,何年来止兹? 飘零失故态,隔绝抱长思。翠角
高独耸,金华焕相差〔三〕。坐蒙恩顾重,毕命守阶墀。

〔 一 〕新唐书武元衡传:元衡,字伯苍,元和二年拜门下侍郎,同中书
门下平章事,为剑南西川节度使。八年召还秉政。韦皋传:
皋,字城武,贞元初为剑南西川节度使。顺宗立,诏检校太尉,
治蜀二十一年。尔雅翼:孔雀,南人收其雏养之,使极驯扰,置
山间,以物绊足,旁施罗网,伺野孔雀至,则倒网掩之。□云:
元衡以八年三月召还秉政,其诗镇蜀时作。公诗盖追和也。
按:以下诸诗皆八年作,是年三月改比部郎中、史馆①修撰。

〔 二 〕鸾凤友:尔雅翼:孔雀生南海,盖鸾凤之亚。

〔 三 〕翠角、金华:曹植鹦赋:"戴毛角之双立。"埤雅:博物志云:孔雀

尾多变色，或红或黄，喻如云霞，尾有金翠，五年而后成。始生
三年，金翠尚小，初春乃生，三四月后复凋，与花萼俱衰荣。

【校　记】

①"郎"原脱，"馆"原作"官"，据旧唐书韩愈传改。

和武相公早春闻莺

早晚飞来入锦城〔一〕，谁人教解百般鸣？春风红树惊眠处，似妒
歌童作艳声。

〔一〕锦城：华阳国志：蜀郡，道西城故锦官也。锦江织锦，濯其中则
　　　鲜明，濯他江则不好。杜甫诗："锦城丝管日纷纷。"

送进士刘师服东归〔一〕

猛虎落槛阱，坐食如孤独〔二〕。丈夫在富贵，岂必守一门？公心
有勇气，公口有直言。奈何任埋没？不自求腾轩。仆本亦进
士，颇尝究根源。由来骨鲠材〔三〕，喜被软弱吞。低头受侮
笑〔四〕，隐忍碑兀冤〔五〕。泥雨城东路，夏槐作云屯〔六〕。还家虽
阙短〔七〕，指日亲晨飧〔八〕。携持令名归，自足贻家尊〔九〕。时节
不可翫，亲交可攀援。勉来取金紫，勿久休中园〔一〇〕。

〔一〕按：洪谱旧编七年，今按石鼎联句，七年十二月师服在京师，此
　　　诗云："泥雨城东路，夏槐作云屯。"是五六月间景物，自是八年
　　　夏作。

〔二〕坐食：蒋云：朱子曰"坐"当作"求"。翘按："坐"字亦通，语虽用

史，而亦稍变其意。"坐食"者，言不能外求而止食有限之食也。孤狦：狦，与豚同。汉书东方朔传：孤豚之咋虎，至则靡耳。

〔三〕骨鲠：史记陈平世家：项王骨鲠之臣，亚父、锺离眛之属。

〔四〕低头：苏武曰："低头还自怜。"

〔五〕硏兀：硏，卢骨切。兀，一作"矹"。郭璞江赋："巨石硏兀以前却。"

〔六〕云屯：谢灵运诗："春满绿野秀，岩高白云屯。"

〔七〕阙短：一作"短阙"。

〔八〕晨飧：束晳补南陔诗："馨尔夕膳，絜尔晨飧。"

〔九〕家尊：晋书王献之传：谢安问曰："君书何如君家尊？"

〔一〇〕中园：谢灵运诗："中园屏氛杂，清旷招远风。"

苕溪诗话：昌黎送刘师服云："携持令名归，自足贻家尊。"苏州送黎尉云："祗应传善政，朝夕慰高堂。"诚儒者迂阔之辞。然贪饕苟得，污累其亲，孰若清白之为愈？

按：昌黎训子侄诗，多涉于名利，宋人议之可也。此诗"携持令名归"，自是粹然醇儒之言。苕溪迂之，何耶？诗中"骨鲠"二语，从"何意百炼刚，化为绕指柔"得来。

送刘师服〔一〕

夏半阴气始，淅然云景秋〔二〕。蝉声入客耳，惊起不可留。草草具盘馔〔三〕，不待酒献酬。士生为名累，有似鱼中钩。贲材入市卖，贵者恒难售〔四〕。岂不畏憔悴？为功忌中休。勉哉耘其业〔五〕，以待岁晚收。

〔一〕按：□云："与前诗俱八年夏作。"是也。起云"夏半"与前时合，
　　　　送行诗再作者多。

〔二〕淅然：朱子曰："淅"为淅沥凄凉之义，或作"晰"，非。

〔三〕草草：范云诗："恨不具鸡黍，得与故人挥。怀情徒草草，泪下
　　　　空霏霏。"

〔四〕难售：售，与"雠"同。诗谷风："贾用不售。"

〔五〕耨其业：按：记礼运："修礼以耕之，陈义以种之，讲学以耨之。"
　　　　所谓耨其业也。

寄皇甫湜

敲门惊昼睡〔一〕，问报睦州吏〔二〕。手把一封书，上有皇甫字。
拆书放床头，涕与泪垂四〔三〕。昏昏还就枕，惘惘梦相值〔四〕。
悲哉无奇术，安得生两翅？

〔一〕惊昼睡：何孟春曰：退之此诗云云，卢玉川又有："日高丈五睡
　　　　正浓，将军叩门惊周公。口传谏议送书信，白绢斜封三道印。"
　　　　句法、意象如此，岂真相袭者哉？

〔二〕睦州：新唐书地理志：睦州新定郡，属江南道。

〔三〕垂四：方云："垂四"盖以涕与泪分言之，犹石鼓歌所谓"对此涕
　　　　泪双滂沱"也。

〔四〕值：音治。

酬蓝田崔丞立之咏雪见寄〔一〕

京城数尺雪，寒气倍常年。泯泯都无地，茫茫岂是天？崩奔惊

乱射〔二〕，挥霍讶相缠。不觉侵堂陛，方应折屋椽。出门愁落道，上马恐平鞯〔三〕。朝鼓欹凌起，山斋酩酊眠〔四〕。吾方嗟此役，君乃咏其妍。水玉清颜隔〔五〕，波涛盛句传〔六〕。朝餐思共饭，夜宿忆同毡。举目无非白，雄文乃独玄〔七〕。

〔一〕按：旧唐书宪宗纪："元和八年冬十月丙申，以大雪放朝，人有冻踣者，雀鼠多死。"盖非常之雪，史册所纪。今此诗云："京城数尺雪，寒气倍常年。"后诗云："蓝田十月雪塞关。"既是大雪，时候又同，宜为八年之作。但公为蓝田县丞厅壁记在十年为考功郎中、知制诰时，而记云："博陵崔斯立种学绩文，元和初以前大理评事言得失黜官，再转而为丞兹邑。始至，喟曰：官无卑，顾材不足塞职。既噤不得施用，又喟曰：余不负丞，而丞负余。"则作记本不在到官之始，或八年崔已为蓝田丞，未可知也。姑从史以俟考。

〔二〕崩奔：谢灵运诗："坼岸屡崩奔。"

〔三〕落道、平鞯：按：落道，失道也。北史室韦国传：气候最寒，雪没马。杜甫诗："雪没锦鞍鞯。"

〔四〕山斋：梁简文帝诗："山斋开夜扉。"

〔五〕水玉：南山经：堂庭之山多水玉。郭璞曰：水玉，今水精也。按：喻其颜之清，犹赵国策云"先生之玉貌"也。清颜：陆云诗："仿佛佳人，清颜如玉。"

〔六〕波涛：按：即前赠崔诗所云"高浪驾天输不尽"也。

〔七〕雄文独玄：汉书扬雄传：雄方草太玄，人有嘲雄以玄尚白。雄解之，号曰解嘲，云："仆诚不能与此数子者并，故默然独守吾太玄。"

376

雪后寄崔二十六丞公斯立

蓝田十月雪塞关〔一〕，我兴南望愁群山。攒天嵬嵬冻相映〔二〕，君乃寄命于其间。秩卑俸薄食口众〔三〕，岂有酒食开容颜？殿前群公赐食罢，骅骝蹴路骄且闲〔四〕。称多量少鉴裁密，岂念幽桂遗榛菅？几欲犯严出荐口〔五〕，气象硉兀未可攀〔六〕。归来殒涕掩关卧，心之纷乱谁能删？诗翁憔悴劚荒棘〔七〕，清玉刻佩联玦环〔八〕。脑脂遮眼卧壮士〔九〕，大弨挂壁无由弯〔一〇〕。乾坤惠施万物遂，独于数子怀偏悭。朝歊暮喑不可解〔一一〕，我心安得如石顽？

〔一〕蓝田关：汉书地理志：蓝田县山出美玉，秦孝公置，属京兆尹。新唐书地理志：蓝田，畿县，有蓝田关，故峣关。有库谷，谷有关。

〔二〕嵬嵬：广雅释训：嵬嵬，高也。

〔三〕秩卑俸薄：新唐书百官志：畿县丞一人，正八品下。按：唐六典：县丞俸六十七石。

〔四〕骄且闲：诗硕人："四牡有骄。"又驷驖："四马既闲。"

〔五〕犯严：按：犯严，犹云干冒尊严也。

〔六〕硉兀：王云：高亢貌。按：此云群公之崖岸，未可与言也。

〔七〕诗翁：洪云：指孟郊也。劚荒棘：按：孟郊寒溪诗云："洛阳岸边道，孟氏庄前溪。岸童劚棘劳，语言多悲凄。"又云："幽幽棘针村，冻死难耕犁。"然则"劚荒棘"乃孟郊之实事也。下句所云"清玉刻佩联玦环"，其意难晓。孙汝听云"珮玦环三者喻孟诗之工"，殊为附会，且与"大弨挂壁无由弯，独于数子怀偏悭"无谓。按：郊寒溪诗又有"劚玉掩骼骴，吊琼哀阑干"之句，清玉亦谓冰雪，故取其语以悲之，言其劚棘荒村，满身风雪，如玉珮玦环云尔。

〔八〕玦环：白虎通：玦环之不周也。尔雅释器：肉好若一谓之环。

〔九〕壮士：洪云：谓张籍病眼。

〔一〇〕大弨：弨，虫招切。诗小雅："彤弓弨兮。"挂壁：风俗通：应彬为汲令，请主簿杜宣赐酒，壁上有悬赤弩。无由弯：北史崔浩传：手不能弯弓持矛。孟郊诗："剑刃冻不割，弓弦强难弹。"按：此谓籍病目不能入官，犹良弓而无由用也。

〔一一〕朝歔暮唫：唫，子夜切。宋玉九辩："憯凄增歔兮。"后汉书光武帝纪论：望气者苏伯阿，遥望见舂陵郭，唫曰："气佳哉！郁郁葱葱然。"

赠崔立之〔一〕

昔者十日雨，子桑苦寒饥。哀歌坐空屋，不怨但自悲。其友名子舆，忽然忧且思。褰裳触泥水，裹饭往食之。入门相对语，天命良不疑。好事漆园吏〔二〕，书之存雄辞。千年事已远，二子情可推。我读此篇日，正当雨雪时。吾身固已困，吾友复何为？薄粥不足裹，深泥谅难驰〔三〕。曾无子舆事，空赋子桑诗。

〔一〕按：诗云"正当雨雪时"，自与前诗相近时作。

〔二〕好事：汉书扬雄传：时有好事者，载酒肴从游学。漆园吏：史记庄子传：庄子名周，尝为蒙漆园吏。正义曰：括地志云：漆园故城在曹州冤句县北，古属蒙县。

〔三〕深泥：周礼考工记：虽有深泥，亦弗之溓也。

按:此诗不足为法。凡引古过演,文且不可,而况于诗。焉有寥寥小篇,演至大半者!演则精神不振,演则气势不紧。其下又并无精神,并无气势。惟落落漠漠,就缴六语以了之,此岂起衰八代者之合作乎?一时败笔,人所时有,但学者不可乐其易为而效之。

酬王二十舍人雪中见寄[一]

三日柴门拥不开,阶平庭满白皑皑[二]。今朝蹋作琼瑶迹,为有诗从凤沼来[三]。

〔一〕方云:王涯为舍人,见王适墓志,本传略之。顾嗣立曰:按旧唐书王涯传:擢进士第,登宏辞科。贞元二年,召充翰林学士,拜右拾遗、左补阙、起居舍人。崧卿云:本传略之,岂但见新书耶?按:涯贞元八年与公同年进士,安得贞元二年先已拜官?此必有脱字,又非贞元十二年。十二年,公在董晋幕。至二十年,公贬阳山,诗又必非是时作。再考旧书涯传,元和九年正拜舍人。而王适墓志云:适入闅乡南山,中书舍人王涯、比部郎中韩愈日发书问讯。则此为九年之作无疑。又按:旧书宪宗纪:"九年正月己酉,大雾而雪。"尤可为证。以下诸诗,皆九年作。是年十月,转考功郎中,依前史馆修撰。十二月,以考功郎中知制诰。

〔二〕皑皑:皑,五来切。刘歆遂初赋:"漂积雪之皑皑。"

〔三〕凤沼:晋书荀勖传:勖久在中书,及守尚书令,或有贺之者,曰:"夺我凤皇池,诸君贺我耶?"

送李六协律归荆南〔一〕

早日羁游所〔二〕,春风送客归。柳花还漠漠,江燕正飞飞。歌舞知谁在?宾僚逐使非〔三〕。宋亭池水绿〔四〕,莫忘蹋芳菲。

〔一〕□云:李协律,翱也。新唐书地理志:江陵府,本荆州南郡,属山南道。按:李协律翱见公代张籍与李浙东书。此明据也。新书翱传云:"中进士第,始调校书郎,累迁。元和初,为国子博士,史馆修撰。"不载其为协律。然韩愈为张建封节度推官,得试协律郎,选授四门博士,史亦略之,则略翱不足为异。考翱生平履历,见于其文者,盖初寓汴州,中第后曾佐滑州。元和初,分司洛中。三年冬,岭南节度杨于陵辟为掌书记。四年春,赴广州。公作诗送之。五年于陵罢镇,翱自江南归,佐卢坦于宣州。数月,坦迁侍郎入朝。时李逊为浙东观察使,辟翱为从事。六年曾至京师,八月自京还东,张籍寓书当于是时。八年,与皇甫湜书云:"仆到越中,得一官三年矣,累求罢去,尚未得。"九年正月乞假,归葬其叔,自署云"浙东道观察判官将仕郎试大理评事摄监察御史"。是年李逊入为给事中,翱官罢在家,卧病食贫,则其归荆南当在是时。而协律之称,则仍其旧也。及十二年,复应东川卢坦之辟。十四年间削平淄青,翱已为史官。再迁考功郎中,下除朗州刺史。长庆元年改舒州,三年召为礼部郎中,四年复出为卢州,终昌黎之世,其历官如此。九年以前不得归荆南,十四年以后不得称协律。观"早日羁游所"一句,又决非元和以前之作。而十年十二年间,公诗有"亲交乖隔"之叹,则翱又似不在京师。然则系之九年,庶为近理。但翱系出陇西，史与集俱不详其居址。或家在京南，故曰归。唐时陇西李散处四方，如李白居蜀，李逊客居荆州，是也。

〔二〕羁游：水经注：羁游宦子，莫不寻梁契集。□云：公尝为江陵法曹，故此诗言羁游处。

〔三〕宾僚：北史裴延俊传：广平王赞盛选宾僚。逐使非：按：李翱前后两为李逊辟，其僚友或非故知矣。考是时荆南节度为严绶，至十年十月绶讨吴元济无功，以李逊代之。逊即翱旧时府主，公又有诗送之，故知合在九年也。

〔四〕宋亭：杜甫诗："曾闻宋玉宅，每欲到荆州。"

山南郑相公樊员外酬答为诗其末咸有见及语樊封以示愈依赋十四韵以献〔一〕

梁维西南屏〔二〕，山厉水刻屈。禀生肖勤刚〔三〕，难谐在民物。荥公鼎轴老〔四〕，烹斡力健倔〔五〕。帝咨女予往，牙纛前毞坲〔六〕。威风挟惠气，盖壤两劘拂〔七〕。茫漫华黑间〔八〕，指画变恍欻〔九〕。诚既富而美，章汇霍炳蔚〔一〇〕。日延讲大训〔一一〕，龟判错衮黻〔一二〕。樊子坐宾署，演孔刮老佛〔一三〕。金春撼玉应，厥臭剧薫郁〔一四〕。遗我一言重，跽受惕斋慄。辞悭义卓阔〔一五〕，呀豁疚掊掘〔一六〕。如新去钉䩂〔一七〕，雷霆逼飓飑〔一八〕。缀此岂为训？俚言绍庄屈〔一九〕。

〔一〕旧唐书宪宗纪：九年三月，以太子少傅郑馀庆为山南西道节度使。新唐书樊宗师传：宗师，字绍述，始为国子主簿，历绛州刺史，进谏议大夫，未拜卒。韩愈称宗师议论平正有经据，尝荐其材云。公集荐樊宗师状：摄山南西道节度副使前检校水部员外郎樊宗师。王云：李肇国史补曰："元和以后，为文奇诡则学于韩愈，苦涩则学于樊宗师。"公此诗及樊墓志铭，语奇而涩，皆所以效其体也。

〔二〕梁：新唐书地理志：兴元府汉中郡，本梁州汉川郡。天宝元年更郡名，兴元元年为府，山南西道采访使，治梁州。

〔三〕勌刚：勌，子小切，又楚交切。说文：勌，劳也。广韵：勌，轻捷。按：诗用广韵之义。

〔四〕荥公：按：新唐书馀庆传："为山南节度，后入拜太子少师，迁尚书左仆射，拜凤翔节度，复为太子少师，封荥阳郡公。"则此时尚未封也。殆以馀庆本郑州荥阳人，故称之耶？鼎轴老：按：新唐书馀庆传："贞元十四年，拜中书侍郎、同中书门下平章事，坐事贬郴州司马。"宪宗立，复拜同中书门下平章事，故曰"鼎轴老"。

〔五〕烹斡：王云：烹谓烹击，斡谓斡旋，言宰制也。顾嗣立曰："烹"字顶上"鼎"字，"斡"字顶上"轴"字。健倔：汉书陆贾传：以新造未集之赵，倔强于此。

〔六〕牙：兵书：牙旗者将军之精。滕辅祭牙文：敬建高牙，神武乃托。坲：音拂。刘向九叹："飘风蓬龙，埃坲坲兮。"

〔七〕劘拂：劘，音摩。方云：劘，音摩。司马相如子虚赋："上摩兰蕙，下拂羽盖。"文选作"靡"。汉书贾山传赞"自下劘上"。序传只作"摩"。古"摩"、"靡"、"劘"字皆通。今集韵"摩"下不言"靡"字，非也。按："劘拂"正用子虚赋。又魏文帝诗："卑枝拂羽盖，修条摩苍天。"

〔八〕华黑：书禹贡：华阳黑水惟梁州。

〔　九　〕悗欻：欻，许勿切，又与忽同。张衡思玄赋："欻神化而蝉
蜕兮。"

〔一〇〕章汇：王云：文采也。炳蔚：易革卦：大人虎变，其文炳也；君子
豹变，其文蔚也。

〔一一〕讲大训：书顾命：大训弘璧。按：新唐书馀庆传："馀庆在兴元
创学庐，其子澥为山南西道节度使，嗣完之，养生徒，风化大
行。"则知"日延讲大训"，当时有是事也。

〔一二〕龟判、衮黻：春秋：盗窃宝玉大弓。公羊传：宝者何？璋判白、
龟青纯。诗九罭："衮衣绣裳。"又终南："黻衣绣裳。"孙云：龟
判言其所执，衮黻言其服，讲大训者之错杂如此。按：璋判可
执，诗棫朴"奉璋峨峨"，是也。执玉龟袭虽见于玉藻，然大抵
是卜时执之，讲大训无所事此。新唐书车服志：天授二年，改
佩鱼为龟。贺知章以金龟换酒。然则判言所执，龟言所佩，衮
黻言所服耳。

〔一三〕刮：扬雄剧秦美新：刮语烧书。

〔一四〕蕙郁：周礼春官郁人：掌和郁鬯。应劭地理风俗记：郁，芳草
也，百草之华，煮以合酿。今郁金香是也。

〔一五〕词悭义阔：孙云：言词约而义富。

〔一六〕疚掊掘：疚，一作"疾"。掊，普后切。方云：疚，劳也。孙云：掊
掘者，讨究也。

〔一七〕耵聍：音顶泞。广韵：耵聍，耳垢也。

〔一八〕颷：于笔切。说文：颷，大风也。孙云：言读此诗如新去耳垢，
却闻雷霆飓颷，言惊恐不定也。

〔一九〕绍庄屈：孙云：言我缀此答诗，岂以为训乎？俚言之下，聊以绍
庄周屈原而已。按：庄、屈分指郑、樊，言以俚言继和两奇

才也。

奉和虢州刘给事使君三堂新题二十一咏 并序[一]

虢州刺史宅连水池竹林，往往为亭台岛渚，目其处为三堂。刘兄自给事中出刺此州，在任逾岁，职修人治，州中称无事，颇复增饰，从子弟而游其间；又作二十一诗以咏其事，流行京师，文士争和之。余与刘善，故亦同作。

〔一〕方云：刘伯刍以元和八年出刺虢州，白乐天有制词。新唐书本传：刘伯刍，字素芝，兵部侍郎迺之子，擢累给事中。李吉甫当国，裴垍卒，不加赠，伯刍为申理，乃赠太子少傅。或言其妻垍从母也。吉甫欲按之，求补虢州刺史。吕温虢州三堂记：开元初，天子思二南之风，并选宗英，共持理柄。虢大而近，匪亲不居。时惟五王出入相授，承平易理，逸政多暇，考卜惟胜，作为三堂。三者，明臣子在三之节。堂者，励宗室克构之义。

新亭

湖上新亭好，公来日出初。水文浮枕簟[一]，瓦影荫龟鱼[二]。

〔一〕水文：文，一作"纹"。释名：风吹水波成文，曰澜。澜，连也，波体转流，相及连也。水小波曰沦。沦，伦也，小文相次，有伦理也。

〔二〕龟鱼：周礼天官鳖人：春献鳖蜃，秋献龟鱼。

韩愈诗集编年笺注

流水

汩汩几时休〔一〕，从春复到秋。只言池未满，池满强交流。

〔一〕汩汩：枚乘七发："混汩汩兮。"

竹洞

竹洞何年有？公初斫竹开。洞门无锁钥，俗客不曾来。

月台

南馆城阴阔〔一〕，东湖水气多〔二〕。直须台上看，始奈月明何？

〔一〕南馆：魏文帝与吴质书：驰骋北场，旅食南馆。

〔二〕东湖：水经注：东湖西浦，渊潭相接，水至清深。

渚亭

自有人知处，那无步往踪？莫教安四壁〔一〕，面面看芙蓉。

〔一〕四壁：史记司马相如传：家徒四壁立。

竹溪

蔼蔼溪流慢，梢，梢岸篠长〔一〕。穿沙碧矟净〔二〕，落水紫苞香〔三〕。

〔一〕梢梢：尔雅释木：梢，梢櫂。注：谓木无枝柯，梢櫂长而杀者。

〔二〕矟：古旱切。

〔三〕紫苞香：左思吴都赋："苞笋抽节。"谢灵运诗："初篁苞绿箨。"
又："野蕨渐紫苞"。□云：少陵竹诗有"雨洗娟娟净，风吹细细
香"。前辈尝云：竹未尝有香，而少陵以香言之。岂知公亦有
"落水紫苞香"之语乎？按：唐诗"香"字不止咏竹，太白又以属
柳，有"风吹柳花满店香"句，皆但言其清新之气也。何疑于杜
与韩耶？宋诗"翠"字亦不作黛绿解，只作新鲜义，东坡有之。
古人下字取神，往往如此。

北湖

闻说游湖棹，寻常到此回。应留醒心处，准拟醉时来。

花岛

蜂蝶去纷纷，香风隔岸闻。欲知花岛处，水上觅红云。

柳溪

柳树谁人种？行行夹岸高。莫将条系缆，著处有蝉号。

西山

新月迎宵挂，晴云到晚留。为遮西望眼，终是懒回头。

竹径

无尘从不扫，有鸟莫令弹〔一〕。若要添风月，应除数百竿。

〔一〕扫、弹：按：此二字皆从竹说。言竹之低垂者，不必有尘而待其
扫除，竹之高挺者，不必有鸟而从其弹击。皆状竹茂密，以启

下义也。若作"径静不扫,鸟过人弹"。或引盛弘之荆州记"大竹屈垂,扫拂石迳",犹得字面,或引左思蜀都赋"弹言鸟于森木",则失其义矣,何与下文耶?

荷池

风雨秋池上,高荷盖水繁。未谙鸣摵摵[一],那似卷翻翻[二]?

〔 一 〕摵摵:摵,所隔切。夏侯湛寒苦谣:"草摵摵以疏叶。"

〔 二 〕翻翻:诗瓠叶:"幡幡瓠叶。"

稻畦

罫布畦堪数[一],枝分水莫寻[二]。鱼肥知已秀,鹤没觉初深。

〔 一 〕罫:音卦。桓谭新论:守边隅,趋作罫,自生于小地。方云:罫,博局上方目也。朱子曰:博局当云棋局。

〔 二 〕枝分:水经注:江氾枝分,东入大江。

柳巷

柳巷还飞絮,春馀几许时?吏人休报事,公作送春诗。

花源

源上花初发,公应日日来。丁宁红与紫,慎莫一时开。

北楼

郡楼乘晓上,尽日不能回。晚色将秋至,长风送月来[一]。

镜潭

非铸复非镕，泓澄忽此逢。鱼鰕不用避，祗是照蛟龙。

孤屿

朝游孤屿南，暮戏孤屿北。所以孤屿鸟，与公尽相识。

方桥

非阁复非船，可居兼可过。君欲问方桥，方桥如此作〔一〕。

〔一〕作：大戴礼劝学篇：肉腐出虫，鱼枯生蠹。殆教忘身，祸灾乃作。后汉书廉范传：廉叔度，来何暮？不禁火，民安作？注：作，协韵，音则获反。广韵：作，造也，本臧洛切，叶侧箇切。

梯桥

乍似上青冥，初疑蹑菡萏。自无飞仙骨〔一〕，欲度何由敢。

〔一〕飞仙骨：列子汤问篇：所居之人皆仙圣之种，一日一夕飞相往来者，不可胜数焉。

月池

寒池月下明，新月池边曲。若不妒清妍，却成相映烛。

按：唐人七绝分派，已言之卷七矣。五绝分派，王、李正宗之外，杜甫一派，钱起一派，裴、王一派，李贺一派，昌黎一派。昌黎派遂为东坡所宗,而陆放翁承之。

早赴街西行香赠卢李二中舍人原注:卢汀、李逢吉。〔一〕

天街东西异〔二〕,祇命遂成游〔三〕。月明御沟晓〔四〕,蝉吟隄树秋。
老僧情不薄,僻寺境还幽。寂寥二三子,归骑得相收〔五〕。

〔 一 〕新唐书李逢吉传:逢吉,字虚舟,擢进士第,元和时迁中书舍
　　　人。程大昌演繁露:国忌行香,起于后魏、江左齐梁间。何尚
　　　之设八关斋,集朝士自行香。东魏静帝尝设法会,乘辇行香。
　　　凡云行香者,步进前,周匝道场,仍自炷香为礼也。按:唐六
　　　典:凡国忌行香,京文武五品以上,与清官七品以上。

〔 二 〕天街:按:天街乃长安街,即公诗所谓"天街小雨润如酥"者也。
　　　东西异者,即华山女诗所谓"街东街西"也。旧注引史记天官
　　　书"毕昴间为天街",是"天街"二字所由来,不是此处事实。

〔 三 〕祇命:孙云:谓承诏也。

〔 四 〕御沟:一作沟水。卓文君白头吟:"蹀躞御沟上,沟水东西流。"

〔 五 〕相收:庄子山木篇:夫相收之与相弃亦远矣。

江汉一首答孟郊〔一〕

江汉虽云广〔二〕,乘舟渡无艰。流沙信难行〔三〕,马足常往还。
凄风结冲波〔四〕,狐裘能御寒。终宵处幽室,华烛光烂烂〔五〕。
苟能行忠信,可以居夷蛮。嗟余与夫子,此义每所敦。何以复
见赠?缱绻在不谖〔六〕。

〔一〕按:**孟郊赠韩郎中愈**二首有曰:"何以定交契? 赠君高山石。
何以保贞坚? 赠君青松色。"又曰"众人尚肥华,志士多饥羸。
愿君保此节,天意当察微"云云。颇与此诗语义相应。题称**韩
郎中**,盖于比部时也。十月,转考功郎中,则**郊**已没矣。公与
郊唱和之诗止于此。

〔二〕江汉:**诗汉广**:"汉之广矣,不可泳思。**江**之永矣,不可方思。"

〔三〕流沙:**书禹贡**:导弱水至于合黎,馀波入于**流沙**。

〔四〕冲波:**陆机诗**:"寒冰结冲波。"

〔五〕华烛:**秦嘉诗**:"飘飘帷帐,荧荧华烛。"烂烂:平声,一作"炎
炎"。**方**云:**楚辞**"烂"字叶平声。九章:"曾枝剡棘,圆果抟兮。
青黄杂糅,文章烂兮。"

〔六〕缱绻:**左传**:缱绻从公,无通外内。

广宣上人频见过〔一〕

三百六旬长扰扰,不冲风雨即尘埃。久惭朝士无裨补,空愧高
僧数往来。学道穷年何所得? 吟诗竟日未能回。天寒古寺游
人少,红叶窗前有几堆。

〔一〕□云:**广宣**,蜀僧。元和中住**长安安国寺**,寺有**红楼**。**宣**有诗
名,号**红楼集**。按:**国史补**:"**韦相贯之**为尚书右丞入内,僧**广
宣**赞门曰:'窃闻阁下不久拜相。'**贯之**叱曰:'安得此不轨之
言?'命纸草奏,僧恐惧走出。"则**广宣**乃奔走于公卿之门者,题
曰"频见过",甚厌之也。此诗未能定其年月,但**贯之**为尚书右
丞,入相事在九年,而公在朝已久。是年十月,以考功郎中掌
制诰,**广宣**以诗为名,意实在于趋炎,则奔走**长安街**,时时见

韩愈诗集编年笺注

过，或即在此时也。

饮城南道边古墓上逢中丞过赠礼部卫员外少室张道士原注：中丞裴度也。〔一〕

偶上城南土骨堆〔二〕，共倾春酒三五杯。为逢桃树相料理〔三〕，不觉中丞喝道来〔四〕。

〔一〕按：旧唐书宪宗纪：元和九年十一月，以中书舍人裴度为御史中丞。而公送张道士序云："元和九年，三献书不报。"则此诗可决为九年之作矣。卫员外未审何人。考公所相与者为卫中行，集中有卫府君墓志，云："元和十年，其弟中行为尚书兵部郎。"则九年为礼部员外，十年转兵部郎中，官阶可推，史可略也。

〔二〕土骨堆：按：记檀弓："延陵季子曰：骨肉复归于土。"今古墓则惟土与骨而已矣，故曰土骨堆。

〔三〕相料理：料，音聊。世说：王子猷作桓车骑参军，桓谓王曰："卿在府久，比当相料理。"按：齐民要术："先耕作垅，然后散榆荚。榆生与草俱长，未须料理。明年放火烧之，又明年劚去恶者。"料理桃树，当亦此类。

〔四〕喝道：按：喝道自古有之，即孟子所谓"行辟人也"。古今注云："两汉京兆、河南尹及执金吾、司隶校尉，皆使人导引传呼，使行者止，坐者起。"即喝道也。应瑗诗："无用相呵喝。"

391

答道士寄树鸡原注：树鸡，木耳之大者。〔一〕

软湿青黄状可猜〔二〕，欲烹还唤木盘回。烦君自入华阳洞〔三〕，直割乖龙左耳来。

〔一〕□云：东坡和陶诗："黄菘养土羔，老楮生树鸡。"即此。按：道
士自即前后诗张道士，故不著明。

〔二〕软湿：齐民要术：木耳菹，取枣桑榆柳树边生犹软湿者，煮五
沸，去腥汁。

〔三〕华阳洞：龙城录：茅山隐士吴绰采药于华阳洞口，见一小儿手
把三珠，戏于松下。绰从之，奔入洞中，化为龙。三珠填左耳
中。绰以药斧劚之，落左耳，而三珠已失所在。冯贽云仙杂
记：天罚乖龙，必割其耳。

送张道士〔一〕

大匠无弃材，寻尺各有施。况当营都邑，杞梓用不疑。张侯嵩
高来〔二〕，面有熊豹姿〔三〕。开口论利害，剑锋白差差。恨无一
尺捶〔四〕，为国答羌夷。诣阙三上书〔五〕，臣非黄冠师〔六〕。臣有
胆与气，不忍死茅茨。又不媚笑语，不能伴儿嬉。乃著道士
服，众人莫臣知。臣有平贼策，狂童不难治〔七〕。其言简且要，
陛下幸听之。天空日月高，下照理不遗。或是章奏繁〔八〕，裁择
未及斯。宁当不俟报，归袖风披披〔九〕。答我事不尔〔一〇〕，吾亲
属吾思。昨宵梦倚门〔一一〕，手取连环持〔一二〕。今日有书至，又
言归何时？霜天熟柿栗，收拾不可迟。岭北梁可构，寒鱼下清
伊〔一三〕。既非公家用〔一四〕，且复还其私。从容进退间，无一不
合宜。时有利不利〔一五〕，虽贤欲奚为。但当励前操，富贵非
公谁？

〔 一 〕公序云:张道士,嵩高之隐者,通古今学,有文武长材,寄迹老子法中为道士,以养其亲。九年,闻朝廷将治东方贡赋之不如法者,三献书不报,长揖而去。京师士大夫多为诗以赠,而属愈为序。

〔 二 〕高:或作"南"。

〔 三 〕熊豹姿:左传:是子也,熊虎之状。

〔 四 〕一尺捶:捶,一作"箠"。贾谊过秦论:执捶拊以鞭笞天下。

〔 五 〕三上书:苕溪诗话:昌黎送张道士"诣阙三上书"云云,韦应物送李山人云:"圣朝多遗逸,披胆谒至尊。岂是贸荣宠?誓将救元元。"圣俞赠师鲁云:"臣岂为身谋?而邀陛下睐。"皆急于得君,非为利禄计也。

〔 六 〕黄冠:刘删诗:"名山本郁盘,道士贵黄冠。"

〔 七 〕狂童:指吴元济也。治:平声。

〔 八 〕章奏:蔡邕独断:凡群臣上书于天子有四名,一曰章,二曰奏,三曰表,四曰驳议。

〔 九 〕披披:屈原九歌:"云衣兮披披。"

〔一〇〕不尔:世说:谢公曰:外人论殊不尔。

〔一一〕倚门:齐国策:王孙贾母曰:"汝朝出而晚来,则吾倚门而望。汝暮出而不还,则吾倚闾而望。"

〔一二〕连环:齐国策:秦昭王遣使遗君王后玉连环。随巢子:召人以环,绝人以玦。

〔一三〕清伊:伊,一作"漪"。朱子曰:伊水在嵩北,若前作"嵩南",即此处不可作"伊"。若作"嵩高",则此处乃可作"伊"耳。"漪"字虽可通用,然本不从水,只是语助词,如书"断断猗",大学作"兮",庄子"而我犹为人猗",亦是此类,故说文水部无之。但因诗伐檀"涟猗"、"沦猗",故俗遂加水用之。而<u>韩公</u>亦有"含风漪"之句,则此作"漪"亦未可知。今上文既作"嵩高",则此且作"伊"。

〔一四〕公家:<u>左传</u>:公家之利,知无不为,忠也。

〔一五〕利不利:<u>史记管仲传</u>:"吾尝为<u>鲍叔</u>谋事,而更穷困,<u>鲍叔</u>不以我为愚,知时有利不利也。"

奉酬振武胡十二丈大夫 原注:<u>胡证</u>也。〔一〕

倾朝共羡宠光频〔二〕,半岁迁腾作虎臣〔三〕。戎旃暂停辞社树〔四〕,里门先下敬乡人〔五〕。横飞玉盏家山晓〔六〕,远蹋金珂塞草春〔七〕。自笑平生夸胆气〔八〕,不离文字鬓毛新。

〔一〕旧唐书宪宗纪:九年十一月,以御史中丞<u>胡证</u>为单于大都护、振武麟①胜等节度使。<u>新唐书胡证传</u>:证,字启中,河东人,举进士,累迁谏议大夫。<u>元和</u>九年,党项扰边,证以儒而勇,选拜振武军节度使。<u>新唐书地理志</u>:鄜州下都督府,鄜城西南有天威军,军故石堡城。开元十七年置,初曰振武军,属陇右道。

〔二〕宠光:诗蓼萧:"为龙为光。"传:龙,宠也。

〔三〕虎臣:诗泮水:"矫矫虎臣。"

〔四〕戎旃暂停辞社树:诸本作"弩矢前驱烦县令",方从阁本。辞社树:庄子人间世篇:匠石之齐,见栎社树。方云:赵璘因话录:胡证建节赴振武,过河中,时赵宗儒为帅,证持刺称百姓入谒,献诗曰:"诗书入京国,旌节过乡关。"若用"弩矢"云云,非胡公敬共桑梓之意。

〔五〕下里门:史记万石君传:万石君徙居陵里,子庆醉归,入外门不

韩愈诗集编年笺注

394

下车。奋让之曰：内史贵人，入闾里，里中长老皆走匿，而内史
坐车中自如，固当！后庆及诸子弟入里门，趋至家。后汉书张
湛传：湛告归平陵，望寺门而步。主簿进曰："明府位尊德重，
不宜自轻。"湛曰："父母之国，所宜尽礼，何谓轻哉？"

〔六〕玉盏：记明堂位：爵用玉盏。

〔七〕远蹀：徐陵诗："闻珂知马蹀。"金珂：西京杂记：武帝时长安盛
饰鞍马，以南海白蜃为珂，紫金为革，以饰其上。新唐书车服
志：三品以上珂九子，四品七子，五品六品以下去珂。

〔八〕胆气：后汉书光武纪：胆气益壮，无不一当百。按：新唐书证
传："证旅力绝人，曾脱晋公裴度于厄，时人称其侠。"今以儒而
勇，受任节钺。而公亦自负胆气，乃老于文字之职，故结句
云云。

【校　记】

①"麟"，原作"灵"，据旧唐书改。

韩昌黎诗集编年笺注卷九

卷九凡四十六首,内阙一首,起元和十年知制诰,迄十一年迁中书舍人,降太子右庶子时作。

奉和库部卢四兄曹长元日朝回 原注:卢汀也。〔一〕

天仗宵严建羽旄〔二〕,春云送色晓鸡号。金炉香动螭头暗〔三〕,玉佩声来雉尾高〔四〕。戎服上趋承北极〔五〕,儒冠列侍映东曹〔六〕。太平时节难身遇,郎署何须叹二毛〔七〕?

〔一〕新唐书百官志:库部郎中、员外郎各一人,掌戎器卤簿仪仗。
洪云:国史补云:两省相呼为阁老,尚书丞、郎相呼为曹长,郎中、员外、御史、遗、补相呼为院长,上可兼下,下不可兼上,唯御史相呼为端公。然退之呼卢库部为曹长,张功曹为院长,则上下亦通称也。按:以下为元和十年以考功郎中知制诰时作。

〔二〕天仗:新唐书仪卫志:凡朝会之仗,三卫番上,分为五仗。一曰供奉仗,二曰亲仗,三曰勋仗,四曰翊仗,五曰散手仗。每朝,内外队仗立于阶下。元日大朝会,则供奉仗、散手仗立于殿上。朝罢，皇帝步入东序门，然后放仗。宵严：班固西都赋：
"周以钩陈之位，卫以严更之署。"善曰：薛综西京赋注：严更，
督行夜鼓也。仪卫志：天子将出，前发七刻击一鼓，为一严。
前五刻击二鼓，为再严。前二刻击三鼓，为三严。诸卫以次入
陈殿庭。

〔三〕金炉：仪卫志：朝日，殿上设熏炉、香案。螭头：国史补：两省谴
起居郎为螭头，以其立近石螭也。新唐书百官志：起居郎、舍
人夹香案分立殿下，直第二螭首，和墨濡笔，皆即坳处，时号螭
头。雍录：殿前螭头，盖玉阶扶栏上压顶横石，刻为螭头之状
也。以横石突兀不雅驯，故刻螭以文之。按：旧注有引鸱尾
者，误，鸱尾在屋上，非螭头也。

〔四〕雉尾：古今注：雉尾扇起于殷高宗时，缉雉羽为扇翣，以障翳尘
也。仪卫志：人君举动必以扇，雉尾障扇四，小团雉尾扇四，方
雉尾扇十二。

〔五〕戎服上趋：仪卫志：皇帝升御坐，左右金吾将军一人奏左右厢
内外平安。又礼乐志：皇帝元正受朝贺，在位者皆再拜。上公
一人诣西阶席，脱舄跪，解剑，升当御坐前，北面跪贺。

〔六〕东曹：仪卫志：入宣政门，文班自东门而入，武班自西门而入。
宰相两省官对班于香案前，百官班于殿庭。

〔七〕郎署、二毛：荀悦汉纪：冯唐白首屈于郎署。潘岳秋兴赋："余
春秋三十有二，始见二毛，以太尉掾兼虎贲中郎将，寓直于散
骑之省。"

寒食直归遇雨〔一〕

寒食时看度，春游事已违。风光连日直，阴雨半朝归〔二〕。不见

红球上,那论彩索飞〔三〕。惟将新赐火〔四〕,向曙著朝衣。

〔一〕唐本笺云:元和十年,公时以考功郎中知制诰。

〔二〕半朝归:朝,陟遥切。按:新唐书仪卫志:"泥雨则延三刻传
　　　点。"故至半朝而始归也。

〔三〕红球、彩索:荆楚岁时记:去冬节一百五日,即有疾风甚雨,谓
　　　之寒食,禁火三日。打球秋千之戏。按:刘向别录曰:"蹴鞠,
　　　黄帝所造,本兵势也。"鞠与球同。古今艺术图云:"秋千,北山
　　　戎之戏,以习轻趫者。"孙云:"红球以红帛为之。"按:新唐书百
　　　官志:"中尚署令寒食献球。"彩索,即秋千也。

〔四〕新赐火:唐会要:清明取榆柳之火,以赐近臣,顺阳气。

题百叶桃花 原注:知制诰时作。

百叶双桃晚更红,窥窗映竹见玲珑。应知侍史归天上〔一〕,故伴
仙郎宿禁中〔二〕。

〔一〕侍史:应劭汉官仪:尚书郎入直台廨中,给侍史一人,女侍史二
　　　人,皆选端正者,侍史从至止车门还。女侍史洁被服,执香炉,
　　　烧熏以从入台中,给使护衣服。天上:王云:谓内庭,公以考功
　　　郎中知制诰,寓直禁掖,故云。

〔二〕仙郎:白帖:诸曹郎称为仙郎。禁中:蔡邕独断:禁中者,门户
　　　有禁,非侍御者不得入,故曰禁中。

戏题牡丹〔一〕

幸自同开俱隐约〔二〕,何须相倚斗轻盈?陵晨并作新妆面,对客

偏含不语情。双燕无机还拂掠，游蜂多思正经营。长年是事皆抛尽[三]，今日栏边暂眼明。

〔一〕国史补：京城贵游尚牡丹三十餘年矣。每春暮，车马若狂，一本有直数万者。酉阳杂俎：前史中无说牡丹，惟谢康乐集中言竹间水际多牡丹。成式检隋朝种植法，初不说牡丹，则知隋朝花药中所无也。开元末，裴士淹奉使至汾州众香寺，得白牡丹一窠，植于长安私第。至德中，马仆射领太原，又得红紫二色者，移于城中。元和初犹少，今与戎葵角多少矣。李绰尚书故实：世言牡丹花近有，盖以国朝文士集中无牡丹歌诗。张公尝言：见杨子华有画牡丹。子华，北齐人，则知牡丹花亦已久矣。按：题曰"戏题"，诗语又若含讽，不知所谓"同开俱隐约"、"相倚斗轻盈"者，果何所指也？旧编在桃花、芍药二首之间，因仍之。

〔二〕隐约：庄忌哀时命：居处愁以隐约兮。

〔三〕长年：淮南说山训：故桑叶落而长年悲也。

芍药

浩态狂香昔未逢，红灯烁烁绿盘龙[一]。觉来独对情惊恐，身在仙宫第几重？

〔一〕红灯：王云：红灯喻花，盘龙喻叶。盘龙：西京杂记：董偃设紫瑠璃帐火齐屏风，列灵麻之烛，以紫玉为盘如屈龙，皆用杂宝饰之。

游城南十六首

方云：此诗非一日作，编者类次之。按：此诗无年月可考，今以于宾客、张助教两诗参考，当在元和十年。

赛神〔一〕

白布长衫紫领巾〔二〕，差科未动是闲人〔三〕。麦苗含穟桑生椹〔四〕，共向田头乐社神〔五〕。

〔一〕史记封禅书：冬赛祷祠。索隐曰：谓报神福也。

〔二〕紫领巾：杜工部曰："紫领宽袍漉酒巾。"

〔三〕差科：按：差科，赋役之总名也。

〔四〕麦苗、桑椹：齐民要术：三月冬谷或尽，椹麦未熟，蚕农尚间。

〔五〕田头：东观汉记：王丹每岁农时，辄载酒肴，便于田头大树下饮食劝勉之。见后汉书王丹传注。社神：记月令：仲春之月，择元日，命民社。又郊特牲：社所以神，地之道也。

题于宾客庄〔一〕

榆荚车前盖地皮〔二〕，蔷薇蘸水笋穿篱〔三〕。马蹄无入朱门迹，纵使春归可得知。

401

〔一〕旧唐书宪宗纪：元和八年二月，宰相于頔贬恩王傅。九月，以为太子宾客。十年十月，以太子宾客于頔为户部尚书。又于頔传：頔，字允元，贞元十四年，为山南东道节度。宪宗即位，归朝入觐,册拜司空,平章事。贬恩王傅,改授太子宾客。十三年,表求致仕,宰臣拟授太子少保,御笔改为宾客。其年八月卒。按:此诗盖十年春所作。九年则<u>孟郊</u>未死,不应后诗有"<u>孟生</u>题竹"之句。十一年则<u>頔</u>已为户部尚书,不应称宾客。至<u>頔</u>没以后,则<u>孟生</u>宿草,而<u>张籍</u>病愈久矣。

〔二〕榆荚:<u>齐民要术</u>:白地候寒食榆荚盛时纳种。车前:<u>尔雅释草</u>:芣苢,马舄,车前。注:今车前草,大叶长穗,好生道边。<u>江东</u>呼为虾蟆衣。

〔三〕蔷薇:<u>本草</u>:蔷薇一名牛棘,一名蔷薇。

按:文集中有上于<u>襄阳</u>书,即<u>頔</u>也。<u>頔</u>以豪奢败,此诗伤之。

晚春

草树知春不久归〔一〕,百般红紫斗芳菲。杨花榆荚无才思,惟解漫天作雪飞。

〔一〕树:一作"木"。

落花

已分将身著地飞,那羞践踏损光辉。无端又被春风误,吹落西家不得归〔一〕。

〔一〕西家:<u>淮南齐俗训</u>:犹室宅之居也,东家谓之西家,西家谓之东家,不能定其处。<u>鲍照</u>诗:"中庭五株桃,一株先作花。阳春妖冶二三月,从风簸荡落西家。"

楸树二首

几岁生成为大树，一朝缠绕困长藤。谁人与脱青罗帔〔一〕？看吐高花万万层。

幸自枝条能树立，可烦萝蔓作交加。傍人不解寻根本，却道新花胜旧花。

〔一〕青罗帔：按：状藤也，比象创语。

风折花枝

浮艳侵天难就看，清香扑地只遥闻。春风也是多情思，故拣繁枝折赠君。

赠同游

唤起窗前曙〔一〕，催归日未西〔二〕。无心花里鸟，更与尽情啼。

〔一〕窗、曙：包明月前溪歌："当曙与未曙，百鸟啼窗前。"

〔二〕唤起、催归：洪云：黄鲁直云："吾儿时每哦此诗，而了不解其意。自出峡来，吾年五十八矣。时春晓，偶忆此诗，方悟之。唤起、催归，二禽名也。古人于小诗用意精深如此。催归，子规也；唤起，声如人络丝，圆转清亮，偏于春晓鸣，江南谓之春唤。"复斋漫录：予尝读唐顾渚山茶记曰："顾渚山中有鸟如鹦鹆而色苍，每至正二月作声，曰春起也，三四月云春去也。采茶人呼为唤春鸟。"然则唤起之名，唐人说矣。豫章不举为证，何耶？

赠张十八助教[一]

喜君眸子重清朗[二]，携手城南历旧游[三]。忽见孟生题竹处[四]，相看泪落不能收。

〔 一 〕按:张洎编次张司业集序云:"贞元十五年,丞相渤海公下及第,历官太祝、秘书郎、国子博士、水部员外郎、国子司业。"不言其为助教。新唐书籍传亦然。惟旧唐书张籍传云:"补调太常寺太祝,转国子助教。"在为秘书之前,盖病后居此官也。唐六典:国子监助教二人,从六品上,掌佐博士,分经以教授焉。

〔 二 〕清明:宋玉神女赋:"眸子炯其精朗兮。"

〔 三 〕城南:□云:与孟郊尝游此,有城南联句,至是郊死矣。按:贞曜先生墓志:郊以元和九年八月卒。

〔 四 〕题竹:按:郊集有游城南韩氏庄云:"初疑潇湘水,锁在朱门中。时见水底月,动摇池上风。清气润竹林,白光连虚空。浪簇霄汉羽,岸芳金碧丛。何言数亩间,环泛路不穷。愿逐神仙侣,飘然汗漫通。"又陪侍御游城南山墅云:"夜坐拥肿亭,昼登崔巍岑。日窥万峰首,月见双泉心。松气清耳目,竹氛碧衣襟。仁想琅玕字,数听枯槁吟。"此诗题竹处,二诗可证。

按:籍之患眼久矣。与李浙东书当在元和六年间,时其盲未甚。至孟郊诗有"西明寺后穷瞎张太祝"之句,公诗有"脑脂遮眼卧壮士"之句,则其盲殆甚矣。籍又自有诗云:"三年患眼今年校,免与风光便隔生。昨日韩家后园里,看花犹似未分明。"则时方渐愈,至此乃重清朗矣。

题韦氏庄〔一〕

昔者谁能比？今来事不同。寂寥青草曲，散漫白榆风。架倒藤全落，篱崩竹半空。宁须惆怅立，翻覆本无穷。

〔一〕雍录：韦曲在明德门外，韦后家在此。盖皇子陂之西，所谓城南韦、杜。郑樵通志：韦曲在樊川，唐韦安石之别业。□云：城南韦曲在唐最盛，名与杜陵相埒。当时为之语曰："城南韦杜，去天尺五。"杜子美赠韦赞善诗所谓"时论同归尺五天"也。是时庄已衰矣，故诗意云然。

晚雨

廉纤晚雨不能晴，池岸草间蚯蚓鸣。投竿跨马蹋归路，才到城门打鼓声〔一〕。

〔一〕打鼓：水经注：置大鼓于其上，晨昏伐以千椎，为城里诸门启闭之候，谓之戒晨鼓也。晋书邓攸传：纵如打五鼓，鸡鸣天欲曙。唐六典："城门郎晨昏击鼓。"此诗昏鼓也。

出城

暂出城门蹋青草，远于林下见春山。应须韦杜家家到，祇有今朝一日闲〔一〕。

〔一〕一日闲：按唐六典："内外官有假宁之节。"注："谓寒食通清明四日，春秋二社，二月八日、三月三日，立春、春分，每旬并给休假一日。"今据次篇云"共向田头乐社神"，当是春社假宁。按：

法止一日也。

把酒

扰扰驰名者，谁能一日闲？我来无伴侣[一]，把酒对南山。

〔一〕无伴侣：按：前诗云"赠同游"，此又云"无伴侣"，前谓闲人，此
　　　谓不闲者也。

嘲少年

直把春偿酒，都将命乞花[一]。只知闲信马，不觉误随车。

〔一〕乞：音气。

楸树

青幢紫盖立童童[一]，细雨浮烟作彩笼[二]。不得画师来貌
取[三]，定知难见一生中。

〔一〕童童：苏武诗："童童孤生柳，寄根河水泥。"释名：幢，童也，其
　　　貌童童也。

〔二〕浮烟：鲍照诗："绝目尽平原，时见远烟浮。"

〔三〕貌：杜甫诗："貌得山僧及童子。"

遣兴

断送一生惟有酒，寻思百计不如闲。莫忧世事兼身事，须著人
间比梦间。

太安池〔一〕

〔一〕按：李汉编入律诗中，必有其词，盖后人失之耳。

游太平公主山庄〔一〕

公主当年欲占春，故将台榭押城闉〔二〕。欲知前面花多少，直到南山不属人。

〔一〕新唐书公主传：太平公主，则天皇后所生。初尚薛绍，更嫁武攸暨。先天二年，谋废太子，事败，亡入南山。三日乃出，赐死于第。主作观池乐游原，以为盛集。既败，赐宁、申、岐、薛四王，都人岁裓禊其地。

〔二〕押：一作"压"。

晚春

谁收春色将归去？慢绿妖红半不存。榆荚只能随柳絮，等闲撩乱走空园。

送李尚书赴襄阳八韵 原注：得长字。李逊也。〔一〕

帝忧南国切，改命付忠良〔二〕。壤画星摇动〔三〕，旗分兽簸扬〔四〕。五营兵转肃〔五〕，千里地还方。控带荆门远〔六〕，飘浮汉水长。赐书宽属郡，战马隔邻疆〔七〕。纵猎雷霆迅〔八〕，观棋玉石忙〔九〕。风流岘首客〔一〇〕，花艳大隄倡〔一一〕。富贵由身致，谁教不自强？

〔一〕旧唐书宪宗纪：元和十年十月，始析山南东道为两节度使，以户部侍郎李逊为襄州刺史，充襄复郢均房节度使，以右羽林将军高霞寓为唐州刺史，充唐随邓节度使。又李逊传：逊，字友道，登进士第，累迁户部侍郎。元和十年拜襄州刺史，充山南东道节度观察等使。□云："逊赴襄阳，廷臣送者三十馀人，分韵赋诗。太常卿许孟容为之序。按逊本传：'迁户部侍郎，为山南东道节度使。'又按襄州石本题名，衔云'检校工部尚书李逊'。时逊盖自尚书而出，史略之。"

〔二〕改命：易革卦：九四，有孚，改命，吉。□云：按旧唐书：先是山南东道节度使严绶讨吴元济无功，罢为太子少保，乃以逊为节度，故云。

〔三〕壤画：书毕命：申画郊圻，慎固封守。古今注：画界者，于二封之间又为壝埒，以画分界域也。陶弘景许长史旧馆坛碑：萦峦巴曲，画壤胇浮。星摇动：按：顾嗣立引"三峡星河影动摇"为注，虽字面切合，然诗意盖谓九野星分，旧制已定，今复植置两节度，其复、郢、襄、房为鹑尾分，均为鹑火分，因画壤而动摇也。

〔四〕兽簸扬：新唐书百官志：旗画蹲兽立禽。

〔五〕五营：后汉书张奂传：率五营士围窦武。

〔六〕荆门：郭璞江赋："荆门阙竦而磐礴。"水经：江水又东历荆门。注：荆门上合下开，楚之西塞也。

〔七〕邻疆：按：谓淮蔡。

〔八〕雷霆：扬雄羽猎赋："上下砰磕，声若雷霆。"

〔九〕观棋：按：蜀志费祎传：魏军次于兴势，祎往御之，光禄大夫来敏求共围棋。于时严驾，祎留意对戏，敏曰："君必能辨贼。"玉

石：<u>西山经</u>：<u>长留</u>之山，是多文玉石。又<u>中山经</u>：<u>休与</u>之山，其
上有石焉，名曰帝台之棋。

〔一〇〕岘首：<u>世说</u>：<u>羊太傅</u>好山水，每风景，必造岘山，置酒言咏。

〔一一〕大隄：<u>古今乐录</u>：襄阳乐者，<u>宋隋王诞</u>之所作也。<u>诞</u>为<u>襄阳郡</u>，
夜闻诸女歌谣，因而作之。其曲云："朝发<u>襄阳城</u>，暮至<u>大隄</u>
宿。大堤诸女儿，花艳惊郎目。"

寄崔二十六立之〔一〕

<u>西城</u>员外丞〔二〕，心迹两屈奇〔三〕。往岁战词赋〔四〕，不将势力随。
下驴入省门，左右惊纷披〔五〕。傲兀坐试席〔六〕，深丛见孤羆〔七〕。
文如翻水成，初不用意为。四座各低面，不敢捩眼窥〔八〕。升阶
揖侍郎，归舍日未欹。佳句喧众口，考官敢瑕疵？连年收科
第，若摘颔底髭〔九〕。回首卿相位，通途无佗岐〔一〇〕。岂论校书
郎〔一一〕？袍笏光参差。童稚见称说，祝身得如斯。侪辈妒且
热，喘如竹筒吹〔一二〕。老妇愿嫁女，约不论财赀〔一三〕。老翁不
量分，累月笞其儿。搅搅争附托〔一四〕，无人角雄雌〔一五〕。由来
人间事，翻覆不可知。安有巢中鷇〔一六〕，插翅飞天陲〔一七〕？驹
麛著爪牙〔一八〕，猛虎借与皮。汝头有韁系，汝脚有索縻。陷身
泥沟间，谁复禀指挥？不脱吏部选，可见偶与奇〔一九〕。又作朝
士贬，得非命所施。客居京城中，十日营一炊〔二〇〕。逼迫走巴
蛮〔二一〕，恩爱座上离。昨来<u>汉水</u>头，始得完孤羁〔二二〕。桁挂新
衣裳〔二三〕，盎弃食残糜。苟无饥寒苦，那用分高卑？怜我还好
古，宦途同险巇。每旬遗我书，竟岁无差池〔二四〕。新篇奚其思，
风幡肆逶迤〔二五〕。又论诸毛功〔二六〕，劈水看蛟螭〔二七〕。雷电生

睒睗，角鬣相撑披。属我感穷景，抱华不能摛〔二八〕。倡来和相报，愧叹俾我疵。又寄百尺彩，绯红相盛衰。巧能喻其诚〔二九〕，深浅抽肝脾〔三〇〕。开展放我侧，方餐涕垂匙。朋交日凋谢〔三一〕，存者逐利移〔三二〕。子宁独迷误〔三三〕，缀缀意益弥。举头庭树豁，狂飙卷寒曦。迢递山水隔，何由应埙篪？别来就十年〔三四〕，君马记骊骊〔三五〕。长女当及事，谁助出帨缡〔三六〕？诸男皆秀朗〔三七〕，几能守家规。文字锐气在，辉辉见旌麾。摧肠与戚容〔三八〕，能复持酒卮。我虽未耄老，发秃骨力羸。所馀十九齿，飘飘尽浮危。玄花著两眼〔三九〕，视物隔褷襹〔四〇〕。燕席谢不诣，游鞍悬莫骑。敦敦凭书案〔四一〕，譬彼鸟黏黐〔四二〕。且我闻之师，不以物自隳。孤豚眠粪壤，不慕太庙牺〔四三〕。君看一时人，几辈先腾驰。过半黑头死〔四四〕，阴虫食枯骴〔四五〕。欢华不满眼，咎责塞两仪〔四六〕。观名计之利〔四七〕，讵足相陪裨。仁者耻贪冒，受禄量所宜〔四八〕。无能食国惠，岂异哀癃罢〔四九〕？久欲辞谢去，休令众睢睢〔五〇〕。况又婴疹疾〔五一〕，宁保躯不赀〔五二〕。不能前死罢，内实惭神祇。旧籍在东都，茅屋枳棘篱〔五三〕。还归非无指，灞渭扬春澌〔五四〕。生兮耕我疆，死也埋我陂〔五五〕。文书自传道，不仗史笔垂〔五六〕。夫子固吾党，新恩释衔羁。去来伊洛上，相待安眾箄〔五七〕。我有双饮盏，其银得朱提〔五八〕。黄金涂物象，雕镂妙工倕〔五九〕。乃令千里鲸〔六〇〕，么么微蟦斯〔六一〕。犹能争明月，摆掉出渺瀰〔六二〕。野草花叶细，不辨薋菉葹〔六三〕。绵绵相纠结，状似环城陴〔六四〕。四隅芙蓉树，擢艳皆猗猗。鲸以兴君身〔六五〕，失所逢百罹。月以喻夫道，俛俛励莫亏。草木明覆载，妍丑齐荣萎。愿君恒御之，行止杂燧艫〔六六〕。异日期对举,当如合分支〔六七〕。

〔一〕 □云:贞元四年,侍郎刘太真知举,放进士三十六人,立之中第。公尝为立之作蓝田县丞厅壁记,元和十年也。记所载立之战艺出人及言事黜官,皆与诗意合。又有赠立之诗,乃在元和元年。而此云"别来就十年",盖自元年后相别,至是作诗为寄,亦当在元和十年也。

〔二〕 西城:□云:西城谓蓝田。 员外丞:按:立之履历无可考,就公集中诸诗考之,盖中进士,举博学宏词,初为赤县尉,转大理评事,谪官,尝摄伊阳。又走巴蛮,乃为蓝田丞,未尝为员外也。此诗兼以员外丞称之,而又云"新恩释衔羁",或新授员外乎?

〔三〕 屈奇:屈,其物切,或作"倔"。淮南诠言训:圣人无屈奇之服,无瑰异之行。

〔四〕 战词赋:蓝田县丞厅壁记:贞元初,挟其能战艺京师,再进再屈千人。

〔五〕 纷:一作"分"。

〔六〕 傲兀:□云:陶渊明诗"兀傲差若颖",王维诗"兀傲迷东西",惟公及李义山诗"傲兀逐戎旃",皆作"傲兀"。碧溪诗话:昌黎寄崔立之云"傲兀坐试席,深丛见孤罴"云云,可谓善言场事。若平日所养不厚,诚难傲兀也。

〔七〕 孤罴:尔雅释兽:罴如熊,黄白文。

〔八〕 揆眼:揆,音列。王云:揆,拗也。谓左右窥。杜甫诗:"斗上揆孤影。"

〔九〕 额底髭:按:释名:"口上曰髭,颐下曰须,在颊耳旁曰髯。"则额底不应曰髭。盖语用摘髭,言易也。

〔一〇〕通途:鲍照诗:"伊昔谬通途,冠屦预人林。"

〔一一〕校书郎:新唐书百官志:秘书省校书郎十人,正九品上。王云:立之登第后除秘书省校书郎。

〔一二〕竹筒吹:广韵:筒,竹筒。按:竹筒吹,极形喘息之声也。

〔一三〕不论财:颜氏家训:近世嫁娶,遂有卖女纳财,买妇输绢,责多还少,市井无异。

〔一四〕搅搅:一作"扰扰"。

〔一五〕雄雌:汉书项羽传:愿与王挑战决雌雄。

〔一六〕巢中鷇:列子汤问篇:黑卵负其才力,视来丹犹雏鷇也。

〔一七〕天陲:陲,音垂。□云:陲,边也。左传:虔刘我边陲。

〔一八〕驹麛:麛,音迷。说文:马二岁曰驹。尔雅释兽:鹿,其子麛。著:音灼。

〔一九〕偶与奇:奇,居宜切。□云:古人以遇合为耦,不遇为奇。偶与耦通用。霍去病传:诸将常留落不耦。李广传:卫青阴受上指,以为李广数奇。

〔二〇〕十日一炊:三辅决录:第五颉为谏议大夫,洛阳无主人,乡里无田宅,寄止灵台中,或十日不炊。

〔二一〕逼迫:鲍照诗:"逼迫聚离散。"

〔二二〕孤羁:谢庄月赋:"亲懿莫从,羁孤递进。"

〔二三〕桁:音行,又下浪切。庾信对烛赋:"灯前桁衣疑不亮。"

〔二四〕差池:差,楚宜切。诗:"差池其羽。"韵语阳秋:退之赠崔立之前后各一篇,皆讥其诗文易得。前诗曰:"才豪气猛易语言,往往蛟螭杂蝼蚓。"后诗曰:"文如翻水成,初不用意为。"二诗皆数十韵,岂非欲炫博于易语言之人乎?前诗曰:"深藏箧笥时一发,戢戢已多如束笋。"后诗曰:"每旬遗我书,竟岁无差池。"

有以知崔于韩情义之笃如此也。按：此论未确，"易语言"所以讥之，"翻水成"所以誉之，"多如束笋"乃责望推引之词，"每旬遗书"乃来往殷勤之语。二诗旨各不同，未可一概而论也。

〔二五〕风幡：幡，一作"旛"。按："风幡"二字乃禅家公案，此以喻崔诗之逶迤，犹曰风旗、风中纛耳。又按：<u>北堂书钞载风俗通</u>云：<u>赵祐</u>酒后见一人，乘竹马持风幡，云："我行云使者。"

〔二六〕诸毛功：<u>朱子</u>曰：论诸毛功，必是为毛颖传而发。

〔二七〕劈：一作"擘"。

〔二八〕抱华：蜀本作"把笔"。方云：<u>班固答宾戏</u>："摛藻如春华。"盖公得崔诗正当冬月，故感穷景而不能摛发其春华耳。上文诸毛乃谓笔也，既隐其词，不应又直言之。

〔二九〕巧能：方云：<u>列子</u>：矜巧能，修名誉。<u>朱子</u>曰：言崔遗我书，并新篇彩帛，巧于能达其意，犹言工于某事云尔，非以"巧能"二字相连，方说误矣。按：巧能喻其诚，或者崔诗亦就绯红之盛衰，工于托兴，故于饮饯细细模拟，以酬其意耳。

〔三〇〕抽肝脾：<u>鲍照</u>诗："肝心尽崩抽。"

〔三一〕凋谢：按：于时东野已没。

〔三二〕逐利移：按：公与崔群书云："自少至今，从事于往还朋友，日月不为不久。所与交往者千百人，或以事同，或以艺取，或慕其一善，或以其久故，或初不甚相知，而与之已密，其后无大恶，因不复决舍，或其人虽不皆入于善，而于己已厚，虽欲悔之不可。凡诸浅者固不足论，深者止于如此。"然则其中固有逐利移者矣。

〔三三〕迷误：<u>鲍照</u>诗："南国有儒生，迷方独沦误。"

〔三四〕十年别：按：自元和元年赠崔立之评事以后，复有摄伊阳酬蓝田、咏雪、雪后寄崔诸诗,大抵往来赠答未尝觌面也。

〔三五〕骊骊:骊,音爪。诗小戎:"骊骊是骖。"

〔三六〕帨缡:缡,音锐离。仪礼士昏礼:母施衿结帨。诗东山:"亲结
　　　　其缡。"

〔三七〕秀朗:世说:风仪秀朗。

〔三八〕戚:一作"蹙"。

〔三九〕眼花:张华诗:"耳热眼中花。"按:与崔群书云:"左车第二牙,
　　　　无故动摇脱去,目视昏花,寻常间便不分人色。"书在贞元十八
　　　　年,去此复十四年矣。

〔四〇〕褷褵:褷,所宜切。褵,音离。方云:离褷,毛羽初生貌。字本
　　　　木华海赋"凫雏离褷"。然"离"字,字书无从衣者,唯王维诗有
　　　　"独立何褵褷",嵇康琴赋作"离纚",古乐府作"离䍟",陆羽茶
　　　　经作"籭莥",义皆通。今此作"褷褵",岂古连绵字或可倒用,
　　　　不然,"褷"字自入韵,岂传者误耶?

〔四一〕敦敦:音堆。诗东山:"敦彼独宿。"

〔四二〕鸟黏䴭:䴭,音螭。广韵:䴭,所以粘鸟也。六书故:䴭,黏之甚
　　　　者。苦木皮捣取胶液,可黏羽物,今人谓之䴭。

〔四三〕太庙牺:庄子列御寇篇:或聘于庄子,庄子应其使曰:"子见夫
　　　　牺牛乎?衣以文绣,食以刍菽,及其牵而入于太庙,虽欲为孤
　　　　犊,其可得乎?"

〔四四〕黑头:北史魏太武五王传:临淮王彧,少有才学,侍中崔光见而
　　　　叹曰:"黑头三公。"当此人也。

〔四五〕食枯骴:骴,音疵。记月令:掩骼埋胔。说文:残骨曰骴;骴,或
　　　　从肉。

〔四六〕欢华、咎责:临汉隐居诗话:诗恶蹈袭古人之意,亦有袭而愈

工,若出于己者。盖思之愈深,则造语愈工也。魏人章疏云:"福不盈眥,祸将溢世。"退之则曰:"欢华不满眼,咎责塞两仪。"盖愈工于前也。

〔四七〕观名计利:利,一作"实"。朱子曰:此二句难晓,窃意计犹校也,言观其所得之虚名,而校之以实利,不足相补也。按:"观之名,计之利",见庄子盗跖篇,其义则朱子所云是也。

〔四八〕受禄:记表记:其受禄不诬,其受罪益寡。

〔四九〕罢癃:音隆皮。史记平原君传:"臣不幸有罢癃之疾。"

〔五〇〕睢睢:音隳。庄子:而盱盱而睢睢。

〔五一〕疹疾:疹,丑刃切。曹植诗:"忧思成疾疹。"

〔五二〕躯不赀:赀,一作"訾"。汉书盖宽饶传:用不訾之躯,临不测之险。师古曰:訾与赀同。不赀者,言无赀量可以比之,贵重之极也。

〔五三〕枳棘篱:潘岳闲居赋:"长杨映水,芳枳树篱。"

〔五四〕春渐:屈原九歌:"流渐纷兮将来下。"

〔五五〕也:一作"兮"。

〔五六〕不:一作"奚"。

〔五七〕罛罶:罛,音孤。诗硕人:"施罛濊濊。"广韵:罶,音卑,取鱼竹器。

〔五八〕朱提:音殊时。汉书地理志:犍为郡朱提县山出银。应劭曰:朱提山在西南。

〔五九〕工倕:书舜典:咨,垂汝共工。庄子胠箧篇:擺工倕之指。

〔六〇〕千里鲸:古今注:鲸鱼者,海鱼也。大者长千里,眼为明月珠。

〔六一〕么么:尉缭子守权篇:么么毁瘠者并于后。

〔六二〕渺瀰:瀰,音弥。木华海赋:"渺瀰淡漫。"

〔六三〕薋菉葹:音咨绿施。屈原离骚:"薋菉葹以盈室兮。"

〔六四〕环城陴:按:刻草于饮觯之上,如环城陴而生也。

〔六五〕兴君身:兴,去声。荆公本作"状君身"。方云:兴,犹比也。君
指立之而言。按:西京杂记:"公孙弘为贤良,国人邹长倩赠以
生刍一束,素丝一襚,扑满一枚,书题遗之曰:'生刍之贱也,不
能脱落君子,故赠君生刍一束。五丝为镊,倍镊为襚,此自少
之多,自微至著也。士之立功勋,效名节,亦复如之,故赠君素
丝一襚。扑满者,以土为器,以蓄钱,满则扑之,积而不散,可
不诫欤?故赠君扑满一枚。'"此诗比体,昉自长倩。

〔六六〕燧觽:觽,许规切。记内则:左佩小觽金燧,右佩大觽木燧。洪
云:言当常御此觹,杂于所佩燧觽之间也。

〔六七〕合分支:王云:通鉴:"元魏熙平元年,立法,在军有功者,行台
给券,当中竖裂,一支给勋人,一支送门下,以防伪巧。"今人亦
谓析产符契为分支帐,即此义也。公以双觹之一赠崔,故末句
如此。

人日城南登高〔一〕

初正候才兆,涉七气已弄。霭霭野浮阳,晖晖水披冻。圣朝身
不废,佳节古所用。亲交既许来,子妷亦可从〔二〕。盘蔬冬春
杂〔三〕,樽酒清浊共〔四〕。令征前事为〔五〕,觞咏新诗送〔六〕。扶杖
凌圮阯〔七〕,刺船犯枯葑〔八〕。恋池群鸭回,释峤孤云纵。人生
本坦荡,谁使妄倥偬〔九〕?直指桃李阑,幽寻宁止重〔一○〕。

〔一〕荆楚岁时记:正月七日为人日,以七种菜为羹,镂金箔为人,戴
之头鬓,登高赋诗。按:以下诸诗元和十一年作,是年正月丙

戌拜中书舍人、知制诰,丙申赐绯衣银鱼,五月癸未降右庶子。

〔二〕 子姓:仝侄。

〔三〕 盘蔬:荆楚岁时记:旧以正旦至七日讳食鸡,故岁首唯食新菜。

〔四〕 清浊:邹阳酒赋:"清者为酒,浊者为醴。"

〔五〕 令征前事:□云:东汉贾景伯有酒令九篇,今不传。国史补:古之饮酒,有杯盘狼藉,扬觯绝缨之说,甚则甚矣,然未有言其法者。国朝麟德中,壁州刺史邓弘庆始创"平索看精"四字令,至李梢云而大备。大抵有律令,有头盘,有抛打。盖工于举场,而盛于使幕也。刘贡父诗话:唐人饮酒以令为罚,韩史部诗云"令征前事为",白傅诗云"醉翻襕衫抛小令"。今人以丝管歌讴为令者,即白傅所谓,其举故事物色,则韩诗所谓耳。按:宋赵与时宾退录载唐酒令甚多。

〔六〕 觞咏:王羲之兰亭序:一觞一咏,亦足以畅叙幽情。

〔七〕 圮阯:圮,符鄙切。阯,一作"址"。说文:圮,毁也。阯,基也。

〔八〕 刺船:刺,七亦切。庄子渔父篇:乃刺船而去,延缘苇间。枯葑:葑,方用切。淮南天文训:大旱,苽封燋。注:苽,蒋草也。生水上,相连,名曰封,旱燥故燋也。蒋云:葑,诗韵方用切,苽根也。又诗谷风:"采葑采菲。"音捧,云蔓菁也。其字本同,但异物,故异音耳。

〔九〕 倥偬:音控粽。刘向九叹:愁倥偬于山陆。

〔一〇〕 重:王云:重,再也。

417

感春三首〔一〕

偶坐藤树下,莫春下旬间。藤阴已可庇,落蕊还漫漫。矗矗新叶大,珑珑晚花干〔二〕。青天高寥寥,两蝶飞翻翻。时节适当尔，怀悲自无端。

黄黄芜菁花〔三〕，桃李事已退。狂风簸枯榆〔四〕，狼藉九衢内。
春序一如此，汝颜安足赖。谁能驾飞车〔五〕，相从观海外？
晨游百花林，朱朱兼白白。柳枝弱而细，悬树垂百尺。左右同
来人，金紫贵显剧。娇童为我歌，哀响跨筝笛〔六〕。艳姬蹋筵
舞，青眸剌剑戟〔七〕。心怀平生友，莫一在燕席。死者长眇芒，
生者困乖隔。少年真可喜，老大百无益。

〔一〕王云：作于元和十一年三月为中书舍人时也。

〔二〕罿罿、珑珑：王云：罿罿，翠色貌。珑珑，花落声。

〔三〕芜菁：方言：丰、荛，芜菁也，关之东西，谓之芜菁。

〔四〕枯榆：尔雅释木：榆白，枌。

〔五〕飞车：海外西经：奇肱国，人一臂三目。郭璞曰：其人善为机
巧，以取百禽，能作飞车，从风远行。

〔六〕筝笛：鲍照诗："筝笛更弹吹，高唱好相和。"

〔七〕剌剑戟：孙云：言眸子清朗如剑戟之剌。张耒曰：东坡言退之
诗"不解文字饮，惟能醉红裙"，疑若清苦自饰者。至云"艳姬
蹋筵舞，清眸剌剑戟"，则知此老子个中兴复不浅。

示儿

始我来京师，止携一束书。辛勤三十年〔一〕，以有此屋庐〔二〕。
此屋岂为华？于我自有馀。中堂高且新，四时登牢蔬〔三〕。前
荣馈宾亲〔四〕，冠婚之所于。庭内无所有，高树八九株。有藤娄
络之〔五〕，春华夏阴敷。东堂坐见山，云风相吹嘘〔六〕。松果连

南亭,外有瓜芋区〔七〕。西偏屋不多,槐榆翳空虚。山鸟旦夕鸣,有类涧谷居〔八〕。主妇治北堂〔九〕,膳服适亲疏。恩封高平君〔一〇〕,子孙从朝裾。开门问谁来,无非卿大夫。不知官高卑,玉带悬金鱼〔一一〕。问客之所为,峨冠讲唐虞。酒食罢无为,棋槊以相娱〔一二〕。凡此座中人,十九持钧枢。又问谁与频,莫与张樊如。来过亦无事,考评道精粗。蹯蹯媚学子〔一三〕,墙屏日有徒。以能问不能,其蔽岂可祛〔一四〕? 嗟我不修饰,事与庸人俱。安能坐如此? 比肩于朝儒〔一五〕。诗以示儿曹,其无迷厥初〔一六〕。

〔一〕三十年:按:以贞元二年始来京师计之,至元和十一年,盖三十
　　　　年矣。

〔二〕屋庐:□云:公第在长安靖安里。

〔三〕登牢蔬:仪礼少牢馈食之礼郑注:将祭祀,必先择牲,系于牢而
　　　　刍之。按:蔬如苹蘩蕰藻之属。朱子曰:公作袁氏先庙碑有
　　　　"亲登边铏"之语,与"登牢蔬"语意正同。

〔四〕前荣:蔡云:沈氏笔谈云:"屋翼谓之荣,东西则有之,未知前荣
　　　　安在。"艺苑雌黄以为不然。记云:"洗当东荣。"(见乡饮酒义)
　　　　又:"升自东荣。"(见丧大记)上林赋:"偓佺之徒,暴于南荣。"
　　　　则所谓荣者,东西南北皆有之矣。故李华含元殿赋又有"风雨
　　　　交四荣"之说,荣为屋檐,即屋四垂也。又谓之楣,又谓之梠,
　　　　屋梠两头起者为荣。孙曰:前荣者,扬雄甘泉赋云"列宿施于
　　　　上荣"是也。

〔五〕娄:音缕,一作"缕"。

〔六〕云风:史记天官书:有云风无日。

〔七〕瓜芋区:左思蜀都赋:"瓜畴芋区。"

〔八〕涧:一作"㵎"。

〔九〕主妇:仪礼特牲馈食:宗妇北堂东面北上,主妇及内宾宗妇亦旅西面。

〔一〇〕高平君:皇甫湜撰韩愈墓志:公夫人高平郡君范阳卢氏。

〔一一〕玉带金鱼:新唐书车服志:腰带一品二品,銙以金,六品以上以犀,九品以上以银,庶人以铁。其后以紫为三品之服,金玉带銙十三,绯为四品之服,金带銙十一。又:高宗给五品以上随身鱼银袋,以防召命之诈,出内必合之。三品以上金饰袋。天授二年,改佩鱼为龟。中宗初,罢龟袋,复给以鱼。郡王、嗣王亦佩金鱼袋。景龙中,令特进佩鱼。散官佩鱼,自此始也。景云中,诏衣紫者鱼袋以金饰之,衣绯者以银饰之。开元后,百官赏绯紫必兼鱼袋,谓之章服。当时服朱紫佩鱼者众矣。按:玉带金鱼虽指往来卿大夫,然是年正月愈亦赐绯衣银鱼矣。

〔一二〕棋槊:槊,音朔。洪云:唐人诗云:"冢子地握槊,星宿天围棋。"棋,奕也。槊,博也。北史:齐尔朱世隆与元世俊握槊,忽闻局上骰然有声,一局子尽倒立。(见尔朱世隆传)

〔一三〕躚躚:躚,音先。广韵:躚躚,旋行貌。媚学:说文:媚,悦也。王云:好也。

〔一四〕岂可祛:王云:祛,攘却。按:岂可祛,言岂不可祛也。

〔一五〕比肩:齐国策:千里而一士,是比肩而立。

〔一六〕厥初:书蔡仲之命:慎厥初,惟厥终。

苏轼云:退之示儿诗所示皆利禄事也,至老杜则不然。其示宗武云:"试吟青玉案,莫羡紫香囊。应须饱经术,已自[①]爱文章。十五男儿志,三千弟子行。曾参与游夏,达者得升堂。"所示皆圣贤事也。

【校　记】

①"自"，杜诗详注作"似"。

庭楸〔一〕

庭楸止五株〔二〕，共生十步间〔三〕。各有藤绕之，上各相钩联。下叶各垂地，树颠各云连。朝日出其东，我常坐西偏〔四〕。夕日在其西，我常坐东边。当昼日在上，我在中央间。仰视何青青，上不见纤穿。朝暮无日时，我且八九旋。濯濯晨露香，明珠何联联。夜月来照之，蒨蒨自生烟〔五〕。我已自顽钝，重遭五楸牵。客来尚不见，肯到权门前〔六〕？权门众所趋，有客动百千。九牛亡一毛〔七〕，未在多少间〔八〕。往既无可顾，不往自可怜。

〔一〕尔雅释木：槐，小叶曰榎，大而皵楸。注：槐当为楸，楸细叶者为榎，老乃皮粗皵者为楸。□云：诗意与示儿诗所云"庭内无所有，高树八九株"者相应，盖同时作。

〔二〕五株：齐民要术：西方种楸九根，延年百病除。杂五行书：舍西种楸梓各五根，子孙孝顺，口舌消灭也。

〔三〕十步：齐民要术：种楸梓法，宜割地一方种之，两步一树。此树须大，不得概栽。按：今五株宜十步也。

〔四〕西偏：左传：处许西偏。

〔五〕蒨蒨：蒨，音倩。湛方生稻苗赞：蒨蒨嘉苗。生烟：谢朓诗："生烟纷漠漠。"

〔 六 〕权门：**后汉书黄琼传论**：权门贵仕，请谒繁兴。□云：旧书云："公少与**孟郊**、**张籍**友善，观权门豪士，如仆隶焉，睊然不顾。"即此诗所谓也。

〔 七 〕九牛：**司马迁报任安书**：若九牛亡一毛，与蝼蚁何以异？

〔 八 〕多少：按：**新序**："**晋平公**曰：'吾门下食客三千馀人，可谓不好士乎？'**固桑**对曰：'今夫鸿鹄高飞冲天，其所恃者六翮耳！夫腹下之毳，背上之毛，增去一把，飞不为高下。不知君之食客六翮耶，将腹背之毳也。'"此诗虽"九牛亡一毛"语，然兼取此意。

奉酬卢给事云夫四兄曲江荷花行见寄并呈上钱七兄阁老张十八助教〔一〕

曲江千顷秋波净〔二〕，平铺红云盖明镜〔三〕。**大明宫**中给事归〔四〕，走马来看立不正。遗我明珠九十六〔五〕，寒光映骨睡骊目〔六〕。我今官闲得婆娑〔七〕，问言何处芙蓉多。撑舟**昆明**度云锦〔八〕，脚蹋两舷叫吴歌〔九〕。**太白山**高三百里，负雪崔嵬插花里〔一〇〕。**玉山**前却不复来〔一一〕，**曲江**汀滢水平杯〔一二〕。我时相思不觉一回首，天门九扇相当开〔一三〕。上界真人足官府〔一四〕，岂如散仙鞭笞鸾凤终日相追陪〔一五〕。

422

〔 一 〕按：以下诸诗皆左降右庶子时作。

〔 二 〕曲江：**雍录**：开元二十年筑夹城，自**大明宫**以达**曲江芙蓉**园。**刘悚小说**：园本古**曲江**，**隋文帝**恶其名曲，改名**芙蓉**，为其水盛而**芙蓉**富也。**王云**：在**长安**城升道坊。

〔 三 〕红云、明镜：**方云**：红云、明镜皆喻也。公**三堂**诗"水上觅红云",与此同义。

〔 四 〕大明宫:新唐书地理志:龙朔后皇帝尝居大明宫。宫在禁苑东
南,曰东内,本永安宫,贞观八年置,九年曰大明宫,以备太上
皇清暑。高宗厌西内湫湿,龙朔三年,始大兴葺,曰蓬莱宫。
咸亨元年曰含元宫。长安元年复曰大明宫,在关内道。给事:
新唐书百官志:门下省给事中四人,正五品上,掌侍左右,分判
省事,察弘文馆缮写校雠之课。

〔 五 〕明珠九十六:□云:汀诗九十六字。

〔 六 〕睡骊:庄子列御寇篇:河上有没于渊,得千金之珠。其父曰:
"夫千金之珠,必在九重之渊而骊龙颔下。子能得珠者,必遭
其睡也。"朱子曰:以目言之,则又不止其颔下之珠矣。按:目
字属睡不属珠。

〔 七 〕官闲:樊云:公时自中书舍人降太子右庶子。按:公以五月左
降,盖未几即观荷也。

〔 八 〕昆明:汉书武帝纪:元狩三年,穿昆明池。臣瓒曰:在长安西
南,周回四十里。按:杜甫秋兴诗"昆明池水汉时功"一首云
"露冷莲房坠粉红",则知此处固多荷花也。度云锦:韵语阳
秋:木华海赋云:"云锦散文于沙汭之际。"故江淹拟谢灵运诗
有"赤玉隐瑶溪,云锦被沙汭"之句,言沙石五色如云锦被于岸
耳。世见韩退之曲江荷花行云"撑舟昆明度云锦",遂谓以"云
锦"二字状荷花,其实非也。"度云锦"谓舟行于五色沙石之
际,岂谓荷花哉?顾嗣立曰:按河南记有云、锦二溪,溪多荷
花,异于常者。见王维之记。公或借用,未可知也。按:披吟
诗意,竟当喻花。言舟入芙蓉深处,云锦烂然,徘徊四顾,山川
映发,不觉狂歌叫绝也。何必赘陈沙石旁引河南耶?

〔 九 〕敲舷歌：晋书夏统传：统，会稽人，诣洛市药。会上巳，洛中王
公并至浮桥。统时在船中，贾充问曰："卿颇能作卿土地间曲
乎？"统于是以足扣船，引声喉转，清激慷慨。大风应至，云雨
响集，雷电昼冥，沙尘烟起。樊云：东坡诗"脚扣两舷歌小海"，
亦是引用统事。

〔一○〕插花里：孙曰：谓太白山影见曲江荷花里也。按：此乃影见昆
明池中，孙误也。

〔一一〕玉山：郭缘生述征记：蓝田山，山形如覆车之象，亦名玉山。杜
甫诗："蓝水远从千涧落，玉山高并两峰寒。"

〔一二〕汀滢：滢，胡坰、乌迴切。说文：汀，平也。荥，绝小水也。玉
篇：汀，水际平池也。滢同荥。

〔一三〕天门：孙云：此谓君门九重也，言云夫给事宫中，如在天上耳。

〔一四〕上界真人：神仙传：白石先生者，中黄丈人弟子也。不肯修升
天之道，彭祖问之，答曰："天上复能乐比人间乎？但莫使老死
耳！天上多至尊，相奉事，更苦于人间。"故人呼为"隐遁仙
人"，以其不汲汲于升天为仙官，亦犹不求闻达者也。

〔一五〕散仙：孙云：言上界真人犹有官府之事，不如云夫作地上散仙，
终日嬉遨也。

按：上界真人比云夫，亦兼比钱徽，散仙乃公自比，亦兼比张
籍。言云夫给事宫中，走马看花，未极其趣。不如我等闲官，纵
游无禁也。钱知制诰，亦有拘限。张为助教，庶几能从我游乎？
此并呈二子之意也。是诗首六句叙卢曲江之游，并赞其诗。自
"我今官闲得婆娑"以下，乃自叙昆明之游，傲其所不足。孙盖以
通首皆言曲江荷花，故此有误耳。

奉和钱七兄曹长盆池所植原注：钱徽。

翻翻江浦荷，而今生在此。擢擢菰叶长〔一〕，芳根复谁徙？露涵两鲜翠，风荡相磨倚。但取主人知，谁言盆盎是〔二〕？

〔一〕擢擢：尔雅释木：梢，梢擢①。注：谓木无枝柯，梢擢长而杀者。

〔二〕盆盎：淮南兵略训：使陶人化而为埴，则不能成盆盎。

按：言本种盆荷，而菰根适随之以来，容色相鲜，枝叶披拂，有相得益彰之美。虽为耳目近玩，胜于零落江皋也。

【校　记】
①"擢"，尔雅注疏作"櫂"。下"擢"亦然。

符读书城南〔一〕

木之就规矩，在梓匠轮舆。人之能为人，由腹有诗书。诗书勤乃有，不勤腹空虚〔二〕。欲知学之力，贤愚同一初。由其不能学，所入遂异闾。两家各生子，提孩巧相如。少长聚嬉戏〔三〕，不殊同队鱼〔四〕。年至十二三，头角稍相疏。二十渐乖张，清沟映污渠。三十骨骼成〔五〕，乃一龙一猪〔六〕。飞黄腾踏去〔七〕，不能顾蟾蜍〔八〕。一为马前卒，鞭背生虫蛆〔九〕。一为公与相〔一〇〕，潭潭府中居。问之何因尔，学与不学欤。金璧虽重宝，费用难贮储。学问藏之身，身在则有馀。君子与小人，不系父母且〔一一〕。不见公与相，起身自犁锄。不见三公后，寒饥出无驴。文章岂不贵，经训乃菑畬〔一二〕。潢潦无根源〔一三〕，朝满夕已除。

人不通古今，马牛而襟裾。行身陷不义，况望多名誉〔一四〕。时秋积雨霁，新凉入郊墟。灯火稍可亲，简编可卷舒。岂不旦夕念？为尔惜居诸〔一五〕。恩义有相夺，作诗劝踌躇。

〔一〕樊云：城南，公别墅。符，公之子。孟东野集有喜符郎诗，有游城南韩氏庄之作。按：公墓志及登科记，公之子曰昶，登进士第，在长庆四年。此云符，疑为昶之小字也。按：张籍祭退之诗云："坐令其子拜，常呼幼时名。"又云："子符奉其言，甚于亲使令。"可证符为昶之小字。又按：祭十二郎文云："汝之子始十岁，吾之子始五岁。"计贞元十九年至元和十一年，符年十八矣。

〔二〕空虚：应璩诗："贱子实空虚。"

〔三〕少：上声。长：上声。

〔四〕同队鱼：曹植诗："昔为同池鱼，今为商与参。"蒋云：山谷次韵高子勉云："忽作飞黄去，顿超同队鱼。"本此。

〔五〕骨骼：骼，音格。淮南原道训：角骼生。注：角骼，犹言骨骼。

〔六〕龙猪：世说：孙绰作列仙商丘子赞曰：所牧何物？殆非真猪。倪遇风云，为我龙摅。王蓝田语人云：见孙家儿作文，道何物真猪也。

〔七〕飞黄：淮南览冥训：飞黄服皂。

〔八〕蟾蜍：淮南原道训：释大道而任小数，无以异于使蟏捕鼠，蟾蜍捕蚤。

〔九〕虫蛆：蛆，七余切。后汉书蓟子训传：道过荥阳，止主人舍，所驾之驴忽然卒僵，蛆虫流出。

〔一〇〕公相：荀子：虽王公大夫之子孙也，不能属于礼仪，则归之庶人。虽庶人之子孙也，积文学，正身行，能属于礼义，则归之卿相士大夫。

〔一一〕且：子鱼切。

〔一二〕菑畲：易无妄卦：六二，不耕获，不菑畲，则利有攸往。尔雅释地：田一岁曰菑，二岁曰畲。

〔一三〕潢潦：左传：潢污行潦之水。

〔一四〕誉：平声。

〔一五〕居诸：诗柏舟："日居月诸。"按："居诸"本语助，竟以为日月，沿误久矣。

樊云：鲁直尝书此诗，跋其后曰："或谓韩公当开后生以性命之学，不当诱之以富贵荣显。"涪翁曰："熙宁元丰间大儒之过也，又何学焉？"孔子曰："齐景公有马千驷，死之日，民无得而称焉。伯夷、叔齐饿于首阳之下，民到于今称之。"韩公之言，其于劝奖之功异趋而同归也。

陆唐老曰：退之不绝吟六艺之文，不停披百家之编，招诸生立馆下，勉励其行业之未至，而深戒其责望于有司，此岂有利心于吾道者？佛骨一疏，议论奋激，曾不以去就祸福回其操。原道一书，累千百言，攘斥异端，用力殆与孟氏等。退之所学所行，亦无愧矣。惟符城南读书一诗，乃骇目潭潭之居，掩鼻虫蛆之背，切切然饵其幼子以富贵利达之美，若有戾于向之所得者矣。

按：此诗之旨诚不能不为富贵利达所诱，宜为君子所讥。黄鲁直以为劝奖之功与孔子同归，毋乃称之过当。然其警戒惰学者至为恳切。蒋之翘以为但可作村塾训言，亦兼切利病。

题张十八所居〔一〕

君居泥沟上，沟浊萍青青。蛙谨桥未扫，蝉嘒门长扃。名秩后千品〔二〕，诗文齐六经。端来问奇字〔三〕，为我讲声形〔四〕。

〔一〕□云：张籍居长安西街，孟东野诗所谓"西明寺后穷瞎张太祝"也。按：张籍答诗可以知此诗为庶子时作。

〔二〕千品：楚语：观射父曰：百姓千品，万官亿丑。韦昭曰：一官之职，其寮属有十品，百官故有千品也。

〔三〕奇字：汉书扬雄传赞：刘棻尝从雄学作奇字。

〔四〕声形：汉书艺文志：周官保氏掌教六书，谓象形、象事、象意、象声、转注、假借，造字之本也。

大行皇太后挽歌词三首〔一〕

一纪尊名正〔二〕，三时孝养荣〔三〕。高居朝圣主〔四〕，厚德载群生。武帐虚中禁〔五〕，玄堂掩太平〔六〕。秋天笳鼓歇，松柏遍山鸣。威仪备吉凶，文物杂军容〔七〕。配地行新祭〔八〕，因山记故封〔九〕。凤飞终不返，剑化会相从〔一○〕。无复临长乐，空闻报晓钟〔一一〕。追攀万国来〔一二〕，警卫百神陪。画翣登秋殿〔一三〕，容衣入夜台〔一四〕。云随仙驭远，风助圣情哀。只有朝陵日，妆奁一暂开〔一五〕。

〔一〕风俗通：新崩未有谥号，故总其名曰大行也。汉书霍光传：行玺大行前。韦昭曰：大行，不反之词也。新唐书宪宗纪：十一年三月庚午，皇太后崩。八月庚申，葬于丰陵。又后妃纪：顺宗庄宪皇后王氏，琅琊人。祖难得，有功名于世。以良家选入宫为才人，生宪宗。顺宗即位，将立后，会病棘而止。宪宗内禅，尊为太上皇后。元和元年乃上尊号，曰皇太后。后谨畏，深抑外家，训属内职，有古后妃风。十一年崩，年五十四。

〔 二 〕一纪：□云：后以永贞元年尊为太上皇后，崩于十一年，故曰一纪。

〔 三 〕三时：记文王世子：文王之为世子，朝于王季日三。

〔 四 〕高居：杜甫诗："上帝高居绛节朝。"

〔 五 〕武帐：汉书霍光传：太后被珠襦盛服，坐武帐中。

〔 六 〕玄堂：谢朓敬皇后哀册文：翠帟舒阜，玄堂启扉。

〔 七 〕文物：左传：文物以纪之，声明以发之。军容：司马法：古者，国容不入军，军容不入国。

〔 八 〕配地：汉书郊祀志：先祖配天，先妣配地。

〔 九 〕因山：汉书文帝纪：霸陵山川因其故，无有所改。应劭曰：因山为藏，不复起坟。

〔一〇〕凤飞剑化：蔡云：王介甫曰：此非君臣所宜，言近于黩也。樊曰：庄宪后顺宗崩，公故云然，谓近于黩，非也。

〔一一〕长乐、钟：汉书叔孙通传：惠帝为东朝长乐宫。师古曰：朝太后于长乐宫。三辅黄图：高帝七年长乐宫成，居此宫。后太后常居之，钟室在长乐宫。

〔一二〕追攀：何承天乐府："上陵者相追攀。"

〔一三〕画翣：翣，所甲切。记丧大记：画翣二。注：汉礼，翣以木为筐，广三尺，高二尺四寸，方两角高，衣以白布。

〔一四〕容衣：孙曰：丧大记：饰棺：君龙帷、三池、振容。郑氏云：青质五色，画之于绞缯，而垂之以为振容。容衣，盖谓此也。夜台：

阮瑀诗:"冥冥九泉室,漫漫长夜台。"

〔一五〕妆奁 后汉书阴皇后纪:明帝谒原陵,从席前伏御床,视太后镜
奁中物,感动悲涕,令易脂泽妆具。左右皆泣,莫能仰视焉。
注:奁,镜匣也。

梁国惠康公主挽歌二首〔一〕

定谥芳声远,移封大国新。巽宫尊长女〔二〕,台室属良人〔三〕。
河汉重泉夜,梧桐半树春〔四〕。龙輴非厌翟〔五〕,还辇禁城尘。
秦地吹箫女〔六〕,湘波鼓瑟妃〔七〕。佩兰初应梦〔八〕,奔月竟沦辉。
夫族迎魂去,宫官会葬归。从今沁园草〔九〕,无复更芳菲。

〔一〕"歌"下或有"词"字。按:新唐书公主传:"梁惠康公主始封普
宁,帝特爱之,下嫁于季友。元和中,徙永昌。薨,诏追封及
谥。"旧唐书于頔传:"宪宗即位,頔以第四子季友求尚主,宪宗
以长女永昌公主降焉。元和二年十二月也,頔自襄阳入觐,册
拜司空、平章,故云台室。至八年正月,頔贬恩王傅,季友以诳
罔公主,藏隐内人,削夺所任官。"是公主犹未薨也。朱子曰:
羊士谔集亦有挽歌二首,自注云:"时诏令百官进诗。"则是应
诏之作,其年月不可考,姑附于此。

〔二〕巽宫:易说卦:巽一索而得女。故谓长女。

〔三〕台室:谢庄月赋:"增华台室。"

〔四〕河汉、梧桐:按:河汉用织女渡河会牵生事。公主既没,河汉为
重泉矣。梧桐用弄玉乘凤凰栖梧桐事。季友犹在,梧桐但半
树矣。旧注失之。

〔五〕龙輴:輴,音而。潘岳寡妇赋:"龙輴俨其星驾兮。"说文:輴,丧

韩愈诗集编年笺注

430

车也。厌翟：厌，于涉切。周礼春官巾车：掌王后之五辂，厌翟，勒面缋总。注：雉羽饰车，次其羽使迫也。新唐书舆服志：厌翟车，赤质，紫油缬，朱里通帻，红锦络带及帷。公主乘厌翟。

〔六〕吹箫女：列仙传：箫史者，秦穆公时人也。善吹箫，公女弄玉好之。公以妻焉。日教弄玉作凤鸣。居数年，吹似凤声。凤皇来止其屋，一旦，皆随凤皇飞去。

〔七〕鼓瑟妃：屈原远游："吾令湘灵鼓瑟兮，二女御九韶歌。"

〔八〕佩兰：左传：郑文公有妾燕姞，梦天使与己兰，曰：以是为而子。既而文公与之兰而御之。生穆公，名之曰兰。

〔九〕沁园：沁，七鸩切。后汉书窦宪传：宪夺沁水公主园田。

示爽〔一〕

宣城去京国〔二〕，里数逾三千。念汝欲别我，解装具盘筵。日昏不能散，起坐相引牵。冬夜岂不长，达旦灯烛然。座中悉亲故，谁肯舍汝眠？念汝将一身，西来曾几年？名科掩众俊〔三〕，州考居吏前。今从府公召〔四〕，府公又时贤。时辈千百人，孰不谓汝妍〔五〕？汝来江南近，里闾故依然〔六〕。昔日同戏儿，看汝立路边。人生但如此，其实亦可怜。吾老世味薄，因循致留连。强颜班行内〔七〕，何实非罪愆？才短难自力，惧终莫洗湔。临分不汝诳，有路即归田。

431

〔一〕韩云：谱系，公子侄无名爽者，疑为韩湘，小字湘，登长庆三年进士第。王云："强颜班行内"，当是知制诰时作。按："何实非罪愆"，是左降庶子之时。

〔二〕宣城：旧唐书地理志：宣州，隋宣城郡。武德三年分宣城置怀安、宁国二县。天宝元年，改为宣城郡。在京师东南三千五百五十一里，属江南西道。

〔三〕名科：按：湘长庆时登第，此盖谓其为乡贡进士也。观下云"州考"可见。

〔四〕府公召：湘大抵从辟书而去，但不知辟者何人。考旧唐书宪宗纪，十一年冬十月，以司农卿王遂为宣州刺史、宣歙池观察使，遂能聚敛，方藉供军，故有斯授。

〔五〕谓汝妍：曹植诗："观者咸称善，众工归我妍。"

〔六〕里闾：王云：宣城在江之南，公有别业在焉。按：公为欧阳詹哀辞云："建中贞元间，余就食江南。"洪谱云：韩氏有别业在宣城，因就食焉。

〔七〕强颜：司马迁报任安书：所谓强颜耳，曷足贵乎？

赠张籍

吾老著读书〔一〕，馀事不挂眼。有儿虽甚怜，教示不免简。君来好呼出〔二〕，踉跄越门限〔三〕。惧其无所知，见则先愧赧。昨因有缘事，上马插手版。留君住厅食，使立侍盘馔。薄暮归见君，迎我笑而莞〔四〕。指渠相贺言：此是万金产。吾爱其风骨，粹美无可拣。试将诗义授，如以肉贯弗〔五〕。开祛露豪末〔六〕，自得高蹇崿〔七〕。我身蹈丘轲，爵位不早绾。固宜长有人，文章绍编划〔八〕。感荷君子德，怳若乘朽栈〔九〕。召令吐所记，解摘了瑟僩〔一〇〕。顾视窗壁间，亲戚竞觇矕〔一一〕。喜气排寒冬，逼耳鸣阰睆〔一二〕。如今更谁恨？便可耕灞浐〔一三〕。

〔一〕著读书：著，真略切，一作"嗜"。方云："著"如"高士著幽禅"、

"少年著游燕"之"著"。

〔二　〕呼出：□云：张籍祭公诗云"坐令其子拜，常呼幼时名"，与诗意合。

〔三　〕踉跄：音良锵。潘岳射雉赋："已踉跄而徐来。"

〔四　〕莞：胡版切。

〔五　〕贯弗：弗，初限切。梁武帝答陶弘景书：众家可识，亦当复贯弗耳。□云：言公儿子侍籍，籍授儿诗，义有条贯也。

〔六　〕开袪：王云：袪，衣袂；开袪，犹言开襟。

〔七　〕蹇产：蹇，一作"㠜"。屈原九章："思蹇产而不释。"注：蹇产，诘屈也。

〔八　〕编划：按：广韵：划，削也。编划，编缉删削也。

〔九　〕乘朽栈：王云：乘朽栈，谓惊喜也。按：此从书五子之歌"凛乎若朽索之驭六马"化出，犹言惟恐陨越也。

〔一〇〕偝：退版切。

〔一一〕觇瞥：觇，敕艳切。瞥，武版切。说文：觇，窥也。春秋传曰：公使觇之信。瞥，目瞥瞥也。马融广成颂：右瞥三涂，左概嵩岳。

〔一二〕睍睆：睍，胡显切。睆，音莞。诗凯风："睍睆黄鸟。"

〔一三〕灞浐：司马相如上林赋："终始灞浐，出入泾渭。"三辅黄图：灞水出蓝田谷，西北入渭。浐水亦出蓝田谷，北至霸陵入霸。

蔡宽夫诗话：旧说退之子不慧，读金根车，改为金银。然退之赠张籍诗所谓"召令吐所记，解摘了瑟偝"，则不应不识字也。不知诗之所称乃子乎？按：退之止一子，其天资亦或聪颖。观孟郊集有喜符郎诗，有天纵诗，其略云："念符不由级，级得文章阶。偷笔作文章，乞墨潜磨揩。幸当禁止之，勿使恣狂怀。"则金根车之改金银，或未足信。且其事出刘梦得嘉①话录，刘与昌黎之交不终，得毋爱憎之口耶！

【校　记】

①“嘉”，原作“因”。

调张籍〔一〕

李杜文章在，光焰万丈长〔二〕。不知群儿愚〔三〕，那用故谤伤？蚍蜉撼大树〔四〕，可笑不自量。伊我生其后，举颈遥相望。夜梦多见之，昼思反微茫。徒观斧凿痕〔五〕，不睹治水航〔六〕。想当施手时，巨刃磨天扬。垠崖划崩豁，乾坤摆雷硠〔七〕。惟此两夫子，家居率荒凉。帝欲长吟哦，故遣起且僵。翦翎送笼中〔八〕，使看百鸟翔。平生千万篇，金薤垂琳琅〔九〕。仙官敕六丁，雷电下取将〔一〇〕。流落人间者〔一一〕，太山一毫芒〔一二〕。我愿生两翅，捕逐出八荒〔一三〕。精诚忽交通，百怪入我肠。刺手拔鲸牙〔一四〕，举瓢酌天浆〔一五〕。腾身跨汗漫〔一六〕，不著织女襄。顾语地上友，经营无太忙。乞君飞霞佩〔一七〕，与我高颉颃〔一八〕。

〔一〕按：此诗极称李杜，盖公素所推服者，而其言则有为而发。旧唐书白居易传：元和十年，居易贬江州司马。时元微之在通州，尝与元书，因论作文之大旨云：“诗之豪者，世称李杜。李之作，才矣奇矣。索其风雅比兴，十无一焉。杜诗最多，可传者千馀首，尽工尽善，又过于李。然撮其新安、石壕诸章，亦不过三四十。杜尚如此，况不逮杜者乎？”是李、杜交讥也。元于元和八年作杜工部墓志铭云：“诗人已来，未有如子美者。时

山东李白,亦以奇文取称,时人谓之李杜。余观其乐府歌诗,
诚亦差肩于子美矣,至若铺陈终始,排比声韵,大或千言,次犹
数百,词气奋迈,而风调清深,属对律切,而脱弃凡近,则李尚
不能历其藩篱,况壶奥乎?"其尊杜而贬李,亦已甚矣。时其论
新出,愈盖闻而深怪之,故为此诗。因元、白之谤伤,而欲与籍
参逐翱翔。要之,籍岂能颉颃于公耶?此所以为调也。

〔二〕光焰:张衡西京赋:"光焰烛天庭。"

〔三〕群儿:临汉隐居诗话:元稹作李、杜优劣论,先杜而后李,韩退
之不以为然,曰"李杜文章在"云云,为微之发也。后山诗话:
余评李白诗,如张乐于洞庭之野,无首无尾,不主故常,非墨工
絷人所可拟议。吾友黄介读李、杜优劣论曰:"论文正不当如
此。"余以为知言。竹坡诗话:元微之作李、杜优劣论,谓太白
不能窥杜甫之藩篱,况堂奥乎?唐人未尝有此论,而稹始为
之。至退之云云,则不复为优劣矣。洪庆善作韩文辨证,著魏
道辅之言,谓退之此诗为微之作。微之虽不当自作优劣,然指
稹为愚儿,岂退之之意乎?按:群儿兼指当时附和者说,何独
蔽罪于元耶?

〔四〕蚍蜉:音毘浮。尔雅释虫:蚍蜉,大螘。

〔五〕斧凿痕:吕氏春秋古乐篇:禹勤劳天下,凿龙门,通漻水以导
河。王云:诗意谓李、杜文章如禹疏凿江峡,虽有迹可寻,而当
时运量之巧,则今不可得而睹矣。

〔六〕治水航:淮南精神训:禹南省,方济于江,黄龙负舟。

〔七〕崩豁、雷硠:硠,音郎。郭璞江赋:"礮如地裂,豁若天开。"左思
吴都赋:"菈擸雷硠,崩峦弛岑。"

〔八〕翦翎:祢衡鹦鹉赋:"闭以雕笼,翦其翅羽。"

〔 九 〕琳琅：<u>书禹贡</u>：厥贡惟球琳琅玕。

〔一〇〕六丁、雷电：<u>道书</u>：阳官六甲，阴官六丁。<u>崔玄山濑乡记</u>：或以
太一行成均，或以六甲御六丁。<u>龙城录</u>：<u>上元</u>中，台州道士<u>王
远知</u>善易，作易总十五卷。一日，曝书，雷雨忽至，赤电绕室，
暝雾中一老人语<u>远知</u>曰："所泄者书何在？上帝命吾摄六丁雷
电追取。"<u>远知</u>方惶惧据地。未起，傍有六人，青衣，已捧书立
矣。所取将书乃易总。

〔一一〕流落：<u>方</u>云：<u>孔毅父</u>尝曰：汉书霍去病传："诸将留落不偶。"今
世俗皆作"流"，如<u>江总</u>诗"流落今如此"，<u>杜甫</u>诗"流落意无
穷"，皆只作"流落"。盖"留"谓迟留，"流"谓飘流，自不可拘以
一义也。按：<u>方</u>所引皆与此不切，流落人间，盖言流传散布于
世者也。

〔一二〕豪芒：<u>班固</u>答宾戏："锐思于豪芒之内。"按：诗意言<u>李</u>、<u>杜</u>之文
今虽盛传于世，然不过存什一于千百耳。世人方且不见其全，
又安敢轻议乎？

〔一三〕八荒：<u>杜甫</u>诗："濯足洞庭望八荒。"

〔一四〕刺手：刺，七亦切。按：犹赤手也。

〔一五〕鲸牙、天浆：<u>魏泰</u>云：高至于酌天浆，幽至于拔鲸牙，其思磥深
远如此，讵止于<u>曹</u>、<u>刘</u>、<u>沈</u>、<u>宋</u>之间邪！按："鲸牙"无所考，"天
浆"岂即<u>中山经</u>所谓"帝台之浆"耶？"酌天浆"以喻高洁，"拔
鲸牙"以喻沈雄。

〔一六〕汗漫：<u>淮南道应训</u>：<u>卢敖</u>游乎<u>北海</u>，至于<u>蒙谷</u>之上，见一士焉，
<u>敖</u>与之语，若士齤然而笑曰："嘻，子中州之民，宁肯而远至此？
吾与<u>汗漫</u>期于九垓之外，吾不可以久驻。"举臂而竦身，遂入
云中。

〔一七〕乞:音气。

〔一八〕颉颃:诗燕燕:"颉之颃之。"

    魏仲举曰:退之有取于李、杜,如荐士、醉留东野、望秋、石鼓等诗,每致意焉。然未若此诗之专美也。

    笔墨闲录:退之参李、杜透机关处,于调张籍诗见之。

    容斋四笔:新唐书杜甫传赞曰:昌黎韩愈于文章重许可,至歌诗独推曰:"李杜文章在,光焰万丈长。"诚可信云。予读韩诗,其称李、杜者数端,聊疏于此。石鼓歌曰:"少陵无人谪仙死。"酬卢云夫曰:"远追甫白感至诚。"荐士曰:"勃兴得李杜,万类困凌暴。"醉留东野曰:"昔年因读李白杜甫诗,长恨二人不相从。"感春曰:"近怜李杜无检束。"并唐书所引,盖六用之。

晚寄张十八助教周郎博士 原注:张籍、周况也〔一〕。

日薄风景旷〔二〕,出归偃前檐。晴云如擘絮,新月似磨镰〔三〕。田野兴偶动,衣冠情久厌。吾生可携手,叹息岁将淹〔四〕。

〔一〕□云:按:公集周况妻韩氏墓志云:四门博士周况妻韩氏,礼部郎中云卿之孙,开封尉俞之女。盖公之从子婿也,故曰周郎。

〔二〕日薄:薄,一作"落"。方云:薄,迫也。国语:今会日薄矣,恐事之不集。朱子曰:详语势,但如白乐天诗所谓"旌旗无光日色薄"耳。按:薄,径迫解,说亦可通。但当引李密陈情表"日薄西山",不当引国语。国语"会日薄矣",乃言日期已近,与此无涉。一本作"日落","落"字正与"日薄西山"意合,即题中"晚"字之义。

〔 三 〕擘絮、磨镰：按：项联写状最工，苏轼诗"岭上晴云披絮帽，树头
　　　　初日挂铜钲"，似效其语。

〔 四 〕岁将淹：李白诗："东溪卜筑岁将淹。"

听颖师弹琴〔一〕

昵昵儿女语〔二〕，恩怨相尔汝。划然变轩昂，勇士赴敌场。浮云
柳絮无根蒂〔三〕，天地阔远随飞扬。喧啾百鸟群，忽见孤凤凰。
跻攀分寸不可上，失势一落千丈强。嗟余有两耳，未省听丝
篁。自闻颖师弹，起坐在一旁。推手遽止之〔四〕，湿衣泪滂
滂〔五〕。颖乎尔诚能，无以冰炭置我肠〔六〕。

〔 一 〕王云：颖师若是道士，则颖字是姓，当从水。是僧，则颖字是
　　　　名，当从禾。按：李贺亦有听颖师弹琴歌云："竺僧前立当吾
　　　　门，梵宫真相眉棱尊。古琴大轸长八尺，峄阳老树非桐孙。凉
　　　　馆闻弦惊病客，药囊暂别龙须席。请歌直请卿相歌，奉礼官卑
　　　　复何益？"则颖师是僧明甚，盖以琴干长安诸公而求诗也。贺
　　　　官终奉礼，殁于元和十一年，作诗时盖已病，而公亦当被谗左
　　　　降，故有"湿衣泪滂滂"之语也。

〔 二 〕昵昵：一作"妮妮"，或作"昵昵"。儿女语：史记田窦灌夫传：乃
　　　　效女儿咕嗫耳语。

〔 三 〕无根蒂：陶潜诗："人生无根蒂，飘如陌上尘。"

〔 四 〕推手：庄子让王篇：孔子推琴，喟然而叹。按：推手止颖师弹
　　　　也，非推琴义。

〔 五 〕泪滂滂：张协七命："抚促柱则酸鼻，挥危弦则涕流。"按：世说：
　　　　"王国宝构谢太傅于武帝，太傅患之。帝召桓子野饮，太傅在

坐。桓抚筝而歌曹子建怨诗，声节慷慨，俯仰可观，太傅泣下沾襟。"是时公方降左庶子也。

〔 六 〕冰炭：东方朔七谏："冰炭不可以相并兮。"

西清诗话：六一居士尝问东坡：琴诗孰优？坡答以退之听颖师琴对。公曰："此祇是琵琶耳！"吴僧义海以琴名世，或以六一语问海，海曰：欧公一代英伟，然此语误矣。"昵昵儿女语，恩怨相尔汝"，言轻柔细屑，真情出见也。"划然变轩昂，勇士赴敌场"，精神愈谨，耸观听也。"浮云柳絮无根蒂，天地阔远随飞扬"，纵横变态，浩乎不失自然也。"喧啾百鸟群，忽见孤凤凰"，又见颖孤绝不同流俗下俚声也。"跻攀分寸不可上，失势一落千丈强"，起伏抑扬，不主故常也。皆指下丝声妙处，惟琴为然。琵琶格上声，乌能尔耶？退之深得其趣，未易讥评也。

许彦周诗话：退之听颖师琴诗云"浮云柳絮无根蒂，天地阔远随飞扬"，此泛声也，谓轻非丝，重非木也。"喧啾百鸟群，忽见孤凤皇"，此泛声中寄指声也。"跻攀分寸不可上"，吟绎声也。"失势一落千丈强"，顺下声也。善琴者，此数声最难工。自文忠公与东坡论此诗，以为听琵琶声，后生随例云云，故论之，少为退之雪冤。

按：嵇康琴赋中已具此数声，其曰"或怨嫭而踌躇"，非"昵昵儿女语"乎？"时劫掎以慷慨"，非"勇士赴敌场"乎？"忽飘飘以轻迈，若众葩敷荣曜春风"，非"浮云柳絮无根蒂"乎？"嘤若离鹍鸣清池，翼若游鸿翔曾崖，又若鸾凤和鸣戏云中"，非"喧啾百鸟群，忽见孤凤皇"乎？"参谭①繁促，复叠攒仄，拊嗟累赞，间不容息"，非"跻攀分寸不可上"乎？"或乘险投会，邀隙趋危，或搂摘攦挦，缥缭澈冽"，非"失势一落千丈强"乎？公非袭琴赋，而会心于琴理则有合也。国史补云："于頔司空尝令客弹琴，其嫂知音，听于帘下曰：'三分中一分筝声，二分琵琶声，绝无琴韵。'"则琴声诚或有似琵琶者，但不可以论此诗。

【校　记】

　　①"谭"，原作"禅"，据嵇康集校注改。

韩昌黎诗集编年笺注卷十

卷十凡四十二首，起元和十二年伐蔡诸诗，送李员外以下，十三年为刑部侍郎作。元日酬蔡州马尚书以下，十四年春赴潮洲作。

闲游二首〔一〕

雨后来更好，绕池遍青青。柳花闲度竹，菱叶故穿萍〔二〕。独坐殊未厌〔三〕，孤斟讵能醒。持竿至日暮，幽咏欲谁听？

兹游苦不数，再到遂经旬。萍盖污池净，藤笼老树新。林乌鸣讶客〔四〕，岸竹长遮邻。子云祇自守〔五〕，奚事九衢尘。

〔一〕按：二诗，一云“雨后来更好”，一云“再到遂经旬”。盖尚有前游，而其时不可考矣。按：“子云祇自守”语，似是为右庶子时。以下皆元和十二年作。

〔二〕故穿萍：“故”或作“乱”。方云：少陵诗“潜龙故起云”、“江上燕子故来频”，皆用此字。

〔 三 〕独坐：华峤谱叙：江南号华歆曰"华独坐"。

〔 四 〕讶客：按：杜甫重游何将军山林诗云"犬迎曾宿客，鸦护落巢
儿"，言相熟也。此云"林乌鸣讶客，岸竹长遮邻"，言游之不数
也。各有意致。

〔 五 〕自守：汉书扬雄传：有以自守，泊如也。

过鸿沟〔一〕

龙疲虎困割川原，亿万苍生性命存。谁劝君王回马首〔二〕？真
成一掷赌乾坤〔三〕。

〔 一 〕史记高祖纪：项羽与汉王约，中分天下，割鸿沟而西者为汉，鸿
沟而东者为楚。应劭曰：鸿沟，荥阳东南二十里。□云：公从
裴晋公伐蔡，八月下汴过鸿沟作也。此下皆随晋公伐蔡诗。

〔 二 〕马首：左传：荀偃令曰："鸡鸣而驾，唯余马首是瞻。"

〔 三 〕一掷：按：此借用刘毅一掷百万，以形"赌"字。

按：此诗虽咏楚汉事，实为伐蔡之举。时宰有谏阻者，几败
公事也。视为咏古则非。

送张侍郎〔一〕

司徒东镇驰书谒〔二〕，丞相西来走马迎〔三〕。两府元臣今转密，
一方逋寇不难平〔四〕。

〔 一 〕方云：张贾时自兵侍为华州。按：皇甫湜作韩愈墓志铭云："吴
元济反，吏兵久屯无功。先生以右庶子兼御史中丞、行军司

马,出关趋汴,说都统弘,悦用命。遂至郾城,卒擒元济。”此诗所谓“驰书谒”、“走马迎”,盖其事也。使还报命,逢度军过华州,贾当有迎送之礼,因其还郡送之。

〔 二 〕司徒:新唐书宪宗纪:元和十年正月,宣武军节度使韩弘为司徒。九月,韩弘为淮西行营兵马都统。

〔 三 〕丞相:新唐书裴度传:度请身督战,即拜门下侍郎、平章事、彰义军节度、淮西宣慰招讨处置使,度以韩弘领都统,乃上还招讨以避,然实行都统事。

〔 四 〕逋寇:南史范泰传:王忱欲扫除中原,泰曰:百年逋寇,前贤挫屈者多矣。

奉和裴相公东征途经女几山下作〔一〕

旗穿晓日云霞杂,山倚秋空剑戟明〔二〕。敢请相公平贼后,暂携诸吏上峥嵘。

〔 一 〕中山经:荆山东北百五十里曰骄山,又东北百二十里曰女几之山。水经注:渠谷水出宜阳县南女几山,东北流径云中�,迢递层峻,流烟半垂,缨带山阜。新唐书地理志:河南府福昌县本宜阳,有女几山。□云:白乐天云:“晋公出讨淮西,过女几山下,题诗云:‘待平贼垒报天子,莫指仙山示武夫。’”而公此诗和云。蒋云:女几山,神女白兰香上升,遗几于此山,故名。

〔 二 〕云霞、剑戟:洪云:以我之旗况彼云霞,以彼之山况我剑戟。诗家谓回鸾舞凤格。

赠刑部马侍郎 原注:马总时副晋公东征。〔一〕

红旗照海压南荒〔二〕,征入中台作侍郎〔三〕。暂从相公平小寇,便归天阙致时康。

〔一〕新唐书马总传:总,字会元,系出扶风。元和中,以虔州刺史迁安南都护,徙桂管经略观察使,入为刑部侍郎。十二年,兼御史大夫,副裴度宣慰淮西。

〔二〕红旗:陈书高祖纪:赤旗所指,祅垒洞开。

〔三〕中台:唐六典:后汉尚书称台,魏晋以来为省。龙朔二年,改为中台。

酬马侍郎寄酒

一壶情所寄,四句意能多。秋到无诗酒,其如月色何?

晚秋郾城夜会联句〔一〕

从军古云乐〔二〕,谈笑青油幕〔三〕。灯明夜观棋〔四〕,月暗秋城柝〔五〕。正封 羁客方寂历,惊乌时落泊。语阑壮气衰,酒醒寒砧作〔六〕。愈 遇主贵陈力,夷凶匪兼弱〔七〕。百牢犒舆师〔八〕,千户购首恶〔九〕。正封 生平耻论兵,末暮不轻诺〔一〇〕。徒然感恩义,谁复论勋爵?愈 多士被沾污〔一一〕,小夷施毒蠚〔一二〕。何当铸剑戟〔一三〕?相与归台阁。正封 室妇叹鸣鹳〔一四〕,家人祝喜鹊〔一五〕。终朝考蓍龟〔一六〕,何日亲烝袷〔一七〕?愈 间使断津梁〔一八〕,潜军索林薄〔一九〕。红尘羽书靖〔二〇〕,大水沙囊涸〔二一〕。正封 铭山子所工〔二二〕,插羽余何怍〔二三〕?未足烦刀俎〔二四〕,只应输管钥〔二五〕。愈 雨矢逐天狼〔二六〕,电矛驱海若〔二七〕。灵诛固无纵〔二八〕,力战谁敢却〔二九〕?正封 峨峨云梯翔〔三〇〕,赫赫火箭著〔三一〕。连空隳雉蝶〔三二〕,照夜焚城郭〔三三〕。愈 军门宣一令〔三四〕,庙算建三略〔三五〕。雷鼓揭千枪〔三六〕,浮桥交万筰〔三七〕。正封 蹂野马云腾〔三八〕,映原旗火铄〔三九〕。疲民坠将拯,残虏狂可缚。愈 摧锋若狙兕〔四〇〕,超乘如猱玃〔四一〕。逢掖服翻惭〔四二〕,漫胡缨可愕〔四三〕。正封 星陨闻雏雉〔四四〕,师兴随唳鹤〔四五〕。虎豹贪犬羊〔四六〕,鹰鹯憎鸟雀〔四七〕。愈 烧陂除积聚〔四八〕,灌垒失依托〔四九〕。凭轼谕昏迷〔五〇〕,执殳征暴虐〔五一〕。正封 仓空战卒饥,月黑探兵错。凶徒更蹈藉〔五二〕,逆族相唼嚼〔五三〕。愈 舳舻亘淮泗〔五四〕,旆旌连夏鄂〔五五〕。大野纵氐羌〔五六〕,长河浴骊骆〔五七〕。正封 东西竞角逐〔五八〕,远近施罾缴〔五九〕。人怨童聚谣,天殃鬼行疟。愈 汉刑支郡黜〔六〇〕,周制闲田削〔六一〕。侯社退无功〔六二〕,鬼薪惩不恪〔六三〕。正封 余虽司斧锧〔六四〕,情本尚丘壑〔六五〕。且待献俘囚〔六六〕,终当返耕获。愈 槁街陈铁钺〔六七〕,桃塞兴钱镈〔六八〕。地理画封疆,天文扫寥廓。正封 天子悯疮痍,将军禁卤掠〔六九〕。策勋封龙额〔七〇〕,归兽获麟脚〔七一〕。愈 诘诛敬王怒〔七二〕,给复哀人瘼〔七三〕。泽发解兜牟〔七四〕,酡颜倾凿落〔七五〕。正封 安存惟恐晚〔七六〕,洗雪不论昨〔七七〕。暮鸟已安巢,春蚕看满箔〔七八〕。愈 声明动朝阙,光宠耀京洛。旁午降丝纶〔七九〕,中坚拥鼓铎〔八〇〕。正封 密坐列珠翠〔八一〕,高门涂粉膜〔八二〕。跋朝贺书飞〔八三〕,塞路归鞍跃。愈 魏阙横云汉〔八四〕,秦关束岩崿〔八五〕。拜迎罗橐鞬〔八六〕,问遗结囊橐〔八七〕。正封 江淮永清晏〔八八〕,宇宙重开拓〔八九〕。是日号升平〔九〇〕,此年名作噩〔九一〕。愈 洪赦方下究〔九二〕,武飙亦旁魄〔九三〕。南据定蛮陬〔九四〕,北攘空朔漠〔九五〕。正封 儒生恢教化,武士猛刺斫〔九六〕。吾相两优游〔九七〕,他人双落寞〔九八〕。愈 印从负鼎佩〔九九〕，门为登坛凿〔一〇〇〕。再入更显严〔一〇一〕，九迁弥塞谔〔一〇二〕。<u>正封</u> 宾筵尽狐赵〔一〇三〕，导骑多卫霍〔一〇四〕。国史擅芬芳〔一〇五〕，宫娃分绰约〔一〇六〕。<u>愈</u> 丹掖列鹓鹭，洪鑪衣狐貉。摛文辉月毫〔一〇七〕，讲剑淬霜锷〔一〇八〕。<u>正封</u> 命衣备藻火〔一〇九〕，赐乐兼拊搏〔一一〇〕。两厢铺氍毹〔一一一〕，五鼎调勺药〔一一二〕。<u>愈</u> 带垂苍玉佩〔一一三〕，辔蹙黄金络〔一一四〕。诱接谓登龙〔一一五〕，趋驰状倾藿〔一一六〕。<u>正封</u> 青娥翳长袖〔一一七〕，红颊吹鸣箫〔一一八〕。倘不忍辛勤，何由恣欢谑?<u>愈</u> 惟当早富贵，岂得暂寂寞? 但掷顾笑金，仍祈却老药〔一一九〕。<u>正封</u> 殁庙配樽斝〔一二〇〕，生堂合馨鐏〔一二一〕。安行庇松篁〔一二二〕，高卧枕莞蒻〔一二三〕。<u>愈</u> 洗沐恣兰芷〔一二四〕，割烹厌脾臄〔一二五〕。喜颜非忸怩〔一二六〕，达志无陨获〔一二七〕。<u>正封</u> 诙谐酒席展〔一二八〕，慷慨戎装著〔一二九〕。斩马祭旄纛〔一三〇〕，刲羊礼芒屩〔一三一〕。<u>愈</u> 山多离隐豹〔一三二〕，野有求伸蠖〔一三三〕。推选阅群材，荐延搜一鹗〔一三四〕。<u>正封</u> 左右供谄誉，亲交献谀嗃〔一三五〕。名声载揄扬〔一三六〕，权势实熏灼〔一三七〕。<u>愈</u> 道旧生感激〔一三八〕，当歌发酬酢。群孙轻绮纨〔一三九〕，下客丰醴酪〔一四〇〕。<u>正封</u> 穷天贡踔异〔一四一〕，市海赐醨醾〔一四二〕。作乐鼓还搥〔一四三〕，从禽弓始彍〔一四四〕。<u>愈</u> 取欢移日饮〔一四五〕，求胜通宵博〔一四六〕。五白气争呼〔一四七〕，六奇心运度〔一四八〕。<u>正封</u> 恩泽诚布濩〔一四九〕，嚚顽已箫勺〔一五〇〕。告成上云亭〔一五一〕，考古垂矩矱〔一五二〕。<u>愈</u> 前堂清夜吹〔一五三〕，东第良辰酌〔一五四〕。池莲拆秋房，院竹翻夏箨〔一五五〕。<u>正封</u> 五狩朝恒岱〔一五六〕，三畋宿杨柞〔一五七〕。农书乍讨论〔一五八〕，马法长悬格〔一五九〕。<u>愈</u> 雪下收新息〔一六〇〕，阳生过京索〔一六一〕。尔牛时寝讹〔一六二〕，我仆或歌咢〔一六三〕。<u>正封</u> 帝载弥天地〔一六四〕，臣辞劣

萤燭〔一六五〕。为诗安能详，庶用存糟粕〔一六六〕。愈

〔一　〕方云：杭、蜀本题只此。洪云：今本有“上王中丞卢院长”者非。
　　　蒋云：本注“正封上中丞”，中丞即退之。“愈奉院长”，院长即
　　　正封也。其称王、卢谬。旧唐书宪宗纪：元和十二年七月丙
　　　辰，制以裴度守门下侍郎、同平章事，充淮西宣慰处置使，太子
　　　右庶子韩愈兼御史中丞，充行军司马，以司勋员外郎李正封兼
　　　侍御史，为判官书记，从度出征，诏以郾城为行蔡州治所。八
　　　月甲申，裴度至郾城。新唐书地理志：许州颍川郡郾城，属河
　　　南道。魏云：此诗公与正封作于郾城，盖九月间蔡未平时也。
　　　诗凡百韵。东野死后，公所与联句者，惟此可见耳。顾嗣立
　　　曰：刘石龄云：题是郾城晚秋，而中间所叙，多平贼、归朝、策
　　　勋、赐酺等事。末又云“雪下收新息，阳生过京索”，或此诗之
　　　始在郾城，而诗之成在公归朝之后，未可知也。若如魏云作于
　　　未平蔡之时，则岂如酉阳杂俎所载太白闻禄山反，作胡无人诗
　　　云“太白入月敌可摧”，禄山死时，果太白入月。而公此诗“雪
　　　下”之语，遂为入蔡之先兆耶！按：郾城联句待归朝而成，决无
　　　此理。吉凶先见，多有偶中者。况此时元济有必败之势耶。
　　　此诗前半实写，后半虚写。自“且待献囚”以下，皆未然之事，
　　　诗后长笺甚详。

〔二　〕从军乐：王粲从军诗：“从军有苦乐，但问所从谁？”
　　　　　　　　　　　　　　　　　　　　　　　　　　　　447

〔三　〕青油幕：南史刘穆之传：穆之孙瑀，性陵物护前，与颜竣书曰：
　　　朱修之三世叛兵，一日居荆州，青油幕下，作谢宣明面目见向。
　　　孙云：青油幕，末将幕也，以青油缣为之。

〔四　〕夜观：观，音贯。尔雅释宫室：观，观也，于上观望也。

〔五　〕正封：上中丞。

〔六〕愈:奉院长。

〔七〕兼弱:书:兼弱攻昧。

〔八〕百牢:左传:公会吴于邾,吴来征百牢。舆师:左传:无令舆师陷入君地。

〔九〕首恶:榖梁传:诸侯且不首恶。

〔一〇〕末暮:颜延之诗:"末暮谢幽贞。"

〔一一〕多士:书:则惟尔多士多逊。按:元济之党,如丁士良、陈光洽、吴秀琳、李祐、董重质、董昌龄、邓怀金等,皆可用之材,故曰"多士被沾污"也。

〔一二〕毒蠚:蠚,丑略切,又呼各切。汉书刑法志:百姓新免毒蠚。按:杀武元衡,伤裴度,皆毒蠚之尤大者,百姓更不必言。

〔一三〕铸剑戟:家语:颜回曰:"回愿明王圣主辅相之,铸剑戟以为农器,放牛马于渊薮。"

〔一四〕叹鸣鹳:诗:"鹳鸣于垤,妇叹于室。"

〔一五〕祝喜鹊:西京杂记:乾鹊噪而行人至。

〔一六〕考蓍龟:诗:"卜筮偕止,会言近止,征夫迩止。"

〔一七〕亲烝礿:礿,音药。记王制:春曰礿,夏曰禘,秋曰尝,冬曰烝。

〔一八〕间使:汉书蒯通传:汉独发间使下齐。师古曰:间使,谓使人伺间隙而单行。津梁:郑曼季诗:"路隔津梁,一苇限殊。"

〔一九〕潜军:左传:使曼伯与子元潜军军其后。林薄:淮南齐俗训:高山险阻,深林丛薄。

〔二〇〕羽书:虞羲诗:"羽书时断绝,刁斗昼夜惊。"

〔二一〕沙囊洇:史记淮阴侯传:龙且与信夹潍水阵。信乃夜令人为万馀囊,满盛沙,壅水上流,引军半渡击龙且,伴不胜还去。且遂追信渡水,信使人决壅囊,水大至,即急击杀龙且。许彦周诗话:联句之盛,退之、东野、李正封也。正封善押韵,如押"大水沙囊涸"等,皆不可及。

〔二二〕铭山:后汉书窦宪传:宪大破匈奴,登燕然山,刻石勒功,命班固作铭。

〔二三〕插羽:王粲从军诗:"将秉先登羽,岂敢听金声?"

〔二四〕刀俎:史记项羽纪:樊哙曰:人方为刀俎,我为鱼肉。

〔二五〕管钥:越语:令大夫种行成于吴曰:请委管钥属国家,以身随之。

〔二六〕雨矢:新序:尘气冲天,矢下如雨。天狼:屈原九歌:"举长矢兮射天狼。"史记天官书:西宫有大星曰狼,狼角变色,多盗贼。

〔二七〕电矛:王云:电矛,谓矛戟如电。海若:屈原远游:"令海若舞冯夷。"

〔二八〕灵诛:陈琳檄吴将校部曲文:"江湖可以逃灵诛。"

〔二九〕力战:汉书霍去病传:力战一日,馀士不敢有二心。

〔三〇〕云梯:宋国策:公输般为楚设机,墨子曰:闻公为云梯将以攻宋。

〔三一〕火箭:魏略:诸葛亮攻郝昭于陈仓,以云梯冲车临城中。昭以火箭射之,云梯尽然。著:直略切。

〔三二〕雉堞:左传:都城过百雉。说文:堞,城上女垣也。

〔三三〕焚城郭:汉书高帝纪:齐皆降楚,楚焚其城郭。

〔三四〕军门:左传:胥甲、赵穿当军门呼曰:不待期而薄人于险,无勇也。

〔三五〕庙算:孙子始计篇:夫未战而庙算胜者,得算多也。三略:陈书高祖纪:坐挥三略,遥制六奇。

〔三六〕揭枪:贾谊过秦论:斩木为兵,揭竿为旗。苍颉篇:刘木,两头锐者为枪。

〔三七〕浮桥:后汉书岑彭传:公孙述横江水起浮桥斗楼,立攒柱,绝水道,以拒汉兵。筰:在各切。说文:筰,笮也;笮,竹索也。元和郡县志:冀州卫山县有筰桥,以竹篾为索,架北江水。

〔三八〕马云腾:后汉书刘表传赞:云腾冀马。

〔三九〕旗火铄:铄,当作"烁"。吴语:左军皆赤常、赤旟、丹甲、朱羽之矰,望之如火。刘孝仪诗:"晓阵烁郊原。"

〔四○〕摧锋:梁简文帝诗:"略地晓摧锋。"豿兕:豿,欶居切。尔雅释兽:豿似狸,兕似牛。

〔四一〕超乘:左传:秦师过周北门,超乘者三百乘。猱玃:玃,音攫。诗:"无教猱升木。"尔雅释兽:玃父善顾。

〔四二〕逢掖:记儒行:衣逢掖之衣。

〔四三〕漫胡:庄子说剑篇:剑士皆蓬头突鬓垂冠,漫胡之缨,短后之衣。

〔四四〕雊雉:字本商书。史记封禅书:秦文公获若石,于陈仓北阪城,光辉若流星,其声殷云,野鸡夜雊。按:新唐书天文志:元和六年三月,日晡,天阴寒,有流星大如一斛器,坠于兖、郓间,声震数百里,野鸡皆雊。占者曰:"不及十年,其野主杀而地分。"十二年九月己亥甲夜,有流星起中天,首如瓮,尾如二百斛船,长十馀丈,声如群鸭飞,明若火炬,过月下西流。须臾,有声砻砻,坠地有大声,如坏屋者三,在陈、蔡间。按:十二年九月,正当联句之时,盖纪其实也。十月遂擒元济。至十四年灭李师道,则兖、郓之应也。

〔四五〕唳鹤:晋书载记:苻坚闻风声鹤唳,皆谓晋师之至。

〔四六〕犬羊:后汉书郑太传:有并凉之人以为爪牙,譬驱虎兕以赴犬羊也。

〔四七〕鹰鹯：左传：见无礼于其君者，去之如鹰鹯之逐鸟雀也。

〔四八〕烧陂：孙子火攻篇：一曰火人，二曰火积。注：烧其蓄积。

〔四九〕灌垒：赵国策：三国之兵乘晋阳，决晋水而灌之，城中巢居而处，悬釜而炊。

〔五○〕凭轼：左传：君凭轼而观之。昏迷：书：蠢兹有苗，昏迷不共。

〔五一〕执殳：诗："伯也执殳，为王前驱。"

〔五二〕凶徒：北史裴延俊传：贼复鸠集，凶徒转盛。蹈藉：司马相如上林赋："步骑之所蹂若，人臣之所蹈藉。"

〔五三〕唼嗫：按："逆族"即逆党，时李愬得贼将辄不杀，更与之谋，因献灭蔡之策，故曰"相唼嗫"也。

〔五四〕舳舻：旧本作"轴轳"，误。汉书武帝纪：元封五年南巡狩，自寻阳浮江，舳舻千里。淮泗：旧唐书宪宗纪：十一年十二月，初置淮颍水运使，运扬子院米。自淮阴溯流至寿州，入颍口。至于项城，又溯流入溵河，输于郾城。得米五十万石，菽一千五百万束，省汴运七万六千贯。"舳舻亘淮泗"谓此事也。

〔五五〕旆旌：诗："悠悠旆旌。"夏鄂：新唐书地理志：鄂州江夏郡，属江南道。按：平淮西碑："是时讨蔡之兵四集，宣武节度使韩弘为都统，忠武节度使李光颜将河东、魏博、郃阳三军，河阳节度乌重胤将朔方、义成、陕、益、凤翔、延、庆七军，寿州团练使李文通将宣武、淮南、宣歙、浙西四军，鄂岳观察使李道古，唐邓随节度使李愬，各以其兵进战，凡十六道。"故旆旌连于夏鄂，军容之盛如此也。

〔五六〕氐羌：诗："自彼氐羌，莫敢不来享，莫敢不来王。"按：新唐书吴元济传："帝命诏起沙陀枭骑济师。"盖谓此也。

〔五七〕骝骆:诗:"有骊有骆。"

〔五八〕角逐:左传:晋人逐之,左右角之。

〔五九〕矰缴:音增弋。汉书张良传:虽有矰缴,尚安所施?

〔六〇〕支郡黜:汉书晁错传:请诸侯之罪过,削其支郡。

〔六一〕闲田削:记王制:诸侯之有功者,取于闲田以禄之。其有削地者,归之闲田。

〔六二〕退无功:按:淮蔡用兵,时严绶经年无功,罢为太子少保。李逊应接不至,贬为恩王傅。高霞寓败于铁城,贬归州刺史。袁滋懦不能军,贬抚州刺史。"汉刑"四句,盖指其事也。

〔六三〕鬼薪:汉书惠帝纪:皆耐为鬼薪白粲。应劭曰:取薪给宗庙为鬼薪。

〔六四〕司斧锧:公羊传:执斧锧从君东西南北。孙云:公为行军司马,主罚。

〔六五〕尚丘壑:世说:顾长康画谢幼舆在岩石里曰:"此子宜置丘壑中。"

〔六六〕献俘囚:左传:献俘于文宫。诗:"在泮献囚。"

〔六七〕槁街:汉书陈汤传:斩郅支首及名①王以下,宜悬头槁街蛮夷邸间。师古曰:槁街,街名。蛮夷邸在此街也。

〔六八〕桃塞:张衡西京赋:"左有崤函重险、桃林之塞。"括地志:今陕州桃林县以西至潼关,皆是桃林塞。钱镈:钱,即浅切。诗:"痔乃钱镈。"

〔六九〕卤掠:汉书高帝纪:所过毋得卤掠。

〔七〇〕策勋:左传:饮至、舍爵、策勋焉,礼也。龙额:额,同额。史记卫青传:封韩说为龙额侯,崔浩曰:今河间龙额村。

〔七一〕归兽:书序:武王伐殷,往伐归兽,识其政事。作武成。朱子曰："归兽"用书序语，对策勋为切，但当兽作狩义耳。按：书序"归兽"，大抵即归马放牛之义。左思魏都赋："丧乱既弭而能宴，武人归兽而去战。"亦用书序，而与此诗更切。麟脚：司马相如子虚赋："射糜脚麟。"韦昭曰：脚谓持其脚也。方云：此诗用"魏阙"、"秦关"、"龙颔"、"麟脚"，皆借对也。

〔七二〕诘诛：记月令：诘诛暴慢。

〔七三〕给复：复，音福。汉书高帝纪：非七大夫以下，皆复其身。应劭曰：不输户赋也。按：新唐书宪宗纪："十一年七月，免淮西邻贼州夏税。及十二年十月，元济擒后，给复淮西二年，免旁州来岁夏税。"盖事之必然者，可逆料也。

〔七四〕泽发：释名：香泽者，人发恒枯悴，以此濡泽之也。

〔七五〕凿落：王云：凿落，饮器。白乐天诗："银含凿落盏，金屑琵琶槽。"

〔七六〕安存：后汉书马融传赞：生厚故安存之虑深。

〔七七〕洗雪：后汉书段颎传：洗雪百年之逋负。按：蔡平后，帝使梁守谦悉诛贼将。裴度腾奏申解，全宥者甚众。盖洗雪之议已早定也。

〔七八〕春蚕：陶潜诗："春蚕收长丝。"箔：王云：以竹为箔，所以盛蚕。按：箔，说文本"薄"，盖豳风"八月萑苇"，正所以为曲薄，故字从艹也。方言：薄，宋、魏、陈、楚、江、淮之间谓之苗。又：槌，谓之植。郭璞注：丝蚕薄柱也。齐民要术：三月清明节，令蚕妾具槌持箔笼。广韵：箔，帘箔也。薄，蚕具也。总之，古字只作"薄"，以后则"薄"、"箔"亦通用耳。王肃妻谢氏诗："本为薄上蚕，今作机上丝。"

〔七九〕旁午：汉书霍光传：使者旁午。师古曰：一纵一横为旁午。丝纶:记缁衣:王言如丝,其出如纶。

〔八〇〕中坚:后汉书光武纪:冲其中坚。注:凡军事,中军将最尊,居中以坚锐自辅,故曰中坚也。鼓铎:吴语:王乃秉枹,亲就鸣钟、鼓、丁宁、錞于,振铎。傅休奕诗:"鸣镯振鼓铎,旌旗象虹蜺。"

〔八一〕密坐:班昭欹器颂:侍帝王之密坐。

〔八二〕高门:史记邹奭传:为开第康庄之衢,高门大屋尊宠之。粉腯:腯,居各切。书梓材:惟其涂丹腯。按:粉,白色;腯,赤色。

〔八三〕趹朝:王云:犹言举朝也。

〔八四〕魏阙:周礼天官冢宰:正月之吉,始和县治象之法于象魏。注:象魏,阙也。庄子让王篇:心存乎魏阙之下。云汉:诗棫朴:"倬彼云汉。"

〔八五〕秦关:雍录:古尝立关塞者凡三所,由长安东一百八十里出华州华阴县外,则唐潼关也。自潼关东二百里至陕州灵宝县,则秦函谷关也。自灵宝县三百馀里至河南府新安县,则汉函谷关也。岩崿:郭璞江赋:"碕岭为之岩崿。"

〔八六〕纛鞬:左传:右属纛鞬。

〔八七〕问遗:去声。汉书娄敬传:以岁时数问遗。橐橐:诗公刘:"于橐于囊。"

〔八八〕清宴:陈书高祖纪:一朝指㧑,六合清宴。

〔八九〕开拓:扬雄甘泉赋:"拓迹开统。"苗泰交广记:汉武帝元鼎中开拓土境。

〔九〇〕升平:张衡东京赋:治致升平之德。善曰:升平谓国太平也。

〔九一〕作噩:噩,音谔。尔雅释天:太岁在酉曰作噩。淮南天文训:作鄂之岁,岁有大兵。王云:元和十二年,岁在丁酉。

〔九二〕下究：鹖冠子：上情不下究。

〔九三〕武飙：汉书司马相如传：协气横流，武节焱逝。旁魄：魄，他各切。司马相如传：旁魄四塞。

〔九四〕蛮陬：左思魏都赋："蛮陬夷落，译导而通，鸟兽之氓也。"

〔九五〕朔漠：汉书叙传："龙荒朔幕，莫不来庭。"幕、漠通。

〔九六〕斫斫：晋书杨骏传：骏遗孙登布被，登截被于门，大呼曰：斫斫刺刺。北史安德王延宗传：齐人后斫刺死者三千馀人。

〔九七〕吾相：按：相谓裴度，然曰"两优游"，兼指韩弘而言也。裴、韩和衷，公所说也，故诗中犹致意焉。旧唐书弘传：累授检校左右仆射、司空。宪宗即位，加同平章事。

〔九八〕他人：按：他人盖指李逢吉辈，曰"双落寞"者，前此韦贯之以数请罢兵免相，至此逢吉亦为宪宗所恶，出领剑南。

〔九九〕负鼎：史记殷本纪：伊尹欲干汤而无由，乃为有莘氏媵臣负鼎俎，以滋味说汤。

〔一〇〇〕凿门：淮南兵略训：凡国有难，君自宫召将，诏之。将军受命，凿凶门而出。

〔一〇一〕显严：庄子庚桑楚篇：贵、富、显、严、名、利，六者勃志也。

〔一〇二〕九迁：任昉为范尚书表：千秋之一日九迁。善曰：东观汉纪：马援与杨广书曰：车丞相，高祖园寝郎，一月九迁为丞相。按：日字当为月字之误也。

〔一〇三〕狐赵：左传：晋公子从者，狐偃、赵衰。世说：山公与嵇、阮契若金兰，山妻韩氏曰：负羁之妻，亦亲观狐、赵，意欲窥之可乎？

〔一〇四〕卫霍：史记：卫青、霍去病。何承天安边论：汉氏方隆，卫霍宣力。

〔一〇五〕芬芳：南史范泰传：抽其芬芳，振其金石。

〔一〇六〕宫娃：**史记赵世家**：**吴广**纳其女娃嬴，是为**惠后**。**方言**：娃，美也。**吴**、**楚**、**衡**、**淮**之间曰娃，故**吴**有馆娃之宫。淖约：**庄子逍遥游篇**：淖约若处子。

〔一〇七〕月毫：**梁昭明太子十二月启**：持**郭璞**之毫鸾，词场月白。

〔一〇八〕霜锷：**张协七命**："霜锷水凝，冰刃露洁。"

〔一〇九〕命衣：**周礼春官典命**：上公九命，其车旗衣服礼仪皆以九为节。藻火：**书**：宗彝、藻、火、粉米、黼、黻、绨、绣，以五采彰施于五色，作服。按：**新唐书车服志**：一品青衣纁裳，九章：龙、山、华虫、火、宗彝在衣，藻、粉米、黼、黻在裳。二品七章：华虫、火、宗彝在衣，藻、粉米、黼、黻在裳。三品五章：宗彝、藻、粉米在衣，黼、黻在裳。自四品以下，不用藻、米矣。

〔一一〇〕赐乐：**记王制**：天子赐诸侯乐，则以柷将之。赐伯子男乐，则以鼗将之。搏拊：**书**：搏拊琴瑟以咏。

〔一一一〕两厢：**史记周昌传**：**吕后**侧耳于东厢听。**索隐**曰：正寝之东西堂，皆号曰厢，言似厢箧之形也。氍毹：**乐府古辞**："氍毹毹毯五木香。"

〔一一二〕勺药：勺，张略切。药，良约切。**方**云：勺药字，文选凡四见，皆音酌略。**姚令威**曰：后语有"仍祈却老药"，此当异读。**癸辛杂识**：**韩昌黎**诗："两厢铺氍毹，五鼎调勺药。"上林赋注云："勺药根主和五藏，辟毒气。"故合之于兰桂五味，以助诸食，因呼五味之和为勺药。**南都赋**曰："归雁鸣鵙，香稻鲜鱼，以为勺药。"**文颖**、**文儁**等解不过称其美，本草亦止言辟邪气而已。独**韦昭**曰：今人食马肝者，合勺药而煮之。马肝至毒，或误食之至死。则制食之毒者，宜莫良于勺药，故独得药之名耳。**张景阳七命**乃音酌略，**广韵**亦有二音。

〔一一三〕苍玉佩：记玉藻：大夫佩水苍玉而纯组绶。唐六典：凡百僚佩，

五品以上水苍玉。

〔一一四〕黄金络：古乐府相逢行："黄金络马头，观者盈道傍。"

〔一一五〕登龙：后汉书李膺传：士有被其容接者，名为登龙门。

〔一一六〕倾藿：曹植求通亲亲表：若葵藿之倾叶，太阳虽不为之回照，然

终向之者，诚也。

〔一一七〕青娥：江淹神女赋："青娥盖艳。"长袖：宋玉神女赋："奋长袖以

正衽兮，立踟躇而不安。"

〔一一八〕红颊：李白诗："昭君拂玉鞍，上马啼红颊。"鸣籥：周礼春官籥

师：掌教舞羽龡籥。

〔一一九〕却老药：药，以灼切。史记封禅书：李少君以祠灶却老方见上。

少君者，故深泽侯舍人，主方，能使物却老。

〔一二〇〕配樽罍：孔丛子：书盘庚曰：兹予大享于先王，尔祖其从与享

之。季桓子问曰："何谓也?"孔子曰："古之王者，臣有大功，死

则必祀之于庙，所以殊有绩，劝忠勤也。"

〔一二一〕馨鏄：馨，音乔。鏄，旁各切。尔雅释乐：大磬谓之馨，大钟谓

之鏄。注：馨以玉石为之，鏄亦名鎛，音博。

〔一二二〕松篁：王勃游北山赋："砌绕松篁。"

〔一二三〕莞蒻：音官弱。张衡同声歌："思为莞蒻席，在下蔽匡床。"

〔一二四〕洗沐：史记万石君传：长子建为郎中令，每五日洗沐，归谒亲。

按：古人休假以洗沐为名，盖亦取澣濯之义。

〔一二五〕脾臄：诗："嘉殽脾臄。"

〔一二六〕忸怩：书：颜厚有忸怩。

〔一二七〕陨获：记儒行：儒有不陨获于贫贱。

〔一二八〕诙谐：汉书东方朔传：朔之诙谐，逢占射覆。

〔一二九〕著：张略切。

〔一三〇〕斩马：汉书朱云传：愿赐上方斩马剑。

〔一三一〕枭羔：汉书杨恽传：烹羊枭羔。芒屦：屦，音脚。史记虞卿传：蹑蹻担簦，说赵孝成王。徐广曰：蹻，草履也。

〔一三二〕离隐豹：列女传：陶答子妻曰：南山有玄豹，雾雨七日而不下食。按：离隐豹，喻处士将出也。

〔一三三〕求伸蠖：易系辞：尺蠖之屈，以求信也。

〔一三四〕一鹗：孔融荐祢衡表：鸷鸟累百，不如一鹗。

〔一三五〕谀噱：噱，其切切。汉书叙传：谈笑大噱。说文：噱，大笑也。

〔一三六〕揄扬：班固两都赋序："雍容揄扬。"

〔一三七〕熏灼：汉书谷永传：许班之贵，倾动前朝，熏灼四方，赏赐无量。

〔一三八〕道旧：汉书高帝纪：悉召故人父老子弟，佐酒极欢，道旧故为笑乐。

〔一三九〕绮纨：汉书叙传：出与王、许子弟为群，在于绮襦纨袴之间，非其好也。

〔一四〇〕下客：南史谢灵运传：何长瑜当今仲宣，而饴以下客之食。醴酪：记礼运：以为醴酪。

〔一四一〕贡琛异：琛，丑林切，同琛。诗："憬彼淮夷，来献其琛。"

〔一四二〕赐酺醵：酺醵，音蒲噱。汉书文帝纪：初即位，赐酺五日。服虔曰：酺，音蒲。文颖曰：音步。汉律，三人以上无故群饮，罚金四两。今诏横赐得令会聚饮食五日。师古曰：酺之为言布也。王德布于天下而合聚饮食为酺，服音是也。记礼器、周礼：其犹醵与。注：合钱饮酒为醵。史记货殖传：进醵饮食。说文：醵，会饮酒也。

〔一四三〕鼓还槌：世说：王大将军自言知打鼓吹，于坐振袖而起，扬槌奋击,音节谐捷。

〔一四四〕从禽:易屯卦:即鹿无虞,以从禽也。弓始弙:弙,音郭,又音霍。孙子兵势篇:势如弙弩。说文:弙,弩满也。

〔一四五〕移日:汉书夏侯婴传:与高祖语,未尝不移日。

〔一四六〕通宵:北史李谧传:谧好学,隆冬达曙,盛暑通宵。

〔一四七〕五白:宋玉招魂:"成枭而牟,呼五白些。"

〔一四八〕六奇:汉书陈平传:凡六出奇计。

〔一四九〕布濩:濩,音护。司马相如上林赋:"布濩闳泽。"

〔一五〇〕箫勺:汉书礼乐志:房中歌:"箫勺群慝。"晋灼曰:箫,舜乐。勺,周乐。

〔一五一〕告成:书:大告武成。云亭:史记封禅书:昔无怀氏封泰山,禅云云。黄帝封泰山,禅亭亭。

〔一五二〕矩濩:濩,忧缚切。屈原离骚:"求矩濩之所同。"

〔一五三〕前堂:汉书田蚡传:前堂罗钟鼓,立曲旃。清夜:曹植诗:"清夜游西园。"

〔一五四〕东第:司马相如论巴蜀檄:居列东第。良辰:魏文帝诗:"良辰启初节,高会构欢娱。"

〔一五五〕莲房竹箨:杜甫诗:"露冷莲房坠粉红。"谢灵运诗:"初篁苞绿箨。"

〔一五六〕五狩:书:五载一巡守。恒岱:书:岁二月东巡守,至于岱宗。十有一月朔,巡守至于北岳。

〔一五七〕三畋:记玉制:天子诸侯无事则岁三田,一为干豆,二为宾客,三为充君之庖。杨柞:柞,音昨。汉书宣帝纪:往来长杨五柞宫。三辅黄图:长杨宫,在今盩厔县东南三十里,宫中有垂杨数亩。五柞宫,在扶风盩厔,宫中有五柞树,因以为名。

〔一五八〕农书：汉书艺文志：农，九家，百一四篇。鲍照诗："农书满尘阁。"按：新唐书李泌传："中和节，百家进农书，以示务本。"又柳宗元集有进农书表。

〔一五九〕马法：扬雄剧秦美新：方甫刑，匡马法。善曰：马法，司马穰苴之法也。孙云：武帝时，有善相马者东门京①作铜马法。按：孙说非也。悬格：悬，一作"废"。格，音阁。陆贾新语：师旅不设刑格法悬。

〔一六〇〕新息：汉书地理志：汝南郡新息。孟康曰：故息国，其后徙东，故加"新"云。新唐书地理志：蔡州汝南郡新息，上县，属河南道。

〔一六一〕阳生：王云：阳生，十月也。□云：阳生谓冬至。按：二说皆通，然十月谓之阳月，纯阴无阳也。今云"阳生"，则冬至之说为长。况此乃逆料之词，则雪下可以收新息，阳生可以过京、索，从晚秋后递推之耳。后十月壬申，李愬因天大雪，夜半取蔡州。至十一月班师，其言盖不爽也。京索：汉书高帝纪：与楚战荥阳南京、索间，破之。应劭曰：京，县名，今有大索、小索亭。

〔一六二〕寝讹：诗："或寝或讹。"

〔一六三〕歌骂：诗："或歌或骂。"

〔一六四〕帝载：书：有能奋庸，熙帝之载。弥天地：易系辞：易与天地准，故能弥纶天地之道。

〔一六五〕萤烛爝：爝，音爵，又音嚼。曹植求自试表：萤烛末光，增辉日月。

〔一六六〕糟粕：粕，匹各切。庄子：君之所读者，古人之糟魄已夫。

　　顾嗣立曰：俞炀云：昌黎与东野联句，多以奇峻争高，而此篇独典赡和平，诚各因人而应之也。亦可见公才大之处矣。

按：此诗分两截看，开手八句是引子，自"夷凶匪兼弱"领前半截，是实写，有事可据。如"百牢犒舆师，千户购首恶"，谓上命梁守谦宣慰诸军，授空名告身五百通及金帛，以劝死事也。"平生耻论兵，未暮不轻诺"，即公上言淮蔡破败，可立而待。"多士被沾污，小夷施毒蠚"，谓李师道上表请赦吴元济，王承宗遣将奏事为元济游说，师道又遣盗焚献陵，杀武相，焚襄州军储，断建陵门戟诸事也。"间使断津梁，潜军索林薄"，谓是时官军与淮西兵夹溵水而阵，东都留后吕元膺捕获山棚贼众，及中岳僧圆净，诸为师道谋逆救蔡者也。"红尘羽书靖，大水沙囊涸"，谓官军与淮西兵夹溵水相顾望，陈许兵马使王沛先行引兵五千度溵水，于是河阳、宣武、河东、魏博等军相继皆度，进逼郾城也。"未足烦刀俎，只应输管钥"，即公条陈用兵所言"蔡州士卒，皆国家百姓，若势穷不能为恶者，不须过有杀戮"也。"烧陂除积聚，灌垒失依托"，谓李光颜、乌重胤败淮西兵于小溵水，高霞寓败淮西兵于朗山，焚二栅也。"凶徒更蹈藉，逆族相啖嚼"，谓贼党丁士良、陈光洽、吴秀琳、李佑降于李愬，董昌龄、邓怀金降于光颜，即为官军画策讨贼者也。"舳舻亘淮泗，旆旌连夏鄂"，谓宣武等十六道之军实军容也。"汉刑支郡黜，周制闲田削"，谓高霞寓败于铁城，李逊应接不至，上贬霞寓归州刺史，左迁逊恩王傅；严绶经年无功，以为太子太保；袁滋去斥堠，止兵马，贬为抚州刺史也。以上是实写，皆未平淮蔡之事。其下自"且待献俘囚"领后半截，是虚写，皆悬拟歼贼、奏凯、振旅、饮至诸事。其曰"雪下收新息，阳生过京索"，乃谓贼势日促，行且就擒，官军成功，计日可待，此夸张其词，以壮军声耳。淮蔡之平，事在十月，此诗题曰"晚秋"，灼然可知。宋人说韩诗多有不当，惟魏仲举以此为未平时作，甚是。顾嗣立注本以为多序归朝策勋赐酺等事，或为归朝后作，是则诗在十月，题不当曰"晚秋"，又在京师，尤不当曰"郾城"矣。此未详后半领语"且待"二字文义也。

【校　记】

①"名"，原作"明"，据汉书改。

②"东门京"，原作"东京门"，据汉书改。

谴疟鬼〔一〕

屑屑水帝魂〔二〕，谢谢无馀辉〔三〕。如何不肖子，尚奋疟鬼威〔四〕。乘秋作寒热〔五〕，翁妪所骂讥〔六〕。求食欧泄间〔七〕，不知臭秽非〔八〕。医师加百毒〔九〕，熏灌无停机。炙师施艾炷〔一〇〕，酷若猎火围。诅师毒口牙，舌作霹雳飞〔一一〕。符师弄刀笔〔一二〕，丹笔交横挥。咨汝之胄出，门户何巍巍。祖轩而父顼〔一三〕，未沫于前徽〔一四〕。不修其操行，贱薄似汝稀。岂不忝厥祖〔一五〕？觍然不知归〔一六〕。湛湛江水清〔一七〕，归居安汝妃。清波为裳衣，白石为门畿〔一八〕。呼吸明月光，手掉芙蓉旂〔一九〕。降集随九歌〔二〇〕，饮芳而食菲。赠汝以好辞〔二一〕，出汝去莫违。

〔一〕按：韩醇谓此诗为皇甫镈、程异诸人而作，无所取义。方扶南以刺李逢吉，甚合。其笺载后。

〔二〕屑屑：史记封禅书：屑屑如有闻。水帝：淮南天文训：北方，水也，其帝颛顼。

〔三〕谢谢：按：说文："谢，辞去也。"重言之者，言其去之久远也。

〔四〕疟鬼：后汉书礼仪志：先腊一日大傩，谓之逐疫。注：汉旧仪：颛顼氏有二子，生而亡去，为疫鬼，一居江水，是为疟鬼。

〔五〕乘秋：黄帝素问：夏伤于暑，秋必痎疟。寒热：素问：夫疟气者，阴胜则寒，阳胜则热。

〔六〕翁姬：古乐府捉搦歌：愿得两个成翁姬。

〔七〕求食：左传：鬼犹求食，若敖氏之鬼，不其馁而！欧泄：欧，乌后切，俗作呕。汉书严助传：夏月暑时，欧泄霍乱之病相随属。

〔八〕臭秽：汉书费长房传：臭秽特甚。

〔九〕医师：周礼天官医师：掌医之政令，聚毒药以供医事。新唐书百官志：太医署，令二人，掌医疗之法，其属有四：一曰医师，二曰针师，三曰按摩师，四曰咒禁师。

〔一〇〕灸师：庄子盗跖篇：丘所谓无病而自灸也。艾炷：隋书麦铁杖传：安能艾炷额，瓜蒂喷鼻？

〔一一〕诅师：南史荀伯玉传：伯玉梦中自谓是咒师，凡六唾咒之，有六龙出两腋下。新唐书百官志：咒禁博士，掌教咒禁，被除为厉者，斋戒以受焉。

〔一二〕符师：后汉书方术传：麴圣卿善为丹书符劾，厌杀鬼神。南史羊欣传：欣尝手自书章，有病不服药，饮符水而已。刀笔：汉书萧曹传赞：皆起秦刀笔吏。

〔一三〕轩、顼：史记五帝本纪：帝颛顼高阳者，黄帝之孙，而昌意之子也。

〔一四〕未沬：屈原离骚："芬至今犹未沬。"注：沬，已也。

〔一五〕忝厥祖：书太甲：忝厥祖。

〔一六〕靦然：靦：他典切。越语：余虽靦然而人面哉！

〔一七〕湛湛：宋玉招魂："湛湛江水兮上有枫。"

〔一八〕门畿：诗："薄送我畿。"注：畿，门内也。

〔一九〕芙蓉旐：按：离骚只云"集芙蓉以为裳"，九歌有云"荪桡兮兰旌"。王逸曰："以荪为楫櫂，兰为旌旐。""芙蓉旐"盖仿而言之。

〔二〇〕九歌：王逸楚辞序：楚俗信鬼而好祠，必作歌乐鼓舞以乐诸神，屈原因为作九歌之曲。

〔二一〕好辞：按："好辞"字本解释蔡邕"黄绢幼妇，外孙齑臼"，以为绝妙好辞也。

按：此为宰相李逢吉出为剑南东川节度而作也。旧唐书逢吉本传，为贞观中学士李立道之曾孙。新唐书宗室世系表载其出姑臧房，为兴圣皇帝之后，盖其人名家子也。然本传言其天性奸回，妒贤伤善，则名家败类矣，故诗借疟鬼为颛顼不肖子以刺之。篇中"咨汝之胄出"至"岂不忝厥祖"一段，正谓其有玷家风。传又云：宪宗以兵机委裴度，逢吉忌其成功，密沮之，上因罢其政事，出之东川。篇中后段"湛湛江水清"至"降集随九歌"，正谓其谴出剑南。结句"饮芳而食菲"，言主恩宽大，犹享厚禄。终云"赠汝以好辞"，言不忍明斥，善戏谑兮也。郾城联句有"天殃鬼行疟"语，即此诗之缘起。

464

郾城晚饮奉赠副使马侍郎及冯李二员外

原注：冯宿时以都官，李宗闵时以礼部并从征。〔一〕

城上赤云呈胜气〔二〕，眉间黄色见归期〔三〕。幕中无事惟须饮，即是连镳向阙时〔四〕。

〔一〕新唐书冯宿传:宿,字拱之,婺州东阳人。贞元中进士第,为太常博士,再迁都官员外郎。裴度节度彰义军,表为判官。淮西平,除比部郎中。长庆时,进知制诰,终东川节度使。李宗闵传:宗闵,字损之,郑王元懿四世孙,擢进士,从藩府辟署,入授监察御史、礼部员外郎。裴度伐蔡,引为彰义观察判官。蔡平,迁驾部郎中、知制诰。

〔二〕赤云:新唐书吴武陵传:吴元济未破数月,武陵自硖石望东南,气如旗鼓矛楯,皆颠倒横斜。少选,黄白气出西北,盘蜿相交。武陵告韩愈曰:“今西北王师所在,气黄白,喜象也。不阅六十日贼必亡。”

〔三〕黄色:玉管照神书:黄色,喜征。

〔四〕连镳:沈炯诗:“连镳渡蒲海。”

酬别留后侍郎 原注:蔡平,命马总为留后。〔一〕

为文无出相如右〔二〕,谋帅难居郤縠先〔三〕。归去雪销硖淆动,西来旌斾拂晴天〔四〕。

〔一〕新唐书马总传:吴元济擒,总为彰义节度留后。

〔二〕相如右:谢惠连雪赋:“相如末至,居客之右。”按:新唐书马总传:总笃学,虽吏事倥偬,书不去前,论著颇多。

〔三〕郤縠:縠,音斛。左传:晋文公蒐于被庐,作三军,谋元帅。赵衰曰:郤縠可,说礼乐而敦诗书。乃使郤縠将中军。

〔四〕雪销:按:李愬以雪夜入蔡州,时方冬多雪,故宿神龟诗云:“啄雪寒鸦趁始飞。”次硖石诗又曰:“数日方离雪。”溱淆:诗:“溱与淆,方涣涣兮。”

宿神龟招李二十八冯十七 [一]

荒山野水照斜辉,啄雪寒鸦趁始飞 [二]。夜宿驿亭愁不睡,幸来相就盖征衣。

〔 一 〕龟,一有"驿"字。九域志:汝州有神龟驿台,开皇初建。

〔 二 〕趁:丑刃切。说文:趁,趁也。杜甫诗:"溪喧獭趁鱼。"

同李二十八夜次襄城 原注:李正封也。[一]

周楚仍连接 [二],川原乍屈盘。云垂天不暖,尘涨雪犹干。印绶归台室,旌旗别将坛。欲知迎候盛,骑火万星攒 [三]。

〔 一 〕新唐书地理志:汝州临汝郡襄城县。武德元年,以县置汝州。贞观元年,州废。属河南道。

〔 二 〕周楚:按:河南本周地,而襄城则近楚。汉书地理志:"襄城属颍州郡,有西不羹。"盖即春秋时楚灵王所城也。

〔 三 〕骑火:后汉书廉范传:会日暮,令军士各交缚两炬,三头爇火,营中星列。

同李二十八员外从裴相公夜宿西界

四面星辰著地明,散烧烟火宿天兵 [一]。不关破贼须归奏,自趁新年贺太平。

〔 一 〕天兵:汉书扬雄传:天兵四临。

过襄城

郾城辞罢过襄城，颍水嵩山刮眼明〔一〕。已去蔡州三百里，家人不用远来迎。

〔一〕刮眼：江表传：吕蒙曰：士别三日，即更刮目相待。

次硖石〔一〕

数日方离雪，今朝又出山。试凭高处望，隐约见潼关〔二〕。

〔一〕水经注：穀水出崤东马头山，西接崤黾。又东径于雍谷溪，回岫萦纡，石路阻峡，故亦有硖石之称矣。新唐书地理志：陕州陕郡大都督府，本弘农郡，领县六。硖石，上，本崤。武德元年置，贞观十四年移治陕石坞，因更名。有底柱山，山有三门，河所经，太宗勒铭，属河南道。

〔二〕潼关：水经注：河在关内，南流潼激关山，因谓之潼关。北流径潼谷水，或说因水以名地也。杜佑通典：潼关本名衝关，言河流所冲也。雍录：潼关在华州华阴县东北三十九里。新唐书地理志：虢州弘农郡阌乡，有潼关，属河南道。

和李司勋过连昌宫 原注：李正封也。〔一〕

夹道疏槐出老根，高甍巨桷压山原〔二〕。宫前遗老来相问〔三〕，今是开元几叶孙〔四〕？

〔一〕全唐诗话：李正封，字中护，以司勋员外郎从度出征，终监察御史。新唐书地理志：河南府寿安县西二十九里，有连昌宫，显庆三年置。樊云：连昌宫，按志，高宗显庆三年置。然诗落句云云，疑为明皇所作，而元微之连昌宫词大概亦咏明皇帝。□云：公从晋公平淮西，回过寿安而作。按：连昌宫虽作自高宗，然游宴之盛无如明皇，此遗民之所以只问开元也。

〔二〕高甍：水经注：镌石开轩，高甍架峰。

〔三〕遗老：诗："不憖遗一老。"李白诗："六帝馀古丘，樵苏泣遗老。"

〔四〕几叶孙：诗："昔在中叶，有震且业。"东观汉记：光武皇帝，高祖九叶孙。

次潼关先寄张十二阁老使君 原注：张贾。

荆山已去华山来〔一〕，日出潼关四扇开。刺史莫辞迎候远，相公亲破蔡州回。

〔一〕荆山：书禹贡：导岍及岐，至于荆山。新唐书地理志：虢州湖城县，有覆釜山，一名荆山。

次潼关上都统相公

暂辞堂印执兵权〔一〕，尽管诸军破贼年。冠盖相望催入相〔二〕，待将功德格皇天〔三〕。

〔一〕堂印：按：新唐书百官志："初，三省长官议事于门下省之政事堂。其后裴炎徙政事堂于中书省。张说为相，又改政事堂为中书门下。"程异传："异为宰相，自以非人望，久不敢当印秉笔。"是宰相之印为堂印也。韩弘以宣武节度使，累授检校司徒,同中书门下平章事,拜淮西行营都统,故曰"暂辞堂印执兵权"也。

〔二〕望:平声。

〔三〕格皇天:书:"佑我烈祖,格于皇天。"

桃林夜贺晋公〔一〕

西来骑火照山红,夜宿桃林腊月中〔二〕。手把命珪兼相印〔三〕,一时重叠赏元功〔四〕。

〔一〕书:放牛于桃林之野。传:桃林在华山东。新唐书地理志:陕州灵宝县,本桃林,属河南道。□云:按旧唐书宪宗纪:"元和十二年十二月壬戌,以彰义军节度、淮西宣慰处置使、门下侍郎、同平章事裴度守本官,赐上柱国、晋国公,食邑三千户。丙子,以右庶子韩愈为刑部侍郎。"考其年十二月丙辰朔壬戌,则其月七日,度以其月十六日方至自蔡,则前除命盖在未入朝之前,故曰"桃林夜贺晋公"。

〔二〕腊月:广雅释天:腊,索也。夏曰清祀,殷曰嘉平,周曰大褚,秦曰腊。

〔三〕命珪:周礼春官大宗伯:以九仪之命,正邦国之位:壹命受职,再命受服,三命受位,四命受器,五命赐则,六命赐官,七命赐国,八命作牧,九命作伯。以玉作六瑞,以等邦国:王执镇圭,公执桓圭,侯执信圭,伯执躬圭,子执穀璧,男执蒲璧。相印:汉书百官公卿表:相国、丞相,金印紫绶。

〔四〕元功:后汉书冯衍传:将定国家之大业,成天地之元功也。

晋公破贼回重拜台司以诗示幕中宾客愈奉和〔一〕

南伐旋师太华东，天书夜到册元功。将军旧压三司贵〔二〕，相国新兼五等崇〔三〕。鹓鹭欲归仙仗里〔四〕，熊罴还入禁营中〔五〕。长惭典午非材职〔六〕，得就闲官即至公〔七〕。

〔一〕旧唐书裴度传：八月三日，度赴淮西。二十七日至郾城，巡抚诸军，宣达上旨，士皆贾勇出战，皆捷。十月十一日，唐邓节度使李愬袭破悬瓠城，擒吴元济。十一月二十八日，度自蔡州入朝。十二月，诏加度金紫光禄大夫、弘文馆大学士，赐勋上柱国，封晋国公，食邑三千户，复知政事。

〔二〕三司：按：汉书百官公卿表："以司马主天，司徒主人，司空主土，为三公。司马初名太尉，武帝元狩四年，初置大司马，冠以将军之号，位在司徒上。"后汉书百官志云："以卫青数征伐有功，以为大将军，置大司马官号以尊宠之。其后霍光、王凤等皆然。"是大将军之贵压三司也。至车骑将军，则仪同三司，此始自邓骘，见骘传。

〔三〕五等：周礼春官典命：掌诸臣五等之命。史记高祖功臣侯年表：古者人臣功有五品，以德立宗庙定社稷曰勋，以言曰劳，用力曰功，明其等曰伐，积日曰阅。按：五等之爵，公、侯、伯、子、男，度以宰相封晋国公，爵最崇也。

〔四〕鹓鹭：梁简文帝南郊颂："尘清世晏，苍兕无所用其武功；运谧时雍，鹓鹭咸并修其文德。"按：此指诸文臣为幕职者仍归班列也。

韩愈诗集编年笺注

〔五〕熊罴：书：尚桓桓，如虎如貔，如熊如罴。按：旧唐书裴度传："诏以神策军三百骑卫从。"今还入禁营也。

〔六〕典午：蜀志谯周传：周书版示文立曰："典午忽兮，月酉没兮。"典午者，谓司马也。□云：白乐天自江州司马还朝，再出，亦曰"昔征从典午"。按：庾信哀江南赋："居笠毂而掌兵，出兰池而典午。"盖自叙其为东宫领直节度兵马之事。韩、白皆祖此也。

〔七〕闲官：按：重拜台司即十二月壬戌之命，越十四日丙子，公之除书始下，故此诗有"得就闲官"之语。

石林诗话：七言难于气象雄浑，句中有力，而纤馀不失言外之意。自杜甫"锦江春色来天地，玉垒浮云变古今"与"五更鼓角声悲壮，三峡星河影动摇"等句之后，常恨无复继者。韩退之笔力最为杰出，然每苦意与语俱尽。和裴晋公破蔡州回诗所谓"将军旧压三司贵，相国新兼五等崇"，非不壮也，然意亦尽于此矣。不若刘禹锡贺晋公留守东都云"天子旌旗分一半，八方风雨会中州"，语远而体大也。

按：此诗气度高华，情事详尽，杂之盛唐无复可辨。石林诗话乃犹有所不足，非公论也。

送李员外院长分司东都〔一〕

去年秋露下，羁旅逐东征。今岁春光动，驱驰别上京〔二〕。饮中相顾色，送后独归情。两地无千里〔三〕，因风数寄声〔四〕。

〔一〕□云：李员外，正封也。按：以下诸诗，元和十三年官刑部侍郎时作，是年七月转兵部侍郎。

〔二〕上京：潘尼诗："乃渐上京。"

〔三〕无千里：按：后汉书郡国志："京尹长安，高帝所都，洛阳西九百
　　　　五十里。"旧唐书地理志："京兆府去东京八百里。河南府在西
　　　　京之东八百五十里。"里数虽不同，总不及千里也。

〔四〕因风：李陵答苏武书：时因北风，复惠好音。

　　蒋云：此诗首四句隔句对也。古诗："昨夜越溪难，含悲赴上
兰。今朝逾岭易，抱笑入长安。"退之特效其体。按：元和尚此
格，元、白比比有之。然不足学，气促而力薄也。

独钓四首

侯家林馆胜〔一〕，偶入得垂竿。曲树行藤角〔二〕，平池散茨盘〔三〕。
羽沈知食驶〔四〕，缗细觉牵难〔五〕。聊取夸儿女，榆条系从鞍。
一径向池斜，池塘野草花。雨多添柳耳，水长减蒲芽〔六〕。坐厌
亲刑柄〔七〕，偷来傍钓车〔八〕。太平公事少，吏隐讵相赊〔九〕？
独往南塘上，秋晨景气醒。露排四岸草，风约半池萍。鸟下见
人寂，鱼来闻饵馨。所嗟无可召，不得倒吾瓶。
秋半百物变，溪鱼去不来。风能坼芡觜，露亦染梨腮。远岫重
叠出，寒花散乱开。所期终莫至，日暮与谁回？

〔一〕侯家：按：侯家自是常语，即如韦氏庄、太平公主庄等，皆可谓
　　　　之侯家也。蒋之翘乃云：侯家，疑即侯喜，不应于侯喜无片语
　　　　及之。后二首所嗟所期，皆不似相迟主人之语也。

〔二〕行藤角：按：行，犹引也。藤角，即藤子，犹云槐角、皂角也。广
　　　　雅释草：豆角，谓之荚。

〔三〕散芡盘:按:散者,言四散敷布也。芡叶似荷而大,其形如盘,故谓之芡盘。

〔四〕羽沈:按:钓丝系之以羽,以验鱼之吞钩。

〔五〕牵缗:六韬:食饵牵缗。

〔六〕蒲芽:杜甫诗:"渚蒲芽白水荇青。"

〔七〕坐庡:韦应物诗:"坐庡淮南守。"刑柄:王云:时公为刑部侍郎。

〔八〕钓车:水经注:陵阳子明钓得白龙,放之。三年,龙迎子明上陵阳山,百馀年呼山下人与语,溪中子安问子明钓车所在。

〔九〕吏隐:杜甫诗:"肯信吾兼吏隐名?"

按:四诗之中,纤小字太多,一首藤角芡盘,二首柳耳蒲芽,四首芡觜梨腮,小家伎俩耳。不可法。

南内朝贺归呈同官〔一〕

薄云蔽秋曦,清雨不成泥。罢贺南内衙〔二〕,归凉晓凄凄。绿槐十二街〔三〕,涣散驰轮蹄。余惟戆书生〔四〕,孤身无所赍。三黜竟不去〔五〕,致官九列齐〔六〕。岂惟一身荣,佩玉冠簪犀〔七〕?浇荡天门高,著籍朝厥妻〔八〕。文才不如人〔九〕,行又无町畦〔一〇〕。问之朝廷事,略不知东西。况于经籍深,岂究端与倪〔一一〕?君恩太山重,不见酬稗稊〔一二〕。所职事无多,又不自提撕〔一三〕。明庭集孔鸾〔一四〕,曷取于凫鹥〔一五〕?树以松与柏,不宜间蒿藜〔一六〕。婉娈自媚好〔一七〕,几时不见挤〔一八〕?贪食以忘躯,勘不调盐醯〔一九〕。法吏多少年,磨淬出角圭〔二〇〕。将举汝愆尤,以为己阶梯。收身归关东,期不到死迷。

〔一〕新唐书地理志：太极宫，谓之西内。大明宫，曰东内，兴庆宫，谓之南内。

〔二〕卫：新唐书仪卫志：天子居曰衙，行曰驾。

〔三〕槐街：洪云：中朝事迹："天街两畔槐树，俗号为槐街。"白乐天游园诗云："下视十二街，绿槐间红尘。"即此也。

〔四〕戆书生：戆，直降切。史记汲黯传：上曰吾欲云云。黯对曰："陛下内多欲而外施仁义。"上默然怒，退谓左右曰："甚矣汲黯之戆也！"

〔五〕三黜：□云：论语：柳下惠为士师，三黜。皇甫湜志公墓云："为御史、尚书郎、中书舍人，前后凡三贬。及为刑部侍郎，言宪宗迎佛骨，贬潮州。"此诗所谓三黜，则未贬潮州前为右庶子日作。按：详语意正当在刑部侍郎时，故曰"致官九列"。为右庶子时，安得云"九列"也？且方在黜时，何以谓之"不去"？又何以谓之"致官"乎？

〔六〕九列：后汉书孔融传：融为九列。

〔七〕冠簪犀：按：新唐书车服志："天子五冕，皆玉簪导，通天冠，玉犀簪导。皇太子犀簪导。群臣自一品以下，皆角簪导。文官九品，公事弁服牙簪导。"则犀簪为太子之服。然九品用牙簪，而角在牙之上，则角亦犀也。

〔八〕著籍：汉书魏相传：霍光夫人显及诸女皆通籍长信宫。师古曰：谓禁门之中，皆有名籍。朝厥妻：顾嗣立曰：公示儿诗云"恩封高平君，子孙从朝裾"，即此谓也。

〔九〕不如人：左传：烛之武曰："臣之壮也，犹不如人。"

〔一〇〕无町畦：町，徒顶切。庄子人间世篇：彼且为无町畦，亦与之为无町畦。

〔一一〕端倪：庄子大宗师篇：反复终始，不知端倪。

〔一二〕稗稊：稊，音蹄。尔雅释草：蕛，苵。注：蕛，似稗，布地生秽草。

〔一三〕提撕：撕，音西。颜氏家训：整齐门内，提撕子孙。

〔一四〕孔鸾：司马相如子虚赋："其上则有鹓雏孔鸾。"张揖曰：孔，孔雀也；鸾，鸾鸟也。

〔一五〕凫鹥：诗："凫鹥在泾。"

〔一六〕蒿藜：史记封禅书：管仲曰：今嘉谷不生，而蓬蒿藜莠并兴。

〔一七〕婉娈：诗："婉兮娈兮。"

〔一八〕挤：庄子人间世篇：因其修而挤之。

〔一九〕尠：与鲜通。调盐醯：楚国策：黄雀俯噣白粒，仰栖茂树，自以为无患，与人无争也。不知夫公子王孙，左挟弹，右摄丸，将已加乎十仞之上。昼游乎茂树，夕调乎酸醎。

〔二〇〕角圭：按：角圭，即圭角也。唐人好倒用字，如鲜新、莽卤、角圭之类甚多。他如香山之摩揣，卢仝之揄揶，不可胜数。然两字两义者可，一义者不可。

按：此诗元和十三年秋作，时为刑部侍郎，副郑馀庆详定礼乐。诗中文才不如人、不知朝廷事、不深究经籍、不提撕职事云云，盖当时必有以此排之者，故云然耳。新唐书郑馀庆传："馀庆引韩愈、李程为副，崔偃、陈佩、杨嗣复、庾敬休为判官。"诗云孔鸾、凫鹥、松柏、蒿藜，诸人必有不相合者。观后寄鄂岳李大夫诗，则知与李程旧有违言，其馀可推已，故恐得罪而有引身自退之思也。

朝归〔一〕

峨峨进贤冠〔二〕，耿耿水苍佩。服章岂不好〔三〕，不与德相对。

顾影听其声，赪颜汗渐背〔四〕。进乏鸡犬效〔五〕，又不勇自退。坐食取其肥，无堪等聋聩〔六〕。长风吹天墟，秋日万里晒〔七〕。抵暮但昏眠，不成歌慷慨〔八〕。

〔一〕□云：与前诗同时作。

〔二〕进贤冠：古今注：文官冠进贤冠，古委貌之遗象也。新唐书车服志：进贤冠者，文武朝参之服也。二品以上三梁，五品以上两梁，九品以上及国官一梁。

〔三〕服章：书：天命有德，五服五章哉！

〔四〕渐：子廉切。

〔五〕鸡犬效：□云：鸡犬事取孟尝君鸡鸣狗盗之意。

〔六〕聋聩：晋语：文公问于胥臣曰："吾欲使阳处父傅谨也而教诲之，其能善之乎？"对曰："聋聩不可使听，僮昏不可使谋。"

〔七〕晒：广雅释诂：晒，曝也。世说：郝隆七月七日出，日中仰卧曰："我晒书。"

〔八〕歌慷慨：燕国策：复为羽声慷慨。

古意〔一〕

太华峰头玉井莲〔二〕，开花十丈藕如船〔三〕。冷比雪霜甘比蜜〔四〕，一片入口沉疴痊〔五〕。我欲求之不惮远，青壁无路难夤缘〔六〕。安得长梯上摘实〔七〕，下种七泽根株连〔八〕。

〔一〕韩云：华山记云："山顶有池，生千叶莲花，服之羽化，因曰华山。"观公诗意本有寄兴，其曰"古意"，旨深远矣。而孙氏引李肇国史补言愈好奇，登华山绝峰，发狂恸哭。沈颜作登华旨，

略曰:"仲尼悲麟,悲不在麟也。墨翟泣丝,泣不在丝也。"又引
公答张彻诗云:"洛邑得休告,华山穷绝陉。"以实国史补,云质
之校本,乃大不然。朱子曰:此诗本以古意名篇,非登山纪事
之诗也。

〔二〕太华:西山经:太华之山削成,而四方其高五千仞,其广十里。
玉井:古乐府捉搦歌:"华阴山头百丈井,下有泉水彻骨冷。"述
异记:昆仑山有玉桃,光明洞彻而坚莹,须以玉井水洗之,便软
可食。

〔三〕十丈:按:拾遗记:"郁水生碧藕,长千常。七尺为常也。"有千
常之藕,自应有十丈之花,甚言方士之迁诞,至于此极也。

〔四〕雪霜:洞冥记:龙肝瓜生于冰谷,仙人瑕丘仲采食之,千岁不
渴。瓜上恒如霜雪,刮尝如蜜滓。甘比蜜:家语:楚江萍大如
斗,剖而食之,甜如蜜。

〔五〕一片:神异经:西北荒中石边有脯,名曰追复,食一片复一片。
沉痾:痾,音阿。晋书乐广传:沉痾顿愈。

〔六〕青壁:嵇康琴赋:"丹崖崄巇,青壁万寻。"夤缘:左思吴都赋:
"夤缘山岳之岊。"

〔七〕长梯:张协七命:"构云梯,陟峥嵘。"

〔八〕七泽:司马相如子虚赋:"楚有七泽,其小者名曰云梦,方九百
里。"根株:魏明帝诗:"兔丝无根株,蔓延自登缘。"

按:此为宪宗信仙采药而作。新唐书:"元和十三年,诏天下
求方士。李道古因皇甫镈荐山人柳泌,言天台多灵草,上信之,
以泌权知台州刺史。十四年,泌至天台,采药岁馀,无所得而惧,
举家逃入山中。"此诗托言太华以比天台,托言莲藕以比灵草。
深入天台,故曰"不惮远";卒无所得,故曰"难夤缘"也。其曰

"我"者,经传指君之义例也。

读东方朔杂事[一]

严严王母宫[二],下维万仙家。噫欠为飘风[三],濯手大雨沱。
方朔乃竖子[四],骄不加禁诃[五]。偷入雷电室,鞈鞍掉狂车[六]。
王母闻以笑,卫官助呀呀。不知万万人,生身埋泥沙[七]。簸顿
五山蹈[八],流漂八维蹉[九]。曰吾儿可憎[一〇],奈此狡狯
何[一一]?方朔闻不喜,褫身络蛟蛇[一二]。瞻相北斗柄[一三],两手
自相接[一四]。群仙急乃言[一五],百犯庸不科[一六]。向观睥睨
处[一七],事在不可赦[一八]。欲不布露言,外口实喧哗。王母不
得已,颜唞口赍嗟[一九]。颔头可其奏[二〇],送以紫玉珂[二一]。方
朔不惩创,挟恩更矜夸。诋欺刘天子[二二],正昼溺殿衙[二三]。
一旦不辞诀[二四],摄身凌苍霞。

〔 一 〕樊云:汉武帝内传:"帝好长生,七夕,西王母降其宫。有顷,索
桃七枚,以四枚与帝,自食三枚,曰:此桃三千年一实。时东方
朔从殿东厢朱鸟牖中窥母,母谓帝曰:此窥牖儿,尝三来偷吾
桃。昔为太山上仙官令,到方丈,擅弄雷电,激波扬风,风雨失
时,阴阳错迕。致令蛟鲸陆行,海水暴竭,黄鸟宿渊,于是九潦
丈人乃言于太上,遂谪人间。其后朔一旦乘云龙飞去,不知所
在。"按:"太山上仙官令"云云,今汉武内传中竟无此语。想东
方朔杂事别有其书,即班固为朔传赞所云"后世好事者,取奇
言怪语,附著之朔",不足多辨也。

〔 二 〕严严:方云:古岩严通,诗"维石岩岩"。陆德明曰:"本亦作
严。"是也。王母宫:集仙录:西王母者,龟台金母也,所居宫阙

在昆仑之圃、阆风之苑,有城千重,玉楼十二。琼华之阙,光碧之堂,九层玄室,紫翠丹房,左带瑶池,右环碧水。

〔三〕噫欠:噫,音隘。方云:聚气为噫,张口为欠。

〔四〕竖子:史记平原君传:白起小竖子耳。

〔五〕禁诃:说文:诃,大言而怒也。

〔六〕鞼䡆:鞼,音轰。䡆,鲁登切。王褒洞箫赋:"雷霆䡆鞼。"

〔七〕泥沙:郭璞江赋:"或泛滥于潮波,或混沦乎泥沙。"

〔八〕五山:列子汤问篇:渤海之东,其中有五山也。一曰岱舆,二曰员峤,三曰方壶,四曰瀛洲,五曰蓬莱。

〔九〕八维:维,或作"纮"。东方朔七谏:"引八维以自道兮,含沆瀣以长生。"

〔一〇〕吾儿:汉书金日磾传:日磾子或自后拥上项,日磾见而目之。上谓日磾:"何怒吾儿为?"

〔一一〕狡狯:狯,古外切。神仙传:麻姑求少许米,掷之堕地,皆成丹砂。王远笑曰:"姑故年少,吾老矣,不喜复作如此狡狯变化也。"

〔一二〕褫身:按:褫身,犹脱身也。易讼卦:或锡之鞶带,终朝三褫之。络蛟蛇:蛇,唐何切。按:扬雄蜀都赋:"其深则有水豹蛟蛇。"张衡西京赋:"惊蜩蛦,惮蛟蛇。""蛟蛇"二字连用本此。络,谓以蛟蛇自缠络,喻固结于权幸也。

〔一三〕相:去声。北斗柄:星经:北斗星谓之七政,为人君号令之主。出号施令,布政天中,临制四方。又:三公三星在斗柄东,和阴阳,齐七政。按:"瞻相北斗柄"言其觊觎大用也。

〔一四〕两手挼:挼,奴禾切。说文:挼,推也,从手,委声。一曰两手相切摩也。徐铉曰:今俗作"挼",非是。

〔一五〕群仙：汉武帝内传：群仙数千，光耀庭宇。

〔一六〕不科：广韵：科，程也，条也。诸葛亮出师表：作奸犯科。

〔一七〕睥睨：庄子山木篇：虽羿逢蒙，不能睥睨。孙云：即谓瞻相北
斗也。

〔一八〕赦：音奢。

〔一九〕赍嗟：赍，音咨，或作"咨"。易萃卦：上六，赍咨①涕洟。

〔二〇〕可其奏：史记汲黯传：避帷中可其奏。

〔二一〕紫玉珂：梁简文帝诗："桃花紫玉珂。"

〔二二〕诋欺：汉书东方朔传：郭舍人恚曰：朔擅诋欺天子从官。刘天
子：蜀志秦宓传：天子姓刘，是以知之。

〔二三〕溺殿衙：溺，徒吊切。汉书东方朔传：朔尝醉入殿中，小遗殿
上。劾不敬，有诏免为庶人。

〔二四〕辞诀：列仙传：陶安公骑赤龙上南山，城邑数万人送之，皆
辞诀。

　　按：韩醇又指此诗为皇甫镈诸人，亦不合。洪兴祖以为讥挟
恩弄权者，其论与指皇甫镈、程异之论较切。然亦未见为何事何
人，则于唐书殊失深考。愚见刺张宿也。旧书本传："宿，布衣诸
生也。宪宗为广陵王时，即出入邸第。及在东宫，宿时入谒。监
抚之际，骤承顾擢，授左拾遗，以旧恩数召对禁中。机事不密，贬
彬州彬县丞。十馀年征入，历赞善大夫、左补阙、比部员外郎。
李逢吉言其狡谲，上欲以为谏议大夫，逢吉奏其细人，不足污贤
者位。崔群、王涯亦奏不可。上不悦，乃用权知谏议大夫，俄而
内使宣授。"诗云"严严王母宫"，指宫禁也。"骄不加禁诃"，宪宗
念旧恩也。"偷入雷电室"，数入禁中也。"辒辌掉狂车"，机事不

密也。"群仙急乃言"六语,指<u>李逢吉</u>、<u>崔群</u>、<u>王涯</u>辈论奏之人。
"<u>王母</u>不得已"四语,谓<u>宪宗</u>不悦诸人之奏,乃先用权知谏议大夫
也。"<u>方朔</u>不惩创"至"正书溺殿衔"四语,即论奏所云污贤者位
也。此皆一时事迹之明著者也。至于中间"瞻相北斗柄,两手自
相授",乃诛心之论,谓时虽未有其事,而心目中则瞻相国柄也。
传又云:"十三年正月,充<u>淄青</u>宣慰使,至<u>东都</u>,暴病卒。"故结句
云"一旦不辞诀,摄身凌苍霞",正谓其暴死也。<u>顾</u>注有以结语不
似讽刺,至疑通篇非讥弄权者,独不见<u>谢自然</u>诗,写其死者亦曰
"须臾自轻举,飘若风中烟",岂亦予之之词耶?

【校　记】

①"咨",原作"浴",据<u>周易集解</u>改。

元日酬蔡州马十二尚书去年蔡州元日
见寄之作^{〔一〕}

元日新诗已去年,<u>蔡州</u>遥寄荷相怜。今朝纵有谁人领,自是三
峰不敢眠^{〔二〕}。

〔一〕□云:<u>马十二</u>,<u>总</u>也。<u>元和</u>十三年元日,有诗寄公。次年元日,
公以此诗酬之。按:以下诸诗<u>元和</u>十四年作。是年正月,贬<u>潮</u>
<u>州</u>。至十月,量移<u>袁州</u>。

〔二〕三峰:<u>方</u>云:<u>华岳</u>有三峰,<u>唐</u>人守<u>华</u>者,皆谓之三峰守。盖公西
归经从之路。<u>马</u>诗必有所序述,今不可得而详也。<u>朱子</u>曰:今
按:此诗并题皆不言经由<u>华州</u>所作,<u>方</u>说既无所据,又"三峰不
敢眠"亦无文理,今当阙之,以俟知者。旧<u>唐书马总</u>传:"<u>吴元</u>

济诛，度留总蔡州知彰义军留后，寻检校工部尚书、蔡州刺史，充淮西节度使。总以申、光、蔡等州久陷贼寇，人不知法，威刑劝导，咸令率化。十三年转许州刺史、忠武军节度使，改华州刺史、潼关防御、镇国军等使。"则去年在蔡，而今年已在华矣。蔡乃宿叛之邦，代领者不知为谁。总忧国奉公，或不敢安眠也，亦以答其相怜之意，未知是否？

左迁至蓝关示侄孙湘〔一〕

一封朝奏九重天，夕贬潮州路八千〔二〕。欲为圣明除弊事，肯将衰朽惜残年〔三〕。云横秦岭家何在〔四〕？雪拥蓝关马不前。知汝远来应有意，好收吾骨瘴江边〔五〕。

〔 一 〕史记周昌传："吾极知其左迁。"索隐曰：韦昭以为左犹下也，地道尊右，右贵左贱，故谓贬谪为左迁。新唐书韩愈传：宪宗遣使者往凤翔迎佛骨入禁中，三日乃送佛寺。王公士人奔走膜呗，至灼体肤，委珍贝，腾沓系路。愈闻恶之，乃上表极谏。表入，帝大怒，持示宰相，将抵以死。裴度、崔群曰：愈言讦牾，罪之诚宜。然非内怀至忠，安能及此。愿少宽假，以来谏争。虽戚里诸贵亦为愈言，乃贬潮州刺史。地理志：京兆府蓝田县有蓝田关。宰相世系表：湘，老成子，登长庆三年第，大理丞。王云：湘，字北渚。

〔 二 〕潮州：州，一作"阳"。新唐书地理志：潮州潮阳郡，属岭南道。八千：按：潮州之去长安，其里道新书未言。旧书地理志今本阙文，大抵新书承之耳。

〔 三 〕残年：列子汤问篇：残年馀力。按：公是年五十二矣。

〔　四　〕秦岭：班固西都赋："睎秦岭，睋北阜。"善曰：秦岭，南山也。

〔　五　〕收骨：左传：余收尔骨焉。

　　□云：青琐高议：湘，字清夫，公侄也。落魄不羁，公勉之学，乃笑作诗，有"能开顷刻花"之句，公曰："汝能夺造化乎？"湘遂取土覆盆，良久，曰："花已发矣。"举盆，乃碧花二朵，叶间有小金字，乃诗一联云："云横秦岭家何在？雪拥蓝关马不前。"公未晓诗意，湘曰："事久可验。"公后贬潮阳，途有一人，冒雪而来，乃湘也。湘曰："公忆花上句乎？乃今日事也。"公询地名，即蓝关。再三嗟叹，曰"吾为汝成此诗"云云。酉阳杂俎亦载其事，独不载湘名。然公逸诗有徐州赠族侄云："自言有奇术，深妙知天工。"意亦若指此事。岂湘果有出世之学耶？愚谓此等纪载，皆欧公所谓人好为新奇可喜之论，而不知其幻妄可鄙。或以某注为朱子门人所作，尤为诬谰可恨。诗语有事实当考者，又皆昧昧无言。愚按：公作女挐圹铭云："愈黜，之潮州，既行，有司以罪人家不可留京师，迫遣之。"此诗喜湘远来，盖其时仓卒，家室不及从，而后乃追及。公尚未知，故以将来归骨委之于湘。盖年已逾艾，身入瘴乡，九死一生，不觉预计。此时事当考者也。

武关西逢配流吐蕃[一]

嗟尔戎人莫惨然，湖南地近保生全。我今罪重无归望，直去长安路八千。

〔　一　〕史记秦始皇本纪：上自南郡，由武关归。应劭曰：武关，秦南关，通南阳。楚世家：秦昭王遗楚昭王书曰："寡人与楚接境壤界，愿与君王会武关，面相约，结盟而去。"楚王至，则闭武关，遂与西至咸阳。新唐书地理志：商州上洛郡，贞元七年，刺史李西华自蓝田至内乡新道七百馀里，回山取涂，人不病涉，谓之偏路，行旅便之。商洛县东有武关，属关内道。又吐蕃传：吐蕃本西羌属，盖百有五十种，散处河、湟、江、岷间。

路傍堠〔一〕

堆堆路傍堠，一双复一只〔二〕。迎我出秦关，送我入楚泽。千以高山遮，万以远水隔。吾君勤听治，照与日月敌〔三〕。臣愚幸可哀，臣罪庶可释〔四〕。何当迎送归？缘路高历历。

〔一〕曹植诗："周流二六堠，间置十二亭。"北史韦孝宽传：先是路侧一里置一土堠，经雨颓毁，每须修之。孝宽敕部内，当堠处植槐树代之。

〔二〕堠双只：旧注：说文：堠，封土为台，以记里也。十里双堠，五里只堠。按：今说文无此字。

〔三〕日月：记经解：天子者，德配天地，兼利万物；与日月并明，明照四海，而不遗微小。

〔四〕可哀、可释：按：潮州上表云："臣以狂妄戆愚，不识礼度，上表陈佛骨事，言涉不敬，正名定罪，万死犹轻。陛下哀臣愚忠，怒臣狂直，谓臣言虽可罪，心亦无他，特屈刑章，以为刺史。"盖谢恩也。此时方之潮州，乃望恩或免也。

食曲河驿〔一〕

晨及曲河驿，凄然自伤情。群鸟巢庭树，乳雀飞檐楹。而我抱

重罪,子子万里程〔二〕。亲戚顿乖角,图史弃纵横。下负明义
重〔三〕,上孤朝命荣。杀身谅无补,何用答生成?

〔 一 〕□云:驿在商、邓之间。公之潮州,自蓝田关入商陵,将过邓州
　　　而作。
〔 二 〕子子:诗:"子子干旄。"
〔 三 〕明义:杜甫诗:"于公负明义。"

次邓州界〔一〕

潮阳南去倍长沙,恋阙那堪又忆家。心讶愁来惟贮火,眼知别
后自添花〔二〕。商颜暮雪逢人少〔三〕,邓鄙春泥见驿赊〔四〕。早晚
王师收海岳〔五〕,普将雷雨发萌芽〔六〕。

〔 一 〕新唐书地理志:邓州南阳郡,属山南东道。
〔 二 〕心火眼花:庄子外物篇:心若悬于天地之间,慰督沈屯,利害相
　　　摩,生火甚多,众人焚和。张华诗:"三雅来何迟,耳热眼中
　　　花。"按:庄子"我其内热欤",是"心讶愁来惟贮火"也。公于贞
　　　元十八年间与崔群书,已云"目视昏花",至此又十七年矣,宜
　　　其更添花也。
〔 三 〕商颜:汉书沟洫志:引洛水至商颜下。应劭曰:商颜,山名。
〔 四 〕邓鄙:左传:邓南鄙鄾人。
〔 五 〕收海岳:按:新唐书宪宗纪:"十四年正月,田弘正及李师道战
　　　于阳毅,败之。二月戊午,师道伏诛。"盖望其献俘而颁赦也。
〔 六 〕雷雨:易解卦:象曰:天地解而雷雨作,雷雨作而百果草木皆甲
　　　坼。解之时大矣哉!象曰:雷雨作,解,君子以赦过宥罪。

过南阳

南阳郭门外，桑下麦青青〔一〕。行子去未已，春鸠鸣不停。秦商邈既远，湖海浩将经。孰忍生以戚〔二〕？吾其寄馀龄。

〔一〕麦青青：后汉书五行志："小麦青青大麦枯。"

〔二〕戚：一作"蹙"。

题楚昭王庙〔一〕

丘坟满目衣冠尽〔二〕，城阙连云草树荒〔三〕。犹有国人怀旧德〔四〕，一间茅屋祭昭王。

〔一〕史记楚世家：楚平王卒，乃立太子珍，是为昭王。立二十七年卒。公外集记宜城驿云：此驿置在古宜城内，驿东北有井，传是昭王井，有灵异。井东北数十步，有楚昭王庙，有旧时高木万株，历代莫敢翦伐。尤多古松大竹。旧庙屋极宏盛，今惟草屋一区。然问左侧人，尚云每岁十月，民相率聚祭其前。庙后小城，盖王居也。其内处偏高，广员八九十亩，号殿城。当是王朝内之所也。元和十四年二月二十日题。新唐书地理志：襄州襄阳郡宜城，属山南东道。

〔二〕丘坟：班昭东征赋："蓬氏在城之东南兮，民亦尚其丘坟。"衣冠：水经注：宜城县有大山，山下有庙。汉末多士，朱轩华盖，同会于庙下。刺史行部见之，号为冠盖里。

〔三〕城阙：陆机叹逝赋："慭城阙之丘荒。"

〔四〕旧德：易讼卦：六三，食旧德。象曰：食旧德，从上吉也。

泷吏[一]

南行逾六旬,始下昌乐泷[二]。险恶不可状,船石相舂撞。往问泷头吏,潮州尚几里?行当何时到?土风复何似[三]?泷吏垂手笑[四]:官何问之愚[五]!譬官居京邑,何由知东吴?东吴游宦乡,官知自有由。潮州底处所[六]?有罪乃窜流。侬幸无负犯[七],何由到而知?官今行自到,那遽妄问为?不虞卒见困[八],汗出愧且骇。吏曰聊戏官,侬尝使往罢。岭南大抵同,官去道苦辽。下此三千里,有州始名潮。恶溪瘴毒聚[九],雷电常汹汹[一〇]。鳄鱼大于船[一一],牙眼怖杀侬。州南数十里,有海无天地[一二]。飓风有时作[一三],掀簸真差事[一四]。圣人于天下,于物无不容。比闻此州囚,亦有生还侬。官无嫌此州,固罪人所徙。官当明时来,事不待说委[一五]。官不自谨慎,宜即引分往。胡为此水边,神色久懊慌[一六]?瓯大瓶罂小[一七],所任自有宜。官何不自量,满溢以取斯[一八]。工农虽小人,事业各有守。不知官在朝,有益国家不[一九]?得无虱其间[二〇],不武亦不文。仁义饰其躬,巧奸败群伦。叩头谢吏言:始惭今更羞。历官二十馀[二一],国恩并未酬。凡吏之所诃,嗟实颇有之。不即金木诛[二二],敢不识恩私。潮州虽云远,虽恶不可过。于身实已多,敢不持自贺。

〔 一 〕说文:泷,雨泷泷貌,力公切。广韵:泷,吕江切,南人名湍,亦　　　　　州名。又音双,水名。按:音义皆宜从广韵。
〔 二 〕昌乐泷:昌乐,一作"乐昌"。方云:欧公尝以刘仲章言,考归旧本。蒋颖叔云：李君谓乐昌五里有昌山，有乐石，泷在县上五里。朱子曰：按欧公，县名乐昌，泷名昌乐也。新唐书地理志：韶州乐昌县，属岭南道。水经注：溱水出桐柏山，乱流径临武县西，谓之武溪。水出郴县黄岑山，西南流，又南入曲江县界。崖壁峻阻，岩岭干天，交柯云蔚，霾天晦景，谓之泷中。悬湍回注，崩岸震山，名之泷水。泷水又南出峡，谓之泷口。

〔三〕土风：左传：乐操土风，不忘旧也。

〔四〕垂手笑：□云：东坡诗："泷吏无言只笑侬。"用此也。

〔五〕官：按南史，六朝率如此称。

〔六〕底：按：底，何也。古乐府子夜歌："郎唤侬底为？"又欢闻变歌："底为守空池？"懊侬歌："约誓底言者？"西乌夜飞："持底唤欢来。"唐诗家多用底事，犹云何事也。盖俗谓何等为甚底，而吴音急速，故转语如此。此诗如"侬"字、"罢"字皆吴语也。

〔七〕侬：王云：吴人称我曰侬。按："侬"字不止称我，如子夜歌"郎来就侬嬉"、"负侬非一事"、"许侬红粉妆"，皆所谓我侬也。如寻阳乐"鸡亭故侬去，九里新侬还"，读曲歌"冥就他侬宿"，皆所谓渠侬也。此诗"侬幸无负犯"、"侬尝使往罢"，皆自称也。"亦有生还侬"，则指他人也。

〔八〕卒：音猝。

〔九〕恶溪：公祭鳄鱼文：以羊一猪一，投恶溪之潭水，以与鳄鱼食。

〔一〇〕汹汹：汹，音凶。屈原九章："听波声之汹汹。"

〔一一〕鳄鱼：博物志：南海有鳄鱼，状似鼍。斩其头而干之，去齿而更生，如此者三乃止。南史扶南国传：鳄鱼大者长三丈馀，状似鼍，有四足，喙长六七尺，两边有齿，利如刀剑。常食鱼，遇得麛鹿及人，亦啖之。苍梧以南及外国皆有之。朱居靖秀水闲居录：鳄鱼之状，龙吻、虎爪、蟹目、鼍鳞，尾长数尺，末大如箕，芒刺成钩，仍有胶黏。多于水滨潜伏，人畜近，以尾击取，盖犹象之任鼻也。

〔一二〕有海：潮州谢上表：臣所领州，在广府极东界上，去广府虽云才二千里，然来往动皆经月。过海口，下恶水，涛泷壮猛，难计程期。飓风鳄鱼，患病不测。州南近界，涨海连天。毒雾瘴氛，日夕发作。

〔一三〕飓风：南越志：飓风，具四方之风也。尝以五六月兴，未至时，鸡犬为之不鸣。

〔一四〕差事：差，音诧。王云：差，怪也。

〔一五〕不待说委：按：言当明时窜逐而来，则必当其罪矣。故不待详说而后知其委曲也。

〔一六〕懰慌：懰，他朗切。慌，胡晃切。刘向九歌："心懰慌其不我与兮。"

〔一七〕瓨瓶甈：瓨，音冈。周礼考工记：瓨人为簋、豆。方言：灵、桂之郊谓之瓨，其小者谓之瓵，其中者谓之瓮，或谓之甈，甈其通语也。缶谓之瓿、瓵，其小者谓之瓶。

〔一八〕满溢：孝经：满而不溢，所以长守富也。

〔一九〕不：与否同。

〔二〇〕虱其间：虱，一作"风"，非。方云：商君二十六篇，大抵以仁义礼乐为虱官，曰："六虱成俗，兵必大败。"西溪丛语：韩退之泷吏诗云："不知官在朝，有益国家不。得无虱其间，不武亦不文。仁义饰其躬，巧奸败群伦。"古本"风"作"虱"字。或引阮嗣宗"虱处裈中"为解，非也，按：秦公孙鞅书靳令篇云："国以功授官予爵，则治省言寡；国以六虱授官予爵，则治烦言生。

六虱曰礼乐，曰诗书，曰修善，曰孝悌，曰诚信，曰贞廉，曰仁义，曰非兵，曰羞战。国有十二者，上无使农战，必贫至削。十二者成群，此谓君之治不胜其臣，官之治不胜其民，此谓六虱胜其政也。"(此言十二乃止九条。)杜牧之云："彼商鞅者，能耕能战，能行其法，基秦为强。曰彼仁义，虱官也，可以置之。"此昌黎之意也。按：六虱之说，商子凡屡见，其所指不一，大约以仁义为害政也。诗曰"仁义饰其躬"，借泷吏之言以自责，而亦隐以自寓云。

〔二一〕二十馀：按：公行状及本传，自贞元十二年受董晋辟，得试秘书省校书郎，为观察推官，又为张建封节度推官，试协律郎，选四门博士，拜监察御史，贬阳山令，迁江陵府法曹参军，入朝权知国子博士，分司东都，改真博士，改都官员外郎，守东都省，授河南县令，行尚书职方员外郎，复为国子博士，改比部郎中，考功郎中，史馆修撰、知制诰，迁中书舍人，降为太子右庶子，以裴度请，兼御史中丞、为行军司马，迁刑部侍郎，贬潮州刺史，凡历官二十馀。而自贞元十二年至此，亦二十四年矣。

〔二二〕金木：庄子列御寇篇：为外刑者金与木也。

题临泷寺〔一〕

不觉离家已五千〔二〕，仍将衰病入泷船。潮阳未到吾能说，海气昏昏水拍天。

〔一〕□云：临泷，韶州县名。唐武德四年置，贞观八年省。

〔二〕五千：按：乐昌泷在韶州。旧唐书地理志：岭南道韶州至京师四千九百三十二里。□云：汉高帝纪"提三尺取天下"及韩安国传本无"剑"字,古固有如此造语者。公言离家已五千,则知其为里也。或以歇后诮之则非。

题秀禅师房[一]

桥夹水松行百步[二],竹床莞席到僧家[三]。暂拳一手支头卧[四],还把渔竿下钓沙。

〔一〕按:此诗无可考。李汉旧编在赴潮诸诗间。疑或一时所作,姑附于临泷寺之后。或曰竹床莞席似是夏景。且时方迁谪,何暇垂钓耶?不知南方气暖,竹床莞席固其常御,钓亦或偶,不足致疑。

〔二〕水松:左思吴都赋:"草则石帆水松。"南方草木状:水松叶如桧而细长,出南海。土产众香,而此木不大香,故彼人无佩服者。岭北人极爱之,然其香殊胜在南方时。按:水松,左思以为草,嵇含以为木。大抵是两,而要皆南方物也。亦可以见是诗为在南之作矣。

〔三〕竹床:按:南方多竹,可以为床。

〔四〕头:一作"颐"。

过始兴江口感怀[一]

忆作儿童随伯氏[二],南来今只一身存。目前百口还相逐[三],旧事无人可共论。

〔一〕水经注:大庾峤水,亦名东江,又曰始兴水。重岭衿泷,湍奔相属,西径始兴县南,又西入曲江县,又与利水合。水出县之韶石<u>北山</u>,南注<u>东江</u>。<u>东江</u>又西,注于<u>北江</u>,自此有<u>始兴大江</u>之名。□云:<u>韶州</u>,<u>唐</u>初称<u>始兴郡</u>,<u>江</u>即<u>曲江</u>也。<u>大历</u>十二年,公兄起居舍人<u>韩会</u>以罪贬<u>韶州</u>,公随<u>会</u>而迁,时年十岁。至是贬<u>潮州</u>,道过<u>始兴</u>,故感怀而作。

〔 二 〕作儿童:<u>水经注</u>:其乡中父老作儿童时,已闻其长旧传此。

〔 三 〕百口:按:百口甚言其多,大抵此时家室已追及同行矣。然如<u>郑嫂</u>、<u>十二郎</u>及乳母等,皆已前死,俯仰今昔,四十馀年,当时旧人,想无在者。而复以迁谪来经于此,其为感怆,何可胜言也?

韩昌黎诗集编年笺注卷十一

卷十一凡四十五首，起元和十四年春，迄长庆元年冬。自别赵子以上，十四年赴潮州及量移袁州作。送侯喜以上，十五年至袁州，九月召拜国子祭酒还朝作。杏园送张彻以下，长庆元年为祭酒转兵部侍郎作。

将至韶州先寄张端公使君借图经〔一〕

曲江山水闻来久〔二〕，恐不知名访倍难。愿借图经将入界，每逢佳处便开看。

〔一〕新唐书地理志：韶州始兴郡，下。武德四年析广州之曲江、始兴、乐昌、翁源置，属岭南道。国史补：侍御史相呼为端公。新唐书百官志：侍御史：久次者一人知杂事，谓之杂端。殿中监察亦号台端，次三人号副端。又：职方郎中、员外郎，掌地图。凡图经非州县增废，五年乃修，岁与版籍俱上。按：以下皆元和十四年春赴潮州作。

〔二〕曲江山水：水经注：泷水又南径曲江县东。曲，山名也。泷中有碑文曰：按地理志：曲江，旧县也。王莽以为始兴郡治。水出始兴东江，西与连水合。水在南康县凉热山，连溪山，即大庾岭也，五岭之最东矣。又西径始兴县南，又西入曲江县，邸水注之。水出浮岳山，山蹑一处，则百馀步动，若在水也。南流注于东江，又西与利水合。水出县之韶石下。

晚次宣溪辱韶州张端公使君惠书叙别酬以绝句二章〔一〕

韩愈诗集编年笺注

韶州南去接宣溪，云水苍茫日向西。客泪数行元自落，鹧鸪休傍耳边啼。

兼金那足比清文，百岁相随愧使君。俱是岭南巡管内，莫欺荒僻断知闻〔二〕。

〔　一　〕蒋云：宣溪在今韶州府城南八十里，源出螺坑。

〔　二　〕知闻：王羲之省弟帖：力数字令弟知闻耳。

宿曾江口示侄孙湘二首〔一〕

云昏水奔流，天水漭相围。三江灭无口〔二〕，其谁识涯圻？暮宿投民村，高处水半扉。犬鸡俱上屋，不复走与飞。篙舟入其家〔三〕，暝闻屋中唏〔四〕。问知岁常然，哀此为生微。海风吹寒晴，波扬众星辉。仰视北斗高〔五〕，不知路所归。

舟行忘故道〔六〕，屈曲高林间。林间无所有，奔流但潺潺。嗟我亦拙谋，致身落南蛮。茫然失所诣，无路何能还？

〔　一　〕按：广州府志："增江，源于陈峒山，历龙门，自北而东，绕增城

494

县而南,百花林水自西合之。经豸岭南流,溯波罗水入于<u>南海</u>。"即此曾<u>江</u>也。古"曾"字不用土旁。

〔 二 〕三江:<u>王</u>云:谓<u>曾江</u>有三江合流,今混为一,不见江口。按:<u>广州府志</u>"<u>浈</u>水下<u>清远峡</u>是谓<u>北江</u>,岐而为二,一趋<u>小塘</u>,经<u>西樵</u>,一趋<u>三江</u>,经<u>灵洲</u>,并注于<u>南溟</u>。趋<u>三江</u>者下流诸江曰<u>金利</u>,曰<u>白石</u>,曰<u>白鹅潭</u>。至于<u>珠江</u>,又<u>浈</u>水南合<u>翁水</u>,达于<u>三江</u>。又<u>三水县</u>以三江合流得名。"此非<u>禹贡</u>三江,其名不著,故<u>新</u>、<u>旧唐书地理志</u>皆不载。

〔 三 〕篙舟:<u>方言</u>:所以刺船谓之篙。

〔 四 〕唏:<u>淮南说山训</u>:纣为象箸,而<u>箕子</u>唏。<u>方言</u>:哀而不泣曰唏,<u>楚</u>言哀曰唏。

〔 五 〕众星、北斗:按:此即<u>屈原九章</u>"曾不知路之曲直兮,南指月与列星"之意。又<u>淮南齐俗训</u>:乘舟而惑者,不知东西,见斗极则寤矣。诗更从此翻出。　按:三江凡三,<u>禹贡</u>最著矣。<u>吴地记</u>:<u>松江</u>东北行七十里,得<u>三江</u>口,东北入海为<u>娄江</u>,东南入海为<u>东江</u>,并<u>松江</u>为三江,此又<u>广州</u>三江也。

〔 六 〕故道:<u>曹植</u>诗:"欲归忘故道,顾望但怀愁。"

赠别元十八协律六首^{〔一〕}

知识久去眼^{〔二〕},吾行其既远。嘗嘗莫訾省^{〔三〕},默默但寝饭。子兮何为者^{〔四〕},冠佩立宪宪^{〔五〕}?何氏之从学,兰蕙已满畹?于何玩其光,以至岁向晚?惟治尚和同^{〔六〕},无俟于謇謇^{〔七〕}。或师绝学贤,不以艺自輓^{〔八〕}。子兮独如何,能自媚婉娩?金石出声音^{〔九〕},宫室发关楗^{〔一〇〕}。何人识章甫^{〔一一〕},而知骏蹄

495

踠〔一二〕？惜乎吾无居，不得留息偃。临当背面时〔一三〕，裁诗示缱绻。

英英桂林伯〔一四〕，实维文武特。远劳从事贤，来吊逐臣色。南裔多山海，道里屡纡直。风波无程期，所忧动不测。子行诚艰难，我去未穷极。临别且何言？有泪不可拭。

吾友柳子厚，其人艺且贤。吾未识子时，已览赠子篇〔一五〕。瞢瞢想风采〔一六〕，于今已三年。不意流窜路，旬日同食眠。所闻昔已多〔一七〕，所得今过前。如何又须别，使我抱悁悁〔一八〕？

势要情所重，排斥则埃尘。骨肉未免然，又况四海人。巉巉桂林伯，矫矫义勇身〔一九〕。生平所未识，待我逾交亲。遗我数幅书，继以药物珍〔二〇〕。药物防瘴疠，书劝养形神。不知四罪地〔二一〕，岂有再起辰？穷途致感激〔二二〕，肝胆还轮囷。

读书患不多，思义患不明。患足已不学〔二三〕，既学患不行。子今四美具〔二四〕，实大华亦荣。王官不可阙〔二五〕，未宜后诸生〔二六〕。嗟我摈南海，无由助飞鸣〔二七〕。

寄书龙城守〔二八〕，君骥何时秣？峡山逢飓风〔二九〕，雷电助撞捽〔三〇〕。乘潮簸扶胥〔三一〕，近岸指一发。两岩虽云牢，木石牙飞发〔三二〕。屯门虽云高〔三三〕，亦映波浪没。余罪不足惜，子生未宜忽。胡为不忍别？感谢情至骨。

〔　一　〕樊云：元十八集虚，见乐天集游大林寺序。

〔　二　〕知识：南史虞悰传：悰性敦实，与之知识，必相存访。

〔　三　〕瞢瞢：瞢，莫登切。玉篇：目不明。莫瞢省：史记胶西王传：遂为无瞢省。苏林曰：谓无所省录也。朱子曰：礼记："不瞢重

器,毋訾金玉成器。"注皆云"思"也。盖以訾为思虑计度之
意云。

〔四〕子兮:诗:"子兮子兮。"

〔五〕宪宪:方云:诗:"显显令德。"礼记作"宪宪",校本多读"宪"为
"显"。诗又云:"无然显显。"传曰:犹欣欣也。

〔六〕和同:老子:和其光,同其尘。

〔七〕謇謇:音蹇。屈原离骚:"余固知謇謇之为患兮,忍而不能
舍也。"

〔八〕輓:音挽。左传:夫二子者,或輓之,或推之。

〔九〕金石:庄子让王篇:曾子居卫,缊袍无里,曳縰而歌商颂,声满
天地,若出金石。

〔一〇〕关楗:老子:善闭无关楗而不可开。

〔一一〕章甫:记儒行:长居宋,冠章甫之冠。

〔一二〕骏蹄跕:班固东都赋:"马踠馀足。"善曰:踠,屈也。

〔一三〕背面:□云:公祭张员外文亦曰:解手背面,遂十一年。

〔一四〕桂林伯:樊云:裴行立也。新唐书裴行立传:行立,裴守真曾
孙。重然诺,学兵有法,以军劳累授安南经略使,威声风行,徙
桂管观察使。

〔一五〕赠子篇:□云:子厚集有送元十八南游序,公尝有书与子厚,谓
"见送元生序","已览赠子篇",盖谓是也。

〔一六〕风采:汉书霍光传:天下想闻其风采。

〔一七〕所闻:吴志朱异传:异,字季文。孙权与论议,辞对称意,谓异
从父朱据曰:本知季文憭,定见之,复过所闻。

〔一八〕悁悁:诗:"中心悁悁。"

〔一九〕矫矫:诗:"矫矫虎臣。"

〔二〇〕药物：左传：尽心力以事君，舍药物可也。

〔二一〕四罪：书：四罪而天下咸服。

〔二二〕穷途：魏氏春秋：阮籍时率意独驾，不由径路，车迹所穷，辄恸哭而返。

〔二三〕足已：贾谊过秦论：秦王足已不问。

〔二四〕四美：按：刘琨答卢谌诗："音以赏奏，味以殊珍。文以明言，言以畅神。之子之往，四美不臻。"王勃滕王阁序"四美具，二难并"乃用刘诗。此但承本诗起四句。

〔二五〕王官：晋书邓攸传：攸祖父殷，有赐官，敕攸受之。后太守劝攸去王官，欲举为孝廉，攸曰："先人所赐，不可改也。"

〔二六〕诸生：史记孔子世家赞：诸生以时习礼其家。

〔二七〕飞鸣：史记滑稽传：此鸟不飞则已，一飞冲天。不鸣则已，一鸣惊人。　按：礼记杂记云："君子有三患，未之闻，患弗得闻也；既闻之，患弗得学也；既学之，患弗能行也。"此诗本此。

〔二八〕龙城守：新唐书地理志：柳州龙城郡，本昆州。贞观八年，以地当柳星更名。属岭南道。□云：柳子厚时守柳州。

〔二九〕峡山：蒋云：一名中宿峡，在今广东广州清远县，崇山峻立，中贯江流。水经注："溱水又西南曰浈阳峡，两岸杰秀，壁立亏天。出峡，左则浈水注之。溱水又西南径中宿县，连山交枕，绝岸壁竦，应即其处也。溱水盖泷水、曲江之总名。"自浈水东南，历贞女峡，即至阳山县之路也。自中宿县而南，则至潮之路也。

〔三〇〕撞捽：撞，昨没切。捽，宅江切。王云：撞捽，相击也。

〔三一〕扶胥：公集南海神庙碑：庙在今广州治之东南，海道八十里，扶胥之口，黄水之湾。

〔三二〕𠂤：玉篇：𠂤，俗互字。

〔三三〕屯门：王云：地名。蒋云：山名。按：新唐书地理志：广州中都
　　　　督府有屯门镇兵。

初南食贻元十八协律〔一〕

鲎实如惠文〔二〕，骨眼相负行〔三〕。蚝相黏为山〔四〕，百十各自生。
蒲鱼尾如蛇〔五〕，口眼不相营〔六〕。蛤即是虾蟆〔七〕，同实浪异名。
章举马甲柱〔八〕，斗以怪自呈。其馀数十种，莫不可叹惊。我来
御魑魅〔九〕，自宜味南烹。调以咸与酸，芼以椒与橙〔一〇〕。腥臊
始发越〔一一〕，咀吞面汗骍〔一二〕。惟蛇旧所识〔一三〕，实惮口眼狞。
开笼听其去，郁屈尚不平。卖尔非我罪，不屠岂非情？不祈灵
珠报〔一四〕，幸无嫌怨并。聊歌以记之，又以告同行。

〔一〕□云：元和十四年抵潮州后作。

〔二〕鲎：胡遘切。左思吴都赋："乘鲎鼋鼍，同渔①共罗。"刘渊林注：
　　　　鲎形如惠文冠，青黑色，十二足，似蟹。足悉在腹下，长五六
　　　　寸，雌常负雄行。罳者取之，必得其双，故曰乘鲎。南海、朱
　　　　崖、合浦诸郡皆有之。玉篇：山海经：鲎形如车，子如麻子，南
　　　　人为酱。按："鲎形如车"仅见玉篇，今山海经无此语。宜作
　　　　"惠文"为是。惠：一作"车"。

〔三〕骨：疑当作"背"。

〔四〕蚝：音豪。后山诗话：退之南食诗"鲎实如惠文"，惠文，秦冠
　　　　也。"蚝相黏为山"，蚝，牡蛎也。方云：字书无"蚝"字。董彦
　　　　远云：五代潘崇彻败王逵兵于蚝石，亦地名，不应不见字书，盖
　　　　阙误。

〔五〕蒲鱼：王云：或曰即鳐鱼也，今广州曰蒲鱼。

〔六〕营：方作"萦"。

〔七〕蛤：卞彬虾蟆赋："纡青拖紫，名为蛤鱼。"本草图经：虾蟆有一种，大而黄色，多在山石中藏蛰，能吞气，饮风露，不食杂虫，谓之山蛤。

〔八〕章举：王云：章举有八脚，身上有肉如臼，亦曰章鱼。岭表录异：章举形如乌贼，以姜醋食。马甲柱：赵德麟侯鲭录名云："玉珧柱，厥甲美如珧玉，肉柱肤寸曰江珧柱。"郭景纯江赋云："玉珧海月，土肉石华。"退之谓马甲柱是此也。

〔九〕御魑魅：左传：投诸四裔，以御魑魅。

〔一〇〕椒橙：诗："有椒有馨。"张协七命："燀以秋橙，酤以春梅。"

〔一一〕腥臊：周礼天官内饔：辨腥臊羶香之不可食也。

〔一二〕面汗骍：按：世说："何平叔面至白，魏明帝疑其傅粉。正夏月，与热汤饼试之。既啖，大汗出，而面更白。"此言骍则面赤也。

〔一三〕蛇：淮南精神训：越人得髯蛇以为上肴，中国得而弃之无用。

〔一四〕灵珠报：水经注：随侯出而见大蛇中断，因举而药之，故谓之断蛇丘。后蛇衔明珠报德，世谓之随侯珠，亦曰灵蛇珠。

【校　记】

①"渔"，文选作"罛"。

答柳柳州食虾蟆〔一〕

虾蟆虽水居〔二〕，水特变形貌〔三〕。强号为蛙蛤，于实无所校。虽然两股长〔四〕，其奈脊皴皰〔五〕。跳踯虽云高〔六〕，意不离泞淖〔七〕。鸣声相呼和〔八〕，无理只取闹。周公所不堪，洒灰垂典教〔九〕。我弃愁海滨，恒愿眠不觉〔一〇〕。叵堪朋类多〔一一〕，沸耳作惊爆〔一二〕。端能败笙磬，仍工乱学校〔一三〕。虽蒙句践礼〔一四〕，竟不闻报效。大战元鼎年〔一五〕，孰强孰败桡〔一六〕？居然当鼎味〔一七〕，岂不辱钓罩〔一八〕？余初不下喉〔一九〕，近亦能稍稍〔二〇〕。常惧染蛮夷，失平生好乐〔二一〕。而君复何为？甘食比豢豹〔二二〕。猎较务同俗，全身斯为孝〔二三〕。哀哉思虑深，未见许回櫂。

〔一〕新唐书柳宗元传：元和十年，徙柳州刺史。南方为进士者，走数千里从宗元游，世号柳柳州。十四年卒。汉书东方朔传：水多蛙鱼。师古曰：蛙似虾蟆而小，长脚，盖人亦取食之。

〔二〕水居：左思吴都赋：“极沈水居。”

〔三〕水特：“水”或作“未”。方崧卿作“水”，言于水族之中，特异其形貌也。朱子曰：此字此说皆不成文理，阙之可也。按：方说较通，今从之。

〔四〕两股长：埤雅释鱼：一种似虾蟆而长踦，瞋目如怒，谓之蛙。

〔五〕皱皰：皱，七伦切。皰，旁教切。淮南说林训：溃小皰而发痤疽。注：皰，面气也。

〔六〕跳踯：埤雅：蟾蜍皮上多痱磊，跳行舒迟。虾蟆背有黑点，身小，能跳接百虫，善鸣。

〔七〕泞淖：泞，音佞。淖，音闹。左传：晋戎马还，泞而止。注：泞，泥也。又：有淖于前。注：淖，泥也。

〔八〕和：去声。

〔九〕洒灰：周礼秋官蝈氏：掌去蛙黾，焚牡蘜，以灰洒之则死。以其烟被之，则水虫无声。

〔一〇〕眼不觉：觉，音教。诗："尚寐无觉。"

〔一一〕叵堪：叵，普火切。谢灵运诗："怀故颇新欢。"广韵：叵，不可也。

〔一二〕爆：音豹。说文：灼也。

〔一三〕败筝磬、乱学校：按：此二语，一谓乱乐音，一谓败书声，仍承上文"无理"、"取闹"、"沸耳作惊"而申言之，无所为事实。

〔一四〕句践礼：韩子内储说：越王伐吴，欲人之轻死，出见怒蛙，乃为之轼。从者曰："奚敬于此？"王曰："为其有气故也。"是岁，人有以其头献者。

〔一五〕元鼎年：汉书五行志：武帝元鼎五年秋，蛙与虾蟆群斗。

〔一六〕败桡：桡，奴教切。左传：畏君之震，师徒桡败。

〔一七〕鼎味：南史虞悰传：悰献柈及杂肴数十舆，太官鼎味不及也。

〔一八〕钓罩：诗："烝然罩罩。"

〔一九〕不下喉：淮南说林训：嚼而无味者，弗能纳于喉。

〔二〇〕稍稍：史记张仪传：稍稍近就之。

〔二一〕乐：去声。

〔二二〕羹豹：枚乘七发："山梁之餐，豢豹之胎。"

〔二三〕全身：记祭义：父母全而生之，子全而归之，可谓孝矣。不亏其体，不辱其身，可谓全矣。

　　按：柳州原唱，今不载集中，他亦无寄韩者。柳诗无体不工，无篇不妙，惜乎其少！大抵逸者多矣。

病鸱〔一〕

屋东恶水沟〔二〕，有鸱堕鸣悲〔三〕。青泥掩两翅，拍拍不得离〔四〕。

群童叫相召，瓦砾争先之〔五〕。计较生平事〔六〕，杀却理亦宜。夺攘不愧耻，饱满盘天嬉。晴日占光景，高风送追随。遂凌紫凤群，肯顾鸿鹄卑〔七〕？今者运命穷，遭逢巧丸儿。中汝要害处〔八〕，汝能不得施。于吾乃何有？不忍乘其危。丐汝将死命〔九〕，浴以清水池。朝餐辍鱼肉，暝宿防狐狸。自知无以致，蒙德久犹疑。饱入深竹丛，饥来傍阶基。亮无责报心，固以听所为。昨日有气力〔一〇〕，飞跳弄藩篱〔一一〕。今晨忽径去，曾不报我知。侥倖非汝福，天衢汝休窥〔一二〕。京城事弹射，竖子不易欺。勿讳泥坑辱，泥坑乃良规。

〔 一 〕□云：说文："鸱，鸢也。鸟之贪恶者，其性好攫而善飞。"公意
盖有所讥也。按：此诗所指盖亦非无名位者。大抵始遭困辱，
公实拯之，而其后负恩不顾也。然是在京师作，不得其事，遂
不得其时。以诗类从，附编于此。

〔 二 〕恶水：左传：韩献子曰：郇瑕氏土薄水浅，其恶易觏，不如新田，
土厚水深，有汾浍以流其恶。

〔 三 〕鸣悲：楚国策：更赢引弓，虚发而下鸟。魏王曰："然则射可至
此乎？"更赢曰："此孽也，其飞徐而鸣悲。飞徐者，故疮痛也。
鸣悲者，久失群也。"

〔 四 〕拍拍：王曰：拍拍，欲飞貌。

〔 五 〕瓦砾：榖梁传：长狄兄弟三人，佚荡中国，瓦石不能害。

〔 六 〕计校：梁简文帝诗："计校应非嫌。"

〔 七 〕紫凤鸿鹄：师旷禽经：紫凤谓之鹜。汉高帝鸿鹄歌："鸿鹄高
飞，一举千里。"朱子曰：紫鸿是假对。

〔 八 〕中要害：后汉书来歙传：歙自书表曰："臣夜人定后，为何人所

贼伤,中臣要害。"

〔九〕丐死命:后汉书寇荣传:"愿陛下丐兄弟死命。"

〔一〇〕有气力:史记酷吏传:郅都为人勇,有气力。

〔一一〕籓篱:宋玉对楚王问:夫籓篱之鷃,岂能与之料天地之高哉!

〔一二〕天衢:易大畜卦:上九:何天之衢,亨。

　　按:顾嗣立曰:"此诗每虚顿一二语,用深一步法。如'计校生平事,杀却理亦宜'、'亮无责报心,固以听所为'是也。通首是此,分明为负心人写照,与老杜义鹘行正是相反。"此说固是,然亦正用豳风鸱鸮事。虽大小不同,取喻恶鸟则一也。

量移袁州张韶州端公以诗相贺因酬之〔一〕

明时远逐事何如,遇赦移官罪未除。北望讵令随塞雁,南迁才免葬江鱼〔二〕。将经贵郡烦留客,先惠高文谢起予〔三〕。暂欲系船韶石下〔四〕,上宾虞舜整冠裾〔五〕。

〔一〕端公:一无"端公"字。因:一无"因"字。一作"量移袁州酬张韶州先寄诗贺",或作"量移袁州张韶州先诗见贺因酬之"。方云:题语凡四易,各有义也。新唐书地理志:袁州宜春郡,属江南道。按:旧唐书宪宗纪:"十四年冬十月丙寅,以潮州刺史韩愈为袁州刺史。"此诗在闻命之后,未至韶州之前,洪谱竟编十五年,非也。

〔二〕葬江鱼:屈原渔父篇:"宁赴湘流,葬于江鱼之腹中。"

〔三〕高文:江淹诗:"高文一何绮。"

〔四〕韶石:水经注:利水出曲江县之韶石下,其高百仞,广圆五里。

两石对峙，相去一里，大小略均，似双阙，名曰韶石。袁州郡
志：韶石，舜尝登此奏乐，今有庙在焉。

〔五〕上宾：逸周书太子晋解：王子曰："吾后三年，上宾于帝所。"孔
晁注：言为宾于天帝之所，鬼神之侧。

琴操十首并序〔一〕

〔一〕风俗通：雅琴者，乐之统也。君子闲居，则为从容以致思焉。
其道行和乐而作者，命其曲曰畅。畅者，言其道之美畅，犹不
敢自安，不骄不溢，好礼义以畅其意也。其遇闭塞幽愁而作
者，命其曲曰操。操者，言遇灾遭害，困阨穷迫，虽怨恨失意，
犹守礼义，不惧不慑，乐道而不失其操者也。韩云：按琴操凡
十有二，公取其十，如下所作是也。惟水仙、怀陵操乃伯牙所
作，公削之。为之词者十事，各注于下。朱子曰：欧本云："此
效蔡邕作十操，事迹皆出蔡邕琴操云。"按：琴操十章，未定为
何年所作。但其言皆有所感发，如"臣罪当诛"二语，与潮州谢
上表所云"正名定罪，万死犹轻"之意正同，盖入潮以后忧深思
远，借古圣贤以自写其性情也。若水仙、怀陵二操，于义无取，
则不复作矣。

将归操

孔子之赵闻杀鸣犊作。〔一〕

狄之水兮〔二〕，其色幽幽；我将济兮，不得其由。涉其浅兮，石啮
我足；乘其深兮，龙入我舟〔三〕。我济而悔兮，将安归尤？归兮
归兮！无与石斗兮〔四〕，无应龙求。

〔一〕史记孔子世家:孔子既不用于卫,将西见赵简子。至于河而闻
窦鸣犊、舜华之死也,临河而叹曰:"美哉水,洋洋乎! 丘之不
济,此命也夫!"乃还息乎陬乡,作为陬操以哀之。孔丛子记问
篇:赵使聘夫子,夫子闻鸣犊与窦犨之见杀也,回舆而旋卫息
鄹,遂为操曰:"周道衰微,礼乐陵迟。文武既坠,吾将焉归?
周游天下,靡邦可依。凤鸟不识,珍宝枭鸱。眷然顾之,惨然
心悲。巾车命驾,将适唐都。黄河洋洋,攸攸之鱼。临津不
济,还辕息鄹。伤于道穷,哀彼无辜。翱翔于卫,复我旧庐。
从吾所好,其乐只且!"

〔二〕狄水:朱子曰:按水经:河水至东阿、茌平等县东北流。四渎津
注云:津西有四渎祠,东对四渎口。河水东分,济水受河,盖荥
口水断不通,始自是出与清水合洓入淮,自淮达江,水径周通,
故有四渎之名。昔赵杀鸣犊,孔子临河而叹,琴操以为孔子临
狄水而歌,云:"狄水衍兮风扬波,船楫颠倒更相加。"余按:临
济故狄也。是济所径,得其通称。又云:济水径临济县南。详
此,则济水自荥泽之下,潜流至此四渎津口,而后复出。河又
东分一支,与之合流,以过临济而为狄水,故孔子临河不济而
歌咏。狄水即此东分之河复出之济也。然此皆齐地,今在郓
济之间。史记以为孔子自卫将西见赵简子,则其道不当出此,
此又不可晓者。今姑阙之,以俟深于地理者正焉。

506

〔三〕龙入舟:淮南精神训:禹南省方,济于江,黄龙负舟。舟中之
人,五色无主。禹熙笑而称曰:"我受命于天,竭力而劳万民。
生,寄也;死,归也。何足以滑和?"视龙犹蝘蜓,颜色不变,龙
乃弭耳掉尾而逃。

〔四〕石啮足:庄子人间世篇:"吾行却曲,无伤吾足。"

韩愈诗集编年笺注

按:"涉浅"、"乘深"四句,从屈原九章"令薜荔而为理兮,惮举趾而缘木。因芙蓉而为媒兮,惮褰裳而濡足。登高吾不说兮,入下吾不能"化出。"无与石斗"、"无应龙求"即"危邦不入,乱邦不居"之义也。

猗兰操^{〔一〕}

孔子伤不逢时作。^{〔二〕}

兰之猗猗^{〔三〕},扬扬其香。不采而佩^{〔四〕},于兰何伤?今天之旋,其曷为然?我行四方,以日以年。雪霜贸贸^{〔五〕},荞麦之茂^{〔六〕}。子如不伤,我不尔觏。荞麦之茂,荞麦之有。君子之伤,君子之守。

〔一〕古乐府一作幽兰操。

〔二〕琴操:孔子历聘诸侯,诸侯莫能任。自卫及鲁,隐谷之中,见香兰独茂,喟然叹曰:"夫兰当为王者香,今乃独茂,与众草为伍。"乃止车,援琴鼓之,自伤不逢时。托词于香兰云:"习习谷风,以阴以雨。之子于归,远送于野。何彼苍天,不得其所。逍遥九州,无有定处。世人暗蔽,不知贤者。年纪逝迈,一身将老。"

〔三〕猗猗:班固西都赋:"兰茝发色,晔晔猗猗。"

〔四〕采佩:屈原离骚:"纫秋兰以为佩。"

〔五〕贸贸:记:"贸贸然来。"

〔六〕荞麦:淮南坠形训:麦秋生,荠冬生。庾信谢周明帝启:荞麦将枯,山灵为之出雨。

按:此作在诸操中最为奥折,旧注多未得其解。孙汝听云:

507

"言我如荼麦之茂,当霜雪之时,不改其操。子如见伤而用我可也,子如不伤,我亦无自贬以见子之义。"又云:"茂而能傲霜雪,荼麦之固有。"韩醇云:"君子居可伤之时,不易其守,亦犹荼麦之有也。"此两说以荼麦自比,而竟抛荒猗兰,不知题义何居?刘履云:"篇中三'伤'字正与题下'伤不逢时'相应。亦为蹐驳。"唯瞽者唐汝询云:"兰之含芳,喻己之抱道。不采而佩,未见用也。芬芳自有,于己何伤。且当法天之健,周流四方,以行吾道,不自掩其芳也。及涉霜雪而睹荼麦之茂,则世乱益甚,在位皆匪人,兰于此能无伤乎?假令不伤而与荼麦等,则我无用见汝矣。彼荼麦之茂,荼麦所自有之性。兰为君子所伤,谓其有君子之守也。荼麦感阴而生,故以为匪人之喻。兰芳以时,不群众草,故取为有守之比。然始云何伤,末竟不能无伤者,遁世固可以无闷,对麟不能不掩涕耳。"此说于义为近,然犹未尽善也。窃推之,兰有国香,固宜服佩,然无人自芳,要亦何损?特天之生兰,不宜如是置之耳。今天道不可知,而我亦终老于行,唯见邦无道富且贵焉者累累若若,于此而不伤,则亦无以见兰为矣!虽然,彼荼麦固无足怪也,所谓适时各得所也。若夫君子之伤,则谓生不逢时,处非其地,为世道慨叹耳。要其固穷之守,岂与易哉?荼麦即指众草。"今天之旋"四句,即旧操"何彼苍天"四句之意。"子如不伤",子字即指兰,如"箨兮箨兮,风其吹汝"之汝也。诸家之说,盖未向旧操推求耳。

龟山操

孔子以季桓子受齐女乐,谏不从,望龟山而作。[一]

韩愈诗集编年笺注

龟之氛兮[二]，不能云雨[三]。龟之枿兮[四]，不中梁柱[五]。龟之大兮，只以奄鲁[六]。知将隳兮[七]，哀莫余伍。周公有鬼兮，嗟余归辅。

〔一〕王云：龟山，鲁地，在泰山博县。琴操：季桓子受齐女乐，孔子欲谏不得，退而望鲁龟山，作此曲以喻季氏，若龟山之蔽鲁也。词曰："予欲望鲁兮，龟山蔽之。手无斧柯，奈龟山何？"

〔二〕氛：说文：氛，祥气也。

〔三〕云雨：记祭法：山林川谷丘陵，能出云为风雨见怪物，皆曰神。□云：春秋元命苞云：山者，气之包含，所含精藏云，故触石布山。言龟山不能然也。

〔四〕枿：汉书叙传：三枿之起，本根既朽。

〔五〕不中：□云："中"作去声读。按：当作平声，汉书王尊传："其不中用，趋自退避。"魏志焦先传："不中为卿作君。"洛阳伽蓝记："惟著饮不中与酪作奴。"今世俗犹有"不中用"之语，其义则去声，其音则平声也。公所为毛颖传云："吾尝谓君中书，今君不中书耶？"此其作平声读显显甚明者。于彼既然，不应此作去声也。亦有宜当去声者，如礼记王制云："用器不中度，兵车不中度，布帛精粗不中数，幅广狭不中量，木不中伐，禽兽鱼鳖不中杀，不粥于市。"皆去声读。梁柱：世说：陆玩拜司空，有人诣之，索美酒，得便自起，泻著梁柱间地，祝曰："当今乏才，以尔为柱石之用，莫倾人栋梁。"玩笑曰："戢卿良箴。"

〔六〕奄鲁：鲁颂："奄有龟蒙。"

〔七〕将隳：隳，许规切。左传：仲由将堕三都。孙云：言鲁将隳坏，哀而怜之者莫余若也。

越裳操〔一〕

　　周公作。〔二〕

雨之施，物以孳〔三〕，我何意于彼为？自周之先，其艰其勤〔四〕。以有疆宇〔五〕，私我后人。我祖在上，四方在下〔六〕。厥临孔威，敢戏以侮。孰荒于门，孰治于田〔七〕？四海既均，越裳是臣。

〔一〕裳：琴操作"尝"。

〔二〕韩诗外传：周成王之时，有三苗贯桑而生，同为一秀。周公曰："意者天下殆同一也。"比期三年，果有越裳氏重九译而至，献白雉于周公曰："吾受命国之黄发，曰：'久矣，天之不迅风疾雨也，海不波溢也，三年于兹矣。意者中国殆有圣人，盍往朝之。'于是来也。"琴操：周公辅成王，成文王之王道。越裳献白雉，周公乃援琴而歌。遂受之，献于文王之庙，词曰："于戏嗟嗟，非旦之力也，乃文王之德。"

〔三〕雨施：易乾卦：云行雨施，品物流形。物孳：说文：孳，汲汲生也。

〔四〕其勤：书武成：大王肇基王迹，王季其勤王家。

〔五〕疆宇：班固东都赋："茂育群生，恢复疆宇。"

〔六〕在上、在下：诗大雅："明明在下，赫赫在上。"

〔七〕荒门、治田：孙云：言岂有"荒于门"而能"治于田"者乎？故必"四海既均"，而后"越裳是臣"也。唐汝询曰：我祖在天，四方皆其覆冒。厥临甚威，冈敢戏慢。孰为荒游，孰为力作？我祖实鉴临之。今世治而越裳是来臣服，皆我祖之灵也。按：如孙说，则不应用二"孰"字。如唐说，则"荒于门"句似无所指。此诗归美先王，则"荒"字当训为治。"天作高山，太王荒之"、"乃立皋门，乃立应门"，为后世治朝悬法之所。是"荒于门"者，太王之所以基王业也。后稷始播百谷，"文王卑服，即康功田功"，是治于田者，周家之所以开国也。今孰为"荒于门"，孰为"治于田"，致"四海既均"而"越裳是臣"乎？即"无念尔祖，聿修厥德"之意也。

拘幽操

文王羑里作。〔一〕

目窈窈兮，其凝其盲；耳肃肃兮〔二〕，听不闻声。朝不日出兮，夜不见月与星〔三〕。有知无知兮，为死为生。呜呼！臣罪当诛兮，天王圣明〔四〕。

〔一〕羑：音西。史记周本纪：崇侯虎谮西伯于纣，曰："西伯积仁累德，诸侯皆向之，将不利于帝。"纣乃囚西伯于羑里。闳夭之徒患之，乃求美女、文马、他奇怪物而献之纣，纣乃赦西伯。古今乐录：拘幽操，纣拘文王于羑里而作也。其词曰："殷道溷溷，浸浊烦兮。朱紫相合，不别分兮。迷乱声色，信谗言兮。炎炎之虐，使我愆兮。幽闭牢阱，由其言兮。遭我四人，忧勤勤兮。"汉书地理志：河内郡荡阴有羑里城，西伯所拘也。两山墨谈：此操见通鉴外纪，怨诽浅激，非文王语也。按：琴操旧辞，俱非古圣贤所作，而此篇尤为浅陋。

〔二〕肃肃：古乐府有所思："秋风肃肃晨风飔。"

〔三〕日月星：按：此较宋玉"去白日之昭昭兮，袭长夜之悠悠"，古茂过之。

〔 四 〕天王：按："天王"字本春秋。蔡邕独断："天王，诸夏之所称，天
　　　下之所归往，故称天王。"此二语深道得圣人心事。今不知者
　　　竟以为文王语矣。

　　程伊川曰：退之作琴操，有曰"臣罪当诛兮，天王圣明"，道文
王意中事，前后之人道不到此。徐仲车言：退之拘幽操谓文王囚
羑里作，乃云"臣罪当诛兮，天王圣明"，可谓知文王之用心矣。
凯风七子之母，犹不能安其室，而云"母氏圣善，我无令人"，重自
责也。

　　按：刘会孟评此诗，谓其极形容之苦，不可谓非怒者。然小
雅怨诽而不乱，亦人情也。况此诗唯归咎于己，怨且无之，又何
怒焉？

岐山操

　　周公为大王作。〔一〕
我家于豳〔二〕，自我先公。伊我承序〔三〕，敢有不同？今狄之人，
将土我疆。民为我战，谁使死伤？彼岐有岨〔四〕，我往独处。尔
莫余追，无思我悲。

〔 一 〕琴操：大王居邠，狄人攻之。策杖而去之，邑乎岐山，喟然叹
　　　息，援琴而歌之，其词曰："狄戎侵兮土地迁。移邦邑兮适于岐
　　　山。烝民不忧兮谁者知？嗟嗟奈何兮予命遭斯？"

〔 二 〕家于豳：诗："笃公刘！于豳斯馆。"括地志云：豳州新平县，即
　　　汉漆沮县。诗豳国，公刘所邑之地也。

〔 三 〕承序：序，一作"绪"。方云：商书：丕承基绪。朱子曰：序谓传
　　　授次第，汉书多云"朕承天序"是也。绪犹言统系，二字义虽不

同,然用之于此,似亦两通。

〔四〕岐有岨:岨,与阻同。方云:"岨"与"阻"同。楚词、汉书多用
　　　"岨"字。今以平声读之,非也。按:诗天作:"彼徂矣岐。"朱子
　　　训为险僻之意,与古注不同,是本于此。

履霜操

　　尹吉甫子伯奇无罪,为后母谮而见逐,自伤作。〔一〕
父兮儿寒,母兮儿饥。儿罪当笞〔二〕,逐儿何为? 儿在中野〔三〕,
以宿以处。四无人声,谁与儿语? 儿寒何衣,儿饥何食? 儿行
于野,履霜以足〔四〕。母生众儿,有母怜之。独无母怜〔五〕,儿宁
不悲。

〔一〕琴操:伯奇见逐,乃集芰荷以为衣,采楟花(楟,山梨也,见上林
　　　赋注)以为食,晨朝履霜,自伤见放,于是援琴鼓之,而作此操,
　　　其词曰:"朝履霜兮采晨寒,考不明其心兮听谗言。孤恩别离
　　　兮摧肺肝,何辜皇天兮遭斯愆。痛没不同兮恩有偏,谁能流顾
　　　兮知我冤?"

〔二〕当笞:汉书车千秋传:子弄父兵,罪当笞。

〔三〕中野:曹植诗:"中野何萧条。"

〔四〕履霜:易坤卦:初六:履霜,坚冰至。

〔五〕无母:唐汝询曰:上文兼呼其母,此以独无母怜悟其父,虽不敢
　　　明言后母之谮,而失爱之由隐然见矣。昌黎善体古人之心哉!

　　刘会孟曰:不怨,非情也,乃怨也,此乃小弁之志欤? 饥寒履
霜,反覆感切,真可以泣鬼神矣。此所以为琴操也。

　　按:十操不容优劣,然拘幽、履霜二首,尤能使纯臣孝子之心

千载若揭。盖其遭际，有以感发之也。

雉朝飞操

　　牧犊子七十无妻，见雉双飞，感之而作。[一]
雉之飞，于朝日。群雌孤雄[二]，意气横出。当东而西，当啄而
飞。随飞随啄[三]，群雌粥粥[四]。嗟我虽人，曾不如彼雉鸡。生
身七十年，无一妾与妃[五]。

　〔一〕古今注：雉朝飞者，牧犊所作也。齐处士，湣宣时人，年五十
　　　　（当作七十），无妻。出薪于野，意动心悲，乃作雉朝飞之操，以
　　　　自伤焉，其声中绝。魏武帝宫人有卢女者，故冠军将军阴叔之
　　　　妹。年七岁，入汉宫，学鼓琴，善为新声，能传此曲。吴兢乐府
　　　　古题要解：旧说齐宣王时，牧犊子年七十无妻，出薪于野，见雉
　　　　雌雄相随，意动心怨。乃仰天叹曰：“圣王在上，恩及草木鸟
　　　　兽，而我独不获。”因援琴而歌以自伤，其词曰：“雉朝飞兮鸣相
　　　　和，雌雄群游兮山阿，我独何命兮未有家？时将暮兮可奈何！
　　　　嗟嗟暮兮可奈何！”

　〔二〕群雌孤雄：庄子应帝王篇：众雌而无雄，而又奚卵焉？刘孝威
　　　　诗：“单雄杂寡雌。”

　〔三〕啄：庄子养生主篇：泽雉十步一啄，百步一饮。

　〔四〕粥粥：魏云：记曰：粥若无能。或谓当作“㷉”。说文：㷉㷉，呼
　　　　鸡，重言之。蒋云：按礼记：“儒行粥粥，若无能也。”注：“卑谦
　　　　貌。”则正洽雌从飞啄之意，更不必换字强释矣。

　〔五〕妃：按：妃字古人通用。说文云：“妃，匹也。”秦国策“贞女工
　　　　巧，天下愿以为妃”是也。后世乃独称王妃耳。旧注马大年

云：别本"彼"作"此"，无"鸡"字。妃，音媲，与雄协。盖由避妃字不用，而不顾音节之不谐也。

别鹄操

商陵穆子娶妻五年无子，父母欲其改娶。其妻闻之，中夜悲啸。穆子感之而作[一]。

雄鹄衔枝来，雌鹄啄泥归。巢成不生子，大义当乖离[二]。江汉水之大，鹄身鸟之微。更无相逢日，且可绕树相随飞[三]。

〔一〕古今注：别鹤操，商陵牧子所作也。娶妻五年而无子，父兄将为之改娶。妻闻之，中夜起，倚户而悲啸。牧子闻之，怆然而悲，乃歌曰："将乖比翼隔天端，山川悠远路漫漫，揽衾不寐食忘餐。"后因为乐章焉。按：西京杂记："齐人刘道疆善弹琴，能作单鹄寡凫之弄，听者皆悲，不能自摄。"疑即此操也。

〔二〕大义：贾充与妻李氏联句："叹息亦何为，但恐大义亏。"

〔三〕绕树：魏武帝短歌行："绕树三匝，无枝可依。"相随飞：方云：李陵诗："长当为此别，且复立斯须。"又古乐府："与子如黄鹄，将别复徘徊。"亦此意也。

残形操

曾子梦见一狸，不见其首作[一]。

有兽维狸兮，我梦得之。其身孔明兮[二]，而头不知。吉凶何为兮？觉坐而思。巫咸上天兮[三]，识者其谁？

〔一〕王云：事出琴录，其详未闻。曾子，一作鲁子。□云：按大周正乐记:曾子鼓琴,崔子立户外而听之。曲终入曰:"善哉!鼓琴乎,身已成矣,而惜未得其首也。"曾子曰:"吾昼卧,梦见一狸,但见其身不见其头,起而为之弦歌也。"

〔二〕孔明:诗:"祀事孔明。"

〔三〕巫咸:屈原离骚:"巫咸将夕降兮,怀椒糈而要之。"蒋云:刘须溪论十操,惟此最古意,以其不著迹也。余谓其词尚欠归宿,不如杨维桢拟此操精悍典雅。按:刘评固未当,蒋尤谬。维桢作浅俚可笑,有目者皆能别之。

沧浪诗话:退之琴操极高古,正是本色,非唐贤所及。

唐庚曰:琴操非古诗,非骚词,惟退之为得体。退之琴操,柳子厚不能作也。

别赵子〔一〕

我迁于揭阳〔二〕,君先揭阳居。揭阳去京华,其里万有馀〔三〕。不谓小郭中,有子可与娱〔四〕。心平而行高〔五〕,两通诗与书。婆娑海水南〔六〕,簸弄明月珠〔七〕。及我迁宜春〔八〕,意欲携以俱。摆头笑且言,我岂不足欤?又奚为于北,往来以纷如?海中诸山中,幽子颇不无〔九〕。相期风涛观,已久不可渝。又尝疑龙鰕〔一〇〕,果谁雄牙须?蚌蠃鱼鳖虫〔一一〕,瞿瞿以狙狙〔一二〕。识一已忘十,大同细自殊。欲一穷究之,时岁屡谢除〔一三〕。今子南且北,岂非亦有图?人心未尝同,不可一理区。宜各从所务,未用相贤愚。

〔一〕□云:赵子,名德。公为潮州刺史时,摄海阳尉,督州学生徒者。东坡所谓"潮人初未知学，公命赵德为之师"，即其人也。公自潮移袁，诗以别之。德，潮人，公欲与之俱而不可耳。

〔二〕揭阳：汉书地理志：揭阳县，属南海郡。按：公集黄陵庙碑云：元和十四年，余以言事得罪，黜为潮州刺史，其地于汉南海之揭阳。

〔三〕万有馀：木华海赋："经途瀺灂，万万有馀。"

〔四〕可与娱：诗出其东门："聊可与娱。"

〔五〕行高：汉书宣元六王传：韦玄成经明行高。

〔六〕婆娑：诗："婆娑其下。"

〔七〕明月珠：史记李斯传：垂明月之珠。

〔八〕迁宜春：王云：元和十四年七月己丑，宪宗上尊号，大赦天下。十二月二十四日，公自潮州量移袁州。袁州即宜春郡也。

〔九〕幽子：王云：隐士也。

〔一○〕龙鰕：汉书息夫躬传："抚神龙兮揽其须。"尔雅释鱼：鰝，大鰕。注：大者出海中，长二三丈，须长数尺。王隐交广记：或语广州刺史滕修，鰕须长一丈，修不信。其人后至东海，取鰕须长四丈封以示修，修乃服。

〔一一〕蚌蠃：蠃，音螺。易说卦传：离为鳖为蟹，为蠃为蚌。

〔一二〕瞿瞿：瞿，音衢，又音屦。诗东方未明："狂夫瞿瞿。"狙狙：史记留侯世家：良与客狙。索隐曰：狙，犬伺也，谓狙之伺物，必伏而候之。故今云狙候是也。

〔一三〕谢除：楚辞大招："青春受谢，白日昭只。"诗蟋蟀："今我不乐，日月其除。"

按：此诗首叙迁谪潮州，喜于得赵。及移袁州，欲与偕而不可，有不得不别者矣。乃复述赵之言，以为海南有以乐，且物理细大，不可究诘，人生去往，亦岂可强同，此所以不相从也。截然便住，彼此之意各尽，不作一惜别语。于此叹格之奇，而亦可想见赵立品之高，不烦语及俗情也。

韶州留别张端公使君^{〔一〕}

来往再逢梅柳新^{〔二〕}，别离一醉绮罗春^{〔三〕}。久钦江总文才妙，自叹虞翻骨相屯^{〔四〕}。鸣笛急吹争落日，清歌缓送款行人^{〔五〕}。已知奏课当征拜，那复淹留咏白苹^{〔六〕}？

〔一〕按：以下十五年作，是年春至袁州任，九月召拜国子祭酒，冬暮至京师。

〔二〕梅柳新：孙云：公元和十四年正月，以论佛骨贬潮州。三月至潮州，十月量移袁州。十五年正月至袁州。其往来上下于韶，皆梅柳新时也。

〔三〕绮罗春：按：指韶州宴别时事。

〔四〕江总、虞翻：南史江总传：总，字总持，幼聪敏，及长，笃学有文辞。南阳刘之遴等，并高才硕学，总时年少有名，之遴尝酬总诗，深相钦挹。梁元帝征为始兴内史，不行，流寓岭南积岁。陈天嘉中征还，累迁太子詹事。尤工五言七言，多为艳诗，好事者相传讽玩。吴志虞翻传：翻，字仲翔，孙权以为骑都尉，数犯颜谏争，权不能悦。又性不协俗，多见谤毁，坐徙丹阳泾县，吕蒙请以自随。因此令翻得释。翻性疏直，数有酒失。权与张昭论及神仙。翻指昭曰："彼皆死人，而语神仙，世岂有仙人也？"权积怒非一，遂徙翻交州。　按：碧溪诗话谓："虞翻刚褊方拙，凌突权势，出于天性，雅宜文公喜用。江总乃败国奸回，陈主欲以为太子詹事。孔奂奏总文华之人，宜求敦重之才。
是诗恐有所讥。"杨慎云："以忠直自比，而以奸佞比人，非圣贤
谦己恕人之意。而宋人乃学之，以为占地步，深为不是。殊不
知详考二人本末，及是诗引用之意。夫总之文才，唐人或以自
比，或以比人，不论其行也。况又尝征为始兴内史。韶州即始
兴，故以比张端公。翻以论神仙，徙交州，公以论佛骨贬潮州，
皆黜外教，皆放南方，故以自比。其用事精切如此，说诗者何
可妄议？且所谓占地步者，尤可怪，其弊起自宋人，奈何归咎
于公耶？"二说以升庵为是。升庵所谓唐人或以自比，或以比
人，如杜甫"远愧梁江总，还家尚黑头"，自比也。李义山咏杜
司勋"前身应是梁江总，名总还应字总持"，比人也。此类甚
多，岂谈谬矣。

〔五〕款行人：诸本"争"作"催"，"款"作"感"，方从唐本。李云：二宋
评此诗，小宋疑"感"字误，大宋初不以为然。后得善本始信。

〔六〕白苹：白居易白苹洲五亭记：湖州城东南二百步，抵霅溪，连汀
洲，一名白苹。梁吴兴守柳恽于此赋诗云"汀洲采白苹"，因以
为名也。

和席八十二韵 原注：席夔，讳行录：席夔行八，
贞元十年进士。〔一〕

519

绛阙银河曙〔二〕，东风右掖春。官随名共美〔三〕，花与思俱新〔四〕。
绮陌朝游间〔五〕，绫衾夜直频〔六〕。横门开日月〔七〕，高阁切星辰。
庭变寒前草，天销霁后尘。沟声通苑急，柳色压城匀。纶绂谋
猷盛〔八〕，丹青步武亲〔九〕。芳菲含斧藻〔一〇〕，光景畅形神。傍砌

看红药〔一一〕，巡池咏白苹。多情怀酒伴〔一二〕，馀事作诗人〔一三〕。倚玉难藏拙〔一四〕，吹竽久混真〔一五〕。坐惭空自老〔一六〕，江海未还身。

〔一〕按：席八见长庆集中，此诗未定为何年所作。然以落句观之，盖元和十五年春在袁州遥和之诗也。曰"江海"，则宜在南方，而阳山时不得云"老"。曰"未还身"，则自在量移之后，而在潮州未尝遇春，且曰"吹竽久混真"，盖指十一年为中书舍人时，则其为袁州时无疑矣。席八是时想亦以中书舍人知制诰，旧与之周旋，因其诗来而和之。

〔二〕绛阙：傅休奕北都赋："巍巍绛阙。"

〔三〕名共美：按：玉篇："𡠟，俗𡡉字。"虞廷有𡡉龙，后世往往以美在朝之官。席八名与之同，而又在中书，故云。

〔四〕思俱新：按：班固答宾戏："摛藻如春华。"今当新年花发之时，而览席赠篇，其诗思与花俱新也。

〔五〕绮陌：按：即紫陌也。间：去声。

〔六〕绫衾：汉书典职仪：尚书郎入直，供青缣白绫被。

〔七〕横门：三辅黄图：长安北出西头第一门曰横门。汉书：虒上小女陈持弓走入光门。即此门也。

〔八〕纶绰：记缁衣：王言如纶，其出如绰。

〔九〕丹青：按：张衡西京赋："青琐丹墀。"善曰："以青画户边镂中，以丹漆地。"叠掌纶诰，翱翔禁中，故曰"丹青步武亲"也。步武亲：公亦尝知制诰，大抵旧同官也。

〔一〇〕斧藻：法言："吾未见斧藻其德若斧藻其楶者。"斧与黼同。

〔一一〕红药：谢朓直中书省诗："红药当阶翻，青苔依砌上。"

〔一二〕酒伴：按：此句谓平日同游宴也。

〔一三〕馀事：<u>六一诗话</u>：<u>退之</u>笔力无施不可，而尝以诗为文章末事，故曰“多情怀酒伴，馀事作诗人”。然其资谈笑，助谐谑，叙人情，状物态，一寓于诗，而曲尽其妙。按：<u>杜甫</u>诗“文章一小技，于道未为尊”，即此“馀事”之谓也。

〔一四〕倚玉：<u>世说</u>：<u>魏明帝</u>使后弟<u>毛曾</u>与<u>夏侯太初</u>共坐，时人谓蒹葭倚玉树。

〔一五〕吹竽：<u>韩非内储说</u>：<u>齐宣王</u>使人吹竽，必三百人。<u>南郭</u>处士请为王吹竽。<u>宣王</u>死，<u>湣王</u>好一一听之，处士逃。

〔一六〕空自老：<u>荀济</u>诗：“年来空自老，岁去不知春。”

除官赴阙至江州寄鄂岳李大夫原注：谓<u>李程</u>。〔一〕

<u>盆城</u>去<u>鄂渚</u>〔二〕，风便一日耳。不枉故人书，无因帆<u>江</u>水〔三〕。故人辞礼闱〔四〕，旌节镇<u>江圻</u>〔五〕。而我窜逐者，龙锺初得归。别来已三岁，望望长迢递。咫尺不相闻，平生那可计？我齿落且尽，君鬓白几何？年皆过半百〔六〕，来日苦无多。少年乐新知〔七〕，衰暮思故友。譬如亲骨肉，宁免相可不〔八〕。我昔实愚蠢，不能降色辞〔九〕。<u>子犯</u>亦有言〔一〇〕，臣犹自知之。公其务贳过〔一一〕，我亦请改事〔一二〕。桑榆傥可收〔一三〕，愿寄相思字〔一四〕。

521

〔一〕□云：<u>元和</u>十五年九月，公自<u>袁州</u>召拜国子祭酒，行次<u>溢城</u>作。
<u>顾嗣立</u>曰：<u>颜师古汉书注</u>：除者，除去故官就新官。<u>新唐书地理志</u>：<u>江州浔阳郡</u>、<u>鄂州江夏郡</u>、<u>岳州巴陵郡</u>，皆属<u>江南西道</u>。按：以下皆<u>袁州</u>赴京途次之作。

〔二〕盆城：<u>庐山记</u>：<u>江州</u>有<u>青盆山</u>，故其城曰<u>盆城</u>。<u>新唐书地理志</u>：

浔阳,本溢城。鄂渚:屈原九章:"乘鄂渚而反顾兮,欸秋冬之绪风。"□云:鄂渚,今鄂州。

〔三〕帆:去声。诸本作"泛"。方云:帆,去声。杜甫诗:"浦帆晨初发。"

〔四〕辞礼闱:任昉王文宪集序:出入礼闱,朝夕旧馆。旧唐书李程传:程,字表臣。元和十三年四月,拜礼部侍郎。六月,出为鄂州刺史、鄂岳观察使。

〔五〕江圻:水经:江之右岸,有鄂县故城。注:鄂,今武昌也。江中有节度石,是西阳、武昌界,分江于斯石。江浦东径五巤,北有五山,庾仲雍谓之五圻。

〔六〕过半百:杜甫诗:"年过半百不称意。"

〔七〕新知:屈原九歌:"乐莫乐兮新相知。"

〔八〕不:音否。

〔九〕降色辞:苕溪诗话:张籍尝移责退之与人商论,不能下气。公亦有云:"我昔实愚惷,不能降色辞。"余谓此乃书生常态。按:元和十三年,郑馀庆为详定礼乐,使公与李程为副。或议论有所不合也。

〔一〇〕子犯言:左传:子犯以璧授公子,曰:"臣负羁绁,从君巡于天下,臣之罪甚多矣。臣犹知之,而况君乎?"

〔一一〕贳过:贳,音世。汉书尹赏传:愿自改者,皆贳其罪。

〔一二〕改事:左传:楚子围郑,郑伯肉袒牵羊以迎,曰:"使改事君,夷于九县。君之惠也,孤之愿也。"樊云:反复诗语,若与李尝有隙。至是因谢之,故旧无大故,则不弃。此公所以思之,且请改事也。

〔一三〕桑榆收:后汉书冯异传:可谓失之东隅,收之桑榆。

〔一四〕相思字：古诗十九首："客从远方来，移我一书札。上言长相思，下言久离别。置书怀袖中，三岁字不灭。"

次石头驿寄江西王十中丞阁老原注：仲舒。〔一〕

凭高试回首，一望豫章城〔二〕。人由恋德泣，马亦别群鸣。寒日夕始照，风江远渐平。默然都不语，应识此时情。

〔一〕豫章古今记：石头津在郡江之西岸，一名沈书浦。殷羡为豫章太守，临去，有附书百封，羡将至石头，掷之水中，故名焉。水经注：赣水迳豫章郡北，为津步。水之西岸有盘石，谓之石头，津步之处也。新唐书王仲舒传：仲舒，字弘中。穆宗立，自苏州刺史召拜中书舍人。既至，视同列率新进少年，居不乐，曰："岂可复治笔研于其间哉！吾久弃外，周知俗病利，得治之，不自愧。"宰相闻之，除江西观察使，卒于官。

〔二〕豫章城：左传：令尹子荡师于豫章。豫章古今记：豫章之境，南接五岭，北带九江。春秋时为楚之东境，至汉高五年，灌婴定江南，始立为郡。郡城即灌婴所筑。新唐书地理志：洪州豫章郡，属江南西道。

游西林寺题萧二兄郎中旧堂自注：萧兄

有女出家。〔一〕

中郎有女能传业〔二〕，伯道无儿可保家〔三〕。偶到匡山曾住处〔四〕，几行衰泪落烟霞〔五〕。

〔一〕莲社高贤传：西林法师慧永初至浔阳，刺史陶范留筑庐山，舍宅为西林。远师之来龙泉，桓伊为立东林。方云：萧二，存也。存少与韩会、梁肃友善，恶裴延龄之为人，弃官归庐山。庐山今犹有萧存、魏弘、李渤同游大林题名。新唐书萧颖士传：颖士子存，字伯诚，亮直有父风，能文辞，与韩会等善。浙西观察使李栖筠表常熟主簿。颜真卿在湖州，与存及陆鸿渐等讨撰古今韵字所原，作书数百篇。建中初，迁殿中侍御史，四迁比部郎中。疾裴延龄之奸，去官，风痹卒。韩愈少为存所知，自袁州还，过存庐山故居，而诸子前死，唯一女在，为经赡其家。

〔二〕中郎有女：后汉书列女传：陈留董祀妻者，蔡邕之女也。名琰，字文姬，博学有才辨。兴平中，天下丧乱，为胡骑所获。曹操素与邕善，痛其无嗣，乃遣使者以金璧赎之，而嫁于祀。操因问曰："闻夫人先多坟籍，犹能忆识之不？"文姬曰："昔亡父赐书四千馀卷，流离涂炭，罔有存者。今所诵忆，裁四百馀篇，乞给纸笔，真草唯命。"于是缮书送之，文无遗误。传业：后汉书崔瑗传：锐志好学，尽能传其父业。

〔三〕伯道无儿：晋书邓攸传：攸，字伯道。永嘉末，没于石勒。步走，担其儿及其弟子绥而逃。度不能两全，乃谓其妻曰："吾弟早亡，唯有一息，理不可绝，只应自弃我儿耳。幸而得存，我后当有子。"妻泣而从之。弃子之后，卒以无嗣。时人义而哀之，为之语曰："天道无知，使邓伯道无儿。"保家：左传：印段赋蟋蟀，赵孟曰："善哉保家之主也！吾有望矣。"

〔四〕匡山：水经注：庐山，彭泽之山也。山四方，周四百馀里，叠鄣之岩万仞，怀灵抱异，苞诸仙迹。远法师庐山记曰：殷、周之际，匡俗先生游此山。时人谓其所止为神仙之庐，因以名山矣。

〔五〕烟霞：因话录作"今日匡山过旧隐，定将哀泪对烟霞"。

自袁州还京行次安陆先寄随州周员外〔一〕

行行指汉东〔二〕，暂喜笑言同。雨雪离江上，蒹葭出梦中〔三〕。
面犹含瘴色，眼已带华风〔四〕。岁暮难相值〔五〕，酣歌未可终。

〔一〕水经注：随水出随郡西，南至安陆县故城西，故郧城也。新唐
书地理志：安州安陆郡中都督府，有云梦县，中有神山，属淮南
道。随州汉东郡，属山南东道。方云：周员外，周君巢也，时为
随州刺史。

〔二〕汉东：左传：汉东之国，随为大。

〔三〕梦中：按：书禹贡："荆及衡阳维荆州，云土梦作义。"左传："邧
夫人使弃诸梦中。"杜预注："梦，泽名，在江夏安陆县城东南。"
是则言梦而不言云。又："楚子济江入于云中。"是则言云而不
言梦。史记秦始皇纪：东巡至云梦。索隐曰：云、梦二泽名，人
以二泽相近，故合称云梦耳。

〔四〕华风：陈书高祖纪：高冠厚履，希复华风。

〔五〕岁暮：按：言暮年也。

寄随州周员外

陆孟丘杨久作尘〔一〕，同时存者更谁人？金丹别后知传得〔二〕，
乞取刀圭救病身〔三〕。

〔一〕陆孟丘杨：方云：公与陆长源、孟叔度、丘颖、杨凝及周君巢同
为董晋幕客。

〔二〕金丹：抱朴子：金丹烧之愈久，变化愈妙，令人不老不死。孙云：周好金丹服饵之术，柳子厚集中有答周君巢论饵药久寿书，是也。

〔三〕刀圭：庾信诗："成丹须竹节，量药用刀圭。"本草：凡散药有云刀圭者，十分方寸匕之一，准如梧桐子大也。方寸匕者，作匕正方一寸，抄散取不落为度。

题广昌馆〔一〕

白水龙飞已几春〔二〕，偶逢遗迹问耕人。丘坟发掘当官路，何处南阳有近亲〔三〕？

〔一〕□云：馆在随州枣阳县南。

〔二〕白水龙飞：张衡东京赋："我世祖忿之，乃龙飞白水，凤翔参墟。"

〔三〕南阳近亲：后汉书刘隆传：时天下垦田多不以实，帝见陈留吏牍上有书云：颍川、弘农可问，河南、南阳不可问。帝诘吏由，不肯服。时显宗为东海公，年十二，曰："河南帝城多近臣，南阳帝乡多近亲，田宅逾制，不可为准。"帝诘问吏，吏乃实首服。如显宗对。

酒中留上襄阳李相公 原注：谓逢吉也。〔一〕

浊水污泥清路尘〔二〕，还曾同制掌丝纶〔三〕。眼穿长讶双鱼断，耳热何辞数爵频〔四〕。银烛未销窗送曙，金钗半醉座添春〔五〕。知公不久归钧轴〔六〕，应许闲官寄病身。

〔一〕旧唐书李逢吉传：宪宗罢逢吉政事，出为剑南东川节度使。穆宗即位，移襄州刺史、山南东道节度使。

〔二〕浊水泥：曹植九愁赋："宁作清水之沉泥，不为浊路之飞尘。"按：首句七字全用此二句义。浊谓己，清谓逢吉，下句"同"字承之。

〔三〕同制：□云：公元和十一年正月为中书舍人，而逢吉以其年四月自中书舍人拜相，故云。

〔四〕耳热：杨恽报孙会宗书：酒后耳热。

〔五〕银烛、金钗：陈子昂诗："银烛吐青烟，金尊对绮筵。"梁武帝诗："头上金钗十二行。"许彦周诗话：退之此语殊不类其为人，乃知赋梅花不独宋广平也。

〔六〕归钧轴：按：公生平不合于逢吉，此非诡誉之也。逢吉险谲多端，意岂能须臾忘势位哉？于穆宗有讲侍旧恩，即位之初，移镇襄阳，固有必入之势矣。长庆二年，召为兵部尚书，遂排裴度而夺其位。此人得志，其恩怨报复，岂徒然哉？故逆揣其将然而云"闲官寄病身"，以示处不争之地。盖欲释憾于小人，非以自托也。俭德避难，不可荣以禄，自全之道，固宜然耳。

去岁自刑部侍郎以罪贬潮州刺史乘驿赴任其后家亦谴逐小女道死殡之层峰驿旁山下蒙恩还朝过其墓留题驿梁〔一〕

527

数条藤束木皮棺〔二〕，草殡荒山白骨寒〔三〕。惊恐人心身已病，扶舁沿路众知难〔四〕。绕坟不暇号三匝〔五〕，设祭惟闻饭一盘〔六〕。致汝无辜由我罪，百年惭痛泪阑干〔七〕。

〔一〕公集女挐圹铭:"女挐,韩愈第四女也。愈为少秋官,斥之潮州。女挐年十二,病在席,既惊痛与其父诀,又舆致走道,撼顿失食饮节,死于商南层峰驿。即瘞道南山下。五年,愈为京兆,始令易棺衾,归女挐之骨于河阳韩氏墓。"女挐死当元和十四年二月二日。

〔二〕藤束:墨子节葬篇:尧葬蛩山之阴,衣衾三领,榖木之棺,葛以缄之。释名:棺束曰缄。缄,函也,古者棺不钉也。庾信伤心赋:"藤缄轊椟。"木皮:晁错言急务书:木皮三寸。

〔三〕草殡:后汉书马援传:槁葬而已。白骨:吴语:繄起死人而肉白骨也。

〔四〕舁:音舆。

〔五〕号三帀:记檀弓:延陵季子适齐,于其反也,其长子死,葬于嬴、博之间。既封,左袒,右旋其封且号者三,曰:"骨肉复归于土,命也! 若魂气则无不之也,无不之也。"而遂行。

〔六〕饭一盘:按:旧注云:荆楚岁时记:"祭子推文:'黍饭一盘。'"今本岁时记无此语。

〔七〕阑干:左思吴都赋:"珠琲阑干。"

咏灯花同侯十一 原注:侯十一,喜也。〔一〕

528　今夕知何夕〔二〕? 花然锦帐中〔三〕。自能当雪暖,那肯待春红。黄里排金粟,钗头缀玉虫〔四〕。更烦将喜事〔五〕,来报主人公〔六〕。

〔一〕一作"同侯十一咏灯花"。按:公以冬暮至京师,此乃初至京师之作。

〔二〕今夕:诗:"今夕何夕,见此邂逅。"

〔三〕花然：梁元帝玄览赋："灯花开而夜然。"

〔四〕金粟、玉虫：方云：何逊诗："金粟裹搔头。"蜀人史彦升曰：黄里排金，谓额间花钿也。按：古人装饰有额黄，史所说也。此"钗头"、"玉虫"乃谓丛杂钗上之金珠，以比形似，史说非。

〔五〕喜事：西京杂记：陆贾曰：目瞤得酒食，灯花华得钱财，乾鹊噪而行人至，蜘蛛集而百事喜。

〔六〕主人公：史记范雎传：主人翁习知之。

送侯喜〔一〕

已作龙锺后时者，懒于街里踏尘埃。如今便别长官去，直到新年衙日来〔二〕。

〔一〕□云：公长庆元年有雨中寄张博士籍侯主簿喜之什，此岂同时作欤？喜时为国子主簿，公为祭酒，故曰"长官"也。按：长官之说是也。按诗云"直到新年衙日来"，乃犹十五年冬作，不得与雨中作概谓长庆元年。

〔二〕新年衙日：按：此盖岁杪时休假而归，故至新年坐衙之日复来谒也。容斋三笔：今监司、郡守初上事，既受官吏参谒，至晡时，僚属复同于客次胥吏列立廷下通刺曰衙，以听进退之命。如是者三日，如主人免此礼，则翌旦又通谢刺。韩诗曰："如今便别长官去，直到新年衙日来。"疑是谓月二日也。

杏园送张彻〔一〕

东风花树下，送尔出京城。久抱伤春意，新添惜别情。归来身已病〔二〕，相见眼还明。更遣将诗酒，谁家逐后生〔三〕？

〔一〕一本有"侍御归使"四字，杏园在长安城南。方云：彻时以幽州
判官趋朝，半道有诏还之。仍迁侍御史，从张弘靖之请也。其
实彻已抵京，但未朝见耳。旧书张弘靖传云"续有张彻自远使
归"，是也。按：公为张彻墓志云："彻以进士累官至范阳府监
察御史。长庆元年，今牛宰相为御史中丞，奏彻名迹中御史
选。诏即以为御史，其府惜不敢留，遣之。而密奏：臣始至孤
怯，须强佐乃济。发半道，有诏以彻还之，仍迁殿中侍御史，加
赐朱衣银鱼。至数日，军乱，杀府从事而囚其帅。相约张御史
长者，无庸杀，置之帅所。居月馀，推门求出，骂贼，死。赠给
事中。"方崧卿据此为说，其于"侍御归使"则当矣。但诗云"东
风花树下"，是春间所作。弘靖以长庆元年三月出镇，至七月
军乱，则杏园之送，在初赴幽州之时，未尝为侍御，亦不得云
"归使"也。志既云"半道还之"，则抵京未朝，出于何据？方盖
惑于"侍御归使"而强为之说耳！此四字系后人妄加，竟当删
去。以下皆长庆元年作，是年七月转兵部侍郎。

〔二〕归来：按：自叙其窜逐而归，喜得见彻，而又有此别也。

〔三〕逐后生：按：言彻既去，谁可与诗酒留连者。身老矣，不能复追
逐后生。犹送温处士序云"资二生以待老，今皆为有力者夺
之"之意也。

奉和兵部张侍郎酬郓州马尚书祗召途中
见寄开缄之日马帅已再领郓州之作〔一〕

来朝当路日〔二〕，承诏改辕时〔三〕。再领须句国〔四〕，仍迁少昊
司〔五〕。暖风抽宿麦〔六〕，清雨卷归旗。赖寄新珠玉〔七〕，长吟慰

我思。

〔一〕张贾、马总见第十卷。按：公为马总作郓州溪堂诗序云：宪宗之十四年，始定东平，三分其地。以华州刺史、礼部尚书兼御史大夫扶风马公为郓曹濮节度观察等使，镇其地。既一年，褒其军，号曰天平军。上即位之二年，召公入，且将用之，以其人之安公也，复归之镇。按：新唐书总传："长庆初，刘总上幽镇地，诏徙天平。而召马总还，将大用之。会刘总卒，穆宗以郓人附赖总，复诏还镇。"长庆元年春也。

〔二〕当路：按：当道，犹言在道也。时刘总已弃官为僧，不受旄节，亦寻卒。马总盖中路奉诏而还，贾与公俱不及面也。

〔三〕改辕：左传：令尹南辕返斾，王告令尹改乘辕而北之。

〔四〕须句国：句：音劬。左传：邾人灭须句。注：须句在东平须昌县西北。新唐书地理志：郓州东平郡须昌县，属河南道。

〔五〕少昊司：韩云：秋帝少昊，盖主刑，而总加检校刑部尚书，故云。按：旧唐书马总传："元和十四年，迁检校刑部尚书、郓州刺史。"今犹仍其旧也。

〔六〕宿麦：董仲舒乞种麦限田章：使关中民益种宿麦，令毋后时。

〔七〕珠玉：陆云答兄平原书：敢投桃李，以报珠玉。

石林诗话：蔡天启言：尝与张文潜论韩、柳五字警句，文潜举退之"暖风抽宿麦，清雨卷归旗"，子厚"壁空残月曙，门掩候虫秋"，皆集中第一。

531

奉酬天平马十二仆射暇日言怀见寄之作〔一〕

天平篇什外〔二〕，政事亦无双。威令加徐土，儒风被鲁邦〔三〕。

清为公论重，宽得士心降。岁晏偏相忆，长谣坐北窗〔四〕。

〔一〕按：郓州溪堂诗序："总以长庆二年为尚书右仆射，封扶风县开国伯。"新书总传则云："二年，检校尚书左仆射，入为户部尚书。"此书称仆射，是二年之作。而云"岁晏偏相忆"，则来诗在元年冬，奉酬或二年也。

〔二〕篇什：按：毛诗凡一题为一篇，二雅繁多，每十篇为一什，后人概以称诗，如锺嵘诗品云：永嘉篇什，理过其辞，梁简文帝答湘东王书"裴氏乃是良史之才，了无篇什之美"是也。

〔三〕徐土、鲁邦：诗："省此徐土。"又："鲁邦是常。"王云：刘梦得天平军节度使厅壁记："惟郓在春秋为须句之国。宣精在上，奎为文宿。画野在下，鲁为儒邦。"禹贡："海岱及淮惟徐州。"前汉以徐隶临淮，则徐亦鲁也。

〔四〕长谣：刘琨诗："引领长谣。"

雨中寄张博士籍侯主簿喜〔一〕

放朝还不报〔二〕，半路蹋泥归。雨惯曾无节，雷频自失威。见墙生菌遍〔三〕，忧麦作蛾飞〔四〕。岁晚偏萧索〔五〕，谁当救晋饥〔六〕？

〔一〕按：公为国子祭酒时，有荐张籍状云：登仕郎守秘书省校书郎张籍，学有法师，文多古风。臣当司见阙国子监博士一员，乞授此官。又张籍祭退之诗云："我官麟台中，公为大司成。念此委末秩，不能力自扬。特状为博士，始获升朝行。"公初为祭酒，在元和十五年冬，而此诗所云"雷雨菌麦"，则似夏景。盖长庆元年作也。

〔二〕不报：朱子曰：疑以雨放朝，而有司失于关报，行至半路，乃得报而归也。

〔 三 〕生菌：尔雅释草：中馗，菌，小者菌。

〔 四 〕麦蛾：述异记：晋永嘉中，梁州雨七旬，麦化为飞蛾。

〔 五 〕岁晚：按：雷雨云云，非岁晚之景，大抵犹言暮齿耳。如鲍照
诗："沈吟芳岁晚，徘徊韶景移。"又："早寒逼晚岁，衰恨满秋
容。"皆非岁杪之谓也。

〔 六 〕晋饥：左传：晋饥，秦输之粟。

南山有高树行赠李宗闵[一]

南山有高树，花叶何衰衰[二]。上有凤凰巢，凤皇乳且栖。四旁
多长枝，群鸟所托依[三]。黄鹄据其高，众鸟接其卑。不知何山
鸟，羽毛有光辉。飞飞择所处，正得众所希[四]。上承凤皇恩，
自期永不衰。中与黄鹄群，不自隐其私。下视众鸟群，汝徒竟
何为？不知挟丸子[五]，心默有所规[六]。弹汝枝叶间，汝翅不
觉摧。或言由黄鹄，黄鹄岂有之[七]？慎勿猜众鸟，众鸟不足
猜[八]。无人语凤皇，汝屈安得知？黄鹄得汝去，婆娑弄毛
衣[九]。前汝下视鸟，各议汝瑕疵。汝岂无朋匹？有口莫肯开。
汝落蒿艾间，几时复能飞？哀哀故山友，中夜思汝悲。路远翅
翎短，不得持汝归[一〇]。

（一〕旧唐书穆宗纪：长庆元年三月，贬礼部侍郎钱徽江州刺史，中
书舍人李宗闵剑州刺史。新唐书宗闵传：穆宗即位，进中书舍
人。长庆初，钱徽典贡举，宗闵托所亲于徽。而李德裕、李绅、
元稹共白徽取士不以实，宗闵坐贬剑州刺史。由是嫌怨显结，
树党相磨轧，凡四十年，搢绅之祸不能解。又：宗闵性机警，始

有当世令名，既寖贵，喜权势，初为<u>裴度</u>引拔，后<u>度</u>荐<u>德裕</u>可为相，<u>宗闵</u>遂与为怨。<u>韩愈</u>作<u>南山</u>、<u>猛虎行</u>规之，而<u>宗闵</u>崇私党，薰炽中外，卒以是败。按：此盖<u>长庆</u>初作，<u>度</u>荐<u>德裕</u>在公殁后五年，史误矣。<u>苕溪诗话</u>亦以<u>退之</u>无恙时，<u>宗闵</u>才为中书舍人，<u>牛李</u>憾结，至其为相，则<u>退之</u>死久矣。二说皆是，但馀论各有非是者，今有笺详明，载之诗后。

〔二〕衰衰：音榱。<u>方</u>云：当作"蓑蓑"。<u>张衡</u><u>南都赋</u>："布绿叶之萋萋，敷华蕊之衰衰。"按：<u>说文</u>："衰，艸雨衣，象形。"公从古字，不必加草也。其义则如<u>方</u>说。

〔三〕群鸟：<u>汉书</u><u>宣帝纪</u>：地节三年，凤皇集<u>鲁郡</u>，群鸟从之。

〔四〕众所希：按：中书舍人为<u>唐</u>美地，众所希望，而<u>宗闵</u>以驾部郎中得之，宜其为众所侧目也。

〔五〕挟丸子：<u>楚国策</u>：黄雀不知夫公子王孙，左挟弹，右摄丸，将加己乎十仞之上。

〔六〕有所规：<u>方</u>云：规，图也。<u>东坡</u><u>五禽言</u>"去年麦不熟，挟弹规我肉"，本公语也。

〔七〕岂有之：按：岂有者，言得毋有之也。<u>文昌</u>之意本不在<u>宗闵</u>，特因怒<u>徽</u>而并及之耳。然云"黄鹄得汝去，婆娑弄毛衣"，则固喜其去矣。故此言非为黄鹄解也。

〔八〕不足猜：□云：蜀本以"猜"不入韵，校作"疑"。按：公此诗视古用韵，古音齐与灰皆通支用。如诗"维叶萋萋，黄鸟于飞"，又"则不我遗"、"先祖于摧"，又"天子是毗，俾民不迷"，是也。按：<u>绅</u>本怨<u>徽</u>，<u>德裕</u>与<u>宗闵</u>则修<u>吉甫</u>之憾，至<u>王起</u>、<u>白居易</u>则承宰相风旨，不足深论也。

〔九〕毛衣：<u>汉书</u><u>五行志</u>：雌鸡化为雄，毛衣变化而不鸣。

〔一〇〕持汝归：按：此犹古乐府飞来双白鹄篇所云"吾欲衔汝去，口噤不能开。吾欲负汝去，毛羽何摧颓"也。

按：此为宗闵贬剑州刺史作也。长庆元年，礼部侍郎钱徽知贡举，宗闵婿苏巢及第。宰相段文昌言礼部不公。元微之、李绅、李德裕相继和之，宗闵遂坐贬剑州。诗中凤皇喻君上也；黄鹄比宰相，喻段文昌；众鸟比散官，喻元微之、李绅、李德裕。"不知何山鸟，羽毛有光辉"，谓宗闵也。"上承凤凰恩"六语，谓其为中书舍人，自信得君，俯视一切。"不知挟丸子"四语，言为诸人所中伤也。"或言由黄鹄，黄鹄岂有之"，谓中伤之言，本段文昌。"岂有者"犹言将无有之也。"无人语凤凰，汝屈安得知"，惜当时无人为之申理也。"前汝下视鸟，各议汝瑕疵"，谓李绅、德裕、微之辈继文昌而言者也。"汝岂无朋匹，有口莫肯开"，谓钱徽不奏文昌、李绅，私书也。"汝落蒿艾间，几时复能飞"，正伤其贬剑州也。"哀哀故山友，中夜思汝悲"四语，公自叙其友朋之情也。详玩诗语，一则曰汝屈，再则曰思汝。公于宗闵大有不平之鸣，绝无规讽之意。新书谓裴度荐李德裕，宗闵遂与为怨，公作此诗规之，不知何所据而云然。大抵后人以宗闵太和间树党修怨，晚节谬悠，遂并其初服诬之。又以韩公正人，赠诗自应规讽，无稽臆度，附会曲成。不知宗闵早年对策，甚有峭直之声，即与公同为裴度幕官，以及长庆初年立朝，皆未尝有倾险败行。逮至太和以后，党迹始张，而韩公殁已久矣，何从而预知其非，先为规讽之诗乎？苕溪渔隐诗话明知党事在后，而以为何其明验，此疑鬼疑神之逆诈，亿不信者，甚可笑也。韩醇说诗，不知理会通章文气，而以凤凰为指裴，未知黄鹄又作何解？此韩诗历来晦昧之篇，故详论之。

猛虎行[一]

猛虎虽云恶，亦各有匹俦。群行深谷间，百兽望风低[二]。身食黄熊父[三]，子食赤豹麛[四]。择肉于熊豹，肯视兔与狸。正昼当谷眠，眼有百步威。自矜无当对，气性纵以乖。朝怒杀其子，暮还食其妃。匹俦四散走，猛虎还孤栖。狐鸣门两旁，乌鹊从噪之。出逐猴入居[五]，虎不知所归。谁云猛虎恶？中路正悲啼。豹来衔其尾，熊来攫其颐。猛虎死不辞，但惭前所为。虎坐无助死，况如汝细微。故当结以信，亲当结以私。亲故且不保，人谁信汝为？

〔一〕诸本有"赠李宗闵"字。方云：蜀本总题，误以上题"赠李宗闵"四字缀"猛虎行"之上，后人因之。其实后诗不为宗闵作也。猛虎行乐府旧题，非前诗类也。新史又谓裴度荐李德裕，宗闵怨之，为作此诗。荐事在太和三年，公殁久矣，不可据。按：此诗不为宗闵，方崧卿辨之甚明。然亦有为而作。所云"犷暴好杀，灭绝天伦"，非泛泛拟古也。

〔二〕百兽：楚国策：虎求百兽而食之，得狐。狐曰："天帝使我长百兽，吾为子先行，子随我后，观百兽之见我而敢不走乎。"虎以为然，不知兽畏己而走也。

〔三〕黄熊：张衡南都赋："虎豹黄熊游其下。"善曰：六韬云："散宜生得黄熊而献之纣"。按：今六韬无此语，唯淮南道应训云："散宜生求黄罴①、青犴、白虎、文皮以献于纣。"非黄熊也。

〔四〕赤豹：诗："赤豹黄罴。"

〔五〕出逐：朱子曰：诗意盖谓狐鸣鹊噪于外，虎出逐之，猴乃入居其穴,而虎不知所归耳。

按:新书亦谓此诗规李宗闵,方崧卿已辨其非。然不知为何人作,又作于何时。以诗推之,大抵为残忍暴虐不恤将士诸节度作。其人非一人,其文非一事也。历考唐书,如贞元间宣武刘士宁、横海程怀直,元和间魏博田季安、振武李进贤,或淫虐游畋,或杀戮无度,后皆为将士所逐,夺其兵柄,故诗以猛虎比之。"群行山谷间"以下,写其残忍暴虐之状也。"出逐猴入居,虎不知所归"以下,写其为将士所逐,或奔京师,或奔他军,或死于将士之手也。故当结以私,为大众说法也。此诗无时可考,姑依旧编列高树行后,俟有识者详订。

【校　记】

①"罴",原作"熊",据淮南鸿烈解改。

咏雪赠张籍〔一〕

只见纵横落,宁知远近来。飘飘还自弄,历乱竟谁催?座暖销那怪,池清失可猜。坳中初盖底,垤处遂成堆〔二〕。慢有先居后,轻多去却回。度前铺瓦陇,发本积墙隈。穿细时双透,乘危忽半摧。舞深逢坎井〔三〕,集早值层台。砧练终宜捣,阶纨未暇裁。城寒装睥睨〔四〕,树冻裹莓苔〔五〕。片片匀如翦,纷纷碎若挼〔六〕。定非燖鹄鹭〔七〕,真是屑琼瑰〔八〕。纬繣观朝萼〔九〕,冥茫瞩晚埃。当窗恒凛凛,出户即皑皑。压野荣芝菌,倾都委货财〔一〇〕。娥嬉华荡漾,胥怒浪崔嵬〔一一〕。碛迥疑浮地〔一二〕,云平想辗雷。随车翻缟带,逐马散银杯〔一三〕。万屋漫汗合,千株照

卷十一　咏雪赠张籍

537

耀开。松篁遭挫抑，粪壤获饶培。隔绝门庭遽，挤排陛级才〔一四〕。岂堪神岳镇？强欲效盐梅〔一五〕。隐匿瑕疵尽，包罗委琐该〔一六〕。误鸡宵呃喔〔一七〕，惊雀暗徘徊。浩浩过三暮〔一八〕，悠悠帀九垓〔一九〕。鲸鲵陆死骨〔二〇〕，玉石火炎灰〔二一〕。厚虑填溟壑，高愁揱斗魁〔二二〕。日轮埋欲侧，坤轴压将颓〔二三〕。岸类长蛇搅〔二四〕，陵犹巨象豗〔二五〕。水官夸杰黠〔二六〕，木气积胚胎〔二七〕。著地无由卷，连天不易推〔二八〕。龙鱼冷蛰苦〔二九〕，虎豹饿号哀。巧借奢豪便，专绳困约灾。威贪陵布被〔三〇〕，光肯离金罍〔三一〕。赏玩捐他事，歌谣放我才〔三二〕。狂教诗硉矹，兴与酒陪鰓〔三三〕。惟子能谙耳，诸人得语哉！助留风作党，劝坐火为媒。雕刻文刀利〔三四〕，搜求智网恢〔三五〕。莫烦相属和〔三六〕，传示及提孩。

〔一〕方云："松篁遭挫抑"云云，公时以柳涧事下迁，疑寄意于时宰也。樊云：或云此诗自"松篁遭挫抑"以下，专讥时相。终以意示张籍曰："惟子能谙耳，诸人得语哉！"又曰："莫烦相属和，传示及提孩。"其有所讥也审矣。按：公以柳涧事下迁，在元和初年。时宰相为郑馀庆、武元衡，与诗所讥者不类。此乃为皇甫镈、程异、王播诸人入相而作。镈、异之相，在元和十三年九月，播之相在长庆元年十月，三人皆以聚敛之臣，骤登宰执，故因咏雪以刺之。诗中所云，皆镈之罪案。然三人一体，故睹镈之已往，而深惧播之将来也。观"慢有先居后，轻多去却回"，则知其为播而发矣。馀详诗后长笺。

〔二〕坳中、垤处：庄子逍遥游篇：覆杯水于坳堂之上。诗："鹳鸣于垤。"刘贡父诗话：欧阳永叔与江邻几论此诗，以"随车翻缟带，逐马散银杯"为不工,而以"坳中初盖底,垤处遂成堆"为胜,未知得韩意否也。

〔三〕坎井:庄子秋水篇:埳井之蛙。玉篇:埳,陷也,亦与坎同。

〔四〕睥睨:释名:城上垣曰睥睨,言于其孔中睥睨非常也。

〔五〕莓苔:孙绰天台山赋:"践莓苔之滑石。"按:睥睨、莓苔、硨矶、陪𩸄,皆叠韵也。

〔六〕挼:素回切。南史王志传:志取庭树叶挼服之。按:此字在歌韵,则乃禾切,摩也。在灰韵,则素回切,击也。音异而义亦不同。旧本于读东方朔杂事及此诗,概音乃禾切,误也。

〔七〕燖鹄鹭:按:鹄、鹭,毛皆白。水经注:温水其热可以燖鸡。

〔八〕琼瑰:诗:"琼瑰玉佩。"王氏麈史:说文以琼为赤玉,比见人咏白物,多用之。韩愈雪诗"真是屑琼瑰",又"今朝踏作琼瑶迹",别有所稽耶?岂用之不审也?

〔九〕纬繣:音辉画。屈原离骚:"忽纬繣其难迁。"

〔一〇〕倾都:魏文帝曹苍舒诔:倾都荡邑,爰迄尔居。

〔一一〕娥嬉、胥怒:姮娥亦谓之素娥,故雪诗用之。"胥怒浪崔嵬",即春雪诗所谓"江浪迎涛日"也。浪崔嵬:郭璞江赋:"长波涘漻,峻湍崔嵬。"

〔一二〕碛:新唐书地理志:西州交河郡中都督,有天山军,碻石碛,银山碛。又:北庭大都护府,有瀚海军,大漠小碛,属陇右道。

〔一三〕缟带银杯:左传:与之缟带。梁简文帝七励:"酌玉斗之英丽,照银杯之轻蚁。"石林诗话:诗禁体物语,此学诗者类能言。欧阳公守汝阴,尝与客赋诗于聚星堂,举此令,往往皆阁笔。然此亦是定法,若能者,则出入纵横,何可拘碍?退之两篇,力欲去此弊。虽冥搜奇谲,亦未免有"缟带"、"银杯"之句。杜子美

539

卷十一 咏雪赠张籍

“暗度南楼月，寒生北渚云”，初不避“云”、“月”字。若“随风且开叶，带雨不成花”，则退之两篇，工殆无以逾也。按：此自是宋人论诗之语，唐贤何尝有“白战体”也。

〔一四〕挤排：史记张汤传：治淮南岳，排挤庄助。

〔一五〕岳镇盐梅：周礼夏官职方氏：正西曰雍州，其山镇曰岳山。书：若作和羹，尔惟盐梅。梁简文帝南郊颂：曲蘖王风，盐梅帝载。按：盐梅本系梅诸，此乃借用，取其花之白耳。

〔一六〕委琐：史记司马相如传：岂特委琐握龊。

〔一七〕呃喔：呃，于隔切。喔，于角切。潘岳射雉赋：“良游呃喔。”

〔一八〕三暮：史记天官书：白帝行德，毕昴为之围。围三暮，德乃成。

〔一九〕九垓：楚语：观射父曰：天子之田九畡，以食兆民。

〔二〇〕鲸鲵：左传：取其鲸鲵而封之，以为大戮。陆死：木华海赋：“鱼则横海之鲸，陆死盐田。颅骨成岳，流膏为渊。”

〔二一〕玉石：书：火炎崐冈，玉石俱焚。

〔二二〕撴斗魁：撴，音致。汉书扬雄传：撴北极之嶟嶟。应劭曰：撴，至也。史记天官书：北斗七星，魁枕参首。正义曰：魁，斗第一星也。

〔二三〕坤轴：梁简文帝大法颂：坤轴倾斜，积冰发坼。

〔二四〕长蛇：左传：吴为封豕长蛇，以荐食上国。

〔二五〕巨象蹙：南山经：祷过之山多象。木华海赋：“磊匒匌而相豗。”善曰：相豗，相击也。

〔二六〕水官：左传：蔡墨曰：五行之官是为五官，水官弃矣，故龙不生得。桀黠：史记货殖传：桀黠奴，人之所患也。

〔二七〕木气：记月令：某日立春，盛德在木。淮南天文训：甲乙寅卯，木也。壬癸亥子，水也。水生木。胚胎：胚，音丕。尔雅释诂：

胎,始也。注:胚胎,未成物之始。按:怯胚胎,言积雪凝寒,木
气无以发生也。

〔二八〕推:他回切。

〔二九〕龙鱼:韩诗外传:水渊深广,则龙鱼生之。

〔三〇〕布被:史记公孙弘传:弘位在三公,然为布被。

〔三一〕离:去声。

〔三二〕歌谣:诗:"我歌且谣。"

〔三三〕陪鳃:鳃,苏来切。潘岳射雉赋:"敷藻翰之陪鳃。"

〔三四〕文刀利:按:文心雕龙云:"笔锐干将,墨含淳酖。"盖极言文人
笔锋不可犯也。公诗云"雕刻文刀利,搜求智网恢",盖亦自诩
其形容刻入,抉摘无遗矣。

〔三五〕智网恢:老子:天网恢恢,疏而不失。

〔三六〕属和:宋玉对楚王问:国中属而和者,不过数人而已。

　　按:此为王播入相而作也。元和、长庆间,宰相之言利者,皇
甫镈、程异、王播三人入相,虽有后先,其实相为终始。方宪宗六
年,播为诸道盐铁转运使,引异自副。异先坐王叔文党贬黜,李
巽荐之,弃瑕录用。至是播令异治赋江淮,讽有土者以饶羡入
贡,经费颇赢。播又荐皇甫镈,及镈用事,更排播而进异,播出为
西川节度使,而镈与异遂同平章事。诏下之日,物情骇异,裴度、
崔群力谏不从,以致罢相。异未几而卒,镈遂引用奸邪,中伤善
类。穆宗即位,镈始败,而播遂求还,贿赂权倖,以取相位。朝政
不纲,复失河北。宪宗中兴之业,一旦隳坏。然则三人之进退,
有唐中叶兴衰治乱之关也。公不敢显言,故托之咏雪。篇首数
句,言其位望之轻,而出入后先之异。"当窗恒凛凛"以下,言其

渐有气势，而进羡馀，行贿赂，狼藉之甚也。"松篁遭挫抑"以下，言小人道长，君子道消，不惟节钺可邀，抑且台阶可跻，包藏隐慝，扰乱蒸民，刑戮横加，贤愚莫辨。祸已烈矣，然犹未已也。彼其溪壑难填，崇高莫极，必将使乾坤震动，陵谷贸迁，善气无以导迎，阴邪为之锢蔽，含生皆失其所，困约尤受其灾，而后极焉。为害至此，不可胜言矣。然其词甚刻，而其意甚显。传之人口，谁不知之？此所以戒其属和也。

韩昌黎诗集编年笺注卷十二

卷十二凡二十九首，起<u>长庆</u>二年，为兵部侍郎，奉使<u>镇州</u>，还朝转吏部侍郎，拜京兆尹兼御史大夫，改兵部侍郎、复为吏部侍郎作。<u>病中赠张十八</u>以下，四年所作。

早春与张十八博士籍游杨尚书林亭寄第三阁老兼呈白冯二阁老〔一〕

墙下春渠入禁沟，渠冰初破满渠浮。凤池近日长先暖，流到池时更不流。

〔一〕<u>方</u>云：<u>白居易</u>、<u>冯宿</u>也。第三阁老，<u>杨于陵</u>之子<u>嗣复</u>也。<u>白</u>和诗只作"<u>杨舍人</u>林池"。<u>旧唐书杨于陵</u>传：<u>于陵</u>，字<u>达夫</u>，<u>元和</u>初为岭南节度使。<u>穆宗</u>立，迁户部尚书，子四人。又<u>嗣复</u>传：<u>嗣复</u>，字<u>继之</u>，进士擢第。<u>长庆</u>元年十月，以库部郎中知制诰，正拜中书舍人。按：<u>于陵</u>子四人：<u>景复</u>、<u>嗣复</u>、<u>绍复</u>、<u>师复</u>。今曰<u>嗣复</u>，则应称第二而曰第三，非其行次，乃阁中第三厅之中书也。甄下<u>朱子</u>说甚明。亦或<u>绍复</u>行次。考<u>绍复</u>进士擢第，

亦中书舍人。白居易、冯宿见郾城晚饮诗。朱子曰：王沂公言
行录记杨大年呼沂公为第四厅舍人。疑前世遗俗自有此等称
呼。□云：阁老二字，按新唐书杨绾传：故事，中书舍人年久者
为阁老云。按：以下诸诗，长庆二年为兵部侍郎作，是年奉使
镇州，还朝转吏部侍郎。

同水部张员外曲江春游寄白二十二
舍人〔一〕

漠漠轻阴晚自开，青天白日映楼台。曲江水满花千树，有底忙
时不肯来。

〔　一　〕旧唐书张籍传：累授国子博士、水部员外郎，转水部郎中，卒，
世谓之张水部云。按：新书籍传：愈荐为国子博士，历水部员
外郎、主客郎中，终国子司业，非终于水部也。□云：白乐天集
有和篇，后世传韩、白无往来之诗，非也。

贺张十八秘书得裴司空马〔一〕

司空远寄养初成，毛色桃花眼镜明〔二〕。落日已曾交辔语，春风
还拟并鞍行。长令奴仆知饥渴，须著贤良待性情。旦夕公归
伸拜谢〔三〕，免劳骑去逐双旌〔四〕。

〔　一　〕新唐书裴度传：度为河东节度使，穆宗即位，进检校司空。朱
克融、王庭凑乱河朔，加度镇州行营招讨使，俄兼押北山诸蕃
使。元稹求执政，惮度复当国，以度守司空、平章事，东都留
守。按：籍此时已为水部员外，前诗题已称之，此称秘书犹仍

其旧耶？抑或传写有误耳。

〔二〕毛色：水经注：陆逊于襄阳石穴得马数十匹，蜀使至，识其马毛色，云其父所乘马。桃花。尔雅释畜：马黄白杂色，駓。注：今之桃花马。梁简文帝西斋行马诗："晨风白金络，桃花紫玉珂。"眼镜明：颜延之赭白马赋："双瞳夹镜。"

〔三〕公归：按：度为元稹所忌，沮败其功，又罢其兵柄。谏官交章极论，未之省，会中人使幽镇还，言军中谓度在朝，而两河诸侯忠者怀，强者畏。今居东，人人失望。帝悟，诏度，由太原朝京师，即是年春也。

〔四〕双旌：新唐书百官志：符宝郎掌国之符节，凡命将遣使皆请旌节。旌以颛赏，节以颛杀。方云：裴诗有"他日著鞭能顾我"之句，故公云尔。

奉使常山早次太原呈副使吴郎中〔一〕

朗朗闻街鼓，晨起似朝时。翻翻走驿马〔二〕，春尽是归期〔三〕。地失嘉禾处〔四〕，风存蟋蟀辞〔五〕。暮齿良多感〔六〕，无事涕垂颐。

〔一〕旧唐书穆宗纪：长庆元年七月，镇州军乱，节度使田弘正遇害，推衙将王庭凑为留后。二年二月癸亥朔甲子，诏雪王庭凑，仍令兵部侍郎韩愈往彼宣论。新唐书地理志：镇州常山郡大都督府，本恒州恒山郡，治石邑。武德四年，徙治真定。元和十五年，避穆宗更名。属河北道。又：太原府太原郡，本并州，开元十一年为府，属河东道。方云：公使镇州，吴丹以驾部郎中副行。按：以下皆使镇州作。

〔二〕朗朗、翻翻：按：马曰翻翻，似乎好奇。然广雅释训："翮翮、翻诗体隔句对，与送李员外分司东都同调。

〔三〕春尽：按：去时方二月初，此乃逆计归期也。

〔四〕嘉禾：书序：唐叔得禾，异亩同颖，献诸天子。王命唐叔归周公
于东，作归禾。汉书地理志：太原郡晋阳，故诗唐国，周成王封
弟叔虞。按：唐叔得禾又见史记鲁世家，与此略同。

〔五〕蟋蟀：诗序：蟋蟀，刺晋僖公也。此晋也，而谓之唐，本其风俗，
忧深思远，俭而用礼，乃有尧之遗风焉。

〔六〕暮齿：江总诗："暮齿逼桑榆。"

　　□云：唐子西曰：公孙弘以董仲舒相胶西，梁冀以张纲守广
陵，卢杞以颜鲁公使李希烈，李逢吉以韩愈使镇州，其用意正相
类。然考之史，公出使在二月，而逢吉三月始召为兵部尚书，六
月始代裴度为相，子西云尔，何也？抑岂逢吉憸邪，遂以公此行
为其所中欤？"君子恶居下流，天下之恶皆归焉"。此之谓也。

　　按：皇甫湜韩文公墓志铭："王庭凑反，围牛元翼于深，救兵
十万，望不敢前。诏择庭臣往谕，众慄缩，先生勇行。元稹言于
上曰：'韩愈可惜。'穆宗悔，驰诏无径入。先生曰：'止，君之仁。
死，臣之义。'遂至贼营，麾其众责之。贼惶汗伏地，乃出元翼。
春秋美臧孙辰告籴于齐，以为急病。校其难易，孰为宜褒？呜
呼！先生真所谓古大臣者耶！"据此则此行出于公之本意，不必
以论逢吉也。

夕次寿阳驿题吴郎中诗后〔一〕

风光欲动别长安，春半边城特地寒。不见园花兼巷柳，马头惟

有月团团[二]。

〔一〕新唐书地理志：太原府太原郡寿阳，畿，本受阳。武德六年徙
　　　受州来治，又以辽州之石艾、乐平隶之。贞观八年，州废，县皆
　　　来属。十一年，更名。

〔二〕团团：谢朓诗："泱泱日照溪，团团云去岭。"

条山苍[一]

条山苍，河水黄。浪波沄沄去[二]，松柏在山冈。

〔一〕欧本注云：中条山在黄河之曲，今蒲中也。新唐书地理志：绛
　　　州闻喜县，引中条山水于南城下，西流经六十里，溉涑阴田，属
　　　河东道。

〔二〕浪波：一作"波浪"。沄沄：尔雅释言：沄，沉也。王逸九思："窥
　　　见兮溪涧，流水兮沄沄。"按：此首疑有脱文，作诗之指归安在
　　　耶？大抵一诗之起。

奉使镇州行次承天行营奉酬裴司空[一]

窜逐三年海上归[二]，逢公复此著征衣。旋吟佳句还鞭马，恨不
身先去鸟飞。

〔一〕按：度是时为镇州行营招讨使，故公就行营见之。

〔二〕三年：按：公以元和十四年正月贬潮州。是年四月，度罢相为
　　　河东节度，至此三年矣。公还朝以来未尝见度也。

镇州路上谨酬裴司空相公重见寄

衔命山东抚乱师，日驰三百自嫌迟。风霜满面无人识，何处如今更有诗？

镇州初归

别来杨柳街头树，摆弄春风只欲飞。还有小园桃李在，留花不发待郎归。

□云：唐语林云：退之二侍妾名柳枝、绛桃。初使王庭凑，至寿阳驿，绝句云云。邵氏闻见录：孙子阳为余言：近时寿阳驿发地得二诗石。唐人跋云：退之有倩桃、风柳二妓，归途闻风柳已去，故云云。后张籍祭退之诗云"乃出二侍女"，非此二人耶！

　　蒋云：唐语林云云，其说甚不足信。退之固是伟人，岂独殷殷于婢妾？假使思之，亦何必切名致意若此？况所云"发地得石"，则当时必韩自立，他人岂便以去妾为言？诗意不过感慨故园景色，如东山诗"有敦瓜苦，烝在栗薪。自我不见，于今三年"同旨。其说宜不攻而自破也。

　　按：蒋持论甚是，诗语不过言去时风光未动，还时桃李犹存，以见其使事毕而来归疾也。

送桂州严大夫 自注：同用南字。原注：严，谟也。〔一〕

苍苍森八桂〔二〕，兹地在湘南。江作青罗带〔三〕，山如碧玉簪〔四〕。户多输翠羽，家自种黄甘〔五〕。远胜登仙去，飞鸾不假骖。

〔 一 〕新唐书地理志:桂州始安郡中都督府,属岭南道。旧唐书穆宗
纪:长庆二年四月丁亥,以秘书监严謩为桂管观察使。按:以
下诸诗自镇州归后,至九月拜吏部侍郎时作。

〔 二 〕八桂:海内南经:桂林八树在番禺东。注:八树而成林,言其
大也。

〔 三 〕青罗带:史记高祖功臣侯年表:使长河如带。淮南泰族训:视
天都若盖,江河若带。诗话:退之诗:"江作青罗带。"子厚诗:
"海上群山似剑铓。"子瞻为之对曰:"系湁岂无罗带水,割愁还
有剑铓山。"

〔 四 〕碧玉篸:篸,祖含切,与"簪"同。梁元帝赋:"麾灵琚之左转,光
玑簪而右篸。"刘孝威诗:"玉篸久落鬓。"

〔 五 〕翠羽、黄甘:汉书南粤传:尉佗因使者献翠鸟千,生翠四十双。
新唐书地理志:岭南道,厥贡金银孔翠犀象彩藤竹布。司马相
如上林赋:"黄柑橙楱。"南方草木状:柑乃橘之属,滋味甘美特
异者也。有黄者,有赪者,赪者谓之壶柑。

郓州溪堂诗〔一〕

帝奠九壤〔二〕,有叶有年〔三〕。有荒不条〔四〕,河岱之间〔五〕。及我
宪考,一收正之。视邦选侯,以公来尸。公来尸之〔六〕,人始未
信。公不饮食〔七〕,以训以徇。孰饥无食,孰呻孰叹?孰冤不
问,不得分愿〔八〕?孰为邦蟊〔九〕,节根之螟〔一〇〕?羊狼狼
贪〔一一〕,以口覆城〔一二〕。吹之煦之,摩手拊之〔一三〕。箴之石
之〔一四〕,膊而磔之〔一五〕。凡公四封,既富以强。谓公我父,孰违
公令〔一六〕?可以师征〔一七〕,不宁守邦〔一八〕。公作溪堂,播播流

水〔一九〕。浅有蒲莲，深有葭苇。公以宾燕，其鼓骇骇〔二〇〕。公燕溪堂，宾校醉饱。流有跳鱼〔二一〕，岸有集鸟。既歌以舞，其鼓考考〔二二〕。公在溪堂，公御琴瑟。公暨宾赞〔二三〕，稽经诹律〔二四〕。施用不差，人用不屈〔二五〕。溪有萍苆〔二六〕，有龟有鱼。公在中流，右诗左书〔二七〕。无我斁遗〔二八〕，此邦是庥〔二九〕。

〔一〕公序云："上之三年"，公为政于郓曹濮也。适四年矣。治成制定，众志大固。天子以公为尚书右仆射，封扶风县开国伯以褒嘉之。公亦乐众之和，知人之悦，而侈上之赐也。为堂于其居之西北隅，号曰溪堂。以飨士大夫，通上下之志。其从事陈曾谓：喑无诗歌，是不考公德，而接邦人于道也。乃使来请，其词云云。按："上之三年"，穆宗长庆二年也。总即以是年十二月召入为户部尚书。

〔二〕九壦：壦同廛。江淹诗："履籍鉴都壦。"玉篇：壦同廛。□云：九壦，九州也。

〔三〕叶年：按：唐有天下，至穆宗十一世十二帝，二百馀年矣。

〔四〕不条：按：广韵："条，贯也，教也。"不条，言不奉诏条也。

〔五〕河岱：按：郓属淄青，当云海岱。然公祭马总文亦有"岱定河安惟公之趩"句。孙云：河岱，兖郓之境也。

〔六〕尸之：诗："谁其尸之？"

〔七〕不饮食：按：犹书无逸篇言"自朝至于日中昃，不遑暇食"也。

〔八〕分：去声。

〔九〕邦孟：诗："天降罪罟，蟊贼内讧。"

〔一〇〕节根：尔雅释虫：食苗心，螟；食叶，蟘；食节，贼；食根，蟊。注：分别虫啖食禾所在之名耳。

韩愈诗集编年笺注

〔一一〕羊狠狼贪：史记项羽纪：宋义下令军中曰：猛如虎，狠如羊，贪如狼，强不可使者，皆斩之。

〔一二〕覆城：按：新唐书李师道传："亡命少年为师道计，烧河阴敖库，募壮士劫洛阳宫阙，以解蔡围。又说李师道为袁盎事，杀武元衡，伤裴度，断建陵门戟。及李光颜破凌云栅，始大惧，遣使归顺，而又负约，私奴婢媪争言先司徒土地，奈何一旦割之，遂抗命，致诸君进讨，传首京师。"皆所谓"以口覆城"者也。

〔一三〕吹煦、摩、拊：王褒圣主得贤臣颂："呴嘘呼吸得乔松。"按：吹煦，以气温之也。拊摩，以手循之也。皆喻恩泽。此承"孰饥无食"四句。

〔一四〕箴：古针字，俗作针。

〔一五〕脯磔：左传：杀而脯诸城上。注：脯，磔也。按：箴石以治之，脯磔以刑之，此承"邦盩"四句言，分别罪之重轻以为威令也。

〔一六〕令：平声叶。

〔一七〕师征：石本作"帅征"，朱子曰：平淮西碑云："屡兴师征。"作"师"为是。

〔一八〕邦：叶。

〔一九〕播播：按：盖流动之貌。

〔二○〕骇骇：骇，上声叶。榖梁传：既戒鼓而骇众。方云：此诗十一章以令叶强，以骇叶水，皆古音也。淮南缪称训："勿惊勿骇，万物将自理；勿挠勿撄，万物将自清。"骇，古音自与理叶也。

〔二一〕跳：音条。

〔二二〕考考：诗："子有钟鼓，弗鼓弗考。"

〔二三〕宾赞：按：赞，助也，犹言宾僚也。

〔二四〕稽诹：记儒行：今人与居，古人与稽。诗："周爱咨诹。"

〔二五〕不屈：贾谊治安策：然而天下不屈者殆未有也。

〔二六〕蕢芐：说文：蕢，大莽也。芐，雕芐，一名蒋。

〔二七〕右诗左书：梁元帝玄览赋："聊右书而左琴，且继踵于华阴。"

〔二八〕致遗：致，徒故切，又音亦。按：犹言厌弃也。

〔二九〕庥：叶。尔雅释诂：庇、庥，荫也。注：今俗语呼树荫为庥。

　　□云：长安薛氏有皇甫湜手帖云："郓塘特高古风，敢树降旗。而作者之下何人能及矣。崔侍御前日称叹终席，满座不觉继烛。我唐有国，退之文宗一人，不任钦慰之极。湜上侍郎宗伯。"郓塘，正谓此郓州溪堂也。曰宗伯者，文章宗伯也。

　　珊瑚钩诗话：退之南山诗类杜甫之北征，进学解同于子云之解嘲，郓州溪堂诗依于国风，平淮西之文近于小雅。

奉和仆射裴相公感恩言志〔一〕

文武成功后，居为百辟师。林园穷胜事，钟鼓乐清时。摆落遗高论〔二〕，雕镌出小诗〔三〕。自然无不可〔四〕，范蠡尔其谁〔五〕？

〔一〕新唐书裴度传：是时，徐州王智兴逐崔群，诸军盘互河北，进退未一。议者交口请相度，乃以守司徒、淮南节度使兼中书侍郎、平章事。权佞侧目，谓李逢吉险贼善谋，可以构度，讽帝自襄阳召还，拜兵部尚书。度居位，再阅月，果为逢吉所间，罢为左仆射。按：宰相表：度以三月戊午相，六月甲子罢，是日李逢吉遂同平章事。

〔二〕摆落：陶潜诗："摆落悠悠谈，请从余所之。"

〔三〕雕镌：庾信枯树赋："雕镌始就，剞劂仍加。"

〔 四 〕自然：庄子应帝王篇：顺物自然而无容心焉。

〔 五 〕范蠡：史记越世家：范蠡事越王，既苦身戮力，与句践深谋二十馀年，竟灭吴，报会稽之耻。句践以霸，而范蠡称上将军。以为大名之下，难以久居，乃装其轻宝珠玉，乘舟浮海以行，终不返。按：诗话："庆历中，西师未解，晏元献为枢密使。会大雪，置酒于西园。欧阳永叔赋诗云：'须怜铁甲冷彻骨，四十馀万屯边兵。'晏曰：昔韩愈亦能作言语，赴裴度会，但云：'林园穷胜事，钟鼓乐清时。'不曾如此作闹。"余见二者各有所当，晏语未可为定论。盖晏殊方秉枢，裴度已罢相，错置则两失，易地则皆然。

和仆射相公朝回见寄

尽瘁年将久〔一〕，公今始暂闲。事随忧共减，诗与酒俱还。放意机衡外〔二〕，收身矢石间〔三〕。秋台风日迥，正好看前山〔四〕。

〔 一 〕尽瘁：诗："或燕燕居息，或尽瘁事国。"

〔 二 〕机衡：书：在璇玑玉衡，以齐七政。

〔 三 〕矢石：左传：荀偃、士匄攻偪阳，亲受矢石。

〔 四 〕前山：庚溪诗话：退之和裴晋公诗云："秋台风日迥，正好看前山。"东坡和陶诗云："前山正可数，后骑且莫驱。"此语虽不同，而寄情物外夷旷优游之意则同也。

和裴仆射相公假山十一韵

公乎真爱山，看山旦连夕。犹嫌山在眼，不得著脚历。枉语山中人，丐我涧侧石。有来应公须，归必载金帛。当轩乍骈罗，随势忽开坼。有洞若神剜,有岩类天划〔一〕。终朝岩洞间,歌鼓燕宾戚〔二〕。孰谓衡霍期〔三〕,近在王侯宅〔四〕。傅氏筑已卑〔五〕,磻溪钓何激〔六〕?逍遥功德下,不与事相摭。乐我盛明朝,于焉傲今昔。

〔 一 〕神剜、天划:按:言其制作之奇,若神功鬼斧也。

〔 二 〕歌鼓:尔雅释乐:徒歌谓之谣,徒击鼓谓之咢。

〔 三 〕衡霍期:谢灵运诗:"游当罗浮行,息必庐霍期。"

〔 四 〕王侯宅:古诗十九首:"王侯多第宅。"

〔 五 〕傅氏筑:书:说筑傅岩之野,惟肖。

〔 六 〕磻溪钓:阮籍劝晋王笺:吕尚,磻溪之渔者,一朝指麾,乃封营丘。水经注:磻溪中有泉,即太公钓处。今谓之凡谷泉。南隅有石室,盖太公所居。水次盘石钓处,即太公垂钓之所。其投竿跪饵两膝,遗迹犹存,是磻溪之称也。

奉和李相公题萧家林亭 原注:逢吉。〔一〕

山公自是林园主〔二〕,叹惜前贤造作时。岩洞幽深门尽锁,不因丞相几人知?

〔 一 〕樊云:萧氏在唐最盛,瑀、嵩、华、复、俛、置、仿、遘,凡八叶宰相。嵩第在城南永乐坊,见长安志。馀无所见。

〔 二 〕山公:水经注:襄阳湖水入侍中襄阳侯习郁鱼池,都依范蠡养鱼法,作大陂,限以高堤,楸竹夹植,莲芡覆水,是游晏之名处也。山季伦之镇襄阳,每临此池,未尝不大醉而还。恒言此是我高阳池。故时人为之歌曰:"山公出何去,往至高阳池。日暮倒载归,酩酊无所知。"

按:语意乃讽李逢吉也。萧氏以八叶宰相,而林亭今亦冷落。逢吉之倾人贪位者何为耶? 若与和裴度女几山绝句"暂携诸吏上峥嵘"一例看,则非。

早春呈水部张十八员外二首〔一〕

天街小雨润如酥〔二〕,草色遥看近却无。最是一年春好处,绝胜花柳满皇都〔三〕。
莫道官忙身老大,即无年少逐春心。凭君先到江头看,柳色如今深未深。

〔 一 〕按:"官忙身老大",应是为吏部侍郎时。以下诸诗长庆三
　　　　年作。
〔 二 〕酥:玉篇:酥,酪也。
〔 三 〕花:一作"烟"。

和水部张员外宣政衙赐百官樱桃诗〔一〕

汉家旧种明光殿〔二〕,炎帝还书本草经〔三〕。岂似满朝承雨露,共看传赐出青冥。香随翠笼擎初到〔四〕,色映银盘写未停〔五〕。食罢自知无所报,空然惭汗仰皇扃。

〔 一 〕旧唐书地理志:京师东内正门曰丹凤,正殿曰含元,含元之后
　　　　曰宣政。宣政左右有中书、门下二省。高宗以后天子常居东
　　　　内。唐李绰岁时纪:四月一日,内园荐樱桃寝庙。荐讫,班赐

各有差。

〔二〕明光殿：三辅黄图：明光宫，武帝太初四年秋起，在长乐宫后。
洛阳宫殿簿：汉有明光殿。

〔三〕本草经：神农本草：樱桃味甘益脾胃。

〔四〕翠笼：笼，去声。王云：竹笼。

〔五〕银盘：按："银盘"疑作"瑛盘"。东观汉记："明帝宴群臣大官，
进樱桃，以赤瑛盘赐群臣。月下视之，盘与樱桃同色。群臣皆
笑云：'是空盘。'"今云"银盘"或纪当时实事，又取红白相映之
意。写：记曲礼：御食于君，君赐馀器之溉者不写，其馀皆写。
注：谓传之器中。

潜溪诗眼：老杜樱桃诗云："西蜀樱桃也自红，野人相送满筠
笼。数回细写愁仍破，万颗匀圆讶许同。"直书目前所见，平易委
曲，得人心所同然。至于"忆昨赐沾门下省，退朝擎出大明宫。
金盘玉筯无消息，此日尝新任转蓬。"其感兴皆出于自然，故终篇
遒丽。韩退之诗盖学老杜，然搜求事迹，排比对偶，其言出于勉
强，所以相去甚远。然若非老杜在前，人亦安敢轻议。

送郑尚书赴南海〔一〕

556

番禺军府盛〔二〕，欲说暂停杯。盖海旌幢出，连天观阁开。衙时
龙户集〔三〕，上日马人来〔四〕。风静鵁鶄去〔五〕，官廉蚌蛤回〔六〕。
货通师子国〔七〕，乐奏武王台〔八〕。事事皆殊异，无嫌屈大才〔九〕。

〔一〕公送郑尚书序云：岭之南，其州七十，其二十二隶岭南节度府。
长庆三年四月，以工部尚书郑公为刑部尚书兼御史大夫，往践

其任。将行，公卿大夫士咸相率为诗，韵必以来字者，祝公成
政而来归疾也。新唐书郑权传：权，汴州开封人。擢进士第。
穆宗立，迁工部尚书，用度豪侈，乃结权倖求镇守，于是检校尚
书左仆射、岭南节度使，多衰赉珍，使吏输送。凡帝左右助力
者，皆有纳焉。

〔二〕番禺：音潘愚。史记南越传：番禺负山险，阻南海，东西数千
里，此亦一州之主也。汉书地理志：粤地，今之苍梧、郁林、合
浦、交趾、九真、南海、日南，皆越分，番禺其一都会也。南越
志：番禺县有番、禺二山，因以为名。新唐书地理志：广州南海
郡中都督府，有府二，曰绥南、番禺。

〔三〕龙户：韩云：南部新书：有龙户，见水色则知有龙，或引出，但鳅
鱼而已。□云：龙户，采珠户也。南海亦谓之蜑户。

〔四〕马人：新唐书南蛮传：环王，本林邑也。直交州南，海行三千
里，其南大浦，有五铜柱，汉马援所植也。又有西屠夷，盖援
还，留不去者，才十户。隋末孳衍至三百，皆姓马。俗以其寓，
故号"马留人"，与林邑分唐南境。

〔五〕鶂鹢去：鲁语：海鸟曰爰居，止于鲁东门之外。展禽曰：今兹海
其有灾乎？夫广川之鸟兽，恒知而避其灾也。是岁也，海多
大风。

〔六〕蚌蛤回：后汉书孟尝传：尝迁合浦太守，郡不产谷食，而海出珠
宝。与交趾北境。先时宰守并多贪秽，诡人采求，不知纪极，
珠遂渐徙于交趾郡界。尝到郡，曾未逾岁，去珠复还。

〔七〕师子国：南史海南诸国传：师子国，天竺旁国也。其国旧无人，
止有鬼神及龙居之。诸国商贾来共市易，鬼神不见其形，但出
珍宝，显其所堪价，商人依价取之。诸国人闻此土乐，因此竞

至，或有住者，遂成大国。**新唐书西域传**：师子居西南海中，延
袤二千馀里，有**稜伽山**，多奇宝。以宝置洲上，商舶偿直辄取
去。能驯养师子，因以名国。**国史补**：**南海舶**，外国舶也。每
岁至**安南**、**广州**，师子国舶最大，梯而上下数丈，皆积宝货。至
则本道奏报，郡邑为之喧闻。

〔八〕武王台：**史记南越传**：**尉佗**自立为**南越武王**。**水经注**：高帝定
天下，使陆贾就立**赵佗**为**赵王**，剖符通使。**佗**因冈作台，北面
朝汉，圆基千步，直峭百丈，顶上三亩，复道回环，逶迤曲折。
朔望升拜，名曰**朝台**。前后剌史郡守，迁除新至，未尝不乘车
升履，于焉逍遥。在州城东北三十里。**蒋**云：在今**广州府**城内
越秀山。

〔九〕大才：**世说**：太傅府有三才，**刘庆孙**长才，**潘阳仲**大才，**裴景升**
清才。

嘲鲁连子〔一〕

鲁连细而黠〔二〕，有似黄鹞子〔三〕。**田巴**兀老苍〔四〕，怜汝矜爪觜。
开端要惊人〔五〕，雄跨吾厌矣。高拱禅鸿声，若辍一杯水〔六〕。
独称**唐虞**贤〔七〕，顾未知之耳。

〔一〕**史记鲁仲连传**：**鲁仲连**者，**齐**人也。好奇伟俶傥之画策。**韩**
云：**鲁连**，**太史**亦有取焉。公嘲之之意，不悉其安在？意必有
所讽于当时，后世有不得而窥者。按：**读东方朔杂事**、**嘲鲁连
子**非讥弄古人，皆有所为而作。此诗讥争名相轧者，而云"雄
跨吾厌矣"、"高拱禅鸿声"，有不屑与争之意，大抵为**京兆尹**与
李绅争台参时作。**香山**诗中称绅为"**短李**"，此诗"细而"注又

作"儿"，亦与"短李"合。考汉人史游急就章有"细儿"字。

〔二〕鲁连：鲁连子：齐之辩士田巴辩于徂丘，议于稷下，一日而服十人。有徐劫者，其弟子也。鲁连谓劫曰："臣愿得当田子，使之必不复谈，可乎？"徐劫言之巴。鲁连得见曰："今楚军南阳，赵伐高唐，燕人十万在聊，国亡在旦夕。先生将奈何？"田巴曰："无奈何！"鲁连曰："危不能为安，亡不能为存，无贵士矣。如先生之言有似枭鸣出声，人皆恶之。愿先生弗复谈也。"田巴曰："谨受教。"于是杜口为业，终身不谈也。　而：方作"儿"。

〔三〕黄鹉子：古乐府企由谷歌："郎非黄鹉子，那得云中雀？"

〔四〕老苍：陆机叹逝诗："鸦发老成苍。"按：争台参时公年五十六矣，故以田巴老苍自比。

〔五〕开端：汉书淮阳王传：既开端绪，愿卒成之。惊卜：史记滑稽传：此鸟不鸣则已，一鸣惊人。

〔六〕辍：一作"啜"。一杯水：按：言淡而无味，辍之不足惜也。"辍"字为切，不当作"啜"。

〔七〕唐虞：按虞书："稷契夔龙，师师相让。"引此以明不屑与争之意。

和侯协律咏笋 原注：侯喜。

竹亭人不到，新笋满前轩。乍出真堪赏，初多未觉烦。成行齐婢仆〔一〕，环立比儿孙〔二〕。验长常携尺，愁干屡侧盆。对吟忘膳饮，偶坐变朝昏。滞雨膏腴湿〔三〕，骄阳气候温。得时方张王〔四〕，挟势欲腾骞〔五〕。见角牛羊没，看皮虎豹存。攒生犹有隙，散布忽无垠。讵可持筹算，谁能以理言？纵横公占地〔六〕，罗列暗连根。狂剧时穿壁,群强几触藩〔七〕。深潜如避逐,远去若追奔。始讶妨人路〔八〕,还惊入药园〔九〕。萌牙防寖大,覆载莫偏恩。已复侵危砌,非徒出短垣。身宁虞瓦砾,计拟掩兰荪〔一〇〕。且叹高无数,庸知上几番?短长终不校,先后竟谁论?外恨苞藏密〔一一〕,中仍节目繁〔一二〕。暂须回步履,要取助盘飧〔一三〕。穰穰疑翻地,森森竞塞门。戈矛头戢戢,蛇虺首掀掀。妇懦资料拣〔一四〕,儿痴谒尽髡。侯生来慰我,诗句读惊魂。属和才将竭,呻吟至日暾〔一五〕。

〔 一 〕成行:古乐府艳歌何尝行:"十五五,罗列成行。"

〔 二 〕比儿孙:杜甫诗:"诸峰罗列似儿孙。"

〔 三 〕膏腴:贾谊治安策:割膏腴之地。

〔 四 〕张王:王,并去声。方云:庄子所谓"王长其间"是也。并去声读。公与刘梦得蒲萄诗皆用"张王"字。

〔 五 〕腾骞:容斋五笔:骞、骞二字音义训释不同,以字书正之。骞,去乾切。注云:"马腹絷,又亏也。"今列于礼部韵略下平声二仙中。骞,虚言切。注云:"飞貌。"今列于上平声二十二元中。文人相承,以骞腾之骞为轩昂掀举之义,非也。其字之下从马,马岂能掀举哉?其下从鸟,则于掀飞之训为得。东坡、山谷亦皆押骞字入元字。唯韩公和侯协律咏笋诗"得时方张王,挟势欲腾骞"乃为得之。此固小学琐琐,尤可以见公之不苟于下笔也。

〔 六 〕占:去声。

〔 七 〕触藩:易:羝羊触藩,羸其角。

〔 八 〕妨人路:列女传:樊姬曰:虞丘相楚十馀年,蔽君而妨贤路。

〔 九 〕入药园:案:药园,芍药圃也。

〔一〇〕兰荪：**沈约诗**："今守馥兰荪。"

〔一一〕苞藏：**宋书颜竣传**：**庾徽之奏**曰：怀挟奸数，苞藏隐慝。

〔一二〕节目：**记学记**：先其易者，后其节目。

〔一三〕盘飧：**方云**：盘飧置璧，本**左氏**语。

〔一四〕料拣：料，音聊。**方云**：料，量也。**张湛列子序**：且共料简世所希有者。

〔一五〕日暾：**方云**：**楚辞九叹**："日暾暾其西舍。"亦可以日入言也。

　　按：此与**李绅**争台参罢官时作。**贞元**十八年，**权德舆**知贡举，公荐士于**陆祠部**，称**李绅**文行出群，则绅早年本受知于公，故曰"乍出真堪赏"也。"得时方张王"以下，谓其初为御史中丞，已咄咄逼人也。"纵横公占地"，谓其肆行。"罗列暗连根"，谓其树党也。"身宁虞瓦砾"，谓堕逢吉之术而不知。"计拟掩兰荪"，谓遂欲驾乎公之上也。"短长终不较，先后竟谁论"，谓朝廷不论曲直而两罢之也。玩"侯生来慰我"句，可知是慰失官，不然，咏笋无所谓慰。

枯树〔一〕

老树无枝叶，风霜不复侵。腹穿人可过，皮剥蚁还寻〔二〕。寄托惟朝菌〔三〕，依投绝暮禽〔四〕。犹堪持改火〔五〕，未肯但空心〔六〕。

〔一〕按：此诗亦当是争台参时作。

〔二〕皮剥：按：此喻小人乘其隙而中之也。

〔三〕朝菌：**庄子**：朝菌不知晦朔。

〔四〕依投：**古乐府石城乐**："城中诸少年，出入见依投。"

〔五〕改火：樊云：论语：钻燧改火。马融曰：周书月令有改火之文。春取榆柳之火，夏取枣杏之火，季夏取桑柘之火，秋取柞楢之火，冬取槐檀之火，一年之中钻火各异木，故曰改火也。

〔六〕空心：庾信枯树赋："火入空心，膏流断节。"

送诸葛觉往随州读书原注：李繁时为随州刺史。〔一〕

邺侯家多书〔二〕，插架三万轴。一一悬牙签〔三〕，新若手未触〔四〕。为人强记览〔五〕，过眼不再读。伟哉群圣文，磊落载其腹〔六〕。行年馀五十，出守数已六〔七〕。京邑有旧庐〔八〕，不容久食宿。台阁多官员，无地寄一足。我虽官在朝，气势日局缩。屡为丞相言，虽恳不见录。送行过浐水，东望不转目。今子从之游，学问得所欲。入海观龙鱼〔九〕，矫翮逐黄鹄〔一〇〕。勉为新诗章，月寄三四幅。

〔一〕旧唐书李泌传：泌，字长源，贞元三年拜中书侍郎、同中书门下平章事。子繁，少聪警，有才名，无行义。积年委弃，后为太常博士、太常卿。权德舆奏斥之，除河南府士曹参军。泌之故人为宰相，左右援拯，后得累居郡守，而力学不倦。罢随州刺史，归京师，久不承恩，敬宗诞日，诏入殿中抗浮图道士讲论。除大理少卿，出为亳州刺史，以滥杀无辜赐死。时人冤之。按：繁为随州，年月无所考。然元和十五年，公为国子祭酒时，曾为处州刺史李繁作孔子庙碑。是诗云"出守数已六"，应又在处州之后。史第云"累居郡守"，盖略之也。繁罢随州之后，即接敬宗之事，其为随州，大抵在穆宗时。又云"我虽官在朝，气势日局缩"，疑自京兆尹罢为兵部侍郎作。

〔二〕邺侯：按：泌封邺侯，而公孔子庙碑云："处州刺史邺侯李繁。"
　　　盖或繁袭封也。

〔三〕牙签：唐六典：集贤所写书有四部。旧唐书经籍志：甲为经，乙
　　　为史，丙为子，丁为集，分四库，经库钿白牙轴红牙签，史库钿
　　　青牙轴绿牙签，子库雕紫檀轴碧牙签，集库绿牙轴白牙签，已
　　　为分别。

〔四〕手未触：庄子：手之所触。按：此非美其书之新，正言其性之
　　　敏，不俟再读耳。

〔五〕强记览：记曲礼：博闻强识而让。

〔六〕磊落：崔瑗张平子碑：磊落焕炳，与神合契。

〔七〕出守：颜延之诗："一麾乃出守。"

〔八〕京邑：新唐书李泌传：泌，魏柱国弼六世孙，徙居京兆。旧庐：
　　　汉书疏广传：吾自有旧田庐。

〔九〕龙鱼：海外西经：龙鱼陵居，状如狸，神圣乘此以行九野。

〔一〇〕矫翮：吴越春秋乌鸢歌："矫翮兮云间，任厥性兮往还。"黄鹄：
　　　屈原卜居："宁与黄鹄比翼乎？将与鸡鹜争食乎？"

病中赠张十八〔一〕

中虚得暴下〔二〕，避冷卧北窗〔三〕。不踢晓鼓朝〔四〕，安眠听逢
逢〔五〕。籍也处闾里，抱能未施邦。文章自娱戏，金石日击
撞〔六〕。龙文百斛鼎〔七〕，笔力可独扛〔八〕。谈舌久不掉〔九〕，非君
亮谁双？扶几导之言，曲节初摐摐〔一〇〕。半涂喜开凿，派别失
大江。吾欲盈其气，不令见麾幢。牛羊满田野〔一一〕，解旆束空
杠。倾樽与斟酌，四壁堆罂缸。玄帷隔雪风，照炉钉明釭〔一二〕。

563

夜阑纵捭阖[一三]，哆口疏眉厖[一四]。势侔高阳翁[一五]，坐约齐横降[一六]。连日挟所有，形躯顿膍胵[一七]。将归乃徐谓，子言得无唬[一八]。回军与角逐，斫树收穷庬[一九]。雌声吐款要[二〇]，酒壶缀羊腔[二一]。君乃昆仑渠[二二]，籍乃岭头泷。譬如蚁垤微，讵可陵峮嵭[二三]。幸愿终赐之，斩拔栀与桩。从此识归处[二四]，东流水淙淙[二五]。

〔 一 〕按：以下长庆四年为吏部侍郎，以病在告作。

〔 二 〕中虚：史记仓公传：病者即泄注，腹中虚。

〔 三 〕卧北窗：陶潜与子俨等疏：尝言五六月中，北窗下卧，遇凉风暂至，自谓羲皇上人。

〔 四 〕蹋鼓：顾嗣立曰：魏志杨阜传：曹洪置酒大会，令女倡著罗縠之衣蹋鼓。按：魏志"蹋鼓"当与此不同，此乃乘晓鼓而入朝，如蹋月蹋星之类耳。

〔 五 〕逄逄：逄，音庞。诗："鼍鼓逄逄。"

〔 六 〕金石：世说："君试掷地，应作金石声。"

〔 七 〕龙文鼎：班固宝鼎诗："焕其炳兮被龙文。"

〔 八 〕独扛：史记项羽纪：力能扛鼎。

〔 九 〕舌掉：汉书蒯通传：郦生掉三寸舌，下齐七十馀城。

〔一〇〕摐摐：音窗。司马相如子虚赋："摐金鼓。"

〔一一〕牛羊满野：汉书匈奴传：汉使人阳为卖马邑地以诱单于。单于乃以十万骑入武州塞，未至马邑城百馀里，见畜布野而无人牧者，怪之，乃引兵还。

〔一二〕钉：音定，又音订。明钉：钉，音江。按：旧注引汉书外戚传"壁带往往为黄金钉"。

〔一三〕捭阖：捭，音摆。鬼谷子捭阖篇：捭之者，料其情也。阖之者，结其识也。

〔一四〕哆口：哆，昌者切。诗："哆兮侈兮。"疏眉厐：汉书刘宠传：有五六老叟，厐眉皓发。王云：厐，多毛貌。

〔一五〕高阳翁：史记郦食其传：郦生食其者，高阳人也。

〔一六〕约降：史记田儋传：田横定齐三年，汉王使郦生往说下齐王广及其相国横，横以为然，解其历下军。

〔一七〕胮肛：胮，匹江切。肛，许江切。广韵释诂：胮肛，肿也。

〔一八〕哤：音厐。齐语：四民杂处，则其言哤。

〔一九〕斫树：史记孙武传：魏将庞涓去韩而归，孙子度其行，暮当至马陵。乃斫大树，白而书之，曰："庞涓死此树下。"涓夜至，读书未毕，万弩俱发，乃自刭。

〔二〇〕雌声：世说：桓温得刘琨妓，曰："公甚似刘司空。"温大悦，询之。婢云："声甚似，恨雌。"

〔二一〕羊腔：顾嗣立曰：左传："楚子克郑，郑伯肉袒牵羊以迎。"公意用此。按：玉篇："腔，羊腔。"开河记："麻叔谋每食，杀羊羔，同杏酪、五味蒸之，置其腔盘中，自以手脔劈而食之。"此"羊腔"字之所出也。

〔二二〕昆仑渠：尔雅释水：河出昆仑墟，色白，所渠并千七百一川，色黄。

〔二三〕崆峣：崆，苦江切。峣，五江切。张衡南都赋："其山则崆峣嶵嵑。"

〔二四〕识归处：韩云：籍即为公所败，乃自以为领头之泷不足以方昆仑之渠，蚁垤之微不足以陵崆峣之山。顾终受教于公，而公于是导其所归也。

〔二五〕水淙淙：淙，土江切。郭璞江赋："出信阳而长迈，淙大壑与沃焦。"广韵：淙水，流貌。

按：管辂别传："诸葛原迁新兴太守，辂往饯之，大有高谈之客。原先与辂共论，辂遂开张战地，示以不同，藏匿孤虚，以待来攻。原军师摧衄，自言睹卿旌旗，城池已坏也。其欲战之士，于此鸣鼓角，举云梯，弓弩大起，牙旗雨集，然后登城曜威，开门受敌。言者收声，莫不心服，皆欲面缚衔璧，求束手于军鼓之下。"诗意实本于此。然公以师道自任，而谈谐求胜于门下士，殊不得其意所在。得毋张籍以公好游戏博塞，尝有书规箴，公性倔强，有所不受耶？石鼎联句以轩辕弥明自寓，而求胜于刘、侯二子，亦可为此诗证也。

与张十八同效阮步兵一日复一夕〔一〕

一日复一日，一朝复一朝。祇见有不如，不见有所超。食作前日味，事作前日调。不知久不死，悯悯尚谁要〔二〕？富贵自絷拘，贫贱亦煎焦。俯仰未得所，一世已解镳〔三〕。譬如笼中鹤，六翮无所摇〔四〕。譬如兔得蹄〔五〕，安用东西跳〔六〕？还看古人书，复举前人瓢。未知所究竟，且作新诗谣。

〔一〕晋书阮籍传：籍，字嗣宗，陈留尉氏人，为步兵校尉。能属文，作咏怀诗八十馀篇。方云：阮嗣宗咏怀诗近百篇，其一六韵曰："一日复一夕，一夕复一朝。颜色改平常，精神自损消。"其一七韵曰："一日复一朝，一昏复一晨。容色改平常，精魂自飘沦。"公诗效其体，而又绎之曰："一日复一日，一朝复一朝。"然

其题实自效"一日复一夕"始也。按：此自病中满百日假时所
作。张籍所作，其集中不载。

〔二〕要：平声。

〔三〕解镳：按：犹言脱去辔衔也。

〔四〕六翮：楚国策：奋其六翮而凌清风。

〔五〕兔得蹄：庄子外物篇：筌者，所以在鱼，得鱼而忘筌。蹄者所以
在兔，得兔而忘蹄。

〔六〕东西跳：庄子逍遥游篇：东西跳梁，不避高下。

南溪始泛三首〔一〕

榜舟南山下〔二〕，上上不得返〔三〕。幽事随去多，孰能量近远？
阴沈过连树，昂藏抵横坂。石粗肆磨砺，波恶厌牵挽。或倚偏
岸渔，竟就平洲饭。点点暮雨飘，梢梢新月偃〔四〕。馀年懔无
几，休日怆已晚〔五〕。自是病使然，非由取高蹇〔六〕。
南溪亦清驶〔七〕，而无楫与舟。山农惊见之，随我观不休。不惟
儿童辈，或有杖白头。馈我笼中瓜，劝我此淹留。我云以病
归，此已颇自由。幸有用馀俸，置居在西畴〔八〕。囷仓米谷满，
未有旦夕忧。上去无得得，下来亦悠悠。但恐烦里闾，时有缓
急投〔九〕。愿为同社人，鸡豚燕春秋。
足弱不能步〔一○〕，自宜收朝迹〔一一〕。羸形可舆致〔一二〕，佳观安可
掷〔一三〕。即此南坂下，久闻有水石。扢舟入其间〔一四〕，溪流正
清激。随波吾未能，峻濑乍可刺〔一五〕。鹭起若导吾，前飞数十
尺。亭亭柳带沙〔一六〕，团团松冠壁。归时还尽夜，谁谓非事役？

〔 一 〕□云：此诗在告时作，殆绝笔于此矣。鲁直最爱公此诗，以为
　　　有诗人句律之深意。

〔 二 〕南山下：按：城南庄盖即在南山之下。此溪即山下之小溪也。

〔 三 〕上上：按：上上者，逆流而上，屡上而不已也。

〔 四 〕梢梢：广雅释训：梢梢，小也。

〔 五 〕休日：按：休告之日也。

〔 六 〕搴：一作"謇"。　蒋云：写得真率，不用雕琢。

〔 七 〕清骎：谢灵运诗："活活夕流骎。"

〔 八 〕西畴：陶潜归去来辞："农人告余以春及，将有事乎西畴。"

〔 九 〕缓急：史记游侠传：且缓急，人所时有也。　蒋云：即物写心，
　　　愈朴而意切，柳柳州于此派尤近。

〔一〇〕足弱：左传：孟絷之足不良，弱行，史朝曰："弱足者居。"

〔一一〕收朝迹：梁简文帝答湘东王庆州牧书：必欲卷缓避贤，辞病
　　　收迹。

〔一二〕羸形：张衡西京赋："始徐进而羸形，似不任乎罗绮。"舆致：晋
　　　书陶潜传：刺史王弘要之还州，问其所乘，答云："素有脚疾，因
　　　乘蓝舆，亦足自反。"

〔一三〕佳观：史记秦始皇纪：从臣嘉观。

〔一四〕扡舟：扡，仝拖。汉书严助传：扡舟而入水。

〔一五〕刺：七迹切。

〔一六〕亭亭：释名：亭亭然孤立，傍无所依也。

　　按：后山诗话云："韩诗如秋怀、别元协律、南溪始泛皆佳作
也。"陈无己不喜韩诗，故所取仅如此。诸作固佳，然在昌黎集中
自是别调。以此论韩，舍百牢而染指一脔矣。又按："随波吾未
能，峻濑乍可刺"，是倔强人到老气概，世间脂韦人，加之衰迈，定

无此千秋生气，著作等身，狐貉亦唳尽矣。

翫月喜张十八员外以王六秘书至 _{原注：王六，}

王建也。〔一〕

前夕虽十五，月长未满规〔二〕。君来晤我时，风露渺无涯。浮云散白石，天宇开青池〔三〕。孤质不自惮，中天为君施。翫翫夜遂久，亭亭曙将披。况当今夕圆，又以嘉客随〔四〕。惜无酒食乐，但用歌嘲为。

〔一〕"以"或作"与"。方云："以"、"与"义通。朱子曰："以"字或取能左右之之义。

〔二〕长未满规：长，上声。梁简文帝诗："绿潭倒云气，青山衔月规。"

〔三〕天宇：陶潜诗："昭昭天宇阔，晶晶川上平。"

〔四〕嘉客：诗："所谓伊人，于焉嘉客。" 蒋云：写得淡宕。

　　按：旧人皆以南溪始泛为绝笔，然张籍祭退之诗云："去夏公请告，养疾城南庄。籍时官罢休，两月同游翔。"后云："中秋十六夜，魄圆天差晴。公既相邀留，坐语于阶楹。""顾我数来过，是夜凉难忘。"下便接云："公疾浸日加，孺人视药汤。来候不得宿，出门每回遑。"则与籍泛南溪，乃在夏时，病尚未笃。自此翫月之后，病始浸加，足知此作为绝笔矣。

附旧辨赝诗今订真三首

嘲鼾睡二首

澹师昼睡时，声气一何猥。顽飙吹肥脂，坑谷相嵬磊。雄哮乍咽绝，每发壮益倍。有如阿鼻尸，长唤忍众罪。马牛惊不食，百鬼聚相待。木枕十字裂，镜面生痱癗。铁佛闻皱眉，石人战摇腿。孰云天地仁？吾欲责真宰。幽寻虱搜耳，猛作涛翻海。太阳不忍明，飞御皆惰怠。乍如彭与黥，呼冤受菹醢。又如圈中虎，号疮兼吼馁。虽令伶伦吹，苦韵难可改。虽令巫咸招，魂爽难复在。何山有灵药？疗此愿与采。

澹公坐卧时，长睡无不稳。吾尝闻其声，虑深五藏损。黄河弄渍瀑，梗涩连拙鲧。南帝初奋槌，一窍泄混沌。迥然忽长引，万丈不可忖。谓言绝于斯，继出方衮衮。幽幽寸喉中，草木森莽蓁。盗贼虽狡狯，亡魂敢窥阃。鸿蒙总合杂，诡谲骋戾狠。乍如斗呶呶，忽若怨恳恳。赋形苦不同，无路寻根本。何能堙其源？惟有土一畚。

洪云：李希声家有退之遗诗数十篇。希声云：皆非也，独嘲鼾睡一篇似之，录于末。

顾嗣立曰：按周紫芝竹坡诗话：退之遗文中载嘲鼾睡二诗，语极怪谲。退之平日未尝用佛家语作诗，今云："有如阿鼻尸，长唤忍众罪。"其非退之作决矣。又如"铁佛闻皱眉，石人战摇腿"之句，大似鄙陋，退之何尝作是语？小儿辈乱真如此者甚众，乌可不辨。

辞唱歌

抑逼教唱歌，不解看艳词。坐中把酒人，岂有欢乐姿？幸有伶者妇，腰身如柳枝。但令送君酒，如醉如憨痴。声自肉中出，使人能透随。复遣悭怯者，赠金不皱眉。岂有长直夫？喉中声雌雌。君心岂无耻，君岂是女儿？君教发直言，大声无休时。君教哭古恨，不肯复吞悲。乍可阻君意，艳歌难可为。

按：以上三首惟辞唱歌为王伯大所疑是也。嘲鼾睡二首，周紫芝以用佛语辨之，是则拘墟之见。朱子诗中有晨起读佛经五古，未尝去之，不从其道而偶举其事文，于义无失，况嘲僧用之。即其所知以为言，有何不可？专指鄙俚，则近似之。然鄙俚中文词博奥，笔力峭折，未必非昌黎游戏所及。昌黎外谁能之耶？李汉不编，亦方隅之耳目。后人非之，则为聋瞶。余今辨其所辨，以为奇奇怪怪不主故常者存一疑。按：亡友何义门常喜余破俗之论，安得九京可作耶！

附今辨赝诗二首

和李相公摄事南郊览物兴怀呈一二知旧^{〔一〕}

灿灿辰角曙，亭亭寒露朝。川原共澄映，云日还浮飘。上宰严祀事，清途振华镳。圆丘峻且坦，前对南山标。村树黄复绿，中田稼何饶。顾瞻想岩谷，兴叹倦尘嚣。惟彼颠瞑者^{〔二〕}，去公岂不辽？为仁朝自治，用静兵以销。勿惮吐捉勤，可歌风雨调。圣贤相遇少，功德今宣昭。

〔一〕李逢吉也。

〔二〕瞑:武延切。

奉和杜相公太清宫纪事陈诚上李相公
十六韵原注:杜谓元颖也。〔一〕

耒耜兴姬国,辒辌建夏家〔二〕。在功诚可尚,于道讵为华。象帝威容大,仙宗宝历赊。卫门罗戟槊,图壁杂龙蛇。礼乐追尊盛,乾坤降福遐。四真皆齿列,二圣亦肩差。阳月时之首,阴泉气未牙。殿阶铺水碧,庭炬坼金葩。紫极观忘倦,青词奏不哗。噌吰宫夜辟〔三〕,嘈囐鼓晨挝〔四〕。亵味陈奚取,名香荐孔嘉。垂祥纷可绿,俾寿浩无涯。贵相山瞻峻,清文玉绝瑕。代工声问远,摄事敬恭加。皎洁当天月,葳蕤捧日霞。唱妍酬亦丽,俛仰但称嗟。

〔一〕新唐书杜如晦传:如晦五世孙元颖,贞元末进士第,又擢宏词,为翰林学士。敏文辞,宪宗特所赏叹。吴元济平,论书诏勤,迁司勋员外郎,知制诰。穆宗以元颖多识朝章,尤被宠,拜中书舍人、户部侍郎,为学士承旨,以本官同平章事。自帝即位,不阅岁至宰相,缙绅骇异。甫再期,出为剑南西川节度使。又穆宗纪:长庆元年二月,段文昌罢,杜元颖同平章事。三年十月,元颖罢。

〔二〕辒:丑伦切。辌:力追切。

〔三〕噌吰:音曾宏。

〔四〕囐:才曷切。

按:二诗必非韩作,大抵二相属和,不得已而假手代之。李汉不审,漫以编录耳。按:杜元颖之为相,虽为人情骇异,而史称敏于文辞，多识朝章，和诗以为清文无瑕可也。其颂太清者，则令人可骇可愕。伯禹、后稷之功，遂不及玄元皇帝之道耶？公一生学术具在原道，其论二氏者，道其所道，非吾之所谓道也，何独于此而易其说。本朝固当尊崇，立言自有适可。如杜甫诗："世家遗旧史，道德付今王。"何等熨贴！晓人不当如是耶！若以为此是讥讽，则又非臣子之道。君子素位，何敢违时？大抵不学无术者为之代言，而公以末暮之年，倦于笔墨，遂未加推敲耳。其为赝作，此其一也。按：李逢吉之为相，昔在宪宗朝，恐裴度成功，密沮讨蔡，已与昌黎上言力言可灭立异。今在穆宗朝又挤排裴度不安于朝，且使李绅与公相争台参成隙，其为孔壬先后一辙，和诗中可云"为仁朝自治，用静兵以销"乎！又云"惟彼颠瞑者，去公岂不辽"，不知意指何人。然一时之段文昌、杜元颖、微之、王播，虽非淳人，恐不若逢吉颠瞑之甚也。二诗之谬，一论道而贬三代，一附托而若八关。昌黎为人何至于是？此二诗之所以必为赝也。余于集外之嘲鼾睡者，违众进之于正编。之此二首独断退之，一以文词收，一以义理黜，世多明眼，当不河汉予言。

附录

一　章学诚韩昌黎编年笺注书后

桐城方世举扶南氏撰韩昌黎诗集编年笺注十二卷，每卷之首标列篇目，篇目之下标明出处时世，观者但考十二篇目，而洪氏年谱辩证、程氏历官之记，皆可列眉而指数焉。德州庐氏见曾为之订正复舛而刻以行世，是亦攻韩集者不可不备之书也。

唐人诗集宜编年者莫若杜、韩，杜之编年多矣，韩则仅见于此，是固论世知人之学，实亦可见。诗文之集，固为一人之史，学者不可不知此意。为诗文者篇题苟皆自注岁月，则后人一隅三反，藉以考证时事，当不止于小补而已。按周紫芝辨韩诗嘲鼾睡二首，以为退之平日未尝用佛家语，且"铁佛皱眉"之类语近鄙俚，此诗非韩作，真瞽说也。方氏据朱子集中有晨起读佛经解之，似矣。顾韩诗中尚有东野失子，大用涅槃经语，何尝以佛经为诧；月蚀诗中"杷沙脚手"、"娄醋大肚"等语，何尝以鄙俚为嫌。顾侠君号为通博，乃取此等悠谬议论，殊不可解。近闻有说诗者，于庐江小吏焦仲卿妻一篇，极诋焦仲卿之溺爱忘亲，自谓有补风教，此等真是村荒学究见识，以此论文，最为误事。惜方氏辟之犹未畅厥指也。

大抵学人之诗、才人之诗、文人之诗，各有所长，亦各有其流弊，但要酝酿于中，有其自得而不袭于形貌，不矜持于声名，即其所以不朽之质。是以汉志区诗赋为五种，而赋家者流又分屈原、荀况、陆贾以下别为三家之学。惜刘、班当日但分其类，而未尝明著其说，而后世家学流别之义又无有能通之者，是以各就己之所近，浸淫入之，以为诗赋之道一而已矣。苟有不为其说，不同其道而称诗赋者，即不胜其入主出奴，愤若不共戴天。苟有识者通其源流，奚足当吹剑之一吷乎？主风教者贵有操持之实，极言是也，婉言亦是也，无其实而惫于逌人之铎，无谓也。征学术者贵有怀抱之志，侈言是也，约言是也，无其志而劳于书肆之估，无谓也。性灵，诗之质也，魂梦于虚无飘缈，岂有质乎？音节，诗之文也，桎梏于平反双单，岂成文乎？三百之旨，五种之流，三家之学，虚实侈约，平奇雅俗，何者非从六义中出？但问胸怀志趣有得否耳。而世人论诗，纷纷攘攘，昧原逐流，离跂攘臂于醯瓮之间，以谓诗人别有怀抱。呜呼！诗千万，一言以蔽之，曰：惑而已矣。

——录自章学诚遗书卷十三，
文物出版社1985年版

二　王鸣盛蛾术编韩昌黎

　　余家藏朱文公校昌黎先生集四十卷,盖宋坊间所刻,合晦庵先生考异、留耕王先生音释一书。留耕名伯大,前有姓氏一纸。又有昌黎先生外集十卷,末附新书本传及叙。书后庙碑各一篇。魏仲举五百家注音辩昌黎先生文集四十卷,前有诸儒名氏五百家者,约略云尔,非其实也。东雅堂昌黎先生集四十卷,每卷有"东吴徐氏刻梓家塾"篆字印,后有遗文一卷,宋版无。惟传叙、书后、庙碑及外集与宋版同。顾嗣立昌黎先生诗集注十一卷。以上四种,诗皆李汉所编,颠倒错乱,全无次序。最后方世举笺注十二卷,编年为次,最有条理。顾氏始创旁行年谱。今以诗编年,可不用年谱,且指摘"南山有高树"、"行刺李宗闵"等之非。今以方本为主。

　　连鹤寿:按:新唐书本传云:"性明锐,不诡随。与人交,始终不少变。成就后进士,往往知名。经愈指授,皆称'韩门弟子'。愈官显,稍谢遣。凡内外亲若交友无后者,为嫁遣孤女而恤其家。嫂郑丧,为服期以报。每言文章,自汉司马相如、太史公、刘向、扬雄后,作者不世出,故愈深探本原,卓然树立,成一家言。原道、原性、师说等数十篇,皆奥衍闳深,与孟轲、扬雄相表里,而佐佑六经云。至它文造端置辞,要为不袭蹈前人者。"史称公之行谊文章如此。其诗集,自李汉编次以下,考证详明,则以方扶南为最。

——录自王鸣盛蛾术编卷七十六,
商务印书馆 1958 年版

三　韩昌黎诗集编年笺注提要

国朝方世举撰，凡二十卷，诗四百八首，附诗五首，则旧伪而今订为真者三首，旧真而今辨伪者二首也。前有自撰序例，并乾隆二十三年庐见曾序。书即见曾刻。注韩诗者自宋人五百家注，至清顾嗣立于笺皆有未详。嗣立增订诸家年谱，舛伪亦时有。世举乃考之史，证之集，参之他书，勒为是编。见曾又于其注之重复者、习见者、以诗注复以赋注者、不须注者、讹舛者加以删正。惟凡例称并新、旧二史本传，亦不必列，而此乃载旧书本传，当系见曾增入。考歙徐宝善壹园尺牍上黄钺书云"方注以诗系年，考证精确，如以记梦作之为郑絪，遣虐鬼之为李逢吉，东方杂事之为刺张宿，南山有高树之为李宗闵，咏雪之为王播入相，皆其大者。其援据赅备似出顾注右。顾亦有未谛者，如以和李相公摄事南郊、杜相公太清宫二诗为伪，以逢吉金壬，而诗中措语乖方，愈必不为此谄谀，至谓以未耜兴周、辂摞建夏比玄元皇帝为非。愈平日论二氏之旨，则未免胶柱鼓瑟。一王之制，臣下敢不凛遵？即颂扬岂害道害意？此作未见其伪，特非愈佳制耳。至以嘲酲睡二作为真，且云'鄙俚中文词博奥'，夫博则非鄙，奥则非俚，未容一视。善谓此二章乃愈所云，无理只取闹者，即夫子亦定为非"云云。则其短长亦互见也。

——录自续修四库全书总目提要三十五册，

齐鲁书社 1997 年版

四　钱仲联韩昌黎诗系年集释前言

　　方氏诗注，创为编年，增补注释，附会史事，互有得失，但未及从事版本校订。清代学者，出其治学绪馀，旁治韩集，成绩远出宋、明人之上。

——录自韩昌黎诗系年集释，

上海古籍出版社 1998 年版

中华国学文库　第二辑　（精装）

周易注校释

〔魏〕王　弼　撰　楼宇烈　校释

汉　书（全四册）

〔汉〕班　固　撰　〔唐〕颜师古　注

后汉书（全四册）

〔宋〕范　晔　撰　〔唐〕李　贤　等注

十一家注孙子

〔春秋〕孙　武　撰　〔三国〕曹　操　等注　杨丙安　校理

荀子集解

〔清〕王先谦　撰　沈啸寰　王星贤　整理

列子集释

杨伯峻　撰

坛经校释

〔唐〕慧　能　著　郭　朋　校释

曹操集

〔三国〕曹　操　著　中华书局编辑部　编

诸葛亮集

〔三国〕诸葛亮　著　段熙仲　闻旭初　编校

增订文心雕龙校注

〔南朝梁〕刘　勰　著　黄叔琳　注　李　详　补注　杨明照　校注拾遗

中华国学文库　第五辑　（精装）

周易程氏传
〔宋〕程　颐　撰　王孝鱼　点校

礼记译解
王文锦　译解

孝经郑注疏
〔清〕皮锡瑞　撰　吴仰湘　点校

经学通论
〔清〕皮锡瑞　撰　吴仰湘　点校

十七史商榷
〔清〕王鸣盛　撰　闻旭初　点校

吕氏春秋集释
许维遹　撰　梁运华　整理

梦溪笔谈
〔宋〕沈　括　撰　金良年　点校

大乘起信论校释
〔梁〕真　谛　译　高振农　校释

花间集校注
〔后蜀〕赵崇祚　编　杨景龙　校注

王阳明集（上下册）
〔明〕王守仁　著　王晓昕　赵平略　点校

中华国学文库　第六辑　（精装）

书集传

〔宋〕蔡　沉　撰　王丰先　点校

诗经注析

程俊英　蒋见元　著

孟子正义

〔清〕焦　循　撰　沈文倬　点校

四书讲义

〔清〕吕留良　撰　〔清〕陈　鏦　编　俞国林　点校

徐霞客游记校注

〔明〕徐霞客　撰　朱惠荣　校注

陶庵梦忆　西湖梦寻

〔明〕张　岱　撰　马兴荣　点校

晏子春秋校注

张纯一　撰　梁运华　点校

盐铁论校注

王利器　校注

古诗源

〔清〕沈德潜　选　闻旭初　标点

建安七子集

俞绍初　辑校

中华国学文库　第七辑　（精装）

尚书校释译论

顾颉刚　刘起釪 著

春秋左传注

杨伯峻 编著

越绝书校释

李步嘉 校释

书目答问补正

〔清〕张之洞 编撰　范希曾 补正

鬼谷子集校集注

许富宏 撰

论衡校释

黄　晖 撰

释氏要览校注

〔宋〕道　诚 撰　富世平 校注

曹植集校注

〔三国〕曹　植 著　赵幼文 校注

玉台新咏笺注

〔陈〕徐　陵 编　〔清〕吴兆宜 注　程　琰 删补　穆克宏 点校

高适诗集编年笺注

〔唐〕高　适 著　刘开扬 笺注

中华国学文库　第八辑　（精装）

春秋繁露义证
苏　舆　撰　钟　哲　点校

尔雅义疏
〔清〕郝懿行　撰　王其和　吴庆峰　张金霞　点校

国语集解
徐元诰　撰　王树民　沈长云　点校

读史方舆纪要
〔清〕顾祖禹　撰　贺次君　施和金　点校

日知录集释
〔清〕顾炎武　著　〔清〕黄汝成　集释　栾保群　吕宗力　点校

近思录集解
〔南宋〕叶　采　集解　程水龙　校注

乐府诗集
〔宋〕郭茂倩　编

王维集校注
〔唐〕王　维　撰　陈铁民　校注

韩愈诗集编年笺注
〔清〕方世举　撰　郝润华　丁俊丽　整理

龚自珍己亥杂诗
〔清〕龚自珍　撰　刘逸生　注